J. D. Robb

Verrat aus Leidenschaft

AF216979

Buch

Lieutenant Eve Dallas und ihre Partnerin Peabody ermitteln in einem scheinbar sinnlosen Verbrechen: Ein sehr alter Lebensmittelhändler wurde von drei drogensüchtigen jungen Männern ermordet – nur für den Kick und ein paar Snacks? Die frischgebackene Detective Peabody stolpert bald darauf in eine heikle Situation: Nach einer Trainingseinheit steht sie unter der Dusche des verlassenen Fitnessraums im Revierkeller, als sie auf einmal die Tür zur Umkleidekabine aufgehen hört. Unfreiwillig belauscht sie ihre Kollegen Oberman und Garnet bei einer Auseinandersetzung. Schnell begreift Peabody, dass es dabei um Korruption geht – und die beiden nicht nur bestechlich sind, sondern anscheinend auch mindestens einen Mord begangen haben. Eve Dallas, Peabody und Eves Ehemann Roarke setzen alles daran, ausreichend Beweise zu finden, um das schmutzige Spiel der Cops zu enttarnen – in dem Wissen, dass diese auch über Leichen gehen würden …

Autorin

J. D. Robb ist das Pseudonym der international höchst erfolgreichen Autorin Nora Roberts, einer der meistgelesenen Autorinnen der Welt. Unter dem Namen J. D. Robb veröffentlicht sie seit Jahren erfolgreich Kriminalromane. Weitere Informationen finden Sie unter:
www.blanvalet.de und www.jdrobb.com

Von J. D. Robb bei Blanvalet erschienen (Auswahl)

Tödlicher Ruhm · Verführerische Täuschung · Aus süßer Berechnung · Zum Tod verführt · Das Böse im Herzen · So tödlich wie die Liebe · Geliebt von einem Feind · Der liebevolle Mörder · Im Licht des Todes · Eiskalte Nähe · Sein teuflisches Herz · Kälter als die Lüge

Weitere Bände in Vorbereitung

J. D. Robb

Verrat aus Leidenschaft

Roman

Deutsch von Uta Hege

blanvalet

Die Originalausgabe erschien 2011
unter dem Titel »Treachery in Death« bei G. P. Putnam's Sons,
a member of Penguin Group (USA) Inc., New York.

Penguin Random House Verlagsgruppe FSC® N001967

4. Auflage
Copyright © der Originalausgabe 2011 by Nora Roberts
Published by Arrangement with Eleanor Wilder
Dieses Werk wurde vermittelt durch die Literarischen Agentur Thomas
Schlück GmbH, 30161 Hannover.
Copyright © 2017 für die deutsche Ausgabe
by Blanvalet, in der Penguin Random House Verlagsgruppe GmbH,
Neumarkter Str. 28, 81673 München
Redaktion: Regine Kirtschig
Umschlaggestaltung: www.buerosued.de
Umschlagmotiv: plainpicture/ganguin
Satz: Buch-Werkstatt GmbH, Bad Aibling
Druck und Bindung: GGP Media GmbH, Pößneck
LH · Herstellung: wag
Printed in Germany
ISBN: 978-3-7341-0147-2

www.blanvalet.de

In der Natur des Menschen gibt es eine feste,
unumstößliche Entschlossenheit, im Guten wie im
Bösen, nur im Augenblick der Ausführung des Akts.

– Nathaniel Hawthorne

Sie hegte ihren Zorn, damit er nicht erlosch.

– Robert Burns

I

Der alte Mann lag tot auf einem Haufen Kaugummi und Schokoladenriegel. Durch die geborstene Scheibe eines Kühlregals ergoss sich ein Strom bunter Flüssigkeit aus kaputten Limonaden-, Sport- und Energiedrinkdosen auf den Boden und weichte die zerdrückten Sojachips, die aus aufgerissenen Tüten quollen, auf.

In einem gerahmten Foto an der Wand hinter dem Tresen sah man eine jüngere Version des toten Manns und eine Frau – wahrscheinlich seine Witwe – eng umschlungen vor der Tür des kleinen Supermarktes stehen. Ihre Augen leuchteten vor Stolz und vor Freude auf die unzähligen Möglichkeiten, die die Zukunft für das Paar bereitzuhalten schien.

Dass die Zukunft irgendwann in einer Lache leuchtend roten Bluts und zerdrückter Süßigkeiten enden würde, hatte dieser glücksstrahlende, junge Bursche sicher nicht vorausgesehen.

Inmitten dieser Szenerie von Tod und Zerstörung stand Lieutenant Eve Dallas und betrachtete die Leiche, während sie sich von einem der Beamten, die zuerst vor Ort gewesen waren, über das Geschehen informieren ließ.

»Das ist Charlie Ochi. Himmel, er und seine Frau haben diesen Laden beinah 50 Jahre lang geführt.«

Das Zucken seines Kiefermuskels verriet Eve, dass der Beamte den Toten gekannt hatte.

»Mrs Ochi ist im Hinterzimmer, wo ein Sanitäter nach

ihr sieht.« Der Muskel zuckte abermals. »Sie haben nicht nur ihren Mann ermordet, sondern auch ihr selbst ein paar geklatscht.«

»Sie?«

»Die Täter waren zu dritt, hat sie gesagt. Drei junge Kerle, Anfang 20. Sie hat ausgesagt, dass einer weiß, einer schwarz und einer Asiate ist. Sie waren vorher schon mal im Laden und wurden rausgeschmissen, weil sie beim Klauen erwischt wurden. Sie hatten irgendein selbstgebautes Gerät dabei, mit dem sich die Überwachungskamera ausschalten ließ.«

Er nickte in Richtung der Kamera. »Sie meint, die drei waren total zugedröhnt. Haben gelacht wie die Hyänen, und als sie versucht hat, sie daran zu hindern, sich die Taschen wahllos mit verschiedenen Schokoriegeln vollzustopfen, haben sie ihr eine gelangt. Dann kam ihr Mann nach vorne, und obwohl er ebenfalls geschlagen wurde, hat er sich gegen die Täter behauptet, bis er das Gerät, das sie dabeihatten, in die Brust gerammt bekommen hat. Mrs Ochi sagt, er wäre umgefallen wie ein Stein. Trotzdem haben sie nicht aufgehört zu lachen, sich noch einen Haufen Bonbons, Chips und so geschnappt, ein bisschen randaliert und sind dann abgehauen.«

»Konnte sie die drei beschreiben?«

»Sogar ziemlich gut. Und was noch besser ist – wir haben einen Zeugen, der gesehen hat, wie sie abgehauen sind, er kennt einen von den Typen. Bruster Lowe, Spitzname Skid. Der Zeuge, ein gewisser Yuri Drew, sagt aus, sie wären zu Fuß in Richtung Süden abgehauen. Er hat den Überfall gemeldet und steht draußen vor der Tür.«

»In Ordnung, halten Sie die Stellung, Officer.« Eve wandte sich an ihre Partnerin. »Wie wollen Sie die Sache angehen?« Als Peabody verblüfft die dunklen Augen aufriss, fragte sie: »Wie sieht es aus? Übernehmen Sie die Leitung der Ermittlungen in diesem Fall?«

Als frischgebackener Detective brauchte ihre Partnerin einen Moment, um sich an den Gedanken zu gewöhnen, aber schließlich meinte sie: »Okay. Wir überprüfen diesen Lowe, besorgen uns seine Adresse und sehen nach, ob er schon aktenkundig ist. Vielleicht stoßen wir dabei auch auf die Namen möglicher Komplizen. Außerdem geben wir sofort eine Beschreibung dieser Kerle und die Namen, falls wir welche finden, raus, weil ich mir die Schweinehunde möglichst auf der Stelle schnappen will.«

Eve beobachtete ihre Partnerin und sah, dass sie mit jedem Satz Selbstvertrauen gewann.

»Die Spurensicherung soll sich den Laden ansehen, denn diese Idioten haben sicher jede Menge Fingerabdrücke und andere Spuren hinterlassen. Außerdem hat die Kamera vielleicht noch etwas aufgenommen, ehe sie den Dienst quittiert hat, falls wir nichts darauf sehen, finden die elektronischen Ermittler vielleicht etwas.«

Der kurze, dunkle Pferdeschwanz der Polizistin wippte, als sie auf die Leiche sah. »Am besten überprüfen wir zuerst die drei Verdächtigen, zumindest den, dessen Namen wir kennen.«

»Das übernehme ich«, erbot sich Eve, und ihre Partnerin riss abermals die Augen auf.

»Echt?«

»Sie sind schließlich die Ermittlungsleiterin.«

Eve rief die Daten auf dem Bildschirm ihres Handcomputers auf. »Bruster Lowe alias Skid, weiß, 23 Jahre alt.

Die letzte bekannte Adresse ist die Wohnung seiner Mutter in der Avenue B. Hat ein ellenlanges Vorstrafenregister und eine Jugendstrafakte, die nicht versiegelt ist. Drogenbesitz, Sachbeschädigung, Ladendiebstahl, Zerstörung fremden Eigentums, Autodiebstahl und so weiter und so fort.«

»Überprüfen Sie, ob er Komplizen …«

»Schon erledigt. Schließlich sind Sie nicht die Einzige, die weiß, wie man so etwas macht«, rief Eve ihr in Erinnerung. »Leon Slatter alias Slash, Mischling, 22 Jahre alt, und Jimmy K. Rogan alias Smash, schwarz, 23 Jahre alt, waren bei den meisten Straftaten dabei.«

»Das ist wirklich gut. Adressen?«

»Slatter hat anscheinend eine Bude in der Vierten West.«

»Ausgezeichnet. Officer, lassen Sie sich vom Lieutenant die Adresse und die Namen geben. Die drei Typen sollen sofort eingesammelt werden. Meine Partnerin und ich werden bei der Suche helfen, wenn wir mit der Arbeit hier am Tatort fertig sind.«

»Okay.«

»Ich knöpfe mir den Zeugen vor, und Sie nehmen die Ehefrau, okay?«, wandte sich Peabody an Eve.

»Sie sind die …«

»Ermittlungsleiterin, ich weiß. Danke, Dallas.«

Irgendwie war es makaber, dass ihr Peabody dafür dankte, dass sie ihr einen Toten weitergab, überlegte Eve, während sie in die Hocke ging, um zu überprüfen, ob der Tote wirklich Charlie Ochi war. Aber schließlich hatten sie als Mordermittlerinnen Tag für Tag mit Leichen zu tun.

Sie brachte noch ein paar Minuten mit der Untersuchung des Leichnams zu. Der Pathologe würde zweifellos bestätigen, dass Charlie Ochi weder an der aufgeplatzten Schläfe noch an den diversen blauen Flecken, die sie an seinen Armen entdeckte, gestorben war. Bestimmt hatte sein Herz aufgrund des Stromschlags, den er mit dem selbstgebauten Störsender verpasst bekommen hatte, nach knapp 83 Jahren die Arbeit eingestellt.

Sie stand wieder auf und schüttelte den Kopf über die sinnlose Zerstörung dieses vorher sicher hübschen, kleinen Markts. Soweit sie sehen konnte, hatten die beiden alten Leute ihren Laden liebevoll geführt. Zwischen den Getränkeströmen und der Lache leuchtend roten Blutes sah der Fußboden so sauber wie Fenster und Tresen aus, und die Waren, die die Bastarde nicht ausgekippt oder zertrümmert hatten, waren ordentlich in den Regalen aufgereiht.

50 Jahre, hatte der Beamte, der zuerst vor Ort gewesen war, gesagt. 50 Jahre lang hatten die Ochis dieses Geschäft betrieben, den Kunden gedient und zufrieden vor sich hingelebt, bis drei Arschlöcher beschlossen hatten, dieses Leben für nicht mehr als ein paar Tüten Sojachips und eine Handvoll Schokoriegel zu zerstören.

Nach zwölf Jahren als Polizistin konnte nichts, was Menschen anderen Menschen anzutun vermochten, sie noch wirklich überraschen, aber die Unbekümmertheit, mit der Menschenleben oft vergeudet wurden, erregte noch immer ihren heißen Zorn.

Sie ging in das Hinterzimmer, das zugleich Büro und Warenlager war.

Der Sanitäter packte gerade seine Sachen ein.

»Sie sollten sich wirklich von uns ins Gesundheitszentrum fahren lassen, Mrs Ochi.«

Doch die alte Dame schüttelte den Kopf. »Ich bleibe hier. Meine Kinder kommen mit den Enkelkindern her.«

»Aber wenn Ihre Verwandten hier sind, fahren Sie ins Krankenhaus und lassen sich dort durchchecken, okay?« Der Sanitäter legte sanft die Hand auf ihren Arm. »Es tut mir wirklich leid, Ma'am.«

»Danke.« Müde wandte sie sich ab und blickte Eve aus leuchtend grünen Augen an. »Sie haben Charlie umgebracht.«

Eve sah in ihr vom Alter faltiges und von den Schlägen angeschwollenes Gesicht. »Ja, Ma'am. Es tut mir leid.«

»Das tut es allen. Und auch diesen dreien, die ihn getötet haben, wird es eines Tages leidtun. Wenn ich könnte, würde ich persönlich dafür sorgen, dass sie diese Tat bereuen.«

»Das werden wir für Sie erledigen. Ich bin Lieutenant Dallas, und ich müsste Ihnen ein paar Fragen stellen.«

Mrs Ochi fuhr mit einem Finger durch die Luft. »Ich kenne Sie. Ich habe Sie im Fernsehen in *Now* gesehen. Bei Nadine Furst. Charlie und ich haben die Sendung immer gern gesehen und uns sogar das Buch gekauft, das Mrs Furst über Sie geschrieben hat.«

»Im Grunde geht es darin nicht um mich.« Dabei ließ sie es bewenden, weil es wichtigere Dinge zu besprechen gab und weil ihr dieses Thema immer etwas peinlich war. »Warum erzählen Sie mir nicht, was passiert ist, Mrs Ochi?«

»Das habe ich bereits dem anderen Cop erzählt, aber wenn Sie wollen, erzähle ich es noch einmal. Ich stand hinter dem Tresen, und Charlie war hier hinten, als sie reinkamen. Sie hatten Hausverbot bei uns, denn sie waren vorher schon mal in unserem Supermarkt gewesen, hatten Sachen mitgehen lassen, Dinge umgeworfen und uns beide und unsere Kunden wüst beschimpft. Diese drei Rabauken haben stets nur Scherereien gemacht. Der weiße Kerl hat mit dem

Ding auf unsere Überwachungskamera gezeigt und plötzlich hat man auf dem Monitor über dem Tresen nur noch ein Flimmern gesehen.«

Sie sprach mit kalter, abgehackter Stimme und sah Eve aus trocknen, zornblitzenden Augen an. Die Tränen würden später kommen, wusste Eve. Im Augenblick war sie noch ganz vom kalten Zorn erfüllt.

»Sie haben gelacht«, fuhr Mrs Ochi fort. »Haben sich gegenseitig auf den Rücken geklopft, die Fäuste in die Luft gereckt, und der Schwarze hat gefragt: ›Na, was machst du alte Hexe jetzt?‹, während er eine Handvoll Schokoriegel eingesteckt hat. Ich habe die Kerle angeschrien, dass sie verschwinden sollen, worauf mich der andere, der halbe Asiate, mit irgendeinem Gegenstand geschlagen hat. Ich habe Sterne gesehen und versucht, zu Charlie in das Hinterzimmer zu gelangen, aber da hat er noch einmal zugeschlagen, und als ich zu Boden ging, haben die Kerle laut gelacht. Sie waren total zugedröhnt«, erklärte sie. »Ich weiß, wie Leute aussehen, die was genommen haben, denn das kommt hier in der Gegend öfter vor. Dann kam Charlie aus dem Nebenraum. Der Mischling wollte mich noch einmal schlagen, während ich noch auf dem Boden lag, aber Charlie ging dazwischen und hat ihm eine verpasst. Ich habe versucht, mich aufzurappeln und zu helfen, aber …«

Jetzt brach ihre Stimme und aufkommende Schuldgefühle verdrängten den Zorn, von dem sie bisher angetrieben worden war.

»Sie waren verletzt, Mrs Ochi.«

»Der Schwarze, er hat Charlie so geschlagen wie vorher der andere mich, nur, dass Charlie nicht zu Boden ging. Charlie war nicht groß und nicht so jung wie diese *Mörder,* aber für sein Alter war er noch erstaunlich stark.«

Sie atmete tief durch. »Er hat zurückgeschlagen. Ich habe versucht, mich aufzurichten, und nach irgendwas gesucht, womit ich diesen Kerlen eine verpassen kann. Aber da meinte der Weiße plötzlich: ›Fick dich, Alter‹ und hat meinem Charlie dieses Ding, diesen Störsender oder den Stunner oder was auch immer in die Brust gerammt.«

Die alte Frau griff sich ans Herz.

»Es hat ein knisterndes Geräusch gemacht – wie bei einem Kurzschluss, wenn Sie wissen, was ich meine. Dann hat es geknackt, und Charlie kippte einfach um. Er hat sich noch ans Herz gegriffen und ›Kata‹ gesagt.« Ihre Lippen fingen an zu zittern, doch sie presste sie zusammen und fuhr heiser fort: »Hat ein letztes Mal nach mir gerufen, doch dann fiel er einfach um. Ich bin auf ihn zugekrochen, die Typen haben weiter rumgeschrien und laut gelacht, Sachen auf den Fußboden geworfen, sind drauf herumgetrampelt, einer von den Kerlen hat noch mal nach mir getreten, und dann sind sie herausgerannt.«

Mrs Ochi klappte kurz die Augen zu. »Sie sind nach draußen gerannt und kurz darauf – höchstens eine Minute später – tauchte Yuri auf. Er hat noch versucht, Charlie wiederzubeleben, denn er ist ein wirklich anständiger Junge, dessen Dad vor langer Zeit Verkäufer hier in unserem Laden war, aber er konnte nichts mehr für ihn tun. Dann hat er den Notarzt und die Polizei verständigt, Eis für meinen Kopf geholt und bei mir und Charlie ausgeharrt, bis die Polizei erschienen ist.«

Jetzt beugte sie sich vor. »Diese Kerle sind nicht wichtig. Auch ich und Charlie sind bei weitem nicht so wichtig wie die Leute, über die bei Nadine Furst in *Now* geredet wird. Aber Sie lassen sie doch trotzdem nicht einfach davonkommen, oder?«

»Der New Yorker Polizei sind Sie sehr wichtig, Mrs Ochi. Sie und Mr Ochi sind für mich, meine Partnerin und jeden Cop, der mit dem Fall zu tun hat, genauso wichtig wie die Leute, über die im Fernsehen geredet wird.«

»Ich glaube Ihnen, denn Sie sehen aus, als glaubten Sie das selbst.«

»Ich glaube nicht, sondern ich weiß, dass es so ist. Wir suchen bereits nach den Tätern, aber trotzdem würde es uns helfen, wenn wir die Diskette aus der Kamera bekämen. Denn falls sie sie erst gestört haben, nachdem sie durch die Tür gekommen waren, sind sie unter Umständen darauf zu sehen. Außerdem haben wir Sie und Yuri als Augenzeugen. Diese Schweinehunde kommen also ganz bestimmt nicht ungeschoren davon.«

»In dem Kästchen unter dem Tresen ist ein bisschen Geld. Nicht viel, aber zumindest etwas, doch daran waren sie gar nicht interessiert. Auch die Chips, die Schokoriegel und die Limo wollten sie nicht wirklich haben. Es ging ihnen nur darum, etwas kaputtzumachen und uns wehzutun. Sie haben sich wie wilde Bestien aufgeführt. Wissen Sie, was manche Jungs zu solchen Bestien macht?«

»Nein«, antwortete Eve. »Das weiß ich nicht.«

Eve sah zu, wie die Familie Mrs Ochi sanft zu einem Wagen führte, um mit ihr zum Arzt zu fahren – und wie man den Leichnam ihres Mannes ebenfalls zu einem Wagen brachte, der mit ihm zum Leichenschauhaus fuhr.

Sie stand in der Gluthitze, die bereits den ganzen Sommer

2060 über währte, raufte sich das kurz geschnittene, braune Haar und sehnte sich nach einer kühlen Brise, während sie gleichzeitig das Verlangen unterdrückte, Peabody zur Eile anzutreiben, die Ermittlungen zu lenken und ein paar Befehle zu erteilen.

Denn Gründlichkeit war immer gut, doch schließlich machten bereits Fotos der Verdächtigen die Runde, und die Polizisten klopften an die Türen in der Nachbarschaft, um zu erfragen, ob es vielleicht neben Yuri auch noch andere Zeugen gab.

Verspätet dachte sie an ihre Sonnenbrille und war überrascht, als sie sie tatsächlich in ihrer Jackentasche fand. Eilig setzte sie sie auf, damit ihr die Sonne nicht mehr direkt in die bernsteinbraunen Augen schien, und blieb heldenhaft in einer braunen Jacke, dunklen Hose und abgetragenen Stiefeln in der prallen Sonne stehen, bis auch ihre Partnerin den Supermarkt verließ.

»Bei den Adressen, die wir haben, konnten wir keinen von den Kerlen finden. Brusters Mutter meint, sie hätte ihren Sohn schon wochenlang nicht mehr gesehen und würde hoffen, dass er sich nach Möglichkeit nie wieder bei ihr blicken lässt. Aber einer der Nachbarn von Slatter hat erklärt, er hätte heute Morgen alle drei das Haus verlassen sehen. Außerdem hat er erzählt, dass Slatters Kumpel vor zwei Wochen bei ihm eingezogen wären.«

»Sie sind dumme Arschlöcher«, schloss Eve, »und kriechen sicher bald schon in ihr Loch zurück.«

»Ich habe zwei Beamte dort postiert, die uns sofort Bescheid geben, wenn sie die Jungs sehen. Unser Zeuge Yuri Drew hat mitbekommen, wie sie aus dem Laden rannten, als er selbst gerade über die Straße ging. Er hat Bruster erkannt, weil er schon häufiger beim Basketball auf einem Platz hier in der Nähe Ärger mit ihm hatte und weil er im Laden war, als unser Opfer ihn und seine Kumpel rausgeschmissen hat. Obwohl er dem Namen nach nur Bruster kannte, hat er alle drei erkannt. Der arme Kerl ist während seiner Aussage zweimal in Tränen ausgebrochen«, fügte Peabody hinzu. »Weil sein Vater ...«

»... früher für die beiden tätig war, ich weiß«, beendete Eve den Satz.

»Er hat sich auf meinem Handcomputer ein paar Bilder angesehen, sie alle drei ohne zu zögern herausgepickt und kann es kaum erwarten, bis er endlich eine offizielle Aussage über die Schweinehunde machen kann. Haben Sie mich zur Ermittlungsleiterin gemacht, weil der Fall praktisch jetzt schon abgeschlossen ist?«

»Sie wissen doch selbst, wie oft ein Ball vom Rand des Korbes abprallt, wenn man denkt, man hätte ihn versenkt.«

Jetzt setzte auch Peabody sich eine Sonnenbrille auf, weswegen Eve mit einem Mal nur noch ihr Spiegelbild in den bunt schillernden Gläsern sah. »Wie zum Teufel können Sie durch diese Dinger sehen? Sieht damit vielleicht alles wie eine Märchenlandschaft aus?«

»Ich sehe ganz normal. Nur von außen sehen die Gläser wie zwei Regenbogen aus. Echt abgefahren, finden Sie nicht auch?«

Auf alle Fälle war die Brille nichts für eine Polizistin, dachte Eve, zuckte aber einfach mit den Achseln und wandte sich wieder ihrem eigentlichen Thema zu. »Wie wollen Sie jetzt weitermachen?«

»Wir sollten wahrscheinlich mit der Mutter und den Nachbarn sprechen, um herauszufinden, ob die drei vielleicht bei irgendeinem anderen Kumpel sind. Aber vorher klappern wir noch die Umgebung ab. Sie waren bekifft, wollten was futtern und sind deswegen in das Geschäft gegangen. Jetzt berauschen sie sich sicher noch daran, dass es unglaublich witzig war, die beiden Alten rumzuschubsen und den Supermarkt zu demolieren. Vielleicht ist ihnen klar, dass Ochi nicht mehr lebt, vielleicht aber auch nicht.«

Wenigstens hatte die Regenbogenbrille nicht auf ihre grauen Zellen abgefärbt, sagte sich Eve. Denn ihre Partnerin dachte auch weiter wie ein Cop. »Ich wette, dass sie das nicht wissen und dass sie so dämlich sind, weiter in der Nähe abzuhängen und abzuwarten, ob sich noch was anstellen lässt.«

»Der Zeuge und die Mutter haben mir eine Handvoll Treffpunkte der drei genannt. Die Kollegen sind schon auf der Suche, aber ...«

»... wenn wir beide auch noch nach dem Trio suchen, schadet das ganz sicher nicht. Wer fährt?«

Abermals riss Peabody die Augen auf, obendrein klappte ihr noch die Kinnlade herunter, und sie stieß mit schriller Stimme aus: »Ist das Ihr Ernst?«

»Sie sind die Ermittlungsleiterin.«

»Okay, das stimmt. Und deshalb fahre ich.« Sie schwang sich begeistert auf den Fahrersitz. »Davon habe ich geträumt, seit Sie das Ding von Roarke bekommen haben. Denn vielleicht sieht diese Kiste alt und klapprig aus, aber, Baby, sie ist Hightech im Quadrat.«

Das war sie, stimmte Eve ihr zu. Schließlich kannte sich ihr Mann bestens mit all diesen Dingen aus, und vor allem liebte er es, ihr etwas zu schenken. Wie den dicken Diamanten, der aussah wie eine große Träne, und den sie wie immer unter ihrem Hemd verborgen trug.

Er war exquisit und wunderschön und sicher mehr wert als das Bruttonationaleinkommen eines kleinen Staats. Aber wenn sie zwischen ihm und ihrer Klapperkiste wählen müsste, nähme sie auf alle Fälle das Gefährt.

»Ich habe einen Sexclub, einen Spielsalon, eine Pizzabude und den Sportplatz«, begann ihre Partnerin. »Ich könnte das Navi nach einer Route fragen, die uns so schnell wie möglich an all diese Orte bringt.«

»Klingt nach einem Plan.«

»Aber? Los. Ich denke schließlich auch mit nach, wenn Sie die Chefin sind.«

»Sie sind mit den Taschen voller Junk-Food aus dem Supermarkt gestürzt, warum also sollten sie in eine Pizzabude gehen, vor allem so zugedröhnt, wie sie anscheinend sind? Vielleicht würden sie in einen Sexclub gehen, wenn sie eine schnelle Nummer schieben wollten.«

»Aber?«, wiederholte Peabody.

»Sie haben gerade zwei alte Leute plattgemacht. Es ist unwahrscheinlich, dass sie wissen, dass einer der beiden gestorben ist. Denn für sie war dieser Überfall einfach ein Riesenspaß. Sie haben weder Geld noch die Eheringe, Uhren oder Geldbeutel der beiden eingesackt.«

»Und in einem Sexclub braucht man Geld. Vor allem, wenn man eine Nummer schieben will.«

»Sie haben jede Menge Junk-Food gutgemacht und gleichzeitig gezeigt, wie obercool sie sind. Wenn man high ist, sich für cool hält und sich gerade super amüsiert hat, will man damit angeben und vielleicht noch mal zeigen, dass man's draufhat.«

»Und das geht entweder im Spielsalon oder beim Basketball am besten. Verstehe. Also fahren wir erst mal dort vorbei. Wenn sie da nicht sind, klappern wir auch noch die beiden anderen Läden ab.«

»Das klingt nach einem wirklich guten Plan.«

Peabody gab die Ziele in das Navi ein. »Glauben Sie, sie wissen wirklich nicht, dass Ochi tot ist?«

»Sie sind high, blöd und Riesenarschlöcher. Aber keiner von den dreien denkt, dass er einen Mord auf seinem Konto hat. Denn als sie aus dem Supermarkt gerannt sind, haben sie sich lachend abgeklatscht. Wenn ihnen bewusst gewesen wäre, dass sie jemanden getötet haben, hätten sie die Frau wahrscheinlich auch noch umgebracht, auf alle Fälle hätte Yuri ihnen angemerkt, dass gerade etwas Furchtbares geschehen war. Aber das hat er nicht.«

Als Erstes gingen sie in den Spielsalon, der voller Leute war. Zwar war es in dem Laden nicht so heiß wie draußen, doch als Eve den Höllenlärm aus Klingeln, Pfeifen, Schreien, Brüllen und Gelächter hörte und die unzähligen bunten Lichter und das Blinken der Geräte sah, verstand sie trotzdem nicht, wie irgendwer an einem Sommernachmittag vor einer der Maschinen kleben konnte, statt in ein Café oder in eine Eisdiele zu gehen.

Der pummelige Angestellte mit dem teigigen Gesicht, der vorn am Eingang saß, sah achtlos auf die Fotos der Verdächtigen und räumte dann mit gleichmütiger Stimme ein: »Ja, stimmt. Die drei sind regelmäßig hier. Slash hat vor zwei Tagen sogar einen neuen Rekord am *Todesschützen* aufgestellt. Den ich persönlich brechen werde, wenn ich wieder mal zum Spielen komme, weil der Kerl ein blöder Wichser ist.«

»Waren sie auch heute hier?«, erkundigte sich Peabody.

»Nee. Sie tauchen meist erst abends auf und sind dann in der Regel total zugedröhnt.« Er zuckte mit den Achseln. »Was ham sie denn angestellt?«

»Wir müssen mit ihnen reden.« Peabody hielt ihm ihre Visitenkarte hin. »Rufen Sie mich an, wenn Sie sie sehen. Wie sieht denn der Rekord bei *Bust It* aus?«

Mit einem Mal bedachte der Kerl sie mit einem durchaus interessierten Blick. »Kennen Sie das Spiel?«

»Echt der Hammer, oder? Super schwierig, aber trotzdem habe ich es irgendwann geschafft, das Ass zu schlachten.« Während sie dies sagte, reckte sie drei Finger in die Luft. »Und inzwischen sogar einen Triple hingelegt.«

»Nicht schlecht«, erklärte er respektvoll. »Woll'n Sie jetzt noch mal Ihr Glück versuchen?«

»Ich muss leider wieder los, aber vielleicht komme ich irgendwann noch mal vorbei.«

»Das hoffe ich«, stellte er grinsend fest.

»Auf jeden Fall. Und falls sich die drei hier blicken lassen, rufen Sie mich an.«

Er griff sich ans Herz und steckte ihre Karte ein.

»Was sollte das denn?«, fragte Eve.

»Die Chancen, dass er anruft, standen ziemlich schlecht, denn eigentlich ist es ihm scheißegal, ob wir die Kerle kriegen oder nicht. Aber ich wollte nicht, dass er die Karte einfach wegwirft, deshalb dachte ich, am besten spreche ich ein Thema an, für das der Typ sich interessiert. Von Spielerin zu Spieler. War vielleicht ein bisschen dämlich, aber hat auf alle Fälle funktioniert.«

»Das stimmt«, erklärte Eve und brachte Peabody mit ihrem beeindruckten Nicken zum Lachen, während sie an mit Graffiti geschmückten Fertighäusern, die kurz nach den Innerstädtischen Revolten eilig hochgezogen worden waren, vorüberfuhr.

Auf den abbröckelnden Eingangsstufen hockten Männer, die nichts anderes zu tun hatten, als an Bier- und Schnapsflaschen zu nuckeln, die in braunes Packpapier gehüllt waren, während auf den Bürgersteigen kleine Gruppen jugendlicher Schlägertypen standen, deren tätowierte, schweißglänzende Körper in der Sonne brieten.

Ein rostiger Zaun umgab den löchrigen Asphalt des Sportplatzes, an dessen Rand ein Haufen Abfall lag. Die Scherben auf dem Müll, den irgendwer vom Platz gefegt oder geschoben hatte, glitzerten wie Diamanten, was den jungen Männern, die dort gerade spielten, aber sicher noch nicht aufgefallen war.

Sie waren um die 20, spielten teilweise mit nackten Oberkörpern, diverse Schürfwunden und blaue Flecken zeigten, dass sie schon des Öfteren zu Fall gekommen waren. Zwei Teenies saßen in der Ecke und versuchten, mit den Zungen durch den Hals des jeweils anderen bis an dessen Nabel zu gelangen, andere Zuschauer lehnten am Zaun und ließen einen Schwall an lautstarken Beleidigungen auf die Spieler niedergehen.

Peabody hielt hinter einem Kombi, der erst ausgeschlachtet und dann mit der Aufschrift FUK U auf der stark verbeulten Kühlerhaube stehen gelassen worden war.

»Traurig, wenn man nicht mal weiß, wie *fuck* geschrieben wird«, bemerkte Eve.

»Bruster«, meinte Peabody und zeigte mit dem Kinn in Richtung Platz.

»Ja, die beiden anderen Arschlöcher sind auch da.«

»Am besten rufe ich erst mal Verstärkung.«

»Uh-huh.«

Eve verfolgte das Geschehen auf dem Platz. Die drei spielten in T-Shirts, und der Schweiß hatte den Stoff an ihren Oberkörpern festgeklebt. Jimmy K. hatte sich die schlabberige Hose bis zu den knubbeligen Knien aufgerollt, und seinem Laufrhythmus zufolge stand er kurz vor einem Zusammenbruch. Er schwitzte wie ein Schwein, und offenkundig ließ die Wirkung der von ihm genossenen Drogen langsam, aber sicher nach. Bruster hatte einen feuerroten, schweißglänzenden Kopf, seinem wütenden Gesichtsausdruck zufolge trat die gegnerische Mannschaft ihm und seinen Kumpels gerade kräftig in den Arsch. Leon rannte hechelnd wie ein Hund über den Platz, selbst auf die Entfernung konnte Eve das Heben und Senken seines Brustkorbs sehen.

»Sie sind fix und fertig«, meinte sie. »Wahrscheinlich wäre selbst ein einbeiniges Kleinkind schneller als die drei.«

»Verstärkung kommt in vier Minuten.«

Als Eve einfach schweigend nickte, rutschte Peabody auf ihrem Sitz herum. »In Ordnung, schnappen wir uns die Arschlöcher.«

»Okay.«

Eve stieg aus dem Wagen, als sie die Straße überquerte, merkten einige der Zuschauer, dass Cops im Anmarsch waren. Die einen verzogen die Gesichter, andere blinzelten nervös, wieder andere bemühten sich um einen möglichst ausdruckslosen Blick und hofften offenbar, sie würden dadurch unsichtbar.

Auf dem Platz stieß Bruster seinem Gegenspieler wenig

sanft den Ellenbogen in den Magen, und der wilde Krieg, der daraufhin entbrannte, gab den beiden Frauen Gelegenheit, den Sportplatz zu erreichen, ohne dass einer der drei Typen es mitbekam.

Eve tippte die Nabelkitzler mit der Spitze ihres Stiefels an und schlug die Jacke über ihrem Waffenhalfter auf. »Verzieht euch, ja?« Erschrocken rappelten die zwei sich auf und brachten sich in Sicherheit.

Ohne auf die anderen Zuschauer zu achten, die spontan beschlossen, dass es Zeit zum Aufbruch war, marschierte sie zu Slatter, der blutend auf dem Boden lag, und stellte einen Fuß auf seine Brust.

»Bleib, wo du bist. Wenn du dich rührst, verpasse ich dir eins mit meinem Stunner, und zwar so, dass du dir in die Hose machst.« Sie zückte ihre Waffe, während Peabody versuchte, Ellbogen und Fäusten auszuweichen und die Hand nach Bruster auszustecken, der in einem Knäuel von Kämpfern auf der Erde lag.

Jimmy K. saß etwas abseits, tastete nach seiner aufgesprungenen Lippe und stieß heulend aus: »Wir haben nichts gemacht. Der kleine weiße Bastard da ist einfach auf mich losgegangen.«

»Ach ja?« Er hatte offenbar vergessen, dass er in einem Markt gewesen und mit seinen Freunden selber auf zwei unschuldige Menschen losgegangen war. »Bleib da sitzen«, wies sie ihn mit kalter Stimme an.

Aber Bruster wusste eindeutig noch, was in dem Markt passiert war. Seine Augen blitzten, als Peabody ihn von seinem Gegner zerrte und versuchte, sich als Polizistin auszuweisen, während seine Faust in ihre Richtung flog.

Als Slatter sich bewegte, trat Eve ihm einfach ein wenig

fester auf die Brust. »Ich kann dir auch gerne ein paar Rippen brechen und behaupten, dass das während eures Spiels geschehen ist. Überleg dir also, was du tust.«

Peabody blockte geschickt den nächsten Schlag von Bruster ab. Trotzdem landete seine Faust auf ihrer Schulter und traf sofort danach ihr Ohr.

Die Regenbogen-Sonnenbrille rutschte über ihre Nase, und sie schlug eher halbherzig zurück.

Sie war einfach zu schwerfällig, erkannte Eve, Peabody überraschte ihren Gegner nicht.

Bruster riss den Störsender aus seiner Tasche, und Eve zückte ihre eigene Waffe, doch im selben Augenblick erklärte Peabody erbost: »Verdammt!« und trat ihm kraftvoll in den Unterleib.

Keuchend ließ der Kerl sich auf den Boden sinken, und der Sender flog in hohem Bogen durch die Luft.

»Du bist verhaftet!«, schnauzte Peabody und fing den Sender auf, bevor sie Bruster auf den Rücken rollte und die Handschellen klicken ließ.

Während Eve ihr in Gedanken noch zu ihren Reflexen gratulierte, blickte Peabody auf Jimmy K., der langsam rückwärts krabbelte, und fragte ihn: »Soll ich rüberkommen?«

Er erstarrte. »Also bitte. Das war schließlich nur ein Spiel. Machen Sie sich nicht ins Hemd.«

»Wer sich gleich ins Hemd macht, bin bestimmt nicht ich.« Sie richtete sich wieder auf und blickte kurz zu Eve, die Slatter auf die Beine zog. »Aufs Gesicht«, befahl sie Jimmy K. und drehte ihm die Arme auf den Rücken, während die Verstärkung mit laut heulenden Sirenen näher kam.

»Bestellen Sie eine Ambulanz«, befahl Peabody dem Beamten, der als Erster auf der Bildfläche erschien. »Ein paar von diesen Burschen brauchen einen Arzt. Und lassen Sie sich ihre Namen geben«, fügte sie hinzu. »Denn wir können sie als Zeugen dafür brauchen, dass sie von den Typen, die wir festgenommen haben, tätlich angegriffen worden sind. Danach nehmen Sie die Kerle mit.«

»Zu Befehl, Ma'am.«

Grinsend blickte Peabody auf Eve, sie stellte tonlos fest: »*Er hat mich Ma'am genannt*«, und räusperte sich kurz. »Lieutenant, bitte sagen Sie den Wichsern, weswegen sie festgenommen worden sind, und klären Sie sie über ihre Rechte auf.«

»Mit Vergnügen. Bruster Lowe, Leon Slatter und Jimmy K. Rogan, Sie stehen unter Mordverdacht ...«

»Wir haben niemanden ermordet!«, kreischte Jimmy K. und ließ sich widerstrebend von zwei Polizisten bis zu einem Streifenwagen ziehen. »Sie haben die falschen Typen, Mann. Wir ham nur Ball gespielt.«

»Außerdem geht's um versuchten Mord, tätlichen Angriff, Zerstörung von fremdem Eigentum, Diebstahl und in Brusters Fall Widerstand gegen die Festnahme und tätlichen Angriff auf eine Polizistin. Vielleicht gehen wir einfach zum Spaß sogar so weit und machen daraus noch einen versuchten Mord.«

Als die drei im Streifenwagen saßen, fuhr sich Peabody mit beiden Händen durchs Gesicht und befingerte ihr rotes Ohr. »Das war wirklich gute Arbeit. Aber sie hat ganz schön wehgetan.«

»Sie sind ziemlich schwerfällig.«

»Also bitte, keine bösen Kommentare über mein Gewicht, solange ich die Chefin bin.«

»Es geht mir nicht um Ihr Gewicht, obwohl man denken könnte, Ihre Füße wären aus Blei. Außerdem sind Sie zu zögerlich. Sie haben ausgezeichnete Reflexe, aber wenn Sie sich bewegen, müssen Sie erheblich schneller sein. Polieren Sie Ihre Nahkampftechnik etwas auf.«

»Da mein Ohr noch immer klingelt, sollte ich das vielleicht wirklich tun.«

»Immerhin haben Sie ihn erledigt, also haben Sie Ihre Sache trotzdem wirklich gut gemacht.« Während Eve dies sagte, schrillte plötzlich die Alarmanlage ihres Wagens und ein hoffnungsfroher Autoknacker landete infolge eines Stromschlags wenig sanft auf seinem Hinterteil.

»Gut zu wissen, dass es funktioniert.« Sie schlenderte in Richtung des Gefährts, ließ aber den kleinen Gauner hinkend seiner Wege gehen, denn schließlich hatte ihm die Kiste selbst bereits eine Lektion erteilt.

»Ich habe Durst und will was trinken«, meinte Peabody im Ton der Chefin, die sie seit zwei Stunden war. »Auf dem Weg zur Wache halte ich noch kurz irgendwo an. Weil ich diese Kerle erst noch etwas schwitzen lassen will. Ich habe die Kollegen angewiesen, sie zu trennen und schon einmal Verhörräume zu reservieren. Jimmy ist das schwache Glied der Kette, stimmt's? Deshalb knöpfen wir ihn uns als Ersten vor.«

»Okay.«

»Ich will der böse Bulle sein.«

Sagte der Cop, vor dessen Augen man zwei Regenbogen sah.

»Sollte ich mir Sorgen um Sie machen?«, fragte Eve.

»Ich darf nie der böse Bulle sein. Aber jetzt bin ich Ermittlungsleiterin, deshalb werde ich heute mal die Oberhexe spielen, während Sie das sanfte, mitfühlende Frauchen sind. Er hat schon bei der Festnahme geflennt. So böse muss ich also sicher gar nicht sein.«

»In Ordnung«, meinte Eve und lehnte sich bequem auf ihrem Sitz zurück. »Aber die Getränke zahlen Sie.«

Jimmy K. flennte noch immer, als die beiden Frauen das Verhörzimmer betraten, doch obwohl er wie ein Häuflein Elend wirkte, starrte Peabody ihn bitterböse an. »Vernehmung von Jimmy K. Rogan durch Detective Delia Peabody und Lieutenant Eve Dallas wegen des Mordes an Charlie Ochi sowie einer Reihe anderer Straftaten, die damit in Verbindung stehen.«

»Ich habe niemanden ermordet!«, heulte Jimmy K.

»Halt die Klappe!« Peabody warf ihren Aktenordner auf den Tisch, zog die Aufnahme des Mordopfers daraus hervor und klatschte sie dem Jungen hin. »Siehst du das hier, Rogan? Das warst du und deine Freunde.«

»Nein, das waren wir nicht. Das waren wir nicht.«

»Und hier.« Sie legte ihm die Aufnahmen vom Loch in Mrs Ochis Kopf, von ihrem blauen Auge und dem angeschwollenen Kiefer hin. »Na, ist dir blödem Dreckskerl einer abgegangen, während du auf eine alte Oma losgegangen bist?«

»Das bin ich nicht. Das bin ich nicht.«

Peabody sprang auf.

»Warten Sie einen Moment.« Entsprechend ihrer Rolle drückte Eve die Partnerin zurück auf den Stuhl. »Geben Sie ihm eine Chance, ja? Der arme Kerl sieht ziemlich fertig aus. Ich habe was zu trinken mitgebracht. Willst du eine Pepsi, Jimmy K.?«

»Ja, Mann, ja.« Gierig riss er ihr die Dose aus der Hand und hob sie an seinen Mund. »Ich habe niemanden ermordet. Sicher nicht.«

»Wir haben Zeugen, Arschloch.«

»Uh-uh.« Er schüttelte den Kopf. »Das kann nicht sein. Denn schließlich war niemand im Laden, als wir reingegangen sind, und außerdem hat Skid die Kamera zerstört.«

Meine Güte, dachte Eve, so dämlich konnte man doch gar nicht sein. »Du warst heute also in Ochis Supermarkt?«, hakte sie nach. »Zusammen mit Bruster Lowe alias Skid und Leon Slatter alias Slash?«

»In Ordnung, ja. Wir wollten was zu futtern, wissen Sie? Also sind wir los und ham uns was besorgt.«

»Macht ihr jedes Mal die Überwachungskameras kaputt, wenn ihr in einen Laden geht?«, erkundigte sich Peabody.

»Wir haben nur ein bisschen Spaß gemacht, verstehen Sie?«

»Ein bisschen Spaß gemacht?«, schrie Peabody ihn an und hielt ihm Ochis Foto vors Gesicht. »So etwas nennt ihr Spaß?«

»Nein, Mann, nein, Ma'am. Das war ich nicht.«

»Entspann dich, Jimmy K.«, bat Eve mit einem missbilligenden Blick auf ihre Partnerin. »Störsender sind illegal, auch, wenn sie selbst gebastelt sind.«

Er seufzte abgrundtief. »Ich weiß. Aber wissen Sie, ich habe nur ein bisschen mit den Sachen rumexperimentiert. Ich arbeite als Aushilfe in einem Elektronik-Shop und kriege dabei jede Menge mit. Lauter Zeug, was wirklich lehrreich ist. Als ich erzählt habe, ich könnte aus den Einzelteilen, die dort im Laden rumliegen, einen Störsender zusammenbauen, haben Skid und Slash behauptet, dafür wäre ich doch viel zu blöd. Also musste ich ihnen beweisen, dass ich das wirklich kann. Ich habe stundenlang an diesem Ding gesessen, Mann. Und dann waren sie plötzlich total heiß drauf, es zu testen. Mann, Sie wissen doch, wie's ist, wenn man zusammen abhängt und was eingeworfen hat. Da kommt man ab und zu auf dämliche Ideen.«

»Ja.« Eve nickte. »Sicher weiß ich das.«

»Wir ham das Ding an Slashs Computer ausprobiert, dabei ging die Kiste drauf. Skid und ich ham uns vor Lachen fast ins Hemd gemacht. Aber Slash war ziemlich angepisst und wollte mir den Sender aus der Hand reißen, doch ich habe ihn festgehalten und dabei aus Versehen noch einmal auf den Auslöser gedrückt. Slash hat einen Riesenschlag gekriegt. Gott, Sie hätten sehen sollen, wie der gesprungen ist. Wir haben uns fast totgelacht. Und danach ham wir noch ein bisschen rumgespielt, uns gegenseitig Stromschläge verpasst und die Stärke immer weiter raufgedreht. Dann hatten wir plötzlich Hunger und haben gedacht, verdammt, am besten gehen wir zu Ochis, holen uns was zu futtern und spielen im Laden noch ein bisschen mit dem Zipzap rum. So haben wir das Ding genannt. Zipzap. Ich habe es ganz allein gebaut.«

Eve hörte den Stolz, der bei dem Satz in seiner Stimme lag, und sah das Mitgefühl im Blick der Partnerin.

»Das war bestimmt nicht einfach, Jimmy K.«, erklärte sie, während sie Peabody ans Schienbein trat.

Sofort setzte diese wieder eine bitterböse Miene auf. »Du Arschloch«, fauchte sie. »Ihr wart also in Ochis Supermarkt, um dort zu klauen, den Laden zu zertrümmern und die beiden alten Leute mit einem verbotenen, elektronischen Gerät zu attackieren, das Kameras blockiert und

Menschen Stromschläge verpasst? Und hattet zur Vorsicht auch noch ein paar Plastiktüten voller Sand dabei?«

»In Ordnung, hören Sie zu, hören Sie mir einfach zu.« Er streckte beschwichtigend die Hände aus. »Wir waren drauf und hatten Hunger. Das Zeug in Ochis Laden ist echt lecker, nur dass uns der alte Mann schon öfter rausgeworfen hat. Einmal hat er sogar bei den Bullen angerufen und Skid in der Wohnung seiner Alten abholen lassen, nur weil wir in seinem Laden aus Versehen irgendwelche Sachen umgeschmissen hatten oder so. Wir wollten nur etwas zu futtern und den beiden deutlich machen, dass sie uns in Ruhe lassen sollen. Wollten ihnen einen kleinen Schreck einjagen, weiter nichts.«

»Also wolltet ihr den Supermarkt nur überfallen«, griff Eve den Rhythmus seiner Worte auf. »Ihr habt das Zipzap und die sandgefüllten Plastiktüten eingepackt und seid in der Absicht, diese beiden alten Menschen zu beklauen, einzuschüchtern, und falls sie euch Ärger machen, vielleicht etwas zu verprügeln, in dem Laden aufgetaucht.«

»Ja, genau. Wir waren einfach gut drauf, Mann. Skid hatte das Zipzap, weil er an der Reihe war, und he, der Alte hatte ihm schließlich schon mal die Bullen auf den Hals gehetzt und so. Also hat er erst einmal die Kamera kaputtgemacht. Aber die alte Lady, wissen Sie, die hat das alles mitbekommen, also hat ihr Slash eine verpasst.«

»Leon Slatter alias Slash hat mit einer sandgefüllten Plastiktüte auf die alte Frau eingeschlagen«, wiederholte Eve, »weil sie euch angeschrien hat.«

»Genau. Sie hat gekreischt, wir sollten aufhören, also hat Slash ihr eine verpasst, damit sie die Klappe hält. Ich habe währenddessen ein paar Chips und Süßigkeiten und so eingesteckt, doch plötzlich kam der Alte aus dem Nebenraum geschossen und ist völlig ausgeflippt. Er wollte sich auf mich stürzen, also habe ich mich gewehrt und ihm eine geschmiert. Danach hat er sich auf Skid geworfen und noch immer wie ein Wilder rumgebrüllt, also hat Skid ihn mit meinem Zipzap abgewehrt. Danach ham wir noch ein paar Regale umgeschmissen, dann sind wir abgehauen. Sehen Sie? Wir haben den alten Mann nicht umgebracht.«

Peabody zog ein Papier aus ihrem Ordner. »Das hier ist der Autopsiebericht von Ochi. Weißt du Arschloch, was das ist?«

Er leckte sich die Lippen. »Eine Autopsie ist, wenn man tote Menschen aufschneidet. Echt eklig, Mann.«

»Als sie diesen toten Menschen aufgeschnitten haben, haben sie herausgefunden, dass der Mann an einem Herzstillstand gestorben ist.«

»Ich habe doch gesagt, dass wir's nicht waren.«

»An einem Herzstillstand infolge eines Stromschlages, den er durch ein elektrisches Gerät bekommen hat. Dessen Abdruck deutlich auf der Brust zu sehen ist. Ihr habt diesen Mann also mit deinem Zipzap umgebracht.«

Jimmy riss die Augen auf. »Nein. Scheiße, nein.«

»Doch, Scheiße, doch.«

»Das war ein Unfall, Mann. Ein Unfall, okay?«, wandte er sich unglücklich an Eve.

Doch die war inzwischen den guten Bullen leid. »Ihr seid in den Supermarkt gegangen, um das Eigentum der Ochis zu zerstören und sie auszurauben, einzuschüchtern und den beiden sowie jedem anderen, der möglicherweise dort gewesen wäre, körperlichen Schaden zuzufügen. Entweder mit euren sandgefüllten Plastiktüten oder mit einem verbotenen, elektronischen Gerät, von dem ihr wusstet, dass es jemanden verletzen kann. Wie du selber zugegeben hast, habt ihr die beiden Menschen ausgeraubt, ihr Eigentum zerstört und ihnen körperlichen Schaden zugefügt. Weißt du, wie die Polizei es nennt, wenn jemand infolge einer Straftat oder während der Begehung einer Straftat stirbt? So etwas nennt sie Mord.«

»Das kann nicht sein.«

»Oh doch«, versicherte ihm Eve.

2

Eve ließ Peabody das Tempo während der Vernehmungen bestimmen. Und obwohl es vielleicht etwas länger dauerte, als es bei ihr selbst der Fall gewesen wäre, gab sie unumwunden zu, dass ihre Partnerin dabei sehr gründlich vorging. Am Ende des langwierigen Prozesses landeten drei brandgefährliche Idioten hinter Gittern und brächten dort ohne Zweifel mehrere Jahrzehnte ihres sinnentleerten Lebens zu.

In ihrem Büro wies sie in Richtung AutoChef und stellte gespielt verwundert fest: »Ich sehe keinen Kaffee für mich auf dem Schreibtisch stehen. Wenn Sie daran etwas ändern, können Sie sich auch einen bestellen.«

Peabody holte zwei volle Becher und gab einen davon weiter.

»Gute Arbeit«, meinte Eve und stieß zur Feier des Erfolgs mit ihrem Becher gegen den der Partnerin.

»Das war schließlich eine todsichere Sache.«

»Aber nur, weil Sie so gründlich waren. Sie haben wichtige Details aus einem Zeugen rausgeholt und sie sinnvoll mit den Aussagen der Frau des Opfers und mit den Beweismitteln, die wir am Tatort eingesammelt haben, in Zusammenhang gebracht.«

Eve lehnte sich auf ihrem Schreibtischstuhl zurück und legte die Füße auf den Tisch. »Sie sind Ihrem Instinkt gefolgt und haben die Verdächtigen gefunden, statt darauf zu warten, dass eins von den Teams, die bereits auf der Suche waren, irgendwo auf diese Kerle stößt.«

Peabody setzte sich vorsichtig auf den nicht gerade einladenden Besucherstuhl, der vor dem Schreibtisch stand. »Sonst hätten Sie mir sicher in den Arsch getreten. Weil das schließlich unser Fall, unser Opfer und deshalb auch unsere Verdächtigen gewesen sind.«

»Da haben Sie durchaus recht. Und ebenso zu Recht haben Sie sich zuerst das schwächste Glied der Kette vorgeknöpft und geschickt dazu gebracht, nicht nur alles zu gestehen, sondern auch mit Einzelheiten rauszurücken. Ihnen zu erzählen, wer was wann und wie gemacht hat und vor allem, dass Bruster Lowe absichtlich mit dem Störsender auf Ochi losgegangen ist. Sie haben es dadurch geschafft, den Druck auf Slatter zu erhöhen, obwohl er deutlich zäher ist als Jimmy K.«

»Wahrscheinlich ist sogar Kartoffelbrei noch zäher als das Weichei Rogan, aber hören Sie trotzdem bitte noch nicht auf, sondern erzählen mir weiter, was für eine geniale Ermittlerin ich bin.«

»Sie haben die Sache nicht vermasselt«, meinte Eve, und Peabody hob grinsend ihren Kaffeebecher an den Mund. »Sie haben Slatter damit weich gekriegt, dass Rogan ihn verpfiffen hat – was Sie ihm dadurch beweisen konnten, dass Sie Einzelheiten wussten, die Sie niemals hätten wissen können, hätte diese Memme nicht die Klappe aufgemacht. Slatter war so angepisst, dass er versucht hat, seine Kumpel tiefer reinzureißen als sich selbst. Schließlich hat Jimmy K. die Waffe hergestellt und Bruster hatte die Idee, in das Geschäft zu gehen, und ist dann mit der Waffe auf den alten Ochi los. Deswegen dachte er, er könnte es so darstellen, als hätte er im Grunde mit der ganzen Sache nichts zu tun gehabt. Und Sie haben ihn denken lassen, dass er damit durchkommt.«

»Ja. Woran Sie allerdings als guter Bulle nicht ganz unbeteiligt waren. Aber eine geniale Ermittlerin weiß eben auch, wann Teamwork sinnvoll ist.«

»Schlachten Sie die Sache meinetwegen noch ein paar Minuten aus«, bot Eve ihr freundlich an.

»Auf jeden Fall. Wir haben den Typen richtiggehend vorgeführt.«

»Auf alle Fälle war es schlau, ein verächtliches Gesicht zu machen und ihm so zu zeigen, dass wir ihn bereits im Sack haben, egal, was er uns noch erzählt. Weil man bei solchen Typen nur mit Häme und Sarkasmus was erreicht. Denn er ist nicht völlig dämlich, und wenn Sie versucht hätten, ihm Feuer unter dem Arsch zu machen, hätte er eventuell nach einem Rechtsbeistand verlangt. Die Kälte hat bei ihm erheblich besser funktioniert.«

»Ich glaube, irgendwie war ihm bewusst, dass Ochi tot war, als er das Geschäft verlassen hat, und irgendwie hat er dem alten Mann den Störsender aufs Herz gedrückt, weil oder obwohl er wusste, dass der Stromschlag vielleicht tödlich für ihn ist.«

Nicht nur Instinkt und Teamwork, sondern auch Verständnis gehörte zum Handwerkszeug einer genialen Polizistin, dachte Eve.

Genau wie Sachlichkeit.

»Da haben Sie wahrscheinlich recht, aber trotzdem hätten wir die Typen niemals wegen Mordes drangekriegt. Sie haben aus der Sache rausgeholt, was rauszuholen war, und wenn man den versuchten Angriff durch Bruster auf Sie dazu nimmt, haben wir die drei im Sack. Sie werden länger hinter Gitter sitzen, als sie bisher frei herumgelaufen sind. Das bringt Mrs Ochi ihren Mann natürlich nicht zurück, aber am besten rufen Sie sie trotzdem sofort an, um ihr zu sagen, dass die Kerle, die ihn ihr genommen haben, bereits angefangen haben, für die Tat zu zahlen.«

»Vielleicht rufen besser Sie sie an. Denn schließlich haben Sie vorhin mit ihr gesprochen, deswegen würde es ihr sicher mehr bedeuten, wenn Sie selbst ihr sagen, dass die Mörder ihres Mannes von uns festgenommen worden sind.«

»Okay.«

»Und ich rufe den Zeugen an.« Peabody stieß einen Seufzer aus. »Es hat mir wirklich Spaß gemacht, den bösen Bullen rauszukehren. Aber irgendwie habe ich dabei Kopfschmerzen gekriegt.«

»Weil Ihnen diese Rolle ganz einfach nicht auf den Leib geschneidert ist. Sie haben das natürliche Talent, eine Verbindung zu den Menschen aufzubauen, und diese Fähigkeit zu nutzen, um Verdächtige dazu zu bringen, Ihnen zu vertrauen. Was wirklich nützlich ist. Natürlich können Sie, wenn nötig, auch das Arschloch spielen, aber trotzdem fällt es Ihnen leichter, Leuten während der Verhöre Brei ums Maul zu schmieren. Und jetzt schreiben Sie noch den Bericht.«

»Ich bin die Ermittlungsleiterin. Da gehört doch sicher auch dazu, dass ich Sie zum Schreiben des Berichts verdonnern kann.«

»Nein. Weil ich noch immer Ihre Vorgesetzte bin – und finde, dass die Sache jetzt genügend ausgeschlachtet worden ist. Also werde ich Ihnen meine Notizen schicken, und nach dem Gespräch mit Ihrem Zeugen schreiben Sie noch schnell Ihren Bericht und fahren dann heim.«

Peabody erhob sich sachte von dem wackligen Besucherstuhl. »Es war ein guter Tag. Nicht für die Ochis«, schränkte sie zusammenzuckend ein. »Aber ... Sie wissen schon. Ich bin irgendwie noch total aufgedreht. Vielleicht spiele ich, wenn ich nach Hause komme, noch einmal den bösen Bullen. Wollen wir doch mal sehen, was mein Schätzchen dazu sagt.«

Eilig presste Eve den Zeigefinger auf ihr wild zuckendes Lid. »Denken Sie etwa, es interessiert mich, was für abartige Spielchen Sie und Ian spielen?«

»Eigentlich wollte ich nur meine Vernehmungstechnik üben, aber wo Sie es erwähnen ...«

»Raus.«

»Ich bin schon weg. Und nochmals danke, Dallas.«

Eve zog ihre Füße von der Schreibtischplatte und hob den Kaffeebecher an den Mund. Sie würde Peabody ihre Notizen schicken und einen Vermerk in ihrer Akte machen, dass die Leitung der Ermittlungen durch ihre Partnerin hervorragend gewesen war.

Danach würde sie nach Hause fahren und auf diese Weise einen Arbeitstag beschließen, der tatsächlich rundum gut gewesen war.

Sie warf einen Blick auf die Uhr und fluchte. Denn sie käme wieder einmal später als erwartet heim. Und den Eheregeln nach müsste sie Roarke anrufen, um ihm mitzuteilen, wann mit ihr zu rechnen war.

Während sie jedoch nach ihrem Link griff, ging ein Anruf für sie ein.

»Morddezernat. Eve Dallas.«

»Lieutenant.« Auf dem Bildschirm tauchte das Gesicht von Mrs Ochi auf. »Tut mir leid, dass ich so spät noch störe, aber … haben Sie vielleicht schon etwas rausgefunden?«

»Allerdings. Und ich wollte Sie gerade kontaktieren. Denn wir haben alle drei geschnappt, sie haben gestanden, sitzen hinter Gittern und der Staatsanwalt ist zuversichtlich, dass das auch für lange, lange Zeit so bleiben wird.«

»Sie haben sie erwischt.«

»Ja, Ma'am.«

In Mrs Ochis leuchtend grünen Augen sammelten sich Tränen. Eilig warf sie sich die Hände vors Gesicht und stieß leise schluchzend »Danke. Danke« aus.

Eve ließ sie erst einmal weinen, und als Mrs Ochis Sohn und Tochter auf dem Monitor erschienen und sie tröstend in die Arme nahmen, ging sie ruhig auf deren Fragen ein.

Bis zum Ende des Gesprächs war sie in Gedanken wieder ganz auf ihre Arbeit konzentriert. Eilig ging sie ihre Aufzeichnungen durch, schickte sie an ihre Partnerin und lief dann durch das Dezernat, in dem Peabody noch hinter ihrem Schreibtisch saß.

»Bis morgen.«

»Ja, bis morgen.«

Es würde noch ein wenig dauern, ehe sie daheim den bösen Bullen spielen könnte, dachte Eve, als sie den Raum verließ – und wünschte sich, sie hätte den Gedanken nie gehabt. Denn dabei fiel ihr ein, dass sie vergessen hatte, Roarke Bescheid zu geben, dass sie also wieder einmal eine schlechte Ehefrau gewesen war.

»Verdammt.«

Noch während sie ihr Handy aus der Hosentasche zerrte, sah sie, dass Carmichael auf sie zugelaufen kam.

»Lieutenant!«, rief der weibliche Detective ihr bereits von weitem zu. »Santiago und ich haben diese Wasserleiche, und ich wollte noch ein paar Aspekte des Falls mit Ihnen durchgehen.«

»Reden Sie im Gehen, ich bin nämlich gerade auf dem Sprung.«

Sie nahm die Gleitbänder und nicht den Lift, damit Carmichael etwas Zeit für den Bericht bekam. Zwischen zwei Bändern blieben sie kurz stehen und Carmichael zupfte sich nervös am Ohr.

»Wir würden diese Sache gerne heute Abend noch zum Abschluss bringen. Wäre das okay?«

»Auf jeden Fall. Die Überstunden boxe ich dann morgen beim Commander durch.«

»Danke, Lieutenant.«

»Und wie kommen Sie mit dem neuen Burschen klar?«

»Santiago ist okay. Er hat einen guten Riecher, und allmählich stellt sich zwischen uns ein guter Rhythmus ein.«

»Gut zu wissen. Waidmannsheil, Carmichael.«

Für den Rest des Wegs in die Garage stieg sie in den Lift und dachte an Carmichaels Wasserleiche, die Aspekte dieses Falls und die Überstunden, die noch nicht genehmigt worden waren.

Auf der Straße kam sie wieder einmal nur im Schritttempo voran und verkürzte sich die Zeit, indem sie ein ums andere Mal die Fahrspur wechselte und sich zum Ärger derer, die sie überholte, in die winzig kleinen Lücken dicht vor deren Kühlerhauben schob. Als sie wieder an die Eheregeln dachte, war sie schon fast daheim.

Es hätte keinen Sinn mehr, jetzt noch anzurufen, dachte sie. Am besten machte sie es einfach anders wieder gut. Wahrscheinlich hatte er gearbeitet, solange sie nicht da gewesen war, und wenn sie gleich nach Hause käme, würde er sich sicher über ein feudales Abendessen freuen. Sie würde sogar so weit gehen, es selber zu bestellen – irgendeine dieser schicken, aufwändigen Mahlzeiten, die er so liebte – und dazu noch eine Flasche Wein aufmachen, den er gerne trank.

Sie könnten sich entspannen und gemütlich abhängen, vielleicht mit einem dieser alten Filme, die er gerne sah. Schließlich machten Eheleute so etwas, wenn sie zu Hause waren. Zum Abschluss gäbe es vielleicht noch ehelichen Sex.

Ohne Mord, ohne Chaos, ohne Arbeit, ohne Druck. Nur sie zwei allein. Verdammt, vielleicht ginge sie sogar so weit, eins von diesen sexy Outfits zur Verführung ihres Partners aus dem Schrank zu kramen, passende Musik zu wählen und ihm dadurch zu beweisen, dass sie durchaus zu Romantik fähig war.

Zufrieden mit dem Plan preschte sie durch das Tor des Grundstücks und fing an zu lächeln, als sie all die Lichter hinter den zahlreichen Fenstern des prächtigen, steinernen Gebäudes schimmern sah. Sie könnten draußen essen, dachte sie, auf einer der Terrassen. Nachdenklich betrachtete sie die diversen Türmchen und Rondelle. Vielleicht auf der Dachterrasse mit dem kleinen Schwimmbad und dem wunderbaren Blick über die Stadt.

Das wäre rundherum perfekt.

Sie ließ den Wagen vor der Haustür stehen und ging hinein.

Sie sagte sich, sie wäre viel zu gut gelaunt, um sich daran zu stören, dass Summerset wahrscheinlich in der Eingangshalle lauerte, um sie mit einem bösen Blick zu strafen, weil sie wieder einmal zu spät nach Hause kam.

Doch das Foyer war menschenleer, und verwundert blieb sie stehen.

Kein Summerset?

»Anscheinend hast du eine Glückssträhne«, sagte sie sich und joggte in den ersten Stock.

Sie blickte durch die Tür des Arbeitszimmers ihres Liebsten, doch zu ihrer Überraschung saß er nicht an seinem Schreibtisch, machte irgendein Geschäft oder schloss Berechnungen zu irgendwelchen technischen Problemen ab.

Stirnrunzelnd trat sie vor den hausinternen Monitor und fragte: »Wo ist Roarke?«

Geliebte Eve, Roarke ist auf der hinteren Terrasse, Sektor zwei im ersten Stock.

»Das Haus ist in Sektoren aufgeteilt? Wo ist …«

Die Örtlichkeit ist rot markiert.

»Okay.« Sie suchte auf der Hauskarte, bis sie das rote Blinklicht fand. »Ich hab's.«

Was machte er denn dort? Vielleicht trank er einen Schluck mit Summerset, das würde schließlich auch erklären, weshalb der Kerl nicht im Foyer gewesen war. Vielleicht unterhielten sie sich über alte Zeiten, über irgendwelche Trickbetrügereien, Einbrüche und andere Dinge, über die man in der Gegenwart von einer Polizistin für gewöhnlich höflich schwieg.

Doch jetzt hätten sie genug in der Erinnerung geschwelgt ...

Sie trat auf die Terrasse und blieb wie angewurzelt stehen. Roarke saß wirklich dort mit Summerset zusammen, doch sie hielten nicht nur Gläser in den Händen, sondern sie waren auch nicht allein.

Zwei Menschen, die sie nie zuvor gesehen hatte, saßen ihnen gegenüber an dem hübsch mit einer weißen Leinendecke und mit sanft flackernden Kerzen eingedeckten Tisch und genossen dort ein schickes, aufwändiges Mahl.

Das fremde Paar bestand aus einer Frau von vielleicht Mitte 60 und aus einem gleichaltrigen Mann. Sie hatte kurz geschnittenes, glattes, goldenes Haar und große Kulleraugen, und ihr Partner sah mit seinem sorgfältig gestutzten Ziegenbärtchen und dem kantigen Gesicht wie ein Gelehrter aus.

Alle lachten schallend, während Roarke nach seinem Weinglas griff. Er sah entspannt und glücklich aus und hörte lächelnd zu, als die fremde Frau mit schnöseligem, britischem Akzent zu den drei Männern sprach.

Seine rabenschwarzen, beinah schulterlangen Haare schimmerten im Licht der Kerzen, und als er anfing zu reden, hörte sie in seiner Stimme die Melodik und die Wärme, die für Irland typisch waren.

Plötzlich drehte er den Kopf und blickte sie aus seinen leuchtend blauen Augen direkt an.

»Ah, und hier kommt Eve.« Geschmeidig schob er seinen Stuhl zurück, stand auf und streckte eine Hand in ihre

Richtung aus. »Liebling, darf ich dir Judith und Oliver vorstellen?«

Sie wollte diese zwei nicht kennenlernen. Wollte nicht mit Fremden reden, deren schnöseliger, britischer Akzent ihr jetzt schon auf die Nerven ging, und wollte nicht, dass diese Fremden sahen, dass sie viel zu spät, verschwitzt und mit einer von einer Prügelei mit drei verdammten Arschlöchern verdreckten Hose heimkam.

Trotzdem konnte sie kaum einfach stumm dort stehen bleiben, deshalb setzte sie ein leicht gezwungenes Lächeln auf und sagte: »Hi. Verzeihung, dass ich einfach so dazwischenplatze.«

Roarke nahm ihre Hand, bevor sie sie in ihre Hosentasche stecken konnte, und zog sie ein wenig näher an den Tisch. »Meine Frau, Eve Dallas, Oliver und Judith Waterstone.«

»Wir freuen uns unglaublich, Sie zu treffen.« Judith blickte sie mit einem sonnenhellen Lächeln an. »Denn schließlich haben wir schon viel von Ihnen gehört.«

»Judith und Oliver sind alte Freunde von Summerset. Vor ihrer Rückreise nach England sind sie für zwei Tage in New York.«

»Sie arbeiten als Mordermittlerin in dieser Stadt«, erklärte Oliver. »Das muss faszinierend und zugleich unglaublich schwierig sein.«

»Manchmal ist es das durchaus.«

»Ich hole schnell noch ein Gedeck«, erbot sich Summerset, doch Eve schüttelte knapp den Kopf.

»Machen Sie sich keine Umstände. Ich habe noch zu tun.« Soweit sie sehen konnte, waren sie schon beim Nachtisch angekommen, weshalb also hätte sie sich kurz vor

Ende ihrer Party noch dazugesellen sollen? »Ich wollte nur Bescheid geben, dass ich zuhause bin. Also ... hat mich gefreut, Sie kennenzulernen. Schönen Abend noch.«

Eilig trat sie den Rückzug an, doch kaum war sie wieder im Haus, holte ihr Gatte sie dort ein. »Eve.« Wie bereits auf der Terrasse nahm er ihre Hand, doch dieses Mal zog er sie eng an seine Brust und gab ihr einen innigen Willkommenskuss. »Falls du etwas Heißes reinbekommen hast, kann ich mich auch entschuldigen und zu dir raufkommen.«

»Nein.« Bei diesem Angebot kam sie sich kleingeistig und reizbar vor. »Es ist nichts wirklich Wichtiges. Nur ...«

»Dann komm mit raus und trink ein Gläschen Wein mit uns. Du wirst diese Leute mögen.«

Doch sie hatte keinerlei Interesse daran, die beiden Engländer zu mögen. Denn sie kam auch so schon kaum mit all den Menschen, die inzwischen Teil von ihrem Leben waren, klar.

»Hör zu, es war ein langer Tag, und ich bin schmutzig und verschwitzt. Ich habe gesagt, ich hätte noch zu tun, also kehr einfach zu deiner kleinen Dinnerparty zurück, und lass mich in Ruhe meine Arbeit machen, ja?«

Verärgert stapfte sie davon, Roarke schüttelte kurz den Kopf und wandte sich dann wieder seinen Gästen zu.

Auf der Wache packte Peabody den fertigen Bericht zu ihren Unterlagen und klappte die Akte fröhlich zu.

Sie hatte diesen Fall erfolgreich abgeschlossen, dachte sie. McNab wusste bereits Bescheid, dass sie ein wenig später kommen würde, deshalb nahm sie sich ein paar Minuten Zeit, um ihren Schreibtisch aufzuräumen, so wie sie es gerne machte, wenn sie einmal dazu kam.

Während dieser Arbeit ging sie in Gedanken noch einmal die Schritte der Ermittlungen im Mordfall Ochi durch. Und dachte an die Treffer, die der blöde Lowe bei ihr gelandet hatte, und an Eves Kritik an ihrer Nahkampftechnik, die wahrscheinlich nicht ganz unbegründet war.

»Natürlich hat sie recht«, sagte sich Peabody, denn schließlich tat ihr Ohr noch immer weh. »Ich muss in der Beziehung wirklich etwas tun.« Vielleicht sollte sie zuhause nicht den bösen Bullen, sondern ihre Nahkampftechnik üben.

Aber wenn sie mit McNab trainierte, würden sie bestimmt bereits nach wenigen Minuten miteinander in der Kiste landen, und auch wenn sie dabei ganz bestimmt ins Schwitzen käme, sähe sie bei ihrer nächsten Schlägerei genauso blass wie heute aus.

Also ginge sie am besten gleich hier auf der Wache noch ins Fitnessstudio. Suchte sich dort ein Programm, um ihre bisherigen Schwachstellen zu verbessern, spränge kurz unter die Dusche, zöge frische Kleider an und käme blitzsauber und duftend heim.

Bereit für schweißtreibenden Sex.

Sie ging zu ihrem Spind, packte ihre frischen Kleider und die Sportklamotten ein und sagte sich, sie müsse daran denken, neue Sachen mitzubringen, wenn sie morgen wieder auf die Wache kam.

Am besten ginge sie in Zukunft täglich eine Stunde in den Fitnessraum. Okay, das täte sie niemals. Aber dreimal in der Woche wären doch wahrscheinlich drin.

Dreimal in der Woche, ohne dass sie irgendjemandem – außer McNab – etwas davon verriete, und in einem Monat wäre Dallas überrascht davon, wie leichtfüßig und schnell sie plötzlich war.

Sie lief zu dem Fitnessraum ihres Bereichs der Wache, doch kaum war sie durch die Tür getreten, sah sie mindestens ein halbes Dutzend durchtrainierter Cops, die dort Gewichte stemmten, rannten, boxten und dabei noch völlig ausgeruht aussahen.

Sie dachte an die schlabberigen Shorts und den hässlichen Sport-BH, den sie nur deswegen erstanden hatte, weil er billiger als alle anderen gewesen war. Dachte an die Größe ihres Hinterns. Und trat kurzerhand den Rückzug an.

Sie konnte nicht reingehen, vor allem nicht, solange dort Kollegen waren, die sie kannte. Konnte nicht in ihrem lächerlichen Outfit keuchend und verschwitzt inmitten dieser durchtrainierten, muskulösen, leichtfüßigen Kerle auf das Laufband steigen ...

... und wie eine dumme, unsportliche Kuh aussehen.

Genau aus diesem Grund hatte sie bisher nie den neuen, schicken Fitnessraum ihres Reviers oder ein Fitnessstudio besucht. Genau aus diesem Grund hatte sie einen derart fetten Hintern und genau aus diesem Grund schleppte sie zu viel Gewicht mit sich herum.

Sie sagte sich, sie müsste sich zusammenreißen, doch noch während sie die Karte durch den Schlitz neben der Tür zog, fiel ihr der uralte, alles andere als schicke Fitnessraum im Keller ein.

In den seit Monaten kein Mensch mehr ging. Denn die Geräte waren alt, die Spinde winzig klein und aus der Dusche tröpfelte einem das Wasser auf den Kopf.

Für ihr Vorhaben jedoch wäre der Raum perfekt.

Die Eingangstür war nicht einmal mehr gesichert, und so schlenderte sie einfach in den leeren Raum. Das Licht der Deckenlampe flackerte, erlosch und ging dann flackernd wieder an. Gerüchteweise sollte dieser Sportbereich bald aufgemöbelt werden, doch sie hoffte, damit ließe man sich Zeit. Denn vielleicht waren die Räumlichkeiten schäbig, aber wenigstens wäre sie hier allein.

Und das kam ihr zupass, solange sie nicht durchtrainiert, leichtfüßig und mit einem deutlich winzigeren Hinterteil gesegnet war.

Sie spähte durch die Tür der Umkleidekabine, lauschte und fing an zu lächeln. Ja, genau, von nun an hätte sie ihr ganz privates Fitnessstudio.

Sie trat vor einen Spind, zog ihre Sportklamotten an und stopfte alles andere in den Schrank von der Größe eines Schuhkartons. Die Tage ihrer Schlabberhose und des grauenhaften Sport-BHs wären gezählt, sagte sie sich und marschierte voller Tatkraft in den Fitnessraum.

Dies war der erste Tag im Leben einer neuen, kampfstarken und schlanken Peabody.

Eine Stunde später lag sie auf dem schmutzstarrenden Boden und pfiff aus dem sprichwörtlichen letzten Loch. Ihr Hintern weinte, ihre Waden und die Oberschenkel brannten und die Arme riefen schluchzend nach Mama.

»Das mache ich nie wieder«, stieß sie stöhnend aus, verbesserte sich aber sofort selbst. »Oh doch.«

»Oh nein, ich sterbe.«

»Du wirst auf jeden Fall noch mal zum Training gehen.«

»Hilfe. Ich bin sicher, dass mein Hinterteil gebrochen ist.«

»Weichei. Schwächling. Halt den Mund.«

Sie atmete noch etwas länger pfeifend ein und aus, rollte sich dann auf den Bauch und rappelte sich mühsam auf, bis sie auf Händen und auf Knien war.

»Du hättest nicht gleich derart in die Vollen gehen sollen. Ich *wusste,* dass das niemals gut gehen kann.«

»Ach, halt die Klappe, blödes Weib.« Zähneknirschend hievte sie sich auf die Füße, hinkte Richtung Dusche, zerrte sich den feuchten Sport-BH von der verklebten Brust und warf ihn achtlos fort. Doch wie hatte ihre Mom immer gesagt: *Achte das, was du besitzt.* Deswegen bückte sie sich augenrollend und hob das Kleidungsstück wieder vom Boden auf. Zusammen mit den Schlabber-Shorts und ihren Schuhen stopfte sie den klebrigen BH in einen zweiten Spind, schnappte sich aus Angst vor einem Stromschlag in der alten Glaskabine, die zum Trocknen vorgesehen war, eins der dünnen Handtücher in Größe eines Taschentuchs und quetschte sich in eine Duschkabine, die nicht größer als einer der Spinde war.

Zwängte sich wieder daraus hervor, als sie entdeckte, dass der Seifenspender leer war, und klapperte alle Duschkabinen ab, bis sie in einem Spender einen halben Teelöffel voll grünen Glibbers fand.

Zwar war das Wasser kalt und tröpfelte ihr aus dem lecken Hahn nur sachte auf den Kopf, aber klaglos drehte sie sich erst nach links und dann nach rechts und beugte ihren Körper vor und dann zurück, bis sie wieder weitestgehend schweißfrei war.

Als sie Schweiß und Seife von sich abgewaschen hatte, fühlte sie sich wieder halbwegs wie ein Mensch und überlegte, ob sie auf dem Weg nach Hause einen kurzen Umweg machen sollte, um sich noch ein Eis zu gönnen. Oder eine der gefrorenen, milchfreien Leckereien, die es in dem Laden in der Nähe ihrer Wohnung gab. Weil echtes Milcheis unerschwinglich war.

Als Lohn für diese Schinderei, sagte sie sich und drehte sorgfältig die Dusche ab. Oh Mann, den hatte sie auf jeden Fall verdient. Sie schnappte sich das Handtuch und rieb kräftig ihre Haare damit ab.

Betupfte ihr Gesicht und ihre Schultern und war gerade im Begriff, die Duschkabine zu verlassen, um ein bisschen Platz zum Abtrocknen zu haben, als sie hörte, wie die Tür der Umkleidekabine zugeworfen wurde und wie eine zornbebende Frauenstimme schnauzte: »Verdammt, Garnet, sag mir ja nicht, dass du diese Sache nicht vermasselt hättest. Denn du hast sie eindeutig verbockt!«

Ehe Peabody Gelegenheit bekam, durch lautes Rufen anzuzeigen, dass die anderen nicht alleine waren, hörte sie eine Männerstimme, die genauso zornig klang.

»Gib ja nicht mir die Schuld daran, dass du die Sache nicht unter Kontrolle hast!«

Splitternackt, mit nichts als einem winzig kleinen Handtuch, um sich zu bedecken, quetschte Peabody sich wieder in die Duschkabine, wo sie, wie sie hoffte, nicht zu sehen war.

»Ich habe sie nicht unter Kontrolle? Vielleicht ist sie mir tatsächlich in dem Augenblick entglitten, als ich dich damit beauftragt habe, die Sache mit Keener zu erledigen. Denn du hast ihn entwischen lassen, was uns neben all dem anderen Ärger auch noch zehn Riesen gekostet hat.«

»Du hast doch gesagt, er würde keine Scherereien machen, und den Kerl dazu gedrängt, das Zeug zu liefern, obwohl dir bewusst war, dass er damit abhauen kann, Renee.«

»Deshalb habe ich zu dir gesagt, dass du dich um ihn kümmern sollst. Am besten hätte ich das selbst gemacht.«

»So sieht es aus.«

»Verdammt.«

Einer von den beiden – offenbar die Frau – stieß wütend eine von den Türen der Duschen auf. Sie krachte gegen die Kabinenwand, und Peabody stellte erschreckt die Atmung ein.

»Ich leite das Geschäft seit fast sechs Jahren, und du solltest nicht vergessen, was passieren kann, wenn jemand mich bedrängt.«

»Du solltest mir nicht drohen.«

»Das ist keine Drohung, sondern eine Warnung. Ich bin hier der Boss, und unter meiner Leitung hast du in den letzten Jahren ganz schön abgesahnt. Denk nur an dein schickes Ferienhaus auf dieser schönen Insel und das ganze teure Spielzeug und die Frauen, die du dir geleistet hast. Dafür hätte dein Gehalt als Cop niemals gereicht. Wenn ich nicht die Chefin dieses Unternehmens wäre, hättest du all diese Dinge nicht.«

»Das vergesse ich ganz sicher nicht. Aber genauso wenig solltest du vergessen, dass dein Stück vom Kuchen noch erheblich größer ist.«

»Das habe ich mir auch verdient. Ich habe dich da reingebracht und einen reichen Mann aus dir gemacht. Und wenn du nicht rausgeschmissen werden willst, überleg dir in Zukunft zweimal, ob du mich in einen schimmeligen Raum im Keller zerrst, nur weil du mir irgendwelche lächerlichen Vorhaltungen machen willst.«

»Hier sind wir allein.« Die Tür der nächsten Duschkabine wurde aufgestoßen, und der frisch geduschten Peabody rann neuer Schweiß über die Stirn.

Denn sie war splitternackt und ihre Waffe lag in einem

Spind. Sie müsste sich also mit bloßen Händen wehren, falls man sie entdeckte, entschlossen ballte sie die Fäuste vor der Brust.

Falls McNab sie kontaktierte und ihr Handy schrillte, wäre sie in ernsten Schwierigkeiten. Und falls einer dieser beiden Menschen wütend auch die Tür von ihrer Duschkabine aufstieß oder einfach spürte, hörte oder roch, dass sie hier stand, säße sie in der Falle, und zwar mit dem Rücken an der Wand.

Zwei korrupte Polizisten. Zwei korrupte Bullen. *Garnet und Renee. Vergiss das nicht, vergiss das nicht. Und gesprochen hatten sie von einem Keener. Merk dir alle Einzelheiten für den Fall, dass du die nächste Viertelstunde überlebst.*

Sie blickte auf und stellte mit Entsetzen fest, dass Wasser aus dem Duschkopf troff. Mit zugeschnürter Kehle hob sie eine Hand und fing den winzig kleinen Tropfen auf. War das Geräusch, mit dem er ihre Haut traf, tatsächlich noch lauter als ein Hammerschlag?

Doch die beiden stritten weiter, bis die Frau – *Renee, Renee* – mit einem Seufzer meinte: »Das bringt uns nicht weiter, Garnet. Denn vielleicht sind wir ein Team, doch jedes Team braucht einen Boss. Und der bin nun mal ich. Vielleicht ist das ein Problem für dich, vor allem, weil wir mal zusammen waren.«

»Du warst doch diejenige, die das beendet hat.«

»Weil man Privates und Geschäftliches nicht mischen soll. Und jetzt geht's ums Geschäft. Wenn wir weitermachen, scheffeln wir auch weiter jede Menge Geld. Und wenn ich Captain werde, nun, dann dehnen wir das Business noch aus. Aber bis dahin hat es keinen Sinn, sich wegen Keener zu zerfleischen. Auch oder eher weil dieses Problem inzwischen längst behoben ist.«

»Verdammt, Oberman. Weshalb zum Teufel hast du das nicht gleich gesagt?«

Oberman, sagte sich Peabody. *Die Frau heißt Renee Oberman, hat eine Führungsposition und strebt die Position des Captains an.*

»Weil ich sauer auf dich war. Ich habe unseren Jungen auf die Sache angesetzt, und er hat sie erledigt.«

»Bist du sicher?«

»Du weißt selbst, wie gut er ist, und wenn ich sage, dass er die Sache erledigt hat, dann hat er das. Wenn sie Keener finden, wird es aussehen wie Tod durch Überdosis. Als hätte wieder mal ein Junkie nicht genug gekriegt. In einem solchen Fall schaut niemand zweimal hin. Du hattest einfach Glück, weil Keener noch nicht weit gekommen war. Sogar die zehn Riesen hat der Kerl noch mit sich rumgeschleppt.«

»Du machst Witze, oder?«

Renee stieß ein helles, hartes Lachen aus. »Ich mache niemals Witze, wenn's um Kohle geht. Aber zehn Prozent von deinem Anteil behalte ich als Bonus für den Jungen ein.«

»Du wirst den Teufel tun.«

»Sei dankbar, dass du überhaupt etwas bekommst.« Ihre kalte Stimme warnte ihn davor, ja nicht zu weit zu gehen. »Keener war uns durchaus nützlich, aber man musste wissen, wie mit ihm umzugehen war. Jetzt brauchen wir Ersatz für ihn. Und bis wir den gefunden haben …«

Peabody vernahm das leise Klopfen an der Tür der Duschkabine, als sie einen Spalt breit aufgeschoben wurde, und der Schweiß auf ihrer Haut gefror zu Eis.

Wieder ballte sie die Fäuste und sah durch den schmalen Schlitz den Teil von einem Arm, den rot schimmernden Absatz eines hochhackigen Schuhs und das Blitzen platinblonden Haars.

»Keine Treffen mehr im Keller«, wies Renee den Spießgesellen im Befehlston an. »Wenn du weiter einen kühlen Kopf behältst, kannst du auch in Zukunft regelmäßig in der kühlen Brise liegen, die vor deinem Strandhaus weht. Ich selber habe jetzt ein heißes Date, und deinetwegen komme ich zu spät. Also sei ein braver Junge und begleite mich noch raus.«

»Du kannst ein echtes Miststück sein, Renee.«

»Auf jeden Fall.« Ihr Lachen hallte von den Wänden wider und wurde leiser, als sie hinter Garnet aus dem Raum verschwand.

Doch Peabody blieb noch lange reglos stehen, zählte stumm bis 100 und versuchte einzuschätzen, wie groß die Entfernung zwischen ihrer Duschkabine und dem Spind mit ihrer Waffe war.

Schließlich öffnete sie vorsichtig die Tür, sah sich mit angehaltenem Atem um, stürzte zu ihrem Spind und atmete erst wieder aus, als sie den Stunner in den Händen hielt.

Noch immer unbekleidet schlich sie bis zur Tür des Fitnessraums und schob sie einen Spalt weit auf.

Alles war dunkel, merkte sie. Wäre vor weniger als zwei Minuten jemand in dem Raum gewesen, hätte dort noch Licht gebrannt. Trotzdem wollte sie auf Nummer sicher gehen und sah sich suchend zwischen den Geräten um, bevor sie abermals zu ihrem Spind lief und ihr Handy aus der Hosentasche zog.

»Hallo, She-Body!«, grüßte McNab sie grinsend, und als er bemerkte, dass sie nackt war, blitzten seine grünen Augen lüstern auf. »He, du hast nichts an und siehst einfach fantastisch aus.«

»Halt die Klappe!« Peabody fing an zu zittern und starrrte den Freund aus panisch aufgerissenen Augen an. »Du musst auf die Wache kommen. Warte draußen vor dem Südeingang auf mich. Komm mit einem Taxi und sag, dass der Fahrer auf uns warten soll. Mach bitte möglichst schnell.«

Sofort hörte Ian auf zu grinsen, und die Lüsternheit verschwand aus seinem Blick. »Was ist los?«

»Das sage ich dir dann. Erst mal muss ich hier so schnell wie möglich weg. Also beeil dich, ja?«

»Keine Angst, Baby, ich bin praktisch schon da.«

3

Da Eve anscheinend in der Stimmung war zu schmollen, genoss Roarke den Rest des Abendessens, die Gesellschaft und das unterhaltsame Gespräch.

Er lauschte mit Begeisterung den amüsanten Anekdoten, die die alten Freunde aus den jungen Jahren des Mannes erzählten, der für ihn ein besserer Vater als der Kerl, der ihn gezeugt hatte, gewesen war. Und freute sich, weil Summerset vergnügt mit diesen Menschen lachte, plauderte und in Erinnerungen an die alte Zeit schwelgte.

Denn auch wenn sie zwei sich schon seit vielen Jahren kannten und trotz zahlreicher gemeinsamer Erlebnisse, seit Summerset ihn halb verhungert auf der Straße aufgelesen hatte, hatte er von vielen Dingen, die die Waterstones erzählten, bisher nie etwas gehört.

Er genehmigte sich einen Kaffee, einen Brandy, etwas von der Nachspeise und wünschte dann den anderen eine gute Nacht.

Auf dem hausinternen Monitor entdeckte er, dass Eve ins Schlafzimmer gegangen war.

Inzwischen hatte sie geduscht, Hemd und Jeans gegen ein Tanktop und die kurze Sporthose aus Baumwolle getauscht, die sie mit Vorliebe in ihrer Freizeit trug, und biss schlecht gelaunt von einer Pizza ab.

Er küsste sie aufs Haar und legte seine Anzugjacke ab. »Du hast eine wunderbare Mahlzeit und ein wirklich unterhaltsames Gespräch verpasst.«

»Ich hatte noch zu tun.«

»Mmm-hmm.« Er lockerte seine Krawatte, zog sie schwungvoll über seinen Kopf und legte sie zu seiner Jacke auf den Rand der Couch. »Das hast du bereits während deines Kurzauftritts erwähnt.«

»Hör zu, es war ein langer Tag, und als ich heimkam, habe ich ganz einfach nicht damit gerechnet, dass du Gäste hast. Schließlich hatte mir kein Mensch etwas davon gesagt.«

»Tut mir leid, das hat sich einfach ganz spontan ergeben«, klärte er sie übertrieben freundlich auf. »Hätte ich dich vielleicht vorher fragen sollen, ob ich Summerset und ein paar alten Freunden beim Essen Gesellschaft leisten darf?«

»Das habe ich nicht gesagt.« Sie biss abermals beleidigt von ihrer inzwischen kalten Pizza ab. »Ich habe nur gesagt, ich hätte nichts davon gewusst.«

»Vielleicht hätte ich dir was davon gesagt, wenn du mich

angerufen hättest, um zu sagen, dass es bei dir wieder einmal deutlich später als erwartet wird.«

»Dafür war ich einfach zu beschäftigt. Denn wir haben einen neuen Mordfall reingekriegt.«

»Was ja wohl nicht wirklich etwas Besonderes ist.«

»Warum bist du so angefressen?«, fragte sie. »Schließlich warst nicht du derjenige, der heimgekommen ist und feststellen durfte, dass eine Party ohne ihn gefeiert wird.«

Er setzte sich, um sich die Schuhe auszuziehen. »Das muss ein echter Schock für dich gewesen sein – der Lärm der Blaskapelle und all die betrunkenen Gäste, die in deinem Haus herumgestolpert sind. Aber so verrückte Sachen kommen eben vor, wenn die Erwachsenen nicht zu Hause sind und ihre Kinder tun und lassen können, was sie wollen.«

»Du willst sauer auf mich sein? In Ordnung. Dann sei sauer.« Schlecht gelaunt schob sie den Rest von ihrer Pizza fort. »Ich hatte einfach keine Lust auf ein Gespräch mit irgendwelchen fremden Leuten.«

»Was du ihnen mehr als deutlich zu verstehen gegeben hast.«

»Ich kenne die beiden doch gar nicht.« Zornig sprang sie auf und warf die Hände in die Luft. »Ich habe den Großteil meines Tages mit drei Arschlöchern verbracht, die einen alten Mann für eine Handvoll gottverdammter Schokoriegel umgenietet haben. Und ich will verdammt sein, wenn ich anschließend nach Hause komme und mit Summerset und seinen alten Kumpels rumsitze, zu Abend esse und mir anhöre, wie diese Leute von den alten Zeiten schwärmen, deren Highlights sicher irgendwelche Trickbetrügereien und andere Schweinereien waren. Denn ich habe schon den ganzen Tag mit Kriminellen zugebracht und deshalb einfach keine Lust, auch noch den Abend mit solchen Leuten zu verbringen und zu fragen, ob mir einer von den Typen vielleicht mal das Salzfass rüberreichen kann.«

Nach einem Augenblick der Stille meinte er: »Ich muss dich sicher nicht daran erinnern, dass du einen Kriminellen zum Mann genommen hast. Denn das ist dir bestimmt bewusst.«

Sie wollte etwas sagen, aber durch die Kälte seiner Stimme und das Eis in seinen leuchtend blauen Augen hatte sich ein tiefer Graben zwischen ihnen aufgetan, der nicht so leicht zu überwinden war.

»Judith arbeitet als Chefärztin der Neurochirurgie einer der angesehensten Kliniken von London, und ihr Mann hat als Historiker schon eine Reihe Standardwerke zu verschiedenen Epochen europäischer Geschichte rausgebracht. Wenn du auch nur fünf Minuten deiner Zeit geopfert hättest, hättest du erfahren, dass die beiden und Summerset sich kennen, weil sie in den letzten Monaten der Innerstädtischen Revolten zusammen beim Sanitätsdienst waren.«

Verlegen stopfte sie die Hände in die Taschen ihrer Shorts. »Du willst, dass ich mich scheiße fühle? Das wird nicht passieren.« Doch natürlich fühlte sie sich scheiße, wodurch ihre schlechte Laune noch verstärkt wurde.

Anders als in seinem Blick und seiner Stimme loderte in ihren Augen und in ihrer Stimme plötzlich heißer Zorn: »Ich wusste nicht, was los war, weil mir wieder mal kein Mensch Bescheid gegeben hat. Wenn du mich kurz angerufen hättest, wäre ich nicht völlig ahnungslos und schmutzig von der Arbeit in das schicke Abendessen, das ihr dort draußen veranstaltet, geplatzt.«

»Nachdem auch du mir nicht Bescheid gegeben hast, wann du nach Hause kommen würdest, ging ich einfach davon aus, dass du noch aufgehalten worden bist. Und ich will verdammt sein, Eve, wenn ich mich zu einem nörgeligen Ehemann entwickele, der dich ständig anruft, um zu fragen, was du machst und ob du rechtzeitig zum Abendbrot nach Hause kommst.«

»Ich wollte dich ja anrufen und hatte zweimal schon den Hörer in der Hand, aber jedes Mal ist etwas dazwischengekommen. Und bis ich wieder Zeit gehabt hätte, um dich zu kontaktieren, habe ich einfach nicht mehr daran gedacht. Ich habe es schlicht vergessen. Also reg dich ab. Denn schließlich wusstest du vor unserer Heirat, dass ich Polizistin bin und was das heißt.«

Während er aufstand und sich langsam auf sie zubewegte, setzte sie die Schimpftirade fort.

»Verbrecher wegzusperren ist ja wohl ein bisschen wichtiger, als rechtzeitig daheim zu sein, um mit irgendwelchen Leuten, die ich gar nicht kenne, ein Glas Wein zu trinken, oder etwa nicht?«

Als er mit dem Finger gegen ihre Schulter schnippte, klappte ihr die Kinnlade herunter, aber dann stampfte sie zornig mit dem Fuß auf das Parkett.

»Was in Gottes Namen machst du da?«, erkundigte sich Roarke.

»Ich versuche, eine Riesenspinne totzutrampeln, denn du hast mich doch bestimmt angestupst, weil auf meiner Schulter eine dicke, fette Spinne saß.«

»Eigentlich war's keine Spinne, sondern eine Laus. Ich wollte nur verhindern, dass sie dir noch mal über die Leber läuft.«

Um nicht auf ihn einzudreschen, wandte sie sich ab und blickte auf den AutoChef. »Wie programmiert man dieses Ding auf einen großen Becher *Leck-mich-doch-am-Arsch?*«

»Kinder«, sagte Summerset aus Richtung Tür.

Beide wirbelten zu ihm herum, und beide schnauzten: »*Was?*«

»Tut mir leid, dass ich beim Spielen störe, aber vielleicht dürfte ich den Vorschlag machen, nächstes Mal die Tür zu schließen, wenn Sie beide sich wie Hornochsen benehmen, weil man Ihr Gezänk noch 50 Meter weiter hören kann. Wie dem auch sei, Detective Peabody sitzt mit ihrem Partner unten im Salon. Sie wirkt ziemlich aufgeregt und meint, dass sie Sie dringend sprechen muss.«

»Verdammt.« Eve trat vor den Schrank und zog sich eilig ein Paar Schuhe an. Hatten sie bei den Ermittlungen zu ihrem heute abgeschlossenen Fall womöglich irgendetwas übersehen?

»Übrigens haben mich Judith und Oliver gebeten, Sie zu grüßen und zu sagen, dass sie hoffen, dass Sie nächstes Mal vielleicht ein bisschen weniger beschäftigt sind.«

Er bedachte sie mit einem kalten Blick, bevor er aus der Tür verschwand, wenn sie Zeit gehabt hätte, um über ihr Verhalten nachzudenken, hätte sie sich sicher noch beschissener gefühlt. Aber erst mal müsste sie von ihrer Partnerin erfahren, was geschehen war.

»Du brauchst nicht mitzukommen«, sagte sie zu Roarke. »Ich komme auch alleine mit den beiden klar.«

»Gleich kriegst du mehr als einen leichten Stups von mir verpasst«, gab er zurück und stapfte vor ihr aus dem Raum. Ohne noch ein Wort zu wechseln, liefen sie in den Salon, wo Peabody inmitten warm schimmernder, teurer, alter Möbelstücke, funkelndem Kristall und fantastischen Gemälden auf dem Sofa saß. Sie war kreidebleich und Ian hatte schützend einen Arm um sie gelegt.

»Dallas.« Eilig sprang sie auf.

»Was zum Teufel ist passiert? Sind diese drei Idioten ausgebrochen oder was?«

»Ich wünschte mir, dass es so einfach wäre«, stellte Peabody erschaudernd fest.

Als sie sich wieder auf das Sofa sinken ließ, nahm Eve ihr gegenüber auf dem Couchtisch Platz. »Sind Sie in Schwierigkeiten?«

»Nicht mehr. Aber ich war's. Und ich musste einfach kommen und mit Ihnen reden. Denn ich habe keine Ahnung, was ich machen soll.«

»In welcher Angelegenheit?«

»Erzähl es ihr von Anfang an«, schlug der elektronische Ermittler vor. »Dann springst du nicht so hin und her. Fang einfach ganz von vorne an.«

»Ja, in Ordnung. Ich – okay. Als ich mit dem Papierkram fertig war, wollte ich noch eine Stunde in den Fitnessraum, um meine Nahkampftechnik zu verbessern. Schließlich haben Sie gesagt, dass die noch ausbaufähig ist. Also bin ich in den Fitnessraum im Keller gegangen.«

»Gott, warum denn das? Der Raum ist doch echt grauenhaft.«

Die Bemerkung lenkte Peabody vorübergehend von ihrem Elend ab. »Ich weiß. Der Raum ist wirklich ätzend, deshalb wird er auch nicht mehr benutzt. Meine Sportklamotten sind uralt und hässlich und außerdem wollte ich nicht keuchend und verschwitzt in dem neuen Raum inmitten all dieser Bodybuilder stehen. Also bin ich in den Keller gegangen, habe eine Stunde dort trainiert und es furchtbar übertrieben.«

Sie fuhr sich mit den Händen durch das ungekämmte Haar. »Ich war völlig fertig, wissen Sie. Also habe ich danach erst mal geduscht. Meine Sachen hatte ich in einen Spind gestopft, gerade als ich mit dem Duschen fertig war und mich in der Duschkabine abgetrocknet habe, flog die Tür auf und zwei Leute kamen in die Umkleidekabine und haben sich dort lautstark angebrüllt.«

»Hier.« Roarke drückte ihr ein Weinglas in die Hand. »Trinken Sie erst mal etwas.«

»Meine Güte, danke«, sagte sie, während McNab ein Bier von Roarke serviert bekam. Dann nahm sie einen vorsichtigen Schluck und holte hörbar Luft. »Die Frau war total angepisst. Ich wollte mich schon bemerkbar machen, damit sie woanders weiterstreiten, als mit einem Mal der Kerl anfing. Ich stand in der verdammten Duschkabine und hatte nichts anderes als ein Handtuch in der Größe eines Taschentuchs dabei. Also habe ich den Mund gehalten und gehofft, die beiden würden einfach wieder gehen. Aber das haben sie nicht gemacht, und dann habe ich gehört, dass sie irgendein Ding am Laufen haben, dass er es vermasselt hat und deswegen zehn Riesen flöten gegangen sind. Oh Gott.«

»Nicht so schnell, Dee«, murmelte McNab und streichelte ihr Bein.

»In Ordnung. Du hast recht. Sie haben sich also weiter angeschrien, plötzlich wurde mir klar, dass es bei diesem Streit um keinen Polizeieinsatz, sondern um etwas anderes ging. Um irgendein Geschäft, das schon seit einer ganzen Weile läuft. Ich stehe also in der Duschkabine und direkt davor stehen zwei korrupte Bullen und reden über Einnahmen, Profite, Ferienhäuser, die auf irgendwelchen Inseln stehen, und Mord.« Peabody hielt inne und stöhnte.

»Ich bin splitternackt, ich sitze in der Falle, meine Waffe und mein Handy liegen kilometerweit entfernt in einem Spind, und die beiden zerren die Tür der Duschkabine auf, in der ich nur deswegen nicht stehe, weil dort die verdammte Seife alle war.«

Roarke trat hinter sie, legte ihr sanft die Hände auf die Schultern und begann, sie zu massieren, bis sie sich mit einem neuerlichen Stöhnen nach hinten sinken ließ.

»Ich hatte auch schon vorher manchmal Angst. Manchmal muss man einfach Angst haben, wenn man nicht völlig dämlich ist. Aber das hier … als die beiden allmählich aufhören zu streiten, läuft die Frau direkt an meiner Tür vorbei und – Himmel – schiebt sie sogar einen Spalt weit auf. Weit genug, damit ich ihren Arm, ihr Kleid und ihre Schuhe sehen kann. Sie braucht sie nur noch einen Zentimeter weiter aufzuschieben, dann sieht sie mich splitternackt dort in der Ecke stehen.«

McNab rieb weiter ihren Schenkel, doch sein hübsches, schmales Antlitz wurde hart wie Stein.

»Ich kann nicht atmen, darf mich nicht bewegen, denn ich weiß, wenn sie mich sehen, bin ich tot. Daran führt kein Weg vorbei. Aber dann verschwinden sie, ohne zu merken, dass ich in der Duschkabine bin. Ich komme wieder raus, rufe McNab über mein Handy an und sage ihm, dass er ein Taxi nehmen, mich hinter der Wache treffen und mit mir hierher fahren soll. Damit ich Ihnen alles sofort erzählen kann.«

»Namen?«

Peabody atmete zischend aus. »Garnet – sie hat ihn als Garnet angesprochen. Und der Typ sie als Renee. Oberman. Die Frau heißt Renee Oberman. Und sie hatte das Sagen.«

»Renee Oberman und Garnet. Und wie sehen die beiden aus?«

»Von ihm habe ich nichts gesehen, aber sie ist blond und ungefähr 1,60 bis 1,63 groß. Sie ist weiß, hatte hochhackige Schuhe an und eine ziemlich laute Stimme – jedenfalls, solange sie noch sauer auf den Typen war.«

»Haben die zwei sich irgendwann mit ihrem Titel angesprochen?«

»Nein, aber sie hat gesagt, sie würden ihr Geschäft erweitern, wenn sie Captain ist. Und sie hat erwähnt, dass zwischen ihnen mal was lief.«

»Haben Sie die Namen überprüft?«, wandte Eve sich an McNab.

»Noch nicht. Denn Peabody war ziemlich durch den Wind.«

»Sie hat jemanden namens Keener töten lassen, sie hat gesagt, der *Junge* hätte sich darum gekümmert und den Mord als Tod durch Überdosis getarnt. Keener war ein Junkie und anscheinend ein Kontaktmann oder so. Er hat versucht, die zwei über den Tisch zu ziehen, und dabei zehn Riesen eingesackt. Garnet hätte diesen Kerl unter Kontrolle haben sollen, aber irgendwie ist er ihm offenbar entwischt. Darum ging es bei dem Streit. Obwohl sie die zehn Riesen wiederhaben – was sie Garnet wissen lassen hat, nachdem sie ihm die Ohren langgezogen hat. Zehn Prozent von seinem Anteil will sie für den Jungen einbehalten, der den Junkie aus dem Weg geräumt hat. Irgendwie klang es für mich, als wäre das Ganze eine Geschäftsbesprechung.«

»Hatten Sie den Eindruck, dass die beiden sich dort öfter treffen?«

»Nein. Im Gegenteil. Sie war nämlich total sauer, weil er sie dorthin geschleift hat, und hat ihm erklärt, sie ginge nicht noch mal mit ihm in den Keller. Sechs Jahre«, fiel ihr ein. »Sie hat gesagt, dass das Geschäft inzwischen seit sechs Jahren läuft. Und so, wie sie über den *Jungen* sprach, war klar, dass dieser Keener nicht sein erstes Opfer war.«

»Hat irgendwer Sie beim Betreten oder beim Verlassen des Umkleideraums gesehen?«

Nach kurzem Überlegen schüttelte Eves Partnerin den Kopf. »Tut mir leid. Ich bin noch immer ziemlich durcheinander.«

»Sie haben Namen, eine teilweise Beschreibung, Einzelheiten eines offensichtlich illegalen Deals, den zwei korrupte Bullen am Laufen haben, und dazu noch einen expliziten Mordauftrag. McNab, jetzt machen Sie sich mal von Ihrer Liebsten los und überprüfen diese Namen. Sehen Sie als Erstes bei der Drogenfahndung nach. Ich kenne Lieutenant Renee Oberman und weiß, dass Sie sie bei der Truppe finden werden, aber sehen Sie trotzdem vorsichtshalber noch mal nach. Und schauen Sie, ob dort auch ein Garnet arbeitet.«

»Sie kennen sie?«, erkundigte sich Peabody verblüfft.

»Ich weiß zumindest, wer sie ist. Die Tochter von Commander Marcus Oberman, der bis zu seiner Pensionierung hinter Whitneys Schreibtisch saß.«

»Der heilige Oberman?«, stieß Peabody mit schriller Stimme aus und wurde noch bleicher als zuvor. »Oh Gott, wo bin ich da nur reingeraten?«

»Offenbar in eine Sache, die zum Himmel stinkt. Deswegen gehen wir unsere Nachforschungen auch am besten möglichst langsam, vorsichtig und ganz nach Vorschrift an.«

McNab blickte von seinem Handcomputer auf. »Detective William Garnet, seit vier Jahren bei der Drogenfahndung, und zwar unter Lieutenant Renee Oberman.«

»In Ordnung, gehen wir rauf in mein Büro. McNab, besorgen Sie mir Fotos sowie alle Infos über diese beiden, die Sie kriegen können, ohne dass es jemand mitbekommt. Peabody, Sie schreiben einen vollständigen und zusammenhängenden Bericht für mich. Keener hat bestimmt als Spitzel entweder für Garnet oder Oberman begonnen. Lassen Sie uns also diesen Typen finden.«

»Und wie soll's dann weitergehen?«

Eve bedachte ihre Partnerin mit einem kühlen Blick. »Dann schnüren wir ein ordentliches Päckchen, das Whitney und die Dienstaufsicht bekommen. Sonst wird niemand in die Sache eingeweiht, solange der Commander uns nichts anderes befiehlt.«

»Commander Oberman. Er ist eine Legende. Fast so etwas wie ein Gott.«

»Meinetwegen kann er sogar der Messias höchstpersönlich sein. Die Tochter ist korrupt. Ein korrupter Bulle, da kann ich auf ihren Vater keine Rücksicht nehmen. Machen wir uns an die Arbeit.«

Roarke strich Peabody über das Haar und wandte sich an Eve. »Ihr habt alle noch kein Abendbrot gehabt.«

»Wahrscheinlich nicht.«

»Sicher täte es ihr gut, wenn sie etwas in den Bauch bekäme.«

»Du hast recht.« Sie unterdrückte ihre Ungeduld so wie

den heißen Zorn, der während Peabodys Bericht in ihrem Innern aufgestiegen war. »Wir werden etwas essen, und dann fangen wir mit der Arbeit an.«

»Als die beiden weg waren, habe ich total gezittert«, gestand Peabody verschämt. »Aber langsam lässt die Aufregung ein bisschen nach. Ich muss dringend meine Mom anrufen und ihr danke sagen.«

»Und wofür?«

»Nach dem Training hatte ich meine verschwitzten Sachen einfach auf den Boden fallen lassen, aber dann hörte ich plötzlich ihre Stimme, die mir sagte, dass man sorgfältig mit seinem Zeug umgehen soll. Hätte ich den hässlichen BH dort auf dem Boden liegen lassen, hätten ihn die zwei gesehen und nach mir gesucht. Dann hätte ich Ihnen nicht mehr erzählen können, dass die Tochter des heiligen Oberman in ihrem Job als Polizistin irgendwelche krummen Dinger dreht.«

»Danken Sie ihr morgen früh«, wies Eve sie unbarmherzig an. »Denn erst mal haben wir jetzt anderes zu tun.«

Peabody stand auf, doch Roarke legte den Arm um ihre Schultern und bot freundlich an: »Wie wäre es mit einem Steak?«

»Ist das Ihr Ernst?«

Er küsste sie aufs Haupt, und eine leichte Röte stieg ihr ins Gesicht. »Auf jeden Fall. Denn für den grenzenlosen Mut, den Sie bewiesen haben, haben Sie allemal ein Steak verdient.«

»Ich hatte eine Heidenangst.«

Er küsste sie erneut aufs Haar. »Es wäre unklug, einem Mann zu widersprechen, der Ihnen ein Steak versprochen hat.«

Während ihre Partnerin und deren Liebster aßen, hängte Eve die ersten Bilder an die Tafel, die in ihrem Arbeitszimmer stand. Roarke hatte mit dem Steak, dem Wein und der Massage recht gehabt. Mit solchen Dingen kannte er sich zweifelsohne aus.

Es war eindeutig besser, ihrer Partnerin eine Verschnaufpause zu gönnen, ehe ein ausnehmend schwieriger und hässlicher Prozess für sie begann.

»Sie ist attraktiv«, bemerkte Roarke und betrachtete die Aufnahme von Oberman, die an der Tafel hing.

»Und sie hat den Ruf, ihr Aussehen und den Namen von ihrem Vater zu benutzen. Auch wenn darüber natürlich höchstens hinter vorgehaltener Hand getuschelt wird. Ich ...« Eve schüttelte den Kopf, und als sie sich zum Gehen wandte, stapfte Roarke ihr hinterher.

»Was ist?«

»Wenn sie Peabody dort in der Duschkabine entdeckt hätten, hätten sie sie umgebracht. Mit der Einschätzung hat sie vollkommen recht«, erklärte sie im Flüsterton.

»Es muss grauenhaft für sie gewesen sein, dass sie derart in der Falle saß.«

»Als wir heute diese Rauferei mit den drei Idioten hatten, hat ihr einer von ihnen ein paar verpasst. Ich habe gesagt, sie wäre viel zu schwerfällig und müsste unbedingt etwas dagegen tun, und was macht sie? Sie geht in dieses menschenleere Dreckloch, das sich Fitnessstudio schimpft. Wenn die Sache schiefgelaufen wäre, hätten wir dort ihren Leichnam vorgefunden. Sie hat einen Schlag aufs Ohr bekommen, aber warum konnte ich nicht einfach sagen, dass so etwas jedem passieren kann? Stattdessen musste ich darauf herumreiten, dass sie an ihrer Technik feilen soll.«

»Weil sie das nächste Mal vielleicht statt einer Faust ein Messer in den Kopf gerammt bekäme. Und weil ihre Ausbildung bei dir, auch wenn sie jetzt Detective ist, noch nicht vollkommen abgeschlossen ist. Bisher hast du deine Sache meiner Meinung nach hervorragend gemacht. Sie war in dem Fitnessraum, weil sie deinen Ansprüchen genügen und sich noch verbessern will. Ihr ist dort unten nichts passiert, und selbst wenn es anders gelaufen wäre – ein Gedanke, bei dem mir genauso übel wird wie dir –, wäre das die Schuld von diesen zwei korrupten Bullen. Das weißt du genauso gut wie ich.«

Sie holte zischend Luft. »Du bist immer noch sauer auf mich.«

»Und ob, genau wie du auf mich. Aber uns ist beiden klar, dass es jetzt erst mal wichtigere Dinge gibt.«

Darauf konnten sie sich jederzeit verlassen, dachte sie. Sie konnten sich darauf verlassen, dass der jeweils andere mit die Stellung hielt, sobald es nötig war. »Also, Waffenstillstand?«

»Einverstanden. Weil ihr Wohlergehen mir ebenfalls am Herzen liegt.«

Eilig presste Eve die Finger gegen ihre feuchten Augen, wehrte aber, als er auf sie zutrat, eilig ab. »Nimm mich jetzt bloß nicht in den Arm. Weil ich jetzt nicht zusammenklappen darf.« Sie ließ ihre Hände wieder sinken und fügte hinzu: »Weil sie sich jetzt schließlich auf mich verlassen können muss.«

»Das kann sie jederzeit.« Statt sie zu umarmen, strich er kurz mit einer Hand über ihr Haar, bevor er ruckartig an einer kurzen Strähne zog.

»He, wir hatten einen Waffenstillstand ausgemacht.«

»Siehst du, jetzt bist du wieder ein bisschen wütend. Und du arbeitest immer am besten, wenn du etwas wütend bist.« Mit diesen Worten schlenderte er gut gelaunt in ihr Büro.

Sie klappte nicht zusammen, sondern nahm den Rhythmus ihrer Arbeit auf.

»Wir können die Finanzen der beiden nicht einsehen und vor allem nicht nach irgendwelchen irgendwo versteckten Immobilien oder Konten suchen, ohne dass es jemand mitbekommt.«

Roarke bedachte sie mit einem kurzen Blick. Wenn er die Suche über seine illegalen, nicht angemeldeten Computer laufen ließe, fiele das ganz sicher keinem Menschen auf. Doch sie schüttelte den Kopf. Denn in einem Fall wie diesem musste man sich strengstens an die offiziellen Regeln halten, um nicht angreifbar zu sein.

»Wenn wir mit den wenigen Indizien, die wir bisher haben, zur Dienstaufsicht gehen, wird die Sache vielleicht öffentlich«, sinnierte Eve. »Das gäbe Renee – ich bringe es nicht über mich, sie Oberman zu nennen, weil ich dann an ihren Vater denken muss – und ihren Spießgesellen vielleicht genügend Zeit, um sämtliche Beweise zu vernichten oder um auf Tauchstation zu gehen. Denn sie haben doch wahrscheinlich irgendeinen Notfallplan.« Eve überlegte.

»Ich kann dafür sorgen, dass die Sache erst einmal diskret behandelt wird. Ich kann damit zu Webster gehen.«

Roarke zog eine Braue hoch, und Eve nahm an, dass er genau wie sie bei der Erwähnung dieses Namens hier in ihrem Arbeitszimmer automatisch daran dachte, wie er einmal auf ihn losgegangen war.

»Ich werde ihn in die Geschichte unter der Bedingung einbeziehen, dass er niemandem davon erzählt«, fuhr sie entschlossen fort. »Das kriege ich bestimmt problemlos hin, vor allem, wenn mich Whitney dabei unterstützt. Weil der Kreis der Leute, die etwas davon erfahren, möglichst lange möglichst klein bleiben muss, wenn nichts davon nach außen dringen soll.«

»Keener!«, jubelte McNab und drehte sich so schnell auf dem Stuhl herum, dass sein langer, blonder Pferdeschwanz wild durch die Gegend flog. Dann wies er mit den Zeigefingern beider Hände auf den Computermonitor. »Ich habe ihn gefunden. Habe mir ein paar von ihren abgeschlossenen Fällen und zur Tarnung auch noch ein paar andere Fälle angesehen und bin wie bei einer Standardüberprüfung die Verdächtigen- und Zeugenlisten durchgegangen, weil ich …«

»Geben Sie mir einfach Keener, ja?«

»Rickie Keener alias Juicy. Wenn ich nachgesehen hätte, ob sie ihn als Spitzel führen, wäre das wahrscheinlich aufgefallen, aber was ich sehen konnte, war, dass er ein ellenlanges Vorstrafenregister hat. Drogenbesitz und -handel sowie jede Menge anderer Kleinigkeiten. Sie haben ihn hochgenommen, als er vor sechs Jahren beim Verkauf von einem Sortiment verschiedener erstklassiger Stoffe an zwei undercover arbeitende Cops geraten ist. Eine von den beiden, und zwar die, die ihn verhaftet hat, war unsere Freundin Renee Oberman.«

Eve trat vor den Monitor. »Statt den Typen in den Kahn zu schicken, hat der Richter ihm nur eine Therapie und ein paar Arbeitsstunden aufgebrummt. Dabei hätte er bei seinen Vorstrafen zweifellos eine mehrjährige Haftstrafe verdient. Also gab es ganz eindeutig einen Deal, dass ihm die Haftstrafe erlassen wird, wenn er den Spitzel für die Bullen macht.«

»Sechs Jahre ist das schon her?«, fragte Peabody. »Sie hat gesagt, dass ihr Geschäft so lange läuft.«

»Dann war dieser Keener vielleicht das Sprungbrett, mit dem alles angefangen hat.«

Eve stapfte vor dem Bildschirm auf und ab. »Er wusste etwas und hat ihnen den Deal angeboten. He, ich habe dies und das zu bieten, aber dafür holt ihr mich hier raus, okay? Oder vielleicht war sie auch schon auf der Suche, hatte ihre krummen Geschäfte bereits am Laufen und fand, dieser Kerl könnte ihr dabei nützlich sein. Wie auch immer, war dies eindeutig ein Wendepunkt für sie und ihn.«

»Er ist tot. Das hat sie Garnet deutlich zu verstehen gegeben«, fügte ihre Partnerin hinzu.

»Also werden wir die Leiche finden. Wenn ihr *Junge* ihn gefunden hat, solange er noch lebte, müsste es uns doch gelingen, ihn zu finden, wenn er tot ist und nicht mehr verduften kann.«

Sie marschierte weiter vor dem Bildschirm auf und ab. »Aber nicht in seiner Wohnung. Denn er wollte mit der Kohle abhauen. Er hatte irgendein Versteck, das er für sicher hielt. Sehen wir uns die Stellen an, wo er hochgenommen worden ist, seine Wohnung und die Orte, wo der Kerl mit seinen schwachsinnigen Deals beschäftigt war. Peabodys Aussage zufolge hat Renee gesagt, dass er nicht allzu weit gekommen ist. Also gucken wir uns sein Terrain mal auf der Karte an und versuchen rauszufinden, wo in dieser Gegend er vielleicht auf Tauchstation gegangen ist.«

»Wollen wir den toten Keener finden, weil Sie denken,

dass dort vielleicht eine Spur des Kerls ist, der ihn ermordet hat?«, fragte Peabody.

»Das ist zwar nicht wahrscheinlich, könnte aber sein. Wir wollen die Leiche finden und in diesem Fall ermitteln, weil Keener inzwischen unser Spitzel ist.«

»Wer in dem Fall ermittelt, hält die Fäden in der Hand«, erklärte Roarke. »Und vor allem bringt es sie vielleicht ein bisschen aus dem Gleichgewicht, wenn der vermeintliche Tod durch Überdosis urplötzlich zu einem offiziellen Mordfall wird.«

»Falls ich es so drehen kann«, schränkte Eve vorsichtig ein. »Auf alle Fälle kann man sie so zwingen, preiszugeben, dass der Kerl ihr Spitzel war – weil das so vorgeschrieben ist. Wenn sie das nicht tut, können wir ihr deshalb an den Karren fahren. Können herrlich eklig werden und dabei so tun, als würden wir uns einfach an die Regeln halten und darauf bestehen, dass sie uns Einzelheiten der Verbindung zwischen sich und Keener, wie die Art Informationen, die er ihr gegeben hat, und die Orte und die Zeitpunkte ihrer diversen Treffen, offenbart – denn das müsste schließlich alles in den Akten stehen. Weil wir versuchen rauszufinden, wer das Arschloch umgebracht hat. Weil in unserer Abteilung jeder Mordfall gleich behandelt wird.«

»Darauf wird sie sicher ziemlich sauer reagieren.«

»Das will ich doch wohl hoffen, ich freue mich schon regelrecht darauf. Versuchen Sie herauszufinden, wo der Kerl möglicherweise auf Tauchstation gegangen ist, McNab, und dann gehen wir auf Spitzeljagd.«

»Sie wollen die Leiche finden, ehe Sie zu Whitney und zu Webster gehen?«, fragte Peabody verblüfft.

Eve nickte. »Ja, genau. Weil Ihre Aussage durch seinen

Tod bestätigt wird. Da Renee ihn vor sechs Jahren verhaftet hat, haben wir auch die Verbindung zwischen ihr und diesem Kerl. Sie wurde bereits mehrfach ausgezeichnet, leitet eine eigene Abteilung, und sie ist die Tochter eines ehemaligen Commanders, dem nicht nur die Achtung, sondern die Verehrung aller Untergebenen gegolten hat. Außerdem ist sie seit 18 Jahren bei der Truppe, ohne dass es je auch nur den allerkleinsten schwarzen Fleck in ihrer Akte gab.«

»Das bedeutet, wenn ich sie jetzt einfach verpfeifen würde, nähme die Dienstaufsicht eher mich selbst als diesen altgedienten Lieutenant ins Visier.«

»Machen Sie sich darüber keine Gedanken«, meinte Eve.

»Das tue ich auch nicht. Inzwischen bin ich wieder völlig ruhig, aber trotzdem will ich unbedingt, dass sie für jeden Augenblick, den ich in der verdammten Duschkabine eingezwängt gewesen bin, bezahlt. Ich meine, abgesehen davon, dass ich einem Cop, der Dreck am Stecken hat, das Handwerk legen will.«

»Das kann ich gut verstehen. Vor allem, weil Sie nackt in dieser Duschkabine standen«, rief die Partnerin ihr in Erinnerung.

»Wenn sie die Tür geöffnet hätte, hätte ich als Waffe nur ein Handtuch in der Größe eines Taschentuchs zur Hand gehabt.«

»Das werden wir ihr heimzahlen«, versprach Eve und blickte zu ihrem Mann und dem elektronischen Ermittler, die gemeinsam bei der Arbeit waren. Roarke in einem blütenweißen Hemd und einer Anzughose und McNab in pinkfarbenen Shorts mit unzähligen Taschen und in einem sonnengelben Tanktop mit der leuchtend roten Aufschrift E-DEPP vor der schmalen Hühnerbrust.

Aber Nerds waren Nerds, sagte sich Eve, egal, wie sie gekleidet waren.

»Deine Karte«, verkündete Roarke und nickte Richtung Wandbildschirm. »Und die wahrscheinlichsten Verstecke von dem Kerl.«

»Nicht schlecht. Typen wie er halten sich meist in einer ganz bestimmten Gegend auf und machen ihre Deals im Umkreis einer Handvoll Blocks, denn dort sind ihnen die Kunden, Routen und die Fluchtwege vertraut.«

»Aber wenn er abhauen wollte, hätte er sein Territorium dann nicht verlassen?«

Kopfschüttelnd wandte sie sich an McNab. »Gucken Sie, wie es der Unterhaltung zwischen Garnet und Renee nach zeitlich abgelaufen ist. Die Kacke ist am Dampfen, was bedeutet, dass die Sache gerade erst vermasselt worden ist. Dass der Mörder seinen Auftrag also erst vor kurzer Zeit bekommen und erledigt hat. Schließlich wusste Garnet noch gar nichts davon. Außerdem hatte das Opfer offenbar zehn Riesen abgezwackt. Es musste also schnell gehen, denn sonst hätte er das Geld bestimmt nicht mehr gehabt. Seiner Akte nach war Keener nicht gerade der Hellste. Schlau genug, um mit dem Geld nicht heimzugehen, aber sicher nicht gewitzt genug, als dass er die Komfortzone verlassen hat. Er war noch nicht abgehauen, das heißt, er hatte seinen Kram noch nicht zusammen. Deshalb werden wir ihn hier in dieser Gegend finden, denn das hat sein Killer auch getan.«

Sie sah sich die Karte genauer an. »Wir können alles streichen, wofür Keener hätte zahlen müssen. Mietwohnungen fallen also weg.«

Auf Roarkes Befehl bekam die Karte eine etwas andere Gestalt.

Sie kannte diese Gegend mit den Obdachlosen, Bordsteinschwalben, Schnapsleichen und Junkies ziemlich gut. Selbst die Gangs hatten die Ecke aufgegeben, weil dort einfach nichts zu holen war.

»Die fünf Stellen hier sind gut. Am besten ziehen wir in Zweiergruppen los. Sie kriegen einen Wagen«, wandte sie sich an McNab und fügte, als er strahlte, einschränkend hinzu: »Einen, der nicht weiter auffällt.«

Achselzuckend meinte er: »Das muss wahrscheinlich sein.«

»Genau. Roarke und ich nehmen die beiden Stellen hier, und Sie und Peabody die anderen zwei. Wenn wir dort nichts finden, treffen wir uns hier am fünften Ort. Falls dort auch nichts ist, dehnen wir die Suche aus. Haben Sie Ihre Waffen mitgebracht?«

Als die zwei verneinten, rollte sie mit ihren Augen. »Also kriegen Sie welche von uns. Weil manche Leute in der Gegend alles andere als freundlich sind.«

»Außerdem sprühen wir am besten unsere Hände und die Schuhe ein. Schließlich wollen wir keine Spuren hinterlassen. Verhalten Sie sich möglichst unauffällig, und sprechen Sie mit niemandem ein Wort. Stellen Sie keine Fragen, sondern gehen einfach rein, sehen sich um und hauen dann wieder ab.«

»Was, wenn wir die Leiche finden?«, fragte ihre Partnerin.

»Dann verschwinden Sie sofort, geben mir eine Nachricht und treffen uns wieder hier im Haus. Weil hier ein nervtötender, anonymer Hinweis auf den toten Junkie für mich eingehen wird. Da Ihre Rekorder ständig laufen werden, reden Sie am besten möglichst wenig. Denn die Aufnahmen werden an den Commander und an die Dienstaufsicht gehen.«

Sie betrachtete McNab und atmete vernehmlich aus. »In diesem Aufzug werden Sie ganz sicher nicht verdeckt ermitteln. Haben wir für diesen Freak irgendwas zum Anziehen, Roarke?«

»Ich schätze, dass er eher deine Kleidergröße hat.«

Sie klappte kurz die Augen zu. »Mein Gott. Wahrscheinlich hast du recht.«

Sie fand ein schwarzes T-Shirt sowie eine abgewetzte Jeans, warf sie dem elektronischen Ermittler zu und schloss die Tür des Schlafzimmers, bevor auch sie in andere Kleider stieg.

»Vielleicht tut es mir doch ein bisschen leid.«

»Ach ja?«

»Weil ich dir hätte sagen wollen, dass es bei mir später wird, ich dann aber unterbrochen wurde und am Schluss vergessen habe, bei dir anzurufen. Aber da ich zwischendurch meistens daran denke anzurufen, finde ich, du könntest mir den einen Rückfall ruhig noch mal verzeihen.«

»Ich war nicht wütend, weil du nicht Bescheid gegeben hast. Wegen solcher Dinge mache ich dir niemals Vorhaltungen, Eve.«

»Nein, das tust du nicht, aber ich habe Schuldgefühle, weil du das nicht tust.«

»Dann ist es also wieder einmal meine Schuld.«

»Ach, halt den Mund.«

»So viel zu unserem Waffenstillstand …«

»Es könnte dir ruhig auch ein bisschen leidtun.«

»Tut es aber nicht. Denn weswegen sollte es mir leidtun, dass mir das Zusammensein mit Summerset und seinen wirklich interessanten Freunden – denen ich genau wie du niemals zuvor begegnet bin – gefallen hat?«

»Ich bin in diesen Dingen einfach nicht so gut wie du. Und wenn ich gewusst hätte, dass du Besuch hast, hätte ich beim Heimkommen nicht einen anderen Plan gehabt, der durch deine Gäste einfach umgeworfen worden ist.«

»Was für einen anderen Plan?«

»Ich …« Inzwischen kam ihr Vorhaben ihr völlig dämlich vor, und wütend legte sie ihr Waffenhalfter an. »Ich dachte, wir könnten zusammen essen, weil ich annahm, dass du mit dem Abendbrot auf mich gewartet hättest, so, wie du es meistens machst. Ich hätte das Essen auswählen und dir servieren wollen.«

»Ach ja?«, murmelte er.

»Wir hatten in den letzten beiden Wochen nur sehr wenig Zeit für uns, deshalb dachte ich, dass wir auf der Dachterrasse essen könnten, so wie du es gerne hast. Mit Wein und Kerzen, nur wir zwei allein. Anschließend hätten wir einen dieser alten Filme gucken können, die du immer zur Entspannung anschaust, nur, dass ich vorher sexy Unterwäsche angezogen hätte, um dich noch vor Ende dieses Streifens zu verführen.«

»Verstehe.«

»Doch dann komme ich nach Hause, und du sitzt bereits mit Wein und Kerzen zwar nicht auf der Dachterrasse, aber trotzdem draußen in der milden Abendluft. Wir zwei sind nicht alleine, ich habe Dreck an meiner Hose und zwei Leute hier im Haus, von denen ich dachte, dass sie früher Kriminelle waren. Zwei Leute, denen Summerset wahrscheinlich längst erzählt hat, dass ich jeden zweiten Tag total verdreckt, mit blutverschmierten Kleidern von der Arbeit komme und auch sonst als Ehefrau einfach erbärmlich bin. Deshalb hatte ich einfach keine Lust, mich noch dazu zu setzen, damit diese Leute mich ausquetschen können, wie mein Job als Polizistin ist.«

»Erstens machst du deinen Job als Ehefrau sehr gut, und auch Summerset hat nie etwas anderes gesagt. Als klar wurde, dass du nicht rechtzeitig nach Hause kommen würdest, hat er seinen Gästen sogar ganz im Gegenteil erzählt, er hätte niemals vorher einen Cop gekannt, der bei seiner Arbeit derart unermüdlich ist und dem Gerechtigkeit so sehr am Herzen liegt wie dir.«

Endlich trat er vor sie und umfasste zärtlich ihr Gesicht. »Und zweitens war dein Plan ganz ausgezeichnet, denn ein solcher Abend hätte mir viel Spaß gemacht. Deshalb tut es mir jetzt ebenfalls ein bisschen leid.«

Sie strich ihm sanft über das Handgelenk. »Wenn man dein Leidtun und mein Leidtun zusammennimmt, kommt insgesamt ein ganzes Leidtun raus.«

»Das stimmt.«

Zur Besiegelung ihrer Versöhnung küsste sie ihn auf den Mund und schmiegte sich noch einen Augenblick an seine Brust. Schließlich aber trat sie einen Schritt zurück und stellte fest: »Dann wäre das also geklärt. Jetzt ziehen wir los und finden den toten Junkie, ja?«

4

Eve schwang sich hinter das Steuer, damit Roarke an seinem Handcomputer weiter recherchieren konnte, welcher Art womöglich Renee Obermans verbotene Geschäfte waren.

»Lass mich dir ein paar Fragen stellen«, fing er an. »Wie oft hattest du schon mit Lieutenant Oberman zu tun?«

»Persönlich noch nie. Ich weiß nur, wer sie ist, aber bisher haben sich unsere Fälle niemals überlappt. Die Drogenfahndung hat ein völlig eigenes, einzigartiges Konzept. Sie arbeiten sehr viel verdeckt, und es gibt spezielle Dezernate, denen es ausschließlich um die großen Fische – um die Köpfe der organisierten Kriminalität und um den Im- und Export – geht. Während andere hauptsächlich für die Straßendealer, für die Hersteller und die Verteiler von dem Zeug zuständig sind.«

»Aber diese Dinge überlagern sich doch sicher oft.«

»Trotzdem bildet jedes Dezernat dabei ein Reich für sich.«

»Mit seiner eigenen Kultur und Hierarchie.«

»Genau. Die Uniformierten und Detectives machen ihren jeweiligen Lieutenants Meldung, über denen eine noch kleinere Gruppe Captains steht.«

»Das bedeutet jede Menge Politik«, schloss Roarke. »Und wo es Politik gibt, gibt's auch Korruption.«

»Vielleicht. Wahrscheinlich. Trotz der strengen Hierarchie und der zahlreichen Kontrollen, die es gibt. Die Leute von der Drogenfahndung werden regelmäßig einerseits auf Burnout sowie andererseits auf Drogenmissbrauch überprüft. Denn viele Undercoveragenten gehen an ihrem Job kaputt, fliegen auf oder finden selbst Gefallen an dem Zeug.«

»Schließlich kommen sie problemlos an den Stoff heran«, schloss Roarke.

Es störte sie, dass er erwartete und akzeptierte, dass es unsaubere Polizisten gab. Das war ihr natürlich ebenfalls bewusst, doch akzeptieren würde sie das nie.

»Polizisten kommen mühelos an jede Menge Zeug heran. An Diebesgut, an konfiszierte Gelder und an Waffen. Aber wenn sie es nicht schaffen, der Versuchung dauerhaft zu widerstehen, haben sie ihren Beruf verfehlt.«

»Natürlich gibt's dabei auch eine Grauzone, aber wenn jemand sich in diese Grauzone begibt, ist es nur noch ein kleiner Schritt, bis er vollends auf der falschen Seite steht. Trotzdem haben Polizisten leichten Zugang zu verbotenen Stoffen«, wiederholte er. »Beispielsweise kann ein Cop, der einen Straßendealer hochnimmt, einfach einen Teil der Ware einsacken, denn sicher wäre kein Dealer so dämlich, zuzugeben, dass er deutlich mehr Stoff bei sich hatte, als er festgenommen worden ist.«

»Deshalb muss der Lieutenant seine Leute kennen, überwachen und beurteilen, ob sie sauber sind. Es ist seine Aufgabe und seine Pflicht, darauf zu achten, dass so etwas nicht passiert. Das Problem ist, dass Oberman, wie's aussieht, selbst nicht sauber ist.«

»Du bist der Meinung, dass sie ihre Leute, ihre Dienstmarke und die gesamte Polizei verraten hat.«

»Ich bin der Meinung, dass die Frau ein unehrliches Miststück ist.« Äußerlich tat Eve die Feststellung mit einem Achselzucken ab, aber in ihrem Innern brannte bei den

Worten heißer Zorn. »Es gibt eine eigene Asservatenkammer für das Zeug und eine eigene Abteilung, die genauestens Buch führt über alles, was beschlagnahmt, vor Gericht verwendet und am Schluss vernichtet wird.«

»Aber eine clevere und ehrgeizige Frau wie Oberman hat vielleicht jemanden aus der Abteilung rekrutiert, damit er ihr beim Abzwacken behilflich ist. Vielleicht nutzt sie diesen Menschen, ihre eigenen Leute, die Beziehungen von ihrem Vater aus und macht sich selbst die Taschen voll, indem sie Stoff verkauft, der als vernichtet gilt.«

»Das wäre eine Möglichkeit. Oder vielleicht macht sie auch direkt Geschäfte mit den Lieferanten, Herstellern und Straßendealern, vielleicht lässt sie sich von diesen Typen schmieren, damit sie ihnen während ihrer Deals nicht in die Quere kommt.«

»Dabei müsste sie entscheiden, von wem sie sich schmieren und wen sie hochgehen lässt«, sinnierte Eve. »Denn selbst als Tochter dieses Vaters kann sie schlecht Karriere machen, wenn sie keine Fälle abschließt und nie irgendwelche unsauberen Typen hinter Gitter bringt. Sie muss dafür sorgen, dass die Zahl der Festnahmen und der Verurteilungen, die infolge der Ermittlungsarbeit ihres Dezernats ergehen, zufriedenstellend ist.«

Sie hielt an einer roten Ampel an. »Wie würdest du das anstellen?«

»Tja, nun, ich bin nicht so erfahren in der Leitung eines Dezernats.«

»Du leitest doch die Hälfte der industrialisierten Welt.«

»Ich wünschte mir, es wäre so. Aber wie dem auch sei – wenn ich langfristig Profit und nicht nur einmal auf die Schnelle Kasse machen wollte, würde ich von überall ein bisschen nehmen. Das geht einfach und ist unauffällig. Wenn man außerdem das rechte Maß an Druck ausübt und zugleich einen gewissen Anreiz für die kleinen Fische schafft, um sich ihre Loyalität und Zahlungswilligkeit zu sichern, kann man mittelfristig auf die nächste Ebene übergehen. Schließlich müssen sich die kleinen Straßendealer ihre Ware irgendwo besorgen, wenn sie sie nicht selbst herstellen, und wenn sie das doch machen, arbeiten sie innerhalb eines bestehenden Systems, das heißt, sie müssen ein Revier erobern oder dem, dem das Revier gehört, Gebühren zahlen.«

»Dafür bräuchte Renee Leute an der Front, damit die Loyalität oder die Angst der kleinen Fische dauerhaft erhalten bleibt. Und Verhandlungsführer für die nächste Ebene. Aber schließlich hatte sie für die Errichtung eines Netzwerks auch sechs Jahre Zeit.« Eve schüttelte den Kopf. »Ich gehe also davon aus, dass sie Cops und Gauner, ein paar Anwälte, falls einer ihrer Leute einmal in der Klemme steckt, wahrscheinlich einen Maulwurf im Büro des Staatsanwalts und mindestens einen Richter in der Tasche hat.«

»Dazu braucht sie eine Kasse«, fügte Roarke hinzu. »Für Schmiergeld und für andere Ausgaben, die sie bestreiten muss.«

»Es geht nicht nur ums Geld. Es geht fast niemals nur ums Geld«, schloss Eve. »Es muss ihr auch gefallen. Der Kick, die Macht, der Schmutz und die Gefahr. Sie zieht all das, wofür ihr Vater je gestanden hat, vorsätzlich in den Dreck.«

»Vielleicht ist das ja mit ein Grund, weshalb sie diese Sache aufgezogen hat.«

»Weil sie Probleme mit dem Vater hat? Buu-huu. Mein Dad hatte als Cop immer zu viel zu tun, um Zeit für mich zu haben. Oder vielleicht war er auch zu streng und hat zu viel erwartet. Was auch immer. Deshalb nehme ich jetzt meine eigene Polizeidienstmarke und beschmiere sie mit Dreck. Das wird ihm eine Lehre sein.«

»Ich nehme an, wir beide haben wenig Mitgefühl mit Leuten, die Probleme mit dem Vater haben, obwohl er sie niemals wirklich schlecht behandelt hat.« Er berührte flüchtig ihre Hand. »Aber vielleicht kannst du es zu deinem Vorteil nutzen, wenn es ihr dabei um Rache an dem alten Herren geht.«

»Vielleicht bin ich ja aus der Sache raus, sobald ich zur Dienstaufsicht und zu Whitney gehe.«

»Haha.«

Sie musste einfach lachen. »Ja, okay, ich werde notfalls hart und schmutzig darum kämpfen, dass man mich in diesem Fall ermitteln lässt. Ich brauche Mira«, überlegte sie. »Denn eine Psychologin kann mir vielleicht sagen, wie das Weibsbild tickt. Außerdem hätte ich gerne Feeney mit an Bord. Denn einerseits muss er McNab genügend Raum und Zeit für seine Arbeit an dem Fall gewähren, und andererseits kann er mir selbst als elektronischer Ermittler durchaus nützlich sein.«

Sie fuhr langsam durch die Hauptstraßen des Viertels, wo das Licht der wenigen Laternen, die dort funktionierten, auf ölige Müllberge und grell geschminkte Bordsteinschwalben fiel. Die Junkies sah man nicht, denn sie warfen sich ihre Pillen und Pülverchen lieber im Dunkeln ein.

»Das Ganze wird ein riesiger Schlamassel werden, Roarke. Ich darf gar nicht an den Medienrummel denken, der deshalb losbrechen wird. Vor allem wird man jeden einzelnen von ihren Fällen und die Fälle sämtlicher Kollegen, die sie in die Sache reingezogen hat, noch einmal aufrollen müssen, um zu sehen, ob die Arbeit der Ermittler wirklich sauber war. Im Anschluss wird es zu Neuverhandlungen oder zu Freilassungen irgendwelcher Schweinehunde kommen, weil man sie aufgrund von unsauberer Polizeiarbeit verurteilt hat. Sie und ihr Netzwerk auffliegen zu lassen, heißt, dass man Verbrecher laufen lassen müssen wird. Daran führt kein Weg vorbei. Allein dafür könnte ich der blöden Ziege in den Hintern treten – aber erst, nachdem ich ihr das Fell über die Ohren gezogen habe, weil die arme Peabody in der verdammten Duschkabine ihretwegen Todesängste ausgestanden hat.«

Sie hielt am Straßenrand. Obwohl das Abstellen eines Fahrzeugs in der Gegend ein gewisses Wagnis war. Denn wenn man hier fremd war und den Wagen fünf Minuten stehen ließ, wäre er entweder geklaut oder zumindest völlig leergeräumt.

»Oh, ich habe vollkommen vergessen zu erzählen, dass die Diebstahlsicherung ganz ausgezeichnet funktioniert«, wandte sie sich an Roarke. »Irgend so ein Trottel hat versucht, die Kiste aufzubrechen, während ich nur 50 Meter weit entfernt stand. Er ist in hohem Bogen durch die Luft geflogen, wenig sanft auf seinem Hinterteil gelandet und schließlich ohne Beute und selbst ohne Werkzeug weggehinkt.«

»Schön zu wissen, dass wir nachher nicht zu Fuß nach Hause laufen müssen«, antwortete Roarke und sah sich auf der dunklen Straße um.

»Hier.« Eve reichte ihm das Spray, um seine Hände zu versiegeln, und machte das Aufnahmegerät am Kragen ihrer Jacke fest.

»Lieutenant Eve Dallas und Roarke.« Sie nannte die Adresse und fügte »Datum sowie Uhrzeit siehe Protokoll der Aufnahme« hinzu.

Das Haus, das offenbar während der wilden Bauphase kurz vor den Innerstädtischen Revolten hochgezogen worden war, hatte wahrscheinlich einmal als Fabrik oder als Lagerhaus gedient. Ehe es zum Unterschlupf für Junkies und für Stadtstreicher verkommen war.

Die verrostete, zerbrochene Kette an der Tür bewies, dass das Gebäude von Anfang an schon höchstens halbherzig gesichert worden war.

Doch weswegen hatte jemand ein nagelneues Schloss an der uralten Kette festgemacht?

»Hier verkriecht man sich nur, wenn es kalt ist. Bei der sommerlichen Hitze hält sich sicher niemand freiwillig in einem solchen Dreckloch auf. Trotzdem ...«, meinte sie und nickte Richtung Schloss, »... hat irgendwer vor Kurzem dieses Ding hier angebracht.« Sie grub nach ihrem Generalschlüssel und trat einen Schritt nach vorn.

Der Mann, der aus der Dunkelheit gesprungen kam, hatte die Statur von einem Schrank und ein fieses Grinsen im Gesicht, das deutlich machte, dass ihm Mundhygiene nicht besonders wichtig war.

Wahrscheinlich grinste er, weil er der Ansicht war, dass dieses Paar für ihn und für sein 15 Zentimeter langes Messer leichte Beute war.

»Kümmer du dich bitte um den Kerl«, wandte sie sich an Roarke.

»Selbstverständlich, Liebling.« Freundlich lächelnd wandte er sich an den Typen, der zunächst noch spielerisch mit seinem Messer nach ihm stieß. »Kann ich Ihnen irgendwie behilflich sein?«

»Her mit deiner Brieftasche, der Uhr und deinem Ring, wenn ich nicht deine Eingeweide auf dem Bürgersteig verteilen und dann deine Alte ficken soll.«

»Selbst wenn Sie es schaffen würden, meine Eingeweide auf dem Gehweg zu verteilen – was ich mir nicht vorstellen kann –, sollten Sie wahrscheinlich wissen, dass Sie besser nicht versuchen sollten, meine *Alte* anzurühren, wenn sie Ihnen nicht den Schwanz abreißen und zwischen die faulen Zähne stopfen soll.«

»Dafür wirst du bluten.«

Als der Bursche einen Satz in seine Richtung machte, tänzelte Roarke leichtfüßig zur Seite, drehte eine Pirouette und rammte ihm einen Ellenbogen in den Bauch. Dem Angreifer entfuhr ein überraschtes *Uff!* Mit einer neuerlichen Drehung und einem Tritt gegen die Kniescheibe des Riesen wehrte Roarke den nächsten Messerangriff ab.

»Wir haben keine Zeit zum Spielen«, meinte Eve.

»Manchmal kann sie ganz schön streng sein«, kommentierte Roarke und trat dem Kerl ein Stückchen unterhalb des Ellbogens gegen den Arm. Sogar Schläger konnten schreien, dachte er und fing das Messer, das in hohem Bogen durch die Luft flog, auf.

Dann bedachte er den Angreifer mit einem kalten Blick aus seinen blauen Augen und bemerkte mit gefährlich ruhiger Stimme: »Da du sicher nicht erleben willst, was meine *Alte* mit dir anstellt, falls du dich auch nur in ihre Nähe wagst, solltest du allmählich gucken, dass du Land gewinnst.«

Eilig hastete der Andere los, und Roarke klappte das Messer zu.

»Du bildest dir doch ganz bestimmt nicht ein, dass du das

Ding behalten kannst? Sieh zu, dass du es schnellstmöglich entsorgst«, bat Eve und sah ihn fragend an. »Bist du bereit?«

Unbekümmert steckte Roarke die Waffe ein und nickte knapp.

Sie zückte ihren Stunner, legte ihn auf ihrer Taschenlampe ab und drehte ihren Oberkörper so, dass auf der Aufnahme von diesem Einsatz nicht zu sehen wäre, dass auch Roarke bewaffnet war.

Dann trat sie durch die Tür, schwenkte ihre Waffe erst nach links und dann nach rechts und schob mit dem Fuß den Müll beiseite, der direkt hinter dem Eingang lag. In der Luft hing der Gestank von Schimmel, abgestandenem Urin und frisch Erbrochenem, der einem Haufen Decken zu entströmen schien, die vor Dreck starrten, sodass wahrscheinlich nicht einmal mehr ein Obdachloser in Versuchung käme, sie zum Schutz vor Kälte über sich zu ziehen.

»Am besten sehen wir uns erst mal in diesem Stockwerk um.«

Sie schwenkten ihre Taschenlampen und die Stunner hin und her. In den Wänden und selbst auf dem Boden klafften unzählige Löcher, weil von den Besuchern des Gebäudes Türen, Kabel, Dielenbretter, Treppenstufen – alles, was sich irgendwie gebrauchen oder gegen ein paar Cent verscherbeln ließ – herausgerissen worden waren.

Sie blickte in den offenen Fahrstuhlschacht. »Wie zum Teufel haben sie die Fahrstuhltür hier rausbekommen und vor allem, was haben sie damit gemacht?«

»Pass auf, wo du hintrittst«, empfahl Roarke, als sie über die einzelnen Stufen, die noch nicht entwendet worden waren, ins erste Stockwerk stieg.

Wo das Licht aus ihrer Taschenlampe auf zerbrochene

Spritzen, Scherben und von Chemikalien und zu großer Hitze angefressene Töpfe fiel. Sie betrachtete den winzigen, versengten Tisch, den geborstenen Hocker, das gesprungene Glas sowie die Wände und den Boden, die mit Brandflecken gesprenkelt waren.

»Sieht wie eine Drogenküche aus, in der es offenbar mal einen kleinen Unfall gab. Anscheinend haben die Betreiber eine Zeitlang hier an ihrem Arbeitsplatz gelebt.« Sie dachte lieber nicht darüber nach, woher die Flecken auf dem Paar blanker Matratzen stammten, die in einer Ecke lagen, und sie wollte auch nicht wissen, welches zwei- und vierbeinige Ungeziefer über die zahlreichen Fast-Food-Schachteln auf dem Boden hergefallen waren.

Roarke betrachtete den Dreck. »Man kann nicht gerade behaupten, dass sie allzu pfleglich mit den Räumlichkeiten umgegangen sind.«

Sie drehte eine nicht ganz leere Nudelschachtel mit der Spitze ihres Stiefels um. »Die ist höchstens zwei Tage alt. Weil die Nudelreste noch nicht schimmelig sind.«

»Trotzdem kann einem der Anblick kurzfristig den Appetit auf *Moo Goo* verderben.«

»Wie es aussieht, war das eher *Chow Mein*.«

Sie folgte dem bestialischen Gestank bis zu einem Raum, der einmal ein Bad gewesen war. Wer auch immer die Toilette aus dem Boden reißen wollte, hatte weder die Geduld noch Kompetenz dazu gehabt, weswegen die zerbrochene Schüssel gebrauchsunfähig auf dem Boden lag. Mit dem Waschbecken hatte der Kerl anscheinend mehr Erfolg gehabt, und irgendeine einfallsreiche Seele hatte obendrein die Wände eingeschlagen und den größten Teil der Kupferrohre abmontiert.

Das Gewicht der gusseisernen, emaillierten Badewanne aber hatte die Vandalen offensichtlich abgeschreckt. Abgesehen von ein paar abgeplatzten Stellen und unzähligen Flecken war sie noch intakt und diente jetzt als Rickie Keeners Totenbett.

Er lag mit an die schmale Brust gezogenen Knien und mit seinem eigenen Erbrochenen bedeckt in der schmalen Wanne, während auf dem Fensterbrett daneben eine Spritze, ein paar kleine Fläschchen sowie eine Reihe anderer Fixerutensilien ausgebreitet waren.

»Das Opfer passt zu unserer Beschreibung und dem Passfoto, das wir von Rickie Keener alias Juicy haben.« Eve schob ihren Stunner in das Halfter, zog den Fingerabdruck-Pad aus ihrer Tasche und nahm vorsichtig den Abdruck eines Zeigefingers ihres Opfers.

»Das Opfer wurde eindeutig als Rickie Keener identifiziert«, erklärte sie nach einem Blick auf das Display. »Roarke, gib bitte Peabody Bescheid und sag ihr, dass sie Keener nicht mehr suchen muss.«

Sie blieb stehen, wo sie war, atmete durch die Zähne ein und ließ das Licht aus ihrer Taschenlampe auf den Leichnam fallen. »Dies bestätigt ihre Aussage zu dem Gespräch, das sie im Fitnessraum im Keller unserer Wache mitbekommen hat. Der Tote weist an Armen und an Beinen leichte blaue Flecke sowie eine Abschürfung am rechten Ellenbogen auf. Eine gründlichere Untersuchung wird so lange warten müssen, bis wir wissen, wie in dieser Sache weiter vorgegangen werden soll. Zum jetzigen Zeitpunkt kann ich nur zu Protokoll geben, dass die Identität des Toten eindeutig ermittelt worden ist. Um die Ermittlungen in diesem Fall nicht zu gefährden, muss ich mich zunächst damit begnügen, ein Gerät zu installieren, das den Fundort überwacht, bis er ordnungsgemäß gesichert werden kann.«

Sie wandte sich an Roarke. »Kannst du das Ding über der Tür anbringen?«

»Ist bereits erledigt. Falls jemand hereinkommt, geben dein Computer und dein Handcomputer dir ein Signal. Du kannst den Raum von jedem Ort aus überwachen, bis du die Ermittlungen in diesem Mordfall offiziell in Angriff nehmen kannst.«

»Das muss reichen.« Sie warf einen letzten Blick auf Keener, machte auf dem Absatz kehrt und wandte sich zum Gehen. »Jetzt lass uns von hier verschwinden, ja?«

Draußen auf der Straße atmete sie mehrmals tief ein, um den grässlichen Gestank aus ihrer Lunge zu vertreiben, und warf einen Blick auf ihre Uhr. »Wir haben den Fundort bestmöglich gesichert, und statt mitten in der Nacht bei Whitney anzurufen, hauen wir uns besser noch zwei Stunden hin und starten den Prozess erst morgen früh. Dallas und Roarke verlassen den überwachten Fundort«, sagte sie und stellte den Rekorder aus.

»Verdammt.«

»Hast du etwa gedacht, wir würden ihn nicht finden?«

»Ich wusste ganz genau, dass wir ihn finden, aber wie gesagt, durch diese Leiche haben wir einen greifbaren Beweis dafür, dass Peabodys Bericht den Tatsachen entspricht. Jetzt gibt es kein Zurück mehr. Jetzt sind wir gezwungen, gegen dieses Weibsbild vorzugehen.«

Sie überließ es Roarke zurückzufahren und hing auf dem Weg nach Hause ihren Gedanken nach.

»Hat du schon entschieden, wie du Whitney diesen Fall verkaufen willst?«

»Ich werde ihm einfach erzählen, wie es abgelaufen ist. Nachdem sich Peabody beruhigt hat, hat sie klar und ausführlich geschildert, was geschehen ist. Bis morgen hat sie sich bestimmt noch weiter abgeregt und kommt auch damit klar, dass Whitney sie eingehend zu der Unterhaltung, die sie mitbekommen hat, befragt.«

»Dann willst du also mit dem Anruf beim Commander nicht nur warten, weil du ihn nicht mitten in der Nacht aus seiner Koje zerren willst.«

»Nein, oder auf jeden Fall nicht nur«, räumte sie unumwunden ein. »Wir werden Whitney detailliert berichten, wie wir bei der Suche nach dem toten Keener vorgegangen sind, und ihm auch die Aufnahme von der Entdeckung des Toten zeigen. Dann muss er entscheiden, wie in dieser Sache weiter vorzugehen ist, aber zumindest habe ich bis dahin einen Plan, den ich ihm unterbreiten kann. Wir müssen die Ermittlungen in diesem Fall so straff wie möglich führen. Denn jetzt geht es neben Korruption auch noch um Mord. Wobei Keener sicher nicht ihr erstes Opfer war.«

»Es fällt dir schwer, einer Kollegin nachzustellen.«

»Sie ist seit dem Moment keine Kollegin mehr, seit sie den ersten Cent genommen hat.« Eve zwang sich zu entspannen. »Keine Ahnung, wie eng das Verhältnis zwischen Whitney und Commander Oberman möglicherweise ist. Schließlich hat er unter ihm gedient und nach seiner Pensionierung seinen Platz besetzt. Was sehr viel heißt. Renee Oberman hat unter Whitney gedient, was ebenfalls in unsere Rechnung einbezogen werden muss.«

Sie seufzte abgrundtief. »Erst mal können wir in diesem Fall vielleicht verdeckt ermitteln, aber wenn wir diese Truppe hochgehen lassen, wird's auf alle Fälle knallen. Die Medien werden sich auf die Geschichte stürzen wie Schakale auf ein frisch gerissenes Tier. Was ich ihnen nicht einmal verdenken kann.«

»Wenn dich diese Sache traurig macht oder entmutigt – was auf jeden Fall passieren wird –, denk einfach an Peabody, wie sie in dieser Duschkabine gefangen war, während zwei korrupte Bullen, die ihr Amt missbrauchen, um sich selbst die Taschen vollzumachen, darüber gesprochen haben, wie in ihrem Auftrag jemand quasi hingerichtet worden ist.«

Sie schwieg einen Moment, doch schließlich meinte sie: »Das hast du treffend ausgedrückt. Und das ist ein wirklich guter Rat. Außerdem ist da noch Keener, denn auch wenn er wahrscheinlich ein Schwachkopf und bestimmt ein wirklich schlimmer Junge war, bin ich jetzt für ihn zuständig. Genau wie für den Cop, der ihn in dieser schmutzstarrenden Badewanne liegen und an seinem eigenen Erbrochenen ersticken lassen hat. Ich bin so lange für ihn zuständig, bis die Tür des Knasts für viele Jahre hinter dem Mörder ins Schloss gefallen ist.«

Kaum hatte Roarke den Wagen vor der Haustür abgestellt, kam Peabody aus dem Foyer gestürzt.

»Sie haben ihn gefunden.«

»Gleich am ersten Ort«, bestätigte ihr Eve. »Wir hatten einfach Glück. Ich habe alles aufgenommen, und jetzt wird der Fundort überwacht.«

»Sah es wie Tod durch Überdosis aus?«

»Ja. Genau, wie Sie gesagt haben.«

»Ich weiß nicht, ob mich das erleichtert oder eher traurig macht«, erklärte Peabody, während McNab mit einer Hand über ihr Rückgrat strich. Denn die Anspannung war ihrem Blick und ihrer bleichen Miene deutlich anzusehen.

»Am besten weder noch. Nehmen Sie es zur Kenntnis, und dann schauen Sie nach vorn. Denn wir haben morgen alle Hände voll zu tun. Also hauen Sie sich jetzt kurz aufs Ohr. Nehmen Sie das Zimmer, das Sie immer nehmen, wenn Sie bei uns übernachten.«

»Dann wollen Sie Whitney also nicht umgehend informieren?«

»Es ist mitten in der Nacht, aber wenn Sie es so eilig haben, werfen Sie ihn meinetwegen aus dem Bett.«

»Nein, schon gut. Vor allem, weil ich selbst erst mal ein bisschen Schlaf gebrauchen kann.«

Eve trat auf die Treppe zu. »Dann hauen Sie sich hin.«

»Brauchen Sie noch irgendwas?«, erkundigte sich Roarke bei ihren Gästen.

»Danke, nein.« Der elektronische Ermittler nahm Peabodys Hand und drückte sie.

Roarke beugte sich vor und küsste Peabody sanft auf die Stirn. »Dann wünsche ich jetzt eine gute Nacht.«

Er folgte Eve ins Schlafzimmer und schloss die Tür. Sie nahm gerade ihr Waffenhalfter ab und wirkte mindestens so angespannt wie ihre Partnerin, als sie eben zurückgekommen waren. Vielleicht sollte er ihr auch über den Rücken streichen und ihr sanft die Finger drücken? Aber dadurch würde sie von den Problemen, die ihr auf der Seele lagen, nicht einmal vorübergehend abgelenkt, deshalb entschied er sich für eine andere Strategie.

»Du schuldest mir Versöhnungs-Sex, aber wenn du möchtest, schieben wir das noch ein wenig auf.«

Wie erwartet wurde ihre Anspannung durch neuerlichen Zorn ersetzt: »Weswegen schulde ich dir, bitte schön, Versöhnungs-Sex?«

»Weil es dir zuerst ein bisschen leidgetan hat, dass der Abend derart blöd verlaufen ist.«

Sie setzte sich, um ihre Stiefel auszuziehen, und sah ihn aus zusammengekniffenen Augen an. »Das bedeutet nur, dass ich mit meiner Reue schneller war als du. Und meiner Meinung nach heißt das wiederum, dass du mir etwas schuldig bist. Ich habe also etwas bei dir gut.«

»Unter der Bedingung, dass du dann die sexy Unterwäsche anziehst, die du mir versprochen hast.« Er verfolgte, wie sie in ein schlabberiges Polizeisport-T-Shirt stieg. »Wobei ich hoffe, dass damit nicht dieses Ding gemeint war.«

»Haha.« Sie krabbelte erschöpft ins Bett.

»Dann ist es also abgemacht.« Er glitt neben sie und zog sie eng an seine Brust.

»Ich muss noch den Wecker programmieren.«

»Auf wie viel Uhr?«

»Ah, um sechs will ich bei Whitney anrufen, und vorher brauche ich noch etwas Zeit, um mir zu überlegen, was genau ich zu ihm sagen soll.«

»Dann also auf fünf. Keine Angst. Ich wecke dich.«

Im Vertrauen darauf, dass er das täte, klappte sie die Augen zu.

Und hätte schwören können, dass ihr bereits fünf Minuten später der verführerische Duft von echtem Kaffee in die Nase stieg. Vorsichtig schlug sie die Augen wieder auf. Der Raum war in ein warmes Dämmerlicht getaucht, Roarke saß auf dem Rand des Betts und hielt ihr einen riesengroßen Kaffeebecher hin.

»Du hast mir Kaffee ans Bett gebracht?«

»Was mich entweder zum besten aller Ehemänner macht oder vielleicht einfach zeigt, dass ich ein bisschen vor dir wach geworden bin. Es ist genau fünf Uhr.«

»Uhh.« Sie richtete sich auf, murmelte ein Dankeschön, nahm ihm den Becher ab und hob ihn gierig an den Mund. Dann klappte sie die Augen zu, während das Koffein in ihrem Körper seine wunderbare Wirkung tat.

»Gut.« Sie trank den nächsten großen Schluck.

»Dusche.« Mühsam krabbelte sie aus dem Bett, kippte nach einem kurzen »Mehr« den Rest des dampfenden Gebräus in sich hinein und drückte Roarke den leeren Becher wieder in die Hand.

Auf halbem Weg ins Badzimmer sah sie über ihre Schulter, krümmte einen Zeigefinger, zog ihr T-Shirt aus und ließ es achtlos fallen.

Entschlossen stellte Roarke den leeren Becher auf dem Nachttisch ab. »Einer derart großzügigen Einladung kann ich unmöglich widerstehen.«

Das Wasser prasselte mit voller Kraft und kochend heiß auf ihren nackten Leib, als er zu ihr unter die Brause trat. Er würde sich wahrscheinlich nie daran gewöhnen, dass sie sich – und dadurch oft auch ihn – beim Duschen freiwillig verbrühte. Aber wieder einmal beschlug der Wasserdampf die breite Glaswand, hinter der sie nass und glänzend, mit zurückgelegtem Kopf und zugeklappten Augen stand.

»Der beste aller Ehemänner würde mir bestimmt den Rücken schrubben.«

Roarke tippte gehorsam gegen ein Paneel und fing mit seiner Hand den Schwall cremiger Seife auf, der sich aus dem Spender in der Wand ergoss. »Wie es aussieht, hast du gut geschlafen.«

»Hmmm.«

Unter der Berührung seiner Hände bog sie leicht den schmalen, glatten, während ihres jüngsten Urlaubs von der Sonne goldfarben getönten Rücken durch.

Er liebte das Gefühl der weichen Haut, die ihren straffen Rücken überzog, der sich in Höhe ihrer Taille leicht verjüngte und in Höhe ihrer Hüften fast unmerklich wieder auseinanderging.

Sein Cop war kantig und geschmeidig, ausdauernd und schnell. Doch er kannte auch die Schwachstellen ihres Leibs, an denen sie durch eine winzige Berührung seiner Hände zu entkräften oder zu erregen war.

Wie die winzige Vertiefung unterhalb des Rückgrats und die sanfte Rundung unterhalb ihres Genicks.

Er glitt an ihr herab, verrieb den Seifenschaum an ihrem schlanken, muskulösen Oberschenkel, glitt wieder ein Stück an ihr herauf, schob seine Finger spielerisch in ihre Weiblichkeit hinein, zog sie wieder heraus, und sie schlang ihm die Arme um den Hals und bog erneut den straffen Rücken durch. Machte eine Drehung aus der schmalen Taille, schwenkte ihren Kopf und schob ihre Zunge tief in seinen halb offenen Mund.

Dann wandte sie sich vollends zu ihm um und sah ihn vorwurfsvoll aus ihren goldenen Augen an.

»Du hast ein paar Stellen übersehen.«

»Wie nachlässig von mir.« Wieder füllte er die Hand mit Seife und verrieb sie vorsichtig auf ihren Schultern, ihren Brüsten, ihrem Torso, ihrem Bauch.

Jeder Zentimeter ihres Körpers drängte in der Hitze und

dem Dampf gegen seine Haut, während das Wasser hart gegen die Fliesen schlug. Seine Hände fanden die geheimsten Stellen ihres Leibes, lösten eine Unzahl unbeschreiblicher Gefühle sowie glühendes Verlangen in ihr aus, und seine Lippen riefen an den Stellen, die sie sanft berührten, schmerzliches Vergnügen wach.

Wieder fanden seine nassen Finger ihre feuchte Weiblichkeit und streichelten sie, bis der Schmerz fast nicht mehr zu ertragen war.

Eilig schlang sie ihm wie süß duftende Ranken ihre langen Beine um die Taille, vergrub ihre Hände tief in seinem Haar und presste ihre Lippen fest auf seinen Mund.

Ihr Herz schlug wild, stark und lüstern gegen seine Brust, während sie ihre Hände ebenfalls mit Seife füllte und von seinem Rücken über seine Hüften zwischen ihrer beider Körper gleiten ließ, um schließlich seine heiße, harte Männlichkeit zu ergreifen.

Er konnte beinah hören, wie sein Geduldsfaden mit einem lauten Knall zerbarst, und gierig drang er in sie ein. Drückte sie hart gegen die nassen Fliesen und fing ihre Schreie auf, während sie ihm die Arme um den Nacken schlang.

Das heiße Wasser trommelte auf ihre Leiber, Tropfen glitzerten auf ihrer Haut, und eingehüllt in dichten Dampf stieß er in gieriger Verzweiflung immer wieder zu.

Und liebte es, als sie in seinem Arm erschlaffte und sich ihm oder dem, was sie beide waren, vollkommen ermattet unterwarf.

Erfüllt vom Glück des Augenblicks lehnte sie den Kopf an seine Schulter, bis er ihr Gesicht nach vorne drehte und sie sanft und zärtlich auf die Lippen küsste, als sie wieder einen klaren Blick bekam, meinte sie lächelnd: »Das war ganz eindeutig kein Versöhnungs-Sex.«

»Natürlich nicht.«

»Ich wollte nur auf Nummer sicher gehen.«

»Aber es war ein wunderbares Vorspiel.«

»Allerdings. Kaffee im Bett und Sex unter der Dusche – so werde ich durchaus gern von dir geweckt.«

Sie schmiegte sich nur kurz an seine Brust, bevor sie aus der Duschkabine in den Trockner trat.

Während sie sich von der heißen Luft umwirbeln ließ, kühlte er sich seinerseits mit einer kurzen, kalten Dusche ab.

Schließlich kehrte er mit einem Handtuch um die Hüften geschlungen in ihr Schlafzimmer zurück, wo sie in einem kurzen Bademantel stand und etwas tat, was bisher kaum jemals geschehen war. Sie sichtete den Inhalt ihres Kleiderschranks.

»Ich komme mir idiotisch vor«, erklärte sie denn auch. »Aber ich brauche ... such du bitte etwas für mich aus, okay? Ich muss aussehen, als ob ich alles vollkommen unter Kontrolle hätte, wie eine Autoritätsperson und möglichst seriös.«

Sie warf frustriert die Hände in die Luft. »Aber ohne, dass es aufgesetzt und künstlich wirkt. Ich will nicht kostümiert aussehen, sondern ...«

»Ich verstehe, was du meinst.« Er trat zu ihr vor den Schrank und nahm sich erst einmal die Jacken vor. Er hatte jede einzelne persönlich ausgesucht, weil die Auswahl von Garderobe und der Kauf von Kleidung ihrer Meinung nach die reinste Zeitverschwendung waren.

»Die hier.«

»Rot? Aber ...«

»Diese Jacke ist nicht rot, sondern burgunderfarben. Sie ist weder aufdringlich noch leuchtend, sondern wirkt dezent und seriös und zeugt, vor allem mit dem geraden Schnitt, davon, dass ihre Trägerin über Autorität verfügt. Dazu passen diese dunkelgraue Hose, dieses schlichte Top, das etwas heller ist, und deine grauen Stiefel, denn sie bilden einen einheitlichen Look, der nur durch die Jacke als Signal für deine Führungsstärke unterbrochen wird.«

Sie blies die Backen auf und atmete vernehmlich aus. »In Ordnung. Du bist der Experte.«

Schließlich trat sie angezogen vor den Spiegel und gab unumwunden zu, dass er nicht ohne Grund von ihr um Rat gebeten worden war. Denn sie wirkte gut gekleidet, doch nicht im Geringsten *kostümiert*. Und das Rot – oder *Burgunder* – wirkte wirklich stark.

Außerdem wäre es wahrscheinlich kaum zu sehen, falls sie Blut auf dieses Kleidungsstück bekam.

»Zieh auch noch die hier an.«

Sie runzelte die Stirn, als sie die kleinen Silberstecker sah. »Ich trage niemals Ohrringe zur Arbeit. Weil sie ...«

»Trotzdem wäre in diesem speziellen Fall ein bisschen Schmuck ganz sicher nicht verkehrt. Und die Stecker sind schlicht und vollkommen dezent.«

Achselzuckend legte sie sie an, holte sich die nächste Tasse Kaffee und betrachtete erneut ihr Spiegelbild.

»Du achtest doch bestimmt nicht Whitneys wegen derart auf dein Aussehen«, meinte Roarke. »Oder wenigstens nicht nur. Offenbar stimmt das alte Sprichwort, dass sich Frauen für andere Frauen anziehen, also doch. Du hast dich für Renee Oberman so schick gemacht.«

»Wenn die Dinge so laufen, wie es mir vorschwebt, werden wir uns heute erstmals direkt gegenüberstehen. Auf diese äußerlichen Dinge wird eine Frau wie sie ganz sicher achten. Sie soll schon auf den ersten Blick erkennen, dass sie es mit einer starken Gegnerin zu tun bekommt.«

»Du willst sie herausfordern.«

»Das werde ich auf jeden Fall. Aber erst mal«, sie warf einen Blick auf ihre Uhr, »mache ich den nächsten Schritt und rufe Whitney an. Gott, ich hoffe, seine Frau kommt nicht ans Telefon.«

Sie schnappte sich ihr eigenes Telefon von der Kommode und nahm eine kerzengerade Haltung ein. »Auf geht's.«

Bereits nach dem zweiten Klingeln erschien Whitneys rundliches Gesicht auf dem Display. Sie atmete erleichtert auf, denn offenkundig hatte sie ihn nicht geweckt. Trotzdem war sie ziemlich sicher, dass nicht Arbeitsstress und Alter, sondern eher sein Kopfkissen die kleine Falte auf der linken Wange hinterlassen hatte, also kam ihr Anruf offenbar genau zur rechten Zeit.

»Lieutenant«, grüßte er mit knapper Stimme und bedachte sie mit einem ernsten Blick.

Sie passte ihren Ton seiner Miene an. »Commander. Verzeihen Sie die frühe Störung, aber es ist wirklich wichtig.«

Sie erstattete ihm mit bewundernswerter Präzision Bericht, und während Roarke sich auf der anderen Zimmerseite anzog, wurde Eve von ihrem Vorgesetzten – den man sehr gut kennen musste, um aus seinem ruhigen Ton herauszuhören, wie schockiert er war – mit Fragen bombardiert.

»Ich will Peabodys Aussage selber lesen, selber mit ihr sprechen und die Aufnahmen vom Fundort sehen.«

»Commander. Vielleicht dürfte ich den Vorschlag machen, Sir, dass wir uns erst einmal bei mir zu Hause treffen statt auf dem Revier. Peabody und McNab sind bereits hier, und vor allem wären wir hier vollkommen ungestört, bis Sie beschließen, wie in dieser Sache weiter vorzugehen ist.«

Er dachte kurz darüber nach, erklärte dann: »Bin unterwegs« und legte einfach auf.

»Ihr trefft euch also hier auf deinem eigenen Terrain«, bemerkte Roarke.

»Das spielt durchaus eine Rolle, aber er weiß ebenfalls, dass es das Klügste ist, wenn nicht sofort die halbe Wache von der Sache Wind bekommt. Und jetzt bereite ich am besten alles für diese Besprechung vor.«

»Ich nehme an, er wird auch mich zu dieser Angelegenheit befragen wollen, also werde ich versuchen, da zu sein. In zehn Minuten habe ich noch eine Holo-Konferenz, aber die müsste bis sieben abgeschlossen sein. Übrigens hast du dich eben wirklich gut geschlagen«, fügte er hinzu.

»Wobei das erst der Anfang war.«

5

Eve bereitete Kopien aller Aussagen, Notizen, Aufnahmen und Daten für den Commander vor und legte sich gedanklich die Begründung für die nächsten Schritte, die sie unternehmen wollte, nämlich die Einbeziehung Feeneys und der Psychologin Mira sowie das Gespräch mit Webster als Zuständigen für die Dienstaufsicht, zurecht.

Sie musste nicht nur den rechten Ton treffen, sondern benötigte außerdem eine Strategie, logisches Denken und die Zuversicht, dass dieser Fall zu lösen war. Nur mit der richtigen Mischung dieser Zutaten wäre Whitney dazu zu bewegen, ihr die Ermittlungen in einem Fall zu überlassen, der die Tochter seines Vorgängers als Leiter ihrer Dienststelle betraf.

McNab trat durch die Tür, und als sie aufsah, merkte sie, dass er inzwischen wieder seine eigenen Kleider trug. Was sicher besser war. Denn sähe Whitney ihn in ganz normalen Jeans und einem schwarzen T-Shirt, träfe ihn vor Überraschung wahrscheinlich der Schlag.

»Peabody kommt gleich«, erklärte er. »Ich glaube, sie braucht noch ein bisschen Zeit für sich.«

»Wie geht es ihr?«

»Sie hält sich ziemlich gut. Ich dachte, dass sie vielleicht Alpträume bekommen würde, aber dafür war sie offensichtlich zu erschöpft.«

Auch er selbst sah trotz der leuchtend bunten Kleider und unzähligen schrillen Ohrringen besorgt und vollkommen erledigt aus.

»Ah, Sie sehen irgendwie ... respekteinflößend aus. Aber auf eine durchaus schicke Art.«

Ein Punkt für Roarke, sagte sich Eve.

»Kann ich irgendetwas tun?«

»Später sicher, aber erst mal warten wir, bis der Commander kommt. Ich habe die Überwachungskamera gecheckt. Bisher ist alles ruhig. Holen Sie sich einen Kaffee«, bot sie an, als er vor der Tafel stand und die Hände in zwei seiner vielen Hosentaschen steckte. Als ihr einfiel, wer er war, erklärte sie: »Zu essen gibt es auch etwas.«

»Vielleicht sollte ich etwas für Peabody zusammenstellen.«
Auf dem Weg zur Küche machte er vor ihrem Schreibtisch
halt und blickte sie aus kalten, grünen Augen an. »Ich will,
dass diese beiden Schweine bluten. Mir ist klar, dass ich diese
se Gefühle überwinden und die Sache ruhig angehen muss,
aber – verdammt, Dallas – ich will diese beiden Schweine
bluten sehen. Nicht – oder nicht nur – weil Peabody in dieser
grauenhaften Lage war. Denn so was kommt bei ihrer Arbeit
schließlich öfter vor. Nur sollten nicht ausgerechnet andere
Cops schuld daran sein, wenn es für sie gefährlich wird.«

»Eine Dienstmarke macht einen Menschen längst noch
nicht zum Cop«, erklärte sie. »Also reißen Sie sich zusammen
men, ja?« Dasselbe hatte sie sich selbst schließlich bereits
ebenfalls gesagt. »Denn nur dann gelingt es uns, die beiden
dauerhaft aus dem Verkehr zu ziehen.«

Während er in ihrer Küche werkelte, erhob sie sich, um
nochmals nachzusehen, ob die Tafel vollständig beschriftet
war. Bis Peabody erschien.

»McNab macht gerade was zu essen. Holen Sie sich auch
etwas«, schlug sie ihr vor, ohne sich umzudrehen.

»Mir ist noch immer etwas flau im Magen. Der Gedanke, dass ich diese Sache gleich noch einmal mit Whitney
durchgehen muss ...«

Jetzt drehte Eve sich zu ihr um. Sie hielt sich doch nicht
ganz so gut, erkannte sie. »Vertrauen Sie dem Commander?«

»Ja, Ma'am. Und zwar blind.«

Sie sprach im selben rüden Ton wie vorher zu McNab,
während sie Richtung Küche wies: »Dann holen Sie sich
was zu essen, reißen sich zusammen und machen in Ruhe
Ihren Job.«

Entschlossen wandte sie sich wieder ab und guckte auf den Monitor, ob sich am Fundort ihrer Leiche etwas tat. Das war nicht wirklich nötig, doch auf diese Weise konnte Peabody nicht sehen, dass sie selber alles andere als gelassen war.

Wenig später hörte sie die Stimme von McNab. Sie konnte seine Worte nicht verstehen, doch sein Ton war neckisch, und als seine Freundin fröhlich lachte, nahm Eves eigene Anspannung ein wenig ab.

Um sich selbst für das Gespräch zu stählen, rief sie Renees Bild und Daten auf dem Bildschirm des Computers auf und ging sie erneut durch.

42 Jahre, blonde Haare, blaue Augen, 1,60 Meter groß bei 55 Kilogramm Gewicht. Wie Roarke schon bemerkt hatte, sehr attraktiv. Makellose Haut wie Elfenbein mit einem zart rosigen Hauch, das Gesicht ein klassisches Oval mit sorgfältig gezupften Brauen, die mehrere Töne dunkler als die Haare waren.

Dunkle Brauen, merkte Eve, und ein Wald aus schwarzen Wimpern – was wahrscheinlich hieß, dass sie äußerst geschickt im Umgang mit Kosmetik war. Sie hatte sich die Haare für das offizielle Foto sorgfältig aus dem Gesicht gekämmt, doch auf anderen Bildern wurden ihre gleichmäßigen Züge wie von einem sonnenhellen Wasserfall gerahmt.

Anscheinend war sie eitel, dachte Eve. Was sich möglicherweise nutzen ließ.

Sie war ein Einzelkind und ihre Eltern, Violet und Marcus Oberman, waren seit 49 Jahren offiziell ein Paar. Der Vater, Commander bei der Polizei, war nach 50 Jahren bei der Truppe pensioniert, die Mutter hatte ihre Arbeit als Serviererin nach der Geburt der Tochter aufgegeben und nach deren Einschulung fast 30 Jahre lang als Leiterin einer Boutique ihr Geld verdient.

Renees eigene Ehe, die nach zwei Jahren geschieden worden war, war kinderlos geblieben, und ihr Exmann, Noel Wright, ein Kneipenwirt aus dem West Village, hatte vor sechs Jahren erneut geheiratet und war inzwischen Vater einer dreijährigen Tochter sowie eines fünfjährigen Sohns.

Sie speicherte all diese Daten ab. Weil man nie wusste, was davon vielleicht noch zu gebrauchen war.

»Lieutenant«, meldete sich Summerset über die hausinterne Gegensprechanlage. »Der Commander fährt soeben durch das Eingangstor.«

Sie hatte schon entschieden, dass sie ihrem Vorgesetzten nicht entgegengehen würde, denn wenn sie ihn von der Tür in ihr Büro geleiten würde, käme ihm der Raum eventuell wie ein privates Arbeitszimmer und nicht wie das momentane Hauptquartier ihrer Abteilung vor. »Schicken Sie ihn rauf. McNab! Bringen Sie eine Kanne Kaffee rüber. Der Commander ist gleich da.«

Sie und Ian standen links und rechts von ihrer Partnerin, als der Commander den Raum betrat.

Seine breiten Schultern, die ausdruckslose Miene und die kalt blitzenden Augen zeugten von seiner Befehlsgewalt, als er vor der Tafel stehen blieb. Sie hatte sie absichtlich so gestellt, dass er sie sofort sah, und als er merkte, dass es eine nicht zu leugnende Verbindung zwischen Renee Oberman, ihrem Kollegen Garnet, Keener und dem Fundort gab, mischte sich glühend heißer Zorn in die Kälte seines Blicks.

Eve füllte einen Becher mit Kaffee und bot ihn ihrem Vorgesetzten an. »Commander. Ich weiß es zu schätzen, dass Sie umgehend erschienen sind.«

»Ersparen Sie mir Ihren Dank.« Er ging an ihr vorbei und trat vor ihre Partnerin. »Detective, ich werde mir die Aufnahme mit Ihrer Aussage noch anhören, aber erst mal möchte ich von Ihnen selbst hören, was geschehen ist.«

»Ja, Commander, Sir.« Sie straffte instinktiv die Schultern und begann mit ihrem Bericht. »Gestern Abend gegen 20 Uhr betrat ich den Fitnessraum im Keller des Reviers …«

Whitney sprang so unbarmherzig mit ihr um, dass sich Eves Nackenhaare sträubten und sie Ian warnend mit dem Ellenbogen anstieß, als sie seine zornblitzenden Augen sah.

Whitney nahm sie gnadenlos ins Kreuzverhör, unterbrach sie, hakte nach, zwang sie, Einzelheiten näher auszuführen, sich mehrmals zu wiederholen und den Wortlaut des Gesprächs mehrmals wiederzugeben.

Doch obwohl die Aufregung ihr deutlich anzuhören und sie kreidebleich geworden war, geriet sie niemals aus dem Gleichgewicht und änderte auch nicht das winzigste Detail.

»Und Sie konnten keinen von den beiden sehen?«

»Nein, Sir. Zwar konnte ich deutlich hören, wie der Mann die Frau als Oberman und als Renee ansprach und wie sie ihn Garnet nannte, aber sehen konnte ich sie nicht. Die Renee Oberman genannte Frau hat dem Mann namens Garnet in Erinnerung gerufen, dass sie seine Vorgesetzte ist. Einmal konnte ich kurz einen Teil ihres Profils, ihre Haarfarbe, die Hautfarbe und ihre Schuhe sehen und ihre ungefähre Größe schätzen. Was genügt hat, um die beiden Individuen als Lieutenant Renee Oberman und Detective William Garnet von der Drogenfahndung unseres Reviers zu identifizieren.«

»Ihnen ist bewusst, dass Lieutenant Oberman seit beinah

18 Jahren im Polizeidienst steht und mehrfach ausgezeichnet worden ist.«

»Ja, Sir.«

»Ihnen ist ebenfalls bewusst, dass sie die Tochter von Commander Marcus Oberman, meinem Vorgänger auf diesem Posten, ist.«

»Ja, Sir.«

»Trotzdem wären Sie bereit, Ihre Aussage im Rahmen von Ermittlungen durch die Dienstaufsicht und vielleicht bei einem Strafverfahren zu beeiden?«

»Ja, Sir. Mehr als nur bereit.«

»Mehr als nur bereit?«

»Es ist mir ein Verlangen, meine Pflicht als Polizistin zu erfüllen. Denn schließlich habe ich geschworen, zu schützen und zu dienen, und die beiden Individuen, um die es geht, haben ihre Position, ihre Autorität und ihre Dienstmarken aufs Schändlichste missbraucht. Deshalb bin ich bereit, alles in meiner Macht Stehende zu tun, um sie daran zu hindern, unseren Berufsstand weiter in den Schmutz zu ziehen.«

Er schwieg einen Moment und stieß dann einen leisen Seufzer aus. »Setzen Sie sich, Detective«, bat er sie, doch als McNab sich vor sie hocken wollte, wehrte er entschieden ab. »Sie brauchen sie nicht zu bemuttern. Sie ist eine Polizistin, was sie uns, verdammt noch mal, eben bewiesen hat.« Er wandte sich um.

»Lieutenant.«

Jetzt straffte auch Eve die Schultern. »Sir?«

»Sie haben beinah acht Stunden gewartet, ehe Sie mit dieser Angelegenheit zu mir gekommen sind.«

Da sie mit dieser Vorhaltung gerechnet hatte, hatte sie

sich schon eine passende Erwiderung zurechtgelegt. »Sechs, Sir, da es beinahe zwei Stunden gedauert hat, bis wir die umfängliche Aussage meines Detectives aufgenommen und im Anschluss zweifelsfrei herausgefunden hatten, dass die beiden Individuen, deren Gespräch sie gegen ihren Willen belauscht hat, wirklich Polizisten sind. Danach war ich der Ansicht, dass es dieser Angelegenheit am ehesten dienen würde, wenn wir Keener fänden, um die Richtigkeit der Aussage auf diese Weise zu belegen, und dazu noch möglichst viele andere Informationen zusammentrügen, um bei dem Gespräch mit Ihnen nicht mit leeren Händen dazustehen.«

Sie legte eine kurze Pause ein und zog dann ihren größten Trumpf. »Schließlich hatte mein Detective mich darüber informiert, dass im Auftrag einer der beiden Personen offenbar jemand ermordet worden war. Da hielt ich es für geboten, schnellstmöglich zu überprüfen, ob es wirklich eine Leiche gibt.«

»Das könnte funktionieren«, murmelte ihr Vorgesetzter.

Würde, korrigierte sie in Gedanken. Denn sie würde dafür sorgen, dass es funktionierte, ganz egal, was dafür nötig war.

»Unser gesamtes Vorgehen wurde für Sie aufgezeichnet, Sir. Darüber hinaus haben wir nach Auffinden des toten Rickie Keener eine Überwachungskamera am Fundort installiert, danach habe ich beschlossen, Sie nicht gleich zu informieren, denn schließlich war es drei Uhr nachts. Diese Angelegenheit ist äußerst delikat und höchst verstörend, Sir. Deswegen dachte ich, dass man nichts überstürzen soll.«

Er setzte sich ebenfalls und nickte knapp. »Um Himmels

willen, Dallas, regen Sie sich ab.« Er massierte sich die Brauen und ließ dann seine Hände auf die Oberschenkel fallen. »Ich kenne nicht viele Cops, die so anständig sind wie Marcus Oberman. Diese *Angelegenheit,* wie Sie es nennen, zieht den Ruf, die Akte und den Namen dieses Mannes in den Dreck. Und bricht ihm wahrscheinlich obendrein das Herz.«

Was ihrer Meinung nach der kniffeligste Punkt an der Geschichte war. »Das tut uns natürlich allen leid. Nur ist es eben so, dass die Tochter anders als der Vater ist.« In mehr als einer Hinsicht hatte Eve ihr eigenes Leben auf dieser Erkenntnis aufgebaut.

»Das ist mir bewusst, Lieutenant. Schließlich hat die Frau mehrere Jahre unter mir gedient. Renee Oberman ist nicht der Cop, der Marcus war, aber das sind auch nur wenige. Bisher war ihre Akte blütenweiß und ihre Arbeit durchweg akzeptabel. Sie hat eine starke Persönlichkeit, die Fähigkeit, für jeden Job genau die richtige Person zu wählen, und sie kann die Einzelheiten eines Falls problemlos richtig einschätzen und zu einem logischen Muster anordnen. Sie eignet sich aus meiner Sicht eher für Verwaltungs- und für Führungsaufgaben als für die Arbeit draußen auf der Straße, und tatsächlich zieht sie diese Tätigkeiten auch eindeutig vor. Sie führt ihr Dezernat mit fester Hand, und die Ergebnisse, die sie erzielt, bieten keinen Anlass zur Kritik.«

»Als Chefin einer eigenen Abteilung sollten ihre Leistungen aus meiner Sicht erheblich besser als nur akzeptabel sein.«

Beinah hätte er gelächelt. »Natürlich haben Sie recht. Aber auf einer Wache, die so groß ist wie die Unsere, ist es manchmal unerlässlich, dass man sich mit akzeptablen

Leistungen zufriedengibt. Und bisher gab es kein Anzeichen dafür, dass Lieutenant Oberman nicht sauber ist. Sie ist ehrgeizig, will es zum Captain bringen und hat ihre Karriere dementsprechend strukturiert. Ich habe keinen Zweifel daran, dass sie es auf meinen Posten abgesehen und sicher auch schon einen Zeitplan dafür hat, wann sie hinter meinem Schreibtisch sitzen wird.«

»Da wird sie aber schwer enttäuscht sein, wenn sie statt auf Ihrem Platz in einer Zelle landen wird.«

Jetzt konnte er ein Schmunzeln nicht mehr unterdrücken und stieß leise lachend aus: »Bereits vor dieser Geschichte hätte ich nichts unversucht gelassen, damit jemand anderes einmal meinen Posten übernimmt. Denn sie hat einfach nicht das Temperament dafür. Für die Politik, das Händeschütteln und das breite Grinsen, den Papierkram und die Arbeit mit den Medien wäre sie durchaus geeignet, doch es mangelt ihr an Mitgefühl und Einfühlungsvermögen, und vor allem sieht sie ihre Leute immer nur als Werkzeug und die Arbeit als Mittel zum Zweck.«

Er mochte Renee nicht, erkannte Eve. Doch wurde diese Angelegenheit dadurch vereinfacht oder vielleicht sogar noch erschwert?

»Alles in allem«, fuhr er fort, »ist die Situation also extrem brisant.« Er blickte Richtung Tür, als Eves Ehemann den Raum betrat.

»Jack«, grüßte ihn Roarke mit einem Nicken.

»Bisher wissen nur die fünf Personen hier in diesem Raum über die Angelegenheit Bescheid. Ist das korrekt?«

»Ja, Sir«, bestätigte Eve. »Bisher.«

»Zeigen Sie mir den Leichnam, und dann klären Sie mich bitte über alle Einzelheiten auf.«

Eve sagte: »Überwachungsbildschirm an« und gleich darauf sah man das Bild des toten Rickie Keener, der noch immer in der Badewanne lag.

Whitney lehnte sich auf seinem Stuhl zurück und sah sich den Toten an. »Sie haben den genauen Todeszeitpunkt nicht bestimmt und auch keine Beweise gesichert, stimmt's?«

»Bisher haben wir ihn einzig identifiziert. Ich dachte …«

»Ich kann mir schon denken, was Sie dachten«, fiel ihr Vorgesetzter Eve ins Wort. »Und jetzt zeigen Sie mir die Aufnahme von Ihrem Einsatz, ja?«

Eve befolgte den Befehl und starrte reglos auf den Monitor, auf dem man einen Teil der Auseinandersetzung zwischen Roarke und dem hünenhaften Gangster sah.

»Perfekt gezielt!«, juchzte McNab und blickte Whitney an. »Verzeihung, Sir.«

»Sie haben recht. Er hat perfekt gezielt.« Der Commander wandte sich an Roarke. »Haben Sie ihm den Arm gebrochen?«

»Ich glaube, er ist nur geprellt.«

»Ab und zu vermisse ich die Arbeit auf der Straße«, seufzte Whitney, aber als das schmutzstarrende Innere des Hauses auf dem Monitor erschien, schränkte er ein: »Ab und zu aber auch nicht.«

Dann verstummte er, und auch nachdem die Aufnahme beendet war, hielt sein nachdenkliches Schweigen an. Schließlich aber meinte er: »Natürlich werde ich mir später noch den ganzen Rest ansehen, aber wenn wir davon ausgehen, dass es ist, wie Sie behaupten, klären Sie mich bitte über Ihre nächsten Schritte auf. Die haben Sie doch sicher schon geplant. Denn schließlich hatten Sie genügend Zeit, um die Sache in Gedanken durchzugehen.«

»Als Erstes würde ich jetzt gern den Leichnam offiziell entdecken, damit ich in diesem Fall ganz offiziell ermitteln kann. Vielleicht infolge eines Tipps von einem meiner Informanten, denn dann hätten wir gleich eine Erklärung dafür, wie wir auf das Haus gekommen sind. Das wäre am einfachsten. Ich bräuchte Oberman nicht zu verraten, wer mich angerufen hat, denn ich bin nicht verpflichtet, ihr zu sagen, wer mein Informant ist. Tatsächlich ist es schließlich ganz normal, wenn man seine eigenen Spitzel schützt. Sie glaubt, Keeners Tod würde als Tod durch Überdosis abgetan. Aber das wird er nicht. Denn ich werde ihn als ungeklärten Todesfall behandeln, und ich hoffe, dass sie sich dann entweder erschreckt oder zumindest sauer wird. Vor allem kriege ich dadurch Gelegenheit, mich mit ihr und ihren Leuten zu beschäftigen.«

»Was glauben Sie, wie viele Leute in die Angelegenheit verwickelt sind? Schließlich zieht sie so ein Ding doch bestimmt nicht nur mit Garnet durch«, warf Whitney ein.

»Nein, Sir, das glaube ich auch nicht. Aber dieser Frage sollte nicht nur ich, sondern gleichzeitig die Dienstaufsicht nachgehen. Mit Ihrer Erlaubnis, Sir, würde ich deshalb gern auch Lieutenant Webster ins Vertrauen ziehen. Ich habe bereits mit ihm gearbeitet und auch Peabody ist ihm bekannt. Durch diese Verbindung würde Zeit gespart und das Vorgehen der beiden Abteilungen am einfachsten koordiniert.«

»Sie glauben, dass Sie Webster davon überzeugen können, dass er Sie und Ihre Leute aktiv nicht nur bei der Klärung des Mordfalls, sondern auch bei den internen Ermittlungen gegen Kollegen mitarbeiten lässt?«

»Ohne Peabody würde es die Ermittlungen nicht geben,

und wahrscheinlich hätte man den Mord an Keener tatsächlich als Tod durch Überdosis abgetan.«

»Mich brauchen Sie nicht zu überzeugen. Aber wenn Sie möchten, rufe ich den Lieutenant in der Angelegenheit auch noch persönlich an.«

»Außerdem bräuchte ich Dr. Mira. Ihre Erkenntnisse und ihre Einschätzung von Obermans Persönlichkeit könnten wirklich wichtig sein.«

»Da haben Sie sicher recht.«

»Und ich brauche Feeney.«

»Die Dienstaufsicht hat doch selbst elektronische Ermittler.«

»Trotzdem brauchen wir auch unsere eigenen. McNab ist bereits in die Sache involviert, und wir sollten deswegen auch seinen Captain einbeziehen. Sämtliche Treffen zwischen mir und Renee Oberman sollten, wenn möglich, aufgezeichnet werden. Selbstverständlich wird auch die Dienstaufsicht sie bald nicht mehr aus den Augen lassen, aber wenn die Frau auch nur ein Mindestmaß Instinkt hat, wird es nicht lange dauern, bis sie Lunte riecht. Ohne Instinkt und ohne Vorsichtsmaßnahmen zu treffen, hätte sie es nie so weit gebracht.«

»Also gut, beziehen wir auch noch Mira und den Captain ein. Ihr Teil der Ermittlungen wird größtenteils von hier aus laufen müssen. Denn wir wissen schließlich nicht, wen Oberman auf dem Revier möglicherweise alles in der Tasche hat.« Wieder wandte Whitney sich an Roarke. »Deshalb ist mein Haus erst einmal nicht mehr sicher, wir brauchen folglich dieses Büro als Hauptquartier.«

»So sieht es aus.«

»Sie sind ein toleranter Mann.«

»Nicht wirklich. Aber da ich selbst Erfahrung mit Personen wie diesem korrupten Lieutenant habe, freue ich mich, wenn die Nutzung meines Hauses dazu beiträgt, dass man dieses Weib aus Ihrem Haus entfernt.«

Nickend erhob der Commander sich von seinem Platz und sah die anderen nacheinander an. »Lassen Sie uns dieser Frau das Handwerk legen«, meinte er und stapfte aus dem Raum.

Nach Ende des Gesprächs wandte sich Eve an Roarke. »Ich brauche den Tipp von einem Spitzel, und zwar muss es möglichst echt aussehen für den Fall, dass dieses Weib auf irgendeinem Weg an die Aufzeichnung des Anrufs kommt.«

»Das kriege ich problemlos hin, aber vorher brauche ich dich kurz.« Er trat durch die Verbindungstür in sein eigenes Büro.

»Ich bin im Dienst«, erklärte sie.

»Das ist mir klar, und deshalb kommt dein Tipp auch gleich an die Reihe. Aber vorher wollte ich dir noch kurz sagen, dass ich eben ein Gespräch mit Darcia von Olympus hatte. Vielleicht kennst du sie eher als Chief Angelo.«

»Meinetwegen.«

»Sie macht gerade Urlaub hier. Wir hätten uns vor ihrer Rückkehr nächste Woche treffen wollen, aber jetzt ist sie schon früher in New York. Und sie würde gerne dein Revier und auch dich selber sehen.«

»Ich habe momentan nur wenig Zeit.«

»Ich konnte ihr wohl kaum erzählen, dass du sie nicht treffen kannst, weil du damit beschäftigt bist, einen Ring korrupter Bullen auszuheben.«

Eve stopfte die Hände in die Taschen. »Nein. Ich schätze, nicht.«

»Hauptsächlich will sie in New York einen längeren Urlaub machen. Ich lade sie auf jeden Fall auf ein paar Drinks oder zum Essen ein. Aber trotzdem würde sie gerne auch dich und deine Wache sehen. Weil ihr schließlich während unseres Kurztrips nach Olympus gut zusammengearbeitet habt.«

»Ja, ja. Okay.« Sie dachte nach und nickte. »Vielleicht kommt mir ihr Besuch sogar durchaus zupass. Denn wenn die Sache erst ins Rollen kommt, kann sich jemand, der mir hinterherschnüffelt, bestimmt nicht vorstellen, dass ich meine Zeit damit verbringen würde, eine gute Freundin gemütlich auf dem Revier herumzuführen, wenn ich einer korrupten Polizistin auf den Fersen wäre.«

»Ich nehme an, sie wird sich freuen, dass sie sich nützlich machen kann. Ich kümmere mich um den Tipp. Gib mir fünf Minuten.«

»Okay.« Sie marschierte wieder in ihr eigenes Büro. »Der anonyme Hinweis kommt in fünf Minuten«, sagte sie zu Peabody. »Danach melde ich mich auf Ihrem Link und sage, dass ich Sie zu Hause abhole, weil einer meiner Spitzel angerufen hat. Vielleicht ist sein Tipp nur heiße Luft, deswegen informieren wir die Zentrale nicht sofort. McNab, Sie fahren so wie sonst auf das Revier. In der Zwischenzeit wird Feeney vom Commander informiert. Statten Sie als Erstes alle elektronischen Geräte, die wir nutzen, mit so guten Filtern aus, dass niemand sich einklinken kann.«

»Okay. Obwohl in Ihrem Haus wahrscheinlich sowieso schon sämtliche Geräte damit ausgestattet sind. Ich brauche nur ein paar Minuten im Computerraum, dann kommt auch niemand mehr in Peabodys oder Ihr Handy rein.«

»Das erledigen wir nach dem Gespräch mit meinem anonymen Informanten«, meinte sie, als ihr Handy schrillte, fügte sie hinzu: »Wenn man vom Teufel spricht … Eins muss ich ihm lassen, er ist wirklich schnell.« Zum Zeichen, dass die anderen sich ruhig verhalten sollten, hob sie mahnend einen Finger in die Luft. »Dallas.«

»Benutzen Sie ja nicht meinen Namen! Klar?« Die keuchende Stimme klang derart verzerrt, dass nicht einmal sie selbst auf die Idee gekommen wäre, dass ihr eigener Gatte mit ihr sprach.

»Kapiert.«

»Sie ham ihn kaltgemacht. Den alten Juicy. Mann, sie ham ihm derart übel mitgespielt, dass er in seiner eigenen Kotze schwimmt.«

»Wer ist Juicy?«

»Juicy hätte nie so hartes Zeug gespritzt, Mann. Sie ham ihn erledigt. Die, vor denen er auf Tauchstation gegangen ist. Und jetzt ist das Arschloch tot.«

»Du bist doch total breit, du Wichser. Also stiehl mir nicht die Zeit.«

»Ich hab' mir was für Juicy reingezogen. Sie müssen herausfinden, wer ihn erledigt hat. Weil das eine wirklich miese Nummer war. Ich ruf' auch nich' als Spitzel, sondern nur für Juicy an, weil diese Saubande ihn einfach in der verdammten Badewanne liegen lassen hat.«

Auf der Aufnahme wäre zu sehen, wie sie die Stirn in Falten legte, und zu hören, dass ihre Stimme drohend klang. »Sag mir, wo ich hinfahren soll, wenn ich dort keine Leiche finde, werde ich dich jagen und dir in den Hintern treten, dass du sieben Wochen nich' mehr sitzen kannst.«

»Sie finden sie auf jeden Fall.« Die Stimme murmelte eine

Adresse. »Armer alter Juicy. Un' Sie denken an den Schein für mich, okay? Zwanzig Dollar, wie sonst auch.«

»Falls ich eine Leiche finde, kriegst du deinen Schein. Falls nicht, siehst du am besten zu, dass du dich nicht von mir erwischen lässt.« Sie legte auf und trat zu der Verbindungstür zu Roarkes Büro. »Wie hast du das gemacht?«

»Oh, das war ein kleines Stimm-Austauschprogramm, an dem ich gerade arbeite. Ich habe es mit einer Mischung zweier Schauspieler aus einem Film über Drogen versucht.« Sein Grinsen zeigte, dass ihm diese Arbeit durchaus Spaß gemacht zu haben schien. »Interessant, nicht wahr?«

»Hmm. Jetzt sind Sie dran, Peabody«, wandte sich Eve an ihre Partnerin.

»Ich komme mir ein bisschen dämlich vor, wenn wir telefonieren, obwohl ich nur zwei Meter neben Ihnen stehe.«

»Trotzdem.«

Nach dem kurzen Telefongespräch warf Eve McNab ihr Handy zu. »Machen Sie das, was Nerds mit solchen Dingern tun, und dann fahren Sie ganz normal zur Arbeit.«

»Wenn Sie wollen, kann ich Sie auch ein Stück mitnehmen«, bot Roarke ihm an.

»Super. Gern. Sobald die Handys sicher sind.«

»Ich komme mit in den Computerraum«, erbot sich Peabody, »damit du sie mir geben kannst, nachdem du deinen Zauber wirken lassen hast. Wir treffen uns dann unten, Dallas. Vielen Dank für alles, Roarke.«

Er schüttelte den Kopf, aber sie insistierte: »Wirklich, vielen, vielen Dank.«

»Fahr ihn nicht den ganzen Weg bis zum Revier«, bat Eve, als sie mit Roarke alleine war.

»Mit Heimlichtuereien kenne ich mich wahrscheinlich

noch besser aus als du.« Er trat auf sie zu und legte einen Finger auf das Grübchen in der Mitte ihres Kinns.

»Wahrscheinlich«, stimmte sie ihm unumwunden zu.

»Der Respekt vor seinem Vorgänger macht es dem armen Whitney ziemlich schwer.«

»Das stimmt. Obwohl die Tochter ihm anscheinend ziemlich unsympathisch ist. Und auch schon vor dieser Geschichte war. Manchmal fällt der Apfel doch weit vom Stamm.«

Sie dachte bei dem Satz auch an sich selbst und ihn, deshalb umfasste er sanft ihr Gesicht und küsste sie sacht auf den Mund. »Es kann auch passieren, dass der Apfel sich bewusst dafür entscheidet, dass er möglichst weit vom Stamm entfernt auf der Wiese landen will. Im Guten wie im Schlechten, Eve.«

»Manchmal ist er bereits faul, noch ehe er fällt. Aber jetzt genug von irgendwelchen Früchten. Weil ich schließlich einen toten Junkie finden muss.«

»Ich glücklicherweise nicht.« Er küsste sie erneut. »Hüte dich vor denen, die noch leben, ja?«

»Vielleicht probiere ich ja auch mal diesen tollen Tritt gegen den Unterarm.« In der Hoffnung, dass sie wirklich die Gelegenheit dazu bekäme, trat sie in den Flur hinaus.

Im Wagen gingen sie und Peabody ihr Vorgehen noch einmal durch. »Wir halten uns streng an die Vorschriften. Sprühen unsere Hände und die Schuhe ein und schalten den Rekorder an. Wir folgen einem anonymen Hinweis, deshalb checken wir erst mal das Erdgeschoss, bevor wir in die obere Etage gehen. Wir wissen nur, dass unser Opfer Juicy heißt, bis wir ihn identifizieren. Und halten Sie das

Aufnahmegerät, um Himmels willen, in eine andere Richtung, während ich die Kamera, die Roarke dort installiert hat, wieder abnehme.«

»Okay.«

»Wir gehen mit der Leiche und dem Fundort wie mit jeder anderen Leiche und mit jedem anderen Fundort um, deswegen können wir nicht sofort ausschließen, dass dieser Kerl ermordet worden ist. Denn egal, wie's aussieht, ist es ein noch ungeklärter Todesfall, dem wir in unserem Dezernat auch dann nachgehen, wenn das Opfer ein Verlierer und ein vorbestrafter Junkie war.«

»Da haben Sie völlig recht. Bei dem Gespräch mit dem Commander war ich echt nervös.«

»Er hat es Ihnen absichtlich so schwer gemacht, weil auch die Dienstaufsicht und, wenn wir das Weib erledigt haben, die Verteidigung Sie unbarmherzig in die Zange nehmen wird.«

»Das ist mir klar.« Peabody zog ihre Regenbogen-Sonnenbrille aus der Tasche, setzte sie aber nicht auf. »Und genauso ist mir klar, dass mich einige Kollegen als Verräterin betrachten werden.«

»Nicht Sie sind die Verräterin, sondern das blöde Weib.«

»Ich weiß. Aber trotzdem sollte ich mich dafür wappnen, dass das andere vielleicht anders sehen. Immer, wenn mir das Probleme macht, werde ich daran zurückdenken, wie ich in dieser Duschkabine stand, und denken, dass die anderen mir egal sind.«

»Das ist ein guter Plan. Und jetzt ist es allmählich Zeit, den nächsten Schritt zu tun.«

Sie griff nach ihrem Handy und rief Webster an.

»Aber hallo. Guten Morgen, Dallas.«

Sein hübsches Gesicht füllte den Bildschirm aus, und aus dem Hintergrund drang höllischer Verkehrslärm an ihr Ohr. »Wo sind Sie gerade?«

»Auf dem Weg zur Arbeit. Ich gehe zu Fuß, weil ich den schönen Sommertag genießen will. Warum?«

»Haben Sie Gesellschaft?«

»Ja, ein paar Millionen anderer New Yorker«, scherzte er und nippte kurz an seinem Styroporbecher mit dampfendem Kaffee, doch plötzlich wurde seine Miene ernst. »Nein, ich bin allein.«

»Wir müssen uns treffen. Wissen Sie noch, wo wir uns in der FBI-Sache getroffen haben?«

»Ja.«

»Dann nehmen Sie sich frei, und seien Sie in zwei Stunden dort.«

»Ich habe einen Vorgesetzten, Dallas.«

»Der auch wieder einen Vorgesetzten hat. Mit dessen Vorgesetztem wiederum die Sache bereits abgesprochen ist. Aber falls Sie kein Interesse haben, Webster, kann ich mit meinem Anliegen auch gerne zu einem anderen Schnüffler gehen.«

»Haha. Zwei Stunden«, meinte er und legte auf.

»Rufen Sie bei Crack an«, befahl Eve der Partnerin. »Sagen Sie ihm, dass sein Laden in zwei Stunden auf sein muss.«

»Ich soll um diese Uhrzeit den gewaltbereiten Eigentümer eines Sexclubs anrufen, obwohl ich weiß, dass er bestimmt noch schläft?«

»Finden Sie Ihr Rückgrat, Peabody«, schlug Eve ihr unbekümmert vor.

Die Gegend sah bei Tageslicht sogar noch schlimmer

aus, bemerkte Eve, weil die Flecken und die Schmierereien im Hellen noch erheblich besser zu erkennen waren. Das Schaufenster des armseligen, kleinen Ladens an der Straßenecke war mit abschreckenden Hinweisschildern übersät.

KEIN BARGELD IM GESCHÄFT!
VON SICHERHEITSDIENST ÜBERWACHT!
NUR DROIDEN-PERSONAL!

Auf den Bürgersteigen schlichen eine Handvoll Leute mit gesenkten Köpfen, um zu zeigen, dass sie sich ausschließlich für ihre eigenen Angelegenheiten interessierten, obwohl derart früh am Morgen sicher noch kein Straßenräuber oder Schläger aufgestanden war.

»Das Leben hier ist hart«, bemerkte ihre Partnerin. »Ein paar Häuserblöcke weiter sieht es völlig anders aus, aber für die Leute, die hier wohnen, ist das Leben hart und echt gemein. Wie kommt man jemals hier heraus, wenn man hineingeboren wird?«

Eve dachte an Roarke, der sich als Kind alleine in den Gossen Dublins durchgeschlagen hatte, wo das Leben mindestens so hart und so gemein wie hier an diesem Ort gewesen war. »Indem man alle Mittel anwendet, die einem zur Verfügung stehen«, murmelte sie.

Sie stellte ihren Wagen ab, schaltete sämtliche Alarmanlagen ein und holte ihren Untersuchungsbeutel aus dem Kofferraum. »Vorhang auf. Rekorder an. Am besten sprühen wir uns erst mal ein.« Sie warf die Spraydose in Richtung ihrer Partnerin. »Für den Fall, dass das hier keine reine Zeitvergeudung ist.«

Peabody versiegelte gehorsam ihre Hände und warf Eve

die Dose wieder zu. »Warum haben wir nicht einfach einen Streifenwagen vorbeigeschickt?«

»Weil dieser Tipp direkt an mich gegangen ist und ich nicht unnötig Ressourcen nutzen will, solange ich nicht sicher weiß, ob in dieser Bude überhaupt etwas zu finden ist.« Auf dem Weg in Richtung des Gebäudes zog sie ihren Generalschlüssel hervor. »Sieht nicht so aus, als hätte in diesem Jahrhundert irgendjemand hier gelebt, aber gucken Sie mal – das hier ist ein neues Schloss. Das noch niemand aufgebrochen hat.«

»Sieht aus, als ob die Tür allein mit diesem Schloss gesichert wäre. Denn ich sehe nirgends eine Kamera, einen Scanner oder ein Handlesegerät.«

»Falls es solche Dinge mal gegeben haben sollte, wurden die bestimmt bereits vor langer Zeit geklaut. Lieutenant Eve Dallas und Detective Delia Peabody betreten das Gebäude, um zu überprüfen, ob hier der von einem Informanten gemeldete Leichnam liegt.«

Sie öffnete das Schloss, zückte ihre Waffe und schob vorsichtig die Haustür auf. »Himmel, was für ein Gestank. Wenn wir hier nichts finden, kann sich dieser Kerl auf was gefasst machen. Zücken Sie Ihre Taschenlampe und die Waffe, Peabody. Wir sehen uns erst einmal unten um.«

Wie bereits mit Roarke durchsuchte sie zunächst das Erdgeschoss.

»Dieses Haus war früher sicher einmal durchaus hübsch«, bemerkte ihre Partnerin. »Man kann noch einen Teil des Originalbodens und -putzes sehen.«

»Klar. Und mit ein bisschen Arbeit wäre das bestimmt auch wieder hinzukriegen. Erdgeschoss ist sauber«, sprach sie in ihr Aufnahmegerät. »Verdammt, ich hoffe nur, die

Stufen halten. Denn ich hieve Sie bestimmt nicht wieder rauf, falls unter Ihrem Gewicht das morsche Holz durchbricht.«

»Wollen Sie damit etwa sagen, dass ich dick bin? Vielleicht sollte ich mich offiziell beschweren.«

»Nur zu«, bot Eve ihr schnaubend an. »Himmel, der Gestank wird immer schlimmer. Wie ein Haufen Scheiße, der mit … Kacke.«

»Ist das nicht dasselbe?«

»Meine Güte, Peabody, wie lange machen Sie diesen Job jetzt schon? Allmählich müssten Sie doch wissen, wie ein Toter riecht. Mein Spitzel hat gesagt, er würde in der Badewanne liegen. Gucken Sie, ob jemand hier ist, während Sie vorsichtig weitergehen«, wies sie sie an und schwenkte ihre eigene Waffe, während sie das ruinierte Bad betrat.

»Das muss Juicy sein.«

»Ich nehme an, Sie schulden Ihrem Spitzel eine Entschuldigung.«

»Er wird seinen Zwanziger bekommen.« Eve trat vor die Wanne. »Er hat gesagt, dass er in seiner eigenen Kotze schwimmt. Was nur ein bisschen übertrieben war. Identifizieren wir den Kerl und rufen danach die Zentrale an.«

»Hier drinnen ist es wirklich schrecklich. Wenn wir nachher keine Stunde im Desinfizierer sitzen wollen, sollten wir unsere Schutzanzüge anziehen.«

»Da haben Sie wahrscheinlich recht.« Eve trat einen Schritt zurück, und während Peabody die Schutzanzüge aus dem Untersuchungsbeutel zog, streckte sie die Hand nach oben aus, griff nach der Kamera über der Tür, schob sie in ihre Tasche, schaltete sie aus und klappte ihr Handy auf.

ZENTRALE.

»Hier Lieutenant Eve Dallas.« Sie gab die Adresse durch, meldete den Leichenfund, bat um einen Pathologen und die Spurensicherung und zog ihren Plastikanzug an.

Wie schon am Vorabend, als sie mit Roarke vor Ort gewesen war, presste sie den Identifizierungspad gegen Keeners rechten Zeigefinger und las von dem kleinen Bildschirm ab: »Rickie Keener, 27 Jahre alter Mischling, 1,72 Meter groß, 59 Kilo schwer. Haar und Augen braun. Sitzt mit angezogenen Beinen in einer kaputten Badewanne. Neben ihm liegt eine leere Spritze, andere Fixerutensilien sind auf dem Fensterbrett verteilt.«

»Gestorben ist er gestern gegen 16.00 Uhr. Genauer kann ich es nicht sagen, weil inzwischen zu viel Zeit vergangen und das Umgebungsklima schwierig ist.«

»Der Pathologe wird herausfinden, wann er genau das Zeitliche gesegnet hat.«

»Sieht nach Tod durch Überdosis aus«, erklärte Peabody, denn sicher hätte sie das, wenn sie tatsächlich infolge eines anonymen Tipps neben der Wanne stünden, ebenfalls gesagt. »Man kann sogar noch die Einstichstellen sehen. Er hat es auf die altmodische Art gemacht, aber dies war offensichtlich nicht sein erster Trip nach Neverland.«

»Warum liegt er in der Wanne statt auf der Matratze nebenan? Außerdem hat er mehrere blaue Flecke sowie eine Abschürfung am Arm.«

»Vielleicht stammen die ja von der Wanne. Gusseisen ist schließlich hart.«

»Das könnte sein. Er hat ein ellenlanges Vorstrafenregister, und er war als Drogenkonsument bekannt. Vielleicht hat er das Zeug einfach falsch dosiert oder vielleicht war ihm nicht klar, wie heiß die Ware war.« Sie schüttelte den

Kopf. »Er hat einen offiziellen Wohnsitz, aber der ist nicht in diesem Haus. Warum also hat er sich den Schuss an einem derart grauenhaften Ort gesetzt?«

»Vielleicht war er ja nicht allein, ist plötzlich abgeklappt und der Andere hat ihn in der Wanne abgelegt und sich dann aus dem Staub gemacht?«

»Das sind lauter ungeklärte Fragen. Tja, jetzt gehört er uns, also müssen wir versuchen, Antworten zu finden. Sicher wird der Pathologe Tod durch Überdosis attestieren, aber bis es so weit ist, ist dies ein ungeklärter Todesfall. Also machen wir uns an die Arbeit, ja?«

6

Sie sah die Grimassen, die die anderen Polizisten zogen, weil sie bei den Nachbarn klopfen sollten, um herauszufinden, ob es irgendwelche Zeugen gab. Denn in dieser Gegend brachte man Bullen nicht den mindesten Respekt entgegen und bot ihnen, wenn sie vor der Wohnungstür erschienen, sicher keinen Kaffee an. Selbst wenn ein Anwohner bei diesem Todesfall die sprichwörtliche Fliege an der Wand gewesen wäre und alles mit angesehen hätte, gäbe er das sicher nicht freiwillig zu.

Trotzdem mussten sie ihr Glück versuchen, denn man wusste schließlich nie.

Kaum, dass die Kollegen losgezogen waren, wandte Eve sich an die Leiterin der Spurensicherung. »Durchsuchen Sie das ganze Haus, und zwar vom Erdgeschoss bis unters Dach.«

»Soll das vielleicht ein Witz sein?«

»Nein. Außerdem habe ich an der Eingangstür ein Schloss sichergestellt. Ich brauche die Marke, das Modell und muss wissen, seit wann es dort hängt.«

»Petrie hat Sie auf die Sache angesetzt, nicht wahr? Schließlich ist der Typ für seinen kranken Humor bekannt.«

»Haben Sie ein Problem mit Gründlichkeit?«

Augenrollend schob die Frau sich ihre Mikro-Brille ins Gesicht. »Bestimmt erzählen Sie mir gleich noch, dass das hier kein toter Junkie, sondern der Prinz von Monaco oder sonst jemand Berühmtes ist.«

»Nein. Ich bin mir ziemlich sicher, dass der Kerl ein toter Junkie ist. Aber ich bin für ihn zuständig und brauche nun mal alle Informationen, die ich kriegen kann.«

»Und die werden Sie bekommen, auch wenn es wahrscheinlich besser wäre, all den Kram hier drinnen einfach zu verbrennen und die Räume gründlich zu desinfizieren.«

»Zünden Sie das Streichholz aber erst nach Sicherung sämtlicher Spuren an, okay?«

Mit einem schmalen Lächeln blickte Kurtz Eve hinterher, als die den Technikern den Tatort und dem Team vom Leichenschauhaus ihren Toten überließ und deren Vorgesetztem Morris eine kurze Nachricht mit der Bitte schrieb, sich diese Leiche höchstpersönlich anzusehen.

»Es wird bestimmt Gerede geben, wenn der Chef persönlich sich um einen toten Junkie kümmern soll«, bemerkte Peabody, nachdem sie aus dem Haus getreten und die Aufnahmegeräte wieder ausgeschaltet waren.

»Das hoffe ich.«

Sie schwang sich hinter das Lenkrad ihres Wagens und

machte sich auf den Weg zu einem Sexclub, um dort Renee Oberman in die Pfanne zu hauen.

Als sie durch die Tür des *Down and Dirty* trat, hatte sich der hünenhafte Crack hinter dem Tresen aufgebaut. Sein kahl rasierter Schädel schimmerte wie blank polierter Onyx, und auf seinen muskulösen Armen, die aus einer ärmellosen Weste ragten, zuckten zahlreiche Tattoos.

Er bedachte sie mit einem bitterbösen Blick. »Du hast mich aus meinem Schönheitsschlaf gerissen, Mädel.«

»Wie viel schöner willst du denn noch werden, schwarzer Mann?«

»Die Antwort war echt gut.« Er wies mit seinem Kopf in Richtung eines Ecktischs. »Was macht dieser Schnüffler hier in meinem Haus?«

Eve warf einen Blick auf Webster und gab knapp zurück: »Ich habe meine Gründe. Trotzdem bin ich dir dafür was schuldig, Crack. Falls du niemanden hereinlässt, bis ich fertig bin, hast du bei mir einen richtigen Stein im Brett.«

»Um diese Tageszeit kommt sowieso niemand vorbei. Also reichen anderthalb Gefallen aus. Wollen Sie einen Kaffee?«

Aus Erfahrung wusste sie, dass der hier angebotene Kaffee mindestens so schädlich wie die alkoholischen Getränke war. »Vielleicht ein Wasser?«

Schnaubend holte er erst zwei und nach kurzem Zögern auch noch eine dritte Flasche Wasser aus dem Fach unter der Bar. »Schließlich haben sogar Schnüffler manchmal Durst.«

»Danke.« Eve gab eine Flasche Peabody und trug die beiden anderen durch den Raum zu Webster.

»Das Programm fängt offenbar erst später an«, bemerkte er.

Sie blickte auf das Podium, vor dem in zwei Stunden eine Handvoll Gäste ihre bereits angefressenen Magenschleimhäute mit Billig-Fusel und mit harten Drinks traktieren würden, während sie den Stripperinnen, die die Frühschicht hatten, beim Verrenken ihrer Glieder zu den Klängen einer Holo-Band zusahen.

Bis Mitternacht würden die Gäste dicht an dicht im bunten Licht der altmodischen Discokugeln stehen, und oben in den Separees fielen Leute, die sich häufig erst seit wenigen Minuten kannten, wie Karnickel übereinander her.

»Crack könnte natürlich ein paar virtuelle Stripperinnen auf die Bühne packen, aber meiner Meinung nach reicht das, was du gleich hören wirst, als Unterhaltung völlig aus.«

»Das will ich doch wohl hoffen. Na, wie stehen die Aktien, Peabody?«

»Das finden wir wahrscheinlich gleich heraus.«

»Wir sind mit Wissen und Erlaubnis des Commanders hier. Allerdings hat er einschränkend verfügt, dass außer dir erst mal niemand etwas von dem Sachverhalt, um den es geht, erfahren darf.«

»Euch ist doch sicher klar, dass die Mitarbeiter der Dienstaufsicht keine Einzelkämpfer sind.«

Sie ging davon aus, dass er einen Rekorder eingeschaltet hatte, deshalb würde sie ihm erst etwas von dieser Angelegenheit verraten, wenn er damit einverstanden wäre, zunächst nicht zu seinem Boss zu gehen.

»Ja, ich weiß, dass ihr ein Haufen Bürokraten seid, aber wenn du nicht versprichst, keinem Menschen etwas von der Angelegenheit zu sagen, kommen wir nicht ins Geschäft.«

»Mein Captain ...«

»Darf erst einmal nichts erfahren.«

Er lehnte sich auf seinem Stuhl zurück, und Eve bemerkte, dass er immer noch die Augen eines Polizisten hatte, auch wenn er inzwischen bei den Schnüfflern war. Er hatte sich früher einmal eingebildet, sie zu lieben, weshalb ihr Verhältnis eine Zeitlang ziemlich ... angespannt gewesen war.

Doch jetzt verriet sein Blick nur kalte Ungeduld.

»Wenn du kein Interesse hast, Webster, suche ich mir jemand anderen, der nach meinen Regeln spielen will. Ich habe dafür gute Gründe«, fügte sie hinzu und beugte sich zu ihm über den Tisch. »Und wenn du mal den Stock aus deinem Hintern zerren, die Bedingungen für diese Unterhaltung akzeptieren und mir zuhören würdest, würdest du das auch verstehen.«

»Machen wir es so. Ich akzeptiere die Bedingungen fürs Erste, höre mir an, was du zu sagen hast, und entscheide dann, ob ich die Angelegenheit für mich behalten kann.«

Jetzt lehnte sie sich ebenfalls auf ihrem Stuhl zurück.

»Vielleicht sollten wir erst mal warten, Dallas, bis wir ...«

Ehe Peabody den Satz beenden konnte, schüttelte Eve knapp den Kopf. Denn manchmal musste man einfach blind vertrauen.

Und vor allem nähme sie ihm den Rekorder notfalls einfach ab.

»Ich werde dir sagen, wie es laufen wird«, wandte sie sich wieder Webster zu. »Ich habe eine Kopie der Aussage von meiner Partnerin sowie Kopien aller anderen Unterlagen zu dem Mord, der damit in Verbindung steht. Wenn du mir versprichst, Whitneys Direktive zu befolgen, händige ich dir all diese Dokumente aus. So, und jetzt fasse ich kurz zusammen, worum es bei dieser Sache geht.«

Mit ausdrucksloser Stimme zählte sie die Fakten auf und sah ihm dabei forschend ins Gesicht. Er war ein durchaus guter Pokerspieler, aber jetzt riss er schockiert die Augen auf.

Lenkte seinen Blick auf Peabody und dann zurück auf Eve, fiel ihr aber nicht ins Wort.

»Das war's. Also, wie sieht's aus?«

»Die Tochter des heiligen Oberman?«

»Genau.«

Er nahm einen großen Schluck aus seiner Flasche und wandte sich abermals an ihre Partnerin. »Das war bestimmt nicht leicht für Sie, Detective.«

»Nun, es war nicht gerade angenehm.«

»Und Sie haben das, was Sie angeblich in der Umkleidekabine mitbekommen haben, offiziell zu Protokoll gegeben?«

»Ich habe das, was ich *tatsächlich* in der Umkleidekabine mitbekommen habe, offiziell zu Protokoll gegeben, ja.«

»Und nach dem Zwischenfall haben Sie erst mal Ihren Mitbewohner, Ihre Partnerin und deren Ehemann sowie – mehrere Stunden später – den Commander, nicht aber, wie vorgeschrieben, die Dienstaufsicht informiert.«

Eve öffnete den Mund, klappte ihn aber wortlos wieder zu. Denn Peabody wäre noch häufiger Attacken wegen dieser Vorgehensweise ausgesetzt.

»Erst mal wollte ich, verdammt noch mal, nur weg aus diesem Raum, ohne dass mich irgendjemand sieht. Ich dachte, und ich denke immer noch, dass ich sonst überhaupt niemanden über diese Sache hätte informieren können, denn wenn mich die beiden dort gesehen hätten, wäre ich jetzt tot. Da ich dringend Hilfe brauchte, habe ich als Erstes meinen Mitbewohner angerufen, weil der schließlich ebenfalls Cop ist und deswegen wusste, was er machen muss. Meine Partnerin ist gleichzeitig auch meine Vorgesetzte, der ich blind vertraue und auf deren Erfahrung und Instinkt ich mich bereits seit Jahren verlassen kann. Und deren Ehemann arbeitet regelmäßig als Berater für die Polizei.«

Sie atmete tief durch. »Gemeinsam haben wir entschieden, rauszufinden, ob es diesen Keener, von dem Oberman und Garnet sprachen, wirklich gibt, und ob ihm, falls er existiert, womöglich etwas zugestoßen ist. Es gibt ihn, und wie Lieutenant Oberman in dem Gespräch, das ich gehört habe, behauptet hat, ist er tatsächlich nicht mehr am Leben, und als wir den Leichnam fanden, sah es auf den ersten Blick nach einem Tod durch Überdosis aus. Lieutenant Webster, ich bin einfach der Befehlskette gefolgt, und die Fakten, die dabei gesammelt wurden, gehen jetzt an Sie als Vertreter der Dienstaufsicht, die in einem solchen Fall ermitteln muss. Sie mögen die Entscheidungen, die ich getroffen habe, kritisieren, aber meiner Meinung nach war dies der beste Weg. Und den würde ich sofort noch einmal gehen.«

»Okay.« Er rieb sich das Genick. »Meine Güte, Renee Oberman. Wie groß ist die Chance, dass ihr beweisen könnt, dass dieser Kerl ermordet worden ist?«

»Wir werden es beweisen«, antwortete Eve. »Weil er nämlich ermordet worden ist.«

»Ich habe dich immer schon für deine Zuversicht bewundert, Dallas. Wie groß ist ihr Dezernat? Zehn Mann?«

»Zwölf.«

»Falls sie jemanden mit diesem Mord beauftragt hat, wie Peabody behauptet, könnte es jeder von den zwölfen außer Garnet gewesen sein.«

»Sie hat gesagt, dass es ihr *Junge* war«, rief Eve ihm in Erinnerung. »Das schließt die beiden Frauen der Abteilung schon mal aus. Also bleiben neun. Allerdings stehen ihr auch noch eine Reihe von Uniformierten zeitweise zur Verfügung, die es auch zu überprüfen gilt. Oder vielleicht hat sie jemanden außerhalb ihrer Abteilung rekrutiert. Wir werden in dem Todesfall ermitteln, Webster, aber dabei kann ich mir nur grundlegende Infos über sie und ihre Leute holen, denn sonst schrecke ich sie vielleicht auf. Ich werde sie mit Keener ablenken, damit sie sich auf mich und die Ermittlungen in dieser Sache konzentriert, aber ich will nicht, dass sie von Beginn an denkt, ich hätte sie und ihre Leute im Visier.«

»Wir haben Möglichkeiten zu ermitteln, ohne dass uns dabei jemand auf die Schliche kommt, aber ohne die Zustimmung von meinem Captain wird das alles andere als leicht.«

»Es muss aber trotzdem gehen – und zwar ohne eure elektronischen Ermittler«, fügte sie hinzu. »Wende dich in dieser Angelegenheit einfach an Feeney und McNab.«

»Und was soll ich den Kollegen sagen? Dass ich ständig zu den beiden renne, weil der Kaffee und die Doughnuts da so lecker sind?«

»Du meinst wohl die Limo und die Energieriegel, die es bei ihnen gibt. Aber davon abgesehen dient erst mal unser Haus als Hauptquartier für die Ermittlungen in diesem Fall. Denn Roarkes Computerraum ist mindestens so gut bestückt wie das Dezernat der elektronischen Ermittler, und mein Arbeitszimmer reicht für unsere Zwecke als Büro erst einmal völlig aus.«

»An den Raum kann ich mich gut erinnern …«

Sie bedachte ihn mit einem ausdruckslosen Blick. »Dann weißt du ja bestimmt noch, wo er ist.«

»Wenn wir sämtliche Ressourcen der Dienstaufsicht nutzen könnten, würde das die Ermittlungen bestimmt vereinfachen.«

»Bist du völlig sicher, dass nicht vielleicht auch bei euch irgendjemand Dreck am Stecken hat? Deine Reaktion auf Peabodys Bericht hat mir verraten, dass sich die Dienstaufsicht bisher niemals mit Renee beschäftigt hat. Weshalb aus meiner Sicht nicht ausgeschlossen ist, dass sogar dort jemand die Hand über sie hält.«

»Auch wenn das natürlich möglich wäre, kenne ich meine Kollegen und vor allem meinen Captain wirklich gut.«

»Aber ich kenne sie nicht. Und falls du irgendwem die Aufnahme, die du von dieser Unterhaltung machst, vorspielst und Renee oder Garnet was davon erfährt, ist Peabodys Leben in Gefahr.«

Sie wartete einen Moment und fügte dann in sachlich kaltem Ton hinzu: »Falls du also versuchst, mit der Aufnahme aus dieser Beize zu spazieren, ohne mir vorher dein Wort zu geben, dass du niemanden ins Vertrauen ziehen wirst, breche ich dir den Arm. Und falls du mit diesem gebrochenen Arm zu deinem Captain oder sonst wem läufst und das Gespräch auch nur mit einem Wort erwähnst oder sonst was tust, was meine Partnerin gefährdet, bringe ich dich um.«

Er sah ihr ins Gesicht und trank den nächsten großen Schluck von seinem Wasser: »Keine Angst, Dallas, das ist mir klar. Und genauso sollte dir bewusst sein, dass ich niemals etwas tun würde, wodurch ein anständiger Polizei-beamter in Gefahr gerät.«

»Dann versprich mir, dass du niemanden in diese Sache einbeziehen wirst, und danach kann es weitergehen. Wenn nicht, rufe ich auf der Stelle Whitney an, denn auch wenn er sich vielleicht nicht direkt in die Arbeit von euch Schnüff-lern einmischen kann, kann er auf alle Fälle dafür sorgen, dass man dich in Zukunft im verdammten Queens den Ver-kehr an möglichst viel befahrenen Straßenkreuzungen re-geln lässt.«

Er stellte seine Flasche ab und beugte sich über den Tisch. »Du solltest mir nicht drohen, Dallas.«

»Schon passiert.«

Erbost stieß er sich ab und lief zur Bar, wo Crack mit ei-nem Notebook saß. Einen Moment später kam er wieder und hielt einen Becher Kaffee, der so ätzend war wie Bat-teriesäure, in einer Hand.

»Ich verspreche, niemandem von dieser Sache zu er-zählen. Aber nicht, weil du mich eingeschüchtert hättest, sondern weil ich, wie gesagt, genau wie du niemals bereit wäre, etwas zu tun, wodurch ein anständiger Cop gefähr-det wird.«

»Was ich durchaus zu schätzen weiß«, murmelte Pea-body.

Er hob seinen Kaffeebecher an den Mund und atmete vernehmlich aus. »Verdammt, das Zeug ist einfach grau-enhaft. Ich brauche Kopien von allem, was ihr habt und noch bekommt.«

»Okay.«

»Und sämtliche Dienstgespräche werden für uns aufge-zeichnet, ja?«

»Das kann ich nicht versprechen, Webster«, wiedersprach ihm Eve. »Alle Einsatz- und Ermittlungspläne sowie alle Resultate werden schriftlich für euch festgehalten, aber meine Leute sollen nicht gezwungen sein, ihre Worte auf die Goldwaage zu legen, damit ihnen die Dienstaufsicht nicht gegen den Karren fahren kann. Sämtliche Kontakte und Gespräche zwischen mir und Renee Oberman, William Garnet sowie jedem anderen, der meiner Meinung nach eventuell in diesen Fall verwickelt ist, werden aufgezeichnet und für dich kopiert. Denn ich werde genau wie Peabody die ganze Zeit verkabelt sein.«

»Du wirst sie mit Keener aus der Ruhe bringen.«

»Ich werde sie mit Keener so in Rage bringen, dass sie völlig rot sehen wird.«

»Wie willst du das machen?«

Gut, sagte sich Eve, jetzt hatte sie ihn an der Angel. Jetzt würde er ihr nicht nur helfen, sondern obendrein verhindern, dass ihr Team wegen der Sache selbst Ärger bekam.

»Ich werde ihr erklären, dass ich bei der Durchsicht seiner Akte zu dem Schluss gekommen bin, dass er ihr Spitzel war, was sogar stimmt. Außerdem hat mein geheimnisvoller Spitzel ihn gekannt. Ich weiß schon, was ich machen muss.«

»Das weiß ich auch. Irgendetwas muss ich meinem Captain sagen. Beispielsweise, dass ich mit ein bisschen Glück an einer großen Sache dran bin, aber erst ein bisschen Zeit brauche, um rauszufinden, ob meine Informationen zutreffen, ehe ich ihm Einzelheiten nennen kann. Er wird versuchen nachzuhaken, aber mich wahrscheinlich nicht bedrängen, wenn ich ihm erkläre, dass es noch zu früh für eine offizielle Einbeziehung der Dienstaufsicht ist.«

Sie widersprach ihm aus Prinzip. »Und wie viel Freiraum wird er dir zugestehen, wenn du erklärst, du wärst eventuell an einer großen Sache dran?«

»Genug. Ich werde meinen Captain nicht belügen, Dallas – und vor allem wird meine Mitwirkung bei den Ermittlungen durch das Gespräch mit meinem Vorgesetzten offiziell. Was von Bedeutung ist, wenn es am Ende zur Verhandlung gegen sie und ihre Truppe kommt.«

»Okay.«

»Nachdem mich dieser Kaffee nicht getötet hat, mache ich mich jetzt ans Werk.«

»16 Uhr im Hauptquartier«, erklärte Eve.

»Ich werde da sein.« Er stand auf. »Sie haben das Richtige getan, Peabody. Genau das Richtige. Auch das wird von Bedeutung sein.«

Nachdem der Mann gegangen war, blieb Peabody kurz sitzen. »Himmel, ich bin froh, dass das erledigt ist. Hätten Sie ihm echt den Arm gebrochen, Dallas? Oder Whitney angerufen und versucht, dafür zu sorgen, dass er ihn als Straßenpolizist nach Queens versetzt?«

»Vielleicht hätte ich ihm auch das Nasenbein zertrümmert und irgendein Kuhdorf ausgewählt.« Sie zuckte mit den Schultern. »Aber etwas leid hätte mir das durchaus getan.«

Zurück auf dem Revier befahl sie Peabody, die Tafel aufzustellen und alles zu notieren, was es bisher im Fall Keener gab. »Ich gehe zu den elektronischen Ermittlern, lasse mich verkabeln und besuche dann Renee.«

»Sollte ich Sie dabei nicht begleiten?«

»Dies wird erst mal nur ein kurzer Höflichkeitsbesuch –

von Lieutenant zu Lieutenant und von Spitzelführerin zu Spitzelführerin. Sie soll wissen, dass wir alles tun werden, um diesen Fall zu lösen, und dass mein Detective schon das Fundament für unsere Arbeit legt, bevor wir gleich ins Leichenschauhaus fahren.«

»Glauben Sie, dass sie schon weiß, dass wir ihn gefunden haben?«

»Es wird interessant, das rauszufinden. Machen Sie sich an die Arbeit, Peabody, und dann machen Sie eine Ihrer kleinen ›Pausen‹ mit McNab, damit er Sie verkabeln kann.«

Peabody riss unschuldig die Augen auf. »Was für kleine Pausen meinen Sie?«

»Glauben Sie, ich wüsste nicht, was in meiner eigenen Abteilung vor sich geht?«

Eve bog nach links ab und nahm das Gleitband in den nächsten Stock, in dem die elektronischen Ermittler angesiedelt waren.

Sie bemühte sich, den Höllenlärm, das Meer aus schrillen Farben und die unablässige Bewegung, in der diese Leute waren, zu ignorieren, und lief schnellstmöglich in Feeneys herrlich nüchternes Büro.

Zerknittert und mit hängenden Schultern saß er hinter seinem Schreibtisch, tippte mit den Fingern einer Hand gegen den Bildschirm und fuhr mit der anderen durch sein wirres, rotes Haar.

Dann sah er sie aus seinen unglücklichen Basset-Augen an.

»Ich muss den Lärm aussperren. Wie zum Teufel hältst du das nur aus?« Sie zog die Tür hinter sich zu und blieb dann schweigend stehen.

Sein Gesicht, das mindestens so viele Falten hatte wie

sein Hemd, sah ungewöhnlich grimmig aus. »Was für ein Schlamassel.«

»Allerdings.«

»Ich hatte mit der jungen Oberman schon häufiger zu tun. Weil schließlich jeder unsere Abteilung braucht. So etwas hätte ich niemals von ihr gedacht.«

»Damit stehst du nicht allein.«

»Nachdem sie ihre Ausbildung beendet hatte, habe ich sie mir ein bisschen näher angesehen. Ihre Noten waren ausgezeichnet, deshalb dachte ich, dass ich sie vielleicht fragen sollte, ob sie zu den Mordermittlern will. Mit mir als Ausbilder.«

Es war einfach immer wieder überraschend, wie viele Verbindungen und Querverbindungen es zwischen Menschen gab. »Und warum hast du es dann nicht getan?«

»Irgendwie hätte es einfach nicht gepasst. Auch wenn ich immer noch nicht sagen kann, woran es genau lag. Es war mir einfach klar. Genau wie ein paar Jahre später, als noch einmal eine junge Frau mit hervorragenden Noten zu uns kam. Da wusste ich sofort, sie ist die Richtige für diesen Job.« Bei diesen Worten spannten seine schlaffen Züge sich zu einem warmen Lächeln an.

Hätte er sie wohl auch ausgebildet, wenn er vorher schon Renee genommen hätte, überlegte Eve. Wobei die Frage müßig war, denn manchmal griff das Schicksal einfach völlig unvermutet in die Dinge ein.

»Du wärst immer noch der Chef von unserer Abteilung, hättest du den Job nicht gegen einen Posten auf der dunklen Seite eingetauscht.«

»Ich habe dich dafür ausgebildet, dass du die Abteilung vernünftig leiten kannst.« Er fuchtelte mit einem Finger durch die Luft. »Davon abgesehen ist es einfach so, dass du die Macht der Nerds noch nie begriffen hast und deshalb einfach nicht zu schätzen weißt.«

»Es reicht zu wissen, wann ich mir euch Nerds zunutze machen muss.« Sie nahm auf dem Rand des Schreibtischs Platz und tauchte ihre Finger in die Schale mit gebrannten Mandeln, die dort stand. »Verdammt, Feeney, ich habe gerade mit der Dienstaufsicht angebandelt.«

»Weil dir schließlich gar nichts anderes übrig bleibt.« Er zog eine Schublade des Tisches auf. »Deshalb darfst du das auch auf keinen Fall bereuen. Hier sind deine Augen und Ohren. Technisch auf dem allerneuesten Stand. Sind bei einem Scanning nicht zu sehen. Denn eine Frau mit einem solchen Netzwerk hat wahrscheinlich ihr gesamtes Dezernat verwanzt. Aber pass mit diesen Dingern auf. Sie sind doppelt so viel wert, wie man dir und mir zusammen monatlich bezahlt.«

Er stand auf, bekam leicht rote Ohren und atmete vernehmlich aus. »Du müsstest deine Jacke und dein Hemd ausziehen.«

»Ja, ja.« Sie vermieden es, einander anzusehen, als sie aus ihren Kleidern stieg.

»Das da auch noch.«

»Meine Güte, Feeney, unter dem Ding bin ich nackt.«

Die Röte dehnte sich von seinen Ohren bis auf die Wangen aus, während er reglos über ihre Schulter sah. »Genauso wenig, wie du Lust hast, deine Titten zu entblößen, möchte ich sie unbekleidet sehen, aber dieses Ding hier muss nun mal auf deine Haut. Warum hast du nicht daran gedacht und eins von diesen anderen Teilen angezogen, bevor du hierhergekommen bist?«

»Mann.« Verschämt zog sie auch noch das Tanktop aus und drehte ihre Kette mit dem Diamanten so, dass er auf ihrem Rücken hing.

»Du hast ganz schön Sonne abgekriegt.«

»Himmel, Feeney.«

»Das sage ich nur, weil ich den Ton des Mikros noch genau einstellen muss. Ich kann dafür sorgen, dass man es, selbst wenn du nackt bist, fast nicht sehen kann. Hör auf, so rumzuzappeln, und erzähl mir was von deinem Toten, ja?«

Um sich davon abzulenken, dass sie praktisch nackt vor ihrem alten Mentor stand, kehrte sie gedanklich in das schmutzstarrende Bad zurück.

»Ich glaube, der Mörder hat das neue Schloss an der Haustür angebracht. Weshalb hätte Keener so was machen sollen? Denn ein neues Schloss fordert die Arschlöcher, die es dort in der Gegend gibt, doch regelrecht dazu heraus, es aufzubrechen, um zu gucken, ob es in dem Haus was Wertvolles zu holen gibt.«

»Sieht aus, als hätte der Mörder gewollt, dass man den Toten findet.«

»Ja, genau, wenn auch vielleicht nicht ganz so schnell. Falls irgendein Idiot ihn dort gefunden hätte, hätte er bestimmt in Keeners Müll gewühlt und dadurch mögliche Täterspuren verwischt. Er hatte ein paar Klamotten, etwas Bargeld und ein billiges Handy bei sich. Und er trug noch Schuhe. Und die nehmen solche Typen immer mit. Wenn es so gelaufen wäre, hätten wir noch weniger gehabt als jetzt. Ich habe mir eine Quelle ausgedacht, von der ich weiß, dass Tod durch Überdosis ganz eindeutig nicht zu Keener passt. Denn aus seiner Akte weiß ich, dass der Kerl auf dem Gebiet genug Erfahrung hatte, um zu wissen, welche Dosis reicht.«

»Und wie genau willst du die Sache angehen?«

»Ich habe schon ein paar Ideen, aber um es im Einzelnen zu entscheiden, muss ich der Frau erst mal gegenüberstehen. Außerdem will ich mit Mira sprechen. Erst einmal muss ich Kontakt zu diesem Weibsbild knüpfen, aber danach gehe ich den Fall mit Mira durch.«

»Fertig.« Eilig wandte Feeney ihr den Rücken zu. »Zieh um Himmels willen etwas an«, bat er, bevor er einen Ohrstecker in Größe einer Babyerbse aus der Lade nahm. »Wenn nötig, können wir über das Ding hier mit dir sprechen.«

»Und wie stellt man den Rekorder an und aus?«

»Über ein Codewort, das du selbst bestimmen kannst.«

»Ah. Zimtdoughnuts. Ich hatte keine Zeit fürs Frühstück«, klärte Eve ihn auf. »Deshalb könnte ich jetzt einen Zimtdoughnut vertragen.«

Er gab das Wort in den Computer ein. »Okay. Ein Zimtdoughnut wäre jetzt tatsächlich nicht schlecht.«

»Nicht wahr?«

»Der Empfang in beide Richtungen ist gut. Und mit welchem Code willst du ihn ausschalten?«

»Die Straße runter.«

Feeney gab auch diesen Code in den Computer ein und testete ihn kurz. »Ich habe das Gerät auf diese beiden Codes und deine Stimme programmiert. Aufgezeichnet wird alles auf diesem Ding.« Er wies auf einen Mini-Monitor. »Den installiere ich in Roarkes Computerraum. Einen zweiten Monitor stellen wir in dein Büro. Peabody kriegt auch ein solches Aufnahmegerät. Geht es ihr gut?«

»Sie ist okay. Könntest du McNab mit dem Gerät in unsere Abteilung schicken, damit er sie dort verkabeln kann? Sie können sich in eine von den Abstellkammern stellen, in denen sie normalerweise ihre Techtelmechtel haben, dann werden die anderen denken, dass er sie dort wieder einmal begrabscht.«

»Ich tue lieber so, als wüsste ich nichts von den Abstellkammern und der Grabscherei. Aber ja, ich gebe ihm Bescheid.«

Sie nickte. »Sechzehn Uhr findet im Hauptquartier das erste umfängliche Briefing statt.«

»Dann gebe ich am besten meiner Frau Bescheid, dass sie nicht mit dem Essen auf mich warten soll.«

Sie wandte sich zum Gehen, blieb dann aber noch einmal stehen. »Rufst du sie immer an, wenn du nicht rechtzeitig zum Essen kommst?«

»Sie hat sich bisher nie auch nur mit einem Wort beschwert, selbst wenn ich drei Tage am Stück auf der Wache bleibe und hier übernachte, weil ich zu erledigt bin, um nach der Schicht noch heimzufahren. Sie ist eine wirklich gute Polizistenfrau. Aber wenn ich ihr nicht sage, dass ich später als geplant zum Abendessen komme, ist mein Leben keinen Pfifferling mehr wert.«

»Ich schätze, das ist fair. Heute Abend werden wir fürs Futter sorgen.«

»Davon bin ich ausgegangen«, klärte Feeney sie mit einem breiten Grinsen auf.

Jetzt trat sie durch die Tür und schlug den Weg zur Drogenfahndung ein.

Sie schaltete ihren Rekorder ein, betrat forschen Schrittes die Abteilung, sah sich um und blickte auf das Whiteboard mit den offenen und den abgeschlossenen Fällen und die Arbeitsaufträge, die an der Tafel aufgelistet waren.

Wie in jeder anderen Abteilung gab es hier Geräusche und Bewegungen, doch das Klicken der Computertastaturen und das Klingeln der verschiedenen Telefone klangen irgendwie gedämpft, als wäre sie hier nicht in einem Dezernat der Polizei, sondern in einem Schreibbüro, in dem es keine echten Menschen, sondern nur Droiden gab. Anders als in ihrer eigenen Abteilung lief hier kein einziger Cop in Hemdsärmeln herum. Sie alle trugen Anzüge, sorgfältig gebundene Krawatten und hatten die Haare ordentlich gestutzt. Selbst der Geruch war anders, dachte sie. Nicht der Hauch von Süßstoff oder angebranntem Kaffee hing hier in der Luft. Und nirgendwo mischte sich irgendwelcher Schnickschnack zwischen Akten, Memowürfeln und Disketten, nicht mal in den Nischen, wo sie ein paar Cops in Uniform vor den Computern sitzen sah.

Ein weiblicher Detective, dessen kurze Locken karamellfarbene Züge rahmten, drehte sich auf ihrem Stuhl herum. »Suchen Sie jemanden?«

»Ihre Chefin. Lieutenant Dallas. Ich komme vom Mord und muss zu Lieutenant Oberman.«

»Es ist gerade jemand bei ihr im Büro. Aber es dürfte nicht mehr lange dauern.« Der Detective zeigte mit dem Daumen auf das breite Fenster und die sorgfältig geschlossene Tür, hinter denen, anders als in Eves Büro, die Jalousien zugezogen waren.

»Ich kann warten. Aber könnten Sie sie vielleicht wissen lassen, dass ich hier bin?«

»Ja, Ma'am. Einen Augenblick.« Statt aufzustehen und zum Büro zu gehen, drückte der Detective auf den Knopf der Gegensprechanlage und schaltete den Modus für Privatgespräche ein. »Bitte verzeihen Sie die Störung, Lieutenant, aber hier ist eine Lieutenant Dallas vom Morddezernat, die Sie zu sprechen wünscht. Ja, Ma'am.« Höflich wandte sie sich abermals an Eve. »Einen Augenblick. Im Pausenraum gibt's Kaffee, falls Sie einen wollen.«

»Nein danke, Detective ...«

»Strong.«

»Hier ist es überraschend ruhig«, bemerkte Eve. »Und ungewöhnlich sauber.«

»Lieutenant Oberman legt großen Wert auf Ordnung«, stellte Strong mit einem schmalen Lächeln fest und wandte sich dann wieder ihrer Arbeit zu.

Einen Moment später öffnete sich die Bürotür und Detective Garnet kam heraus. »Sie können direkt reingehen«, meinte er. »Bix, wir fahren los.«

Während Eve den Raum durchquerte, stand ein blonder Riese hinter seinem Schreibtisch auf, rückte seinen Schlips zurecht und folgte Garnet in den Flur.

Dann trat sie durch die Tür des Allerheiligsten.

Ein Wort, das für den Raum die passende Bezeichnung war. Er war riesengroß und elegant möbliert. Der Tisch aus dunklem Holz war sorgfältig poliert, wodurch die hübsche Maserung besonders vorteilhaft zur Geltung kam. Auch das Namensschild aus Messing war blank gewienert, der Computer technisch auf dem allerneuesten Stand und die pinkfarbenen Blumen in der kleinen, weißen Vase waren frisch erblüht. An einer Seitenwand hingen ein Spiegel, dessen schmaler Rahmen kaum zu sehen war, und ein Gemälde – eine stimmungsvolle Seelandschaft – und an der Wand dem Schreibtisch direkt gegenüber hing ein lebensgroßes Bild von Whitneys Vorgänger in Uniform.

Eve fragte sich, wie Renee sich wohl fühlte, wenn Commander Marcus Oberman auf diese Weise jeden ihrer Schritte überwachte, und was sie dazu bewogen hatte, das Portrait an einer Stelle aufzuhängen, wo es unmöglich auch nur für einen Augenblick zu ignorieren war.

Sie selbst trug eine sorgfältig gestärkte, weiße Bluse unter einer gut sitzenden Jacke, deren winziges, schwarz-weißes Karomuster ihr zu einem komplizierten Knoten aufgestecktes, schimmernd blondes Haar, die schwarzen Ohrringe sowie die pinkfarbene Blüte, die in ihrem Knopfloch steckte, vorteilhaft zur Geltung kommen ließ. Als sie aufstand und vor ihren Schreibtisch trat, bemerkte Eve die mörderischen Absätze der schwarzen Schuhe, die sie dazu trug.

»Lieutenant Dallas, freut mich, dass wir zwei uns endlich kennen lernen.« Renee reichte ihr die Hand, und ihre leuchtend blauen Augen lächelten sie freundlich an. »Schließlich eilt Ihr Ruf Ihnen inzwischen kilometerweit voraus.«

»Ihnen der Ihre auch.«

»Bitte, nehmen Sie doch Platz.« Sie wies auf einen von den beiden eleganten, schwarzen Stühlen vor dem Tisch. »Kaffee oder etwas Kaltes?«

»Danke, nein. Ich wünschte mir, der Grund meines Besuchs wäre erfreulicherer Art, aber leider muss ich Sie darüber informieren, dass einer Ihrer Informanten nicht mehr lebt.«

»Einer meiner Informanten?«

»Nach allem, was in seiner Akte steht, muss ich davon ausgehen, dass Rickie Keener alias Juicy einer Ihrer Spitzel war.«

Eve ließ diese Worte wirken, während Renee wieder den Platz hinter dem Tisch einnahm. Wahrscheinlich musste sie kurz überlegen, dachte Eve, aber ihr wäre sicher schnell klar, dass es klüger wäre einzuräumen, dass sie mit dem Mann bekannt gewesen war.

»Ja, seit ein paar Jahren. Wie ist er gestorben?«

»Wir ermitteln in der Sache noch. War Ihnen bewusst, dass er einen Unterschlupf in der Nähe der Canal Street hatte?«

Renee legte ihren Kopf ein wenig schräg und runzelte die Stirn. »Nein. Das ist zwar sein Territorium, aber gewohnt hat er dort nicht. Wurde er dort umgebracht?«

»So sieht es aus, und es sieht auch so aus, als hätte er sich dort versteckt. Wissen Sie, aus welchem Grund er auf Tauchstation gegangen sein könnte?«

»Er war ein Junkie.« Sie lehnte sich auf ihrem Schreibtischstuhl zurück und schwang gemächlich hin und her. »Das sind sehr viele Spitzel unseres Dezernats. Vielleicht hatte er ja Ärger auf der Straße, vielleicht hat er sich mit einem Lieferanten oder einem Kunden angelegt.«

»Er hat also immer noch gedealt?«

»Aber nur im kleinen Stil. Wobei er vor allem minderwertiges Zoner angeboten hat. Wir sehen über solche Dinge hinweg, wenn jemand Informationen bieten kann. Sie wissen, wie das läuft.«

»Ja. Wann hatten Sie zum letzten Mal Kontakt zu ihm?«

»Da muss ich nachsehen.« Sie wandte sich ihrem Computer zu und tippte etwas ein. »Sie haben die Todesursache bisher nicht eindeutig bestimmt?«

»Er liegt jetzt im Leichenschauhaus, nach dem Gespräch mit Ihnen fahre ich dort kurz vorbei.«

»Ich wüsste es zu schätzen, wenn Sie mir verraten, woran Keener Ihrer Meinung nach gestorben oder wie er aufgefunden worden ist. Weil er schließlich einer meiner Leute war.«

»Verstehe. Sah nach einer Überdosis aus.«

Renee presste die Lippen fest zusammen. »Damit muss man in unserem Metier rechnen.«

»Aber ich glaube nicht, dass das die Todesursache gewesen ist.«

Renee hörte auf zu tippen und zog eine Braue hoch. »Oh. Und warum nicht?«

»Weil ein paar Dinge seltsam waren. Ein paar Dinge, die ich mir noch näher ansehen will.«

»Dann denken Sie, er wurde umgebracht?«

»Zumindest kann das bisher aus meiner Sicht nicht ausgeschlossen werden. Und, wann hatten Sie zum letzten Mal Kontakt zu ihm?«

»Ach ja, richtig, tut mir leid. Ich habe am achten Juli zwischen 14.10 Uhr und 14.14 Uhr im Zusammenhang mit einem Tipp wegen einer Zeus-Küche an der Avenue D mit ihm telefoniert. Die Information war richtig, vor 14 Tagen haben wir den Laden dichtgemacht.«

»Kann sein Tod vielleicht die Folge eines Racheakts für die Weitergabe dieser Informationen sein?«

Wieder lehnte Renee sich auf ihrem Stuhl zurück und schwang sachte hin und her. »Ich hatte in den letzten Monaten den Eindruck, dass der Mann auf harte Drogen umgestiegen war. Wenn er zu sehr drauf war, haben seine Filter nicht mehr funktioniert. Dann hat er immer furchtbar angegeben. Falls sich also rausstellt, dass dies keine Überdosis war, hat er vielleicht den falschen Leuten gegenüber seinen Mund ein bisschen zu weit aufgemacht.«

»Haben Sie ihn für diesen letzten Tipp bezahlt?«

»Er hatte sich deshalb noch nicht bei mir gemeldet. Was – das muss ich zugeben – eher ungewöhnlich ist. Denn normalerweise war er immer heiß auf das Geld. Aber ich habe nicht weiter darüber nachgedacht. Denn wir haben hier immer alle Hände voll zu tun, und ich dachte, dass ich mit seiner Bezahlung einfach warte, bis er mich deswegen kontaktiert.«

»Sie sagen, dass es bei seinen Geschäften hauptsächlich um Zoner ging. Was hat er selbst genommen?«

»Alles, was er in die Finger kriegen konnte. Hauptsächlich hat er sich irgendwelches Zeug gespritzt.« Renee runzelte die Stirn und trommelte mit ihren Fingern auf den Tisch. »Wenn er auf Tauchstation gegangen ist, war er entweder an einer Sache dran oder hatte irgendwelches hochwertiges Zeug erwischt und wollte es für sich allein. Wie haben Sie ihn gefunden?«

»Durch einen meiner eigenen Spitzel, der ihn kannte. Seiner Meinung nach hat Keener sich den letzten Schuss nicht selbst gesetzt. Deshalb kann ich sämtliche Informationen brauchen, die ich über ihn bekommen kann.«

»Natürlich. Aber Sie verstehen sicher, wenn ich seine Akte noch zurückhalte, bis die Todesursache geklärt ist. Weil ich schließlich zu Vertraulichkeit verpflichtet bin und vor allem laufende Ermittlungen nicht unnötig gefährden will, für den Fall, dass sich herausstellt, dass es doch ein Tod durch Überdosis war.«

»Das war es nicht«, erklärte Eve ihr tonlos. »Deshalb halten Sie die Akte bitte schon einmal bereit, um sie mir zu überlassen, sobald mir der Pathologe das bestätigt hat.«

Der Blick der blauen Augen wurde frostig. »Sie haben sehr viel Vertrauen in Ihren Informanten.«

»Ich habe sehr viel Vertrauen in meinen eigenen Instinkt, und der sagt mir, dass Ihr Spitzel einem Menschen in die Quere gekommen ist, der sich das nicht gefallen lassen hat.« Damit stand sie wieder auf. »Und ich werde rausfinden, wer das gewesen ist. Danke, dass Sie Ihre Zeit für das Gespräch geopfert haben, Lieutenant. Ich werde mich wieder melden.«

Sie marschierte aus dem Raum, unterdrückte allerdings ihr kaltes Lächeln, bis sie wieder auf dem Weg in Richtung ihres eigenen Territoriums war.

Brich ruhig in Hektik aus, du blöde Kuh, denn ich habe dich im Visier.

7

Als Nächstes suchte sie die Psychologin Mira auf. Denn es war an der Zeit, dem Innenleben Renee Obermans eingehend auf den Grund zu gehen. Weil die Vertrautheit mit dem Feind aus ihrer Sicht eine noch tödlichere Waffe als ein voll geladener Stunner war.

Im Vorraum des Büros blieb sie kurz stehen und wappnete sich für die Auseinandersetzung mit dem Drachen, der dort tätig war.

»Ich muss sie dringend sprechen.«

»Einen Augenblick.« Die Frau tippte gegen das Headset, das auf ihren Ohren saß. »Lieutenant Dallas müsste Sie umgehend sprechen. Ja … natürlich.« Wieder tippte sie gegen ihr Ohr. »Sie erwartet Sie bereits.«

»Wollen Sie damit sagen, dass ich einfach durchgehen kann?«

Als die Sekretärin nickte, wunderte sich Eve, dass das mit dem beeindruckenden Helm aus Haaren, die die verkniffenen Züge rahmten, möglich war. »Das ist korrekt.«

»Echt?«

»Lieutenant, Dr. Mira wartet schon auf Sie. Ihre Zeit ist kostbar und Sie wollen sie doch sicher nicht vergeuden, indem Sie hier stehen bleiben und mir weiter dumme Fragen stellen.«

»Okay, Sie sind es doch. Ich dachte schon, ich hätte mich im Vorzimmer geirrt.« Zufrieden klopfte Eve bei Mira an und öffnete die Tür.

Die Psychologin hatte Eve den Rücken zugewandt. Sie stand in einem ihrer hübschen, sommerhellen Kostüme, die so kühl wie ein Krug voller selbstgemachter Limonade wirkten, einen dunkelblauen Clip im weich zurückgebundenen Haar, der zu den Riemchen der Sandalen passte, deren offene Spitzen die in einem matten Gold lackierten Zehennägel vorteilhaft zur Geltung kommen ließen, vor dem AutoChef. Und bestellte ohne Zweifel zwei Tassen des Kräutertees, den sie so gerne trank.

Als sie den Kopf drehte, sah Eve, dass ein paar Strähnen ihrer Haare lockig die feinen Züge rahmten. Die zusammengepressten Lippen aber wiesen darauf hin, wie angespannt sie war.

»Nehmen Sie Platz«, lud sie Eve ein. »Ich habe Sie bereits erwartet.«

Wortlos ließ sich Eve in einen von den runden, blauen Sesseln sinken, griff nach ihrer Tasse Tee, obwohl ihr das Getränk zuwider war, und wartete schweigend ab.

»Der Commander hat mich über die Geschichte informiert, und ich habe mir die Akten von Detective Garnet und von Lieutenant Oberman angesehen.« Sie setzte sich, schlug ihre Beine vorsichtig übereinander und hob ihre eigene, hauchdünne Tasse an den Mund.

»Okay.«

»Es ist nicht möglich, über diese Angelegenheit zu sprechen, ohne dass Sie wissen, dass ich Marcus Oberman gut kenne und die größte Achtung vor ihm habe.«

»Damit stehen Sie ganz eindeutig nicht allein.«

Seufzend stellte Mira ihre Tasse wieder auf der Untertasse ab. »Das ist nicht leicht für mich. Ich habe das Gefühl, dass der Respekt, den ich dem Mann entgegenbringe, mich bei der Beurteilung von Renee Oberman vielleicht beeinflusst hat. Ich frage mich, ob ich sie mir genauer angesehen und bei der Beurteilung zu einem anderen Schluss gekommen wäre, wenn sie nicht die wäre, die sie ist.«

»Und, was denken Sie?«

»Ich fürchte rückblickend betrachtet, dass es vielleicht wirklich so gewesen ist.« Mira blickte Eve aus ihren sanften, blauen Augen an. »Das ist sehr schwer für mich. Wenn ich ignoriert hätte, dass sie die Tochter dieses Mannes ist, wäre ich womöglich zu dem Schluss gekommen, dass sie für die Position, die sie bekleidet, nicht geeignet ist. Dann hätte sie jetzt vielleicht nicht die Leitung eines eigenen Dezernats.«

Eve runzelte die Stirn. »Also ist es Ihre Schuld, die des Commanders, die des Prüfungsausschusses und aller anderen, die sie beurteilt haben, dass die Frau inzwischen Lieutenant ist.«

Die Psychologin lächelte. »Mir ist bewusst, dass ich zumindest nicht allein für ihre Position auf dieser Wache verantwortlich bin. Trotzdem vielen Dank.«

»Sie hat durchaus Ahnung von dem Job, hat eine ordentliche Zahl an Fällen abgeschlossen und leitet inzwischen eine eigene Abteilung, die dasselbe macht. Bisher hat sie sich nie was zu Schulden kommen lassen, oder wenigstens hat bisher niemand was davon bemerkt. Was mir verrät, dass irgendetwas mit ihr nicht stimmt, denn wenn jemand diesen Job seit 18 Jahren macht und nicht einmal gegen irgendwelche Vorschriften verstoßen hat, heißt das, dass er diesen Job nicht richtig macht. Dass er die eigene Akte irgendwie manipuliert, sich vor den Aufgaben, die schwierig werden könnten, drückt, in brenzligen Situationen anderen den Vortritt lässt, oder die richtigen Leute schmiert. Aber auf dem Papier«, schloss Eve, »steht sie tatsächlich super da.«

»Da haben Sie recht. Man könnte sagen, dass die Hauptwerkzeuge dieser Frau ihr Intellekt, Einschüchterung und Schmeicheleien sind – je nachdem, wonach die Situation gerade verlangt. Werkzeuge, die für die Polizeiarbeit durchaus sehr nützlich sind. Sie hat in ihrem Job noch niemanden verletzt oder gar umgebracht. Deshalb musste sie bisher noch nie zu dem in solchen Fällen für Polizeibeamte vorgeschriebenen Test.«

»Aber sie wurde standardmäßig überprüft und hat die vorgeschriebenen Untersuchungen durch einen Psychologen erfolgreich absolviert.«

»Ja. Für die erste Überprüfung und für eine Reihe der alljährlichen Gespräche war die Frau bei mir. Aber dann war plötzlich Dr. Addams für sie zuständig.«

»Warum denn das?«

»Die Größe des Reviers macht den Einsatz einer ganzen Reihe von Psychiatern, Psychologen, Profilern und anderen

Fachleuten erforderlich. Damals habe ich mir nichts dabei gedacht. Das heißt, es fiel mir gar nicht auf. Bei der Menge Polizisten, Techniker und anderer Angestellter, die alljährlich zu mir kommen, merkt man nicht sofort, wenn irgendwer nicht mehr zu den Routinechecks erscheint.«

»Das kann ich verstehen. Was ich wissen wollte, ist, weshalb sie irgendwann nicht mehr zur Besten ihres Fachs, sondern zu jemandem, der in der Hierachie erheblich weiter unten steht, gegangen ist.«

Abermals hob Mira ihre Tasse an den Mund und dachte währenddessen über ihre Antwort nach. »Ich kann nur spekulieren, dass ihr meine Analysen, meine Fragen, mein gesamter Stil vielleicht nicht mehr gefallen haben. Oder dass ein Mann ihr lieber ist.«

»Weil sie glaubt, dass Männer leichter zu manipulieren, zu beeinflussen oder zu täuschen sind.«

»Ja. Sie sieht auch ihre Sexualität als Werkzeug an. Und das kann sie wirklich sein. Sie sieht Frauen als Konkurrentinnen und als Bedrohung für sich und zieht deswegen männliche Gesellschaft vor.«

»Was kein Verbrechen ist.«

»Nein, was kein Verbrechen ist«, bestätigte die Psychologin Eve. »Aber vielleicht ein Signal, auf das ich besser hätte achten sollen. Da sie in Korruption, verbotene Geschäfte sowie einen Mord verwickelt ist, kann ich Ihnen meine Einschätzung der Frau verraten und auch gerne eine Analyse oder ein Profil von ihr erstellen. Genaue Einzelheiten meiner Sitzungen mit ihr hingegen sind tabu.«

Eve stellte ihre Tasse ab und trommelte mit den Fingern auf ihrem Knie herum. »Dann versuche ich es so. Nehmen wir ein Kind, ein Einzelkind, mit einem Vater, der in sei-

nem Job vergöttert wird. Einem anspruchsvollen, zeitrau-
benden Job, in dem er der Maßstab aller Dinge ist. Vielleicht hat dieses Kind ja das Gefühl, in seine Fußstapfen
treten zu müssen.«

»Ja«, stimmte Mira ihr zu und lehnte sich zurück. »Weil
es stolz auf diesen Vater ist, ihn liebt und von Geburt an
miterlebt hat, was es heißt, bei seiner Arbeit zu brillieren
und vor allem ganz in dieser Arbeit aufzugehen. Und der
Vater soll die Liebe und den Stolz erwidern, den es ihm
entgegenbringt.«

»Oder vielleicht fühlt sich dieses Kind ja auch herausgefordert, das genaue Gegenteil zu tun. Sagen wir, der Vater
war ein sehr erfolgreicher Geschäftsmann, der mit ehrlicher und harter Arbeit, mit Talent, Fleiß und Eifer wohl-
habend geworden ist. Und dafür allgemein geachtet wird.
Daraufhin beschließt das Kind vielleicht, den lieben langen Tag auf seinem faulen Hinterteil zu sitzen oder in eine
Kommune auf dem Land zu ziehen, wo es Tomaten züch-
tet oder so.«

Wieder verzog Mira ihren Mund zu einem Lächeln. »Ja,
genau. Vielleicht war der Erfolgsdruck ganz einfach zu
groß oder das Kind hatte den Wunsch, gegen die Autorität
des Vaters und seine Erwartungen zu rebellieren, oder wollte einfach ausbrechen und eigene Wege gehen.«

»Eine dritte Möglichkeit wäre, tatsächlich in seine Fußstapfen zu treten, aber ohne das Talent, die reinen Absich-
ten, die Liebe zum Job oder was immer man für diese Arbeit braucht, weshalb man einen anderen Weg bis nach
oben einschlagen muss. Denn zwar will man immer noch
dasselbe Ansehen und denselben Status wie sein alter Herr,
nur dass das auf dessen Art für einen selbst nicht zu errei-

chen ist. Oder vielleicht hat man ja auch einfach keine Lust auf all die Mühe, die damit verbunden ist. Vor allem, weil man sich mit einem Heiligen schwer messen kann. Was ziemlich ätzend ist. Aber schließlich kann man auch bekommen, was man will, und Karriere machen, indem man den makellosen Ruf des Vaters erst als Eintrittskarte und danach als Schild benutzt, während man ihn gleichzeitig mit Dreck beschmiert.«

Jetzt beugte Eve sich zur Betonung ihrer Worte vor. »Das ist unter Umständen durchaus befriedigend, denn schließlich hat der blöde Wichser es ihr von Beginn an viel zu schwer gemacht. Oder hätte nicht so viel von ihr erwarten und verlangen sollen. Du hast einen Heiligen als Vater? Warum sollst du selber nicht als Sünderin und als Tochter den Lohn dieses Typen einstreichen, indem du haargenau denselben Weg einschlägst wie er und äußerlich blitzsauber bleibst?«

»Das ist eine exzellente Hypothese«, lobte Mira sie nach kurzem Überlegen. »Wobei unter der Oberfläche sicher auch noch andere Beweggründe verborgen wären, Dinge, die in ihrer Kindheit wurzeln, der Dynamik der Beziehung zwischen ihr und ihrem alten Herrn oder in ihrer eigenen Veranlagung. Entsprechend dieser Theorie würden manche Töchter einen solchen Vater gleichzeitig bewundern und zutiefst verabscheuen. Würden die Autorität und Position, die Privilegien und die Macht und natürlich den Respekt, den er allzeit genossen hat, selbst genießen wollen. Und wären sogar bereit, die erforderliche Mühe und Zeit in die Erreichung dieses Ziels zu investieren. Wenn natürlich auch auf ihre eigene Art.«

»In Ordnung.« Eve stützte die Hände auf den Knien ab.

»Kommen wir zum Kern des Ganzen. Sie nutzt ihren Daddy als Entschuldigung dafür, dass sie nicht sauber ist.« Als Mira etwas sagen wollte, fuhr sie eilig fort. »Wenn Sie wollen, überlegen Sie sich ruhig, wie es dazu gekommen ist. Aber darum geht's mir erst mal nicht. Vielleicht hat sein Name sie ja wirklich auf die schiefe Bahn gebracht und sie hat die anderen damit manipuliert und gleichzeitig darüber nachgedacht, was sie alles für Möglichkeiten hat. Welchen Leuten sie für die Erreichung ihrer Ziele in den Hintern krabbeln oder vielleicht lieber einen blasen soll.«

Bei dem Satz verschluckte Mira sich an ihrem Tee. »So kann man es natürlich formulieren«, stieß sie hustend aus.

»Sie sieht Sexualität als Werkzeug und zieht männliche Gesellschaft vor. Außerdem trägt sie zur Arbeit ein Kostüm, das ihre Titten vorteilhaft zur Geltung kommen lässt, und Stöckelschuhe, damit niemand ihre tollen Beine übersieht.«

Mira strich über den Rock des gut geschnittenen Kostüms, das ihre Brüste ebenfalls recht gut zur Geltung kommen ließ. »Hmmm.«

»Sie sind keine Polizistin«, klärte Eve sie auf. »Deshalb ist es ziemlich unwahrscheinlich, dass Sie heute noch zu Fuß auf Verbrecherjagd gehen müssen oder so. Und, okay, das wird sie auch nicht tun, weil sie nämlich lieber hinter ihrem Schreibtisch thront. Sie sitzt von früh bis spät in diesem riesigen, perfekten Raum und schirmt ihn sorgfältig gegen die geradezu erschreckend ordentlichen Arbeitsplätze ihrer Leute ab.«

»Erschreckend ordentlich?«, hakte die Psychologin nach.

»Ihre Männer tragen alle Anzüge, keiner zieht an seinem Schreibtisch auch nur die Jacke aus. Außerdem tragen sie alle Schlipse, die sie nicht mal lockern. Sie selber ist perfekt geschminkt und hat sorgfältig frisiertes Haar. Als käme jeden Augenblick jemand vorbei, um ein Foto von dem Trupp zu machen oder so.« Nach einer kurzen Pause beschrieb Eve ihre Beobachtungen weiter.

»Sämtliche Schreibtische sind picobello aufgeräumt. Niemand hat dort irgendwelchen Schnickschnack oder irgendwas Privates stehen. Kein Spielzeug, keine Bilder, nicht mal eine leere Kaffeetasse habe ich in dem Büro gesehen. Und auch keine vollen. Außerdem ist es geradezu erschreckend still. Niemand brüllt dort durch den Raum, und keiner raunzt den anderen an. Eine derart saubere Abteilung und so stille Polizisten habe ich vorher noch nie gesehen.«

Sie stand entschlossen auf. »Natürlich könnte man behaupten, dass das einfach ihrem Stil entspricht. Dass sie einfach Wert auf Ordnung legt und erwartet, dass die Leute ihres Dezernats auch möglichst ordentlich gekleidet sind. Aber, um Himmels willen, das sind Drogenfahnder, die wahrscheinlich täglich auf der Straße unterwegs sind und zwischen den Junkies und den Dealern ihre Runden drehen. In blitzblank polierten Schuhen. Und das ist nicht alles ...«

Eve sah Mira an.

»Fahren Sie bitte fort.«

»Sie hat die Jalousien an ihrem großen Fenster und der Tür geschlossen und auch die Tür selbst ist ständig zu. Außerdem zieht sie sich wie die Präsidentin eines großen Unternehmens an, die nichts dagegen hätte, würde sie in ihrer Mittagspause flachgelegt. Und zwar auf ihrem praktisch leeren Schreibtisch, auf dem eine Vase voll mit frischen Blumen steht. Um Himmels willen, Blu...«

Sie sah den Strauß auf Miras Tisch und wiederholte: »Sie sind keine Polizistin. Und Ihr Tisch ist aufgeräumt, aber nicht leer. Sie haben darauf Bilder von Ihrer Familie und noch andere Kleinigkeiten aufgestellt. Ihr Büro hat Atmosphäre. Es ist einladend und sehr gemütlich. Was es selbstverständlich auch sein muss, weil sich die Leute wohlfühlen sollen. Aber vor allem einfach Ihrem eigenen Naturell entspricht.«

Eve zögerte, bevor sie feststellte: »Wahrscheinlich sollte ich mich fragen, was die Einrichtung meines eigenen Büros über mich selbst aussagt, nur dass das augenblicklich keine Rolle spielt.«

»Ich könnte es Ihnen sagen«, murmelte die Psychologin, aber Eve fuhr bereits fort.

»Sie hat ein Gemälde an der Wand, ein wirklich gutes. Ich muss zugeben, dass mir das Bild durchaus gefallen hat. Es ist sehr stimmungsvoll, man sieht darauf das Meer und einen Strand. Daneben hängt ein Spiegel. Eine Polizistin, die neben dem Schreibtisch einen Spiegel hängen hat? Das sagt mir, dass sie furchtbar eitel ist. Und dann gibt's noch ein Bild von ihrem Vater, lebensgroß, in Uniform.«

»Und wo hängt das?«

Eve nickte lächelnd mit dem Kopf. »Gute Frage. Direkt gegenüber ihrem Schreibtisch.«

»Ich verstehe.« Mira nickte ebenfalls. »Sie nutzt also seinen Status, damit jeder, der hereinkommt, sofort die Verbindung zwischen ihnen beiden spürt. Und damit sie ihn, sobald sie aufblickt, sehen kann. Genau wie andersherum er symbolisch jede ihrer Handlungen genau verfolgen kann.«

»Sieh mich an. Auch ich bin jetzt ein Boss, bald werde ich sogar Captain sein. Was sagst du dazu, Dad? Oh, entschuldige mich kurz, ich muss einen meiner Männer anweisen, den jämmerlichen Junkie, der mir quer gekommen ist, aus dem Verkehr zu ziehen. Na, wie gefällt dir das, Commander?«

»Ich kann Ihnen bisher nicht widersprechen.« Mira ballte eine Faust in ihrem Schoß. »Was mich entsetzlich wütend macht. Weil ich nicht gesehen habe, was ich hätte sehen sollen. Weil ich mich von ihr habe manipulieren lassen und die leisen Zweifel, die ich hatte, ignoriert habe. Mit der idiotischen Begründung, dass ich sie nicht strenger als die anderen beurteilen darf, nur weil ihr Vater mal Commander war.«

»Im Gegensatz zu ihm sind Sie nun einmal auch nicht völlig fehlerlos.«

Mira stellte ihre Tasse fort. »Was nicht wirklich tröstlich für mich ist.« Dann holte sie tief Luft und richtete sich kerzengerade auf. »Unter Einbeziehung der Aussage Ihrer Partnerin, Ihrer Eindrücke und meiner eigenen, verspätet korrigierten Analyse, komme ich zu dem Ergebnis, dass es sich bei Renee Oberman um einen sehr organisierten Menschen handelt, der sich gut abschotten kann. Sie führt ihr Dezernat mit strenger Hand und besteht darauf, dass ihre Untergebenen sich so kleiden, dass es ihren eigenen Ansprüchen genügt.«

»Die Abteilung selbst und ihre Leute müssen ausnahmslos blitzblank aussehen«, ergänzte Eve.

»Ja«, stimmte ihr Mira zu. »Weil sie einfach Eindruck machen muss. Außerdem ist es ihr wichtig, dass die anderen ihr gehorchen, sogar bei der kleinsten Kleinigkeit. Augenblicklich leitet sie angeblich verdeckte Ermittlungen im großen Stil, für die sie einen Teil von ihren Leuten sowie einige Kontakte auf der Straße und auch eine Reihe Spitzel nutzt. Wobei sie beides vollkommen unter Kontrolle hat. Weil sie sich mit weniger niemals zufriedengibt. Wenn sie sich bedroht fühlt, zögert sie nicht, sich zu wehren, und geht dabei notfalls sogar so weit, dass sie jemanden ermorden lässt.« Mira nippte an ihrem Tee.

»Geld ist, wie das Bild von ihrem Vater, ein Symbol«, fuhr sie dann fort. »Es steht für Macht und für Erfolg. Sie genießt es ohne Zweifel, sich zu kaufen, was sie will, aber den Großteil ihrer illegal verdienten Gelder hortet sie wahrscheinlich irgendwo.«

Eve zog überrascht die Brauen hoch. »Warum denn das?«

»Weil es ihr vor allem um das Erwirtschaften – auf die von ihr gewählte Art – und um den Besitz des Geldes geht.«

»Wegen der zehn Riesen war sie ziemlich angefressen«, meinte Eve. »Das hat sie noch wütender als alles andere gemacht. Wobei die zehn Riesen sicherlich nur Kleingeld für sie sind und Keener offenbar nur eine kleine Nummer war. Es geht ihr also einzig darum, diese Kohle zu besitzen, und darum, dass jeder ihr gehorchen muss. Das passt.«

»Sie ist sehr intelligent und kennt sich mit den Mechanismen, mit der Politik und mit der Hackordnung der Polizei gut aus. Ich glaube, sie ist absichtlich zum Drogendezernat gegangen, weil in dem Bereich das Potenzial für Korruption, für Schwächen und für Hinterzimmer-Deals am größten ist. Sie sucht den Erfolg in ihrem Job, um ihrem Vater zu gefallen, und tätigt nebenher verbotene Geschäfte, weil sie ihn zugleich bestrafen will.«

Probleme mit dem Vater, dachte Eve erneut. *Buhuu.*

»Sie ist eitel«, meinte Mira, »selbstbewusst, hochintelligent und skrupellos. Sie sieht ihren Namen als ihr rechtmäßiges Erbe an, das sie benutzt, wenn es für sie von Vorteil ist. Aber zugleich hängt dieser Name wie ein Stein um ihren Hals.«

»Was ich sicher gegen sie verwenden kann.«

»Sie wird Sie nicht mögen. Selbst, wenn Sie ihr unter anderen Umständen begegnet wären, hätte sie Sie nicht gemocht. Denn Sie sind das genaue Gegenteil von ihr und dazu eine attraktive Frau, die jünger als sie ist und trotzdem auf der Karriereleiter bereits auf derselben Stufe steht wie sie. Was Sie zu einer Bedrohung für sie macht. Und sie hat das Verlangen, Menschen, die sie ihrer Meinung nach bedrohen, zu eliminieren.«

»Ich hoffe, dass sie das versuchen wird. Denn solange sie sich auf mich konzentriert, bekommt sie mit ein bisschen Glück nicht mit, dass auch die Dienstaufsicht sich mit ihr befasst. Augenblicklich geht's für sie allein um mich und diesen Mord. Worüber sie sich eindeutig Gedanken macht. Ich glaube, sie wusste schon, bevor ich bei ihr war, dass wir Keener gefunden haben, und hatte deshalb Garnet zu sich ins Büro bestellt. Als ich mit ihr gesprochen habe, musste sie improvisieren, weil sie nicht damit gerechnet hat, dass wir daran zweifeln würden, dass es Tod durch Überdosis war. Sie dachte, dass man höchstens einen kurzen Blick auf diesen Typen werfen und den Fall dann zu den Akten legen würde. Aber jetzt ist sie in Sorge, denn ich habe ihr sehr deutlich zu verstehen gegeben, dass aus meiner Sicht an der Sache etwas faul ist und ich vorhabe, ihr weiter nachzugehen.«

»Sie wird sich zumindest nicht jetzt gleich direkt mit Ihnen anlegen«, erklärte Mira. »Denn erst muss sie die Lage gründlich überdenken, gucken, was Sie machen und ob Sie womöglich irgendwelche Knöpfe drücken oder Türen öffnen, die für sie gefährlich sind. Aber täuschen Sie sich nicht. Wenn sie zu dem Schluss kommt, dass Sie ihr zu nahe kommen und ihr tatsächlich gefährlich werden, wird die Frau auf jeden Fall versuchen, Sie aus dem Verkehr zu ziehen.«

»Ja, wahrscheinlich setzt sie dann den blonden Riesen aus ihrer Abteilung auf mich an. Den ich dringend überprüfen muss.« Sie sah auf ihre Uhr. Der Tag ging einfach viel zu schnell herum. »Aber vorher muss ich kurz ins Leichenschauhaus fahren.«

»Sie dürfen sie nicht unterschätzen, Eve.«

»Das habe ich nicht vor. Um 16 Uhr findet bei mir zuhause eine Besprechung in der Sache statt.«

»Hätten Sie mich gern dabei?«

»Ich kann Renees Profil auch selbst erläutern, aber trotzdem wäre Ihr Erscheinen sinnvoll, denn wir müssen uns auch ihr gesamtes Team ansehen, und da könnte Ihre Einschätzung sehr wertvoll sein.«

»Dann bin ich pünktlich da.«

»Danke.« In der Tür blieb Eve noch einmal stehen und drehte sich zu Mira um. »Sie sollte eine gute Polizistin sein. Sie hätte die Grundlagen, die Mittel, das Gehirn und die Ausbildung dafür. Es ist ihre eigene Verantwortung, dass sie all diese Dinge anders nutzt.«

Noch einmal dachte sie *Der Tag verfliegt,* während sie möglichst schnell zurück in ihre eigene Abteilung lief. Sie hatte bereits eine Reihe Dinge überprüft, und das war gut. Aber trotzdem bräuchte sie noch etwas Zeit, um die Tafel zu studieren, die Peabody hatte beschriften sollen, die grundlegenden Daten der zwölf Mitglieder von Renees Team zumindest flüchtig durchzugehen …

... und vielleicht dafür zu sorgen, dass die andere Frau es mitbekam. Ja, genau. Damit sie Zeit bekäme, um darüber nachzugrübeln, weshalb ihre Leute für die Mordermittler von Interesse waren.

In ihrer Abteilung blieb sie stehen und sah sich gründlich um.

Der Lärmpegel rangierte zwischen dem bei den elektronischen Ermittlern und dem in Renees Dezernat, und das war ihrer Meinung nach völlig normal. Die Kollegen saßen hemdsärmlig an ihren Arbeitsplätzen und die Schuhe oder Stiefel, die sie trugen, waren fleckig und zerkratzt. Außerdem roch es nach grauenhaftem Kaffee, einem Hauch von Schweiß und einem Gemüseburger. Offenbar war Reineke also mal wieder auf Diät.

Die Schreibtische waren nicht besonders aufgeräumt und mit Ausdrucken von schlechten oder gar obszönen Bilderwitzen und mit Fotos ihrer Leute oder deren Familien geschmückt.

Jacobson fläzte sich auf seinem Sessel und jonglierte mit drei bunten Bällen, weil ihm das beim Denken half, und irgendwer hatte ein Gummihuhn über dem Schreibtisch des neuen Kollegen aufgehängt, was hieß, dass Santiago langsam, aber sicher fester Teil der Truppe wurde.

Ihrer Meinung nach waren die Atmosphäre, die Geräusche und Gerüche typisch für ein Dezernat der Polizei.

Sie ging weiter in ihr eigenes Büro, blickte auf die Tafel und trat vor den AutoChef.

Während sie sich einen Kaffee holte, sah sie auf das winzig kleine Fenster, das die Putzkräfte mit einer einzigen Handbewegung sauber hatten, ihren überladenen Schreibtisch und den antiquierten Aktenschrank, der zum einen Aufbewahrungsplatz für ihre Unterlagen und zum anderen ein ausgezeichnetes Versteck für ihre Schokoriegel war. Auch der alte AutoChef versah noch tapfer seinen Dienst, der Computer, der relativ neu war, machte keine Scherereien, der Recycler funktionierte und war ihres Wissens nach ein noch besseres Versteck für die Süßigkeiten als der alte Schrank.

Die Dienstpläne und offenen Fälle hängte sie an eine Pinnwand, denn so brauchte sie nicht jedes Mal die Daten auf ihrem Computer aufzurufen, wenn sie etwas ändern oder einfach wissen wollte, wer gerade womit beschäftigt war.

Der Besucherstuhl bräche wahrscheinlich bald zusammen, aber das war Absicht, denn für ausgedehnte Plauderstündchen hatte sie auf ihrem Posten sowieso nie Zeit. Auch ihr Schreibtisch war zwar durchaus praktisch, aber gleichzeitig uralt, und da sie genau wie Jacobson beim Nachdenken die Füße gerne auf die Platte legte, war er hoffnungslos verkratzt.

Ihre Abteilung grenzte nicht direkt an das Büro, aber wenn sie sich nicht gerade kurz zum Schlafen auf den Boden legte oder einmal völlig ungestört sein musste, stand die Tür für ihre Leute immer auf.

Sie nahm sich Zeit, um ihren Kaffee zu genießen, sich die Tafel anzusehen und zu überlegen, wie am besten weiter vorzugehen war. Bevor sie ihrem Gatten eine kurze Nachricht schickte, um ihn nicht durch einen Telefonanruf zu stören, weil er schließlich gerade selber bei der Arbeit war.

16.00 Uhr Briefing im Hauptquartier. Habe Futter zugesagt. OK?

Damit, sagte sie sich, hatte sie ihre Pflicht als Ehefrau getan und vor allem hoffentlich die Aufgabe, den blöden Summerset zu bitten, einen Haufen Cops mit Essen zu versorgen, ausnehmend geschickt auf ihren Liebsten abgewälzt.

Sie trat wieder durch die Tür ihres Büros, und auf dem Weg durch die Abteilung nickte sie in Richtung ihrer Partnerin. »Peabody, Sie kommen mit.«

Eilig rappelte die andere Frau sich auf, während Eve bereits aufs Gleitband stieg. »Die Akte liegt auf Ihrem Tisch und die Tafel ist beschriftet.«

»Ja, das habe ich gesehen. Ich habe Lieutenant Oberman über den Tod von ihrem Spitzel informiert.«

»Wie hat sie es aufgenommen?«

»Einen Informanten zu verlieren, ist immer hart. Sie wird mir alle Infos über Keener geben, sobald offiziell ist, dass es keine Überdosis war. Denn sie glaubt nicht, dass er ermordet worden ist.« Eve zuckte gelassen mit den Achseln, denn man wusste schließlich nie, wer vielleicht etwas von dieser Unterhaltung mitbekam. »Natürlich ist die Frau auch eine Sesselfurzerin und hat mit irgendwelchen Mordfällen bisher nie was zu tun gehabt.«

»Wohingegen wir eindeutig Fachleute für diese Dinge sind.«

»Genau. Lassen Sie uns erst mal hören, was der Pathologe sagt. Vielleicht haben wir ja Glück und nach unserer Rückkehr liegt schon der Bericht der Spurensicherung auf meinem Tisch.«

»Ich bewundere Ihren Optimismus.«

Auf dem Weg in die Garage unterhielten sie sich über all-
tägliche Dinge, doch als sie im Wagen auf dem Weg nach
draußen waren, fragte Eve: »Sind Sie verkabelt?«

»Ja. Wie war es wirklich bei Renee?«

»Sie ist aalglatt, steinhart, eiskalt. Und wirklich schnell.
Sie musste sich spontan entscheiden, ob sie zugibt, dass der
Mann ihr Spitzel war, und wie sie damit umgehen soll, dass
ich sage, dass er meiner Meinung nach ermordet worden
ist. Ihre Abteilung kam mir wie der Vorraum eines hohen
Tieres vor, und ihr eigenes Büro setzt dieses Thema fort.
Ich werde bei dem Briefing noch Genaueres berichten, unter anderem auch über die Einschätzung, die Mira von ihr
hat, aber zusammenfassend lässt sich sagen, dass sie eine
eiskalte, macht- und geldgierige Hexe ist, die ein Problem
mit ihrem Vater hat.«

»Das mit der eiskalten Hexe ist mir schon in der Dusche
aufgefallen.«

»Direkt vor mir war Garnet in dem großen, schicken, geradezu hermetisch abgeriegelten Büro, nachdem man ihr
gemeldet hatte, dass ich da bin und sie sprechen will, ist
er mit einem anderen Detective weggegangen. Der Andere
war Anfang dreißig, vielleicht 1,90 Meter groß, circa 100
Kilo schwer, blond und blauäugig. Garnet hat ihn Bix genannt. Gucken Sie, was Sie über den Kerl herausbekom-
men können.«

»Mit Vergnügen. Weil Sie denken, dass der Kerl vielleicht
ihr *Junge* ist.«

»Das könnte durchaus sein. Außerdem war da noch eine
Frau, Mischling, ungefähr so alt wie er. Detective Strong.
Ich hatte das Gefühl, dass sie kein allzu großer Fan von ih-
rer Vorgesetzten ist.«

Was sich vielleicht nutzen ließe, überlegte Eve.

»Detective Carl Bix«, meldete ihre Partnerin. »32 Jahre alt, tatsächlich genau 1,90 Meter groß und 103 Kilo schwer. Seit zehn Jahren bei der Polizei und vorher vier Jahre bei der Armee. Geboren in Tokio, wie seine Eltern, beide ebenfalls bei der Armee, bei der Geburt ihres Sohnes waren sie in Tokio stationiert. Er hat einen Bruder, der vier Jahre älter ist als er. Nachdem er Detective wurde, war er ein Jahr bei der Sitte, und seit vier Jahren ist er unter Lieutenant Oberman beim Drogendezernat. Um mehr herauszufinden, müsste ich noch tiefer graben.«

»Warten Sie damit erst mal. Er ist also ein Armeegör und war selbst vier Jahre bei diesem Verein. Ist es demnach gewohnt, Befehle zu befolgen. Ein ausgebildeter Kämpfer, der sich auf der Straße auskennt, weil man schließlich bei der Sitte und auch bei der Drogenfahndung häufig draußen ist.«

»Detective Lilah Strong«, erklärte Peabody, als Eve neben dem Leichenschauhaus hielt. »33 Jahre alt, 1,65 Meter groß, 55 Kilo schwer. Geboren in Jamaica, Queens, Mutter alleinerziehend, Vater unbekannt. Ein älterer Bruder, eine jüngere Schwester, wobei der Bruder 2045 im Alter von 17 verstorben ist. War mit einem Stipendium an der New Yorker Uni und hat dort ihren Magister als Rechtspflegerin gemacht. Seit zehn Jahren bei der Truppe, davon sieben bei der Drogenfahndung, aber erst seit einem halben Jahr auf unserem Revier. Vorher war sie auf dem 163sten.«

»Dann ist sie also neu. Was für uns vielleicht von Vorteil ist. Wie ist der Bruder gestorben?«

»Ah, warten Sie.« Auf dem Weg durch den vertrauten weißen Tunnel überprüfte Peabody den toten jungen Mann.

»Wurde während eines fehlgeschlagenen Drogendeals getötet. Mit mehreren Messerstichen. Außerdem hatte er eine Strafakte, die wegen seines Alters allerdings versiegelt ist.«

»Dann hat er also gedealt oder das Zeug gekauft«, schloss Eve. »Wahrscheinlich gekauft, und dabei gestorben, noch bevor er auch nur alt genug fürs College war. Und die Schwester strebt eine Karriere bei der Truppe an, die gegen das Drecksszeug vorgeht, an dem er gestorben ist. Deshalb könnte sie uns vielleicht wirklich nützlich sein.«

Sie betrat den Obduktionssaal, in dem Morris tätig war.

Er hatte ein Skalpell in einer Hand und Blut auf seinem Schutzanzug, sah in dem kragenlosen, schwarzen Anzug und mit den geflochtenen, langen Haaren aber trotzdem stylish aus.

»Wir haben gerade zwei Leichen zum Preis von einer«, meinte er. »Ihre liegt da drüben.« Er wies mit seinem Kinn auf die Leiche, mit der er gerade nicht beschäftigt war. »Ich hole nur noch schnell bei dieser hier das Hirn heraus, dann können wir uns unterhalten.«

»Kein Problem.« Entschlossen trat Eve vor den Tisch, auf dem der tote Spitzel lag.

Sie hatten ihn gewaschen und den Y-förmigen Schnitt auf seiner Brust sorgfältig geschlossen, deshalb sah er auf dem sauberen Stahltisch besser als in der verdreckten Wanne aus. Verglichen mit den leuchtend roten Einstichstellen entlang seiner Arme und rund um die Knöchel kamen ihr die blauen Flecken und die Abschürfung in Höhe seines Ellbogens fast harmlos vor.

Sie setzte eine Mikrobrille auf und suchte Keeners Leib nach Stunner- oder frischen Einstichspuren ab. Obwohl ein erfahrener Einzelkämpfer unzählige andere Möglichkeiten hatte, einen Menschen unschädlich zu machen, der fast 50 Kilo leichter war als er selbst.

Entschlossen sprühte sie sich ihre Hände ein, betrachtete den Kopf und Skalp und übersah dabei einfach die Stellen, an denen Keener nach der Untersuchung sorgfältig wieder zusammengeflickt worden war.

»Machen Sie jetzt meinen Job?«

»Tut mir leid.« Eve sah den Pathologen an. »Hier hinten, gleich hinter dem linken Ohr, die leichte Schwellung ...«

»Ja.« Morris wog das Gehirn, notierte das Gewicht, trug es zum Spülstein und wusch es sorgfältig ab. »Er hat diverse Blutergüsse und ein paar von diesen Schwellungen. Mit all dem Zeug in seinem Blut hat er auf jeden Fall gekrampft. Er war voll mit *Fuck You Up*. Haben Sie davon schon mal etwas gehört?«

»Es basiert auf einem Betäubungsmittel für Pferde, richtig?«

»Richtig. Und die Menge, die er intus hatte, hätte sicher sogar einen ausgewachsenen Hengst in der Blüte seines Lebens umgehauen. Als hätte das nicht gereicht, war er noch voll mit reinem Zeus. Eine Kombination, die, wir wir alle sehen können, tödlich ist.«

»Diese Schwellung. Vielleicht hat ihm dort ja jemand einen Schlag verpasst. Jemand, der wusste, wo und wie er ihn erwischen muss, um ihn ein für alle Mal aus dem Verkehr zu ziehen.«

Morris zog die Brauen hoch. »Das könnte sein. Sie ziehen einen Mord anscheinend einer Überdosis vor.«

Sie wünschte sich, sie könnte ihm erklären, worum es ging. »Ich habe ein paar Fragen, ja. Warum lag er in der Badewanne? Sie haben gesagt, das Zeug in seinem Blut hätte gereicht, um ihn gleich mehrfach umzubringen. Sehen Sie sich die Einstichstellen an. Ja, er war ein Junkie, aber er hatte Erfahrung mit dem Dreck. Weshalb also hätte er mit einem Mal so viel von etwas nehmen sollen, was so gefährlich ist. Selbst, wenn er ein Trottel war, hätte er das High doch sicher in die Länge ziehen wollen. Außerdem war er in diesem Dreckloch statt in seiner Wohnung, und für mich sieht es so aus, als hätte er vorrübergehend dort campiert. Das heißt, er hatte sich versteckt. Vielleicht hat ihn jemand gefunden.«

»Vielleicht. Er hat gegen Mitternacht noch ein halbwegs anständiges Mahl zu sich genommen. Pizza mit Sardinen.«

»Das nennen Sie anständig?«

Der Pathologe lächelte. »Auf alle Fälle herzhaft, und er hat das Essen mit zwei Bier runtergespült.«

»Dort, wo wir ihn gefunden haben, lagen weder Bierflaschen noch eine Pizzaschachtel. Vielleicht hat er also außer Haus gegessen. Was uns mit ein bisschen Glück ein wenig weiter bringt. Aber warum isst jemand erst herzhaft und genehmigt sich dazu zwei Bier, wenn er hinterher in einem leer stehenden Haus in eine schmutzstarrende Badewanne steigt und sich eine, wie er aus Erfahrung wissen musste, todbringende Dosis injiziert?«

»Keine Ahnung. Das kann ich nicht sagen. Ich weiß nur, dass er an diesem Schuss gestorben ist, weil alle anderen Verletzungen nicht tödlich waren. Trotzdem kann ich nicht eindeutig sagen, ob sein Tod ein Unfall, Selbstmord oder Mord gewesen ist.«

»Das wollte ich hören.«

»Am besten sehe ich mir die Verletzung hinter seinem linken Ohr noch mal genauer an.«

»Das kann bestimmt nicht schaden.«

»Sie haben offenbar irgendein Ass im Ärmel. Einem wirklich hübschen Ärmel, falls ich das anfügen darf.«

»Auf alle Fälle wird die Jacke, die ich trage, durch das Ding komplett. Und jetzt überlassen wir Sie wieder Ihrem Hirn.«

8

»Ich werde Ihnen sagen, wie wir vorgehen.« Eve scherte dicht vor einem Taxi aus, schoss über eine gelbe Ampel, sodass die arme Peabody den Haltegriff über der Tür umklammerte.

»Haben wir es eilig?«

»Was? Da war noch jede Menge Platz. Wir werden das, was Morris bisher rausgefunden hat, in den Bericht schreiben und Whitney wie sonst auch eine Kopie schicken. Außerdem werden Sie Renee kontaktieren, darüber informieren, was die Leichenschau ergeben hat, und ihr erklären, dass ich die Akte ihres Informanten brauche, und zwar möglichst schnell.«

Peabody umklammerte auch weiterhin den Haltegriff und riss entsetzt die Augen auf. »*Ich* soll mit ihr reden?«

»Ja, und zwar deshalb, weil ich zu viel zu tun habe und außerdem einfach zu wichtig bin, um mich mit solchem Kleinkram zu beschäftigen. So wird sie das sehen. Wenn Sie sich nicht trauen, mit diesem stöckelschuhbewehrten, selbstzufriedenen Weib zu reden, kann ich gerne Morris fragen, ob bei ihm ein Rückgrat rumliegt, das er Ihnen leihen kann.«

»Ich habe keine Angst davor. Bei dem Gedanken ist mir einfach etwas unbehaglich. Unbehaglich, ja genau.« Um sich zu beweisen, dass sie selbst ein Rückgrat hatte, lockerte sie vorsichtig den Griff um die rettende Stange über ihrer Tür. »Ich werde ihr also sagen, dass der Pathologe Tod durch Überdosis diagnostiziert hat, aber nicht sicher sagen kann, ob es ein Selbstmord, Unfall oder Mord war. Deshalb bittet Lieutenant Dallas ...«

»Fordert«, korrigierte Eve.

»Deshalb fordert Lieutenant Dallas, wie besprochen, die Herausgabe der Akte, die es über Keener gibt. Was soll ich machen, wenn sie mir das Ding nicht geben will?«

»Dann informieren Sie sie höflich darüber, dass dem Commander vorschriftsmäßig alle Aufzeichnungen zum Fall Keener zugegangen sind. Auch die Notiz, dass ich von ihr als Führerin des Informanten alle Unterlagen brauche, die es bei den Drogenfahndern über diesen Typen gibt.«

Peabody dachte kurz darüber nach. »Wenn ich höflich bleibe, regt sie das bestimmt noch mehr auf.«

»Ganz bestimmt. Und wenn das Weib die Akte danach immer noch nicht rausrückt, kümmere ich mich selbst um sie. Aber sie wird sie Ihnen geben«, prophezeite Eve. »Weil es schließlich keinen großen Wirbel um die Sache geben soll und sonst die Möglichkeit besteht, dass ich mich über ihren Kopf hinweg erneut an Whitney wende und er dadurch richtig aufmerksam auf die Geschichte wird.«

»Und weil sie um jeden Preis vermeiden will, dass wir großes Aufhebens um diese Sache machen, wird sie, wenn bestimmt auch knurrend, mit uns kooperieren.« Peabody umklammerte erneut den Haltegriff, als Eve schwungvoll an einem laut ächzenden Maxibus vorüberzog.

»Auf alle Fälle würde ich es an ihrer Stelle so machen. Danach besorgen wir uns alles, was wir für das Briefing brauchen, und verbringen etwas Zeit mit diesem Zeug. Denn falls sie die Fühler ausstreckt, was sie sicher machen wird, will ich, dass deutlich wird, dass wir mit diesem Fall beschäftigt sind. Außerdem schauen wir uns auf dem Weg zum Briefing noch die Bude unseres Opfers an.«

»Warum machen wir das nicht jetzt gleich?«

»Weil ich dabei gesehen werden und ganz sichergehen will, dass ihre Handlanger vorher Gelegenheit bekommen haben, selber dort vorbeizufahren, die Wohnung zu durchwühlen und zu gucken, ob dort irgendetwas ist, was sie belasten kann.« Sie lenkte ihren Blick auf ihre Partnerin. »Falls Garnet und Bix, als sie vorhin verschwunden sind, nicht bereits auf dem Weg zu Keeners Bleibe waren, können Sie Ihren Arsch darauf verwetten, dass sie sie nach dem Gespräch mit mir umgehend angerufen und dorthin befohlen hat.«

»Aber … falls dort irgendetwas war, was sie hätte belasten können, haben sie das dann doch sicher längst entsorgt.«

»Vielleicht. Aber ich glaube nicht, dass es dort wirklich was zu finden gab, denn dann hätte der Mörder Keeners Bude doch wahrscheinlich sofort nach dem Mord durchsucht und alles mitgenommen, was belastend war. Aber vielleicht fahren sie ja trotzdem noch mal hin.« Eve zuckte mit den Achseln. »Mir geht es vor allem darum, zu verfolgen, was sie tun.« Sie bog in die Garage des Reviers. »Sie sollten übrigens vor den Kollegen so über die Arbeit jammern wie sonst auch.«

Peabody verzog beleidigt das Gesicht. »Ich jammere niemals. Bei allem Respekt verbitte ich mir das Wort *jammern*, ja?«

»Sie alle jammern ständig über Ihre Arbeit, das ist vollkommen normal.« Eve stellte ihr Gefährt auf dem Parkplatz ab. »Sie jammern und Sie meckern, aber währenddessen sprechen Sie die Fälle miteinander durch. Also machen Sie das diesmal bitte auch. Denn wenn Sie die Klappe halten und dem Thema ausweichen, werden die anderen merken, dass was nicht in Ordnung ist. Und wenn ein Haufen Bullen Lunte riecht, kann er gar nicht anders, als der Sache nachzugehen. Erwähnen Sie am besten gleich, dass unser Opfer Renees Spitzel war. Denn vielleicht hat ja irgendjemand eine Meinung oder eine interessante Anekdote im Zusammenhang mit dieser Frau.«

»Das heißt, ich tue so, als ob ich jammere, ermittle aber gleichzeitig verdeckt. Wie in den Spionagefilmen, die McNab so gern im Fernsehen sieht.«

»So etwas nennt man schlicht und einfach Polizeiarbeit«, erklärte Eve, während sie aus dem Wagen stieg.

»Das mit der Schwellung hinter Juicys Ohr ist ziemlich interessant.« Auf dem Weg zum Fahrstuhl sah sich Peabody in der Garage um und senkte ihre Stimme auf ein Flüstern, als sie fragte: »Meinen Sie, es ist okay, wenn ich die ebenfalls erwähne?«

Eve nickte einfach knapp. »Angesichts der Stelle, wo sie liegt, könnte ich mir vorstellen, dass ihm jemand einen Schlag verpasst hat. Jemand, der entweder wusste, was er tat, oder der vielleicht einfach Glück hatte, hat ihm einen gut gezielten Schlag mit der Handkante versetzt.«

»Wie Karate«, meinte Peabody und quetschte sich an den Kollegen vorbei, die den Lift durch die schmale Tür verließen.

»Wobei der Schlag aus meiner Sicht zu gut gesessen hat,

als dass es ein reiner Glückstreffer gewesen ist. Wenn man keine Ahnung hat, wie man so etwas machen soll, nimmt man einen sandgefüllten Beutel oder einen Knüppel mit. Weil man damit auf alle Fälle trifft.«

»Es gab keinen Hinweis darauf, dass es einen Kampf gegeben hat.«

»Genau.« Der Fahrstuhl hielt, und beide Frauen stiegen wieder aus. »Die blauen Flecken und die Abschürfung waren nicht weiter schlimm. Es war also ein einziger, gezielter Schlag von hinten, der ihn umgehauen hat«, erklärte sie, während sie auf ein Gleitband stieg. »Vielleicht hat er die anderen Verletzungen davongetragen, als er in die Dreckwanne verfrachtet wurde, oder als er wegen der Überdosis von Krämpfen geschüttelt worden ist. Falls es also wirklich diesen Schlag gegeben hat und er davon bewusstlos oder wenigstens benommen war, hätte der Killer – falls es einen gibt – genügend Zeit gehabt, um ihm die todbringende Dosis zu verabreichen. Danach hätte er das Opfer, das vollkommen hilflos war, problemlos in die Wanne setzen und die Fixerutensilien auf dem Fenstersims drapieren können. Denn dann hätte es gewirkt, als hätte er halluziniert – was bei *Fuck You Up* des Öfteren passiert – und sich gesagt, ein nettes Bad wäre jetzt schön.«

»Warum hätte er ihn nicht einfach auf der Matratze liegen lassen sollen?«

»Die Wanne ist erniedrigend, was heißt, dass es zwischen dem Opfer und dem Killer vorher schon eine Beziehung gab. Er hat seine Tat dadurch noch ausgeschmückt«, schloss Eve. »Was bei einem Mord immer ein Fehler ist.«

Als sie von einem Gleitband auf das nächste wechseln

wollte, sah sie Webster, der gemächlich auf sie zugeschlendert kam, und murmelte: »Verdammt.«

»Lieutenant, Detective. Na, wie geht's?«

»Bis eben ging es uns noch gut.«

»Freundlich wie eh und je. Wir wollen anscheinend in dieselbe Richtung.« Er stieg neben ihr aufs Band, und sie kanalisierte ihren Zorn.

»Wenn ihr Schnüffler euch mit unserem Dezernat befasst, erwarte ich, dass man mich informiert.«

»Es geht uns nicht um euch, also reg dich ab.« Trotzdem bog er neben ihr vom Gleitband ab.

»Um Himmels willen, Webster«, schimpfte sie mit Flüsterstimme.

»Reg dich ab«, bat er erneut. »Ich habe hier in diesem Stock zu tun, und danach treffe ich den Commander. Ich habe gehört, dass du kürzlich im Urlaub warst.«

Sie blieb vor dem Getränkeautomaten stehen. »Nett, dass die Dienstaufsicht Zeit zum Plaudern hat.«

»Wir haben so viel Zeit dafür wie ihr. Bleib sauber, Dallas«, bat er sie und wandte sich zum Gehen, als sein Gesichtsausdruck sich plötzlich geradezu dramatisch wandelte und er beinahe … ehrfürchtig den Gang hinuntersah.

Ehe ihm ein ganz eindeutig ehrfürchtiges »Wow« über die Lippen kam.

Sie folgte seinem Blick und sah, dass Darcia Angelo den Flur herunterkam. Sie trug ein dünnes Sommerkleid, dessen leuchtend pinkfarbenes Blumenmuster ihre straffen, goldfarbenen Schultern sowie jede Menge glatter Haut besonders vorteilhaft zur Geltung kommen ließ. Ihr dichtes, schwarzes Haar fiel wild gelockt auf die Schultern und betonte noch die Glut, die in den dunklen Augen lag. Ihr Blick wurde noch wärmer, als sie Eve erblickte, mit einem Lächeln auf den vollen Lippen trat sie auf sie zu.

Eve nahm an, die hochhackigen Schuhe mit den nadeldünnen Absätzen betonten noch das Wogen ihrer wohlgeformten Hüften, das einem inneren Rhythmus zu entspringen schien.

Oder vielleicht auch nicht.

»Dallas! Ich freue mich riesig, Sie wiederzusehen. Und Peabody – das heißt, inzwischen sind Sie ja *Detective* Peabody. Ich gratuliere.«

»Danke. Ich wusste gar nicht, dass Sie auf der Erde und dazu noch in New York sind.«

»Ich hatte geschäftsmäßig hier zu tun und habe einfach einen kurzen Urlaub drangehängt.« Dann lenkte sie den Blick aus ihren Wahnsinnsaugen auf den Mann von der Dienstaufsicht, der sie anstarrte, als könne er nicht glauben, was er sah. »Hallo.«

»Jaja. Chief Angelo von der Olympus-Polizei; Lieutenant Webster, Dienstaufsicht«, stellte Eve die zwei einander vor.

»Dienstaufsicht?« Darcia reichte ihm die Hand. »Haben Sie hier viel zu tun?«

»Auf jeden Fall genug. Sind Sie zum ersten Mal in New York?«

»Zum ersten Mal im Urlaub. Ich habe Ihren Mann zum Lunch getroffen«, sagte sie zu Eve. »Und da ich gerade in der Nähe war, musste ich einfach vorbeikommen, um mir die Wache anzusehen. Wirklich beeindruckend.«

In diesem Augenblick zerrten zwei Polizisten einen dürren Mann, der sich mit Händen und mit Füßen wehrte, gewaltsam den Korridor hinunter.

»Ich wollte nur, dass er mir zuhört«, brüllte er. »Er sollte mir nur zuhören, dann hätte ich ihn auch nicht umgehauen.«

»Und voll interessanter Menschen«, fügte Darcia gut gelaunt hinzu.

»Davon gibt's hier wirklich jede Menge«, stimmte Eve ihr zu. »Zu meinem Büro geht's hier entlang.«

»He, Lieutenant!« Jacobson stand in der Tür ihrer Abteilung und winkte ihr zu. »Haben Sie kurz Zeit für mich?«

Sie nickte knapp und bot gleichzeitig Darcia an: »Danach führe ich Sie gern etwas herum.«

»Das wäre schön. Aber erst mal sprechen Sie mit Ihrem Mitarbeiter. Ich hole mir in der Zeit was zu trinken. Draußen ist es nämlich furchtbar heiß. Bin sofort wieder da.«

»Okay. Peabody, Sie führen erst mal das Telefongespräch, um das ich Sie gebeten habe. Sagen Sie, dass ich das Zeug so schnell wie möglich haben will.«

»Ja, Ma'am. Hat mich gefreut, Sie wiederzusehen, Chief. Viel Spaß noch in New York.«

»Den werde ich ganz sicher haben.« Darcia warf ihr schwarzes Haar nach hinten, als die beiden anderen Frauen sich zum Gehen wandten, und ging zum Getränkeautomaten, um zu sehen, was es dort alles gab. »Hmmm.«

»Darf ich Ihnen einen Drink spendieren?«, erbot sich Webster, und sie lächelte.

»Ja, bitte.«

»Nun, Chief Ange…«

»Nennen Sie mich bitte Darcia. Schließlich bin ich nicht im Dienst.«

»Also, Darcia. Ich hätte wissen sollen, dass Sie einen Namen haben, der zu Ihnen passt. Was möchten Sie?«

»Überraschen Sie mich einfach.«

In ihrer Abteilung hörte Eve sich die Ideen an, auf die ihr Detective beim Jonglieren gekommen war. Auch sie selbst musste jonglieren, und zwar zwischen ihrem Mordfall, Renee Oberman, Darcia Angelo und jetzt auch noch dem Brainstorming mit ihrem Untergebenen.

Als sie beide fertig waren, hoffte sie beinah, dass Darcia auf dem kurzen Weg zu ihr verloren gegangen war.

Doch im selben Augenblick glitt sie geschmeidig durch die Tür.

Eve konnte deutlich hören, wie Baxter mit genauso ehrfürchtiger Stimme wie zuvor schon Webster »Meine Güte« stöhnte, als die Frau an seinem Tisch vorüberging.

»Sabbern Sie bloß nicht den Schreibtisch voll«, murmelte sie leise und wandte sich Darcia zu. »Dies ist also unsere Abteilung. Die Detectives arbeiten immer in Zweierteams, entweder mit einem festen Partner, einem festen Assistenten, den sie währenddessen ausbilden, oder einem der Uniformierten, die uns zur Verfügung stehen. An der Tafel sind die Fälle aufgelistet – offene in Grün und abgeschlossene in Rot. Und dort hinten gibt es einen ziemlich armseligen Pausenraum, in den ich mich nur dann begebe, wenn ich muss. Ab und zu nimmt jemand einen Zeugen dort mit rein, um völlig ungestört zu sein, aber normalerweise werden Zeugen entweder einfach am Schreibtisch oder im Gemeinschaftsraum befragt. Zu den Spinden und den Duschen geht es hier entlang.«

»Sieht alles wirklich praktisch und die Leute sehen alle sehr beschäftigt aus.«

Eve merkte, dass Baxter sich von seinem Stuhl erheben wollte, und bedachte ihn mit einem Blick, infolgedessen er sich seufzend wieder hinter seinen Schreibtisch sinken ließ. »Falls Sie damit meinen, dass es fürchterlich chaotisch ist und für die ganze Arbeit viel zu wenig Leute gibt – das stimmt. Aber die Beamten, die wir haben, sind alle wirklich gut. Mein eigenes Büro ist hier.«

Sie öffnete die Tür und ließ der anderen Frau den Vortritt.

»Etwas abgelegen, finden Sie nicht auch?«

»So ist es mir recht. Denn wenn mein Büro direkt an die Abteilung grenzen würde, hätten meine Leute womöglich das Gefühl, als würde jeder ihrer Schritte von mir überwacht. Dann könnten sie sich nicht mal an den Eiern kratzen, ohne Angst zu haben, dass der Boss es mitbekommt. Aber sie wissen, wo sie mich erreichen, und die Tür steht für gewöhnlich offen.«

»Das Büro ist ziemlich klein. Aber ich nehme an, dass Sie kein größeres wollen. Der Raum hier passt zu Ihnen«, meinte Darcia und drehte einen kleinen Kreis. »Spartanisch, nüchtern, unsentimental.« Sie zeigte mit dem Kinn in Richtung Tafel. »Und Sie arbeiten im Augenblick an einem neuen Fall.«

»Der kam heute Morgen rein. Das Opfer war ein Junkie und der Spitzel eines Lieutenants von der Drogenfahndung. Wurde nicht in seiner Wohnung, sondern in einem leer stehenden Gebäude aufgefunden, wo er in einer kaputten Badewanne lag. Sieht aus, als hätte er nach einer Überdosis *Fuck You Up* die Augen nicht mehr aufgemacht.«

»Von dem Zeug habe ich schon gehört.« Obwohl sie wie eine Modepuppe wirkte, sah sie sich die Aufnahmen des Toten sehr gründlich an. »Da Sie sagen, es sieht danach aus, hat er sich die Überdosis Ihrer Meinung nach nicht freiwillig verpasst.«

»Es gibt Indizien, die dagegen sprechen.«

Darcia nippte nachdenklich an ihrer Dose mit Zitronenlimonade und sah sich die Bilder nochmal an. »Hässlich. Hart und hässlich. So was habe ich bei meiner Arbeit in Kolumbien sehr oft erlebt.«

»Und jetzt?«

»Genieße ich den Glanz des Neuen auf Olympus.« Darcia trat ans Fenster und warf einen Blick hinaus. »Aber das hier, diese Stadt. Sie ist so vielschichtig und bunt, so aufregend, so voller Energie und Leidenschaft. Deshalb werde ich mir gleich den Luxus gönnen, einfach durch die Gegend zu spazieren und mir irgendwelche tollen Sachen zuzulegen, die im Grunde niemand braucht.«

»Und wie lange können Sie in diesen Schuhen laufen, bis Sie anfangen, vor Schmerzen laut zu schreien?«

Lachend wandte Darcia sich ihr wieder zu. »Ich bin deutlich zäher, als ich vielleicht wirke, und vor allem wollte ich zum Lunch mit Ihrem äußerst attraktiven und charmanten Gatten einfach möglichst gut aussehen. Vielleicht schaffen ja wir zwei es auch, uns mal auf einen Drink zu treffen und uns über Ihren Job zu unterhalten, ehe ich mich wieder auf den Heimweg machen muss.«

»Das wäre schön«, erklärte Eve und meinte es tatsächlich ernst.

»Dann kriegen wir es sicherlich auch hin. Aber erst mal überlasse ich Sie wieder Ihrer Arbeit und mache mich auf die Suche nach ein paar frivolen Dingen, für die ich mein Geld verplempern kann.«

»Es gibt da ein Geschäft, in dem es sündhaft teure Handtaschen und Schuhe gibt. Das gefällt Ihnen bestimmt.« Sie beschrieb der anderen Frau den Weg.

»Das klingt perfekt, auch wenn ich mir nicht vorstellen kann, dass Sie dort schon mal freiwillig gewesen sind.«

»Ich habe in dem Laden mal eine Schlägerei zwischen zwei Furien geschlichtet, die durch die Tür gepurzelt sind. Ohne mich hätten die zwei sich wegen einer blöden Tasche umgebracht.«

»Das klingt schon eher nach Ihnen – und genau nach der Art Laden, die ich unbedingt besuchen will. Wir sehen uns.«

»Viel Spaß und passen Sie auf, dass Sie dort kein wildgewordenes Weibsbild an den Haaren zieht.«

Lachend wandte Darcia sich zum Gehen, Eve warf einen Blick auf ihre Uhr und sammelte die Akten, Fotos und Berichte, die sie mit nach Hause nehmen wollte, ein.

Bis sie damit fertig war, signalisierte ihr Computer, dass sie eine Mail bekommen hatte, und nach einem kurzen Blick auf ihren Bildschirm nickte sie zufrieden mit dem Kopf.

An Lieutenant Dallas, Mordkommission
Von Lieutenant Oberman, Drogendezernat
Vertraulich!
Akte Rickie Keener
wie verlangt

»Ich wette, das hat wehgetan«, Eve speicherte die E-Mail ab und wandte sich zum Gehen.

Als Peabody sie sah, erhob sie sich von ihrem Schreibtischstuhl. »Ich wollte gerade gucken, ob ...«

»Kommen Sie mit.«

»He, he!«, rief Baxter und sprang auf. »Erzählen Sie mir von der heißen Braut, die eben hier vorbeigekommen ist.«

»Sie ist aus einer anderen Welt, Baxter. Und das ist nicht nur so dahergesagt.«

»Auf jeden Fall. Und ...«

»... außerdem hat sie einen höheren Rang als Sie«, erklärte Eve, während sie einfach weiterlief.

»Glauben Sie, dass solche Frauen so geboren werden? Frauen wie Chief Angelo«, begann jetzt auch Peabody. »Ich meine, sie verströmt mit jedem ihrer Atemzüge eine unglaubliche Sinnlichkeit, aber auf eine wirklich stilvolle und elegante Art.«

»Wahrscheinlich gibt's für so was Kurse.«

»Wenn das so ist, melde ich mich dort am besten auf der Stelle an.«

»Falls die Ausbildung zum Vamp noch etwas warten kann, könnten wir uns vielleicht erst mal wieder auf die Arbeit konzentrieren. Einfach so zum Spaß.«

»Ich denke, insgeheim wünscht sich fast jede Frau, ein Vamp zu sein«, sinnierte ihre Partnerin. »Außer denen, die es bereits sind. Aber trotzdem konzentriere ich mich vollkommen auf meinen Job. Ich schätze, Lieutenant Oberman hat die Datei geschickt.«

Eve nickte knapp.

»Das hat sie bestimmt nicht gern getan. Denn manche Spitzelführer wollen ihre Spitzel nicht mal teilen, wenn sie gar nicht mehr am Leben sind.«

»Dann vielleicht sogar noch weniger als sonst. Hat das Labor schon etwas zu dem Schloss geschickt?«

»In dem Bericht stehen Marke und Modell und dass das

Schloss dort höchstens ein, zwei Tage hing. Eigentlich ist diese Art von Schloss für innen vorgesehen – sie sind billig und es gibt sie überall, wo's Schlösser gibt. Das Ding war nicht aufgebrochen und auch sonst hat niemand dran herumgespielt. Ich habe den Bericht dabei, falls Sie ihn noch selber lesen wollen.«

»Und der Bericht der Spurensicherung?«

»Ist noch nicht da. Denn schließlich haben Sie selbst gesagt, sie sollten möglichst gründlich vorgehen.«

»Das stimmt. Wie angefressen war Renee?«, erkundigte sich Eve, als sie zu ihrem Wagen kam.

»Ich würde sagen, sie hat ihren Zorn so gut es ging unterdrückt. Wobei es ihr nicht unbedingt gefallen hat, dass ich als Ihre Untergebene bei ihr vorstellig geworden bin, um sie noch einmal daran zu erinnern, dass sie Ihnen Keeners Akte schicken soll. Am wenigsten hat ihr gefallen, als sie höflich von mir darauf hingewiesen wurde, dass auch der Commander zwischenzeitlich in die Sache einbezogen ist.«

»Gut.« Sogar perfekt. »Jetzt kocht sie sicher erst mal eine Zeitlang vor sich hin.«

Zufrieden lenkte Eve den Wagen durch den sich verdichtenden Verkehr, bis sie zu einem zwischen einer fensterlosen Bar und einem billigen Sexclub eingezwängten hässlichen Betonklotz kam, in dem die Wohnung ihres Opfers lag.

»Kaum besser als sein Unterschlupf und weniger als drei Blöcke von dort entfernt. Was zeigt, dass unser Juciy selbst zu Lebzeiten nicht unbedingt die hellste Kerze auf der Torte war.«

Das Schloss am Eingang des Gebäudes war tatsächlich noch intakt. Aber schließlich hätte es auch keinen Zweck, es aufzubrechen, weil es hier wahrscheinlich nirgends was zu holen gab.

Sie öffnete die Tür mit ihrem Generalschlüssel und wandte sich der Treppe zu.

Die Schmierereien an den Wänden hatten ausnahmslos mit Drogen und mit Sex zu tun, die überhitzte Luft im Treppenhaus roch ebenfalls nach diesen beiden Dingen und dazu noch nach dem Müll, der auf den Stufen lag. Musik, die irgendjemand hörte, prallte dröhnend von den Wänden ab und mischte sich mit dem Geschrei des Publikums der Fernsehshow, die ein anderer Hausbewohner sah.

Als sie den ersten Stock erreichten, lungerte dort eine klapperdürre Katze herum, die kaum größer als die Ratten in der Gegend war.

»Oh, das arme, kleine Miezekätzchen.« Doch noch während Peabody die Hand ausstreckte, sprang die Bestie auf die Füße, machte einen Buckel und riss zischend ihren Rachen auf.

Es fehlten nur zwei Zentimeter und das Biest hätte Peabodys Hand bis auf den Knochen aufgeschlitzt.

»Meine Güte. Was für ein gemeines Vieh.«

»Vielleicht verstehen Sie jetzt endlich, dass man nie allzu weichherzig und nett sein darf.«

Eve marschierte in den zweiten Stock, doch auf dem Weg den schmutzstarrenden Flur hinab ließ sie sich Zeit, denn falls sich irgendwer die Mühe machte, zu beobachten, wer dort lief, sollte er sie schließlich auch sehen.

»Rekorder an.« Sie öffnete die Tür von Keeners Wohnung, die kaum besser als die letzte Ruhestätte dieses Mannes war. Denn es stank darin nach Schweiß und Essensresten, die in einer Vielzahl Pappkartons vergammelt waren.

»Thailändisch, chinesisch, italienisch und die Überreste eines Gyros. Kulinarisch war der Mann ein echter Weltbürger mit einer Vorliebe für möglichst widerlichen Fraß. Und außerdem war er ein Schwein.« Sie blickte auf das ungemachte Bett. »Trotzdem ist es hier auf alle Fälle komfortabler als dort, wo wir ihn gefunden haben. Was bedeutet, dass er tatsächlich auf Tauchstation gegangen war.«

In der winzigen Ein-Zimmer-Wohnung gab es keinen Kühlschrank, keinen AutoChef und kein eigenes Bad – was hieß, dass es wahrscheinlich ein Gemeinschaftsbad für sämtliche Apartments dieses Stockwerks gab.

Die Tür jedoch wies acht verschiedene Schlösser und das Fenster einen zusätzlich montierten Riegel auf.

»Okay, dann stellen wir die Bude jetzt mal auf den Kopf.«

»Igitt«, entfuhr es ihrer Partnerin.

»Ich wette, hier hat's heute auch schon anderen Cops gegraust.«

Sie fanden uralte, verdreckte Unterwäsche, eine Socke, die einen geruchlich und aufgrund der vielen Löcher an sehr reifen Käse denken ließ, mehrere Kilo Staub, genügend Dreck, um darin Rosenstöcke anzupflanzen, leere Bier- und Schnapsflaschen, zerbrochene Spritzen und die aufgerissenen, leeren Plastiktütchen, in denen die Drogenfahndung häufig Pulver und Tabletten bei den Dealern fand.

Schwitzend stellte Peabody die Suche ein. »Die Arbeit hätten wir uns sparen können. Falls er abhauen wollte, hat er offensichtlich abgesehen von den verdreckten Unterhosen alles eingepackt.«

»Trotzdem sind wir jetzt ein bisschen schlauer«, meinte Eve. »Der gute Rickie hat wie eine tollwütige Ratte hier gehaust. Anscheinend hat ihn der Gedanke, seinen Müll vors Haus zu bringen, mehr als der bestialische Gestank geschreckt. Vielleicht, weil er meistens high gewesen ist. Die Schlösser innen an der Tür sind eindeutig nicht neu, also hat er offensichtlich einen Teil von seiner Ware und die Kohle, die er als Dealer oder Polizeispitzel gemacht hat, hier verwahrt. Und er hat sein Revier nicht mal verlassen, als er abgehauen ist.« Nach einer kurzen Pause fügte sie hinzu: »Am interessantesten jedoch ist das, was weder hier noch in dem Unterschlupf zu finden war.«

»Ein Mindestmaß an Sauberkeit?«

»Das auch, aber ich spreche von einer Kunden- oder Lieferantenliste, die er sicher hatte, denn auf seinem billigen Handy war nichts in der Richtung drauf. Obwohl er nur ein kleiner Fisch war, hatte er Kontakte. Weil ein Dealer und vor allem ein Spitzel, der keine Kontakte hat, vollkommen nutzlos ist. Ich kann mir nicht vorstellen, dass all die Namen, Nummern und Adressen einfach so in seinem tollwütigen Rattenkopf gespeichert waren.«

»Verdammt. Ich hasse es, wenn mir so was nicht auffällt. Das Notizbuch mit den Namen und Adressen hätte er doch sicher eingesteckt.«

»Weil es für ihn deutlich wertvoller als saubere Unterwäsche war. Dieses Buch hat Bix ihm abgeknöpft. Nachdem sie erfahren haben, dass ich in dem Fall ermitteln will, waren er und Garnet heute hier, um sich zu vergewissern, dass nicht doch noch irgendwas zu finden ist. Was ein grober Fehler war.«

»Ach ja?«

»Auf jeden Fall. Los, lassen Sie uns bei den Nachbarn klopfen.« Sie trat wieder in den Flur und klopfte direkt gegenüber an die Tür. Selbst wenn in der Wohnung gerade eine Riesenparty stattgefunden hätte, hätte ihr wahrscheinlich niemand aufgemacht. Doch in dem Apartment war es totenstill.

Anders als hinter der Tür des Heavy-Metal-Fans. Sie trommelte und trat gegen das Holz, bis der Lärm, den sie verursachte, den Krach des Schlagzeugs übertönte.

Ein junger Kerl machte ihr auf. Sein kreidiges Gesicht sah aus, als hätte es seit Jahren keine Sonne mehr gesehen, und war mit Aknenarben übersät. Lange Strähnen fetttriefender Haare hingen auf die Schultern eines ärmellosen T-Shirts, das vielleicht einmal weiß gewesen war, dazu trug er eine Unterhose, die genauso unansehnlich wie die Exemplare in Keeners Apartment war.

Sein entrücktes Lächeln, die glasigen Augen und der dichte Zonerrauch, der in der Luft hing, machten überdeutlich, dass er vorläufig in eine andere Welt entschwunden war.

Trotzdem hielt ihm Eve entschlossen ihre Marke vors Gesicht.

Er lächelte sie eine Zeitlang an, bevor ihm die Bedeutung dieses Gegenstandes ins Bewusstsein drang. »Also bitte. Wenigstens in meiner eigenen Bude kann ich mir ja wohl noch immer reinziehen, was ich will.«

»Und was haben die beiden anderen Cops dazu gesagt, die heute hier gewesen sind?«

»Außer Ihnen hab' ich heute keine Cops gesehen. Ich höre nur Musik und hänge ab. Denn für was anderes is' es viel zu heiß.«

»Kennst du Juicy?«

»Sicher, Mann, der kann Ihnen bestätigen, dass das, was ich hier mache, keine große Sache is'.«

»Wann hast du ihn zum letzten Mal gesehen?«

»Keine Ahnung. Es is' superheiß, Mann. Immer. Deswegen sin' alle Tage gleich.«

»Ja.« Das waren sie für einen Typen, dessen Dummheit chronisch war, auf jeden Fall.

Als sie Schritte hörte, drehte sie sich um und sah, dass ein Mann den Flur herunterkam. Er hielt den Kopf gesenkt und schnipste mit den Fingern, hörte also offenbar Musik und nahm sie deshalb gar nicht wahr.

Vor der Tür, die gegenüber von Keeners Wohnung lag, machte er halt, zog einen Schlüssel aus der Tasche und schob ihn ins Schloss.

Eve trat auf ihn zu, als er sie bemerkte, drehte er sich um und stürzte los.

Perfekt, sagte sie sich und sprintete ihm nach. »Stehenbleiben! Polizei!« Sie schätzte die Distanz, sprang ihn von hinten an und brachte ihn auf diese Art zu Fall.

»Denkst du vielleicht, ich hätte Lust, dir bei dieser Hitze hinterherzurennen?«

»Gehen Sie runter«, stieß er stöhnend aus. »Ich habe nichts gemacht!«

»Und warum bist du abgehauen?«

»Ich … ich habe was vergessen.«

»Ja genau. Ich klettere jetzt von dir runter, weil ich mich in Ruhe mit dir unterhalten will. Falls du noch mal losrennst, hole ich dich wieder ein, aber dann werde ich sehr unzufrieden sein. Kapiert?«

»Ja, ja. Ich habe nichts gemacht. Ihr Bullen könnt nicht einfach durch die Gegend laufen und die Leute umhauen.«

»Wenn du möchtest, reich eine Beschwerde ein.« Sie schob sich von dem Kerl herunter und gab Peabody ein Zeichen, ihm den Fluchtweg zu versperren. »Name?«

»Jubie, auch wenn dich das einen feuchten Dreck angeht.«

»Peabody, auf wen würden Sie setzen, wenn das hier ein Wettstreit zwischen mir und Jubie-Arschloch wäre, wer dem anderen schlimmer wehtun kann?«

»Auf Sie, Ma'am. Aber schließlich kenne ich Sie auch und weiß, dass da, wo Ihre Fäuste landen, jahrelang kein Gras mehr wächst.«

»Das stimmt. Also wo warst du gerade, Jubie?«

»Hören Sie, ich war nur kurz draußen, weil mir meine Kräuterkippen ausgegangen waren.« Er bemühte sich, möglichst beleidigt auszusehen, als er sich die Haare aus den Augen schob, aber trotzdem konnte Eve erkennen, wie nervös er war. »Die Dinger sind in meiner eigenen Wohnung schließlich immer noch erlaubt.«

»In der du abgesehen von diesem kurzen Sprung nach draußen auch die ganze Zeit gewesen bist.«

»Na und? Was habt ihr Bullen heute eigentlich? Ständig schleicht ihr hier durchs Haus. Meine Lippe blutet.« Er fuhr sich mit dem Handrücken über den Mund. »Ich habe mir die Lippe aufgerissen, als Sie auf mich draufgesprungen sind.«

»Reich doch einfach noch eine Beschwerde ein. Aber erst einmal erzählst du mir von diesen anderen Bullen.«

Er verschränkte seine Arme vor der Brust und betonte dadurch seinen leichten Schwabbelbauch. »Ich muss Ihnen gar nichts sagen.«

»Nun, das stimmt.« Eve nickte freundlich mit dem Kopf. »Genau, wie ich dich gar nicht erst durchsuchen muss, weil die verdammte Tüte mit verbotenem Stoff bereits aus deiner Tasche lugt.«

Eilig stopfte er den Beutel so in seine Hose, dass er nicht mehr zu sehen war. »Was für eine Tüte?«

»Also bitte, Jubie. Aber meinetwegen tun wir einfach so, als hätte ich das Ding tatsächlich nicht bemerkt. Wenn du mir kurz erzählst, was mit den anderen Bullen war, kannst du in deine Bude gehen und in Ruhe deine angeblichen Kräuterkippen drehen.«

Er sah sie aus zusammengekniffenen Augen an. »Und woher soll ich wissen, dass das keine Falle ist?«

»Du guckst zu viele Krimis. Also, Jubie, wo waren diese anderen Cops?«

Er trat von einem auf den anderen Fuß. »Meinetwegen, aber falls Sie mich verarschen, rufe ich bei meinem Anwalt an.«

»Himmel, was für eine Drohung. Haben Sie gehört, Peabody? Wenn wir ihn verarschen, ruft er seinen Anwalt an.«

»Ich zittere vor Angst.«

Er runzelte die Stirn, ging aber lieber nicht zu weit, denn sonst zerrten die beiden Weiber ihn ja vielleicht doch noch aufs Revier. »Zwei Typen in echt scharfen Anzügen. Einer von den beiden riesengroß. Sie waren in Juicys Bude. Da drin.«

Er zeigte auf die Tür, die gegenüber seiner lag.

»Sie haben nicht mal angeklopft. Diese verdammten Bullen. Ich habe gehört, wie sie den Flur herunterkamen, und sie durch den Spion gesehen, weil ich dachte, dass es Juicy selber ist.«

»Der dir bisher immer dein Kraut geliefert hat?«

»Kann sein. Nur, dass es eben nicht Juicy, sondern zwei Bullen waren. Die einfach in die Wohnung reingegangen sind. Was eine Verletzung seiner bürgerlichen Rechte ist.«

»Es ist beindruckend, wie gut du dich mit diesen Dingen auszukennen scheinst. Beschreib die beiden Bullen.«

»Wie gesagt, der eine war sehr groß und hatte blondes Haar. Der andere war dunkel. Mehr kann ich nicht sagen, denn ich habe schließlich kein verdammtes Bild gemacht. Sie waren vielleicht eine halbe Stunde in der Wohnung und total verschwitzt und angefressen, als sie wieder abgehauen sind.«

»Peabody, da dieser Gentleman es unterlassen hat, ein Bild zu machen, zeigen Sie ihm vielleicht ein paar Fotos, unter denen er auswählen kann.«

»Mit Vergnügen.« Peabody zog Aufnahmen von Bix und Garnet sowie eine Reihe anderer Bilder aus der Tasche und hielt sie dem Burschen hin. »Vielleicht werfen Sie mal einen Blick auf diese Fotos, Mr Jubie, und lassen uns wissen, ob die beiden Cops darauf zu sehen sind.«

»Um Himmels willen, kennt ihr etwa eure eigenen Kollegen nicht? Der und der. Das sind die beiden, die unter Missachtung seiner bürgerlichen Rechte in die Bude meines Nachbarn eingebrochen sind.«

»Sind Sie sicher?«

»Ich habe gesagt, dass sie es waren, oder etwa nicht?«

»Wann haben Sie Juicy selbst zum letzten Mal gesehen?«

»Das ist zwei, drei Tage her. Genauer kann ich es nicht sagen, denn ich schreibe mir so was schließlich nicht auf.«

»In Ordnung. Vielen Dank für Ihre Hilfe.«

Ehe sie es sich noch einmal überlegen konnte, rammte er den Schlüssel in das Schloss und tauchte schnellstmöglich in seiner Wohnung ab.

»Wir haben sie«, murmelte Eve. »Jetzt fahren wir in die Pizzeria, die hier in der Nähe liegt.«

»Das kommt wirklich selten vor, aber ich habe gerade keinen allzu großen Appetit. Irgendwie hat sich mein Magen von der Hitze und dem Dreck in Juciys Bude immer noch nicht ganz erholt.«

»Wir wollen dort auch nichts essen, sondern einfach gucken, wo er seine letzte Mahlzeit eingenommen hat.«

»Oh. In Ordnung, aber wäre es okay, wenn ich danach auf einen Sprung zu mir nach Hause führe, um zu duschen und mich umzuziehen? Denn schon vor der Wühlerei in all dem Müll kam ich mir irgendwie ein bisschen klebrig vor!«

»Aber spätestens um vier sind Sie bei mir.«

»Auf jeden Fall.« Angewidert zupfte Peabody ihr feuchtes Hemd von ihrer Brust. »Ich glaube, auch die anderen werden Ihnen dankbar sein, wenn ich vor dem Briefing schnell unter die Dusche hüpfen kann.«

Wie nicht anders zu erwarten, lag die Pizzeria ebenfalls in Keeners Territorium, und zwar auf halbem Weg von seiner Wohnung bis zu seinem Unterschlupf.

»Habe ich gesagt, dass er wahrscheinlich nicht die hellste Kerze auf der Torte war? Diese Kerze ist eindeutig schon vor einer ganzen Weile abgebrannt.«

An einer Wand und unterhalb der winzig kleinen Fenster waren Tische für die Gäste aufgestellt. Ein junges Pärchen, das dort aß, bedachte Eve mit einem kurzen Blick und atmete erleichtert auf, als sie weiter bis zu dem verglasten Tresen lief.

»Was darf's denn sein?« Die schwarze Frau, die dort bediente, ließ ihre verspannten Schultern kreisen und stützte die dünnen, aber durchaus starken Arme auf dem Tresen ab. Sie hatte sich das Haar mit einem blauen Tuch zurückgebunden und zog fragend die gepiercte, linke Augenbraue hoch.

»Antworten auf ein paar Fragen«, meinte Eve und hielt ihr ihre Marke hin.

»Hören Sie, ich möchte keinen Ärger, deshalb halte ich mich auch aus allem raus. Ich bin sauber, habe einen kleinen Sohn zu Hause und muss arbeiten, damit ich meine Miete zahlen kann.«

»Ich will Ihnen auch keinen Ärger machen, sondern möchte einfach wissen, ob Sie Rickie Keener kennen. Juicy?«

»Den kennt hier doch jeder.«

»Und wer hatte hier vorgestern Abend Dienst?«

»Ich.« Sie blickte angewidert hinter sich. »Gee hatte mir wieder mal die Spätschicht aufgebrummt, obwohl er weiß, dass ich für einen Babysitter abends mehr berappen muss, als er mir zahlt.«

»War Juicy hier?«

»Oh ja. Auf eine ganze Pizza mit Sardinen. Die Sardinen nimmt er immer, aber eine ganze Pizza und dazu noch was zu trinken kann er sich nur selten leisten. Was bedeutet, dass er an dem Abend ungewöhnlich flüssig war.« Sie zog ein zweites Tuch aus ihrer Schürzentasche und betupfte ihren schweißglänzenden Hals. »Und er war super drauf.«

»Ach ja?«

»Hat mir sogar ein Trinkgeld gegeben. So was kommt hier alle Jubeljahre einmal vor, aber Juicy hat mir einen Fünfer auf den Tisch gelegt. ›Hier, Loo, dieses Scheinchen ist für dich‹, hat er zu mir gesagt. Meinte, dass er alle seine Rechnungen begleichen will, bevor er seinen Laden dichtmacht und ans Meer zieht, weil's dort herrlich kühl und windig ist. Aber schließlich erzählt er ständig irgendwelchen Quatsch.«

Dann steckte sie ihr Taschentuch mit einem gleichmütigen Achselzucken wieder ein. »Ich nehme an, Sie wissen, wie er sein Geld verdient, aber zu mir ist Juicy immer nett. Sagt immer danke und bitte und seine Geschäfte erledigt er draußen vor der Tür. Ich nehme an, dass er in Schwierigkeiten ist.«

»Er ist gestorben, Loo.«

»Oh.« Sie schüttelte den Kopf und blickte vor sich auf den Tisch. »Ich nehme an, das ist nicht wirklich überraschend, wenn jemand ein solches Leben führt.«

»Was ist mit diesem Mann?«, erkundigte sich Eve und Peabody zog abermals die Aufnahme von Bix hervor.

»Den habe ich hier drin noch nie gesehen. Und ein so großer und gesunder, weißer Mann fiele in diesem Schuppen sofort auf. Aber vielleicht habe ich ihn anderswo schon mal gesehen. Vielleicht … ja, ich glaube, dass ich ihn oder auf alle Fälle einen großen, weißen Kerl wie ihn gesehen habe, als ich nach der Schicht nach Hause ging. Weil er ein paar Häuser weiter auf dem Gehweg stand.«

»Und um wie viel Uhr war Ihre Schicht vorbei?«

»Verdammt, es war fast drei. Die Hälfte der Laternen in der Gegend sind kaputt, und wenn ich um diese Zeit zu Fuß nach Hause laufe, trödele ich sicher nicht. Ich habe diesen Typen nur bemerkt, weil ich die Augen offen halte. Auch wenn mich die meisten Arschlöcher in Ruhe lassen, weil sie hier in unserem Laden essen, aber schließlich weiß man nie. Deswegen habe ich einen großen, weißen Kerl dort auf der Straße stehen sehen. Es könnte dieser Typ gewesen sein.«

»Das reicht mir. Vielen Dank.«

»Das mit Juicy tut mir leid. Es hat mir nicht gefallen,

womit er sein Geld verdient hat, aber mir hat er nie was getan.«

Keine schlechte Grabrede für einen toten Junkie, dachte Eve, während sie wieder auf die Straße trat.

9

Eve hoffte, sie selber hätte ebenfalls noch Zeit, um kurz zu duschen und sich umzuziehen. Dann würde sie sich deutlich besser fühlen und vor allem könnte sie gedanklich all die Aussagen, Beobachtungen und Informationen noch einmal durchgehen, während sie den Dreck aus Juicys Unterkunft von ihrem Körper wusch.

Sie fing bereits zu denken an, als sie das kühle Haus betrat und in die noch kühleren Mienen Summersets und ihres Katers sah.

»Heute scheint ein nationaler Feiertag zu sein. Die Menschen müssen auf den Straßen feiern, denn sonst kämen Sie doch sicher nicht derart früh nach Hause.«

»Ich nenne es den Summerset-hält-endlich-mal-die-Klappe-Tag. Worüber die gesamte Stadt vor Freude völlig aus dem Häuschen ist.« Sie marschierte auf die Treppe zu, blieb dann aber noch einmal stehen. »Meine Leute kommen gleich zu einem Briefing her.«

»Das hat man mir bereits gesagt. Sie werden Ihnen Zupfbraten vom Grill, Tomaten mit Mozzarella sowie Nudel- und Bohnensalat servieren.«

»Oh.«

»Gefolgt von einer Pfirsichtarte und diversen Petit Fours.«

»Dann werden wir sie niemals wieder los.«

Sie erklomm die erste Stufe, als er wissen wollte: »Wie geht es Detective Peabody?« Abrupt blieb sie noch einmal stehen.

»Warum?«

»Ich bin weder blind noch unsensibel, Lieutenant. Sie war offensichtlich sehr erschüttert, als sie gestern Abend hier erschien.«

»Es geht ihr wieder gut. Und da Sie immer wissen, was hier vor sich geht, werden Sie auch wissen, dass wir alle gestern noch mal mit zwei Wagen losgefahren und erst spät zurückgekommen sind. Dass Peabody und McNab hier übernachtet haben und dass Whitney schon in aller Frühe hier gewesen ist. Wovon nichts nach außen dringen darf.«

Auch wenn sie bereits auf der Treppe stand, gelang es Summerset, ihr ins Gesicht zu sehen und dabei den Eindruck zu erwecken, dass er hoheitsvoll auf sie heruntersah.

»Ich spreche niemals über die beruflichen oder privaten Angelegenheiten meiner Herrschaften.«

Sie zwang sich, einen Gang zurückzuschalten. Denn sie wusste, dass er ganz bestimmt kein Klatschmaul war. Denn sonst würde ihm Roarke nicht derart blind vertrauen.

»Das ist mir klar. Nur haben wir es hier mit höchst sensiblen, vielschichtigen Ermittlungen zu tun.«

»In die Detective Peabody verwickelt ist.«

»So könnte man es ausdrücken. Aber das ist auch schon alles, was ich zu der Sache sagen kann.«

»Würden Sie mir sagen, wenn sie selbst in Schwierigkeiten wäre? Denn ich habe sie sehr gern.«

Auch das war ihr bewusst, deswegen sagte sie mit ruhiger Stimme: »Nein, Detective Peabody ist nicht in Schwierigkeiten. Sie ist eine wirklich gute Polizistin. Und genau das ist der Grund, weshalb sie in den Fall verwickelt ist.« Verflixt. Jetzt fühlte sie sich tatsächlich verpflichtet, nett zu diesem Kerl zu sein. »Hören Sie, es tut mir leid, dass ich gestern Abend keine Zeit für Ihre Freunde hatte.«

Er zog unmerklich die Brauen hoch. »Vielleicht ist dies ja doch ein nationaler Feiertag.«

»Wie dem auch sei.« Jetzt wandte sie sich endgültig zum Gehen.

»Nun lauf schon«, wandte sich der Mann an Galahad. »Ich nehme an, dass sie sich über deine Gesellschaft freuen wird, auch wenn sie das vielleicht nicht weiß.«

So schnell sein Körperumfang es erlaubte, trottete der Kater seinem Frauchen hinterher.

Im Schlafzimmer zog sie die Jacke aus, und als das Tier dabei um ihre Beine strich, ging sie in die Hocke und streichelte sanft über sein weiches Fell.

Während er vor Wonne die zweifarbigen Augen fest zusammenkniff, erklärte sie: »Ich werde diese Tussi überführen. Überführen und für Jahre hinter Gitter bringen. Sie und all die anderen korrupten, mörderischen und verlogenen Cops, die ihr zu Diensten sind. Denn ich bin wirklich angepisst.«

Sie atmete tief durch, weil sich plötzlich der glühend heiße Zorn, den sie den ganzen Tag lang mühsam hatte unterdrücken müssen, Bahn brach.

»Dieses hinterfotzige, betrügerische Aas nutzt zur Befriedigung der elenden Bedürfnisse, die sie anscheinend hat, ihre Position und ihre Untergebenen einfach schamlos aus. Sie missbraucht die Dienstmarke, die man in Ehren halten soll. Beschmutzt alles, was man ihr gegeben hat, und alles, was ihr anvertraut ist, nur, weil sie ihr Konto füllen und ihr gottverdammtes, krankes Ego streicheln will.«

Wieder holte sie so tief wie möglich Luft. »Ich bin wirklich angefressen«, gab sie unumwunden zu. »Was mir jedoch nicht weiterhilft. Ich sollte sein wie du. Eiskalt und raffiniert.«

Sie tätschelte das Tier ein letztes Mal, zog ihr Waffenhalfter und den Rest von ihren Kleidern aus und ging ins Bad.

Das kochend heiße Wasser reinigte die Haut und leerte das Gehirn, deutlich ruhiger schob sie jetzt in Gedanken die verschiedenen Puzzleteile hin und her, sah sich das Bild aus verschiedenen Perspektiven an und legte sich die nächsten Schritte der Ermittlungen zurecht.

Raffinesse und Kälte, ging es ihr noch einmal durch den Kopf. Diese Eigenschaften kämen ihr bei dem Vorgehen gegen eine ganze Polizeieinheit bestimmt zupass.

Sie stieg in frische Kleider und legte ihr Waffenhalfter wieder an. Was hier in ihrem eigenen Haus nicht wirklich nötig war, doch hätte sie mit diesem Accessoire eher das Gefühl, im Dienst zu sein. Es war nur ein Symbol, aber vielleicht ein gutes Gegenmittel gegen die zwanglose Note, die die Pfirsichtarte ihrer Zusammenkunft verleihen würde.

Sie schleppte die Aktentasche durch die Tür ihres Büros.

Und sah, dass die Verbindungstür zum Arbeitszimmer ihres Mannes offen stand. Sie hörte seine Stimme, doch der Technik-Slang, in dem er sich mit wem auch immer unterhielt, klang wie eine Fremdsprache für sie.

Anscheinend ging es um die wirren Pläne, die sie auf dem Wandbildschirm vor seinem Schreibtisch sah, und – wenn sie das Venusianisch richtig deutete – um einige Details, mit denen er noch nicht zufrieden war.

»Fügen Sie sie ein und führen Sie eine neue Analyse durch. Ich erwarte die Ergebnisse bis morgen Nachmittag auf meinem Tisch.«

»Ich wusste nicht, dass du zu Hause bist«, erklärte Eve, als das Gespräch beendet war. »Was ist das für ein Plan da auf dem Monitor?«

»Der gehört zu einer neuen Waschmaschine.«

»Einem Ding, in dem man Wäsche wäscht?«

»Nicht nur. Es ist ein unabhängiges Multifunktionsgerät.« Er lehnte sich in seinem Maßanzug gegen den Tisch, studierte abermals den Plan und nickte dann zufrieden mit dem Kopf.

»Es sollte alles können, außer deine Sachen in den Schrank zu hängen. Wenn du das willst, brauchst du noch den passenden Droiden, der natürlich ebenfalls erhältlich ist.«

»Ich hätte nicht gedacht, dass du dich auch mit so banalem Zeug befasst.«

»Das würdest du wahrscheinlich nicht mehr sagen, stündest du mal ohne saubere Unterwäsche da.« Lässig stieß er sich von seinem Schreibtisch ab und gab ihr einen freundlichen Begrüßungskuss. »Vor allem braucht die Menschheit gerade die banalen Dinge jeden Tag.«

»Ich habe meine Sachen immer in die Reinigung von Mr Ping gebracht, die in der Nähe meiner Wohnung war«, erinnerte sie sich. »Er hat sogar Blutflecken problemlos rausgekriegt.«

»Was für jemanden in deinem Job natürlich wichtig ist. Wobei du heute keine Blutflecken auf deinen Kleidern hast.«

»Noch ist der Tag nicht vorbei. Als Nächstes bereite ich das Briefing vor. Langsam, aber sicher kommt Bewegung in die Sache.«

»Ich muss schnell noch was erledigen, doch dann bin ich ganz Ohr.«

»Okay.« Sie wandte sich zum Gehen, blieb dann aber noch einmal stehen. »Vor ein paar 100 Jahren stand bestimmt mal irgendwer an einem Fluss, hat dort sein Hemd auf irgendwelchen Steinen ausgeklopft und sich gesagt, dass es auch einen anderen Weg zu sauberen Kleidern geben muss. Wenn er den nicht gefunden hätte, würden wir noch heute allesamt am Waschtag bis zu unseren Knien in irgendwelchen Flüssen stehen. Was zeigt, dass auch banale Dinge manchmal durchaus wichtig sind.«

Sie ging zurück in ihr Büro, stellte dort zwei Tafeln auf – eine für den Mordfall Rickie Keener und die zweite für die Sache Renee Oberman – und las sich die Ergebnisse der ersten, unauffälligen Recherche über Renees Leute durch.

Auch der Bericht der Spurensicherung war endlich eingegangen, und sie nickte, als sie die Ergebnisse der Analysen der am Fundort ihrer Leiche aufgefundenen verbotenen Substanzen sah.

Kleine Puzzleteile, dachte sie. Lauter winzig kleine Puzzleteile, die für sich genommen eher banal erschienen, aber ein konkretes Bild ergaben, wenn man sie zusammen sah.

Sie gab die Puzzleteile in ihren Computer ein, lehnte sich mit einem Becher Kaffee kurz auf ihrem Stuhl zurück und überlegte, wie bei den Ermittlungen am besten vorzugehen war.

Währenddessen erschien Roarke und schaute sich die Tafeln an. »Du hast schon große Fortschritte gemacht.«

»Ich weiß inzwischen, was sie macht. Und kann mir auch vorstellen, warum. Vage sehe ich sogar, wie sie es anstellt, und auch wenn ich noch nicht all ihre Komplizen kenne, kenne ich zumindest einen Teil des Trupps. Darüber hinaus weiß ich, von wem, warum, auf welche Art und wann Keener getötet worden ist. Aber obwohl das schon ziemlich viel ist, reicht es immer noch nicht aus. Ich habe sie im Übrigen vorhin zum ersten Mal besucht und ihr den Tag so gut es ging vermiest.«

»Das hat dir sicher Spaß gemacht.«

»Es hätte mir noch mehr gefallen, meine Faust in ihr Gesicht zu rammen, aber ja, auch unsere Unterhaltung war nicht schlecht.«

Er trat vor ihren Schreibtisch, griff nach ihrem Kaffeebecher und hob ihn an seinen Mund. »Manchmal müssen wir uns mit dem begnügen, was uns möglich ist.«

»Danach hat Peabody sie kontaktiert und noch ein bisschen mehr genervt. Nicht nur, weil das eine gute Strategie ist, sondern …«

»… auch oder vor allem, weil sie das Monster, das in ihrem Schrank versteckt ist, erst bekämpfen kann, wenn sie die Tür aufmacht. Als unsere Peabody das Weibsbild angerufen hat, hat ihre Angst vor dieser Frau sich sicher gelegt.«

»Vor allem ist es so, dass Renee diese Runde eindeutig verloren hat. Sie hat zu hoch gepokert, auch wenn sie das noch nicht weiß.«

Jetzt sah auch sie selbst wieder auf die Tafeln und dachte erneut, dass man viele kleine Puzzleteile brauchte, bis man das Gesamtbild sah.

»Lass mich eine Sache sagen, während wir alleine sind.«

»Okay.«

»Ich verspüre einen fürchterlichen Hass auf diese Frau. Wegen Peabody und Whitney, wegen Mira, seit ich vorhin bei ihr war, wegen all der anderen sauberen Kollegen, wegen unserer Dienstmarke und dem, wofür sie steht.«

»Ich weiß. Wobei das noch nicht alles ist.«

Natürlich wusste er Bescheid. Denn er kannte sie einfach genau. »Ich schätze, es kann ziemlich schwierig sein, wenn du die Tochter eines Polizisten bist. Aber verdammt – sie hatte liebevolle Eltern und ein anständiges Heim. Nichts weist darauf hin, dass dort etwas im Argen lag, und man wird ganz sicher nicht Commander der New Yorker Polizei, ohne dass man sich auf seinem Weg nach oben irgendwelche Feinde macht. Und wenn mit dem Mann etwas nicht stimmen würde, hätten diese Feinde das auf alle Fälle aufgedeckt.«

»Da hast du sicher recht. Außerdem nehme ich an, dass du schon selber nachgeforscht hast, ob es irgendeinen Hinweis dafür gibt, dass es Renee zu Hause schlecht ergangen ist.«

»Das habe ich«, räumte sie ein. »Sie hat keine Traumata, zumindest keine, die man sieht. Und nachdem sich Mira noch mal eingehender mit ihr befasst hat, hätte sie, wenn da was wäre, ganz bestimmt etwas davon bemerkt. Ihre Kindheit und auch ihre Jugend waren total normal. Nun, natürlich herrscht im Haushalt eines Cops eine ganz eigene Normalität, aber ...«

»... sie hatte stets ein Dach über dem Kopf, etwas zu essen auf dem Teller, war auf guten Schulen, wurde wahrscheinlich geliebt oder auf alle Fälle liebevoll umsorgt«, griff Roarke den Faden auf. »Ihr Vater war ein positives Vorbild und hat sie ganz sicher nie in irgendwelchen dunklen Zimmern eingesperrt.«

Er strich sanft mit seinen Fingerspitzen über Eves Gesicht. »Er hat sie nicht geschlagen, nicht missbraucht und auch nicht jahrelang allabendlich terrorisiert. Doch statt wertzuschätzen, was sie hatte, hat sie sich dafür entschieden, diese Dinge zu entweihen. Sie hat sich bewusst dazu entschlossen, all das, woran du glaubst und was du dir erkämpft hast, in den Dreck zu ziehen.«

»Das macht mir fürchterlich zu schaffen. Obwohl es natürlich keine Rolle spielen darf.«

»Da irrst du dich. Du musst dieses Gefühl zu deinem Vorteil nutzen. Und wenn du dafür gesorgt hast, dass sie wegen ihrer Taten hinter Gittern landet, wirst du sehen, dass die, zu der du dich nach einer alptraumhaften Kindheit aus eigener Kraft entwickelt hast, erheblich stärker ist als die, die das, was ihre Eltern ihr an Gutem mitgegeben haben, in den Staub getreten hat. Und dass du sie genau aus diesem Grund geschlagen hast.«

»Vielleicht.« Sie drückte seine Hand. »Vielleicht. Aber vor allem geht es mir schon besser, nachdem diese Dinge einmal ausgesprochen worden sind. Also ...« Jetzt bekam sie wieder richtig Luft und fuhr mit ruhiger Stimme fort.

»Bisher macht sie sich noch nicht wirklich Gedanken, sondern ist vor allem angepisst. Sauer über die Belästigung und darüber, dass plötzlich jemand bei ihr auf der Matte steht, dem ihre Autorität vollkommen schnuppe ist. Sie hat mir diesen Mord geliefert, weil sie nachlässig geworden ist und sich mit Leuten ohne jegliche Moral und ohne jede Achtung vor dem Job umgibt.«

»Weil es nicht anders geht.« Wieder nippte Roarke von ihrem Kaffee. »Denn als Unternehmer ist es stets von Vorteil, Leute anzuheuern, die dieselben Ziele haben wie man selbst, oder die auf jeden Fall die Fähigkeit besitzen, sich dieselben Ziele anzueignen, weil einem dann niemand in die Quere kommt.«

»Ja, ich glaube, so hat sie's gemacht. Aber wenn das Unternehmen darauf gründet, dass man eine Lüge lebt, muss man eben nehmen, was man kriegen kann. Hitzköpfe wie Garnet oder Rohlinge wie Bix. Und vor allem ist auch ihr Ego ein Problem. Sie sucht sich nicht die Cleversten, sondern die Formbarsten, weil die am leichtesten zu korrumpieren sind. Weil sie um jeden Preis die Chefin bleiben und die Oberhand behalten will. So, wie ich sie einschätze, sucht sie aus dem Grund nicht die hellsten und die klügsten Köpfe aus, weil sie befürchtet, dass mal einer klüger ist als sie und sich auf Dauer vielleicht fragt, warum in aller Welt er auf sie hören soll.«

»Wenn sie nicht begreifen oder akzeptieren kann, dass man nur dann etwas erreicht, wenn man vielleicht nicht selbst der klügste Kopf, dafür aber der Boss des klügsten Kopfes ist, kann sie auf Dauer unmöglich erfolgreich sein.«

»Bisher lief es sehr gut für sie.« Eve nahm ihm ihren Kaffeebecher wieder ab. »Sie führt ihr Dezernat präzise wie ein Uhrwerk und beherrscht die Leute dadurch, dass sie deren Persönlichkeiten unterdrückt. Niemand hat dort irgendwelche Fotos oder andere private Gegenstände auf dem Schreibtisch stehen, und es gibt auch keine echten Partnerschaften, sondern jeder kämpft für sich allein. So hat es sich auf alle Fälle angefühlt.«

Sie stand auf, trat vor die Tafel und wies auf das Bild von Bix. »Das ist einer ihrer Leute, und ich wette, dass sie selbst seine Versetzung in ihr Dezernat beantragt hat. Denn schon seine Eltern waren beim Militär, auch er selbst hat eine Ausbildung zum Einzelkämpfer absolviert und blinden Gehorsam und das Töten auf Befehl gelernt. Weshalb er ihr Mann fürs Grobe ist.«

»Wie hat sie ihn dazu gemacht?«

»Ich weiß noch nicht, was Mira dazu sagt, aber mir fallen da eine Reihe Möglichkeiten ein. Er war Einzelkämpfer, und bei der Armee wird denen häufiger befohlen, grauenhafte Taten für die gute Sache oder die Mission, auf der sie sich befinden, zu begehen. Vielleicht konnte sie ihn davon überzeugen, dass die Dinge, die er für sie tun soll, im endlosen Krieg gegen die Drogen unerlässlich sind. Oder vielleicht hat sie festgestellt, dass es ihm Spaß macht, anderen Schmerzen zuzufügen, sie zu quälen und zu töten, und hat diesen Hang in eine ihr genehme Bahn gelenkt.«

»Vielleicht war es auch beides.«

»Ja, möglich. Und im Fall von Garnet hat sie Sex geboten, seine Habgier ausgenutzt und ihn vielleicht einfach irgendwann gefragt: *Verdammt noch mal, meinst du nicht auch, dass wir uns endlich den gerechten Lohn für unsere Arbeit holen sollen?* Ich denke, dass sie diese Schiene häufiger gefahren ist und sie höchstens etwas abgewandelt hat. *Warum zum Teufel sollen wir uns in diesem Job täglich den Arsch aufreißen, viel riskieren und uns mit dem lausigen Gehalt begnügen, das der Staat uns dafür zahlt? Denn schließlich halten wir hier Tag für Tag die Stellung und haben deshalb deutlich mehr verdient.*«

»Aber um die Schwächen anderer auszunutzen, muss man erst mal wissen, welches ihre Schwächen sind.«

»Jeder Mensch hat Schwächen. Aber wenn du ihnen

nachgibst, eine Grenze überschreitest und dann selbst die Dinge tust, die zu bekämpfen du geschworen hast ...«

Sie spürte, wie erneut der heiße Zorn in ihrem Inneren die Oberhand gewann.

»... hast du es nicht verdient, ein Cop zu sein, und musst mehr für deine Taten zahlen als die Schweinehunde, die wir anderen bekämpfen, indem wir uns ebenfalls den Arsch aufreißen, viel riskieren und uns mit dem lausigen Gehalt begnügen, das der Staat uns dafür zahlt. Ich hatte auch schon vorher hin und wieder mit korrupten Cops zu tun. Weil das bei einem Riesenapparat wie der New Yorker Polizei ganz einfach unvermeidbar ist. Nur, dass es in diesem Fall noch viel, viel schlimmer ist.«

Eve bohrte einen Finger in das Bild der anderen Frau. »Sie konnte sich entscheiden, und sie hat den Weg, den sie jetzt geht, bewusst gewählt. Sie ist nicht oder nicht nur schwach, bedürftig oder gierig, sondern sie ist ganz bewusst zur Polizei gegangen, um die Arbeit, die wir alle leisten, in den Dreck zu ziehen. Sie hat daraus ein *Geschäft* gemacht. Vorsätzlich und kalkuliert.«

Eve atmete tief ein. »Das will ich ihr heimzahlen. Will ihr vorsätzlich und kalkuliert derart den Arsch aufreißen, dass sie nie mehr sitzen kann.«

»Und diese Emotionen, mein lieber Lieutenant, werden dir dabei helfen, sie zu schlagen«, stellte Roarke mit einem sanften Lächeln fest.

Als die frisch geduschte Peabody mit ihrem Liebsten durch die Tür des Arbeitszimmers trat, ließ Eve sie ein paar neue Namen überprüfen und beauftragte McNab, diversen Spuren nachzugehen.

»Ich möchte eine Überprüfung der Bestände in der Asservatenkammer, von der aber möglichst niemand groß was mitbekommen soll. Einen Routine-Check der Drogen, die von den Personen, deren Namen Sie von mir bekommen haben, eingeliefert worden sind. Ich will wissen, wer die Sachen in Empfang genommen und die Quittungen dafür geschrieben hat. Dann vergleichen Sie die Namen mit den Namen der Beamten, die das Zeug beschlagnahmt haben, und den Mengen, die in den Berichten stehen. Beschränken Sie die Suche erst mal auf das Hauptrevier. Sonst ufert die Geschichte aus.«

»Und wie kann ich dir helfen, Lieutenant?«, fragte Roarke.

»Garnet hat anscheinend eine Immobilie in den Tropen. Die sind riesig, aber trotzdem muss ich das Ding finden, ohne dass es jemand merkt – wobei du für die Suche kein nicht angemeldetes Gerät verwenden darfst«, fügte sie im Flüsterton hinzu. »Ich nehme an, wenn man ein hübsches Haus am Strand besitzt, will man dort so oft wie möglich hin, was heißt, dass man wahrscheinlich regelmäßig einen Flieger in die Gegend nimmt.«

»Das stimmt. Die Aufgabe klingt interessant und durchaus amüsant.«

»Außerdem hat er bestimmt ein Fahrzeug dort vor Ort – irgendeinen teuren Schlitten – und vielleicht ein Boot. Wahrscheinlich verwendet er dort einen Aliasnamen, damit niemand was von seinem Doppelleben mitbekommt. Ich nehme an, das wird so etwas wie die Suche nach dem Pin in einem ziemlich großen Heuhaufen ...«

»Du meinst bestimmt die Suche nach der Nadel.«

»Was auch immer. Trotzdem wären das Informationen, die ich früher oder später sicher gut gebrauchen könnte.«

»Also mache ich mich besser umgehend ans Werk.«

»In einer Viertelstunde tauchen auch die anderen auf. Ich nehme an, dass ich sie erst mal füttern muss, denn dann werden sie nicht mehr vom Gedanken an etwas zu essen von der Arbeit abgelenkt.« Da ihre Partnerin an ihrem Haupt- und deren Freund an ihrem Zweitcomputer saß, ging sie selber in die Küche und führte verschiedene Wahrscheinlichkeitsberechnungen auf ihrem Handcomputer durch.

Raffiniert, berechnend und zugleich bedächtig. Konnte sie das alles sein, während ihr Magen sich in heißem Zorn und blankem Hass auf diese Frau zusammenzog?

»Das werden wir ja sehen«, murmelte sie, und als sie Stimmen aus dem Arbeitszimmer hörte, schaltete sie ihren Handcomputer wieder aus.

Weil jetzt das Fest begann.

»Das Essen ist mal wieder ausgezeichnet«, kommentierte Feeney, während er genüsslich in ein dick mit Zupfbraten belegtes Sandwich biss. »Ich habe gehört, dass es zum Nachtisch auch noch Kuchen gibt.«

Sie fragte sich, ob es wohl einen Cop auf Erden ohne eine Schwäche für Backwaren gab. »Aber erst nach dem offiziellen Briefing.«

Er bedachte sie mit einem unglücklichen Blick. »Manchmal kannst du echt gemein sein, Mädchen.«

»Ja, genau.« Sie baute sich vor ihrem Schreibtisch auf. »Während alle ihre Teller sauber lecken, fange ich am besten einfach schon mal an. Vielleicht wären Sie ja so nett, sich währenddessen kurz die beiden Tafeln anzusehen, denn dort habe ich die Daten zu den beiden Fällen, die miteinander in Verbindung stehen, notiert.«

Das Briefing dauerte nicht lange, denn die meisten ihrer Leute wussten über die Ermittlungsschritte und die Fortschritte, die sie erzielt hatten, bereits Bescheid. Also bat sie Mira, die Persönlichkeitsprofile, die sie von Oberman, Bix, Garnet und dem Opfer angefertigt hatte, vorzustellen.

»Handelt es sich beim Fall Keener Ihrer Meinung nach um einen Selbstmord, einen Unfall oder einen Mord?«, erkundigte sich Eve.

»Einen Selbstmord würde ich infolge des Verhaltens, das das Opfer vorher an den Tag gelegt hat, ausschließen. Er ist mit seiner Habe abgetaucht, war ein paar Stunden vor seinem Tod noch in einer Pizzeria und hat ein Gespräch mit der Serviererin geführt. Ihrer Aussage zufolge war er äußerst gut gelaunt und sprach sogar davon, ans Meer zu ziehen.« Mira ließ ihren Blick über die Kollegen schweifen.

»Auch von einem Unfall ist aus meiner Sicht nicht auszugehen. Obwohl bei einem Junkie eine ungeplante Überdosis niemals ausgeschlossen werden kann«, fuhr Mira fort, »passt die unglaubliche Dosis, die in seinem Blut gefunden wurde, nicht zu den Mengen, die er gewohnheitsmäßig nahm. Basierend auf den Fakten, den verschiedenen Aussagen und der Persönlichkeit des Opfers bin ich zu der Meinung gekommen, dass es eindeutig Mord war.«

»Es dürfte Renee schwerfallen, das zu widerlegen«, warf der Chef der elektronischen Ermittler ein.

»Genau das hoffe ich. Ich werde sie fragen, wie ihr Spitzel, der ein kleiner Straßendealer war, aus ihrer Sicht an eine solche Menge hochgradigen Stoffs gekommen ist. Und ich will von ihr wissen, wo man dieses Zeug bekommt. Darüber hinaus werde ich auch mit allen Leuten von der

Drogenfahndung sprechen, die an irgendwelchen Festnahmen beteiligt waren, bei denen *Fuck You Up* beschlagnahmt worden ist. Was uns zur Asservatenkammer führt. McNab.«

Eilig schluckte er die letzten Nudeln, die er noch im Mund hatte, herunter und wandte sich den anderen zu. »Auf Befehl des Lieutenants habe ich mir die Bestände an bestimmten Drogen in der Asservatenkammer angesehen und auch geguckt, von wem Quittungen für diese Sachen unterschrieben worden sind. Wollen Sie wissen, wie ich dabei vorgegangen bin, oder reichen die Ergebnisse?«, fragte er Eve.

»Ihr Vorgehen erläutern Sie bitte in dem Bericht, der allen Mitgliedern des Teams zugehen wird. Erzählen Sie uns jetzt einfach, was bei der Recherche rausgekommen ist.«

»Vor sechs Wochen haben zwei von Lieutenant Harrods Leuten, ein Detective Petrov sowie ein Detective Roger, eine Reihe von verbotenen Substanzen konfisziert, darunter eine ziemlich große Menge FYU. Vielleicht sollte ich anmerken, dass Roger und zwei Officer in Uniform bei diesem Einsatz mittelschwer verwundet worden sind. Detective Petrov schätzt in seinem Bericht die Menge allein des FYU auf 30 Kilo, was einem Verkaufswert von einer Viertelmillion entspricht. Außerdem haben sie circa 90 Kilo Dust und 500 Kapseln Exotica sichergestellt.« McNab räusperte sich.

»Ich habe mir zuerst die großen Sachen angesehen, Lieutenant«, erklärte er. »Für eine gründlichere Überprüfung hatte ich bisher noch keine Zeit. Petrov hat das Zeug zum Wiegen und zum Registrieren in die Asservatenkammer gebracht. Oft geben die Beamten während der Beschlagnahmung die Mengen größer an, als sie tatsächlich sind. Denn schließlich können sie sie nur grob schätzen, und, tja nun, natürlich stehen sie umso besser da, je größer ihre Beute ist. Aber in diesem Fall haben das offizielle Wiegen und die offizielle Zählung gerade einmal 22 Kilo FYU, 84 Kilo Dust und 375 Kapseln Exotica erbracht.«

»Ein ziemlicher Unterschied.«

»Ja, Ma'am, das stimmt. Roger hatte man direkt vom Einsatzort ins Krankenhaus gebracht, und da Petrov nach ihm sehen wollte, hat er nicht gewartet, bis man in der Asservatenkammer mit dem Wiegen und dem Zählen fertig war.«

»Wer hat die Substanzen in Empfang genommen und gewogen und gezählt?«

»Ein gewisser Sergeant Walter Runch.«

»Computer, Daten Sergeant Walter Runch. Ich habe einen Standard-Backgroundcheck und eine Analyse der Beamten in der Asservatenkammer durchgeführt«, erklärte Eve, während das Bild des Sergeants auf dem Wandbildschirm erschien. »Weil sie einen Mann dort unten braucht, wenn ihr nicht ein Großteil des Profits entgehen soll. In den zwei Jahren und vier Monaten, seit dieser Mann dort unten sitzt, hat er sehr häufig deutlich weniger gewogen, als den Schätzungen zufolge bei ihm abgeliefert worden ist, der Prozentsatz dieser Abweichungen steigt, wenn jemand außerhalb von Renees Dezernat die Sachen bei ihm abgeliefert hat.«

»Wenn einer ihrer Leute zu ihm kommt«, warf Feeney ein, »zieht der einen Teil des Gewichts bestimmt schon vor dem Wiegen von der Schätzmenge der Waren ab.«

»So sieht es aus«, pflichtete Eve ihm bei. »Natürlich

macht er das nicht jedes Mal, aber trotzdem ziemlich regelmäßig, vor allem, wenn es um große Mengen geht.«

»Wie Sie sehen können, wurde Runch vor der Versetzung in die Asservatenkammer offiziell verwarnt, nachdem er bei einer Dreierwette im Arena Ball fünf Riesen verloren und daraufhin den Buchmacher in einer Bar verdroschen hat. Statt ihn rauszuschmeißen, hat man ihm Gelegenheit gegeben, wegen seiner Spielsucht einen Psychologen aufzusuchen und dann in den Innendienst zu gehen, das hat er akzeptiert.«

Eve griff nach dem bereits ausgedruckten Bild und hängte es neben den Aufnahmen von Oberman und den Detectives Bix und Garnet an der Tafel auf.

»Sie hatten ihn schon im Visier?«, fragte McNab verblüfft.

»Es war zumindest wahrscheinlich, dass er in das Geschäft verwickelt ist. Und Sie haben es bewiesen«, meinte sie und blickte Webster an. »Was hat die Dienstaufsicht über Runch?«

»Keine Ahnung, dieser Name ist mir neu. Aber falls es noch was über ihn herauszufinden gibt, finde ich es raus. Trotzdem war ich auch nicht untätig, sondern habe einen Detective Marcell wegen eines Todesfalls bei einem Einsatz interviewt. Er und ein Detective Strumb – beide aus Obermans Abteilung – haben einen Detective Freeman während eines Undercover-Einsatzes geschützt. Freeman trat als Käufer auf und wollte einen Dealer hochnehmen, mit dem er schon Wochen vorher in Kontakt getreten war. Er hatte diesen Einsatz sorgfältig geplant, doch dann ging alles schief. Denn der Dealer kam mit seinem Bodyguard und seiner Mieze, die sofort anfing zu schreien, weil sie früher mal von Freeman hochgenommen worden war. Alle zogen ihre Waffen und Marcell und Strumb mischten sich eilends ein. Am Ende war Freeman verletzt, Strumb und der Dealer waren tot und der Bodyguard, der Freeman und Marcell zufolge ebenfalls verwundet war, packte die Frau ins Auto und verschwand mitsamt der Ware und dem Geld.«

»Praktisch«, meinte Eve.

»Trotzdem klang es durchaus glaubhaft. Denn die Aussagen von Freeman und Marcell haben übereingestimmt, Freeman hat die Frau, die er ein halbes Jahr zuvor tatsächlich hochgenommen hatte, identifiziert, und die Rekonstruktion des Tatgeschehens stimmte mit den Aussagen der Leute überein. Marcell hat auch die todbringenden Schüsse auf den Dealer unumwunden zugegeben, sich dabei jedoch auf Notwehr und auf seinen Partner Strumb berufen, der bereits am Boden lag. Danach hat er die vorgeschriebenen Tests durchlaufen und wurde als unbegrenzt diensttauglich eingestuft.«

»Was denken Sie?«

»Ich denke, dass er seinen Partner rächen wollte und den Dealer deswegen erschossen hat – was ich ihm aber nicht beweisen kann. Die Geschichte geht noch weiter, denn drei Tage später hat jemand den toten Bodyguard und die tote Frau in einem Motel an der Schnellstraße entdeckt. Sie lagen dort mit aufgeschlitzten Kehlen, und die Ware und die Kohle waren weg. Ich dachte, dass er die zwei vielleicht ja auch noch umgelegt hätte. Deshalb haben wir ihn uns noch einmal gründlich angesehen, aber er hatte ein wasserdichtes Alibi. Weil er zur Tatzeit zusammen mit seinem Lieutenant, dem Kollegen Garnet und Detective Freeman im Hinterzimmer einer Bar eine private Totenwache für seinen gefallenen Kameraden abgehalten hat.«

Webster nickte Richtung Monitor. »Aufgrund der Dinge, die wir zwischenzeitlich rausgefunden haben, finde ich, dass dieses Alibi zum Himmel stinkt.«

»Peabody, besorgen Sie sich Aufnahmen von Freeman und Marcell, und hängen Sie sie an der Tafel auf. Damit hätten wir schon vier Leute in ihrem Dezernat und einen in der Asservatenkammer. Außerdem würde ich gern auch noch Detective Roger aus Harrods Abteilung sehen.«

»Den verwundeten Kollegen von Detective Petrov?«

»Genau den. Ich frage mich nämlich, ob die Schätzung sich von dem tatsächlichen Gewicht der Drogen auch derart gravierend unterschieden hätte, wenn er nicht verwundet worden wäre und die Schätzung selbst hätte vornehmen können. Deshalb ist er ebenfalls ein potenzieller Kandidat. Weil sie eindeutig noch mehr als die paar Leute an der Tafel hat«, fügte Eve hinzu. »Unter Einbeziehung der Persönlichkeitsprofile habe ich mir die Geschichte der Abteilung unter ihrer Leitung angesehen. Innerhalb von einem halben Jahr, nachdem sie diesen Posten übernommen hat, wurden drei Beamte aus dem Dezernat versetzt, und in zwei Fällen konnte sie selbst bestimmen, wer die Officer ersetzt. Einer dieser Neuzugänge war Detective Freeman und der andere ein Detective Armand, der zuvor als elektronischer Ermittler auf einem Revier in Brooklyn war.«

Eve hängte auch sein Foto an der Tafel auf. »Sie braucht eindeutig einen Elektronik-Mann. Der dritte Mann, den sie bekommen hat, war nach weniger als einem Jahr schon wieder weg, und ein weiteres Mitglied ihres ursprünglichen Teams hat gleichzeitig mit ihm sein Zeug gepackt.

Für ihn kam eine junge Frau – die acht Monate, nachdem sie bei der Drogenfahndung angefangen hat, bei einem koordinierten Einsatz mit Beamten anderer Dezernate umgekommen ist. Deren Nachfolger ist noch in Renees Team. Ein Detective Palmer, der zuvor drei Jahre bei einer OK-Abteilung war. Und aus der Zeit Kontakte hat, die sie gut brauchen kann«, erklärte Eve und brachte auch sein Foto an der Tafel an.

»Um wie viele Leute geht es hier eigentlich?«, erkundigte sich Whitney. »Um wie viele Leute dieses einen Dezernats?«

»Garantiert nicht um alle«, antwortete Eve. »Weil sie schließlich auch noch ein paar Sündenböcke braucht, die sie im Notfall opfern kann. Wie möglicherweise Strumb und diese Frau, die in ihr Dezernat gewechselt hatte und dann umgekommen ist. Aber dafür braucht sie außerhalb ihrer Abteilung aus demselben Grund, aus dem sie einen Menschen in der Asservatenkammer braucht, jemanden in der Buchhaltung. Denn die Zahlen müssen stimmen, wenn ihr Dezernat nicht auffallen soll. Wahrscheinlich hat sie mindestens noch einen Mitarbeiter – wie möglicherweise Roger – irgendwo in einer anderen Abteilung, den sie sich herangezogen hat, damit er sie mit Infos über laufende Ermittlungen und geplante Einsätze versorgt.«

Sie blickte Mira an. »Dann wäre da noch Dr. Addams, der seit ein paar Jahren nicht nur sie, sondern auch ihr gesamtes Team betreut.« Eve fuhr sich mit der Hand durch die Haare.

»Durch die Mordermittlungen gerät sie unter Druck, was sie ziemlich wütend macht. Keener sollte nur ein kleines Staubkorn sein, das sie von ihrem Ärmel schnipst. Und jetzt erweist er sich mit einem Mal als Stein in ihrem Schuh. Es ist mein Recht, dass ich als Ermittlungsleiterin in diesem Fall mit allen ihren Leuten sprechen kann, und ich werde auf diesem Recht bestehen. Worüber sie sich sicher offiziell beschweren wird.«

»Ja«, stimmte ihr Whitney zu. »Das erwarte ich auch.«

»Aufgrund der Beweise, die wir in der Zwischenzeit gesammelt haben, bitte ich des Weiteren um die Erlaubnis, an Obermans Fahrzeug einen Peilsender sowie ein Aufnahmegerät anbringen zu lassen. Einem Dienstwagen, der ihr nicht selbst gehört.«

»Weshalb man mit der Sache nicht einmal zu einem Richter gehen muss.«

»Vielleicht nicht unbedingt«, warf Webster ein, »aber trotzdem könnte sie Ihnen deshalb am Ende Scherereien machen. Denn ein solches Vorgehen wäre zumindest fragwürdig, und Rechtsanwälte lieben alles, woraus sich möglicherweise Kapital für die Mandanten schlagen lässt.«

»Wie wäre es damit: Der Dienstwagen, den sie augenblicklich fährt, macht plötzlich Mucken, deshalb braucht sie ein Ersatzfahrzeug. Und wenn sie das Ersatzfahrzeug entgegennimmt, unterschreibt sie einen Wisch, demzufolge sie den Wagen so, wie sie ihn übergeben bekommt, akzeptiert. Solche Zettel liest sich niemand jemals wirklich durch.«

»Das könnte funktionieren.«

»Feeney, könntest du im Fahrzeugpool nachforschen, welchen Wagen sie bekommen kann?«

»Auf jeden Fall. Ich kenne dort noch ein paar Jungs.«

»Und kannst du mit McNab kurz rübergehen und die Kiste so verkabeln, dass davon bei einer Standardüberprüfung nichts zu sehen ist?«

Er senkte seinen Kopf und sah sie aus zusammengekniffenen Augen an. »Ich empfinde es als schändliche Beleidigung, dass du mir diese Frage auch nur stellst.«

»Okay. Peabody, Sie drucken eins der Standardformulare für die Übergabe eines Fahrzeugs aus, dann nehmen wir ein paar winzige Veränderungen daran vor.«

»Und wie wollt ihr dafür sorgen, dass die Frau ihr Fahrzeug tauschen muss?«, hakte Webster nach. »Und sie dazu bringen, dass sie den manipulierten Zettel unterschreibt?«

»Darum werde ich mich kümmern«, antwortete Eve und achtete darauf, dass sie auf keinen Fall in Richtung ihres Gatten sah. »Feeney, lass mich einfach wissen, wenn klar ist, was sie für eine Kiste kriegen wird – und lass vorher vielleicht schnell noch deinen Elektronik-Fuzzi-Zauber wirken, um herauszufinden, wo genau ihr bisheriger Wagen gerade steht.«

Roarke liebte es, ihr bei der Arbeit zuzusehen. Zu erleben, wie sie einen Einsatz grob skizzierte, daran feilte, und genau den rechten Zeitpunkt selbst für das Servieren des Nachtischs fand, um die Spannung ihrer Leute abzubauen.

An der Tafel hatte sie die Namen extra nacheinander angebracht, damit jeder einen eigenen Eindruck bei den Leuten hinterließ. Damit jeder genauso wichtig wie die anderen Namen war. Weil dies keine homogene Gruppe von korrupten Bullen, sondern eine Reihe selbstverantwortlicher Individuen war.

Und während jetzt die Pfirsichtarte den offiziellen Rahmen dieses Treffens milderte, bezog sie ihn diskret in das Gespräch mit ein. Was wirklich clever war.

»Peabody hat bei der Unterhaltung zwischen Oberman und Garnet mitbekommen, dass der Kerl ein Haus an irgendeinem Tropenstrand besitzt. Also habe ich Roarke gebeten, als Berater zu fungieren und herauszufinden, wo die Bude steht. Denn wenn Garnet tatsächlich ein kleines Tropenparadies besitzt und sein Eigentum daran – womöglich auf verbotenem Weg – verschleiert hat, könnte uns das helfen, ihn zu knacken und dazu zu bringen, seine Chefin zu verpfeifen, falls wir jemanden aus ihrer Truppe brauchen, der das macht.«

»Natürlich ist diese Idee nicht schlecht«, fing Webster an. »Aber wenn sich irgendwer zu gründlich mit seinen Finanzen oder Immobilien befasst, wird er dadurch womöglich aufgeschreckt. Selbstverständlich könnten wir von der Dienstaufsicht uns verdeckt in seine Konten hacken, aber falls er Vorsichtsmaßnahmen getroffen hat, bekäme er mit etwas Pech wahrscheinlich trotzdem Wind davon.«

»Deshalb werde ich so vorsichtig wie möglich vorgehen«, gab Roarke zurück.

»Hören Sie, falls Sie irgendwelche Daten unter Einsatz fragwürdiger Mittel kriegen und die Anwälte was davon mitbekommen, könnten sie die Daten selbst infrage stellen.«

»Das ist mir klar.« Roarke sah ihn reglos an. »Ich bin mit einem Cop verheiratet. Soll ich Ihnen sagen, wie ich diese Sache angehen werde?«

»Gern.«

»Man könnte, vor allem als Unternehmer, der auch im Transportwesen aktiv ist, eine Studie in Auftrag geben, in der es zum Beispiel darum geht, wie viele Männer, die zu einer ganz bestimmten Gruppe der Bevölkerung gehören, mindestens viermal im Jahr von hier aus in die Tropen fliegen, und zwar immer an denselben Ort. Denn es könnte sich womöglich für uns lohnen, den Transportservice an diese Orte zu verbessern und dieser speziellen Gruppe Anreize dafür zu bieten, dass sie unsere Flieger nimmt.«

Webster nickte und fing an zu lächeln. »Warum nicht?«

»Da unser Service auch Privatflüge umfasst und es sich immer lohnt, Menschen Rabatte anzubieten, auch wenn sie sich diese Flüge vollkommen problemlos zu den Standardpreisen leisten könnten, sind betuchte Individuen, die Häuser in verschiedenen Ländern haben und über genügend Geld verfügen, um im Abstand von wenigen Wochen zwischen diesen Häusern hin- und herzufliegen, eine interessante Zielgruppe für uns.«

»Davon bin ich überzeugt. Das ist ein guter Ansatz. Wenn Sie einen Treffer landen, geben Sie Bescheid. Denn dann könnte ich kurzfristig einen Filter auf Ihrem Computer installieren und Sie könnten noch ein bisschen weiter gehen.« Als Roarke eine Braue hochzog, fügte Webster an: »Einen offiziellen Filter der Dienstaufsicht, damit die Recherche sauber bleibt.«

»Verstehe.«

Während Roarke noch nickte, erhob Webster sich von seinem Platz und wandte sich an Eve. »Falls das erst mal alles ist, muss ich allmählich los. Ich habe nämlich noch einen Termin.«

»In dieser Angelegenheit?«, erkundigte sich Eve.

»Nein, nicht in dieser Angelegenheit.« Er sah Roarke mit einem kurzen Grinsen an. »Danke für die Tarte.«

»Auch ich bedanke mich«, erklärte Mira, während der Mann von der Dienstaufsicht den Raum verließ. »Ich erstelle noch Profile von den anderen Beamten an der Tafel und bringe sie morgen früh in Ihr Büro. Ich schlage vor, Sie finden einen Weg, um mit den Leuten aus dem Dezernat zu sprechen, die schon dort waren, bevor die Frau die Leitung übernommen hat. Um ein Gefühl dafür zu kriegen, wie es vorher dort gewesen ist.«

»Das tue ich auf jeden Fall«, versprach ihr Eve.

Nachdem der letzte Cop den Raum verlassen hatte, lehnte Roarke sich seufzend an Eves Schreibtisch. »Endlich allein. Obwohl ich befürchte, dass auch wir gleich gehen werden, damit ich den Dienstwagen von diesem Weib stilllegen kann.«

»Ich dachte, das würde dir Spaß machen. Weil es Erinnerungen an alte Zeiten in dir weckt.«

»Es wäre noch nostalgischer, wenn ich ihn klauen könnte«, schlug er vor, und sie dachte tatsächlich kurz darüber nach.

Bevor sie kopfschüttelnd erklärte: »Nein, ich halte es für besser, wenn er einfach nicht mehr funktioniert. Du musst es wie einen normalen, aber schwerwiegenden Fehler aussehen lassen, für dessen Behebung unsere Werkstatt ein paar Tage braucht. Die Diagnose der Werkstatt soll ergeben, dass der Wagen auf normalem Weg kaputtgegangen ist.«

»Tja nun, dann ist es wenigstens ein bisschen kniffelig für mich. Ich ziehe mir noch schnell was anderes an, währenddessen kannst du mir erzählen, wie du Renee dazu bewegen willst, dass sie den Zettel, den sie bei der Übergabe ihres neuen Wagens ausgehändigt kriegt, tatsächlich unterschreibt.«

»Da ich die Frau mit einem Trick betrügen will, engagiere ich am besten eine Trickbetrügerin.«

10

Bisher hatte Eve noch nie mit Zustimmung von ihrem Vorgesetzten am Dienstwagen eines anderen Cops herumgeschraubt. Und sie hatte keine Ahnung, wie sie in ihrem Bericht erklären sollte, was sie gerade tat.

Ein ehemaliger Dieb und jetziger Berater der New Yorker Polizei hat in meinem Auftrag den Dienstwagen einer Kollegin außer Gefecht gesetzt.

So formulierte sie es vielleicht besser nicht.

»Obwohl sie im Grunde gar keine Kollegin ist«, murmelte sie, und Roarke blickte sie fragend an.

»Du hast doch wohl keine Schuldgefühle wegen dieser Sache?«

»Nein. Auch wenn mir etwas unbehaglich ist. Aber die Idee stammt von mir selbst, und sie ist gut. Es handelt sich bei dem Gefährt um Eigentum der Polizei, deshalb kann Whitney unser Vorgehen billigen, und nicht mal die Dienstaufsicht kann uns an den Karren fahren, weil schließlich mit Webster einer ihrer Leute damit einverstanden war. Trotzdem bin ich immer noch ein Cop und mache gleich den Wagen eines anderen Cops vorsätzlich kaputt. Deshalb muss ich mich daran erinnern, dass die Frau es nicht verdient hat, diesen Wagen überhaupt je zu bekommen.«

»Meinetwegen, Liebling … Aber du solltest versuchen, trotzdem etwas Spaß dabei zu haben, denn den habe ich auf jeden Fall.« Grinsend pikste er ihr mit dem Finger in den Bauch. »Schließlich ist es manchmal durchaus reizvoll, eine Straftat zu begehen. Was bestimmt einer der Gründe dafür ist, dass es so viele Kriminelle gibt.«

»Wir begehen hier keine Straftat. Schließlich haben wir den Segen des Commanders.«

»Trotzdem könnten wir doch wenigstens so tun.«

Sie rollte mit den Augen. »Obwohl sie korrupt ist, ist sie Polizistin. Deswegen ist auch das Haus, in dem sie lebt, hervorragend gesichert. Die Parkgarage ist …«

»Das hast du mir alles bereits erklärt, deshalb habe ich schon mal geguckt, wo ihr Wagen immer steht. Auf Platz 23 in der zweiten Ebene.«

»Trotzdem sprechen wir es besser noch mal durch.« Denn dadurch kam ihr das, was sie gleich täten, eher wie ein normaler Einsatz vor. »Die Besucherparkplätze befinden sich in Ebene drei. Besucher müssen erst an der Security vorbei. Am einfachsten geht das, indem man einen Namen und die Nummer des dazugehörigen Apartments nennt.«

Er sah sie lächelnd an. »Es geht sogar noch einfacher.«

Sie ignorierte seinen Einwand und fuhr fort: »Dank deiner Überprüfung des Gebäudes wissen wir, dass in Apartment 1020 ein Francis und eine Willow Martin leben, also geben wir am besten deren Namen an. Außerdem gibt's in der Einfahrt und auf allen Parkdecks Kameras.«

»Mmm-hmm.«

»Sie zeichnen alle Wagen auf, die in die Garage fahren oder sie verlassen. Aber wenn du deine Sache gut machst, wird sie keinen Grund haben, sich die Disketten anzusehen.«

»Ich habe mich schon oft gefragt, was für eine Komplizin du wohl abgegeben hättest, hätten wir uns ein paar Jahre eher kennengelernt. Jetzt muss ich erkennen, dass du viel zu spießig und zu pingelig für eine solche Karriere wärst.«

»Das nehme ich als Kompliment«, stieß sie zwischen zusammengebissenen Zähnen aus.

»Was meine Theorie noch unterstützt.«

»Hör zu, du Schlaumeier, ich will ihr keinen Grund geben, daran zu zweifeln, dass die Kiste ganz normal kaputtgegangen ist, oder sich die neue Kiste allzu gründlich anzusehen.«

»Vertrau mir«, bat er einfach, als er in die Einfahrt der Garage bog.

»Apartment 1020«, wiederholte sie.

Während das Tor bereits zur Seite glitt.

»Wie zum Teufel hast du das gemacht?«

»Ich könnte sagen, dass das ein Berufsgeheimnis ist, aber da wir unter Freunden sind, kann ich auch zugeben, dass ich mit einem Störsender das Tor geöffnet und die Kameras kurz ausgeschaltet habe – was man allerdings bei einer Überprüfung nur als kurzes Flackern registrieren wird. Und zwar für den Weg nach unten und, wenn unsere Aufgabe erfüllt ist, noch mal auf dem Weg nach draußen.«

Sauber, dachte sie. Aber trotzdem … »Ich verstehe nicht, weshalb das einfacher sein soll, als irgendwelche Daten einzugeben.«

»Nun, wir kennen diese Martins nicht und haben keine Ahnung, ob die zwei eventuell die Einfahrt für Besucher haben sperren lassen oder gerade in den Tropen sind und wilden Sex am Strand haben.«

»Ich bin nicht blöd und habe ihre Daten selbstverständlich überprüft. Sie ist Gynäkologin und hat morgen reguläre Sprechstunde, deswegen sind die zwei bestimmt nicht in den Tropen und haben dort weder wilden noch gediegenen Sex.«

»Das tut mir leid für sie. Aber vielleicht sind sie ja heute Abend ausgegangen, oder Willow bringt gerade ein Baby auf die Welt, und Francis nutzt die freie Zeit und hat mit einer jungen, biegsamen Geliebten wilden Sex.«

Er parkte seinen Wagen und hielt seinen Handcomputer aus dem Fenster. »Was ich sagen will, ist, dass wir keine Ahnung haben, was die beiden gerade treiben, und deswegen nicht riskieren sollten, dass es bereits bei der Einfahrt in die Parkgarage Schwierigkeiten gibt.«

»Was machst du da?«

»Einen Moment.«

Sie rutschte leicht nervös auf ihrem Sitz herum. Er hatte sich das Haar zum Arbeiten zurückgebunden und gab eine Reihe Zahlen oder Buchstaben in den Computer ein. Dabei trug er ein halbes Lächeln im Gesicht, doch sein Blick verriet ihr, dass er völlig konzentriert auf was auch immer war.

»So.«

»Was hast du da gemacht?«

»In den nächsten fünf Minuten werden alle Kameras auf diesem Level den Bereich so aufnehmen, wie er jetzt gerade ist – ohne dass wir beide zu sehen sind.« Er fuhr ein Stückchen weiter. »Zwar ist das hier nicht das MoMa, aber trotzdem wäre es ein bisschen peinlich, wenn ein Mitarbeiter von der Security vorbeikäme und sähe, dass sich jemand an Renees Gefährt zu schaffen macht.«

Er hielt direkt hinter dem Wagen an und stieg mit einem »Wird nicht lange dauern« aus.

Stirnrunzelnd schwang Eve sich ebenfalls von ihrem Sitz und lief ihm hinterher.

Als sie ihn daran erinnern wollte, dass die Kühlerhaube wahrscheinlich gesichert wäre, sprang sie bereits auf.

»Wie hast du die Alarmanlage ausgeschaltet, ohne ...«

»Ruhe.«

Kurzerhand zog er das nächste kleine Werkzeug aus der Jackentasche, verband es mit Hilfe eines dünnen Drahts mit irgendeinem Teil im Kühlerraum, tippte einen Befehl in das Gerät, und auf dem Display leuchteten eine Reihe Zahlen und Symbole auf. Er überflog sie eilig, drückte einen Knopf, tippte einen weiteren Befehl und auf dem Bildschirm tauchte eine neue Abfolge von Zeichen auf.

Lächelnd reichte er ihr das Gerät. »Hier, drück du auf *Eingabe*.«

»Warum?«

»Damit du an der Tat beteiligt bist.«

»So ein Blödsinn.« Trotzdem drückte sie den Knopf und zischend brannten eine Reihe Sicherungen durch.

»Das hast du gut gemacht. Du bist anscheinend ein Naturtalent.«

»Ach, leck mich doch am Arsch.«

»Mit Vergnügen.« Wieder gab er eine Reihe Zeichen ein, löste den Draht und klappte gut gelaunt die Kühlerhaube wieder zu.

»Das war's?«

»Das war's. Ich habe die Kameras nur deswegen so lange ausgestellt, weil ich dachte, dass du ihren Wagen vielleicht noch durchsuchen willst. Soll ich ihn für dich aufmachen?«

Sie hätte sich das Innere der Kiste wirklich gerne angesehen, stellte aber traurig fest: »Das darf ich nicht.«

»Du bist wirklich furchtbar pingelig«, erklärte er erneut, während sie sichtlich mit sich rang.

»Nein. Wenn ich ihr Gefährt durchsuchen muss, gucke ich mir später die neue Kiste an. Nachdem der Commander mir die offizielle Anweisung gegeben hat. Also lass uns weiterfahren.«

»Das hat wirklich Spaß gemacht.« Gut gelaunt stieg Roarke wieder in ihren eigenen Wagen und fuhr auf die Ausfahrt zu. »Wenn es auch vielleicht etwas unbefriedigend war.«

»Was hast du überhaupt gemacht?«

»Den Code des Hauptrechners herausgesucht, kopiert und mit einem von einem Diagnose-Klon erstellten, inkompatiblen Befehl außer Gefecht gesetzt, der …« Er brach ab und sah sie lächelnd an. »Ich liebe es, wenn deine Augen glasig werden, weil du von der Technik-Sprache einfach nichts verstehst. Das sieht ganz ähnlich aus, wie wenn du kommst.«

»Red doch keinen solchen Stuss.« Eilig legte sie die Stirn in Falten, weil dieser Vergleich ihr furchtbar peinlich war.

»Ich weiß doch wohl am besten, wie du aussiehst, wenn du kommst. Weil ich dir dabei schließlich in die Augen blicken kann. Aber zurück zu deiner Frage – ich habe im Grunde einfach eine Reihe Chips durchschmoren lassen, deshalb springt die Kiste nicht mehr an. Wenn die Frau versucht, den Wagen anzulassen, löst sie dadurch eine Reaktion aus, aufgrund derer der Motor vollends den Geist aufgeben wird.«

»In Ordnung. Das ist gut. Und bei der Diagnose wird man nicht erkennen, dass jemand an ihrem Wagen rumgefummelt hat?«

Er stieß einen übertriebenen Seufzer aus. »Ich frage mich, warum ich es mir gefallen lasse, dass du manchmal so beleidigend und zynisch bist. Wahrscheinlich einfach wegen diesem wunderbar glasigen Blick, von dem ich eben bereits sprach. Es wird aussehen wie ein Defekt des Anlassers, infolge dessen dann auch noch der Motor hopsgegangen ist.«

»Perfekt. Ich danke dir.«

»Nichts zu danken. Und wohin geht's jetzt? Zu unserer Lieblings-Trickbetrügerin?«

»Genau. Ich nehme an, sie wartet schon auf uns.«

Lieutenant Renee Oberman marschierte wütend in ihr Dezernat. Auf ihr höfliches »Guten Morgen, Ma'am« wurde Detective Strong mit einem zornblitzenden Halten-Sie-die-Klappe-Blick bedacht.

»Officer Heizer, rufen Sie den Fuhrpark an und sagen, dass ich den Papierkram für ein neues Fahrzeug auf der Stelle haben will.«

»Zu Befehl, Ma'am.«

»Ich will die Kiste, die die heute Morgen bei mir abgeholt haben, nie wieder sehen. Falls sie es wagen, mir noch einmal eine solche Karre hinzustellen, mache ich diesen Armleuchtern die Hölle heiß.«

»Sehr wohl, Ma'am«, erklärte er, doch sie marschierte bereits weiter durch die Tür ihres Büros.

Wo Eve auf einem der Besucherstühle saß.

»Lieutenant. Sie haben aber angenehme Arbeitszeiten hier beim Drogendezernat.«

»Lassen Sie mich bloß in Ruhe.« Renee stapfte hinter ihren Schreibtisch, zog eine der Laden auf und warf wutschnaubend ihre Handtasche hinein. »Mein Dienstwagen ist heute früh verreckt.«

»Das tut mir leid«, erklärte Eve in einem Ton, dem ihre Freude deutlich anzuhören war. »Die Dinger sind einfach totaler Schrott.«

»Jetzt schlage ich mich mit den Trotteln aus dem Fuhrpark rum.«

»Das ist natürlich ätzend«, stimmte Eve ihr zu. »Und jetzt versaue ich Ihnen den Tag noch mehr.«

»Hören Sie, Dallas, die Dinge, die in der Akte meines Informanten …«

»Ihres toten Informanten.«

»Meinetwegen. Was ich sagen will, ist, dass es bei vielen Sachen, die in der Akte stehen, um noch laufende Verfahren geht. Und wenn diese Informationen irgendwie nach außen dringen würden, wären die Verfahren in Gefahr.«

Eve bedachte sie mit einem kalten Blick. »Wollen Sie damit andeuten, ich könnte einem Angeklagten oder dem Verteidiger dieser Person Informationen weitergeben?«

»Ich will damit gar nichts andeuten. Aber es ist nun einmal so, dass diese Daten sehr sensibel sind. Ich weiß nicht, wie Sie Ihre Abteilung leiten und wer alles Einsicht in die Akte nehmen kann. Aber Sie haben mir keine Wahl gelassen, deshalb haben Sie die Akte jetzt, womit dieser Fall für mich erledigt ist.«

»Da irren Sie sich. Denn Keener ist an einer Überdosis FYU gemischt mit beinah reinem Zeus verreckt. Ich frage mich, wie so ein kleiner Zoner-Dealer an so hochwertiges Zeug gekommen ist.«

»Das habe ich doch schon gesagt«, erklärte Oberman in einem Ton, als spräche sie mit einem kleinen Kind. »Er hat alles genommen, was er kriegen konnte.«

»Aber Sie haben mir nicht gesagt, wie er an seinen Stoff herangekommen ist. Ich muss wissen, wer in Ihrem Dezernat mit FYU-Fällen beschäftigt war, wer FYU beschlagnahmt hat und so weiter. Auch diese Akten brauche ich.«

»Das ist ja wohl totaler Schwachsinn! Stehen Sie etwa hier vor *meinem* Schreibtisch und behaupten, einer meiner Leute hätte meinem Informanten dieses Zeug besorgt?«

Perfekt, sagte sich Eve. Es lief einfach perfekt. »Ich behaupte gar nichts. Aber sollte ich das vielleicht tun? Vor allem mit Blick auf meine nächste Frage wäre dieser Ansatz durchaus interessant.«

In diesem Augenblick vernahm sie hinter sich ein knappes »'tschuldigung« und eine winzig kleine Frau mit rabenschwarzen Rastazöpfen streckte ihren Kopf durch Renees Tür. Sie ließ eine Blase pinkfarbenen Kaugummis vor ihrer Nase platzen und blickte die beiden Lieutenants gleichmütig aus schokoladenbraunen Augen an. »Is' hier ein Lieutenant Renee Oberman?«, erkundigte sie sich in einem Ton, der eindeutig verriet, dass sie aus Brooklyn kam.

Renee unterzog das Wesen mit den Rastazöpfen, dem billigen, weißen Polohemd, der Schlabberhose und den abgewetzten, grauen Turnschuhen einer kurzen Musterung. »Ich bin Lieutenant Oberman.«

»Und ich bin Candy aus dem Fuhrpark.« Candys Dienstausweis schlug gegen ihre Riesenbrüste, als sie vor den Schreibtisch trat.

»Wurde auch allmählich Zeit.«

»Tja nun, wir ham da unten alle Hände voll zu tun. Ihr Cops geht schließlich alles andere als sanft mit euren Kisten um. Ich hab' einen nagelneuen Torrent für Sie rausgesucht. Denn schließlich wollten Sie ein Upgrade, oder nich'? Hier sind Ihre Codes und all der andere Kram.«

Renee streckte eine Hand nach den Papieren aus. »Und?«

»Ich kann Ihnen das Zeug erst geben, wenn Sie unterschrieben ham. Sie bilden sich doch wohl nicht ein, wir rückten unsere Kisten einfach so heraus? Vorher brauche ich noch Ihre Unterschrift, das Datum und Ihre Initialen auf den beiden Blättern – eins davon ist für Sie, das andere für uns.« Candy legte die Papiere auf den Tisch und klopfte kurz mit einem abgebrochenen, leuchtend pinkfarben lackierten Fingernagel auf die Stelle, die für Renees Namen vorgesehen war. »Sie ham gesagt, Sie hätten's verdammt eilig, also haben sie mich extra raufgeschickt. Hübsches Büro.«

»Her mit den Codes«, schnauzte Renee, während sie die Papiere eilig unterschrieb.

»Sie könnten ruhig ein bisschen netter sein.« Candy hielt ihr eine Karte hin. »Wenn Sie die Codes verändern wollen, müssen Sie das – schriftlich – melden, weil die Information zu den Unterlagen Ihres Wagens muss.«

»Meinetwegen. War's das?«

»Noch nicht ganz. Sie müssen erst noch unterschreiben, dass Sie Ihre neue Kiste und die Codes so akzeptieren, wie sie Ihnen überlassen worden sin'. Damit niemand behaupten kann, ich hätte irgendwelche Sachen aus der Karre ausgebaut und verhökert oder so.«

Renee schnappte sich den Handcomputer, den das Mädchen in der Hand hielt, und kritzelte ihren Namen auf den Monitor. »Und jetzt verschwinden Sie.«

»Ein ›Danke‹ wäre nett gewesen.« Schniefend steckte Candy den Computer und die unterschriebenen Papiere ein.

»Kein Wunder, dass da unten das totale Chaos herrscht«, meinte Renee, als Candy endlich aus dem Raum geschlendert war. »Schließlich kann man kaum was anderes erwarten, wenn dort solche Leute tätig sind.«

»Auf alle Fälle haben Sie jetzt einen neuen Wagen. Also können wir uns vielleicht endlich weiter unterhalten, und Sie sagen mir, warum zwei Ihrer Leute gestern in der Bude meines Opfers waren.«

»Wie bitte?«

»Sie haben mich genau verstanden. Und ich werde offiziell Beschwerde gegen Sie, die beiden Männer und das ganze Dezernat einreichen, weil man mich bei den Ermittlungen in einem Mordfall vorsätzlich behindert hat.«

Mit zornblitzenden Augen trat Renee zwei Schritte auf Eve zu. »Bilden Sie sich ein, Sie könnten einfach hier erscheinen und mir und meinen Leuten drohen?«

»Genau das tue ich.« Jetzt trat auch sie selbst zwei Schritte vor, bis sie direkt vor dem anderen Lieutenant stand. »Und ich schwöre Ihnen, dass ich Ihnen richtig Ärger machen werde, wenn ich mit Ihrer Erklärung dafür, dass die Detectives Bix und Garnet gestern ohne meine Zustimmung in Keeners Wohnung waren, nicht zufrieden bin. Und wenn ich rausfinde, dass das Dreckszeug, das ihn getötet hat, entweder von einem oder von allen beiden kam, wird der Ärger unermesslich groß.«

»Ich *verlange,* dass Sie mir erklären, wie Sie auf diese Schnapsidee gekommen sind.«

Eve verzog verächtlich das Gesicht. »Ich muss Ihnen gar nichts erklären. Denn ich leite die Ermittlungen in diesem Fall. Ich frage mich, warum Sie sich derart bemühen, Zeit zu schinden, sich in meine Arbeit einzumischen und womöglich zu verhindern, dass herauskommt, was geschehen ist.«

»Das ist lächerlich und obendrein beleidigend. Ich nehme solche Anschuldigungen ganz bestimmt nicht auf die leichte

Schulter, und ich kann Ihnen versichern, dass die Sache ein Nachspiel haben wird.«

»Und ich nehme es nicht auf die leichte Schulter, wenn zwei Ihrer Männer durch die Wohnung meines Opfers trampeln, dort Spuren verwischen und meine Autorität und die Ermittlungen in meinem Fall unterminieren. Aber wenn Sie keine Lust haben, mit mir zu reden, kein Problem. Dann werden wir mit dieser Angelegenheit eben zu Whitney gehen.«

»Ist das die Art, wie Sie Probleme lösen, Lieutenant? Indem Sie zum Commander rennen, wenn es einmal schwierig für Sie wird?«

»Wenn mir das geboten scheint, auf jeden Fall.« Eve warf einen vielsagenden Blick auf das Porträt von Whitneys Vorgänger, das gegenüber Renees Schreibtisch hing. »Ich hätte gedacht, das würden Sie verstehen und respektieren, vor allem da Ihr Vater einmal selbst auf diesem Stuhl gesessen hat.«

»Lassen Sie gefälligst meinen Vater aus dem Spiel«, fuhr die andere sie mit schriller Stimme an.

Sie hatte offenkundig einen wunden Punkt erwischt, erkannte Eve und fuhr mit kalter Stimme fort. »Sie sollten sich gründlich überlegen, ob Sie weiter mauern wollen. Denn ich kann und werde Ihre beiden Männer wegen der Geschichte melden, offiziell vernehmen, und wenn Sie mir keine Antworten auf meine Fragen geben, werde ich die beiden erst mal wegen unbefugten Eindringens in eine private Wohnung und Justizbehinderung belangen.«

Wieder baute Renee sich fast drohend hinter ihrem Schreibtisch auf. »Ich werde mit den beiden Männern über diese Sache reden und Sie wissen lassen, was bei dem Gespräch herausgekommen ist.«

Jetzt war sie wirklich angefressen, merkte Eve, versuchte aber gleichzeitig zu demonstrieren, dass sie immer noch die Stärkere der beiden Frauen war. »Sie haben mich anscheinend nicht verstanden, Oberman. Ihre Männer werden entweder sofort in meiner Gegenwart mit Ihnen reden, oder ich bestelle sie in ein Vernehmungszimmer und verhöre sie dort offiziell. Entscheiden Sie sich jetzt, und vergeuden Sie nicht länger meine Zeit.«

Wenn Renee angenommen hätte, dass sie damit durchkäme, auf einen anderen Cop zu schießen, hätte sie bestimmt im nächsten Augenblick auf Eve Dallas gezielt.

Stattdessen drückte sie den Knopf der Gegensprechanlage, bellte »Bix und Garnet. Kommen Sie sofort in mein Büro« und fügte an Eve gewandt hinzu: »Ich lasse nicht zu, dass Sie meine Leute schikanieren.«

»Das habe ich auch gar nicht vor.«

Dicht gefolgt von Bix trat Garnet durch die Tür. Beide Männer trugen schwarze Maßanzüge, sorgfältig gebundene Krawatten und blitzblanke Schuhe.

Sind die beiden von der Polizei oder vom FBI, fragte sich Eve, als Garnet sie mit feindseligen Blicken maß.

»Schließen Sie die Tür, Detective Bix. Lieutenant Dallas, Detectives, bitte setzen Sie sich doch.«

»Nein«, erklärte Eve und hängte leicht verspätet noch ein »Danke« an.

»Halten Sie das, wie Sie wollen.« Renee selbst nahm hinter ihrem Schreibtisch Platz, straffte ihre Schultern, faltete die Hände und setzte mit strenger Stimme an: »Detectives, Lieutenant Dallas hat behauptet, dass Sie beide gestern in der Wohnung des verstorbenen Rickie Keener waren. Der Lieutenant leitet die Ermittlungen in diesem Todesfall.«

»Mordfall«, korrigierte Eve. »Weil Keener offensichtlich vorsätzlich getötet worden ist.«

»Lieutenant Dallas geht also von einem potenziellen Mordfall aus, obwohl der Pathologe noch nicht sicher sagen kann, ob es Mord, Selbstmord oder ein Unfall war.«

»Sie sind anscheinend nicht auf dem neuesten Stand«, erklärte Eve. »Denn heute Morgen hat der Pathologe festgestellt, dass Keener ermordet worden ist. Aber darum geht's jetzt gerade nicht.«

»Der Pathologe hat erklärt, dass er ermordet worden ist?«, erkundigte sich Renee überrascht. »Zeigen Sie mir den Bericht.«

»Ich bin nicht hier, um Sie mit Infos zu versorgen, sondern weil ich selber Infos haben will. Diese beiden Männer waren gestern in der Bude meines Opfers, und zwar nachdem ich Sie über den Tod des Mannes informiert hatte, aber bevor ich selbst mit meiner Partnerin dort war. Was heißt, Lieutenant, dass Sie von seinem Tod und den Ermittlungen zu diesem Mordfall wussten, als die beiden die Verfahrensvorschriften und meine Autorität in dieser Angelegenheit missachtet haben und in die Wohnung eingedrungen sind.«

Renee hob einen Finger in die Luft und blickte fragend die Detectives an. »Stimmen die Behauptungen von Lieutenant Dallas? Haben Sie gestern wirklich Keeners Wohnung aufgesucht?«

Statt die zwei zu decken, ließ das rückgratlose Weibsbild seine Männer also einfach hängen, merkte Eve.

Garnet blickte seinen Lieutenant reglos an. »Könnte ich Sie vielleicht kurz unter vier Augen sprechen?«

»Nein«, erklärte Eve, noch ehe Renee etwas sagen konnte. »Entweder Sie sprechen jetzt mit mir, oder ich zeige Sie

beide – wie ich Ihrem Lieutenant schon angekündigt habe –
wegen Behinderung und unbefugten Eindringens in eine
fremde Wohnung an. Obendrein werde ich mit der Sache
zum Commander gehen.«

»Detectives, meines Wissens nach sind Sie im Augenblick
ganz auf den Fall Geraldi konzentriert, ich verstehe nicht,
weswegen Sie in dem Zusammenhang in Keeners Wohnung
hätten gehen sollen, falls die Information des Lieutenant
stimmt.«

»Wir hatten einen anonymen Hinweis«, Garnet blickte kurz auf Eve und wandte sich dann wieder an Renee.
»Lieutenant, die Ermittlungen sind gerade an einem extrem
sensiblen Punkt.«

»Das ist mir klar, aber sie werden verzögert oder
schlimmstenfalls sogar in sich zusammenbrechen, wenn der
Lieutenant Anzeige erstattet oder sich auch nur beschwert.
Um Gottes willen, Detective, haben Sie etwa wirklich Keeners Wohnung aufgesucht?«

»Wir hatten Wind davon bekommen, dass er …«, fing
Garnet an und blickte abermals auf Eve, »… Informationen über einen Vorfall hatte, der mit unseren Ermittlungen
zusammenhängt. Also sind wir hingefahren, um mit ihm zu
sprechen. Zu dem Zeitpunkt war uns nicht bekannt, dass
er nicht mehr am Leben ist. Als wir ihn an den gewohn-
ten Stellen nicht angetroffen haben, sind wir zu ihm nach
Hause gefahren. Er hat nicht aufgemacht. Aber schließlich
wusste jeder, dass er selbst sein bester Kunde war und deswegen oft völlig zugedröhnt irgendwo rumgelegen hat.«

Sie hatte ihnen mit dem Fall Geraldi eine Rettungslei-
ne zugeworfen, jetzt spann Detective Garnet diesen Faden
weiter aus.

»Sagen wir es so«, fuhr er entschlossen fort. »In einem Bericht würden wir schreiben, dass uns aus der Bude ein verdächtiger Geruch entgegenschlug. Und dass sich Bix nicht sicher war, ob da drinnen einfach jemand was Verbotenes rauchte oder ob etwas in Brand geraten war.« Er blickte den Kollegen an.

»Das stimmt«, bestätigte ihm Bix. »Es roch dort irgendwie nach Rauch.«

»Also sind wir in die Wohnung eingedrungen, um zu sehen, ob der Bewohner vielleicht Hilfe braucht.«

»Bei der Geschichte wollen Sie bleiben?«, fragte Eve.

»Wenn's doch so war ...«

»Und obwohl die Wohnung ungefähr so groß ist wie ein Dixie-Klo, brauchten Sie eine halbe Stunde, um zu sehen, dass sich dort niemand aufhält und die Wohnung auch nicht in Flammen steht?«

»Wollen Sie uns etwa an den Karren fahren, nur weil wir uns gründlich umgesehen haben? Schließlich wussten wir nicht, dass das kleine Arschloch tot ist, und vor allem stehen wir kurz vor Abschluss eines wirklich großen Falls. In dem er uns vielleicht noch hätte weiterhelfen können. Keine Ahnung, wie ihr Mordermittler eure Arbeit macht ...«

»Ganz offensichtlich nicht. Haben Sie oder der andere Detective irgendetwas aus der Wohnung mitgenommen?«

»Da war nur Müll. Wie man mir erzählt hat, ist er wie ein Schwein gestorben. Aber vorher hat er auch schon wie ein Schwein gelebt.«

»Für das kleine Arschloch, das erst wie ein Schwein gelebt hat und dann wie ein Schwein gestorben ist, bin ich jetzt zuständig«, klärte Eve den Mann mit kalter Stimme auf. »Indem Sie sich nicht an die Vorschriften gehalten haben, haben Sie möglicherweise die Beweiskette, die zur Verurteilung des Mörders nötig ist, zerstört.«

»Ich habe gehört, dass er an einer Überdosis draufgegangen ist«, stellte Garnet achselzuckend fest. »Es hätte niemand einen Grund gehabt, das kleine Arschloch zu ermorden.«

»Wirklich nicht? Nicht mal, wenn das kleine Arschloch Infos hatte, die für die Ermittlungen in einer großen Sache, die Sie gerade durchführen, bedeutsam gewesen wären?«, legte sie den Finger auf ein Löchlein in dem Netz aus Lügen, das von ihm gesponnen worden war, und wandte sich dann wieder an Renee.

»Abgesehen von den Akten, die ich bereits angefordert habe, brauche ich auch noch Kopien sämtlicher Unterlagen, die es zum Fall Geraldi gibt.«

Mit hochrotem Gesicht sprang Garnet auf. »Verdammt noch mal, Sie stecken Ihre Nase nicht in meinen Fall. Haben Sie nichts Besseres zu tun, als zu versuchen, uns die Ärsche aufzureißen, nur, weil so ein blöder, kleiner Wichser wie Keener ins Gras gebissen hat?«

»Halten Sie sich zurück, Detective«, warnte Eve.

»Ach, fick dich doch ins Knie!«, fuhr er sie an, und als Renee ihn ebenfalls bei seinem Namen rief, wirbelte er wutschnaubend zu ihr herum. »Sie kann mich mal am Arsch lecken. Ich lasse nicht zu, dass diese Tussi mir erklärt, wie ich meine Arbeit machen soll, und mir wegen einem toten Junkie unnötige Scherereien macht. Verdammt noch mal, wenn du mir nicht den Rücken deckst ...«

»Detective Garnet!«, fiel ihm Renee derart scharf ins Wort, dass er tief Luft holte und leiser wiederholte: »Wie gesagt, wenn du mir nicht den Rücken deckst ...«

»Es ist mein gutes Recht, die Akten zu verlangen, und ich werde sie auf jeden Fall bekommen. Also regen Sie sich ab, Detective«, Eve trat etwas dichter vor den Mann und hob mahnend eine Hand. »Vor allem sollten Sie nicht vergessen, dass Sie hier mit einem Lieutenant sprechen, deshalb ...«

Wie erhofft, fuhr er zu ihr herum und traf ihre Hand mit seinem Unterarm, theatralisch taumelte sie einen Schritt zurück.

»Verschwinden Sie. Sie haben hier nichts zu sagen.«

»Gibt es überhaupt jemanden, der hier das Sagen hat?« Eve sah verächtlich auf Renee. »Sie, Detective Garnet, werden erst einmal für 30 Tage suspendiert. Noch ein Wort aus Ihrem Mund, und es werden 60«, warnte sie und bedachte Bix, der sich langsam erhob, mit einem kalten Blick. »Sie, Detective Bix, bleiben am besten sitzen, wenn ich Sie nicht auch noch suspendieren soll.«

»Bix«, sprach Renee ihn mit ruhiger, eindringlicher Stimme an. »Setzen Sie sich wieder hin.«

Er befolgte den Befehl, und während Eve noch dachte *Braves Hündchen,* wandte Renee sich erneut dem anderen Detective zu. »Detective Garnet, setzen Sie sich ebenfalls, und regen Sie sich erst mal ab. Lieutenant Dallas, offensichtlich gehen mit meinen Leuten gerade die Gefühle durch. Sie leiten momentan sehr schwierige Ermittlungen, und wie es aussieht, überlappen die sich mit dem Fall, in dem Sie selbst im Augenblick ermitteln. Aber ich sehe keinen Grund, aus dem wir uns nicht einig werden und die Sache regeln können, ohne dass das eine Dezernat das andere über die Maßen bei der Arbeit stört.«

»Ich soll Ihnen entgegenkommen?«, fragte Eve mit ungläubiger Stimme. »Sie erdreisten sich und bitten mich um einen riesigen Gefallen, nachdem einer Ihrer eigenen Leute auf mich losgegangen und mir gegenüber ausfallend geworden ist, ohne dass Sie eingeschritten sind?«

»In der Hitze des Gefechts …«

»Haha. Ich werde sein Verhalten melden, denn ehrlich gesagt, vertraue ich ganz einfach nicht darauf, dass Sie es selber tun. Außerdem werde ich Meldung machen, dass die beiden in die Wohnung meines Opfers eingebrochen sind. Ich werde mit allen Ihren Leuten reden, die an den Ermittlungen im Fall Geraldi je beteiligt waren, und verlange, wie bereits erwähnt, die Akten aller Fälle, bei denen ein Stoff mit der Bezeichnung FYU beschlagnahmt worden ist.«

»Das ist völlig …«

Eve trat etwas dichter vor den Tisch und sah jetzt ihrerseits Renee aus zornblitzenden Augen an. »Wollen Sie wissen, wie in meinem Dezernat die Dinge laufen? Falls je einer meiner Leute einem ranghöheren Polizisten gegenüber so respektlos wäre, wie einer von Ihren Männer es mir gegenüber war, hätte ich ihn höchstpersönlich dafür plattgemacht. Denn das wäre Teil von meinem Job.«

Sie wandte sich zum Gehen, fügte noch hinzu: »Spätestens in einer Stunde liegen die verlangten Akten und die Infos bei mir auf dem Tisch«, und freute sich, weil das gesamte Dezernat verfolgte, wie sie hoch erhobenen Hauptes an den Schreibtischen vorüberlief.

Vor allem freute sie sich über das verstohlene Grinsen, das Detective Strong sich nicht verkneifen konnte, doch obwohl sie vor Vergnügen gerne laut gesungen hätte, behielt sie den Ausdruck kalten, mühsam unterdrückten Zorns auch dann noch bei, als sie in ihre eigene Abteilung zurückkam.

»Reineke!«

Er riss den Kopf zurück und starrte sie aus furchtsam aufgerissenen Augen an. »Ma'am?«

»Was würde passieren, wenn Sie in meiner Gegenwart zu einem ranghöheren Polizisten ›Fick dich‹ sagen würden?«

»Nur gedanklich oder laut?«

»Laut.«

»Dann würde Ihr Stiefel wahrscheinlich so oft in meinem Hintern landen, dass ich wochenlang nicht sitzen könnte.«

»Da haben Sie völlig recht. Peabody, Sie kommen mit.«

Ihre Miene hellte sich erst auf, nachdem die Tür ihres Büros hinter der Partnerin ins Schloss gefallen war. »Passen Sie gut auf, denn das, was Sie gleich sehen werden, werden Sie nicht oft sehen.«

Sie wackelte mit ihren Hüften und reckte die Fäuste in die Luft.

»Ist das zufällig Ihr Freudentanz?«

»Ich weiß, er ist etwas verhalten, aber dies ist schließlich eine ernste Angelegenheit, die nach Zurückhaltung verlangt. Ich habe Renee gerade furchtbar in Verlegenheit gebracht, extrem verärgert und ihre Autorität unterminiert – und als kleinen Bonus habe ich noch Garnet provoziert und ihn danach für sein Verhalten 30 Tage suspendiert.«

»Und das alles haben Sie ohne mich gemacht?«

»Als ich hinkam, wusste ich nicht, dass ich gleich den Jackpot knacken würde. Jetzt muss ich diesen Typen melden, ehe mein gerechter Zorn auf ihn verraucht. Danach erzähle ich genau, wie es gelaufen ist. Vielleicht gehen Sie bis dahin schon einmal die Akte durch, die unsere Freunde von der Drogenfahndung mir gleich schicken werden –

weil der blöde Garnet mir weismachen wollte, dass sie in Zusammenhang mit den Ermittlungen zu diesem Fall in Keeners Bude waren.«

»Das haben sie zugegeben?«

»Schließlich habe ich den beiden keine andere Wahl gelassen«, klärte Eve Peabody fröhlich auf. »Aber angeblich waren sie im Zusammenhang mit den Ermittlungen im Fall Geraldi dort. Deshalb gucken Sie sich diese Akte bitte einmal an. Weil aus meiner Sicht die Möglichkeit besteht, dass sie auch in diesem Fall nach Kräften abkassieren wollen. Also lassen Sie uns gucken, ob uns das bei unserer Arbeit weiterhelfen kann.«

»Haben Sie ihr auch Angst gemacht? Sie in Verlegenheit zu bringen, zu verärgern und ihre Autorität zu untergraben ist bereits nicht übel, aber noch mehr würde ich mich freuen, hätte sich das Weib vor lauter Angst die Hosen vollgemacht.«

Eve fing an zu strahlen. »Sie hätten sehen sollen, wie sie vor Angst geschlottert hat.«

»Schade, dass ich nicht dabei gewesen bin. Die Jungs werden sich fragen, was mit Ihnen los ist.«

»Und Sie werden ihnen – hinter vorgehaltener Hand – erzählen, dass einer der Leute dieser Tussi mich erst fürchterlich beleidigt und danach noch tätlich angegriffen hat.«

Peabody riss ungläubig die Augen auf. »Er hat Sie *geschlagen?*«

»Nun, ich habe vorsorglich dafür gesorgt, dass mein Arm im Weg war, als er wütend zu mir rumgewirbelt ist, aber er hat mich auf jeden Fall berührt. Und Renee hat es seelenruhig geschehen lassen und mich danach sogar noch gebeten, über diesen Angriff großmütig hinwegzusehen. Ich frage mich, was wohl geschieht, wenn das die Runde macht.«

»Ach ja?« Jetzt wackelte auch Peabody mit ihren Hüften, reckte ihre Arme in die Luft und schlenderte dann gut gelaunt hinaus.

Eine Stunde später folgte Eve dem Ruf in das Büro ihres Commanders, der gemütlich in seinem Schreibtischsessel saß.

»Ich hatte eben ein ausführliches Gespräch mit Lieutenant Oberman.«

»Das kann ich mir vorstellen, Sir.«

»Sie wollte, dass die Suspendierung von Detective Garnet wieder aufgehoben wird. Ich habe Ihren Bericht über den Zwischenfall gelesen. Wie zum Teufel haben Sie den Mann dazu gebracht, so ausfallend zu werden und dann auch noch auf Sie loszugehen?«

»Das war überraschend einfach. Er ist furchtbar jähzornig, und wenn ihn jemand reizt, brennen bei ihm einfach die Sicherungen durch. Bix ist wesentlich beherrschter, Sir, und ich habe mit Interesse regristiert, dass Oberman ihm gegenüber einen beinah mütterlichen Ton anschlägt. Garnet kriegt den Mund kaum zu, wogegen Bix ihn fast nicht aufbekommt. Außerdem kann Bix einen Befehl befolgen, während Garnet Anweisungen Obermans, zumindest wenn er wütend ist, vollkommen ignoriert.«

»Lieutenant Oberman erwähnte laufende Ermittlungen, an denen Garnet und auch Bix beteiligt sind, als Grund für die Erfordernis, die Suspendierung wenn nicht aufzuheben, so auf alle Fälle zu verschieben.«

»Einen Fall Geraldi. Wollen Sie meine Meinung dazu hören, Sir?«, erkundigte sich Eve, und als er nickte, fuhr sie fort. »Renee hat plötzlich aus dem Nichts heraus von diesem Fall gesprochen und die beiden Detectives haben sich aus dem Stegreif eine passende Geschichte dazu ausgedacht. Aber da sie keine Zeit hatten, um sich etwas zurechtzulegen und vor allem abzusprechen, was sie mir erzählen sollen, habe ich sofort gemerkt, dass die Story totaler Schwachsinn war.«

»Sie hat mir die Geschehnisse aus ihrer Sicht erzählt und mir versichert, dass sie ihre Männer selbst disziplinieren und Garnet Anweisung erteilen wird, Sie um Entschuldigung zu bitten.«

»Was ich ganz bestimmt nicht akzeptieren werde.«

»Nein, das würde ich an Ihrer Stelle auch nicht tun. Aber …« Er hob seine Pranken in die Luft. »Glauben Sie nicht auch, es wäre nützlicher für die Ermittlungen, beließen wir den Mann erst einmal im aktiven Dienst?«

»Er steht entsetzlich unter Strom, ist jetzt schon sauer auf Renee und hinterfragt, nein ignoriert ihre Autorität und ihre Anweisungen. Vorhin hat sie ihm nicht mal geholfen, als er von mir angegangen worden ist. Weshalb er mit dem Status quo bestimmt noch unzufriedener als vorher ist und in seiner momentanen Lage und vor allem Stimmung sicher jede Menge Ärger machen wird.«

»Sie haben eine Lücke aufgetan«, erkannte Whitney. »Mit seiner Hilfe können Sie sie weiter aufreißen.«

»Ich gehe davon aus, dass Garnet das von ganz alleine machen wird. Wenn wir ihn uns schnappen, reitet er sie rein. Obwohl die Vorstellung, mit einem solchen Typen einen Deal zu machen, mir nicht unbedingt behagt, wird er sie allesamt verpfeifen, wenn er meint, dass sich das für ihn lohnt. Bix wird seine Klappe halten. Er ist durch und durch loyal. Aber Garnet ist auf jeden Fall ein Wackelkandidat.«

»Ein Kompromiss mag Ihnen nicht behagen, aber manchmal hat man eben keine andere Wahl. Okay, Lieutenant, die Suspendierung bleibt bestehen. Hat Renee Ihnen die Akten zu den laufenden Ermittlungen im Fall Geraldi in der Zwischenzeit geschickt?«

»Sie kamen kurz bevor mich Ihre Sekretärin angerufen hat. Ich habe Peabody drauf angesetzt und gehe sie im Anschluss selbst noch einmal durch.«

»Genau wie ich.« Mit sorgenvoller Stimme fügte der Commander an: »Sie haben sich durch Ihr Verhalten Renees Feindschaft zugezogen, Dallas.«

»Sie war auch schon vorher meine Feindin. Auch wenn ihr das vielleicht bisher noch nicht klar gewesen ist.«

11

Auf dem Weg zurück in ihre eigene Abteilung machte Eve erneut ein möglichst wütendes Gesicht. Den vorsichtigen Blicken und dem leisen Murmeln der Kollegen nach wusste offenbar inzwischen die gesamte Wache, was in Obermans Büro geschehen war. Und das war gut so.

Sie marschierte an den Schreibtischen vorbei in ihr Büro, denn sie müsste eine Reihe von Wahrscheinlichkeitsberechnungen anstellen und ihren Instinkt benutzen, um herauszufinden, wie am besten weiter in der Sache vorzugehen war.

Als Peabody ihr winkte, schüttelte sie knapp den Kopf

und stapfte weiter. Bis sie hörte, dass durch ihre offene Bürotür lautes Juchzen drang.

Weil dort die kleine Bella saß. Mit ihren sonnenhellen Locken und dem leuchtend gelben Kleidchen mit den pinkfarbenen Herzen sah sie wie eine Osterglocke aus.

Mavis Freestone, die ihr Baby auf den Knien wippte und vor Freude über das vergnügte Juchzen leise lachte, hatte ihre Haare farblich passend zu den Herzen auf dem Kinderkleid getönt und zu drei dicken Pferdeschwänzen aufgetürmt. Leuchtend violette sowie pinkfarbene Kreise explodierten auf dem bisschen Sommerkleid, das sie am Körper trug, und als ihre Tochter in die Hände klatschte, blitzten ihre grünen Augen vor Vergnügen auf.

»Applaus, Applaus!«, säuselte Mavis, und als Bella wieder klatschte, fügte sie hinzu: »Und jetzt ist die Verbeugung dran.«

Trotz des winzig kleinen Hirns, das so ein Baby hatte, stemmte Bella sich mit ihren glänzend pinkfarbenen Sandalen, die die Miniaturausgabe der Sandalen ihrer Mutter waren, vom Schoß der Mutter ab, richtete sich auf und legte keck ihr Kinn auf ihre Brust.

»Küsschen für die Menge!« Mavis legte eine Hand um Bellas Taille, und das Baby presste seine Handflächen gegen die Lippen und winkte ihr fröhlich zu.

Eve musste gestehen, dass die Vorstellung nicht übel war.

»Du hast das Baby mitgebracht?«

Lächelnd drehten sich Mutter und Tochter zu ihr um. »Sie wollte dich unbedingt mal wieder sehen.«

Brabbelnd streckte Bella ihre Arme aus, und Eve wich einen Schritt zurück.

»Was will sie?«

»Dich. Was ganz fantastisch ist.« Gut gelaunt sprang Mavis auf. »Weil ich dringend Pipi machen muss. Bin sofort wieder da!«, erklärte sie und drückte Eve das Baby in den Arm.

»He! He!« Doch Mavis sprang bereits auf ihren pinkfarbenen Schuhen davon. »Mein Gott!«

Kichernd klatschte Bella Eve die kleinen Hände voller Sabber ins Gesicht, packte dann entschlossen Strähnen ihres kurzen, braunen Haars und riss daran herum, während ihr nasser Mund die Wange ihrer Patentante traf.

»Musen!«

»Ja, ich weiß.« Schmusen, dachte Eve und beäugte argwöhnisch die Babylippen, über die ein neuer Strom aus Sabber lief. »Aber doch nicht etwa auf den Mund?«

»Musen!« Bella spitzte ihre Lippen und machte ein schmatzendes Geräusch.

»Meinetwegen.« Eve presste ihre eigenen Lippen kurz auf die Wange des Babys und sah fragend in die großen blauen Augen. »Und was jetzt?«

Die Kleine riss die Augen auf und wirkte furchtbar ernst, während sie brabbelte und sabberte, den Kopf nach links und rechts drehte und den kleinen, dicken Hintern auf Eves Unterarme plumpsen ließ.

»Das kann kein Mensch verstehen. Falls irgendwer behauptet, dass er das versteht, verarscht er dich.«

Sie beschloss, sich erst einmal zu setzen, weil die Kleine, falls sie sich ihr urplötzlich entwinden sollte, dann nicht mehr so tief fiele, und weil sie obendrein vielleicht die Möglichkeit bekäme, den Computer hochzufahren und schon mal mit ihrer Arbeit anzufangen, bis die Freundin wiederkam. Doch kaum dass sie saß, drückte Bella sich von ihren Oberschenkeln ab und richtete sich auf.

»Gott! Ich wünschte mir, du würdest das nicht tun. Setz dich wieder hin.«

Doch die Kleine wippte mit den Beinen, tanzte gut gelaunt auf ihren Knien, strahlte wie ein Honigkuchenpferd und juchzte fröhlich: »Das!«

»Sicher, alles klar.« Eve beäugte die voluminöse, violette Tasche, die auf ihrem Schreibtisch lag. »Da ist doch sicher etwas drin, womit ich dich ablenken kann. Vielleicht einer dieser Pfropfen, die man Babys in den Mund stopft, oder so.«

Sie schlang einen Arm um Bellas Taille und zog wahllos verschiedene Dinge aus der Tasche, doch obwohl sie alle piepsten, sangen oder wackelten, waren sie der kleinen Bella vollkommen egal.

Weil ihr in diesem Augenblick nun mal nach einem kleinen Tänzchen war.

Eve zog eine Plastikdose aus der Tasche und die Kleine hüpfte noch ein bisschen wilder auf und ab, rief »Hmm!« und streckte ihre Finger nach der Dose aus.

»He, Moment mal.« Es war alles andere als einfach, aber Eve gelang es, erst einmal die Dose aufzuklappen und zu gucken, was darin verborgen war. Die Dinger sahen aus wie dicke Halbmonde aus einer Woche altem Brot.

»Die sehen doch furztrocken aus.«

Bella sah sie aus zusammengekniffenen Augen an und wiederholte lauter: »Hmm!«

»Soll das etwa eine Drohung sein? Hast du nicht gesehen, dass ich viel größer bin als du? Du glaubst doch wohl nicht wirklich, dass die Masche funktioniert?«

Bellas Lippen fingen an zu zittern, ihre großen, blauen Augen fingen an zu glänzen, und während die erste dicke

Träne über ihre Wange rollte, schniefte sie mit weinerlicher Stimme: »Hmm.«

»Okay, es funktioniert.« Eve fummelte einen Halbmond aus der Dose, auf der ganz bestimmt kein Baby abgebildet wäre, wäre deren Inhalt nicht für Babys vorgesehen.

Bella schnappte sich das Teil, hob es zusammen mit Eves Hand an ihren Mund, knabberte daran herum und sofort machten ihre Tränen einem neuerlichen, gut gelaunten Lächeln Platz.

»Hmm!«

»Du weißt, was du willst, nicht wahr? Das finde ich durchaus bewundernswert. Aber das Wasser aufzudrehen, um deine Ziele zu erreichen? Das ist schwach. Möglicherweise durchaus wirksam, aber schwach.«

Lächelnd zog die Kleine den inzwischen aufgeweichten Halbmond aus dem Mund und bot ihn ihr freundlich an.

»Nein, danke. Himmel, dieses Ding ist wirklich ekelhaft.«

»Hmm!« Zufrieden ließ sich Bella auf den Schreibtisch fallen und knabberte weiter an dem Keks.

Als Mavis wiederkam, sah Eve sich eilig nach ihr um.

»Falls sie dieses Ding nicht hätte essen sollen, hättest du die Tasche mit der Dose nicht auf meinem Schreibtisch liegen lassen dürfen.«

»Kein Problem, das sind die Kekse, die mein Schatz im Augenblick am allerliebsten isst.«

»Das hat sie mir erzählt.«

Mavis zog ein herzförmiges Lätzchen aus der Tasche und schlang es der Kleinen um den Hals. »Nur machen diese Dinger eine fürchterliche Sauerei.«

»Das hast du absichtlich gemacht, nicht wahr? Sie mir in den Arm drücken und dann einfach abhauen.«

»Erwischt«, gab Mavis kichernd zu. »Aber ich war wirklich auf dem Klo.«

»Und warum?«

»Weil meine Blase mich darum gebeten hat.«

»Mavis.«

»Weil Bella dich liebt und weil du sie nicht mehr auf Armeslänge von dir weghältst, als wäre sie eine Bombe voller Scheiße oder so.«

»Du musst doch wohl zugeben, dass sie die Windeln meistens voll hat, wenn du sie mir überlässt.«

»Das stimmt.« Die Freundin schnupperte an ihrem Kind. »Aber diesmal nicht. Und vor allem kann sie deinen Namen sagen.« Um es zu beweisen, küsste Mavis Eve kurz auf die Wange und erklärte. »Dallas.«

»Das!«, quietschte die Kleine und legte die Hand voll Keksschmand dorthin, wo zuvor der mütterliche Mund gelandet war.

Mit einem würgenden Geräusch wollte Eve das widerliche Zeug mit dem Handrücken von ihrer Wange wischen, aber Mavis zog bereits ein Feuchttuch aus der Tasche und hielt es ihr hin.

»Soll das mein Name sein?«

»Besser kann sie es noch nicht. Peabody kriegt sie noch gar nicht hin, aber McNab klappt schon sehr gut.«

»Nab!« Triumphierend schwenkte Bella ihren aufgeweichten Keks.

»Genau wie Roarke.«

»Ork!«

»Ork!« Eve musste einfach lachen, und vor Freude fing das Kind zu singen an.

»Ork! Ork! Ork!«

Und verbeugte sich vor seinem Publikum.

»Meine Güte, Mavis, sie kommt wirklich ganz nach dir.«

»Wobei sie das große, große Herz von ihrem Daddy hat.« Mavis zerrte eine bunte Decke aus der offensichtlich bodenlosen Tasche, breitete sie auf dem Boden aus, schnappte sich Bella und setzte sie fröhlich darauf ab.

»Ist es okay, wenn ich die Tür zumache? Falls sie plötzlich loskrabbelt.«

»Na klar.«

Mavis schloss die Tür, setzte sich auf den Besucherstuhl, verschränkte die Beine und sah ihre Freundin fragend an.

»Und, wie war ich?«

»Du warst wirklich super, Candy.«

»Nicht zu übertrieben? Auf die Titten und den Brooklyner Akzent hätte ich natürlich auch verzichten können, aber irgendwie fand ich das witzig.«

»Und vor allem echt beeindruckend. Beinahe hätte ich dich selber nicht erkannt. Du hat es tatsächlich noch drauf.«

»Wenn ich ehrlich bin, hat es sich super angefühlt, mal wieder jemanden über den Tisch zu ziehen. Wenn auch natürlich nur dies eine Mal und für eine gute Sache«, fügte sie einschränkend hinzu.

»Genau.«

»Ich nehme an, du kannst mir immer noch nicht sagen, worum es bei dieser guten Sache geht?«

»Noch nicht.«

»Egal, denn diese T-u-s-s-i war echt widerlich. Ein arrogantes M-i-s-t-s-t-ü-c-k.«

»Buchstabierst du wirklich jedes Schimpfwort? Dabei hört das Kind doch gar nicht zu.«

»Schließlich weiß man nie. Diese Oberman ist nicht nur das, sondern auch noch eine ganze Reihe anderer Wörter, die ich vor der kleinen Bellamina nicht mal buchstabieren will. Und, Dallas, wenn sie könnte, würde sie dir mit Begeisterung den Hals umdrehen.«

»Ich habe ihr auch einen Grund gegeben, mich zu hassen. Das ist Teil meiner Ermittlungsstrategie.«

»Sei bitte vorsichtig. Denn ich konnte die kalte, dunkle Aura deutlich spüren, die diese Frau umgibt. Bella und mir selbst liegt viel daran, dass unserer Das nichts passiert, sie aber dieser T-u-s-s-i trotzdem ordentlichen den A-r-s-c-h versohlt.«

»Genau das habe ich auch vor.«

*

Nachdem Bella winkend durch die Tür verschwunden war, holte Eve sich einen Kaffee und nahm hinter ihrem Schreibtisch Platz, um die Daten der Detectives, die Renees Abteilung in der Zwischenzeit verlassen hatten, durchzugehen und sie mit denen zu vergleichen, die Baxter für sie ausgegraben hatte.

Sie studierte ihre Personalakten bevor, während und auch nachdem sie unter Renee Oberman im Dienst gewesen waren.

Ein Detective Sergeant Samuel Allo war nach 35 Jahren bei der Truppe zwischenzeitlich pensioniert. Von den mehr als 31 Jahren auf dem Hauptrevier hatte der Mann fast 17 Jahre bei der Drogenfahndung zugebracht, doch nach Renees Übernahme der Abteilung war er in die Bronx gewechselt und hatte dort bis zur Pensionierung seinen Dienst als Drogenfahnder auf dem 68. Revier versehen.

Auch zwei andere Leute sah sie sich genauer an, führte eine Reihe von Wahrscheinlichkeitsberechnungen mit diesen Namen durch und lächelte zufrieden, weil die Resultate zeigten, dass ihre Vermutung offensichtlich richtig war.

Sie wandte sich zum Gehen, doch bevor sie Peabody bedeuten konnte, ihr zu folgen, trat Carmichael auf sie zu und hielt ihr eine kleine Schachtel hin. »Die ist für Sie, Lieutenant.«

Da sie merkte, dass die anderen gespannt verfolgten, wie sie reagierte, klappte sie die Schachtel auf.

»Okay. Das ist ein Keks in Hundeform.«

»Genau. Für den härtesten Hund auf dem Revier. Meine Schwester arbeitet in einer Bäckerei und hat ihn extra für Sie gemacht.«

»Das ist nett. Aber wie komme ich zu der Ehre?«

»Ein kleines Dankeschön dafür, dass Garnet endlich einmal seine Grenzen aufgezeigt worden sind. Einer meiner Fälle hat sich mal mit einem seiner Fälle überlappt. Deswegen weiß ich aus Erfahrung, dass der Typ ein Arschloch ist.«

»Da haben Sie vollkommen recht. Wie sind Sie darauf gekommen, dass der Kerl ein Arschloch ist?«

»Er ist ein fürchterlicher Angeber.« Die junge Frau verzog verächtlich das Gesicht. »Ich kann Angeber nicht leiden. Er benimmt sich wie Graf Koks und tut, als täte er dir einen riesigen Gefallen, wenn er Informationen teilt, obwohl das schließlich auch für ihn von Vorteil ist. Außerdem macht er sich seinen hübschen Anzug nicht gern schmutzig. Hat mal einen armen Kerl in Uniform vor allen Leuten dämlich angemacht, weil der eine Frage hatte, und als ich mir

seinen arroganten Ton verbeten habe, meinte dieser Blöd-
mann, meine mädchenhafte Jammerei ginge ihm furchtbar
auf den Keks.«

»Und wie lange hat er danach gehinkt?«

Carmichael lächelte. »Am liebsten hätte ich ihm wirklich
einen Tritt in seine Kronjuwelen verpasst, aber dann fand
ich es wichtiger, die Beweismittel zu sichern, die am Tatort
waren. Deshalb bekommen Sie jetzt dieses kleine Dankeschön, weil Sie als harter Hund dafür gesorgt haben, dass
er diesen Tritt endlich verpasst bekommen hat.«

»Gern geschehen. Und vielen Dank. Peabody, Sie kommen mit.«

Auf dem Weg nach draußen biss sie dem geschenkten
Hund den Kopf ab und sah ihre Leute an. »Schmeckt wirklich fein.«

Peabody bedachte sie mit ihrem unglücklichen Welpen-
blick, und seufzend meinte Eve: »Mein Gott. Aber okay«,
brach ein Vorderbein des Hundes ab und drückte es ihr in
die Hand.

»Danke. Wirklich lecker. Und, war beim Commander
alles im grünen Bereich?«

»Absolut. Und jetzt will ich mich noch mal in der Nähe
unseres Tatorts umsehen und gucken, ob ich meinen Informanten finde und ihm vielleicht noch ein paar Einzelheiten
aus der Nase ziehen kann.«

Obwohl es diesen Informanten gar nicht gab, nickte ihre
Partnerin. »Die Sache mit Keener hat ihn ganz schön mitgenommen. Vielleicht ist er deshalb ja auch erst mal abgetaucht.«

»Dann müssen wir ihn eben an die Oberfläche holen.«

Erst als sie im Wagen saßen, fragte Peabody: »Und wo fahren wir wirklich hin?«

»Zuerst fahren wir tatsächlich kurz zum Tatort, weil uns dort ja vielleicht wirklich irgendwer noch etwas über unser Mordopfer erzählen kann. Danach fahren wir in die Bronx.«

»Ich nehme an, Sie wollen dort nicht zu einem Yankee-Spiel.«

»Zu DS Samuel Allo. Zwar ist der inzwischen pensioniert, aber seiner Akte nach war er ein grundsolider Cop. Und die Wahrscheinlichkeitsberechnung zu dem Mann stimmt größtenteils mit meiner Analyse überein.«

»Den Namen kenne ich. Er war bei der Drogenfahndung, bis Renee das Ruder übernommen hat. Danach ist er dort weggegangen.«

»Circa sieben Monate, nachdem sie als Chefin hingekommen ist«, bestätigte ihr Eve. »Er wollte weg aus ihrem Dezernat und von unserem Revier und hat die letzten Jahre in der Bronx verbracht. Er wurde während seiner Dienstjahre sehr oft belobigt, ab und zu verwarnt und einmal – unter Renee Oberman – wegen Insubordination kurzfristig suspendiert. Ihre Beurteilung von ihm war alles andere als gut. Angeblich hat er seine Zeit dort einfach abgesessen, ohne groß etwas zu tun, ihre Autorität nicht respektiert und sich vor notwendigen Überstunden weitestgehend gedrückt. Seltsamerweise fiel das Urteil seines Vorgesetzten in der Bronx vollkommen anders aus.«

»Sie hat ihn also rausgeekelt.«

»So sieht's für mich zumindest aus. Mich würde interessieren zu erfahren, ob das auch seine Meinung ist.«

Detective Sergeant Allo hatte ein bescheidenes Haus in einer Gegend, in der alle Häuser eher bescheiden waren. Doch in der kurzen Einfahrt stand ein riesengroßes Boot.

Allo stand an Deck und rieb die Verzierungen am Bug mit einem alten Lappen ab. Als sie in die Einfahrt bogen, sah er auf und hängte dann das Tuch über der Reling auf.

Er war ein großer, breitschultriger Mann mit einem leichten Bauchansatz und grauem Haar, auf dem er eine umgedrehte, blaue Yankee-Baseballkappe trug.

Als sie aus dem Wagen stiegen, kletterte er von dem Boot und unterzog sie einer eingehenden Musterung. Obwohl er in Rente war, hatte er immer noch die Augen eines Cops.

»Guten Tag, Detectives. Gibt es ein Problem hier in der Gegend?«

»Keins, von dem ich wüsste. Lieutenant Dallas und Detective Peabody. Hätten Sie vielleicht kurz Zeit für uns, Detective Sergeant?«

»Oh, ich habe sogar jede Menge Zeit, seit ich in Rente bin. Den Großteil investiere ich in dieses Baby hier.« Er tätschelte den Rumpf des Boots. »Jetzt weiß ich, wer Sie sind«, fügte er mit einem Kopfnicken hinzu. »Sie sind vom Hauptrevier. Vom Mord. Wurde etwa jemand, den ich kenne, umgebracht?«

»Auch davon wüsste ich dann nichts. Sie waren mehrere Jahre bei der Drogenfahndung auf dem Hauptrevier, am Ende unter Lieutenant Renee Oberman.«

»Das stimmt.«

»Würde es Ihnen etwas ausmachen, uns zu erzählen, warum Sie von dort zum 68. gewechselt sind?«

Er sah Eve reglos an. »Ich wüsste nicht, weshalb das für die Mordermittler von Interesse wäre. Unser Sohn hatte damals sein zweites Kind bekommen und war hierher in die Bronx gezogen. Meine Frau und ich beschlossen, dass wir gern in seiner Nähe wären, um die Enkelkinder möglichst oft zu sehen, und haben uns deshalb dieses Haus gekauft. Von hier zum 68. war es erheblich näher als bis in die City auf das Hauptrevier.«

»Sie haben ein hübsches Haus«, bemerkte Eve. »Und ein ziemlich großes Boot.«

Er grinste so wie Mavis, wenn sie von der kleinen Bella sprach. »Ich wollte immer schon ein Boot. Jetzt poliere ich das Schätzchen gerade auf. Denn am Wochenende fahren wir mit der Familie raus.«

»Da wünsche ich viel Spaß. Wäre es korrekt, Detective Sergeant, wenn ich sagen würde, dass Sie mit der neuen Vorgesetzten auf dem Hauptrevier nicht allzu gut zurechtgekommen sind?«

Wieder setzte er eine neutrale Miene auf. »Das wäre korrekt.«

»In Ihrer Akte steht, Sie hätten ein Problem damit gehabt, sich von einer Frau Befehle erteilen zu lassen.«

Er presste seine Kiefer aufeinander und fragte mit rauer Stimme: »Haben Sie einen besonderen Grund dafür, sich meine Akte anzusehen?«

»Sie interessiert mich.«

Jetzt nahm er eine kämpferische Haltung ein. »Ich habe 35 Jahre treu gedient und bin stolz auf jeden Tag, den ich auf meinem Posten war. Es gefällt mir nicht, wenn urplötzlich ein Lieutenant hier erscheint und meine Leistungen in Zweifel zieht.«

»Ich zweifele Ihre Leistungen nicht im Geringsten an.«

Noch immer presste er die Kiefer aufeinander, doch der

Ausdruck seiner Augen wurde nachdenklich. »Sie wollen, dass ich meinen alten Lieutenant in die Pfanne haue? So was tut man nicht.«

Es hätte sie enttäuscht, wenn er gleich angefangen hätte, über Renee herzuziehen, und stärkte ihr Vertrauen in den Mann, dass er es unterließ.

»Ich frage nur nach Ihrer Meinung. Schließlich waren Sie 35 Jahre lang im Dienst, haben eine blütenweiße Akte und wurden nur einmal – unter Oberman – wegen Insubordination vorübergehend suspendiert. Ich habe meine Gründe dafür, Sie hier aufzusuchen und zu fragen, was für eine Chefin Oberman aus Ihrer Sicht gewesen ist.«

»Und diese Gründe wären?«

»Das kann ich im Augenblick nicht sagen, aber es steht in Zusammenhang mit einem aktuellen Fall.«

»Glauben Sie, sie hätte jemanden ermordet?«

Als Eve ihn schweigend ansah, atmete er hörbar aus, stemmte die Hände in die Hüften und verzog nachdenklich das Gesicht. »Wahnsinn«, murmelte er leise. »Wahnsinn. Kommen Sie doch mit auf die Veranda. Meine Frau ist gerade mit ein paar von ihren Freundinnen auf Einkaufstour. Ich gehe nur schnell rein und gucke, ob im Kühlschrank noch etwas zu trinken steht.«

Eve und Peabody setzten sich auf die schattige Veranda, und nach drei Minuten kam der Mann mit einem Krug gekühlten, süßen Tees zurück und schenkte ihnen allen ein.

»Ich hab noch Kontakt zu einigen der früheren Kollegen«, fing er an. »Wir telefonieren und treffen uns gelegentlich. Ich bin also noch immer auf dem Laufenden und kenne Ihren Ruf, Lieutenant. Ihren auch, Detective«, fügte er mit einem Blick auf Peabody hinzu und hob ein Glas an seinen Mund.

»Lassen Sie mich eines klarstellen. Ich hatte in meiner ganzen Dienstzeit niemals ein Problem mit weiblichen Vorgesetzten oder mit Autorität im Allgemeinen. Wenn man mir einen Befehl erteilt hat, habe ich ihn ausgeführt. Der Detective, der in meinen letzten Jahren in der Bronx mein Partner war, war nicht nur wirklich gut, sondern rein zufällig auch eine Frau. Meine Suspendierung ärgert mich noch immer«, gab er unumwunden zu. »Sie ist inzwischen Jahre her, nagt aber heute noch an mir. Insubordiation, dass ich nicht lache …«

Er sah Eve durchdringend an. »Natürlich habe ich ihr manchmal widersprochen. Aber ich war nie respektlos. Als sie wollte, dass wir alle, selbst wenn wir am Schreibtisch sitzen, Anzug und Krawatte tragen, bin ich brav in Anzug und Krawatte aufgetaucht. Als sie wollte, dass wir sämtliche privaten Gegenstände, selbst Familienfotos, von den Tischen räumen, habe ich die Sachen weggepackt. Weil sie schließlich die Chefin der Abteilung war. Es hat mir nicht gefallen – und ein paar der anderen auch nicht –, doch so war es nun einmal.«

Er grübelte einen Moment. »Sie war die Chefin, darum ging's. Wenn man einen neuen Boss kriegt, weiß man, dass sich ein paar Dinge ändern. Die Art, wie die Arbeit angegangen wird, und manchmal auch der Ton. Denn jeder Boss hat seinen eigenen Stil, das muss man akzeptieren.«

»Nur, dass ihr Stil Ihnen nicht gefallen hat.«

»Sie war eiskalt und furchtbar pingelig. Nicht bei den Ermittlungen, sondern wenn es darum ging, dass unsere Schuhe nicht genug geglänzt haben oder dass wir ihrer Meinung nach zu lange nicht mehr beim Frisör gewesen waren. Außerdem hatte sie ihre Lieblinge. Und wenn sie einen auf dem Kieker hatte, hat sie einem immer nur die Scheiß-Jobs übertragen. Und zwar ständig. Nächtliche Observationen, hauptsächlich im Winter, weil einer der Männer, die sie mochte, einen Tipp bekommen hatte, dass vielleicht etwas passiert. Nur dass der, der diesen Tipp bekommen hatte, immer zu beschäftigt war, weswegen jemand anderes sich den Arsch abfrieren musste, um der Sache nachzugehen.«

Er blies die Backen auf und atmete vernehmlich aus. »Wahrscheinlich klingt das alles furchtbar nörglerisch.«

»Ich finde nicht.«

»Jeder Boss hat seinen Stil«, bemerkte er erneut und wandte sich an Peabody. »Wir übernehmen diesen Stil oder wir lernen, damit umzugehen, weil man nur auf diese Weise seine Arbeit machen kann.«

»Genau«, stimmte sie zu. »Weil es schließlich im Grunde einzig um die Arbeit geht.«

»Richtig, weil's im Grund einzig um die Arbeit geht. Nur hat sie die Richtung unserer Ermittlungen oft angezweifelt oder einen urplötzlich von einer Sache abgezogen und auf eine andere Sache angesetzt. Oder einem irgendwelche lächerlichen, kleinen Fälle aufgehalst, mit denen vorher jemand anderes beschäftigt war. Das ist mir zweimal passiert. Ich bin kurz vor einer Festnahme und diese Frau zieht mich von der Sache ab und weist mir eine andere Arbeit zu. Und als ich ihr widerspreche, thront sie hinter ihrem schicken Schreibtisch und erklärt, dass meine Einstellung ihr gegenüber und auch gegenüber meiner Arbeit ihrer Meinung nach zu wünschen übrig lässt.«

»Das ist kein guter Stil«, erklärte Peabody. »Weil es dabei um was anderes als um die Arbeit selber geht.«

»Genau.«

»Haben Sie sich offiziell beschwert?«, erkundigte sich Eve, obwohl sie aus der Akte wusste, dass das nicht geschehen war.

»Nein, so etwas hätte ich niemals getan. Weil sie schließlich die Chefin war und weil unsere Abteilung trotz der Atmosphäre, die dort herrschte, jede Menge Fälle abgeschlossen hat. Außerdem ist sie die Tochter des heiligen Oberman, und als sie als Chefin zu uns kam, war sie erst mal der Star.«

»Und für den Fall, dass irgendwer das zufällig einmal vergisst, hat sie ein lebensgroßes Bild von ihrem Vater direkt gegenüber ihrem Schreibtisch aufgehängt.«

Allo grinste. »Das unmöglich zu übersehen war. Genau wie nicht zu übersehen war, dass sie alle Alten rausgedrängt und sich eigene, neue Leute rangezogen hat. Wenn irgend möglich, hat sie diese Leute selber ausgesucht.«

Schulterzuckend fügte er hinzu: »Als Boss war sie dazu schließlich befugt. Aber irgendwann fand ich es nur noch fürchterlich, zum Dienst zu gehen und zu wissen, dass ich tatenlos an meinem Schreibtisch sitzen würde, statt nützlicher Arbeit nachzugehen. Das macht einen fertig, das hält man nicht lange aus.«

»Das glaube ich.«

»Es oder die Frau hat mich fertiggemacht. Ich wusste, dass sie mich nicht haben wollte, und nach meiner Suspendierung war mir klar, früher oder später würde ich von ihr auf irgendeine Weise abserviert. Aber so lange wollte ich nicht warten, vor allem wollte ich auf keinen Fall, dass diese Frau mir noch einen Verweis erteilt. Sie war die Chefin«, wiederholte er. »Aber trotzdem wollte ich nicht zulassen, dass sie meinen Ruf zerstört. Außerdem hat meine Frau am Schluss die Nase voll gehabt, was ich ihr wahrlich nicht verdenken kann. Also habe ich, auch auf ihr Drängen hin, darum gebeten, dass man mich versetzt. Danach hatte ich noch ein paar gute Jahre unter einem anständigen Boss in einem guten Team. Und als ich in Pension gegangen bin, habe ich das freiwillig getan.«

»Eine Frage noch, Detective Sergeant.«

»Allo. Nennen Sie mich einfach Allo.«

»War die Frau korrupt?«

Er lehnte sich zurück und schüttelte den Kopf. »Mir war klar, dass diese Frage kommen würde. Gottverdammt.« Er fuhr sich mit der Hand durch das Gesicht und schüttelte erneut den Kopf. »Haben Sie den Namen meines Boots gesehen?«

»Ja, das habe ich. *Anstand*.«

»Weil dieser Begriff für einen Polizisten auch nach seiner Pensionierung gilt.«

»Für eine korrupte Polizistin aber sicher nicht. Für eine Polizistin, die ihre Autorität und Dienstmarke benutzt, um sich selbst die Taschen vollzumachen und dabei auch noch Kollegen und Kolleginnen mit reinzuziehen, ganz sicher nicht.«

Er sah ihr reglos ins Gesicht. »Werden Sie mir glauben, wenn ich nach den ganzen Dingen, die ich über sie erzählt habe, jetzt sage *ja, verdammt?*«

»Ja, das werde ich. Denn ich bin hergekommen, weil ich denke, dass Sie während Ihrer ganzen Dienstzeit anständig gewesen sind. Und vor allem, Allo, auch wenn Sie nicht mehr im Dienst sind, sind Sie immer noch ein Polizist. Weil man das bis an sein Lebensende bleibt. Ich bin hergekommen, weil ich glaube, dass Sie Ihre Dienstmarke noch immer respektieren, und weil ich der Überzeugung bin, das man sich auf Ihr Wort und Ihre Meinung jederzeit verlassen kann.«

Er nahm einen großen Schluck aus seinem Glas und atmete tief durch. »Ich sage *ja, verdammt,* obwohl ich es leider nicht beweisen kann. Und auch damals nicht beweisen konnte. Weil sie die Gespräche mit den Auserwählten immer nur hinter verschlossenen Türen führt. Doch nach den paar Festnahmen, die sie mich machen lassen hat, weiß ich genau, dass auf dem Weg bis in die Asservatenkammer regelmäßig etwas von dem Zeug, das wir beschlagnahmt haben, verschwunden ist. Weil beim Wiegen immer deutlich weniger als bei meinen Schätzungen herausgekommen ist. Mein Fehler war wahrscheinlich, dass ich deswegen zu ihr gegangen bin. Ich habe ihr als meinem Boss gemeldet, dass ich denke, dass da irgendwas nicht stimmt. Danach hat sie mir das Leben schwer oder besser gesagt noch schwerer als vorher schon gemacht.«

Er zuckte mit den Achseln. »Zufall? Ja, vielleicht, wenn man an Zufall glaubt. Aber das habe ich noch nie getan.«

»Ich auch nicht«, stimmte Eve ihm zu und sah ihn fragend an. »Ich wette, Sie haben damals alles sorgfältig notiert, haben genauestens Buch über die Festnahmen und die Beschlagnahmungen unter Lieutenant Oberman geführt und diese Bücher aufbewahrt.«

»Die Wette würden Sie gewinnen.«

»Ich vertraue darauf, dass von dieser Unterhaltung niemand was erfährt. Dass Sie Ihren Freunden von der Polizei erst einmal nicht erzählen, dass ich hier gewesen bin. Es würde Sie beleidigen, wenn ich behaupten würde, dass ich dafür sorgen werde, dass man Ihre Suspendierung nachträglich noch aus der Akte löschen wird, wenn Sie mir Ihre Aufzeichnungen überlassen. Deshalb versichere ich Ihnen, selbst wenn Sie mich nicht in Ihre Bücher schauen lassen, werde ich auf alle Fälle schauen, was ich diesbezüglich machen kann.«

»Ich werde Sie nicht bitten, das für mich zu tun, aber wenn das möglich wäre, würde ich mich trotzdem freuen.« Er bedachte sie mit einem nachdenklichen Blick. »Und sie hat auch einen Mord begangen, sagen Sie?«

»Auf jeden Fall klebt Blut an ihren Händen.«

»Tut mir leid zu hören, denn das hat ihr Vater nicht verdient. Dafür werden Sie sie fertigmachen.«

Dies war keine Frage, aber Eve erklärte trotzdem: »Fix und fertig, ja.«

Nickend stand er auf. »Dann werde ich jetzt mal die Bücher holen.«

In der Tür blieb er noch einmal stehen und drehte sich zu ihnen um. »Da war eine Kollegin, die bei einem Einsatz unter Obermans Kommando umgekommen ist.«

»Detective Gail Devin.«

»Sie war eine gute Polizistin und die Tochter eines alten Freundes. Meines ältesten und besten Freundes, um genau zu sein. Wir waren zusammen in der Schule. Sie hatte Bedenken wegen Oberman und hat sich deswegen an mich gewandt.«

»Was für Bedenken waren das?«

»Sie fand es merkwürdig, dass Oberman andauernd mit bestimmten Mitgliedern des Teams Gespräche hinter verschlossenen Türen abgehalten hat. Und dass auf den Quittungen der Asservatenkammer für die Drogen und die Gelder, die von uns beschlagnahmt worden waren, immer deutlich weniger bescheinigt wurde, als den Schätzungen zufolge abgegeben worden war. Was mir auch schon aufgefallen war. Deshalb habe ich nach ihrem Tod versucht herauszufinden, wie genau sie umgekommen ist. Es sah nach einem ganz normalen Unfall aus, aber tief in meinem Inneren bin ich davon immer noch nicht überzeugt. Wenn Sie im Rahmen der Ermittlungen versuchen könnten, herauszufinden, was damals geschehen ist, braucht die Aufhebung der Suspendierung Sie nicht mehr zu interessieren.«

»Ich werde mich um beides kümmern«, sagte Eve ihm zu.

Auf der Rückfahrt nach Manhattan überlegte sie, wie in dem Fall am besten weiter vorzugehen war, und wandte sich an ihre Partnerin.

»Gehen Sie bitte dem Fall Devin nach.«

»Dem Fall Devin?«

»Sehen Sie ihren Tod als ungelösten Fall, durchforsten Sie die alten Akten und bitten McNab oder im Notfall Webster, so zu graben, dass Renee nichts davon mitbekommen kann. Weil sie mit der jungen Frau bereits vor Jahren abgeschlossen und sie vielleicht längst vergessen hat.«

»Sie denken, Renee hat sie ermorden lassen?«

»Devin hat eindeutig nicht zum Kreis der Auserwählten in dem Dezernat gehört. Sie hatte gerade erst die Prüfung zum Detective abgelegt und war nach Aussage von DS Allo, einem grundsoliden Polizisten, ebenfalls ein grundsolider Cop. Was sie auch laut ihrer Akte war. Auch ihre Vorgesetzten haben sie als grundsolide eingestuft – bis sie unter Renee zu den Drogenfahndern kam.«

»Renee scheint die Leute regelmäßig schlechter zu beurteilen, als sie tatsächlich sind.«

»Vor allem andere Frauen, denn laut Mira kommt sie mit anderen Frauen nicht zurecht. Dazu kommt, dass diese junge Frau nach weniger als einem Jahr in ihrem Dezernat bei einer Festnahme ums Leben kam. Während keiner von den anderen Beamten auch nur einen Kratzer abbekommen hat.«

»Wie ist sie gestorben?«

»Im Bericht steht, dass sie im Durcheinander des Gefechts von den anderen getrennt und später mit gebrochenem Genick am Boden liegend aufgefunden wurde. Lesen Sie die Akte, überprüfen die Beweise und graben so lange, bis Sie wissen, ob Renee die Frau ermorden lassen hat.«

»Sie hätte auch mich ermorden lassen können. Wenn sie mitbekommen hätte, dass ich in dieser verdammten Duschkabine stand.«

»Statt darüber nachzugrübeln, sollten Sie so objektiv wie möglich an die Sache rangehen und, falls damals irgendwas vertuscht wurde, rausfinden, wie es wirklich war«, erklärte Eve.

Dann klappte sie ihr Handy auf und rief bei Webster an.

12

Webster schaltete sein Handy wieder aus und sah über den Tisch, an dem er einen späten Lunch genoss. »Entschuldige die Unterbrechung.«

»Kein Problem.« Darcia lächelte ihn an. »Musst du jetzt gehen?«

»Bald.« Er streckte einen Arm über den Tisch und drückte ihre Hand. »Aber ich würde lieber bleiben.«

»Irgendwann hast du doch sicher Dienstschluss. Ich habe heute Abend noch nichts vor.«

»Ich auch nicht. Also, wozu hast du Lust?«

»Wie wäre es mit einem Broadway-Musical? Weil das auf der To-do-Liste für diesen Urlaub steht.« Lächelnd prostete sie ihm mit ihrem Sektglas zu. »Im Gegensatz zu dir. Aber dich habe ich einfach kurzerhand hinzugefügt.«

»Dies ist der glücklichste Tag in meinem Leben.« Vor lauter Freude war er immer noch ganz außer sich. »Und was müsste auf meiner Liste stehen, wenn ich jemals nach Olympus käme?«

»Hmm, ein Drink auf der Dachterrasse des Apollo Tower, weil der Ausblick der totale Wahnsinn ist. Ein Ritt am Ufer des Athena-Sees mit einem Picknick im noch jungen Wald. Und natürlich ich. Wirst du nach Olympus kommen?«

»Würdest du dort denn mit mir auf der Dachterrasse des Apollo Tower etwas trinken, einen Ritt am See machen und anschließend mit mir zusammen picknicken?«

»Auf jeden Fall.«

»Ich muss in meinem Job noch ein paar Sachen regeln, aber danach kann ich Urlaub machen, und jetzt weiß ich auch, wohin die Reise gehen wird.«

»Dann zeige ich dir meine Welt.« Sie warf einen Blick auf ihre eng verschränkten Hände. »Ist es Wahnsinn, was wir zwei hier machen, Don?«

»Wahrscheinlich.« Gleichzeitig jedoch verstärkte er noch seinen Griff um ihre Hände und erklärte nachdrücklich: »Aber das ist mir vollkommen egal.«

»Mir auch.« Sie schüttelte den Kopf und stieß ein leises

Lachen aus. »Das ist völlig untypisch für mich. Weil ich normalerweise sehr praktisch veranlagt bin.«

»Und die schönste Frau, die mir jemals begegnet ist.«

Jetzt lachte sie aus vollem Hals. »Deine Augen sind ganz glasig – aber das sind meine sicher auch. Denn ich sitze hier in diesem wunderbaren Restaurant in dieser aufregenden Stadt, und das Einzige, woran ich denken kann, ist, dass ein furchtbar attraktiver Mann mir gegenübersitzt, der seinen Blick nicht von mir lösen kann.«

»Weil es keinen schöneren Anblick für mich gibt.«

»Attraktiv und ausnehmend charmant«, fügte sie hinzu. »Wobei gutes Aussehen und ein charmantes Auftreten natürlich nur die Oberfläche eines Menschen sind.«

»Auch du selbst hast eine unglaubliche Oberfläche, aber das, was ich bisher dahinter sehen konnte, sagt mir mindestens genauso zu.«

»Dies ist erst unser zweites Date«, rief sie ihm in Erinnerung, und ihre Augen funkelten noch stärker als der Sekt in ihrem Glas. »Du hast also bisher nur einen kleinen Teil von dem, was in mir steckt, gesehen.«

»Ich freue mich darauf, auch alles andere zu entdecken. Aber trotzdem brauchen wir die Dinge selbstverständlich nicht zu überstürzen. Was uns sowieso ein bisschen schwerfallen dürfte, weil du schließlich schon in ein paar Tagen die Erde wieder verlässt.«

»Das ist nicht schlimm, denn ich gehe die Dinge gerne langsam an. Du weißt selbst, dass unsere Arbeit häufig anstrengend und schwierig ist, weshalb ich privat auf komplizierte Dinge jeder Art sehr gut verzichten kann.«

Sie prostete ihm zu und lächelte ihn über die blassgoldenen Sektperlen hinweg an. »Ich habe dich gestern Abend nicht in mein Hotelzimmer gebeten, denn das zwischen uns würde ganz sicher kompliziert.«

»Ich habe selbst privat nicht die geringste Lust auf irgendwelche komplizierten Sachen. Trotzdem möchte ich dich wiedersehen und Zeit mit dir verbringen, um zu schauen, wohin das führt.«

»Ich habe schon darüber nachgedacht, wohin das sicher führen wird. Und da es mir gefallen würde, lade ich dich heute Abend gerne in mein Zimmer ein.«

Jetzt sah auch er sie lächelnd an. »Das hatte ich gehofft.«

Eve gab die von Webster eingeholten Infos in ihren Computer ein und ging die Buchhaltung für Obermans Abteilung durch. Wobei sie von der Flut an Zahlen und verwirrenden Prozentsätzen nach einer Weile Kopfschmerzen bekam. Ohne dass sie auch nur ansatzweise klarer sah. Sie verstand davon nicht einmal annähernd genug, um herauszufinden, wer für die gefälschten Bücher verantwortlich war.

Am besten ließe sie die Zahlen erst einmal ruhen, deswegen sah sie sich erneut die Mitglieder von Obermans Abteilung an. Wobei ein Muster zu erkennen war. Detective Lilah Strong, ein Anfänger in Uniform und zwei weitere Detectives passten ganz eindeutig nicht ins Team.

Aber schließlich brauchte sie auch saubere Cops, sagte sich Eve. Für den Kleinkram, zum Erstellen ehrlicher Berichte – und als Sündenböcke, falls Bedarf daran bestand. Sie benutzte und verlor sie. Auf die eine oder andere Art.

Eve dachte an Gail Devin und warf einen Blick auf ihre Partnerin.

Die sich in den Fall verbissen hatte und nicht eher lockerlassen würde, bis sie wüsste, was damals genau geschehen war.

Dann lenkte sie den Blick zurück auf ihre Tafel.

Einerseits hing dort das Bild von Rickie Keener. Einem Kriminellen, Loser, Junkie. Der inzwischen aber ihr gehörte.

Andererseits das Foto von Gail Devin, die anscheinend eine gute Polizistin mit einem hervorragenden Instinkt gewesen war, der sie dazu gebracht hatte, in ihrer Sorge wegen ihrer Vorgesetzten zu einem erheblich älteren, erfahreneren Cop zu gehen.

Zwei Seiten der Waage, dachte Eve – doch sie *wusste*, Renee hatte vielleicht weder Keeners Spritze aufgezogen noch der jungen Frau den Hals gebrochen, diese beiden Menschen aber trotzdem umgebracht.

Dann war da noch Detective Harold Strumb, den irgendwer in einer dunklen Gasse abgestochen hatte, während seinem Partner nichts geschehen war.

Doch das waren ganz bestimmt noch nicht alle, und solange man dem Weibsbild nicht das Handwerk legte, kämen garantiert noch andere hinzu.

Sie schlug das Buch mit Allos Fallnotizen auf und fing zu lesen an.

Sie mochte seinen Stil, der knapp und nüchtern, aber gleichzeitig sehr gründlich war. Er hatte regelmäßig angezweifelt, dass die Quittungen, die Sergeant Runch erstellte, richtig waren. Als sie in Allos Akte nachsah, wie Renees Beurteilungen ausgefallen waren, überraschte es sie nicht, dass er von dieser Frau als streitsüchtig und wenig teamfähig beschrieben worden war.

Sie erstellte eine eigene Datei mit Allos Fällen während

seiner Dienstzeit unter Obermans Kommando, den von ihm beanstandeten Quittungen und den Schätzungen der Drogenmengen, die in dieser Zeit beschlagnahmt worden waren. Da sie Peabody nicht stören wollte, schickte sie ihr eine Nachricht mit der Bitte, sich auch Devins Fälle anzusehen und genau wie sie bei Allo zu errechnen, mit welcher Wahrscheinlichkeit die Frau auf Ungereimtheiten gestoßen war.

Während ihr Computer seine Arbeit machte, fing sie mit dem Studium der Geraldi-Akten an, zu deren Herausgabe Renee von ihr gezwungen worden war.

Unterbrach sich allerdings, als Webster ihr Büro betrat.

»Hast du was?«, erkundigte sie sich.

»Nichts wirklich Wichtiges. Warum?«

»Du siehst so zufrieden aus, als hättest du bei einer Lotterie den Hauptgewinn erzielt.«

»Schließlich bin ich auch ein durch und durch zufriedener Mann.«

Sie winkte achtlos ab. »Und was hast du für eine Kleinigkeit für mich?«

»Es geht um Marcell – den Partner des erschossenen Strumb. Es gibt bei der Dienstaufsicht eine Akte über ihn.«

»Wegen der Sache Strumb?«

»Nein. Wegen eines anderen Todesfalles vor fünf Jahren. Es gab damals Zeugen, die behauptet haben, Marcell hätte zweimal aus seinem auf höchste Stufe eingestellten Stunner auf einen Verdächtigen gezielt, obwohl der seine Waffe bereits fallen gelassen hatte und mit hoch erhobenen Händen vor ihm stand.«

»Was haben die Ermittlungen ergeben?«

»Nichts. Die Zeugen waren zwei andere Dealer, deshalb

wurde ihren Aussagen misstraut. Außerdem hatte der Verdächtige eine nicht registrierte Waffe, aus der eindeutig geschossen worden war. Marcell blieb während des Verhörs dabei, dass der Verdächtige bewaffnet war und noch mal auf ihn schießen wollte. Was durch die Rekonstruktion des Tathergangs nicht zu widerlegen war. Trotzdem gibt es eine Randnotiz in dieser Akte, die ich übrigens rausgeschmuggelt habe, damit niemand etwas davon mitbekommt. Und zwar ein dickes, fettes Fragezeichen, nachdem beide Zeugen kurz nach diesem Zwischenfall gewaltsam umgekommen sind.«

»Auch die Zeugen im Fall Strumb haben nach dessen Tod nicht mehr lange gelebt.«

»Genau. Allerdings hatte Marcell in beiden Fällen ein wasserdichtes Alibi.«

»In den Todesfällen im Fall Strumb«, stimmte Eve ihm zu. »Auch wenn dieses Alibi totaler Schwachsinn war. Welches Alibi hatte der Mann für die Morde an den beiden Zeugen in dem anderen Fall?«

»Er war bei einer Observierung. Und, wie es der Zufall will, hatte Oberman ihm an dem Tag als Partner Freeman zugeteilt.«

Seufzend ließ er sich in einen Sessel fallen. »Ich weiß, dass weder er noch Freeman sauber ist. Das weiß ich genau. Darauf weist die Übereinstimmung zwischen den beiden Fällen überdeutlich hin. Auch wenn ich das bisher nicht beweisen kann.«

»Trotzdem sind wir jetzt schon weiter als vor 24 Stunden.«

»Da hast du natürlich recht. Aber jetzt zu etwas anderem. Ich habe meine eigene Akte über alle Leute angelegt, die momentan in der Abteilung sind – einschließlich Renee. Dort geschehen offenkundig viele Dinge im Verborgenen, Dallas. Wenn ich mit dem Fall zu meinem Vorgesetzten gehen könnte, könnten wir uns diese Leute vorknöpfen und knacken.«

»Aber vielleicht würden sie euch auch genauso wie Marcell irgendwie durch die Lappen gehen. Und ich bin nicht bereit, meine Ermittlungen in dieser Sache zu gefährden, damit die Dienstaufsicht jetzt ein Fass aufmachen kann.«

»Das haben wir doch gar nicht vor.«

»Wenn ich das denken würde, hätte ich mich in dem Fall ganz sicher nicht an dich gewandt. Ich habe inzwischen DS Allo kontaktiert, und er hat mir seine Fallnotizen aus den sieben Monaten gegeben, während derer er unter Renee bei der Drogenfahndung war. Kein Wunder, dass sie dafür sorgen musste, dass er dort das Handtuch wirft. Denn er hat alles mitgekriegt.«

»Hast du ihn vorgeladen?«

»Nein, ich habe ihn besucht. Er wusste, dass Runch nicht sauber war, und hat sich deshalb an Renee gewandt.«

»Hat er schriftlich festgehalten, was genau er mitbekommen hat?«

»Sogar mit Datum und Uhrzeit. Allerdings bezweifle ich, dass sich dafür eine Bestätigung in ihren Akten finden wird. Denn auf seine Beschwerde hin wurde er zum ersten Mal in über 30 Dienstjahren vorübergehend suspendiert. Er hatte den Verdacht, dass Renee selbst dahintersteckt. Ich habe unsere Unterhaltung schriftlich festgehalten und dir eine Kopie meines Berichts zusammen mit den Unterlagen über Gail Devin geschickt.«

»Die andere Beamtin aus Renees Abteilung, die im Dienst gestorben ist.«

»Allo kannte sie, und sie hat sich an ihn gewandt, weil sie ebenfalls der Ansicht war, dass ihr Lieutenant und die meisten Leute ihres Dezernats nicht sauber sind. Aber statt dort abzuhauen, hat sie die Stellung gehalten und vielleicht sogar versucht, der Sache weiter nachzugehen. Vielleicht hat sie noch mit jemand anderem gesprochen oder angefangen, ihre Beobachtungen schriftlich festzuhalten – also haben sie sie eliminiert.«

»Wenn du recht hast, und, verdammt, so fühlt es sich auf alle Fälle an, heißt das, dass sie zwei saubere Cops ermorden lassen hat.«

»Ich wette, dass das noch nicht alle sind. Peabody geht dem Fall Devin nach. Sie wird dich informieren, falls sie irgendwas entdeckt, und sich bei dir melden, falls du die Recherchen, die sie durchführt, decken musst.«

Er nickte. »Wie es aussieht, hast du gestern einen kurzen Kampf mit Garnet ausgefochten, den der Kerl verloren hat. Hast du ihn herausgefordert, oder ist er von alleine auf dich losgegangen?«

»Teils, teils. Er hat mir eine dämliche Geschichte aufgetischt, der zufolge er und Bix im Zusammenhang mit einem großen Fall, in dem sie momentan ermitteln, in der Wohnung meines Opfers waren. Was nicht wirklich clever war, denn auf diese Weise hat er mir die Akten zu dem Fall auf einem silbernen Tablett serviert. Nur sind die Unterlagen nicht ganz vollständig. Sie hat verschiedene Einträge gelöscht. Weil irgendwas mit diesem Fall nicht stimmt. Inzwischen habe ich genügend Schriftstücke der Frau gelesen, um zu wissen, wie sie für gewöhnlich schreibt, und um zu sehen, dass in diesen Texten ein paar Dinge fehlen. Dinge, die ich offenbar nicht sehen soll.«

»Soll ich gucken, ob sich die Dienstaufsicht mit diesen Ermittlungen befassen kann?«

»Noch nicht. Ich finde sicher selber einen Weg, mir die kompletten Akten anzusehen. Aber es könnte nicht schaden, sähe die Dienstaufsicht sich den blöden Garnet mal ein bisschen näher an.«

»Dadurch würde der Druck auf ihn erhöht.«

»Genau. Dann flippt er sicher vollends aus. Und wenn ich mir diesen Typen krallen kann, wird er singen wie ein Vogel, wenn er denkt, dass er auf diese Weise seinen eigenen Hintern retten kann. Außerdem könntest du noch was für mich tun. Du könntest herausfinden, ob in Renees Dezernat ein Detective Lilah Strong mit Schmutz beworfen wird. Ihrer bisherigen Akte nach ist sie ein grundsolider Cop. Sie ist relativ neu in der Abteilung und, so wie es aussieht, mag sie weder ihre Chefin noch die Atmosphäre dort.«

»Eine saubere Frau, die erst seit kurzem unter Renee tätig ist. Du überlegst, ob du sie nicht vielleicht als Maulwurf nutzen kannst.«

»Falls sie sauber und damit einverstanden ist, für mich zu spionieren, darf die Dienstaufsicht ihr nicht an den Karren fahren, wenn sie dabei gezwungen ist, etwas zu tun, was vielleicht nicht ganz sauber ist.«

»Ich werde sie mir ansehen, und falls du sie als Maulwurf akquirierst, werde ich das schriftlich festhalten und dafür sorgen, dass sie keine Konsequenzen fürchten muss. Allerdings müsste auch Whitney einverstanden sein.«

»Das ist er ganz bestimmt.« Als ihr Handy schrillte, hob sie einen Finger hoch. »Das ist Feeney«, meinte sie und sah auf das Display. »Was ist?«

Ein Lächeln huschte über das Gesicht, das sie immer an einen unglücklichen Basset denken ließ. »Ich dachte, du würdest vielleicht gerne hören, dass sie in ihrem Wagen sitzt und gerade angerufen worden ist.«

»Und worum ging's bei dem Gespräch?«

»Moment. Ich spiele es dir vor.«

»Warum eigentlich nicht?«, sagte sich Eve. »Gespräch auf Wandbildschirm.« Sie drehte ihren Kopf und sah das Grinsen ihrer Partnerin.

Während Peabody noch danke sagte, sah man Renee auf dem Monitor hinter dem Steuer ihres Wagens sitzen und im Rhythmus der Musik, die aus den Lautsprechern der Kiste drang, mit ihren Fingern auf das Lenkrad trommeln.

»Ihr neues Gefährt sagt ihr anscheinend zu. Schließlich ist es auch mehrere Klassen besser als die Kiste, die von uns geschrottet worden ist«, murmelte Eve.

Als ihr Handy schrillte, warf sie einen Blick auf das Display. Und verzog verärgert das Gesicht. »Verdammt noch mal. Verlegung des Gesprächs auf Handy Nummer zwei.« Sie griff sich das Gerät, das neben ihr gelegen hatte, und stopfte es in den Schlitz im Armaturenbrett. »Garnet.«

Das Display des Handys konnte man nicht sehen, aber seine Stimme war sehr klar und deutlich zu verstehen.

»Du hast gesagt, du würdest diese Sache regeln. Verdammt, Oberman, ich lasse mich von dieser Fotze nicht für 30 Tage suspendieren, nur weil du nicht weißt, wie man mit solchen Weibern fertig wird.«

»Jetzt beruhig dich erst einmal. Und ruf mich wegen solcher Sachen immer nur auf meinem sicheren Handy an. Du weißt, wie wichtig mir das ist.«

»Ich werde mich erst beruhigen, wenn du endlich etwas

gegen diese Tussi unternimmst. Sieh zu, dass du mir in der Angelegenheit den Rücken deckst.«

»Bill, ich war damit sofort bei Whitney, habe ihm den Sachverhalt erläutert und erklärt, dass du aus meiner Sicht im Eifer des Gefechts vielleicht ein bisschen laut geworden bist, aber sonst weiter nichts geschehen ist. Dass du – verständlicherweise – die Befürchtung hattest, dass sie mit der Forderung, die Akte Geraldi einzusehen, die Ermittlungen zu einem Fall, die nach wochenlangen Anstrengungen eurerseits jetzt endlich vor dem Durchbruch stehen, unnötig gefährdet. Ich habe dir zugesagt, mich für dich einzusetzen, Bill, und das habe ich getan. Whitney hat sie einbestellt, weshalb sie sich jetzt sicher nicht mehr rühren wird.«

»Ich mache diese elendige Hure fertig.«

»Hör mir zu. Hör zu«, wies Renee ihn mit scharfer Stimme an. »Ich kümmere mich selbst um diese Frau. Und zwar auf meine Art. Du hältst dich aus der Sache raus. Wenn die Suspendierung nicht zurückgenommen wird, mache ich das wieder gut. Meine Güte, Garnet, mach doch einfach einen Monat Urlaub und leg dich gemütlich an den Strand. Das machst du doch sonst auch so gern.«

»Zur Hölle mit dem Strand. Und zur Hölle mit dir, falls du dir einbildest, ich ließe mir so einfach meinen Anteil am Geraldi-Deal entgehen.«

»Niemand will dir irgendetwas vorenthalten. Auch wenn wir, verdammt noch mal, jetzt nicht in dieser Lage wären, wenn nicht wieder mal die Gäule mit dir durchgegangen wären«, fuhr sie ihn mit zornbebender Stimme an.

Was im Umgang mit dem Mann, der kurz vorm Explodieren war, nicht unbedingt die beste Taktik war.

»Diese gottverdammte Dallas würde dir und mir nicht

derart auf die Füße treten, hättest du ihr keinen derartigen Mist erzählt. Wenn du dich zusammengerissen hättest, hätte sie dich auch nicht suspendiert. Um Himmels willen, du bist direkt vor meiner Nase auf sie losgegangen und hast sie am Arm erwischt.«

»Das war keine Absicht. Sie war mir einfach im Weg.«

»Das bist du mir langsam auch. Ich musste mich deinetwegen aus dem Fenster hängen, und so etwas mache ich nicht gern. Vergiss das lieber nicht.«

»Und du vergisst am besten nicht, dass ich dich in der Hand habe, falls du irgendwelche Zicken machst. Vergiss nicht, dass ich weiß, wo die Leichen begraben sind und der ganze Dreck auf Lager liegt. Wenn du alles, was du hast, behalten willst, Renee-Schätzchen, solltest du auf alle Fälle dafür sorgen, dass auch ich mein Zeug behalten kann.«

»Arschloch!«, fauchte sie und trommelte mit einer Faust aufs Lenkrad, denn mit diesen Worten hatte ihr Komplize einfach aufgelegt.

»Nette Unterhaltung«, meinte Feeney. »Dann ist sie in die Garage ihres Hauses eingebogen und saß eine Zeitlang einfach kochend da. Weitere Gespräche gab es bisher nicht.«

»Echt süß. Zwar haben sie nicht direkt von irgendwelchen Straftaten gesprochen, aber Andeutungen gab es jede Menge. Er ist außer sich vor Zorn, was er ihr deutlich zu verstehen gegeben hat.«

»Trotzdem ist er ihr noch nützlich«, warf der Mann von der Dienstaufsicht ein. »Weshalb sie ihn zumindest vorläufig behalten will.«

»Auf jeden Fall«, pflichtete Eve ihm bei. »Aber vor allem hat sie sich den Mann herangezogen, er erledigt offenbar die Drecksarbeit für sie, und seine Position macht ihr täglich aufs Neue deutlich, dass sie selbst die Chefin ist.«

»Sie verliert die Fassung, wenn jemand ihre Autorität bedroht oder auch nur in Frage stellt.« Als Eve nickte, fuhr Peabody fort. »Hinter ihrer knallharten Fassade ist sie meiner Meinung nach bei Weitem nicht so selbstbewusst, wie sie es gerne wäre oder wie sie denkt, dass sie es ist. Sie fürchtet sich davor, die Kontrolle zu verlieren, weil ihr die noch wichtiger als alles andere ist.«

»Ich glaube, Mira wäre stolz auf Ihre Analyse«, meinte Eve.

»Und diese Angst macht sie gefährlich.«

»Dann werden wir dafür sorgen, dass sie sehr gefährlich wird.« Was sie selbst in höchstem Maß genießen würde, dachte Eve. »Wir werden sehen, wie sie sich um mich *kümmern* will. Den Akten nach gehen Bix und Garnet davon aus, dass in den nächsten beiden Wochen eine große Lieferung für Anthony Geraldi vom Geraldi-Clan die Stadt erreichen wird. Sie hat die Unterlagen leicht verändert, aber trotzdem gehe ich der Sache weiter nach. Den bisherigen Recherchen nach dealt Anthony Geraldi hauptsächlich mit Zeus und harten Sexdrogen wie Whore und Rabbit.«

Wieder klingelte ihr Link, und stirnrunzelnd sah sie auf das Display. »Aber hallo. Es ist Renee-Schätzchen. Bleib noch in der Leitung, Feeney, und nimm unsere Unterhaltung bitte auf.«

»Dallas«, meldete sie sich mit einer Spur von Ungeduld.

»Lieutenant«, grüßte Renee ernst. »Mir ist bewusst, dass Sie im Augenblick nicht allzu gut auf mich zu sprechen sind.«

»Da haben Sie recht.«

»Ich befürchte, wir haben uns von Beginn an jeweils auf dem falschen Fuß erwischt, und bevor unser Verhältnis sich infolge der Geschehnisse von heute noch weiter verschlechtert, würde ich Sie gern auf einen Drink einladen, mich entschuldigen und über alles reden. Ganz in Ruhe, von Lieutenant zu Lieutenant, wie es üblich ist.«

»Ich arbeite an einem Fall.«

»Wir sind beide sehr beschäftigt, aber durch die Spannung zwischen uns wird unsere Arbeit unnötig erschwert. Im Grunde machen wir doch beide einfach unseren Job. Deswegen möchte ich versuchen, die Wogen zu glätten und zu gucken, ob wir uns nicht vielleicht doch verstehen.«

Eve lehnte sich zurück, als dächte sie darüber nach. »Sie wollen mich auf einen Drink einladen? Meinetwegen. Sagen wir, in einer Stunde in O'Riley's Pub in der Siebten Upper West.«

»Perfekt. Dann sehen wir uns in einer Stunde dort.«

»Das könnte eine Falle sein«, bemerkte Peabody nach Ende des Gesprächs. »Könnte sein, dass Bix oder ein anderer ihrer Gorillas bereits auf der Lauer liegt, wenn Sie dort erscheinen.«

»Sie kann es sich nicht leisten, mich schon jetzt aus dem Verkehr zu ziehen. Nicht, solange es noch diese ›Spannungen‹ zwischen uns gibt und solange die gesamte Wache sich darüber unterhält, wie es zwischen uns gerappelt hat. Denn dadurch würde sie ins Rampenlicht gerückt, während sie das Licht der Scheinwerfer, das augenblicklich auf sie fällt, ja gerade dimmen will.«

»Sie könnte Garnet wissen lassen, wo du anzutreffen bist«, warf Feeney ein. »Könnte ihn dazu aufhetzen, dass er dich noch mal attackiert. Das würde schließlich ganz allein auf ihn zurückfallen.«

»Dann würde er anfangen zu reden. Das ist ihr bewusst.«

»Wenn sie ihn vorher umlegt, kann er nicht mehr reden. Er geht auf dich los, und um dir zu helfen, hat sie keine andere Wahl, als auf ihren eigenen Mann zu schießen. Dann stünde sie womöglich sogar noch als Heldin da.«

Eve musste zugeben, der Plan wäre nicht schlecht. »Ja, aber ich glaube nicht, dass sie so clever ist wie du, oder dass sie das in weniger als einer Stunde vorbereiten könnte. Dafür ist ihre Verzweiflung noch nicht groß genug. Bisher ist sie vor allem angepisst und ein wenig aus dem Gleichgewicht geraten, weiter nichts.«

»Ich komme mit«, erbot sich Peabody. »Ich passe auf Sie auf.«

»Sie hat mich überprüft, deswegen weiß sie, wer Sie sind. Und wenn sie Sie entdeckt, können wir uns unsere weiteren Ermittlungen wahrscheinlich in die Haare schmieren.«

»Dann begleite ich dich.« Webster blickte kurz auf seine Uhr. »Mich kennt sie nicht – außerdem sind wir von der Dienstaufsicht gut darin, nicht aufzufallen. Sie wird also gar nicht merken, dass ich von der Truppe bin.«

»Sie wird sich ganz sicher nicht an mir vergreifen. Darum geht es ihr im Augenblick noch nicht.«

»Trotzdem komme ich sicherheitshalber mit.«

»Wohin?«, erkundigte sich Roarke, als er den Raum betrat.

»Nirgends. Weil das nämlich ganz bestimmt nicht nötig ist. Ich treffe Renee auf ihre Bitte hin auf einen Drink. Ich habe ihr gesagt, sie soll in einer Stunde im O'Riley's sein. Ich habe die Situation heute noch etwas aufgeheizt und offensichtlich hofft sie, dass sich die Gemüter über einem Drink wieder ein wenig abkühlen.«

»Sie hat bereits zwei Cops getötet oder töten lassen«, klärte Webster ihren Gatten auf. »Vielleicht sogar noch mehr.« Ehe Eve Gelegenheit bekam, den Mund zu öffnen, fügte er hinzu: »Manchmal weiß man etwas sicher, noch bevor man es beweisen kann. Ich werde sie begleiten. Ich habe Zivilsachen im Wagen, in denen sehe ich ganz sicher nicht wie einer von der Truppe aus.«

»Ich komme auch mit«, meinte Roarke.

»Sie kennt Dallas«, protestierte Webster. »Also kennt sie Sie auf alle Fälle auch. Und wenn Sie in der Nähe sind, macht sie den Mund bestimmt nicht auf.«

»Auch wenn Sie mich nicht sieht? Sag Webster, warum Renee ausgerechnet ins O'Riley's kommen soll.«

»Weil es in der Nähe ist und ihm der Pub gehört.«

»Hinter dem Tresen gibt es einen kleinen Raum«, erklärte Roarke. »Von dort aus können wir sie überwachen, ohne dass es jemand merkt.«

»Ich werde doch schon überwacht.« Eve klopfte gegen ihre Brust. »Du hat mir das verdammte Ding doch selber vor dem Frühstück angelegt.«

»Was mir durchaus gefallen hat. Trotzdem werden wir dich auch noch aus dem Nebenzimmer überwachen. Wollen Sie sich tatsächlich vorher umziehen, Webster?«

»Ja. Falls ich den Raum aus irgendeinem Grund vielleicht einmal verlassen muss.«

»Dann bringt Summerset Sie in einen Raum, in dem Sie Ihre Kleider wechseln können.«

»Danke, das ist nett.«

»Das ist völlig übertrieben«, meinte Eve, als Webster seine Kleider aus dem Wagen holen ging.

»Sie ist eine Polizistenmörderin, und du bist Polizistin«, antwortete Roarke und klopfte sanft gegen ihr Kinn. »Und zwar *meine* Polizistin. Deshalb passe ich auch auf dich auf.«

»Falls es noch kitschiger wird, schalte ich das Mikro erst mal aus«, warf Feeney ein. »Wir passen von hier aus auf dich auf.«

»Bestimmt ersticke ich an all der Watte, in die ihr mich alle plötzlich packt«, erklärte Eve genervt.

»Mir geht es deutlich besser, wenn wir alle wissen, was abläuft«, bemerkte ihre Partnerin.

»Tja nun, dann lohnt sich dieses Riesenaufhebens, das alle plötzlich machen, wenigstens.«

»Während Sie mit dieser Tante einen trinken, frage ich McNab, ob er nicht herkommen und mir bei meiner Arbeit helfen kann.«

Immer noch ein wenig angesäuert, zuckte Eve mit den Achseln und marschierte los.

»Du kannst mich rüberfahren«, meinte Roarke. »Auf dem Weg dorthin können wir beide uns erzählen, wie unser Tag gewesen ist, und wenn du drin bist und wir wissen, dass dort niemand auf dich lauert, warte ich auf Webster, und wir setzen uns zusammen in den Nebenraum.«

*

»Ich kann dich auch mitnehmen«, bot Eve ihrem Kollegen an.

»Danke, aber ich muss sofort nach dem Treffen weiter, wenn nicht irgendwas dazwischenkommt. Denn ich habe noch ein Leben außerhalb des Jobs«, erklärte er, als sie die Stirn in Falten legte. »Und in dieses Leben werde ich zurückkehren, sobald das Treffen ohne Zwischenfall verlaufen ist.«

»Meinetwegen. Halt das, wie du willst.«

Roarke setzte sich neben sie nach vorn und sah sie fragend von der Seite an. »Also, weshalb denkt Renee, dass sie dich urplötzlich auf einen Drink einladen muss?«

»Ich habe Garnet heute früh für 30 Tage suspendiert. Es war das reinste Kinderspiel, ihn so weit zu reizen, dass er auf mich losgegangen ist. In ihrem eigenen Büro, direkt vor ihrer Nase, was ein ziemlich schlechtes Licht auf sie geworfen hat. Denn dadurch sah es aus, als hätte sie die Leute nicht im Griff.«

»Was dir bestimmt ein tierisches Vergnügen war.«

»Auf jeden Fall. Danach war ich noch in der Bronx.«

Sie erzählte auf dem Weg in Richtung Pub von dem Gespräch mit dem DS.

»Und wegen ihrer eigenen Erfahrung in der Umkleidekabine hast du Peabody beauftragt, der Geschichte mit Gail Devin nachzugehen.«

»Zum Teil. Außerdem hat sie ein Auge für die winzigsten Details, und ich möchte wissen, was mit dieser Frau passiert ist, habe aber selber gerade keine Zeit, um in dem Fall zu recherchieren. Oder zumindest nicht so gründlich, wie das Mädchen es verdient. Falls Peabody Beweise dafür findet, dass Renee oder einer ihrer Leute diese junge Frau aus dem Verkehr gezogen hat, kann sie die Erfahrung, die sie selbst mit ihr gemacht hat, wegstecken. Dabei geht es nicht um Rache, sondern um Gerechtigkeit. Dann wird sie dazu beitragen, dass diese junge Polizistin nachträglich Gerechtigkeit erfährt, das wird ihr sehr wichtig sein.«

»Genau das, meine geliebte Eve, unterscheidet eine starke, kluge und – auch wenn dir dieses Wort wahrscheinlich nicht gefallen wird – einfühlsame Chefin von einer Person, die einzig Chefin werden will, weil sie sich selbst etwas davon verspricht.«

Sie fand sich eher instinktsicher als einfühlsam, widersprach ihm aber nicht.

»Warum haben das bisher alle übersehen?«, fragte sie stattdessen. »Vor allem ihr Vater hätte doch wohl merken müssen, dass mit ihr etwas nicht stimmt – aber vielleicht sind Väter manchmal einfach blind oder stellen sich zumindest so. Auch ihr Ausbilder hat eine blütenreine Akte und die meisten Polizisten, die er ausgebildet hat, sind wirklich gut. Offenbar hatte ihr Vater bei der Auswahl dieses Mannes seine Hand im Spiel – er war acht Jahre sein Partner, und sie sind praktisch gleich alt. Selbst Mira, Whitney, Renees Captain und ihre früheren Lieutenants sind ihr auf den Leim gegangen oder haben zumindest nichts dagegen unternommen, dass die Frau mit ihrer miesen Masche vollkommen problemlos durchkommt.«

»Sie war doch sicherlich nicht immer schon korrupt.«

»Das war sie sogar ganz bestimmt«, erklärte Eve erbost. »Vielleicht läuft ihr ›Geschäft‹ ja erst seit ein paar Jahren, aber wirklich sauber war sie nie. Einer Handvoll Cops, die unter ihr gedient haben, war sie von Anfang an suspekt, mindestens zwei von diesen Cops sind zwischenzeitlich tot.«

Eve reckte die Schultern. »Weißt du, warum sie Garnet heute früh einfach gewähren lassen hat – was sie nicht hätte machen dürfen, selbst wenn sie nicht sauber ist? Warum sie nicht versucht hat, ihn zurückzupfeifen, noch bevor er auf mich losgegangen ist? Weil sie es genossen hat. Es hat ihr gefallen, und ich bin mir sicher, dass sie hin und weg gewesen wäre, hätte mich der Kerl vor ihren Augen plattgemacht. Sie ist intelligent genug zu wissen, dass sie die Empörte mimen muss, aber da ich ihren ordentlichen Haufen durcheinanderbringe, wollte sie mich bluten sehen.«

»Und du wolltest trotzdem nicht, dass jemand dir bei diesem Treffen in dem Pub den Rücken deckt?«

»Sie will mich bluten sehen, doch ihr ist klar, dass sie sich das nicht leisten kann. Zumindest jetzt noch nicht.«

Sie fand eine freie Lücke einen Block vom Pub entfernt und stellte ihren Wagen ab. »Da Webster noch ein Leben neben seiner Arbeit hat, wirst du warten müssen, bis auch er eine Lücke findet, damit du mit ihm von hinten in die Kneipe gehen kannst.«

»Erst begleite ich noch meine Frau zumindest so weit, bis ich sehe, wie sie durch die Tür des Ladens tritt. Sie haben dir einen Ecktisch reserviert.«

»Hast du auch ein paar Muskelmänner dort platziert?«

»Liebling.« Wieder legte er den Zeigefinger auf das kleine Grübchen in der Mitte ihres Kinns. »Da drinnen laufen immer ein paar Muskelmänner rum. Schließlich ist es ein irischer Pub.«

Während er dies sagte, klingelte ihr Handy.

»Das ist Darcia. Du kannst von hier aus zusehen, wie ich in die Kneipe gehe, und zur weiteren Absicherung werde ich mit ihr reden, bis ich am Ecktisch gelandet bin. Ich bin also sehr gut beschützt, falls ich vor Angst in Ohnmacht falle, wenn mich auf den 50 Metern bis zum Eingang irgendjemand überfällt.«

Er musste einfach grinsen, während er mitverfolgte, wie sie bis zum Eingang des O'Riley's lief.

»Dallas.«

»Hallo. Wie sieht's aus? Hätten Sie Zeit für unseren Drink?«

»Im Augenblick ... das heißt, sehr gern. Sagen wir in einer halben Stunde? Im O'Riley's.« Eve gab die Adresse durch und fragte: »Meinen Sie, das finden Sie?«

»Auf jeden Fall.«

»Sehr gut. Hören Sie, ich bin schon auf dem Weg dorthin, weil ich dort vorher noch eine Kollegin treffen muss. Meinen Sie, Sie könnten mir einen Gefallen tun?«

»Na klar.«

»Kommen Sie erst an unseren Tisch, wenn ich Ihnen ein Zeichen gebe. Vielleicht dauert das Gespräch ein bisschen länger, aber wenn ich dieses Zeichen gebe, könnten Sie so tun, als wären Sie gerade erst hereingekommen oder hätten mich nicht eher entdeckt, obwohl wir verabredet gewesen sind.«

»Kein Problem. Erzählen Sie mir, worum es geht?«

»Später, ja?«

»Okay. Dann also in einer halben Stunde.«

»Chief?«, sprach Eve die andere Frau mit ihrem Titel an. »Die Zusammenarbeit mit Ihnen ist erheblich einfacher als in meiner Erinnerung.«

»Vielleicht liegt das daran, dass ich nicht im Dienst, sondern im Urlaub bin.«

Lächelnd steckte Eve ihr Handy wieder ein und schlenderte gemächlich durch die Tür des Pubs.

Die Gespräche der Besucher, die nach ihrer Arbeit noch ein Bierchen zischen wollten, wurden von den Klängen einer Fiedel, die aus den versteckten Boxen an den Wänden drangen, untermalt. Später würden ein paar Musiker mit ihren Instrumenten eine Nische mit Beschlag belegen und zu ihren wechselweise traurigen und munteren Weisen würde von den Barmännern für die große Schar der Gäste, die sich jeden Abend im O'Riley's drängte, ein Bier nach dem anderen gezapft.

Eine junge, rothaarige Frau winkte ihr zu und wies in Richtung eines Tischs für zwei. Eve kannte sie noch von einem Abend, an dem sie sich zu Roarke und zwei Geschäftspartnern gesellt hatte, die begeistert von dem Stückchen Irland mitten in New York waren.

Der Rotschopf balancierte ausnehmend geschickt ein randvolles Tablett auf seiner Hüfte. »Kann ich Ihnen was zu trinken bringen, Lieutenant?«

»Später, danke.«

»Geben Sie einfach ein Zeichen, wenn Sie so weit sind.«

Eve setzte sich so, dass sie den ganzen Laden überblicken konnte, und sah sich unter den anderen Gästen um. Kollegen, die ihr Feierabendbier genossen, ein paar kleinere Touristengruppen und ein Typ, der sich die größte Mühe gab, zwei junge Frauen anzubaggern, die sich ein Vergnügen daraus machten, ihn nach Kräften aufzuziehen.

Bisher war offenkundig niemand von der Truppe da.

Doch dann trat Renee durch die Tür.

Sie hatte das Kostüm der Powerfrau gegen ein kurzes, schwarzes Kleid getauscht, das ihren wohlgeformten Körper und die straffen, angenehm gebräunten Arme vorteilhaft zur Geltung kommen ließ. Dazu trug sie heiße, rote Stöckelschuhe, aus denen im selben Ton lackierte Zehennägel lugten, sie hatte ihr blondes Haar gelöst, so dass es wie ein sonnenheller Wasserfall auf ihre Schultern fiel und die komplex verschlungenen Glieder der glitzernden Halskette betonte, die mit einem runden, roten Anhänger versehen war.

Sie lenkte den Blick aus ihren sorgfältig geschminkten Augen vorsichtig nach links und rechts und trat mit einem netten Lächeln zu Eve an den Tisch.

Sie genoss es offensichtlich, dass sie alle Blicke auf sich zog, erkannte Eve. Dass die Männer überlegten, ob sie vielleicht noch zu haben wäre, während sich die Frauen fragten, wer sie war.

»Danke, dass Sie mit dem Treffen einverstanden waren.« Sie glitt auf ihren Stuhl. »Ich hoffe, ich bin nicht zu spät.«

»Nein.«

»Sind Sie hier des Öfteren? Sieht nach einer wirklich netten Kneipe aus. Unprätenziös und wunderbar normal. Eine Arbeiterbar.«

Eve fragte sich, wie ihre Reaktion wohl ausgefallen wäre, hätte sie sie in Cracks Striptease-Bar bestellt. »Hin und wieder«, antwortete sie und fing den Blick des jungen Rotschopfs auf. »Nettes Outfit. Sie hätten sich für mich nicht extra schick zu machen brauchen.«

»Wenn ich ehrlich bin, trage ich dieses Kleid auch nur, weil ich nachher bei meinen Eltern noch zum Abendessen eingeladen bin. Haben Sie ...«

Sie brach ab, als die Bedienung kam.

»Was darf ich den Damen bringen?«

»Pepsi mit Eis«, bestellte Eve.

»Also bitte, Dallas, auch wir haben ein Recht zu leben.«
Lächelnd warf Renee ihr blondes Haar zurück. »Wir sind
schließlich nicht im Dienst. Und vor allem lade ich Sie
ein.«

»Pepsi«, wiederholte Eve. »Mit Eis.«

»Nun, ich für meinen Teil bin außer Dienst. Also nehme
ich einen Martini. Doppelt und mit zwei Oliven.«

»Kommt sofort.« Die Kellnerin ließ eine Schüssel Brezeln
für sie da, und während sie zurück zum Tresen ging, wandte sich Renee erneut an Eve.

»Ich wollte Sie fragen, ob Sie meinem Vater je begegnet
sind.«

»Offiziell vorgestellt hat man uns nie.«

»Dann muss ich Sie unbedingt mit ihm bekannt machen.
Sie würden sich bestimmt hervorragend mit ihm verstehen.« Sie nahm eine Brezel aus der Schale, brach sie in der
Mitte durch und knabberte an einem Stück. »Wir sollten
uns einmal zum Abendessen treffen. Sie, Ihr Mann, mein
Vater und ich. Weil Roarke ein Mann ist, den ich wirklich
gerne kennenlernen würde.«

»Und warum?«

»Wie mein Vater steht er in dem Ruf, ein großer Mann zu
sein, und vor allem scheint er eine ausgeprägte Führungs-
persönlichkeit zu sein. Aber das muss er schließlich auch,
denn anders könnte er unmöglich so erfolgreich sein. Es ist
doch sicher faszinierend, einen Mann zu haben, der so un-
glaublichen Einfluss und so viele verschiedene ... Interes-
sen hat. Ich habe gehört, dass Sie in Ihrem Sommerurlaub
in Europa waren.«

»Sie wollen sich doch bestimmt nicht ernsthaft mit mir
über meinen Sommerurlaub unterhalten?«

»Ich wüsste nicht, was einer freundschaftlichen Unterhaltung nach Dienstschluss im Wege stehen sollte.«

»Soll ich Ihnen eine Liste machen?«

Seufzend lehnte sich Renee auf ihrem Stuhl zurück und biss das nächste winzig kleine Stück von ihrer Brezelhälfte ab. »Wir haben einander wirklich von Beginn an auf dem falschen Fuß erwischt, und ich übernehme freiwillig den Großteil der Verantwortung dafür. Keeners Tod hat mich erschüttert und zugleich war ich erbost, weil plötzlich jemand anderes für ihn zuständig war. Deshalb sind wir zwei aneinandergeraten, dabei wäre es erheblich effizienter und vor allem produktiver, die Ermittlungen in diesem Fall gemeinsam anzugehen.«

Wieder legte Renee eine Pause ein, als die Bedienung mit den Drinks erschien.

»Kann ich sonst noch etwas für Sie tun?«

»Nein danke«, antwortete Eve, und Renee griff nach ihrem Glas.

»Warum trinken wir nicht auf einen Neuanfang?«

Eve ließ ihre Pepsi stehen. »Definieren Sie ›Neuanfang‹.«

Der Mann von der Dienstaufsicht verfolgte das Gespräch der beiden Frauen aus dem Nebenraum. »Sie tritt Renee unverhohlen in den Arsch.«

»Darin ist sie wirklich gut«, erklärte Roarke. »Sie wird sie furchtbar auf die Palme bringen, doch je mehr sie auf Distanz geht, desto mehr wird die andere sie bedrängen.«

»Das ist eine gute Strategie. Denn jetzt hämmert Garnet von der einen Seite auf sie ein, während ihr Dallas auf der anderen Seite gnadenlos den Weg versperrt. Ihnen ist doch sicher klar, dass sie versucht, Renee dazu zu bewegen, auf sie loszugehen oder einen ihrer Männer auf sie anzusetzen, so wie sie es immer macht.«

»Ich kenne meine Frau sehr gut.«

Webster stopfte seine Hände in die Taschen, denn bei diesem Satz lag die Betonung eindeutig auf *meine Frau*. »Ich dachte, diese Sache hätten wir geklärt.«

»Trotzdem können Sie doch sicher nachvollziehen, dass ich Sie damit ab und zu noch ärgern muss. Sehen Sie die Körpersprache?«, fragte Roarke und wies in Richtung Tisch. »Eve sitzt vollkommen entspannt und fast etwas gelangweilt da, während Renee sich leicht nach vorne beugt und sich alle Mühe gibt, möglichst nett zu ihr zu sein. Wobei sie gleichzeitig mit einem ihrer Stöckelschuhe auf den Boden trommelt. Weil sie spinnewütend ist.«

Lächelnd wandte Roarke sich wieder Webster zu. »Wie wäre es mit einem Bier?«

»Solange wir hier sitzen, bin ich leider noch im Dienst. Aber trinken Sie ruhig etwas, wenn Sie wollen.«

»Nein, denn das wäre gemein.«

Draußen hob Renee ihr Glas an den Mund. »Tut mir leid, dass ich Ihnen nicht sofort meine umfängliche Hilfe im Fall Keener angeboten habe. Er war jahrelang als Spitzel für mich tätig, zwar hatte ich irgendwann kaum noch Verwendung für ihn, aber ich wollte ihm nicht den Laufpass geben. Da es mir vorkam, als wollten Sie mich in Ihre Ermittlungen von Anfang an nicht einbeziehen, habe ich so heftig reagiert. Es ist offensichtlich, dass Sie einen völlig anderen Stil haben als ich, Dallas. Und dass meine Art, die Dinge anzugehen, und Ihre Art nicht wirklich kompatibel sind. Trotzdem hätte ich gern, dass wir es wenigstens versuchen.«

Achselzuckend griff auch Eve nach ihrem Glas. »Für meine Ermittlungen im Mordfall Keener brauche ich vielleicht noch mehr Infos von Ihnen, wahrscheinlich muss ich auch noch mit Leuten aus Ihrer Abteilung sprechen, die ihn kannten und mit ihm zu tun hatten.«

»Verstehe. Aber ich kann Ihnen jetzt schon sagen, dass der Mann sowohl von mir als auch von meinen Leuten in den letzten Jahren kaum noch verwendet worden ist. Ab und zu hat er mir irgendeinen kleinen Tipp gegeben, und ich habe jedes Mal dafür gesorgt, dass er einen Zwanziger dafür bekommt. Aber im Grunde habe ich den Mann allein der alten Zeiten wegen weiter engagiert. Denn die Menge an Drogen, die er zwischenzeitlich nahm, hat ihm einfach nicht gutgetan, weshalb die Infos, die er mir geben konnte, alles andere als zuverlässig waren. Und die Kontakte, die er in den letzten Jahren hatte, haben uns kaum noch was genützt.«

»Warum hat man ihn dann umgebracht und sich sogar bemüht, es wie einen Tod durch Überdosis darzustellen?«

»Das weiß ich nicht. Hoffentlich kann Ihr eigener Spitzel Ihnen etwas erzählen, das ein wenig Licht ins Dunkel bringt. Ich bitte Sie darum, in diesem Fall mit mir zusammenzuarbeiten. Ich werde Ihnen alles geben, was ich habe und was Ihnen weiterhelfen kann. Aber dafür halten Sie mich bitte immer auf dem Laufenden und informieren mich, sobald es etwas Neues gibt.«

»Ich werde Sie in einem angemessenen Rahmen in meine Ermittlungen mit einbeziehen.«

»Das ist immerhin ein Anfang.« Offenbar zufrieden wandte Renee sich dem nächsten Thema zu. »Und jetzt zu meinen Leuten, Dallas. Sie müssen verstehen, es war einfach schlechtes Timing, als Garnet und Bix in dieser Wohnung waren. Hätten sie gewusst, dass Keener tot ist und dass Sie in diesem Fall ermitteln, hätten sie sich gleich an Sie gewandt, um Ihnen zu berichten, dass es offenbar eine Verbindung zwischen ihm und einem ihrer Fälle gab.«

»Nur so aus reiner Neugier: Wenn der Mann, wie Sie behauptet haben, in den letzten Jahren kaum noch Kontakte hatte und auch seine Infos kaum noch von Bedeutung waren, warum dachten dann die beiden Detectives, dass er irgendwas über den Fall Geraldi weiß? Und zwar etwas, was wichtig genug war, um unbefugt in seine Wohnung einzudringen und zu gucken, ob dort irgendwas zu finden ist?«

»Sie sind einem anonymen Tipp gefolgt, an dem meiner Meinung nach jedoch nicht wirklich etwas dran war. Ich gebe zu, sie haben überstürzt gehandelt, und ich habe sie deswegen auch gerügt. Hätte ich gewusst, dass sie in diese Wohnung wollten, hätte ich den beiden sagen können, dass Keener nicht mehr am Leben war. Dann hätten wir all die Missverständnisse vermieden. Ich verspreche Ihnen, so etwas kommt nicht noch einmal vor. Und jetzt zu Garnet …«

»Sprechen Sie mich besser gar nicht erst auf diesen Typen an.«

»Mir bleibt aber nichts anderes übrig.« Renee breitete fast flehend ihre Hände aus. »Weil ich schließlich sein Lieutenant bin. Sein Verhalten war natürlich grundverkehrt und unentschuldbar.«

»Ja, genau. Womit das Thema für mich abgeschlossen ist.«

»Sind Sie immer derart unbeugsam?«, fuhr Renee sie mit lauter Stimme an. »Er hat die Contenance verloren. Sie sind ihn angegangen, und er hat die Contenance verloren.

Er hat jede Menge Überstunden in den Fall Geraldi investiert und sich praktisch die Füße wund gelaufen, während er auch noch den kleinsten Spuren nachgegangen ist. Deshalb stand er sowieso schon furchtbar unter Strom, und bei dem Streit mit Ihnen sind ihm endgültig die Sicherungen durchgebrannt.«

»Er hätte mich fast umgehauen«, rief Eve ihr in Erinnerung.

»Das ist natürlich sehr bedauerlich. Aber Sie haben die Akte, und Sie wissen, dass es furchtbar wichtig ist, dass er den Fall zum Abschluss bringen kann. Deshalb bitte ich Sie um ein Mindestmaß an Rücksicht. Bitte Sie, es mir zu überlassen, meinen eigenen Mann auf meine eigene Art zur Rechenschaft zu ziehen. Sie wollen mir doch sicher nicht erzählen, von Ihren Leuten hätte bisher niemals einer Sie oder einen anderen höherrangigen Beamten angeschnauzt.«

»Wenn sich einer meiner Leute jemals so verhalten würde wie der Mann von Ihnen heute, würde ich ihn höchstpersönlich suspendieren. Außerdem würde ich nicht versuchen, sein Verhalten zu entschuldigen oder jammern, weil ich ihn für weitere Ermittlungstätigkeiten brauche, obwohl offensichtlich ist, dass er in seinem Zustand keine effektive Arbeit leisten kann.«

Während Renee ihre Fäuste ballte, betrat Darcia den Pub.

»Verdammt«, murmelte Webster, als sie auf dem Monitor erschien. »Das gibt's doch nicht.«

Roarke zog eine Braue hoch. »Sie ist wirklich attraktiv, nicht wahr? Diese verführerische Frau mit dem brünetten Haar, die gerade reingekommen ist. Sie heißt Darcia Angelo und ist Polizeichefin auf Olympus.«

»Wir sind uns schon mal begegnet.«

»Wirklich?« Roarke fing an zu lächeln. »Interessant.«

»Gott«, entfuhr es Webster. »Gleich brauche ich vielleicht doch ein Bier.«

Darcia schlenderte gemächlich Richtung Theke, setzte sich und nahm den Ecktisch mit den beiden anderen Frauen ins Visier.

»Ich übernehme die Verantwortung für sein Verhalten«, setzte Renee an.

»Dafür ist es ja wohl etwas zu spät.«

»Gottverdammt, ich *brauche* Garnet. Sie haben ihn bedrängt, und er hat sich gewehrt. Das war verkehrt und verdient eine Bestrafung. Die er auch durch mich erfahren wird. Ich werde ihn nach Abschluss der Ermittlungen für 14 Tage suspendieren und zusätzlich für 14 Tage in den Innendienst versetzen. Aber bitte ziehen Sie die Suspendierung, die Sie selber ausgesprochen haben, noch einmal zurück.«

Jetzt beugte Eve sich zu ihr vor. »Sie haben den Nerv, einen Riesengefallen von mir zu erbitten, nachdem Sie heute Morgen tatenlos mit angesehen haben, wie mich einer Ihrer Männer erst beleidigt, dann bedroht und am Ende sogar tätlich angegriffen hat? Und Sie wollen ihn dafür bestrafen, wann und wie es Ihnen passt? Sie versuchen, mich damit zu ködern, dass ich irgendwann mit Ihrem Dad zu Abend essen darf, als wäre mir nichts wichtiger als das. Ihr Detective ist ein Hitzkopf ohne jeglichen Respekt vor Autoritäten. Wie es aussieht, respektiert er nicht mal Sie, obwohl Sie seine Chefin sind. Aber mit mir redet niemand so, wie er es heute früh getan hat, und kommt ungeschoren davon. Wenn er einer meiner Männer wäre, flöge er noch heute achtkant raus.«

»Nur dass er keiner Ihrer Männer ist.«

»Genau.« Gleichmütig lehnte Eve sich abermals auf ihrem Stuhl zurück und gab Darcia ein verstohlenes Signal. »Deshalb ist er auch Ihr Problem.«

13

»Ich kann in dieser Angelegenheit auch noch zu anderen Leuten als zu Whitney gehen«, stellte Renee drohend fest.

»Reden Sie, mit wem Sie wollen.« Eve blickte gelangweilt auf die Uhr. »Garnet hat die Suspendierung eindeutig verdient. Deshalb bleibt sie bestehen. Hallo, Darcia.«

»Dallas.« Lächelnd trat die hübsche Frau an ihren Tisch. »Tut mir leid, bin ich zu früh? Ich störe doch wohl nicht?«

»Nein, Sie kommen gerade richtig. Denn der Lieutenant wollte gerade gehen.«

»Wir sind noch nicht miteinander fertig.« Oberman sprang auf, kehrte ihnen, ohne Darcia auch nur zu grüßen, zornbebend den Rücken zu, warf die Haare über die Schulter und marschierte unter lautem Klackern der Absätze hinaus.

»Aber hallo.« Darcia wandte sich erneut an Eve und klimperte mit ihren Wimpern. »War sie etwa meinetwegen so erbost?«

»Nein, das geht auf mein Konto – wie offensichtlich auch ihr Drink. Setzen Sie sich doch. Moment.« Sie zog ihr Handy aus der Tasche und rief Feeney an. »Gleich führt sie das nächste Telefongespräch. Vielleicht drehst du die Lautstärke ein bisschen runter, wenn du nicht ertauben willst.«

»Okay.«

Damit steckte Eve ihr Handy wieder ein und blickte Darcia lächelnd an. »Das wäre erledigt.«

»So hat dieser andere Lieutenant eben auch gewirkt. Sie haben sie total gereizt und dann dem Ganzen noch die Krone aufgesetzt, indem Sie sie haben denken lassen, dass Sie gleichzeitig mit ihr auch noch mit jemand anderem verabredet waren.«

»Das mit der doppelten Verabredung war eher ein Zufall. Schließlich konnte ich vorher nicht wissen, dass auch Sie heute Abend einen mit mir trinken gehen wollen.«

»Wobei sie offenbar kaum was getrunken hat. Ihr Glas ist schließlich noch fast voll.«

»Sie kommt sicher nicht noch mal zurück, um es zu leeren.« Gerade wollte Eve dem Rotschopf winken, um etwas für Darcia zu bestellen, als sie sah, dass Roarke mit Webster aus dem Nebenzimmer kam. »Ich denke, wir suchen uns am besten einen größeren Tisch.«

»Ach ja?« Darcia blickte über ihre Schulter, und zu Eves Verblüffen fingen ihre Augen seltsam an zu glänzen, als sie sah, wer durch die Kneipe auf sie zukam. »Roarke.« Sie reichte ihm die Hand. »Und Lieutenant Webster. Na, wenn das kein Zufall ist.«

»Chief.«

Eve sah zwischen Webster und der Polizistin aus Olympus hin und her, und ihr entfuhr ein leises »Oh«.

»Sie haben einen größeren Tisch für uns«, erklärte Roarke, und das Blitzen seiner Augen machte deutlich, dass auch ihm die Spannung zwischen Eves Kollegen bereits aufgefallen war. »Wenn Sie darauf bestehen, Webster, kriegen Sie jetzt Ihr Bier, aber zur Feier des Tages habe ich schon einmal eine Flasche Wein für uns bestellt.«

»Wie schön.« Darcia stand auf und blickte Webster an. »Wenn ich mich nicht irre, wurden eben zwei New Yorker Lieutenants aus der Ferne von den elektronischen Ermittlern und vor Ort von der Dienstaufsicht überwacht. Anscheinend bin ich hier in eine offizielle Angelegenheit geplatzt. Ich hoffe, das ist kein Problem.«

»Nein. Das ist okay.« Höflich zog er an dem Tisch für vier Personen einen Stuhl für sie zurück.

»Die Show war wirklich unterhaltsam«, lobte Roarke und nahm neben seiner Gattin Platz.

»Ich bin erst ganz am Ende aufgetaucht, aber trotzdem habe ich eine Vermutung, worum es geht. Sie gehen davon aus, dass dieser Lieutenant irgendwas verbrochen hat, und da Dallas in die Sache involviert ist, geht es dabei offenbar um Mord.« Sie legte ihren Kopf ein wenig schräg. »Ich schätze mal, dass es um einen toten Junkie geht. Und da auch Don hier ist, hat offenbar auch die Dienstaufsicht etwas damit zu tun.«

Don. Um Himmels willen, dachte Eve.

»Mehr dürfen wir leider auch nicht erzählen«, meinte sie.

»Verstehe. Offenbar ist sie uns allen unsympathisch, obwohl ihre Schuhe wirklich hübsch gewesen sind. Ich habe mir übrigens drei Paar in dieser tollen, kleinen Boutique gekauft, von der Sie gestern sprachen, Dallas.«

»Und warum?« Eve beugte sich zu ihr über den Tisch. »Ehrlich. Ich wollte schon immer wissen, warum jemand gleichzeitig mehrere Paare Schuhe kauft.«

»Wenn Sie dafür eine Erklärung brauchen, können Sie es gar nicht verstehen.«

»Wie haben Sie Ihren Tag verbracht?«, erkundigte sich Roarke, als die Bedienung mit der Flasche Rotwein und vier Gläsern kam.

»Ich war shoppen – weil ich einfach süchtig danach bin –, habe zwei ganz wunderbare Stunden im Metropolitan Museum verbracht und mir danach noch einen späten Lunch gegönnt.« Bei den letzten Worten lächelte sie Webster an.

Und dieses Lächeln war so heiß wie die Sonne in den Tropen, dachte Eve.

»Heute Abend geht es ins Theater. In ein Broadway-Musical. So etwas habe ich noch nie gesehen, deswegen freue ich mich schon total. Und zwar auf den gesamten Abend«, fügte sie hinzu und griff nach ihrem Glas. »Da wir im Begriff stehen, diesen wunderbaren Wein zu trinken, schätze ich, die beiden Lieutenants sind inzwischen außer Dienst.«

»So sieht es aus«, murmelte Eve. »Auf jeden Fall im Augenblick.«

»Gut.« Darcia beugte sich zu Webster, der Kuss, den sie ihm gab, war weich und warm wie die besagte Tropensonne, wenn sie durch die Wedel irgendwelcher Südsee-Palmen schien. »Hallo.«

Er grinste wie ein Narr, fand Eve. »Hallo.«

Sie fuhr sich mit der Hand durchs Haar und murmelte: »Befremdlich.«

»Ich finde es schön«, erklärte Roarke und prostete den anderen beiden zu. »Auf neue Freundschaften.«

Als er seine Frau nach einer Stunde endlich heimchauffierte, fragte er: »Könnte es sein, dass du ein bisschen schmollst?«

»Ich schmolle nicht. Ich denke nach. Schließlich geht mir augenblicklich sehr viel durch den Kopf. Ich und schmollen? So ein Quatsch. Ein ebensolcher Quatsch wie das, was zwischen Darcia und Webster zu laufen scheint. Was zum Teufel denken sich die beiden dabei, etwas miteinander anzufangen? Schließlich trennen sie im wahrsten Sinn des Wortes Welten.«

»Liebe findet immer einen Weg.«

»Liebe? Gott, sie kennen sich doch gerade mal seit fünf Minuten.«

»Etwas länger offensichtlich.«

»Okay, seit einem Tag. Und trotzdem schmachten sie sich jetzt schon an, gönnen sich zusammen einen späten Lunch, gehen ins Theater, und wenn sie bisher noch nicht übereinander hergefallen sind, steht das eindeutig für heute Abend auf dem Speiseplan.«

Er stieß ein unterdrücktes Lachen aus und setzte eine mitfühlende Miene auf. »Bist du vielleicht ein bisschen eifersüchtig, weil du zusehen musst, wie eine alte Flamme urplötzlich für eine andere Frau entflammt?«

»Ich bin ganz bestimmt nicht eifersüchtig! Und er ist auch ganz bestimmt nicht meine alte Flamme. *Ich* bin *seine* alte Flamme, obwohl ich das niemals wollte. Du weißt ganz genau, dass ich …« Sie brach ab und stieß ein leises Knurren aus. »Das hast du absichtlich gemacht, damit ich dir in die Falle laufe.«

»Die Versuchung war einfach zu groß. Ich fand, die beiden sahen zusammen toll und vor allem glücklich aus.«

»Meinetwegen, aber darum geht es nicht. Webster muss sich auf die Arbeit konzentrieren. Die Ermittlungen stehen kurz vorm Durchbruch, und er hat nichts anderes zu tun, als sich zu verlieben, obwohl unter den gegebenen Umständen unmöglich etwas aus der Sache werden kann.«

»Das erinnert mich an was.«

»Woran?«

»Daran, wie zwei andere Menschen, die aus Sicht der meisten anderen ganz unmöglich zueinander passen konnten, sich verliebt haben, während die Frau sich ganz auf die Arbeit hätte konzentrieren müssen, weil sie kurz vor Abschluss der Ermittlungen in einer wirklich großen Sache stand.«

Er nahm ihre Hand und hob sie an seinen Mund. »Die Liebe hat auch damals einen Weg gefunden. Und der Gerechtigkeit wurde trotzdem gedient.«

Er machte es ihr schwer, zu widersprechen, und der alte Spruch *Das war was völlig anderes* klang selbst in ihren eigenen Ohren lächerlich. »Trotzdem ist es seltsam, findest du nicht auch?«

»Ich denke, dass sich häufig unerwartet irgendwelche Möglichkeiten auftun. Was man aus diesen Möglichkeiten macht, und die Bereitschaft, etwas dafür zu riskieren, kann das Leben verändern und vor allem unglaublich bereichern. So ist es mir mit dir geschehen.«

»Hier geht es aber nicht um uns.«

»Hättest du damals auf deinen Kopf gehört, mein Schatz, hättest du mich niemals in dein Herz gelassen. Denn dein Kopf hat damals laut und klar gesagt, dass eine Verbindung zwischen uns nicht angemessen und vollkommen unmöglich ist.«

»Selbst wenn ich mein Herz verrammelt hätte, wärst du einfach darin eingebrochen«, murmelte sie rau.

»Das hätte ich, denn ich war seit dem ersten Augenblick

total verrückt nach dir. Aber ich frage mich, ob es sich zwischen uns auch so entwickelt hätte, hättest du dein Herz verrammelt und allein auf deinen Kopf gehört.«

Er küsste noch einmal ihre Hand, drehte sie um und hob ganz sachte ihre Handfläche an seinen Mund.

»Wir haben uns gefunden. Haben gleich gesehen, dass wir zwei verlorene und verwandte Seelen waren – obwohl unser Verstand dagegen sprach. Die Entscheidungen, die wir vorher getroffen hatten, hatten uns an diesen Punkt gebracht.«

Noch heute, Jahre später, bekam sie, sobald sie seine Stimme hörte, oder wenn er sie berührte, seltsam weiche Knie.

»Ich mag sie beide. Und, okay, vielleicht habe ich ja leichte Schuldgefühle gegenüber Webster, weil ich viel zu spät bemerkt habe, was er für mich empfunden hat, und du ihn dafür obendrein auch noch vermöbelt hast.«

»Das waren noch Zeiten …«

Sie versuchte, nicht zu lächeln, und fuhr augenrollend fort. »Trotzdem frage ich mich einfach, wie das gehen soll. Ginge es dabei um einen Urlaubsflirt und Sex, okay. Aber so hat es für mich nicht ausgesehen.«

»Selbst ein Urlaubsflirt wäre schon schön. Aber nein, ich finde auch, dass es nach was anderem aussieht. Aber sie sind beide über 18, Eve, und man wird sehen, was daraus wird. Ich für meinen Teil hatte viel Spaß an deinem Auftritt im O'Riley's und am neuen Glück der beiden.«

»Jetzt guckt Webster sich an, wie irgendwelche Leute singend auf der Bühne rumspringen, während ich selbst mich wieder an die Arbeit machen kann.«

»Glaubst du, dass er seine Pflicht vernachlässigt?«

»Nein.« Sie atmete vernehmlich aus. »Nein, ich weiß, das

täte er niemals. Und ich weiß auch, wenn ich einfach unausstehlich bin.«

Er bog in die Einfahrt ihres Grundstücks ein. »Würde es dir helfen, wenn ich sage, dass es wirklich unterhaltsam – und sogar erregend – für mich war zu sehen, wie du Renee zu ›Whiskey in the Jar‹ förmlich in den Staub getreten hast?«

»Vielleicht. Mir hat es auch Spaß gemacht.« Sie ließ die Schultern kreisen. »Vor allem war es ungemein befriedigend. Natürlich wird's noch amüsanter und befriedigender, wenn sie nicht mehr nur im übertragenen Sinne von mir in den Staub getreten wird, aber trotzdem hat auch das schon Spaß gemacht.«

»Hat es dich auch erregt?«

Sie sah ihn mit einem kurzen, kessen Grinsen an. »Vielleicht.«

Als sie aus dem Wagen stieg und Richtung Treppe laufen wollte, nahm er ihre Hand. »Komm mit.«

»Oh nein. Ich habe noch …«

»Dies ist ein herrlich lauer Sommerabend. Also lass uns noch etwas spazieren gehen, ja? Schließlich liegt gerade jede Menge Liebe in der Luft.«

»Du meinst, es hat dich heiß gemacht, mich als Furie zu erleben.«

»Auf jeden Fall.« Er schwenkte fröhlich ihren Arm. »Gleich gehen wir ins Haus und arbeiten weiter. Aber vorher möchte ich noch kurz genießen, dass zum ersten Mal seit einer Ewigkeit ein laues Lüftchen weht und ich Hand in Hand mit der Frau, die ich liebe, durch den Garten schlendern kann.«

Er brach eine Blüte von einem der Büsche, die sie nicht hätte benennen können, und steckte sie sanft hinter ihr Ohr.

Die Geste war nicht peinlich, sondern süß. Deshalb ließ sie die Blüte, wo sie war, und lief gemächlich los.

Vor dem jungen Kirschbaum, den sie in Erinnerung an seine Mutter dort gepflanzt hatten, blieb sie kurz stehen.

»Sieht gut aus«, meinte sie.

»Auf jeden Fall. Stark und gesund. Nächstes Frühjahr wird er wieder blühen, wir werden ihn zusammen blühen sehen. Das bedeutet mir sehr viel.«

»Ich weiß.«

Sie liefen weiter, und er sah sie von der Seite an. »Sie denkt, du hättest mich nur meiner Position wegen geheiratet. Renee. Denn genau das hätte sie getan. Ihr geht es allein um Macht und Geld.«

»Sie irrt sich, denn bei unserer Heirat ging's mir ausschließlich um Sex.«

»Das ist mir klar. Deshalb lassen meine Bemühungen auf dem Gebiet schließlich auch niemals nach.«

Sie wanderten in einen kleinen Obstgarten mit vielleicht einem Dutzend Bäumen, deren Äste voller Früchte hingen.

»Hat Summerset die Tarte tatsächlich mit den Pfirsichen von diesen Bäumen hier belegt?«

»Er ist nun mal ein Traditionalist.« Roarke suchte einen reifen Pfirsich aus und pflückte ihn. »Hier, probier mal.«

»Wirklich lecker. Süß«, stellte sie fest.

»Außerdem hat er gefragt, ob er noch ein paar Kirschbäume hier pflanzen darf.«

»Ich liebe Kirschkuchen.«

Lachend biss auch er ein Stückchen von dem Pfirsich ab. »Dann gebe ich ihm grünes Licht.«

Es roch nach Sommer, reifen Früchten, frischen Blumen und nach grünem, grünem Gras. Der Spaziergang durch die Wärme und den Duft, Hand in Hand mit ihrem Mann, erinnerte sie daran, dass sie selbst inzwischen hatte, was Renee bereits als Kind vergönnt gewesen war.

»Siehst du diese Stelle da?«, erkundigte sich Roarke. »Ich spiele mit dem Gedanken, einen kleinen Teich dort anzulegen. Nur zwei Meter Durchmesser, mit Weidenbäumen und mit Wasserlilien.«

»Meinetwegen.«

»Nein.« Er streichelte ihr sanft den Rücken. »Sag mir, was du davon hältst. Ob dir das gefallen würde. Weil dies schließlich dein Zuhause ist.«

Sie betrachtete die Stelle, die sie bereits ohne Teich völlig in Ordnung fand. Es fiel ihr einfach nicht so leicht wie ihm, sich vorzustellen, wie ein kleiner Teich mit Wasserlilien sich dort machen würde, deshalb fragte sie: »Sollen da auch diese komischen Fische rein?«

»Du meinst Karpfen. Wenn du möchtest, gern.«

»Sie sind ein bisschen unheimlich, aber irgendwie auch interessant.« Sie sah ihn an. »Du bist inzwischen deutlich häufiger daheim als früher. Bist erheblich seltener auf Reisen. Bestimmt wäre es häufig einfacher für dich, persönlich irgendwo hinzufahren, wenn es etwas zu regeln gibt, aber du bist nur noch unterwegs, wenn's gar nicht anders geht.«

»Schließlich habe ich inzwischen einen Grund, daheim zu bleiben. Was mich jeden Tag aufs Neue riesig freut.«

»Ich habe dein Leben verändert.« Sie sah auf den Pfirsich, den sie beide teilten. »Und du meins. Worüber ich genauso jeden Tag aufs Neue glücklich bin.« Jetzt sah sie wieder auf. »Ich hätte gerne einen kleinen Teich, und vielleicht etwas, um daran zu sitzen und den unheimlichen, interessanten Fischen dabei zuzusehen, wie sie ihre Runden durch das Wasser drehen.«

»Das fände ich ebenfalls sehr schön.«

Sie schlang ihm die Arme um den Nacken, schmiegte ihr Gesicht an seine Wange und dachte, Liebe fand tatsächlich immer einen Weg.

»Ich habe nicht auf meinen Kopf gehört«, murmelte sie. »Obwohl er gesagt hat, dass es unpassend und völlig ausgeschlossen ist. Ich konnte es ganz einfach nicht. Alles in mir hat dich gebraucht, und zwar wie die Luft zum Atmen. Was auch immer ich für Einwände fand, brauchte ich dich wie den Sauerstoff, ohne den ein Mensch nicht leben kann. Ich wurde und ich habe auch selbst vorher schon geliebt. Obwohl ich diese Liebe, wie im Fall von Webster, erst zu spät bemerkt habe und nicht erwidern konnte, oder wenn es, wie bei Mavis und bei Feeney, eine andere Art von Liebe war. Ich hatte genügend Liebe in mir, und wenn ich auf die Person zurückblicke, die ich mal war, erfüllt mich das mit großer Dankbarkeit.«

Sie klappte ihre Augen zu und zog ihn eng an ihre Brust. »Aber erst durch dich wurde mir klar, dass ich noch sehr viel mehr zu geben habe und dass man auch mir noch deutlich mehr Liebe entgegenbringen kann.«

Sie lächelte. »Bevor ich dir begegnet bin, gab es niemanden, mit dem ich je hätte spazieren gehen wollen. Niemanden, mit dem ich mich auf eine Bank an einem Fischteich hätte setzen wollen.« Sie zog den Kopf zurück und sah ihm ins Gesicht. »Einen solchen Menschen gab es vor dir einfach nicht für mich.«

Er küsste sie sachte auf den Mund, und sie versanken völlig in der Zärtlichkeit des Augenblicks.

Süßer als der Pfirsich, der aus ihrer Hand rollte, als sie zu Boden sanken, und noch sanfter als die Luft, die erfüllt war von den Düften reifer Früchte, leuchtend bunter Sommerblumen und der grünen, grünen Rasenfläche, über die sie eben erst gelaufen war.

Sie hob eine Hand an seine Wange und zog die Konturen seines Kiefers nach. Sein Gesicht war ihr unendlich kostbar. Jede Miene, jeder Blick, jedes Lächeln, jede Falte auf der für gewöhnlich glatten Stirn. Als sie es zum ersten Mal sah, veränderte sich in ihrem Inneren etwas. All die Emotionen, die sie tief in ihrer Seele eingeschlossen hatte, um zu überleben, drängten mit einem Mal hervor.

Die Liebe, die sie wärmte, wurde durch ein heißes Glücksgefühl verstärkt, und elegant, als tanzten sie zusammen Walzer, bot sie ihm ihr Herz und ihren Körper an.

Heute war sie keine Kriegerin, ging es ihm durch den Kopf, sondern einfach eine Frau. Mit einer Blume in den kurz geschnittenen Haaren und einem so offenen Blick, dass er durch ihre Augen direkt in die Tiefe ihres Herzens sah.

Vor lauter Rührung stieß er krächzend aus: »*A ghra*«, ließ seine Lippen über ihre Wangen wandern und murmelte eine Reihe anderer Kosewörter, deren Inhalt sie nur spüren konnte, da sie seine Muttersprache Gälisch nicht verstand.

»Ja«, murmelte sie, und ihre Lippen fanden seinen Mund. »Ja. Und du gehörst nur mir allein.«

Sie schob seine Jacke auseinander, lockerte seine Krawatte und fragte ihn lächelnd: »Warum hast du immer derart viele Kleider an?«

»Und warum schleppst du immer eine Waffe mit dir herum?« Er schälte sie aus ihrer Jacke und machte ihr Waffenhalfter auf.

»Damit du mich entwaffnen kannst.« Zum Zeichen, dass sie sich ergab, hob sie die Hände über den Kopf.

Er sah ihr ins Gesicht, als er ihre Waffe an die Seite schob und ihr Hemd und Tanktop über den Kopf zog, bis sie mit entblößtem Leib im warmen Licht der Abendsonne vor ihm lag.

Sah ihr ins Gesicht, während er die Hände über ihren Körper gleiten ließ, bis sie auf den straffen Brüsten lagen, sie wohlig seufzte und die plötzlich schweren Lider zufallen ließ. Dann erst neigte er den Kopf, um sie zu kosten und ihr ein raues Stöhnen zu entlocken, während er mit seiner Zunge sacht in Richtung des Nabels glitt.

Dann zog er ihren Gürtel auf, und sie fing an zu keuchen, während er sie langsam, Stück für Stück entblößte und seine geschickten Finger, die Lippen, die Zunge langsame und gleichmäßige Wellen heißer Freude durch die Nervenbahnen seiner Liebsten schickten, bis sie ganz in Gefühlen versank.

In seliger Benommenheit streckte sie die Arme nach ihm aus, ihre Lippen suchten seinen Mund. Auch sie zwang sich, es langsam anzugehen, als sie ihn berührte und entblößte, kostete und seinen herrlichen Geschmack genoss.

Sie brachte ihn um den Verstand. Brachte ihn wie jedes Mal um den Verstand. Sie schaffte es, ihm das Gefühl zu geben, dass er schwach wie Wasser und gleichzeitig so stark wie ein Titan war. Im Zusammensein mit ihr ging es um mehr als die Erregung, die durch die Berührung nackten Fleischs entstand, um mehr als heiße Leidenschaft und das wilde Pochen seines Bluts.

Es ging um das Geschenk geteilter Liebe.

Die an diesem Abend süß und zärtlich war.

Er glitt in sie hinein, und wieder legte sie die Hand an seine Wange. Wieder konnte er ihr Herz in ihren Augen sehen. Während ihm sein eigenes Herz entgegenflog und sich mit ihm verband.

Sie strich ihm sanft über das Haar und genoss das herrliche Gewicht, das auf ihr lag.

»Der Spaziergang war echt nett.«

»Bewegung an der frischen Luft ist unglaublich gesund.«

»Ich fühle mich gerade kerngesund. Auch wenn ich vielleicht etwas hungrig bin.«

»Ich auch.« Er richtete sich auf und lächelte auf sie herab. »Du siehst auch kerngesund aus, meine liebe Eve, wie du da splitternackt im Licht der Abendsonne liegst.«

»Hättest du vorhin im Pub gesagt, dass ich heute noch nackt im Licht der Abendsonne auf dem Rasen liegen würde, hätte ich gesagt, du spinnst. Aber mein Ärger ist verraucht, also war dieser Spaziergang offenbar tatsächlich ausnehmend gesund.«

Auch sie setzte sich auf, griff nach ihrem Tanktop und atmete zischend aus, als sie gegen das Mikro zwischen ihren Brüsten stieß. »Ich habe gar nicht mehr daran gedacht, dass ich verkabelt bin.«

»Ich hoffe, dass das Ding nicht eingeschaltet war. Sonst haben sich Feeney und McNab wahrscheinlich prächtig amüsiert.«

»Ich habe es vorhin ausgestellt, nachdem Renee verschwunden war. Aber, Himmel, trotzdem hätte ich es nicht vergessen sollen.«

»Du warst eben durch den Spaziergang abgelenkt.«

Eilig zerrte sie das Tanktop über ihren Kopf. »Nur gut, dass ich nicht nach Zimtdoughnuts gerufen habe, während du mit mir spazieren gegangen bist.«

Als sie wieder angezogen waren, nahm er wie schon auf dem Hinweg ihre Hand und schwenkte fröhlich ihren Arm. »Ich nehme an, dass dir der Sinn nach Pizza steht.«

»Das wäre am einfachsten. Ich muss noch ein paar Spuren nachgehen und schauen, wie weit Peabody gekommen ist. Außerdem hast du mir noch gar nicht erzählt, was bei der Überprüfung der Finanzen herausgekommen ist.«

»Später.«

»Gibt es ein Problem?«

Er führte sie zurück zum Haus. »Das gäbe es nicht, wenn du etwas flexibler wärst und mir erlauben würdest, es auf meine Weise anzugehen. Weil ich mit gebunden Händen nur ein bisschen an der Oberfläche kratzen kann.«

»Wenn du die nicht registrierte Kiste nehmen würdest, dürfte ich die Informationen, die du fändest, nicht verwerten.«

»Trotzdem wäre es erheblich einfacher.«

»Mir war gar nicht bewusst, dass du so schnell das Handtuch wirfst, wenn es ein bisschen knifflig wird.«

Er blieb stehen und funkelte sie böse an. »Ich weiß, verdammt noch mal, genau, dass du damit auf mein Ego zielst. Natürlich kriege ich die Informationen auch auf anderem Weg. Weil es immer irgendwelche Möglichkeiten gibt. Aber wenn ich es so mache, wie du willst, würde es wahrscheinlich Wochen dauern, bis ich Resultate liefern kann. Ich hätte gedacht, du wüsstest, dass ich weiß, wie weit ich gehen kann, damit die Daten sauber bleiben. Wenn du mir nicht vertraust, machst du die Arbeit vielleicht besser allein.«

Sie zog hinter seinem Rücken eine Grimasse. Das war kindisch, wusste sie, tat ihr aber trotzdem gut. »Wenn ich einen Beweis dafür bekomme, dass Renee, Garnet oder auch Bix versteckte Konten haben, kann Webster als Dienstaufsichtsmann sich diese Konten ansehen. Vorher kann auch er nichts unternehmen, weil ihm genau wie mir die Hände gebunden sind.«

»Dann werft, verdammt noch mal, die Fesseln ab.«

»Jetzt sei doch nicht so sauer.« Sie stapften an Summerset vorbei ins Haus und marschierten auf die Treppe zu.

»Ich bin kein Cop«, rief Roarke ihr in Erinnerung.

»Was du nicht sagst.«

»Vorsicht, Lieutenant«, warnte er und wiederholte: »Wie gesagt, ich bin kein Cop. Und es geht mir auf den Keks, wenn du von mir verlangst, kleine Wunder zu vollbringen und dabei die Grenze nicht zu überschreiten, die du meiner Meinung nach vollkommen willkürlich gezogen hast.«

Jetzt verspürte auch sie den ersten Hauch von Zorn. »Ich hab sie bestimmt nicht willkürlich gezogen und vor allem schon des Öfteren verrückt, das weißt du ganz genau.«

»Dann verrück sie jetzt noch mal.«

»Jedes Mal, wenn ich das mache, fürchte ich, dass ich vergesse, wo der vorgeschriebene Pfad von mir verlassen worden ist.«

»Das könntest du nicht mal vergessen, wenn du eine Amnesie bekämst. Außerdem weiß ich jederzeit, wo wir abgebogen sind. Obwohl ich vielleicht anderer Meinung bin als du, weiß ich ebenfalls genau, wo deine Grenzen sind und wie weit du diese Grenzen überschreiten kannst, ohne das

Gefühl zu haben, du wärst nicht mehr auf dem rechten Weg. Du solltest mir vertrauen.«

Sie öffnete den Mund, um ihm erneut zu widersprechen, ließ es dann aber doch bleiben. »Das tue ich«, erkannte sie. »Ich nehme an, das tue ich. Nur haben wir es hier mit einem ganz besonders heiklen Fall zu tun. Wenn ich die Informationen hätte, könnte ich sie offiziell an Webster weitergeben, und dann könnte die Dienstaufsicht offiziell ermitteln, bis sie selbst auf die Informationen stößt. Ich versuche, einen Kompromiss zu finden, und das Einzige, was du dazu zu sagen hast, ist, dass es auf meine Art nicht geht. Ich verstehe nicht, warum, aber ...«

»Selbstverständlich kriege ich das hin.«

Er blickte sie beleidigt an. Denn seine Ehre als Computerfreak war ganz eindeutig angekratzt.

»Aber das wird länger dauern – deutlich länger.« Er zog seine Brauen hoch und fügte kühl hinzu: »Soll ich dir vielleicht erklären, welche technischen Probleme es bei der Suche gibt?«

»Das muss nicht sein. Denn davon würde ich wahrscheinlich sowieso kein Wort verstehen. Aber wenn du sagst, dass es auf meine Art zu lange dauert, mach es eben auf deine Art. Das heißt, nicht ganz auf deine Art. Die nicht registrierte Kiste darfst du nicht benutzen, Roarke.«

»Das ist mir klar. Ich werde mich bemühen, die Grenze kaum zu überschreiten. Gut?«

»Okay.«

Er wippte auf den Fersen und sah sie verwundert an. »Das war aber mal ein kurzer Streit.«

»Wahrscheinlich wirkt unser Spaziergang noch ein bisschen nach.«

»Das könnte sein. Also mach dich schon mal an die Arbeit, während ich die Pizza hole, ja?«

Sie trat vor ihre Tafel, hängte einige der Fotos um, betrachtete das neue Bild und dachte nach.

»Ich muss noch mal los«, erklärte sie, als Roarke aus ihrer Küche kam, und nahm ein Stück der Pizza von dem Teller, den er in den Händen hielt. »Aua. Heiß.« Sie warf die Pizza zwischen ihren Händen hin und her, kopfschüttelnd bot Roarke ihr einen leeren Teller an. »Wo fahren wir denn hin?«

»Nicht *wir*. Ich muss mit einer Polizistin reden – einer Frau aus Renees Dezernat. Die Wahrscheinlichkeit, dass sie in die Geschichte involviert ist, ist gering. Denn Renee arbeitet nun einmal nicht mit Frauen. Sie schüchtert Frauen ein oder zieht sie aus dem Verkehr.«

»Wobei sie dich bestimmt nicht eingeschüchtert hat.«

»Weshalb sie sicher ziemlich sauer ist. Noch saurer wird sie, wenn sie merkt, dass sie mich auch nicht einfach eliminieren kann. Detective Lilah Strong«, erklärte Eve. »Schon als ich zum ersten Mal in die Abteilung kam, hatte ich so ein Gefühl, als ich sie sah. Weshalb ich dringend mit ihr reden muss. Und zwar unter vier Augen, weil von dieser Unterhaltung niemand etwas mitbekommen darf.«

»Warum nimmst du Peabody nicht mit?«

»Wenn wir zu zweit auftauchen, schüchtert sie das vielleicht ein. Aber sie muss mir vertrauen, und das tut sie am ehesten, wenn sie alleine mit mir spricht und merkt, dass ich auf ihrer Seite bin. Außerdem bekommst du dadurch Zeit, deine Nerd-Spielchen zu spielen, ohne dass ich dir im Nacken sitze und dich alle zwei Minuten fragen, ob du schon was rausbekommen hast.«

»Was durchaus ein Vorteil ist. Aber du stellst das Mikro an.«

»Ja. Ich nehme alles auf. Sie ist noch ziemlich neu im Dezernat«, sinnierte Eve. »Aber wenn sie auch nur eine halbwegs gute Polizistin ist, hat sie in diesem halben Jahr bestimmt gespürt, dass irgendwas bei den Drogenfahndern nicht in Ordnung ist. Jetzt bekommt sie die Gelegenheit und einen Grund, mir zu erzählen, was das ist.«

»Und wenn sie die Gelegenheit nicht nutzt?«

»Dann habe ich ein bisschen Zeit vergeudet. Aber mein Gefühl sagt mir, dass sie sie nutzen wird.«

»Dann hör auf dein Gefühl.«

Und komm gesund zu mir zurück.

»Zwei Stunden, höchstens«, meinte sie und gab ihm einen schnellen Kuss, obwohl sie in Gedanken bereits ganz woanders war.

Er blieb in ihrem Arbeitszimmer stehen, blickte auf die noch fast unberührte Pizza und spielte versonnen mit dem Knopf, den er immer in der Tasche trug. Vertrauen war keine Einbahnstraße. Deshalb würde er darauf vertrauen, dass sie ihren Job machte. Auf ihre eigene Art. Und er würde den Job machen, um den sie ihn gebeten hatte. Ebenfalls auf seine eigene Art.

Eve bemerkte die Verfolger, kaum, dass sie zuhause losgefahren war.

Sie waren ein bisschen nachlässig, aber vor allem hatte sie selbst ein hochmodernes Kamerasystem in dem Gefährt, das von Roarke speziell für sie entworfen worden war.

Die beiden Wagen wechselten sich standardmäßig ab. Renee war also besorgt oder auf jeden Fall erbost genug, um zwei Männer auf sie anzusetzen. Aber die Besorgnis oder die Erbostheit hatten noch nicht ausgereicht, um ihre Leute anzuweisen, bei ihrer Verfolgung unauffällig vorzugehen.

Sie schaltete ihren Rekorder ein. »Ich werde von zwei Fahrzeugen verfolgt. Beide von der Polizei – Himmel, denken die, ich wäre blöd?«

Das war beinahe schon beleidigend.

Sie gab die Marken, die Modelle und die Kennzeichen der Wagen an, filmte sie und rief im Fuhrpark an, um zu erfragen, wem die zwei Gefährte überlassen worden waren.

Der Wagen, der jetzt gerade zwei Blocks Abstand zu ihr hielt, war auf Detective Freeman zugelassen, und die Kiste, die im Augenblick an ihr vorbeischoss, um dann einmal um den Block zu fahren und wieder von hinten aufzuschließen, hatte man einem Detective Ivan Manford zugeteilt.

»Dann kommst du also auch noch auf die Liste, Ivan. Und jetzt lasst uns etwas miteinander spielen, ja?«

Sie bog in die Fünfte ein, fuhr weiter Richtung Innenstadt, geriet dort absichtlich in einen kurzen Stau, täuschte eine Reihe Überholversuche an, ließ sich ihrerseits von Freeman überholen, schlängelte sich zwischen einer Limousine sowie einem Taxi bis zu einer Ampel durch und ließ, als die auf Rot sprang, alle anderen Wagen hinter sich zurück.

Manford würde sie an Freeman weitergeben, was jedoch ein bisschen schwierig werden dürfte, da der Mann nach Westen abgebogen war. Eilig ging sie in die Vertikale, hielt sich dicht über den anderen Autos, bog, während die anderen Fahrer wütend hupten, Richtung Osten ab und kam direkt vor einem Lieferwagen, dessen Fahrer ihr den Stinkefinger zeigte, wieder auf der Straße auf.

Diese Geste konnte sie ihm nicht verdenken, weil sie schließlich ziemlich unhöflich gewesen war.

Mit durchgedrücktem Gaspedal schoss sie über die Lex erneut in Richtung Innenstadt, wobei sie hin und wieder abhob, wenn es ihr zu langsam ging, und bog schließlich erneut nach Westen ab.

»So, jetzt jagt ihr euren eigenen Schwänzen nach.«

Sie stellte ihren Wagen ausnahmsweise nicht am Straßenrand, sondern in einem schweineteuren Parkhaus zwischen zwei unförmigen Geländewagen ab und schlenderte gemächlich durch den lauen Sommerabend die zwei Blocks zum Haus von Lilah Strong.

Renee wäre mit den Männern äußerst unzufrieden, sagte sie sich und sah sich um.

In der Gegend schienen überwiegend Arbeiter zu wohnen. Regelrechte Menschenscharen schlenderten wie sie die Gehwege hinab, und die kleinen Tische vor den winzigen Cafés und Sandwichbars waren bis auf den letzten Platz besetzt. Auf der Straße rauschte der Verkehr, und einige der Läden hatten noch geöffnet, weil ihre Besitzer offenbar die Hoffnung hegten, die Bewohner der Umgebung, die tagsüber zu beschäftigt waren, um ihre Löhne zu verprassen, holten dies vielleicht am Feierabend nach.

Sie folgte einem Lieferjungen vom Chinesen durch die Tür des Hauses, und obwohl er schon im ersten Stock das Treppenhaus verließ, begleitete der Duft des Gonbao-Hühnchens sie bis in das zweite Stockwerk.

Durch die Tür von Strongs Apartment drangen die Geräusche einer Hochgeschwindigkeitsverfolgungsjagd. Anscheinend sah sie gerade fern. Lag bestimmt gemütlich auf der Couch.

Neben dem roten Licht über der Tür hing eine Minikamera. Dann war sie also schlau genug, um vorsichtig zu sein.

Gleich würde Eve sehen, ob sie auch eine gute Polizistin war.

Sie hob die Hand und klopfte an.

14

Erst japste ein kleiner Hund, dann schob jemand einen Riegel zur Seite und schloss klickend eine Reihe Schlösser auf.

Der Mann, der in der Tür erschien, war riesengroß. Mit Schultern wie ein Rugbyspieler, Oberarmen wie ein Maurer sowie Oberschenkeln, deren Durchmesser Eve an die Stämme zweier Eichen denken ließ.

Er füllte den gesamten Türrahmen mit seiner Masse aus, sah sie aber freundlich lächelnd an.

»Hi. Was kann ich für Sie tun?«

»Ich möchte zu Detective Strong.« Sie lenkte ihren Blick auf das kleine Wollknäuel, das mit wild gebleckten Zähnen dicht vor ihren Füßen tänzelte. »Lieutenant Dallas von der New Yorker Polizei.«

»Sie beißt nicht«, klärte er sie auf. »Sie will nur, dass Sie denken, dass sie hochgefährlich ist.« Er bückte sich, setzte das Wollknäuel sanft auf seine Hand, säuselte leise »Psssst« und rief dann über seine Schulter: »Lilah? Hier ist jemand, der dich sprechen will.«

»Und wer?«

Lilah lugte an der Masse Mann vorbei und zog verblüfft die Brauen hoch. »Lieutenant Dallas.«

»Detective. Könnte ich kurz reinkommen?«

»Ah, natürlich …« Strong blickte sich um, wie es Leute tun, wenn urplötzlich jemand vor der Tür steht und sie überlegen, ob das Durcheinander in der Wohnung allzu peinlich ist. In ihrem Fall wirkte das schlichte Wohnzimmer behaglich, aber durchaus aufgeräumt.

»Tic, dies ist Lieutenant Dallas. Sie ist Mordermittlerin auf unsrem Revier. Tic Wendall.«

Er gab ihr eine Hand in der Größe eines Schinkens und verzog dabei den Mund zu einem Lächeln, das Eve an den Mann von Mavis denken ließ. Weil Leonardo ebenfalls so ein sanftmütiger Hüne war.

»Freut mich.«

»Danke, freut mich ebenfalls. Tut mir leid, dass ich Sie während Ihres Feierabends störe«, wandte sie sich abermals an Strong. »Aber vielleicht hätten Sie ein paar Minuten Zeit für mich.«

»Warum überlasse ich euch Damen nicht das Wohnzimmer?«, bot Tic den beiden Frauen freundlich an. »Ich könnte in der Zeit ja mit Rapunzel Gassi gehen.«

Als er das Wort Gassi hörte, zappelte der Hund in seiner Hand und fuhr ihm glücklich mit der Zunge durchs Gesicht, bis Tic ihn auf den Boden gleiten ließ. »Hol schon mal deine Leine, Mädchen.«

Fröhlich schoss der Winzling durch den Flur.

»Danke, Tic.«

»Nichts zu danken.« Er zog eine Plastiktüte aus der Schachtel bei der Tür, und als das Hündchen mit einer leuchtend pinkfarbenen Leine zwischen seinen Zähnchen wieder angelaufen kam, machte er sie an dem strassbesetzten Halsband fest.

»Bin gleich wieder da«, erklärte er und küsste seine Freundin auf die beiläufige Art, die Eve verriet, dass sie bereits seit Längerem zusammen waren.

Sie wartete, bis er gegangen war. »Sie haben einen Hund in der Größe einer gut genährten Ratte, der Rapunzel heißt?«

»Die Kleine gehört Tic. Und den Namen hat sie, weil sie praktisch nur aus Haar besteht. Er nimmt sie überall mit hin, sogar zur Arbeit.«

»Und was macht er?«

»Er ist Steuerfachanwalt.«

»Ich hätte angenommen, dass er hauptberuflich Football spielt.«

»Dafür fehlt ihm die erforderliche Aggressivität. Er ist der sanftmütigste Mensch, der mir in meinem ganzen Leben begegnet ist. Allerdings glaube ich nicht, dass Sie hierhergekommen sind, um über meinen Freund zu sprechen.«

»Nein. Können wir uns vielleicht setzen?«

»Meinetwegen.« Sie schaltete den Fernseher auf stumm und wies auf einen Stuhl. »Tic braut selber Bier«, erklärte sie und zeigte auf die Flaschen auf dem Tisch. »Wollen Sie mal probieren?«

»Gern«, erklärte Eve, denn dadurch zeigte sie, dass sie nicht offiziell als Polizistin hier erschienen war.

Sie setzte sich, griff nach der Flasche und nahm einen vorsichtigen ersten Schluck. »Würzig und zugleich sehr mild.«

»Er hat einfach den Bogen raus.« Strong selbst ließ sich aufs Sofa fallen, behielt aber ihre angespannte Haltung bei. »Weshalb sind Sie hier, Lieutenant?«

»Sie wissen, dass ich gerade einen Mordfall habe, dessentwegen ich auch schon bei Ihrer Vorgesetzten war.«

»Das ist kein Geheimnis.«

»Kannten Sie das Opfer? Keener?«

»Nein.«

»Hat Ihre Abteilung ihn nie hochgenommen, weil der Mann der Spitzel Ihrer Chefin war?«

»Möglich.« Sie genehmigte sich einen Schluck von ihrem Bier. »Ich selber hätte niemals Grund oder Gelegenheit gehabt, ihn zu verhaften.«

»Weil Sie hauptsächlich am Schreibtisch sitzen?«

Sie behielt ihre neutrale Miene weiter bei. »Wo ein Großteil unseres Job erledigt wird.«

»Mitunter schon. Aber Sie waren vorher stets im Außendienst, Detective, und dort haben Sie Ihre Sache der Akte nach sehr gut gemacht. Weswegen ich mich frage, warum Lieutenant Oberman Sie immer nur Berichte schreiben oder anderen Papierkram erledigen lässt.«

»Das fragen Sie am besten Lieutenant Oberman.«

»Ich frage aber Sie.«

Strong schüttelte den Kopf. »Wenn Sie denken, dass ich anfange zu jammern und mich über meine Chefin zu beschweren, muss ich Sie enttäuschen. Es ist kein Geheimnis, Ma'am, dass es zwischen Ihnen und dem Lieutenant heute früh ziemlich gerappelt hat. Aber falls Sie jetzt jemanden suchen, der sie anschwärzt, sind Sie bei mir an der falschen Adresse.«

»Sie haben etwas gegen ihren Führungsstil«, bemerkte Eve und trank den nächsten Schluck von ihrem Bier. »Sie brauchen nichts zu sagen. Ich erzähle Ihnen einfach, wie es auf mich wirkt. Sie hassen es, im Innendienst zu arbeiten, obwohl Sie wissen, dass Sie auf der Straße deutlich mehr bewirken könnten. Und Sie finden es idiotisch, dass Sie alle stets wie aus dem Ei gepellt zum Dienst erscheinen müssen und in Ihrem Dezernat nicht der geringste Raum für Individualität und echte Partnerschaften ist. Sie mögen nicht, dass Ihre Chefin oft hinter verschlossenen Türen mit den Kollegen spricht, dass sie sich immer derart rausputzt und dass sie so tut, als wäre sie die Präsidentin eines großen Unternehmens und kein Cop. Dass sie ihr Dezernat als ganz privates Königreich betrachtet und als Sprungbrett auf die nächste Stufe der Karriereleiter. Weil sie es auf jeden Fall noch bis zum Captain bringen will.«

Als der Detective weiter schwieg, lehnte sich Eve mit einem Kopfnicken auf ihrem Stuhl zurück. »Und ich weiß noch etwas. Wenn ein anderer Polizist mich vor einem meiner Leute derart in die Pfanne hauen würde, bliebe der bestimmt nicht lange stumm.«

Achselzuckend meinte Strong: »Ich wette, es gibt jede Menge Leute, die von ihrem Boss nicht unbedingt begeistert sind.«

»Man muss von seinem Boss auch gar nicht begeistert sein. Aber man sollte ihn auf alle Fälle respektieren, und Sie respektieren Ihre Chefin nicht. Natürlich gehen Sie respektvoll mit ihr um, aber trotzdem haben Sie keinen wirklichen Respekt vor dieser Frau. Das ist ihr klar, unter anderem deshalb fallen Ihre Bewertungen so dürftig aus, seit Sie in der Abteilung sind.«

Zum ersten Mal verriet Lilahs Gesicht etwas wie Zorn. »Woher wissen Sie, wie ich bewertet worden bin?«

»Ich weiß sogar noch mehr. Zum Beispiel, dass Oberman nicht einfach eine schlechte Polizistin ist. Sie ist obendrein auch noch korrupt.«

Strong schüttelte den Kopf und starrte reglos geradeaus.

»Das spüren Sie doch schon lange«, fuhr Eve mit ruhiger Stimme fort. »Sie sind viel zu gut, um nicht zu merken, wenn jemand nicht sauber ist. Zu gut, um nicht zu registrieren, dass die Drogenmengen, die nach Einsätzen von Ihrer Truppe in der Asservatenkammer landen, häufig viel geringer als die Mengen vor der offiziellen Registrierung sind.«

»Wenn dem tatsächlich so wäre, wäre das doch sicher schon längst aufgefallen.«

»Nicht, wenn sie jemanden hat, der die Zahlen in der Asservatenkammer und auch in der Buchhaltung manipuliert. Sie haben Erfahrung und dazu Kontakte, die im Außendienst sehr wertvoll wären. Aber wer wird auf die großen Fälle angesetzt? Bix? Garnet? Marcell? Manford? Freeman? Wobei die beiden Letzten mir eben hinterhergefahren sind, um zu sehen, wohin ich will.«

Strongs Kopf peitschte herum.

»Keine Angst. Ich habe sie problemlos abgehängt«, erklärte Eve. »Sie haben es versucht, weil Oberman vorhin herausgefunden hat, dass ich ihr Spiel nicht mitspielen will. Nachdem ihre Versuche, einfach dichtzumachen oder sich bei Whitney zu beschweren, fehlgeschlagen sind, muss sie sich jetzt überlegen, wie sie mich auf anderem Weg ausschalten kann. Dazu muss sie herausfinden, wohin ich fahre und was ich dort will.«

Sie rief ein Bild auf ihrem Handcomputer auf und hielt ihn Lilah hin. »Das hier ist mein Opfer.«

Die junge Frau sah sich das Tatortfoto an. »Ein wirklich schlimmes Ende.«

»Das ihm Bix auf Obermans Befehl hin bereitet hat.«

Lilah drückte ihr den Handcomputer wieder in die Hand,

stand auf und stapfte durch den Raum. »Verdammt. Verdammt.«

»Ich weiß genau, dass es so war. Weil eine Zeugin mitbekommen hat, wie Oberman mit Garnet über ihr *Geschäft*, das schmutzige Geld und diesen Mordauftrag gesprochen hat.«

»Verdammt. Verdammt. Verdammt.« Lilah stützte ihre Hände auf dem schmalen Tresen zwischen Wohnzimmer und Küchenzeile ab.

»Sie hat ihr sogenanntes Unternehmen über Jahre hinweg aufgebaut.« Jetzt hielt es auch Eve nicht mehr an ihrem Platz. »Hat den Namen ihres Vaters, Sex, Bestechung, Arglist, Drohungen für die Erreichung dieses Zieles eingesetzt und ist dabei nicht einmal vor der Ermordung anderer Cops zurückgeschreckt.«

Lilahs Miene wurde völlig ausdruckslos.

»Natürlich hat sie das nicht eigenhändig getan, denn dazu fehlt ihr offenbar der Mumm. Ihr Hauptwerkzeug ist offensichtlich Bix. Aber sie setzt auch noch andere Leute dafür ein. Marcell und Freeman haben den alten Partner von Marcell in einen Hinterhalt gelockt. Detective Harold Strumb. Das werde ich beweisen, und ich werde auch beweisen, dass sie einen jungen weiblichen Detective, der für kurze Zeit in ihrem Dezernat war, töten lassen hat. Gail Devin, eine junge Frau, die Ihnen offenbar sehr ähnlich war. Wenn sie Cops, die ihr nichts nützen oder die aus ihrer Sicht allzu genau hinsehen, nicht versetzen lassen kann, zieht sie sie auf andere Art aus dem Verkehr.«

»Wofür es allerdings keine Beweise gibt.« Lilah musste sichtlich schlucken. »Denn sonst säße sie doch längst im Knast.«

»Sie können sich darauf verlassen, dass ich die Beweise finden werde. Denn ich weiß, dass es so ist. Genauso weiß ich, dass Sie keiner ihrer Leute sind. Sie hat zwölf Leute unter sich. Garnet, Bix, Freeman, Marcell, Palmer, Manford, Armand. Das sind sieben dieser zwölf, von denen ich fast sicher weiß, dass sie auf ihrer Seite stehen. Was ist mit den anderen vier Cops in Ihrem Dezernat?«

»Sehe ich wie jemand aus, der seine Kollegen oder seinen Boss verpfeift?«

»Wie viele Cops müssen noch sterben, ehe jemand seinen Mut zusammennimmt und dieser Frau das Handwerk legt?« Eve war deutlich anzuhören, wie erbost sie war. »Sie wissen, dass die Frau nicht sauber ist, Lilah. Denn was ich Ihnen erzählt habe, hat Sie nicht wirklich überrascht.«

»Nur, dass ich nichts davon beweisen kann. Nein, ich mag es nicht, wie sie ihre Abteilung leitet. Ich mag kaum etwas an dieser Frau. Aber ich habe hart dafür gearbeitet, auf das Hauptrevier zu kommen, denn dort wollte ich schon immer hin. In einem halben Jahr beantrage ich meine Versetzung in ein anderes Dezernat. Wenn ich das jetzt schon machen würde, sähe es so aus, als hätte ich kein Durchhaltevermögen.«

Lilah griff nach ihrer kalten Flasche und hob sie an ihre heiße Stirn. »Ich will einfach meine Arbeit machen. Ich will wieder auf die Straße und dort meine Arbeit machen, denn dann weiß ich, dass ich morgens nicht umsonst aufstehe, weil die Dinge, die ich tue, wirklich wichtig sind. Wenn sie mich schlecht beurteilt, halte ich das aus. Genauso halte ich es aus, ein Jahr am Schreibtisch zu vergeuden, wenn ich danach wieder machen kann, wofür ich ausgebildet worden bin. Aber wenn ich mich jetzt gegen meine eigenen Leute wende, wird mich ganz bestimmt kein Dezernat mehr haben wollen, denn dann wird mir niemand mehr vertrauen.«

»In Ordnung. Vielen Dank, dass Sie mir Ihre Zeit gewidmet haben.«

»Ist das etwa alles?«, fragte Lilah überrascht. »Sie tauchen hier auf, erzählen mir all diese Dinge und wollen jetzt einfach wieder gehen?«

»Ich werde sicher nicht versuchen, Sie zu irgendwas zu überreden, was Ihren Instinkten widerspricht. Mein eigener Instinkt hat mich hierher geführt. Falls er mich getrogen hat und Oberman etwas von unserem Gespräch erfährt, weiß ich, wer mit ihr gesprochen hat. Ansonsten habe ich mit Ihnen keinerlei Probleme, weil ich vielleicht anderer Meinung bin als Sie, Ihre Haltung aber trotzdem gut verstehen kann. Denn schließlich kann ich Ihnen nichts versprechen. Ich kann nicht behaupten, alles würde gut, wenn Sie mit mir kooperieren, kann nicht einmal versprechen, dass Ihre Kollegen Ihnen auf die Schulter klopfen werden, weil Sie derart mutig waren.«

»Das ist mir scheißegal.«

»Das ist es nicht. Das wäre es wahrscheinlich niemandem. Denn wenn wir uns nicht auf unsere Kollegen und Kolleginnen verlassen können, ist in unserem Job auf nichts und niemanden Verlass. Das allein macht Renee Oberman bereits zum schlimmsten Cop, den man sich vorstellen kann.«

Eve wandte sich zum Gehen. »Danke für das Bier.«

»Asserton ist nicht dabei.«

Kurz vor der Wohnungstür blieb Eve noch einmal stehen und drehte sich zu Lilah um. »Warum nicht?«

»Weil die Aufträge, die sie ihm gibt, kaum besser als die

Sachen sind, die sie mich normalerweise machen lässt. Ständig schickt sie ihn in irgendwelche Schulen, wo er den netten Polizisten rauskehren soll. Obwohl er auf der Straße wirklich gute Arbeit macht. Trotzdem hält er sich bedeckt. Denn zuhause wartet seine Frau mit einem Baby, auf diese Weise kommt er für gewöhnlich immerhin pünktlich heim. Trotzdem wird er langsam kribbelig und denkt darüber nach, ob er sich nicht woandershin versetzen lassen soll.« Sie zögerte.

»Außerdem zeigt er mir ständig heimlich Bilder seines Babys, und ich weiß, dass er die Chefin nicht verputzen kann.«

»Okay.«

Lilah presste sich die Finger an die Schläfen und fuhr seufzend fort. »Wenn Manford einer ihrer Leute ist, ist Tulis das auf alle Fälle auch. Weil die beiden einfach unzertrennlich sind. Außerdem hofft Tulis immer, dass die Nutten ihn auf seinen Runden durch die Straßen gratis ranlassen, er hat einmal auch mich im Pausenraum begrapscht.«

»Wie lange hat es danach gedauert, bis er seine Hand wieder benutzen konnte?«, fragte Eve.

Ein Lächeln huschte über das Gesicht der jungen Frau, doch gleich darauf war ihre Miene wieder ernst. »Ich habe ihm eine verpasst und den Zwischenfall sofort bei Oberman gemeldet. Nur, dass dieser widerliche Manford schwor, er wäre ebenfalls im Pausenraum gewesen, und sein Kumpel Tulis hätte mich nicht angerührt, sondern nur einen blöden Witz gemacht, und ich hätte total überreagiert.«

»Mit Tulis wären es acht.«

»Brinker sitzt die meiste Zeit an seinem Tisch und schläft.

Wenn er einmal wach ist, überlegt er, ob er nicht in die Privatwirtschaft zu einem Wachdienst wechseln und dort weiterschlafen soll. Geschäfte, wie sie Oberman betreibt, wären ihm wahrscheinlich viel zu anstrengend. Und Sloan hält sich bedeckt, weil sie den Job am Schreibtisch nicht verlieren will. Letztes Jahr haben zwei Dealer sie krankenhausreif geschlagen, seither traut sie sich nicht mehr in den Außendienst.«

»So etwas kommt vor.«

»Aber selbst wenn sie Bescheid weiß oder irgendwas vermutet, hängt sie sicher nicht mit drin. Weil ich mir nicht vorstellen kann, dass Oberman ihr traut.«

»Ich mir auch nicht. Gut zu wissen.«

Lilah ließ sich wieder auf das Sofa sinken und fuhr sich mit beiden Händen durchs Gesicht. »Sie hat ein Prepaid-Handy. Einmal habe ich die Tür ihres Büros geöffnet, ehe sie mich dazu aufgefordert hat, da hat sie mit dem Ding telefoniert. Dafür hat sie mich derart plattgemacht, dass man hätte denken können, ich wäre dazugekommen, während sie's mit dem Commander auf dem Tisch getrieben hat.«

Sie ließ ihre Hände wieder sinken. »Außerdem hat sie anscheinend einen Platz in dem Büro, an dem sie irgendwelches Zeug versteckt.«

Interessant, fand Eve, die bereits selbst zu diesem Schluss gekommen war. »Wie kommen Sie darauf?«

»Normalerweise sperrt sie sich in diesem Zimmer wie in einer Festung ein. Ich hatte an dem Tag nur deshalb die Gelegenheit, einfach hineinzugehen, weil Garnet gerade rausgegangen und die Tür noch nicht wieder verriegelt war. Sonst ist sie fast immer abgesperrt, und auch die Jalousien vor ihren Fenstern zieht sie niemals hoch. Wirklich niemals. Trotzdem glaube ich, dass sie uns draußen überwacht.«

Die Jalousien waren also geschlossen, damit ihre Leute sie nicht sehen konnten, während sie sie ihrerseits nicht aus den Augen ließ.

»Kurz nachdem ich bei ihr angefangen hatte, gab mir jemand super Tipps zu zwei echt heißen Fällen, aber ehe ich mich darum kümmern konnte, hat die Frau mir jede Menge dämlichen Papierkram aufgehalst und mir erklärt, Detective Garnet ginge diesen Spuren nach. Einmal kann so was passieren. Aber zweimal nacheinander?« Lilah schüttelte den Kopf.

»Und mit Asserton springt sie genauso um. Immer, wenn er einen heißen Tipp bekommt, setzt sie ihn auf irgendwelchen Schwachsinn an. Einmal hat er mir in einer Pause kurz ein Bild von seinem neugeborenen Kind gezeigt, keine zehn Minuten später hat Oberman ihn in ihr Büro zitiert und daran erinnert, dass in ihrem Dezernat persönliche Gegenstände jeder Art verboten sind. Anscheinend überwacht sie also selbst den Pausenraum.«

»Wird er mit mir reden? Asserton?«

»Ich denke schon. Mit mir spricht er auf jeden Fall. Weil er der Einzige in der Abteilung ist, dem ich mich annähernd verbunden fühle und wir ab und zu zusammen Mittag essen gehen.«

»Bevor Sie mit ihm sprechen, müssen Sie sich völlig sicher sein. Und vor allem reden Sie auf keinen Fall in Ihrem Dezernat, überhaupt auf unserem Revier oder am Telefon mit ihm. Schreiben Sie auch keine Mail. Sie müssen persönlich mit ihm reden, und zwar irgendwo, wo unter Garantie niemand etwas davon mitbekommt.«

»Sie haben sich bereits gedacht, dass er an dieser Sache nicht beteiligt ist. Denn nur aufgrund des Eindrucks, den ich selber von ihm habe, gäben Sie mir doch ganz sicher nicht so einfach grünes Licht.«

»Er wäre mein nächster Kandidat gewesen, hätte ich bei Ihnen nichts erreicht. Aber es ist gut, dass meine Einschätzung von diesem Mann durch Sie bestätigt wird. In Bezug auf Brinker allerdings seien Sie sich lieber nicht zu sicher, dass er hinter seinem Schreibtisch sitzt und schläft. Er ist für mich noch eine unbekannte Größe, weil die Menschen, die so aussehen, als bekämen sie von ihrer Umwelt kaum etwas mit, häufig diejenigen sind, die das Meiste sehen.«

»Trotzdem kann ich mir nicht vorstellen, dass er einer ihrer Leute ist.«

»Vielleicht ist er das auch nicht. Aber er ist fast so lange in dem Dezernat wie Lieutenant Oberman, und niemand hält dort derart lange durch, ohne dass er mit von der Partie ist oder es aus Sicht von Ihrer Chefin irgendeine andere Verwendung für ihn gibt. Auch Detective Sloan ist sicher außen vor, denn Oberman zieht die Zusammenarbeit mit Männern vor, trotzdem sprechen wir sie besser erst einmal nicht an. Denn sie hat einen harten Schlag versetzt bekommen, und vielleicht ist sie deshalb inzwischen eingeknickt.«

»Können Sie mir sagen, was Sie bereits alles rausgefunden haben?«

»Ich hoffe, dass ich heute Abend noch ein paar Informationen kriege, die mich deutlich weiterbringen, deshalb gehen Sie mit dieser Sache frühestens morgen zu Asserton.«

»Das wäre mir auch lieb. Weil das Gespräch bestimmt nicht einfach wird.« Lilah presste eine Hand vor ihren Bauch. »Schließlich ist sein Kind erst ein paar Wochen alt.

Deshalb würde ich tatsächlich gern so lange warten, bis Sie irgendetwas haben, womit ich ihn überzeugen kann.«

»Halten Sie das, wie Sie wollen. Aber wenn ich die Beweise habe, werde ich damit auch zur Dienstaufsicht gehen.«

»Ah, verdammt.«

»Die mit Ihnen reden will.«

Lilah klappte ihre Augen zu und nickte mit dem Kopf. »Ich wollte schon als Kind zur Polizei. Weil mein Bruder ...« Unglücklich schlug sie die Augen wieder auf. »Ich nehme an, Sie kennen meine Akte, deshalb wissen Sie bestimmt Bescheid.«

»Ja.«

»Ich wollte diesen Job und habe viel dafür getan. Wollte etwas tun, um vielleicht eine Mutter vor einem gebrochenen Herzen zu bewahren, oder eine Schwester davor, sich zu fragen, ob sie ihren Bruder vielleicht hätte retten können, hätte sie nur mehr oder das Richtige getan.«

Lilahs Augen blitzten kalt wie die der alten Mrs Ochi, dachte Eve.

»Ich gehe jeden Tag aus diesem Grund zum Dienst. Selbst wenn ich mal nicht daran denke, fahre ich aus diesem Grund tagtäglich aufs Revier.«

»Der Grund, aus dem wir Polizisten werden, macht uns zu den Cops, die wir am Ende sind.«

»Vielleicht.« Lilah atmete vernehmlich aus. »Auf alle Fälle bin ich nicht zur Polizei gegangen, Lieutenant, weil ich mir in einer schmutzigen Abteilung meinen Arsch platt sitzen will.«

»Immer, wenn sie sich mit Stoff oder mit Geld bedient, mit jedem ihrer unsauberen Deals nutzt sie das Leid der Mutter oder Schwester eines Menschen aus. Und jedes Mal, wenn sie zum Dienst geht, denkt sie einzig und allein darüber nach, was sie dabei verdienen kann.« Erinnerte Eve.

»Es freut mich, wenn ich helfen kann, sie und all die anderen dafür aus dem Verkehr zu ziehen.«

»Ich bitte Sie, für mich die Augen und die Ohren aufzusperren.« Eve zog eine Karte aus der Tasche und drückte sie Lilah in die Hand. »Falls Sie mich kontaktieren müssen oder wollen, vermeiden Sie am besten jedes Risiko und rufen mich von einem öffentlichen Link oder mit einem Prepaid-Handy an. Meine Privatnummer ist hier notiert.«

»Lieutenant?«, fragte Lilah, als Eve sich erneut zum Gehen wandte. »Ich habe es – zumindest teilweise – gewusst. Habe es gespürt, doch nichts getan.«

»Jetzt tun Sie ja etwas«, gab Eve zurück und zog die Tür hinter sich zu.

Zufrieden mit dem Resultat ihres Besuchs nahm Eve einen Zickzackkurs nach Hause und sah sich im Rückspiegel des Wagens ein ums andere Mal nach möglichen Verfolgern um. Niemand fuhr ihr hinterher, doch kurz vor ihrem Grundstück merkte sie, dass dort jemand auf der Lauer lag.

Der Wagen schoss über die Straße direkt auf sie zu und versperrte ihr die Einfahrt, während sie ruckartig auf die Bremse trat.

Trotz des Zorns, den sie verspürte, schaltete sie den Rekorder ein, als Garnet auf der Fahrerseite aus dem anderen Wagen stieg.

Er war allein, bemerkte sie und nutzte ihre Kameras, um sich zu vergewissern, dass kein zweiter Wagen in der Nähe stand. Aber sie wollte verdammt sein, wenn sie sich direkt vor ihrer eigenen Haustür, auf der Schwelle der Normalität, die sie sich selbst geschaffen hatte, in die Zange nehmen ließ.

Garnet suchte wieder Streit mit ihr? Das würde sicher interessant.

Auch sie stieg aus und warf die Wagentür ins Schloss.

»Legen Sie sich lieber nicht vor meiner eigenen Haustür mit mir an. Tun Sie sich einen Gefallen, steigen wieder ein und hauen ab.«

»Was zum Teufel bilden Sie sich ein? Denken Sie, Sie könnten einfach so in meinem Dezernat auftauchen, mich dumm anmachen und mich danach bei den internen Schnüfflern anschwärzen?«

Eve grinste innerlich. Denn offensichtlich hatte Webster ihn inzwischen merken lassen, dass er aufgefallen war. Und das Feuer, das sie selbst entfacht hatte, auf diese Weise noch geschürt.

»Natürlich kann ich das. Weil ich im Gegensatz zu Ihnen Lieutenant bin«, erklärte sie ihm kühl.

Er war nicht nur wütend, sondern hatte offensichtlich auch noch irgendwelche Aufputschmittel eingeworfen. Eine Mischung, die in höchstem Maß gefährlich war.

»Sie sind ein Nichts. Sie haben einfach Geld geheiratet und dieses Geld genutzt, um aufzusteigen. Sie sind eine Hure, die rein zufällig auch noch bei unserer Truppe ist.«

»Trotzdem stehe ich von meinem Rang her über Ihnen, Garnet. Und wenn Sie so weitermachen, werden Sie von mir nicht für 30, sondern 60 Tage suspendiert.«

»Wir beide sind hier ganz allein, du Hexe.« Wütend stieß er sie mit beiden Händen an. »Du wirst gleich herausfinden, dass dein verdammter Rang nichts zu bedeuten hat.«

»Berühren Sie mich noch ein einziges Mal.« Ihr war bewusst, dass ihre Worte ihn noch mehr in Rage brachten. Was auch ihre Absicht war. »Berühren Sie mich noch ein einziges Mal, und Sie sind Ihre Dienstmarke für immer los. Sie stehen unter Drogeneinfluss und zum zweiten Mal an einem Tag haben Sie eine höherrangige Beamtin konfrontiert, bedroht und attackiert. Wenn Sie nicht sofort in Ihren Wagen steigen und verschwinden, sorge ich dafür, dass man Sie fristlos aus dem Dienst entlässt.«

»Ach, fick dich doch ins Knie.« Er gab ihr eine Ohrfeige, und während er die Fäuste ballte, drehte sie sich angetrieben von der Wucht des Schlages einmal um sich selbst und schlug ihm krachend ihre eigenen Fäuste ins Gesicht. »Nein, bitte. Fick dich selbst ins Knie.«

Er hatte offensichtlich nicht mit Gegenwehr gerechnet, und während aus seinem Mund ein Rinnsal leuchtend roten Blutes lief, taumelte er leicht benommen einen Schritt zurück.

»Lassen Sie es gut sein«, warnte sie, doch er ging nochmals auf sie los.

Obwohl seine Faust nur ihre Schulter streifte, spürte sie den Schmerz im ganzen Arm. Trotzdem merkte sie, dass er zu schlagen war. Denn obwohl er deutlich größer war als sie und seine Arme merklich länger als die ihren waren, machte der Zorn ihn praktisch blind.

Sie wehrte seine Fäuste ab und schlug ihm erneut ins Gesicht. »Verdammt, nun hör schon auf!«

Hinter ihr erklang das laute Dröhnen eines Motors, und sie wusste, dass ihr Mann in Richtung Tor geschossen kam. *Zeit, die Sache zu beenden, ehe jemand ernsthaft Schaden nahm.*

Doch noch während sie dies dachte, nahm sie aus dem

Augenwinkel die Bewegung wahr. Und trat Garnet instinktiv so fest gegen den Unterarm, dass seine Waffe durch die Gegend flog und krachend erst gegen das Tor und danach auf den Boden fiel.

»Sie sind total verrückt geworden«, stellte sie mit ehrlichem Verblüffen fest. »Sie sind ja völlig durchgeknallt.«

Wie um die Worte zu beweisen, ging er nochmals auf sie los. Im selben Augenblick jedoch schwang hinter ihm das Tor der Einfahrt auf, krachend fiel eine Autotür ins Schloss und schnelle Schritte waren zu hören.

»Ich habe sie«, erklärte Eve, als Roarke sich nach der Waffe bücken wollte. »Kein Problem, ich habe sie.«

»Dann steck sie besser ein, bevor ich sie erwische«, gab er kalt zurück.

Mit blutendem Mund und bereits leicht geschwollenem Auge blickte Garnet zwischen ihnen beiden hin und her. »Die Angelegenheit ist noch nicht erledigt!« Wütend stürmte er zu seinem Wagen, riss die Tür auf, schwang sich auf den Sitz und trat mit einem lauten »Ich werde dich fertigmachen, Fotze!« schnellstmöglich den Rückzug an.

»Du lässt ihn einfach ziehen?«

»Fürs Erste.« Eve ließ die lädierte Schulter kreisen. »Ich will sehen, was er macht. Denn er ist völlig außer sich. Aber natürlich werde ich die Sache melden – die ich vom Anfang bis zum Ende aufgenommen habe. Wenn alles nach Plan verläuft, können die Kollegen diesen Bastard morgen früh kassieren. Ich denke, dass die Drohung, ihn wegen des Angriffs auf mich anzuzeigen, reicht, damit er Oberman verpfeift.«

»Du hättest ihn auch jetzt schon einkassieren können.«

Roarke hielt ihr die Waffe hin. »Nur willst du keinen Deal mit diesem Kerl.«

»Da hast du völlig recht. Ich will sie alle für die korrupten Geschäfte drankriegen – dafür reichen die Beweise morgen vielleicht aus.« Sie spannte ihre Finger an und zuckte mit den Achseln, als sie die aufgerissenen Knöchel sah. »Trotzdem habe ich ihm durchaus gerne ein paar reingehauen.«

Roarke legte eine Hand unter ihr Kinn und strich mit einer Fingerspitze über ihren Mund. »Deine Lippe blutet.«

Eilig stellte sie ihren Rekorder wieder aus. »Ich habe ihn mit Absicht einen Treffer landen lassen. Denn kein Strafverteidiger der Welt kommt gegen diese Aufnahme von seinem Schlag und dem versuchten neuerlichen Angriff an. Weshalb er in der Falle sitzt.«

»Ich wünschte mir, du würdest dein Gesicht nicht ganz so häufig als Ermittlungswerkzeug nutzen. Weil es mir auch ohne Macken durchaus gut gefällt.«

Sie verzog den Mund zu einem Grinsen und zuckte zusammen, denn tatsächlich tat ihr die Lippe ziemlich weh. »Das solltest du inzwischen doch gewöhnt sein. Aber trotzdem vielen Dank, dass du mich retten wolltest. Du solltest eine weiße Rüstung tragen. Denn die Guten tragen schließlich immer Weiß.«

»Schade, dass Schwarz mir einfach besser steht.«

»Lass uns reingehen. Weil ich noch einen korrupten Cop und seine Knarre melden muss, für die er sicher keinen Waffenschein besitzt.«

»Ein ganz schön aufregender Tag«, bemerkte Roarke.

Der längst noch nicht vorüber war.

Als Renee Oberman nach einem stundenlangen Abendessen, das wie stets von einem ellenlangen Vortrag ihres Vaters untermalt gewesen war, nach Hause kam, tigerte Bill Garnet vor der Tür ihres Apartments auf und ab.

Ein Blick in sein Gesicht verriet, dass er direkt von einer Prügelei zu ihr gekommen war.

Genau das hatte zu ihrem Glück an diesem Abend noch gefehlt.

»Fahr nach Hause, Bill, und leg dir erst mal einen Eisbeutel aufs Auge«, riet sie ihm.

Er packte sie, als sie die Schlüsselkarte in den Schlitz schob, und gereizt riss sie den Arm zurück.

»Ich habe keine Lust auf ein Gespräch.«

»Das ist mir scheißegal.« Er stieß die Tür der Wohnung auf und schob sie unsanft in den Flur.

Sie wirbelte empört und gleichzeitig schockiert zu ihm herum. »Schubs mich nicht noch einmal, ja?«

»Ich mache sogar noch viel mehr. Denn ich habe endgültig die Schnauze voll davon, alles so zu tun, wie du es willst. Denn deshalb hat das blöde Weib mich suspendiert.«

»Dafür hast du ganz allein gesorgt. Du hast dich offenbar nicht mehr im Griff, was auch dein jetziges Verhalten zeigt. Ich habe dir gesagt, ich kümmere mich um die Suspendierung.«

»Dann *kümmer* dich, verdammt noch mal!« Heiße Zornesröte überzog sein angeschwollenes Gesicht.

Er war vollkommen durchgedreht, erkannte sie und fuhr mit einer Mischung aus Verständnis und Erschöpfung fort. »Ich tue alles, was in meiner Macht steht. Himmel, ich bin sogar schon selbst zu dieser Frau gegangen, damit sie es sich noch einmal überlegt. Nachdem sie sich nicht erweichen lassen hat, habe ich sogar meinen Vater angefleht, dass er mit Whitney spricht.«

»Und, wird er das tun?«

»Morgen.« Doch auch wenn ihr Vater mit ihm spräche, mischte er sich sicher nicht in die Entscheidung seines Amtsnachfolgers ein. Das hatte er ihr deutlich zu verstehen gegeben, als sie mit dem Anliegen an ihn herangetreten war.

Entschlossen wandte sie sich ab, marschierte Richtung Küche, nahm dort eine Flasche Whiskey und zwei Gläser aus dem Schrank und schenkte ihnen beiden ein.

Wie hatte sie nur je auf den Gedanken kommen können, dass ihr Vater sich für sie verwenden würde? Der perfekte Ex-Commander, der sich selbst nach seiner Pensionierung noch penibel an die Regeln hielt.

Trotzdem zeigte sie ihren gewohnt kühlen Gesichtsausdruck, als sie sich wieder zu Garnet umdrehte. Denn es wäre sinnlos, ihm zu zeigen, dass sie auf verlorenem Posten standen, während er in diesem Zustand war.

»Trink was und beruhig dich erst einmal.«

»Ich schlucke keine Suspendierung, und ich lasse auch nicht zu, dass ihr mich vom Geraldi-Deal ausschließt. Wenn du das auch nur versuchst, mache ich dich fertig.«

»Alles klar. Doch erst einmal zu dir. Wer hat dich so zugerichtet?«

Er stürzte seinen Whiskey herunter und stieß schnaubend aus: »Was meinst du wohl?«

Statt ihr Glas zu leeren, stellte sie es abrupt auf den Tisch, denn ihre Finger zitterten vor Wut. »Du willst mir doch wohl nicht erzählen, du hättest dich noch mal mit Dallas angelegt? Verdammt, du willst mir doch bestimmt nicht allen Ernstes sagen, dass du sie gesucht und angegriffen hast? Zum zweiten Mal an einem Tag?«

»Sie hatte es verdient. Denn sie hat mir die Dienstaufsicht auf den Hals gehetzt. Diese Hure hat die Schnüffler auf mich angesetzt. Was sie zutiefst bereuen wird, wenn ich erst mit ihr fertig bin.«

Die Erwähnung der Dienstaufsicht traf sie wie ein Fausthieb ins Gesicht, denn durch sie gerieten die Geschäfte, die sie machte, ernsthaft in Gefahr.

Dieser gottverdammte Garnet. Dieses gottverdammte Weib vom Mord.

»Verflucht noch mal! Anscheinend habe ich es ausnahmslos mit Volltrotteln zu tun! Freeman und Manford sollten sie beschatten, doch bereits nach fünf Minuten war sie verschwunden. Und dann bist du noch einmal losgefahren und hast dich offen mit ihr angelegt. Wie zum Teufel hast du …« Sie bekam vor lauter Zorn nur noch mit Mühe einen Ton heraus. »Freeman hat es dir gesagt. Du hast ihn dazu gebracht, dir zu verraten, dass sie weggefahren ist. Was in aller Welt hast du gemacht? Verdammt, erzähl mir bitte nicht, dass du bei ihr zuhause warst.«

»Ich war bei dem Haus, in das sich diese Hure reingeschlafen hat.« Er umklammerte sein Glas so fest, dass man das Weiß von seinen Knöcheln sah. »Na und? Ihr Wort steht gegen meins, und Freeman wird behaupten, dass wir zwei den ganzen Abend lang zusammen waren und ich nicht mal in der Nähe dieser Fotze war.«

Konnte es tatsächlich sein, dass die Welt um sie herum zusammenbrach? Männer. Diese gottverdammten Kreaturen, die einfach zu faul oder zu blöde zum Denken waren. Doch sie ließe nicht zu, dass einer dieser Kerle alles kaputtmachte, was ihr gehörte. Wofür sie geschuftet, was sie selbst geschaffen hatte.

Dass sie all ihre Besitztümer mit einem Mal verlor.

Sie rang mühsam um Beherrschung, griff erneut nach ihrem Glas. Und nutzte ihren kalten, glasklaren Verstand.

»Also gut. Wir werden diese Sache regeln. Werden uns um diese Tussi kümmern. Damit sie uns nicht noch einmal in die Quere kommen kann.«

»Wird auch allmählich Zeit.«

»Ich muss mir überlegen, wie dabei am besten vorzugehen ist. Fahr du erst mal zu Freeman und sieh zu, dass irgendjemand euch zusammen sieht. Dann fahr heim und warte meinen Anruf ab. Ich melde mich bei dir, sobald ich weiß, wie sich das Weib am günstigsten aus dem Verkehr ziehen lässt.«

»Lass mich das machen. Ich will sie erledigen.«

»Okay, aber es wird ein bisschen dauern, mir zu überlegen, wie du am besten vorgehst. Zwei, drei Stunden. Triff dich in der Zwischenzeit mit Freeman, fahr mit ihm auf ein paar Drinks an einen öffentlichen Ort, und dann fahr heim und warte dort, bis ich mich bei dir melde, Bill.«

»Entweder du meldest dich noch heute Nacht, oder ich kümmere mich selbst um diese Frau. Auf meine Art.«

»Das wird nicht nötig sein.« Sie nahm sein leeres Glas. »Und jetzt hau ab.«

»Kommandier mich nicht so rum, Renee, sonst wird es dir noch einmal leidtun.«

Trotzdem trat er in den Flur und zog die Tür mit einem lauten Knall hinter sich zu.

Sie trug sein Glas zur Spüle, wo sie es mit voller Wucht auf die Keramikplatte knallen ließ. »Dieses verdammte Arschloch!«

Er allein war schuld an allem, was in den vergangenen Tagen schiefgelaufen war. Daran, dass der blöde Keener mit zehn Riesen abgehauen und dadurch zu einem Risiko für sie geworden war. Einzig deshalb musste sie den Kerl aus dem Verkehr ziehen lassen, weshalb Dallas ihr jetzt derart auf den Füßen stand. Und ihr keine andere Wahl geblieben war, als Whitneys Weigerung, das Weib von den Ermittlungen in dieser Sache abzuziehen, zu schlucken, und sich obendrein vor ihrem halsstarrigen, unbeugsamen alten Herren zu entblößen, damit der ihr aus der Patsche half.

Garnet wurde langsam, aber sicher zu einer Belastung für ihr Unternehmen. Etwas ruhiger schenkte sie sich einen zweiten Whiskey ein. Wenn man Belastungen nicht kompensieren konnte, musste man sie ausschalten.

Nachdenklich ging sie zurück ins Wohnzimmer, das sie mit Sorgfalt und mit Eleganz, aber in einem finanziellen Rahmen eingerichtet hatte, der ihrem Gehalt als Chefin eines Dezernats entsprach.

Weil sie anders als die meisten ihrer Leute keine Närrin war.

Und sich nur in ihrer Villa auf Sardinien all die Dinge gönnte, die sie sich aus Vorsicht hier verkniff. Dort konnte sie in Luxus schwelgen und auf ausgedehnte Shoppingtouren in exklusive Galerien, Boutiquen und bei teuren Juwelieren gehen, während eine Heerschar modernster Droiden in den schicken Räumlichkeiten und dem ausgedehnten Garten nach dem Rechten sah.

Niemand würde ihr das jemals wieder nehmen, schon gar nicht Garnet, der als Liebhaber bereits vor Langem seinen Reiz verloren hatte und inzwischen auch für ihr Geschäft gefährlich war.

Höchste Zeit, ihn sich vom Hals zu schaffen, und zwar ein für alle Mal.

Sie zog ihr Prepaid-Handy aus der Tasche und rief Bix auf dessen Prepaid-Handy an.

»Sind Sie allein?«

»Ja, Ma'am.«

»Gut. Ich habe nämlich ein Problem, bei dem mir außer Ihnen niemand helfen kann.«

Er sah sie schweigend an, doch schließlich fragte er: »Was soll ich tun?«

15

Eve rief Whitney an, berichtete von dem erneuten Zwischenfall mit Garnet, schrieb im Anschluss alles auf und hängte ihre Aufnahme der Auseinandersetzung an.

»Vielleicht würde dich ja interessieren zu erfahren, was ich rausgefunden habe, während du dich vor dem Tor geprügelt hast.«

»Er hat mir aufgelauert, als ich …« Sie stieß sich von ihrem Schreibtisch ab und pikste Roarke mit ihrem Zeigefinger an. »Du hast was über sie.«

»Nicht alles, aber viel. Ich brauche noch ein bisschen Zeit, bis die Recherche zu Renee vollständig abgeschlossen ist. Aber über Garnet habe ich inzwischen eine ganze Menge rausgefunden, womit ich ihn dir und der Dienstaufsicht mühelos ans Messer liefern kann.«

Grinsend und mit neuerlichen Lippenschmerzen nahm sie wieder Platz. »Ich liebe dich.«

»Das ist eine wunderbare Nachricht. Wobei du mir das noch mit jeder Menge Sex beweisen kannst.«

»Wir hatten erst vor ein paar Stunden Sex.«

»Nein, vor ein paar Stunden haben wir uns geliebt, und zwar auf eine Art, dass sicher ein paar Engel in Tränen der Rührung ausgebrochen sind. Für das, was ich dir biete, will ich Sex, denn es hat mir echte Kopfschmerzen bereitet, die dämliche Grenze nicht zu überschreiten, die dir derart wichtig ist. Dafür will ich völlig irren Sex, der in eine faszinierende Geschichte eingebettet ist, möglichst mit Kostümen und mit jeder Menge Requisiten.«

»Findest du nicht auch, dass du ein bisschen übertreibst?«

»Auf keinen Fall.« Fröhlich warf er ihr eine Diskette zu. »Er besitzt ein Haus auf den Kanaren. Unter dem Namen Garnet Jacoby – offenbar, weil seine Urgroßmutter mütterlicherseits vor ihrer Hochzeit ebenfalls Jacoby hieß. Das heißt, er ist ein hoffnungsloser Amateur.«

»Was für ein Haus?«

»Ein ziemlich schickes Haus auf einem riesengroßen Grundstück. Die fünfeinhalb Millionen dafür hat er bar bezahlt. Dem Pass nach ist Jacoby ein britischer Unternehmer, der sich auf der Sonneninsel noch zwei dicke Schlitten und ein Boot leistet. Oder eher eine Yacht. Als Jacoby hat er keine braunen, sondern grüne Augen, ist ein bisschen jünger und alleinstehend, seit seine Frau bei einem Kletterunfall umgekommen ist.«

»Das ist wirklich traurig.«

»Außerdem hat er ein dickes Konto unter diesem Namen und ein etwas kleineres, vielleicht als Notreserve, das auf einen dritten Namen läuft. Jacoby Lucerne, weil so die Straße heißt, in der er aufgewachsen ist. Als Lucerne ist er

Australier. Zusammen sind die drei – Garnet, Jacoby und Lucerne – um die 60 Millionen schwer. Was für einen kleinen Cop nicht übel ist.«

»Und mich hat er als Hure tituliert.«

Roarke nahm auf der Kante ihres Schreibtischs Platz. »Es täte mir sehr leid, wenn dich das verletzt hätte.«

»Es hat mich nicht verletzt, aber in höchstem Maße geärgert, dass mich ausgerechnet dieser Wichser so bezeichnet hat.«

»Okay.«

»Und was ist mit Renee?«

»Für sie brauche ich noch ein bisschen Zeit. Weil sie deutlich cleverer als Garnet ist. Ich bin ihr auf der Spur, aber trotzdem will ich erst noch ein paar Dinge überprüfen, um mir ganz sicher zu sein. Willst du gar nicht wissen, wie ich an die Daten rangekommen bin?«

»Nein. Du hast gesagt, du würdest meine Grenze respektierten, also hast du das auf jeden Fall getan. Es tut mir leid, wenn dir das Kopfschmerzen bereitet hat.«

»Wogegen es Tabletten gibt. Ich habe auch die Infos über Bix auf die Diskette geladen. Der Kerl hat's mir nicht leicht gemacht, weshalb ich unbedingt Kostüme will. Denn obwohl er meiner Meinung nach nicht schlauer ist als Garnet, hat er sich erheblich besser abgesichert.«

»Interessant.«

»Auf jeden Fall. Er gibt das Geld nicht aus, sondern hat es auf diversen Konten angelegt. Und hat bei der Eröffnung von jedem Konto einen anderen Namen sowie eine andere Nationalität genannt. Das Einzige, was er sich leistet, ist ein kleines Häuschen oder eher eine Hütte in Montana, die nicht mal den Bruchteil dessen wert ist, was sein Partner für das Haus auf den Kanaren ausgegeben hat. Außerdem besitzt er einen Geländewagen sowie Waffen, die er unter einer Reihe seiner Aliasnamen sammelt, weshalb das bisher niemandem aufgefallen ist. Wobei er inzwischen ein recht hübsches Arsenal zusammenhat. Trotzdem ist er offensichtlich niemand, der in irgendeinem Luxus schwelgt.«

»Dann geht's ihm also weniger ums Geld als ums Gehorchen«, meinte Eve.

»Ich habe auch schon mit den anderen angefangen und bin bereits ziemlich weit gekommen. Aber du bist wohl vor allem an diesen dreien interessiert.«

»Das stimmt. Hast du was über Brinker rausgefunden?«

»Brinker«, wiederholte Roarke mit nachdenklicher Stimme, nickte aber schließlich mit dem Kopf. »Ach ja, richtig. Er hat dieses kleine Schloss in Baden-Baden, wo bestimmt auch seine Wurzeln liegen, ein Herrenhaus in Surrey und drei Geliebte.«

»Drei? Kein Wunder, dass der Kerl im Dienst nur schläft.« Dann hatte Lilah sich in diesem Kerl also getäuscht. »Wie steht's mit Asserton und Sloan?«

»Bisher habe ich bei den beiden nicht das Mindeste entdeckt, was wahrscheinlich heißt, dass es auch nichts zu finden gibt.«

»Da hast du sicher recht. Also sieh dir lieber erst einmal die anderen Kandidaten an. Wir werden Garnet morgen früh der Dienstaufsicht servieren, und zwar garniert mit meiner Anzeige wegen des Wutanfalls, den er vorhin vor unserem Haus bekommen hat. Der Kerl ist also bereits weich gekocht, wobei die Dinge, die du rausgefunden hast, die Sauce zu dem Braten sind.«

»Der Küchenvergleich lenkt mich nicht davon ab, dass du

den Kerl den Schnüfflern nicht allein servieren willst. Du willst, dass auch Renee auf diesem Teller liegt.«

»Dann wäre das Gericht noch leckerer«, räumte sie unumwunden ein, fügte jedoch mit einem leichten Kopfschütteln hinzu: »Aber jetzt genug vom Essen. Es wäre mir einfach lieber, diese Tussi festzunageln, ehe Garnet festgenommen wird. Sie und all die anderen. Aber wenn das nicht klappt, wird's auch anders gehen. Denn im Notfall wird er sie verpfeifen, aber trotzdem ebenfalls für derart viele Jahre hinter Gittern landen, dass ich mich damit zufriedengeben kann. Wenn du also erst mal Feierabend machen möchtest ... kein Problem.«

»Hältst du mich tatsächlich für ein solches Weichei?«

»Bring mich bitte nicht noch mal zum Lächeln. Das tut nämlich ziemlich weh.«

»Ich werde die Recherche noch zu Ende führen. Falls ich noch nicht fertig bin, wenn wir uns kurz aufs Ohr hauen wollen, kann ich das Programm bestimmt so einstellen, dass es alleine weitersucht.«

»Ich muss Webster kontaktieren.« Sie griff nach ihrem Link.

»Eve. Er hat ein Rendezvous.«

»Na und? Ich muss ihm trotzdem ...« Sie brach ab und fuhr zusammen, so, als täte ihr die Lippe wieder weh. »Glaubst du, sie haben Sex?«

»Soll ich raten? Ja. Wahrscheinlich schon.«

»Davon will ich gar nichts wissen. Denn ich weiß, wie Webster aussieht, wenn er Sex hat«, stöhnte sie.

Roarke schnipste mit seinem Zeigefinger gegen ihren Kopf. »Ich frage mich, warum du mich daran erinnern musst.«

Jetzt presste sie die Finger an die Lippe, um sie festzuhalten, da ihr Wunsch zu lachen einfach übermächtig war. »Ist mir einfach rausgerutscht. Wobei du meiner Meinung nach beim Sex erheblich attraktiver bist als er.«

»Das hast du wirklich süß gesagt, mein Schatz.«

»Und jetzt muss ich mir den Sarkasmus abkratzen, mit dem du mich mal wieder überschüttet hast, und ihm zumindest auf die Mailbox sprechen, dass er morgen früh um sieben hier sein soll.«

Bix holte Garnet gegen eins in seiner Wohnung ab.

»Wurde auch allmählich Zeit«, fuhr der ihn an.

»Es hat etwas gedauert, bis der Lieutenant wusste, wie am besten vorzugehen ist. Weil schließlich niemand einen Fehler machen darf. Sie hat gesagt, du hättest dich noch mal mit Dallas angelegt. Und schließlich müssen wir vermeiden, dass herauskommt, dass du wieder auf sie losgegangen bist.«

»Freeman gibt mir ein Alibi«, stieß Garnet widerwillig aus. »Hätte Oberman ihren verdammten Job gemacht, hätte ich gar kein Alibi gebraucht.«

Bix sah ihn von der Seite an. »Hat Dallas dich so zugerichtet?«

Vor Zorn und Scham bekam der andere Mann ein hochrotes Gesicht. »Sie ist plötzlich völlig unerwartet auf mich losgegangen, aber sie sieht auch nicht besser aus.« Diese Lüge hatte er auch Freeman aufgetischt, inzwischen glaubte er fast selbst, dass es so war. »Sie ist mit gezückter Waffe auf mich losgegangen und hat gesagt, sie würde dafür sorgen, dass ich meinen Job verliere und dass meine Chefin jede Menge Ärger kriegt«, schmückte er die Geschichte weiter aus. Denn schließlich war ihm klar, dass Bix dem Lieutenant treu ergeben war. »Weil sie eifersüchtig auf Oberman ist. Deshalb will sie sie fertigmachen und ihr Scherereien machen. Wenn sie genügend Wirbel macht, könnte es passieren, dass es mit dem gesamten Trupp den Bach runtergeht. Dann würden wir alle in der Scheiße sitzen, Bix.«

»Wahrscheinlich.«

»Also, was haben wir vor? Du hast mir noch nicht erklärt, wie wir vorgehen sollen.«

»Die Chefin sorgt dafür, dass die Frau von einem angeblichen Spitzel einen Tipp bekommt. In Bezug auf Keener. Weil sie den Fall Keener unbedingt zum Abschluss bringen und dazu benutzen will, die Chefin in Verruf zu bringen. Deshalb sorgen wir dafür, dass sie noch mal zum Fundort ihrer Leiche kommt.«

»Das ist gut.« Zufrieden klopfte Garnet sich ein wenig weißes Pulver in die Hand und atmete es ein. Denn er wollte topfit sein, während er das Weib in Stücke schnitt. »Was ist das für ein Tipp?«

»Danach habe ich den Lieutenant nicht gefragt, weil das für mich nicht weiter von Interesse ist. Wenn sie sagt, dass sie die Frau zum Fundort der Leiche schickt, schickt sie sie dorthin, und wir erledigen den Rest. Womit die Sache für uns abgeschlossen ist.«

»Vielleicht meldet sie ja der Zentrale, wo sie hinfährt.« Obwohl es in seinem Schädel rauschte, bemühte sich Garnet, Renees Plan zu überdenken und eventuelle Schwachstellen aufzutun. »Oder zumindest ihrer Partnerin.«

»Na und?«

»Okay. Dann ziehen wir beide aus dem Verkehr.« Worauf er ganz versessen war. »Was vielleicht sowieso das Beste ist. Noch besser wäre es, wenn wir jemanden hätten, dem man alles in die Schuhe schieben könnte. Keener und die beiden Weibsbilder.«

»Die Chefin arbeitet daran«, erklärte Bix ihm knapp und hielt ein Stückchen vor dem Haus am Straßenrand.

»Dallas gehört mir.« Garnet klopfte auf die Messerscheide, die er stets am Gürtel trug. »Vergiss das nicht.«

»Meinetwegen.«

»Hast du mir einen Stunner mitgebracht? Die blöde Fotze hat mir meinen abgenommen.«

»Das erledigen wir drinnen.«

Schweigend liefen sie den kurzen Weg bis zu dem leer stehenden Haus. Bix war klar, dass sie bestimmt gesehen wurden, doch in ihre Nähe würde sich wahrscheinlich niemand wagen. Denn alleine seine Größe schreckte potenzielle Räuber bereits ab.

Und falls doch jemand die Dreistigkeit besäße, auf sie zuzukommen, täte er, was er tun müsste. Denn er hatte ganz eindeutige Befehle, und die würde er befolgen, so wie er es immer tat.

Er löste das Siegel von der Tür und schloss sie auf.

»Hier drin ist es so finster wie in einem Grab. Und es riecht sogar noch schlimmer.« Garnet zerrte eine kleine Taschenlampe aus der Tasche und beleuchtete den stinkenden, vermüllten Raum. »Ein guter Ort, um dieses Weib ins Jenseits zu befördern. Ich will, dass sie sieht, wie ich es tue. Will, dass sie mir ins Gesicht sieht, wenn ich sie in Stücke schneide.«

Bix riss schweigend Garnets Kopf zurück und zog die scharfe Klinge seines Messers einmal über seinen Hals.

Womit seine Aufgabe erledigt war.

Er bedauerte es kurz, als Garnet gurgelnd in die Knie ging. Weil sie sich zwar nicht wirklich sympathisch gewesen waren, aber immerhin im selben Dezernat gearbeitet hatten.

Dann drückte er den Generalschlüssel, mit dem er aufgeschlossen hatte, in die Hand des toten Partners, schob ihn danach in dessen Jackentasche, zog im Gegenzug das Prepaid-Handy und die Brieftasche heraus und tütete die beiden Gegenstände und das Messer, das er kurz zuvor verwendet hatte, ein. Entsorgen würde er die Sachen anderswo.

Schließlich suchte er die Tüte mit dem weißen Pulver, von dem Garnet in der letzten Zeit zu viel genossen hatte, tauchte zwei Finger des Toten in den feinen Staub und steckte auch den Beutel ein.

In gewisser Weise würde es so wirken, wie es tatsächlich gewesen war. Garnet hatte sich mit jemandem hier treffen wollen, und nachdem bei diesem Treffen etwas schiefgelaufen war, hatte sich der Mörder mit den Wertsachen des Toten aus dem Staub gemacht.

Bix richtete sich wieder auf, befreite seine eingesprühten Hände sorgfältig vom Blut, wandte sich ab und ging davon. Die Tür ließ er hinter sich auf, denn das hätte ein Mörder auf der Flucht wahrscheinlich ebenfalls getan.

Er stieg in den Wagen, fuhr in Richtung Norden und rief den Lieutenant an. »Die Sache ist erledigt, Boss.«

Ihr knappes Nicken war ihm Lohn genug.

»Vielen Dank, Detective. Werden Sie die Waffe los, fahren in Garnets Wohnung und entsorgen alles, was dort zu entsorgen ist.«

»Zu Befehl, Ma'am.«

Während Bix im Kreis durch die Stadt fuhr, um den Inhalt seiner Tüte an diversen Stellen in den Hudson River zu entsorgen, betrat Roarke das Arbeitszimmer seiner Frau.

Sie hielt sich nur mit reiner Willenskraft noch wach. Wahrscheinlich würde eine Blutprobe bei ihr ergeben, dass im Augenblick vor allem Koffein durch ihre Adern floss.

»Marcia Ambrone.«

Sie blickte blinzelnd auf. »Wer soll das sein?«

Oh ja, sie machte wirklich langsam schlapp. »Überleg mal«, schlug er vor.

»Diesen Namen habe ich noch nie gehört. Ich muss nur schnell noch … verdammt. Du hast das Weib?«

Jetzt war sie wieder völlig wach, erkannte Roarke. »Ich möchte das Paket noch hübsch verpacken, deshalb lasse ich sie noch ein bisschen eingehender überprüfen, aber ja, ich habe sie.«

»Ambrone, das ist ein – wie zum Teufel nennt man diese Dinger noch einmal? Ja genau, ein Anagram. Oberman – Ambrone. Und Marcia, weil ihr Vater Marcus heißt. Das ist ein gottverdammtes Testament oder vielleicht ein böser Fingerzeig für ihren alten Herrn.«

»Wozu Mira sicher noch sehr viel zu sagen haben wird.« Er trat vor ihren Tisch, schaltete den Computer aus, und als sie protestieren wollte, schüttelte er knapp den Kopf. »In nicht einmal sechs Stunden hast du schon dein nächstes Briefing.« Kurzentschlossen zog er sie von ihrem Schreibtischstuhl. »Sie hat eine Villa auf Sardinien, ein Penthouse in Rom und einen Schweizer Pass. Der praktisch nicht als Fälschung zu erkennen ist«, fügte er auf dem Weg in Richtung Schlafzimmer hinzu. »Sie hat dafür wahrscheinlich eine ziemlich große Summe auf den Tisch gelegt. Der Gesamtwert ihrer Immobilien und Geldanlagen beträgt über 200 Millionen, aber sicher hat sie nebenher noch ein paar kleinere Beträge in verschiedenen anderen Verstecken liegen.«

»Ich verstehe nicht, warum sie nicht schon längst für immer nach Sardinien abgehauen ist und dort das Geld mit beiden Händen ausgibt, das sie hier gescheffelt hat. Warum geht sie weiter jeden Tag zur Arbeit und setzt alles daran, dass sie es irgendwann zum Captain und vielleicht sogar Commander bringt? Warum hat sie nicht schon längst den Dienst quittiert, liegt irgendwo am Strand und fächert sich mit dem schmutzigen Geld, das sie gemacht hat, eine kühle Brise zu?«

»Warum stellst du diese Frage ausgerechnet mir?«

»Weil du genauso bist.« Müde nahm sie auf der Sofalehne Platz und zog sich die Stiefel aus. »Aber ich glaube, dass ich selber weiß, warum sie noch nicht abgehauen ist. Es geht ihr um den Kick, die Challenge und um ihr Geschäft. Denn, verdammt, es ist doch sicher noch viel mehr herauszuholen aus diesem *Business*. Weshalb sie es wahrscheinlich nie aufgeben wird. Denn es ist für sie viel mehr als nur ein Job. Es macht sie selber aus. Das ist ihre Persönlichkeit.«

»Nachdem ich mir ihre verschiedenen Leben angesehen habe, stimme ich dir zu. Sie bringt durchaus Zeit als Marcia zu. Hat einen Privatflieger in Baltimore, mit dem sie ein-, zweimal im Monat nach Sardinien fliegt. Hauptsächlich im Winter, aber manchmal auch im Sommer fliegt sie für mehrere Wochen rüber, doch den Großteil ihrer Zeit verbringt sie in New York, weil sie hier schließlich ihr Geschäft zu führen hat«, erklärte er.

»Und hier«, führte er weiter aus, »lebt sie derart genau im Rahmen ihrer Möglichkeiten, dass es fast schon auffällig zu nennen ist. Zahlt jede Rechnung gleich, nachdem sie sie erhält, und leistet sich nie etwas, was mit ihrem Gehalt als Polizistin nicht vereinbar ist. Sie gönnt sich offiziell niemals auch nur den allerkleinsten Luxus, was meiner Meinung nach bedeutet, dass sie die Extras, die sie sich bestimmt auch manchmal hier zuhause leistet, immer bar bezahlt.«

»Sie ist eine Pedantin, deshalb sind die Bücher, die sie über ihr Geschäft führt, sicher akkurat und detailliert. Strong vermutet, dass sie irgendwelche Sachen in ihrem Büro versteckt. Ich gehe also jede Wette ein, dass sie eine Kopie der Bücher dort und eine weitere in ihrer Wohnung hat. Weil sie ein Kontrollfreak ist und weil sie so an ihrem Schreibtisch sitzen und sich diebisch vor den Augen ihres Vaters, dessen lebensgroßes Bild an ihrer Wand hängt, über all die ordentlichen Zahlenreihen freuen kann.«

Sie zog ihr Schlafshirt an und rollte sich aufs Bett. »Es geht immer um dieselbe Sache. Geld ist Macht, und Macht ist Geld. Sie hat beides, wenn sie die Kontrolle über alles hat, und die Position als Chefin öffnet ihr die Tür zu mehr Geld und Macht. Sex und Befehlsgewalt sind Werkzeuge, mit denen sie noch mehr davon erlangen kann. Durch ihre Dienstmarke wird ihr dabei der Weg geebnet, und die Morde werden einfach unter den Geschäftskosten verbucht.«

»Es gibt noch andere wie sie.« Roarke schob sich neben Eve und zog sie eng an seine Brust. »Ich habe schon genügend andere wie sie gekannt. Und manchmal ausgenutzt, wenn es mir ratsam schien, obwohl ich bis vor Kurzem Cops im Allgemeinen möglichst aus dem Weg gegangen bin.«

»Aber Cops wie wir sind in der Überzahl. Das muss ich einfach glauben.«

»Seit ich täglich miterlebe, wie ihr echten Bullen eure Arbeit macht, wie ihr denkt und was ihr alles wagt und opfert, kann ich mit Bestimmtheit sagen, dass einer von euch problemlos mindestens ein Dutzend dieser anderen Bullen in die Tasche steckt. Und jetzt mach deine Augen zu.« Er glitt mit seinen Lippen über ihren Mund. »Denn es ist einfach klüger, nicht völlig ermattet in den Kampf zu ziehen.«

»Du hast deine Geschäfte für mich aufgegeben. Warst bereits dabei, sie aufzugeben, als wir uns zum ersten Mal begegnet sind, aber danach hast du von einem auf den anderen Tag vollkommen Schluss damit gemacht.«

»Die Geschäfte, die ich damals noch betrieben habe, waren sowieso nur noch so etwas wie ein Hobby. Wie das Sammeln alter Münzen oder so.«

Sie wusste, dass das deutlich untertrieben war, und während sie die Augen schloss, stieß sie mit rauer Stimme aus: »Das vergesse ich dir nie.«

Um 4.20 Uhr klingelte ihr Handy, laut fluchend tastete sie nach dem Apparat.

»Dallas.«

»Lieutenant. Hier spricht Detective Janburry vom 16. Revier. Tut mir leid, falls ich Sie aus dem Schlaf gerissen habe.«

»Warum haben Sie es dann getan?«

»Nun, ich habe eine Leiche, die am Fundort einer Ihrer Leichen liegt. Zumindest stand Ihr Name auf dem Siegel an der Tür.«

»In der Nähe der Canal Street?«

»Ja, genau. Ich kümmere mich um den Toten, Lieutenant, aber trotzdem wollte ich Sie informieren. Vor allem, weil er einer unserer Leute war.«

»Und wer?«, erkundigte sie sich, obwohl sie es schon wusste und ihr Magen sich zusammenzog.

»Ein Detective William Garnet. Von der Drogenfahndung auf dem Hauptrevier.«

»Halten Sie die Stellung, bis ich dort bin, ja? Ich mache mich umgehend auf den Weg. Transportieren Sie die Leiche noch nicht ab.«

»Meinetwegen. Aber trotzdem ist dies mein Fall, und ich habe Sie bestimmt nicht angerufen, weil Sie diese Sache übernehmen sollen.«

»Alles klar, und nochmals vielen Dank, Detective. Trotzdem fahre ich jetzt sofort los.«

Sie warf ihr Handy fort, schwang ihre Beine aus dem Bett, raufte sich die Haare und lief fluchend auf und ab. »Ich habe den Mann laufen lassen, und jetzt haben sie ihn in ihrem Auftrag kaltgemacht. Verdammt, verdammt, verdammt. Ich hätte ihn auch auf die Wache schleifen können, um ihn mit den Fakten, die ich hatte, unter Druck zu setzen. Aber das war nicht genug. Ich wollte sie ins Schwitzen bringen. Wollte noch mehr Zeit, um mir ein Bild zu machen und zu sehen, was sie als Nächstes ausprobiert. Jetzt ist er tot.«

»Mach dir bitte keine Vorwürfe, weil ein korrupter Bulle einen anderen ermorden lassen hat.«

»Ich habe eine Wahl getroffen. Aufgrund derer er getötet worden ist.«

»Schwachsinn, Eve«, fuhr Roarke sie derart böse an, dass ihr die Kinnlade herunterfiel. »Die Wahl, die er selbst und die Renee getroffen haben, hat ihn getötet. Bildest du dir etwa allen Ernstes ein, sie hätte ihn nicht auch auf dem Revier aus dem Verkehr ziehen lassen können?«

»Ich werde nie erfahren, ob ihr das hätte gelingen können. Ich habe mich verkalkuliert. Ich hätte nicht gedacht, dass sie es wagen würde, unser Augenmerk mit so einer Aktion auf ihren Trupp zu ziehen. Sie hat mich an die Wand gespielt.«

»Das sehe ich anders. Du bist wütend und hast blödsinnige Schuldgefühle, aufgrund derer du die Sache nicht richtig durchdenkst.«

»Was gibt's da zu durchdenken? Er ist tot.«

»Ja, und dieser Mord macht es erforderlich, dass sie sich eine weitere Geschichte ausdenkt. Abermals lügt und nach Kräften versucht zu vertuschen, was dahintersteckt. Hätte *sie* die Sache eingehend durchdacht, hätte sie den Mann auf irgendeine Art besänftigt, damit er nicht noch einmal aus dem Rahmen fällt. Erst, wenn ihr das nicht gelungen wäre, hätte sie den Mann ermorden lassen sollen. Dann hätte sie die Leiche umgehend verschwinden und es aussehen lassen müssen, als ob Garnet freiwillig auf Tauchstation gegangen wäre, weil es ihm hier in New York nach dem neuerlichen Streit mit dir zu heiß geworden ist.«

Sie runzelte die Stirn. »Hmm.«

»Was soll das heißen, hmm? Er war bereits für 30 Tage suspendiert und nach dem Vorfall gestern Abend hättest du auf jeden Fall dafür gesorgt, dass er dauerhaft den Dienst quittieren muss. Himmel, ich könnte das Drehbuch vollkommen problemlos selber schreiben. Erst zieht man den Mann aus dem Verkehr, dann entsorgt man seine Leiche, danach fährt man in seine Wohnung, packt die Sachen, die man packen würde, wenn man zornig und erniedrigt ist und keinen Bock mehr auf den ganzen Käse hat. Außerdem wirft man am besten auch noch ein paar Sachen um zum Zeichen dafür, dass er wirklich wütend war. Nach ein, zwei Tagen hebt man etwas Geld von seinem Konto ab, benutzt seine Kreditkarte und schreibt eine Nachricht entweder an Oberman oder an dich, in der nichts anderes steht, als dass ihr euch alle zum Teufel scheren sollt. Und dass ihr seine blöde Dienstmarke behalten könnt. Weil die Marke und ihr und ganz New York für ihn erledigt seid.«

»Okay. Es ist etwas beunruhigend, wie schnell und mühelos du diesen Plan entworfen hast, aber das hätte klappen können.«

Die Idee wäre tatsächlich wirklich gut gewesen, deshalb führte sie sie selbst noch etwas weiter aus.

»Am besten hätte sie das Konto eine Zeitlang regelmäßig angezapft, es so aussehen lassen, als ob er nach Vegas II verschwunden wäre oder so, und danach das Konto völlig leer geräumt.«

»Ein paar Kleinigkeiten hätte sie noch planen müssen, aber ja. Dann hätte es so ausgesehen, als ob er noch am Leben und einfach verschwunden wäre. Und sie hätte nichts damit zu tun gehabt.«

»Doch daran hat sie nicht gedacht. Verdammt, genauso wenig wie ich selbst daran gedacht habe, dass er die Nacht vielleicht nicht überlebt. Sie wollte diesen Typen los sein und hat ihn spontan ermorden lassen – obwohl sie wahrscheinlich rundweg leugnen würde, dass sie sich spontan dazu hinreißen lassen hat. Auch ich selber habe nicht damit gerechnet, dass sie völlig ungeplant, aus einem Impuls heraus, eine solche Tat in Auftrag geben würde. Weil das eindeutig ein Fehler ist. Genau wie es ein Fehler ist, dass keiner *ihrer* Leute ihn gefunden hat. Denn wenn Janburry einer von ihren Leuten wäre, hätte er mich nie im Leben gleich nach Auffinden der Leiche kontaktiert.«

»Jetzt ist dein Gehirn wieder in Schwung. Und damit du weiter überlegen kannst, fahre ich dich zu dem Haus.«

»Nein. Zwar könnte ich deine phänomenalen Augen und vor allem dein erschreckend effizientes Hirn natürlich gut gebrauchen, aber falls es bei mir länger dauert, fängst du besser schon mal mit dem Briefing meiner Leute an.«

Die phänomenalen Augen bohrten sich in ihr Gesicht. »Ich soll einen Raum voll Bullen briefen? Der Gedanke macht mir in verschiedener Hinsicht Angst.«

»Niemand kann ein Briefing besser managen als du. Ich versuche, rechtzeitig zurück zu sein, aber erst einmal muss ich nach Garnet sehen.«

»Jetzt bestehe ich auf den Kostümen. Vielleicht rufe ich nachher bei Leonardo an, damit er sie speziell für dich in meinem Sinne entwirft.«

»Einer von uns steckt mindestens ein Dutzend dieser anderen Bullen in die Tasche«, wiederholte sie, was er zuvor gepredigt hatte. »Und als einer von uns kommst du doch ganz bestimmt mit einem ganz banalen Briefing klar.«

»Mir ist klar, das ist als Kompliment gemeint, aber ...« Seufzend brach er ab.

»Ich bin so schnell wie möglich wieder da.«

Roarke sah ihr hinterher, als sie den Flur hinunterlief, und seufzte abermals. »Verflucht.«

Statt noch einmal ins Bett zu gehen, sollte er sich vielleicht einfach an die Arbeit machen, ehe gleich ein ganzer Trupp von Bullen bei ihm auf der Schwelle stünde.

Sie trat das Gaspedal bis auf den Boden durch. Sie wollte nicht, dass Janburry es sich noch einmal anders überlegte, und ging auf der Fahrt zum Fundort eilig seine Akte durch.

Er wirkte grundsolide. 37 Jahre alt, zum zweiten Mal verheiratet mit einem zweijährigen Kind und seit inzwischen 14 Jahren bei der Polizei.

Seine Karriere wies bisher keine besonderen Höhen oder Tiefen auf. Sie kannte seinen Lieutenant flüchtig, wenn nötig, könnte sie dort sicher irgendwelche Fäden ziehen.

Aber vielleicht hätte sie ja Glück und Janburry behielte seine bisherige Kooperationsbereitschaft bei.

Sie parkte direkt hinter einem Streifenwagen, machte ihre Marke an der Brusttasche von ihrer Jacke fest und tauchte kurzerhand unter der Absperrung hindurch.

Es wimmelte von Cops. Aber so war es schließlich immer, wenn das Opfer jemand von der Truppe war.

Doch wie viele dieser Leute würden Garnet noch als einen ihrer Leute ansehen, wenn sie wüssten, dass er durch und durch korrupt gewesen war?

Auf dem Weg zur Haustür kam ihr Janburry entgegen und sah sie aus dunkelbraunen Polizistenaugen an.

»Detective Janburry.« Sie reichte ihm die Hand. »Nochmals danke, dass Sie bei mir angerufen haben.«

»Nichts zu danken. Schließlich lag vor Kurzem noch Ihr Toter hier. Ein Junkie. Der Tote jetzt war bei der Drogenfahndung. Was bestimmt kein Zufall ist.«

»Oh nein, ganz sicher nicht. Ist es für Sie okay, wenn ich mich erst kurz umschaue, bevor Sie mir erzählen, was geschehen ist?«

»Na klar.«

»Mein Untersuchungsset liegt noch in meinem Wagen.

Hätten Sie vielleicht etwas für mich, womit ich mir die Hände und die Schuhe einsprühen kann?«

Er hatte offenbar erkannt, dass sie ihm seinen Fall nicht streitig machen wollte, deshalb rief er: »He, Delfino, werfen Sie mir mal das Seal-It rüber, ja?«

Er fing die Dose auf und drückte sie ihr in die Hand.

»Wann kam die Meldung von dem Toten rein?«, erkundigte sie sich und sprühte sich die Hände und die Stiefel ein.

»Um zehn vor vier. Meine Partnerin und ich waren Punkt vier am Haus. Der Besatzung eines Streifenwagens waren das aufgebrochene Siegel und die offene Haustür aufgefallen, deshalb hat sie sich im Innern des Gebäudes umgesehen. Weshalb der Fundort, als wir kamen, schon gesichert war.«

»Sehr gut.«

Sie trat ins grelle Licht der Scheinwerfer, das auf den Toten fiel.

Er war nicht allzu weit gekommen, fiel ihr auf. Denn er lag auf dem Rücken, das Gesicht nach oben, mit gespreizten Gliedern dicht neben der Tür. Das Blut war aus der langen Schnittwunde an seinem Hals auf seine Jacke und sein Hemd gespritzt, bevor es weiter auf den schmutzstarrenden Fußboden geflossen war.

Er hatte keinen Stunner bei sich, doch an seinem Gürtel hing ein Messer und die kleine Taschenlampe, die ihm offensichtlich aus der Hand gefallen war, strahlte noch immer wie ein kleines, weißes Auge.

»Was haben Sie bisher gefunden?«, wandte sie sich abermals an Janburry.

»Seine Brieftasche ist weg. Wir wissen nur aufgrund der Fingerabdrücke, wer unser Toter ist. Meine Partnerin … Delfino!«

Mit schnellen Schritten kam die kleine, schlanke Frau mit einem Wust aus dunklen Locken, die versuchten, sich aus einem Pferdeschwanz herauszukämpfen, auf sie zu.

»Während ich das Opfer untersucht habe, hat sie es überprüft.«

Offenbar waren die beiden ein wirklich gutes Team, denn mühelos griff seine Partnerin den Faden auf. »Ich weiß, bei welchem Dezernat er war, wer die Abteilung leitet und dass Sie ihn heute früh für 30 Tage haben suspendieren lassen, Lieutenant.«

»Stimmt. Er hat mich angegangen, weil ihm mein Ermittlungsstil im Mordfall Rickie Keener offenbar gegen den Strich gegangen ist. Keener war ein Spitzel seiner Chefin, und ich habe mich bei Lieutenant Oberman erkundigt, welcher Art ihre Beziehung zu dem Mann und in welche Fälle er verwickelt war. Außerdem waren Garnet und sein Partner unbefugt in das Apartment meines Opfers eingedrungen, nachdem ich das erfahren hatte, habe ich ein weiteres Gespräch mit Oberman, Garnet und Detective Bix geführt. Während des Gesprächs hat Garnet mich beleidigt, bedroht und trotz eindringlicher Warnung attackiert.«

Delfino blickte auf den toten Mann. »Was nicht wirklich clever war.«

»Noch dämlicher war, dass er mir gestern Abend vor meiner eigenen Haustür aufgelauert hat. Wahrscheinlich sind Sie davon ausgegangen, dass die blauen Flecken, die er im Gesicht hat, von der Auseinandersetzung mit dem Killer rühren. Aber die stammen von mir.«

Janburry entfuhr ein leiser Pfiff. »Ach ja?«

»Garnet hat mir aufgelauert und die Einfahrt unseres Grundstücks mit seinem Gefährt blockiert. Danach hat er mich erneut bedroht und wie bereits am Morgen attackiert. Ich habe mich gewehrt und ihn entwaffnet, als er einen Stunner zog, der im Übrigen nicht auf ihn zugelassen war. All das wurde doppelt aufgenommen, einerseits von meinem eigenen Rekorder, den ich eingeschaltet hatte, ehe ich aus meinem Wagen stieg, außerdem von der Überwachungskamera am Tor. Darüber hinaus habe ich umgehend Commander Whitney angerufen und ihn über das Geschehen informiert. Ich schicke Ihnen gerne ebenfalls Kopien von den Filmen zu.«

»Das wäre gut.«

»Lieutenant«, wandte Janburrys Kollegin sich an Eve, »ich muss sagen, wenn ein Typ zweimal an einem Tag versuchen würde, mich zu attackieren, und sogar mit einer Waffe auf mich losgeht, hätte ich wahrscheinlich durchaus Lust, ihm dafür eine reinzuhauen.«

»Ich kann Ihnen sagen, wo ich war, als er gestorben ist, wenn Sie mir sagen, wann das war.«

»Das war um kurz nach eins.«

»Okay. Ich war daheim und saß noch an der Arbeit. Was das Protokoll meines Computers zeigen wird. Auch wenn ich Ihnen nicht verraten kann, woran genau ich saß, hätte ich mich um Detective Garnet morgen, das heißt heute kümmern wollen. Er hätte seinen Job verloren, und ich hätte Strafanzeige gegen ihn erstattet. Ich habe bereits den Commander über meine Pläne informiert und deshalb keinen Grund, ihn umzubringen und dadurch vor der gerechten Strafe für seine Vergehen zu bewahren.«

»Da haben Sie wahrscheinlich recht«, stimmte ihr Delfino zu. »Übrigens weist unser Opfer interessante weiße Pulverspuren an seinem rechten Daumen und Zeigefinger auf.«

»Ich glaube, er hat selber gern das Zeug genommen, das er von der Straße hätte holen sollen. Auch deswegen hätte ich ihn drangekriegt. Und dafür, dass er korrupt war. Aber jetzt ist er selbst ein Opfer, und wer immer ihm die Kehle aufgeschlitzt hat, muss für diese Tat bezahlen. Deshalb werden Sie von mir alle Informationen kriegen, die ich Ihnen zu der Sache geben kann.«

»Hatte er Kontakt zu Ihrem Opfer?«, fragte Janburry.

»Ja. Wobei das erst mal alles ist, was ich zu diesem Thema sagen kann. Ich will Ihnen nichts vorenthalten, aber es ist einfach so, dass die Ermittlungen zu der Sache noch nicht abgeschlossen sind.«

»Sind die Schnüffler in die Sache involviert?«

Eve gab ihm durch ein kurzes Nicken zu verstehen, dass die Dienstaufsicht in den Fall verwickelt war.

Er atmete vernehmlich aus. »Verdammt. Aber wir gehen diesem Mordfall trotzdem selber weiter nach.«

»Was ich sehr gut verstehen kann. Ich werde alles, was in meiner Macht steht, tun, damit man Sie auch weiter in dem Fall ermitteln lässt.«

Die beiden anderen sahen einander an und nickten sich knapp zu.

»Es sieht so aus, als hätte sich das Opfer mit dem Generalschlüssel, der noch in seiner Tasche steckte, Zugang zum Haus verschafft. Wir werden noch mal überprüfen, wann genau das Siegel aufgebrochen wurde, aber wie es aussieht, ist das beinah zeitgleich mit dem Mord geschehen. Wir gehen deshalb davon aus, dass das Opfer und sein Mörder gemeinsam reingekommen sind. Dann hat der Mörder Garnets Kopf zurückgerissen und dem Mann mit einem schnellen Schnitt die Kehle aufgeschlitzt.«

»Dann hätte er dem Mörder also seinen Rücken zugewandt.«

»So sieht's zumindest aus. Bei einem Menschen, der ihn kurz zuvor so übel zugerichtet hat wie Sie, hätte er das sicher nicht getan. Außerdem sind Sie zwar eine große Frau, aber nicht groß genug, um ihm aus diesem Winkel eine solche Wunde zuzufügen, ohne wenigstens auf einer Holzkiste zu stehen. Natürlich sehen wir uns noch das Protokoll Ihres Computers und die Aufnahmen der Auseinandersetzung an, aber trotzdem gehen weder Delfino noch ich selber davon aus, dass Sie in diesen Mord verwickelt sind.«

»Das ist gut zu wissen. Hatte Garnet sonst noch etwas bei sich?«

»Nur das Messer, das noch in der Scheide steckt und das eine verbotene Klingenlänge hat. Ein Handy, eine Uhr, ein Notizbuch oder eine Brieftasche haben wir nicht entdeckt. Man könnte also denken, dass irgendein Deal zwischen dem Opfer und dem Mörder schiefgelaufen ist und dass der Mörder alles eingesteckt hat, was er brauchen kann oder was sich verkaufen lässt, und damit abgehauen ist. Denn schließlich hat er nicht einmal die Haustür zugemacht.«

»Das könnte man denken«, stimmte Eve ihm zu.

»Mich würde interessieren, wie Sie die Sache sehen«, erklärte Janburry.

Eve ging in die Hocke, um sich Garnet aus der Nähe anzuschauen. Das Fehlen typischer Verletzungen verriet, dass es zu keinem Kampf gekommen war. Er roch nach Alkohol. Vorsichtig ergriff sie seine rechte Hand, die eingetütet war, und schaute sich die Fingerspitzen an. Nie im Leben hätte Garnet eine solche Menge weißen Pulvers einfach dort zurückgelassen. *Was zu viel war, war zu viel.*

»Ich glaube ebenfalls, dass Garnet und sein Mörder gemeinsam hereingekommen sind. Warum, kann ich nicht sagen, doch ich würde meinen Arsch darauf verwetten, dass er dachte, sie wären meinetwegen oder der Ermittlungen im Mordfall Keener wegen hier. Er kannte seinen Mörder und hat ihm vertraut. Ist vor ihm durch die Tür getreten und hat seine Taschenlampe angemacht. Ein solcher Schnitt …«

Ihr Messgerät lag noch in ihrem Wagen, deshalb schätzte sie den Abstand zwischen Garnet und dem Killer erst einmal grob.

»Ich nehme an, der Killer hat den Kopf des Opfers möglichst weit zurückgezogen und dann einen langen, sauberen Schnitt gemacht. Er war extra zu diesem Zweck mit Garnet hier und hat die Brieftasche und all die anderen Sachen eingesteckt, damit es aussieht wie ein schiefgelaufener Deal mit anschließendem Raub.«

Nach einer kurzen Pause fügte sie hinzu: »Keeners Tod durch Überdosis war eindeutig inszeniert. Und das ist hier auch der Fall.«

Janburry hockte sich neben sie und stellte mit gesenkter Stimme fest: »Sie denken, dass ein anderer Cop der Mörder ist.«

»Ich betrachte einen Typen, der aus Habgier oder aus Berechnung tötet, ohne dass er entweder sein eigenes Leben oder das eines Kollegen schützen muss, ganz sicher nicht als Cop. Auch wenn er eine Dienstmarke in seiner Tasche hat.«

»Wie tief ist die Scheiße, in die wir hier reingeraten sind?«

»Das kann ich Ihnen noch nicht sagen, aber ziehen Sie am besten Gummistiefel an.«

16

Peabody und McNab fanden sich als Erste zu dem Briefing ein, und der elektronische Ermittler stürzte sich sofort begeistert auf den reich gedeckten Frühstückstisch.

»Happa-happa! Habe ich es nicht gesagt?«

»Ich habe nur gemeint, dass du dich nicht darauf verlassen sollst.« Peabody nahm ihre Aktentasche in die andere Hand und wünschte sich, der Duft des frisch gebratenen Specks hüllte sie nicht wärmend ein, wie das sonst nur die Arme ihres Liebsten vermochten.

Aber da der Speck nun einmal ganau das tat, ließ sie ihre Tasche fallen, gab der Versuchung nach und schob sich gerade einen ersten krossen Bissen in den Mund, als Roarke aus seinem Arbeitszimmer kam.

»Morgen«, grüßte sie mit vollem Mund. »Die Briefings hier in Ihrem Haus sind einfach nicht zu toppen.«

»Schließlich hat es keinen Sinn, mit leerem Bauch auf Mörderjagd zu gehen. Sie sehen heute Morgen aber rosig aus.«

»Das liegt wahrscheinlich an dem Speck.«

»Wahnsinn! Arme Ritter!«, jubelte McNab, während Eves Mann nach einer Tasse und der Kaffeekanne griff. »Danke für das leckere Futter.«

»Polizisten zu beköstigen, macht immer wieder Spaß.«

Vor allem diesen einen Cop, der offenbar den Stoffwechsel von einem wild gewordenen Backenhörnchen hatte, wenn er so viel essen konnte und trotzdem seine drahtige Figur behielt.

»Wir dachten, dass wir etwas früher kommen, damit Peabody noch bei der Vorbereitung der Besprechung helfen kann«, erklärte er.

»Ich selber würde gern noch ein paar Dinge zum Fall Devin mit ihr durchgehen.«

»Und ich wollte Ihnen von einer Idee erzählen, die ich und Feeney gestern Abend durchgegangen sind.« Fröhlich häufte Ian einen Berg von Essen auf einen der Teller.

»Na dann, schießen Sie los.«

»Ich denke, wir könnten das Mikro und den Peilsender in Renees Kiste nutzen, um mit ihnen die Frequenz von ihrem Prepaid-Handy zu bestimmen. Dazu müssten wir die Fernbedienung noch verstärken und auf das Signal des Handys lenken, wenn sie es benutzt. Wir bräuchten etwas Glück, um es auf diese Weise einzufangen, aber wenn es uns gelingen würde, könnten wir es nutzen, um von außen mitzuhören.«

»Sie wollen also Mikro, Peilsender und Fernbedienung aufeinander abstimmen, den Output verstärken, die Frequenz begrenzen, umleiten, das Signal einfangen und es dann ... klonen?«, fragte Roarke ihn fasziniert.

»Ja, genau. Wenn uns das gelingen würde, könnten wir – zumindest in der Theorie – den Klon benutzen, um ihre Signale und Gespräche einzufangen, wann und wo auch immer sie das Prepaid-Handy nutzt.«

»Wie bei einer Konferenzschaltung«, erkannt Roarke. »Nicht schlecht.«

»Zumindest theoretisch«, schränkte Ian ein.

»Ein verstärkter Output könnte dazu führen, dass sie bei einer gründlichen Durchsuchung ihres Wagens auf das Mikro stößt, vor allem, wenn Sie gerade mithören. Aber mit dem richtigen Timing und den passenden Veränderungen könnte es tatsächlich funktionieren.«

»Da ich von eurem Fachchinesisch nicht das Mindeste verstehe, könnte ich ja schon mal Dallas helfen gehen«, mischte sich Peabody in das Gespräch.

»Sie ist noch nicht zurück.« Roarke sah auf seine Uhr. »Sie wurde zu einem zweiten Mordopfer gerufen, das am Fundort Ihrer Leiche lag. Und zwar zu Garnet.«

»Mist.« McNab genehmigte sich einen Bissen arme Ritter, der vor Sirup troff. »Feeney und ich wollten uns heute seine elektronischen Geräte vornehmen und uns in seine Wohnung schleichen, um sie zu verkabeln. Was sich jetzt erübrigt hat.«

»Warum hat sie mich nicht angerufen?«, fragte Peabody. »Wenn Garnet tot ist, hätte sie sich mit mir in Verbindung setzen sollen.«

»Sie ist, das heißt, Sie beide sind für diesen Fall nicht zuständig«, erklärte Roarke. »Der Ermittlungsleiter hat sie vorhin angerufen, vielleicht in der Hoffnung, dass sie ihm bei seiner Arbeit helfen kann.«

»Wir sollten in dem Fall ermitteln«, meinte Peabody, bevor sie sich besann. »Das heißt, das geht natürlich nicht. Schließlich hat der Mann sich gestern zweimal mit ihr angelegt. McNab saß vor dem Monitor, als das Arschloch sie direkt vor ihrer eigenen Haustür angegriffen hat. Deshalb ist es klar, dass jemand anderes diesen Fall bekommt. Wissen Sie, wer Dallas angerufen hat? Und wie viel sie ihm erzählen wird?«

»Ein Detective Janburry. Aber wie viel sie ihm erzählen wird, weiß ich natürlich nicht.«

»Renee hat jemanden auf ihn angesetzt, weil er sich nicht mehr an die Spielregeln gehalten hat und deswegen eine Belastung für sie war. Am besten überprüfe ich erst einmal diesen Janburry.« Peabody vergaß ihre Affäre mit dem Speck und machte sich sofort ans Werk.

»Garnet hatte eine rabenschwarze Weste«, wandte sich McNab erneut an Roarke. »Zu schade, dass er tot ist, denn er hätte ein paar Jahre Knast verdient gehabt. Trotzdem …« Achselzuckend schob er sich den nächsten feinen Bissen in den Mund. »Wie ist er gestorben?«

»Keine Ahnung. Eve hat gehofft, sie wäre rechtzeitig zur Teambesprechung wieder da.« Wobei ihre Hoffnung sicher nicht so groß wie seine eigene gewesen war. »Wenn sie es nicht schafft – und so sieht's augenblicklich aus –, leite ich das Briefing einfach.«

»Gut.«

Jetzt erschien auch Feeney und verzog den Mund zu einem Lächeln, als er all die Köstlichkeiten sah. »Ich habe meiner Frau extra gesagt, dass sie kein Frühstück für mich machen soll. Hat der Junge schon erzählt, was uns durch den Kopf gegangen ist?«

»Ja«, erklärte Roarke. »Es wäre sicher interessant, so etwas zu programmieren.«

»Ich habe gedanklich schon damit herumgespielt«, erzählte Feeney, während er sich eine Reihe Leckereien auf den Teller lud. »Die Herausforderung ist, die Wellen einzufangen.«

Während sie noch über die verschiedenen Möglichkeiten sprachen, ertönte aus Richtung Tür ein gut gelauntes »Morgen allerseits« und Lieutenant Webster schlenderte entspannt, wenn auch vielleicht etwas verschlafen an ihnen vorbei bis zum Buffet. »Mann, ich könnte was zu essen brauchen, und das Zeug sieht wirklich lecker aus.«

»Ich kann mir vorstellen, dass Sie hungrig sind«, stellte

Roarke mit einem Lächeln fest und freute sich, als er das vielsagende Grinsen im Gesicht des anderen Mannes sah. »Na, wie war Ihr Abend?«

»Unvergesslich.«

»Darcia fliegt bald zurück.«

»In zwei Tagen. Aber ich habe auch bald Urlaub.« Webster nahm sich etwas von dem Rührei. »Und dann werde ich mir ihr Ressort dort oben auf Olympus mal persönlich ansehen.«

»Eine bessere Führerin als unsere Polizeichefin gibt es dort oben nicht.«

Direkt hinter Mira trat als Nächstes Whitney durch die Tür. Und sah sich suchend um. »Ist sie noch nicht zurück?«

»Nein«, erklärte Roarke. »Aber sie hat mich gebeten, schon mal mit dem Briefing anzufangen, falls es bei ihr später wird. Wenn Sie möchten, trete ich die Leitung gerne an Sie ab.«

»Nein, wir werden tun, was sie gesagt hat.« Anders als die Kollegen stürzte er sich nicht auf das Buffet, sondern schenkte sich nur einen Kaffee ein.

»Sie wirken müde, Charlotte«, wandte sich Eves Mann der Psychologin zu.

»Das bin ich auch. Weil es gestern ziemlich spät geworden ist.«

»Essen Sie etwas. Das gibt Ihnen neue Energie.«

»Ich glaube nicht, dass mir das helfen wird. Es ist erwiesen, dass mein Kollege in die Machenschaften dieser Frau verwickelt ist. Ein Mann, mit dem ich oft kooperiert und dem ich blind vertraut habe.«

»Das tut mir leid.« Roarke berührte sie sanft an der Schulter. »Wenn man jemandem vertraut, ist es besonders schlimm, wenn der einen verrät.«

»Wenn ich daran denke, wie viele Beamte mit ihren Gefühlen, Ängsten und Geheimnissen zu ihm gegangen sind, empfinde ich diesen Verrat tatsächlich als besonders schlimm. Aber in diesem ganzen Fall wimmelt es vor Verrat, nicht wahr?« Sie blickte auf die Tafel an der Wand. »Und zwar der schlimmsten Art. Weil hier ein Arzt seine Patienten, ein Cop den anderen, die Polizei die Menschen, die sie schützen soll, und eine Tochter ihren eigenen Vater hintergeht.«

»Sie werden all das stoppen. Denn Verrat gedeiht allein im Dunkeln. Sie bringen die Dinge jetzt ans Licht.«

»Die Geschichte lastet schwer auf ihm.« Mira sah auf Whitney, der mit seinem Kaffee etwas abseits saß. »Sie macht uns allen zu schaffen, aber er ist der Commander. Was diese kleine und verräterische Teilgruppe von all den Frauen und Männern, die tagtäglich ihre Arbeit tun und viel riskieren, um das Böse zu bekämpfen, unternommen hat, um die Arbeit, die Risikobereitschaft und den Kampfgeist all der anderen in den Dreck zu ziehen, lastet deswegen besonders schwer auf ihm.«

Mit diesen Worten wandte sie sich Whitney zu und nahm neben ihm Platz.

Er konnte die Eröffnung dieses Briefings nicht länger verschieben, merkte Roarke, und baute sich vor Eves Kollegen auf. »Der Lieutenant kommt ein wenig später.«

»Dallas ist nicht da?«, fiel Webster ihm ins Wort. »Wo zum Teufel steckt sie?«

»Mit etwas Glück inzwischen auf dem Rückweg von dem Ort, an dem Garnet ermordet worden ist.«

»Garnet? Was zum ...« Der Mann von der Dienstaufsicht brach ab, wirkte aber plötzlich angespannt und völlig wach. »Wann in aller Welt ist das passiert, und warum wurde ich nicht gleich verständigt? Sie kann unmöglich in diesem Fall ermitteln. Commander ...«

»Vielleicht wären Sie ja so nett, sich erst einmal zu setzen«, reagierte Roarke auf diesen Ausbruch, wie er es bei jedem Briefing täte. Kühl und vollkommen beherrscht. »Sie werden gleich noch eingehend über diese Sache informiert. Der Lieutenant ist nicht als Ermittlungsleiterin vor Ort, sondern fungiert auf Bitte der Kollegen als Beraterin.« Roarke wandte sich dem Computer zu.

»Jetzt sehen wir uns erst einmal an, wie weit ich bei der Überprüfung der Finanzen der drei Hauptverdächtigen gekommen bin. Daten auf den Wandbildschirm«, befahl er dem Computer und sofort erschienen Garnets Pass und Bild.

»Wie Sie sehen, ist dies Detective William Garnet alias Garnet Jacoby. Obwohl beide Männer nicht mehr leben, dürfte es Sie interessieren, dass Garnet unter diesem Aliasnamen Aktien, Immobilien und ein Barvermögen von fast 36 Million Dollar angesammelt hat. Darunter ein wirklich hübsches Haus auf den Kanaren. Daten und Bild des Hauses auf den Wandbildschirm.«

»Wie haben Sie diese Informationen ausgegraben?«, fragte Webster. »Ich kann mich nicht erinnern, dass Sie wegen eines Filters bei mir waren.«

»Vorsichtig, gründlich und im Rahmen des Gesetzes. Gerade so«, schränkte er ein, »aber trotzdem auf legalem Weg, wie es mir vom Lieutenant aufgetragen worden ist.«

»Wir hätten ihn alleine damit drangekriegt«, murmelte Webster und sah wütend auf das luxuriöse Haus und die Zahlen auf dem Monitor. »Auf jeden Fall.«

»Dafür ist es jetzt leider zu spät. Aber wir können erst mal mit den anderen Personen weitermachen und kommen nachher wieder auf Garnet zurück. Weil sich Ihre Laune vielleicht bessert, wenn Sie die anderen Daten sehen. Datei A auf Wandbildschirm. Darf ich vorstellen? Marcia Ambrone aus Sardinen in Italien.«

Obwohl er noch immer mit den Zähnen knirschte und sich sein Gesichtsausdruck noch mehr verhärtete, nickte Webster knapp. »Das hellt meine Stimmung sogar merklich auf.«

»Auch wenn es Ihnen vielleicht reicht, wenn Sie sie wegen Korruption drankriegen können, hat sie obendrein noch eine Reihe Cops auf dem Gewissen«, fuhr ihn Peabody mit böser Stimme an. »Die nicht alle wie Garnet waren. Die deshalb tot sind, weil sie nicht wie Garnet waren.«

»Das ist mir klar. Wir ziehen in diesem Fall alle an demselben Strang«, gab Webster ebenfalls erbost zurück.

»Detective Peabody«, wandte sich Roarke in deutlich freundlicherem Ton als eben noch an Webster an die aufgebrachte junge Frau. »Wie ich weiß, ermitteln Sie im Augenblick auch noch im Todesfall Gail Devin. Vielleicht hilft es Ihnen weiter zu erfahren, dass Rene Oberman alias Marcia Ambrone, zwei Tage nach dem Einsatz, bei dem Devin umgekommen ist, 2,8 Millionen Dollar auf ihr Konto eingezahlt hat, und auf Garnets und Bix' Konten unter deren Aliasnamen je 1,2 Millionen eingegangen sind.«

Zum Teufel mit dem Wandbildschirm, sagte sich Roarke. Er hatte alle Zahlen im Kopf. »Unter dem Namen John Barry hat Bix mehrere Konten in Montana, wo er obendrein noch eine kleine Hütte und ein großes Grundstück besitzt, er hat Konten auf den Philippinen, wo er als Soldat gedient hat, und in Tokyo, wo er auf die Welt gekommen ist. Wir haben uns diese drei als Erste angesehen, uns aber gleich darauf auch allen anderen Leuten der Abteilung zugewandt. Wobei inzwischen auch die Überprüfungen von Freeman, Palmer und Marcell abgeschlossen sind. Die anderen Ergebnisse dürften innerhalb der nächsten Stunden vorliegen.«

»Sie müssen auch noch Dr. Addams auf die Liste setzen.« Mira hatte ihre Hände fest in ihrem Schoß verschränkt. »Ich habe den Commander schon darüber informiert, dass mir bei der Durchsicht der Patientenakten, Testergebnisse, Bewertungen und Vorgeschichten aller Mitglieder dieses speziellen Dezernats beunruhigende Widersprüche aufgefallen sind. Bei genauem Hinsehen wurde deutlich, dass die Bewertungen der Mitglieder des Dezernats, die Dr. Addams untersucht, getestet oder behandelt hat, nicht schlüssig sind.«

»Selbstverständlich.« Weshalb sollte er ihr sagen, dass der Name längst auf seiner Liste stand und er schon einen Teil des Gelds gefunden hatte, das an diesen Mann gegangen war.

»Detective Peabody«, wandte sich Mira an Eves Partnerin. »Es dürfte für Sie von Interesse sein, dass Lieutenant Oberman ein paar Wochen, bevor Detective Devin umgekommen ist, Dr. Addams' Aufzeichnungen nach um Devin besorgt war. Sie hat erklärt, die junge Frau hätte Probleme, sich auf ihren Job zu konzentrieren, sich an die Vorschriften zu halten, und nähme sich immer öfter frei. Daraufhin hat Addams Devin regelmäßig einbestellt. Zweimal in der Woche, sieben Wochen lang, bis zu ihrem Tod.«

»Sie hat ihm ganz bestimmt vertraut.«

»Ich gehe davon aus, dass sich in dieser Zeit ein Vertrauensverhältnis zwischen ihr und ihm entwickelt hat.«

»Und wenn sie ihm vertraut hat, hat sie ihm wahrscheinlich erzählt, dass ihrer Meinung nach mit dem Dezernat etwas nicht stimmte, und dass sie die Absicht hatte, irgendwie dagegen vorzugehen.«

»Das könnte sein.« Die Müdigkeit in Miras Blick verstärkte sich. »Wenn sie es getan hat, schätze ich, dass Addams irgendwie, wenn auch vielleicht nur indirekt, in ihren Tod verwickelt ist.«

In diesem Augenblick kam Eve hereinmarschiert. »Tut mir leid, dass ich zu spät komme.« Sie blickte auf den Wandbildschirm und nickte. »Wie ich sehe, wissen Sie inzwischen über die Finanzen der drei Hauptverdächtigen Bescheid. Sie beweisen, dass Renee, Garnet und Bix unter falschen Namen heimlich Immobilien gekauft und Konten eingerichtet haben.«

»Wie auch Freeman, Palmer und Marcell«, erklärte Roarke. »Und es kommen sicherlich noch andere dazu.«

»Sehr gut. Das allein genügt bereits, um sie aus der Truppe zu entfernen, festzunehmen, unter Anklage zu stellen und zu verurteilen. Was bei Garnet leider nicht mehr geht, da ich mir gerade seine Leiche angesehen habe. Doch die Dinge, die wir über ihn herausgefunden haben, belasten die anderen eindeutig mit.«

»Ich hätte gern einen Bericht über den Mordfall Garnet«, wandte Whitney sich an sie.

»Sir. Für die Ermittlungen in diesem Fall sind Detective Janburry und seine Partnerin, Detective Delfino, zuständig. Er hat mich angerufen und gebeten, mir den Toten anzusehen. Nach meiner Ankunft habe ich umgehend eine

Aussage zu meinen beiden Auseinandersetzungen mit dem Opfer gemacht.«

Webster starrte sie verwundert an. »Wieso waren es *zwei?*«

»Als ich gestern Abend gegen zehn nach Hause kam, hat Garnet mir am Tor zu unserem Grundstück aufgelauert. Offenbar hatte Detective Manford oder Freeman ihn darüber informiert, dass ich noch einmal fortgefahren war. Was sie wussten, weil sie knapp zwei Stunden früher, als sie mich beschatten wollten, von mir abgeschüttelt worden sind.«

»Und warum zum Teufel hat man mich darüber nicht schon gestern Abend informiert?«

»Weil du beschäftigt warst«, fuhr sie ihn an. »Jetzt wirst du schließlich informiert. Ich habe den Streit mit Garnet aufgenommen und die Aufnahme zusammen mit dem schriftlichen Bericht dem Commander zugeschickt.«

Sie legte eine kurze Pause ein. »Aber zurück zu dem, was anschließend geschehen ist. Heute Nacht um kurz vor eins hat Detective Garnet das Siegel an der Tür des leer stehenden Hauses, in dem Keener aufgefunden wurde, aufgebrochen und sich Zugang zu dem Haus verschafft. Vielleicht hat auch sein Mörder die Tür geöffnet und ihm anschließend den Schlüssel in die Hand gedrückt. Keine zwei Meter hinter der Tür hat er Garnet dann von hinten attackiert und ihm die Kehle aufgeschlitzt. Andere sichtbare Verletzungen gab es abgesehen von den Schwellungen und blauen Flecken, die er knapp drei Stunden vorher bei dem Streit mit mir davongetragen hatte, nicht.«

»Meine Güte.«

»Lies meinen Bericht, Webster, und guck den Film an. Dann weißt du, wie es abgelaufen ist. Abgesehen von dem

Messer, das Garnet am Gürtel trug, hat der Mörder alle Wertsachen des Mannes eingesteckt. Die ermittelnden Beamten halten mich auch weiter auf dem Laufenden.«

»Und was haben sie im Gegenzug von dir verlangt?«

Wütend fuhr sie Webster an. »Manchmal kriegt man einfach etwas, ohne dass man dafür zahlen muss. Ich habe ein berechtigtes Interesse an dem Fall, weil es eine Verbindung zwischen unseren Toten gibt und beide in demselben Haus ermordet worden sind. Da die beiden Kollegen keine Vollidioten sind, haben sie das ebenfalls gesehen. Ich habe ihnen erklärt, dass ich sie erst mal nicht in unsere Ermittlungen mit einbeziehen kann. Was ihnen, da sie wie gesagt keine Idioten sind, verraten hat, dass es um mehr als einen toten Junkie geht. Worauf sie allerdings bereits von selbst gekommen waren. Jetzt muss der Commander bestimmen, inwieweit ich die Kollegen, die dem Mordfall Garnet nachgehen, informieren soll.«

»Ich werde es mir überlegen«, sagte Whitney zu.

»Ja, Sir. Meiner eigenen Untersuchung und dem Schnittwinkel an Garnets Hals zufolge war der Mörder größer als das Opfer. Garnet selbst war gut 1,80 groß. Dass er von hinten angegriffen wurde, deutet darauf hin, dass er vor dem Mörder durch die Tür getreten ist. Was wiederum bedeutet, dass der Mörder ein Bekannter war, dem er vertraut hat. Meiner Meinung nach hat Bix seinen Kollegen umgebracht, und ausgehend von seinem Profil schätze ich, dass er auf Befehl gehandelt hat. Auf Befehl von Lieutenant Oberman.«

»Er hat also auf ihr Geheiß ein bisschen aufgeräumt«, warf Feeney ein.

»Ja. Denn Garnet hat die Ordnung, die ihr wichtig ist,

durcheinandergebracht. Ich vermute, nach dem Streit mit mir hat er sie angerufen oder aufgesucht. Er wusste, dass ihm die internen Schnüffler auf den Fersen waren«, fügte sie mit einem Kopfnicken in Richtung des Manns von der Dienstaufsicht hinzu.

»Schließlich hatten wir besprochen, dass ich das durchsickern lassen soll.«

»Und es hat funktioniert. Er hatte sich auch vorher schon einmal mit ihr angelegt, und zwar an dem Abend, an dem Peabody den Streit der beiden mitbekommen hat. Mich hat er an einem Tag gleich zweimal attackiert. Sie hatte ihn gestern in ihrem Büro nicht mehr unter Kontrolle, und ihre vergeblichen Versuche, für ihn einzutreten, haben ihren Ärger sicher noch verstärkt. Nachdem er mich gestern Abend erneut angegangen hat, hätte er auf jeden Fall den Dienst quittieren müssen, weshalb er ihr plötzlich nicht nur nicht mehr nützlich, sondern eher gefährlich war. Sie musste auf der Stelle reagieren, während sie noch wütend war. Hätte sie sich Zeit gelassen, um sich erst einmal zu beruhigen, hätte sie wahrscheinlich einen anderen, diskreten Weg gefunden, ihn aus dem Verkehr zu ziehen.«

»Da haben Sie sicher recht«, stimmte ihr die Psychologin zu. »Garnet und Renee waren einmal ein Paar. Durch die Beendigung dieses Verhältnisses hat sie ihn der Macht, die er vielleicht einmal in der Beziehung hatte, beraubt.«

»Wahrscheinlich hat sie einzig deshalb überhaupt was mit ihm angefangen und es dann wieder beendet«, meinte Eve.

»Gut möglich. Er hat sich beruflich und privat von ihr Befehle geben lassen, weil es für ihn selber profitabel und weil er Renee aus ihrer Sicht auf beiden Ebenen nützlich war. Nachdem ihm bei Keener offenbar ein Fehler unterlaufen ist, hat sie ihn getadelt und bestraft. Dann ist plötzlich noch eine zweite ranghöhere Frau aufgetaucht, die ihm nicht den Respekt erweist, den er aus seiner Sicht verdient, und die ihn auch nicht besänftigt, wie Oberman es normalerweise tut. Im Gegenteil wird er von dieser Frau erneut getadelt und bestraft, und deshalb flippt er aus.«

»Oberman hat ihn nicht mehr unter Kontrolle, was ein ziemlich schlechtes Licht auf ihre Führungsqualitäten wirft. Aber sie muss ihn kontrollieren, und da ihr das nicht gelingt, muss sie ihn eliminieren. Weil das die ultimative Kontrolle über einen Menschen ist und ihr selbst und ihren Untergebenen beweist, dass sie auch weiterhin die Chefin ist.«

»Das ist das Allerwichtigste für sie«, erklärte Eve. »Dass sie an der Spitze steht und das Kommando hat.«

Mira nickte zustimmend. »Wenn sie nicht das Sagen hat, ist sie ein Nichts. Nur die Tochter eines wichtigen und angesehenen Mannes, dem sie nicht das Wasser reichen kann. Außer durch Täuschung und Verrat. Sie hat umgehend entschieden, was zu tun ist, weil sie dachte, dass ein solches Vorgehen Zeichen ihrer Stärke ist. Obwohl sie in Wahrheit nur aus Furcht und Hass gehandelt hat.«

»Warum hat sie diesen Ort gewählt?«, erkundigte sich Eve.

»Ich nehme an, das wissen Sie. Einerseits, weil Garnet sich wahrscheinlich mühelos in das Gebäude locken lassen hat, und andererseits als Schlag in Ihr Gesicht. Hier ist noch ein Toter, dabei ist die erste Leiche noch nicht einmal richtig kalt. Es war eine Möglichkeit, ihn gegen Sie ins Feld zu führen, vor allem, da Oberman wusste, dass Sie sich erst kurz zuvor mit ihm geprügelt hatten, was ihm sicher deutlich anzusehen war.«

»Das stimmt. Garnets Gesicht war ziemlich ramponiert.«

»Es war Ihr Tatort und das Opfer hatte bereits gestern früh mit Ihnen Streit. Sie hat keine Ahnung, dass die zweite Auseinandersetzung zwischen Ihnen aufgenommen und gemeldet worden ist, aber sie weiß mit Bestimmtheit, dass die Leute, die in diesem Fall ermitteln, sich gezwungen sehen werden, herauszufinden, was zwischen Ihnen beiden gestern los war.« Mira schlug die Beine übereinander.

»Sie muss Ihnen beweisen, dass sie besser ist als Sie. Sie haben ihr Selbstvertrauen und ihre Autorität erschüttert. Was sie ganz unmöglich tolerieren kann.«

»Sie wird noch jede Menge Sachen tolerieren müssen, bis wir mit ihr fertig sind. Gibt's was Neues von den elektronischen Ermittlern?«, wandte Eve sich Feeney zu.

»Jetzt, wo du es erwähnst …«

Ehe er jedoch noch etwas sagen konnte, stand der Mann von der Dienstaufsicht auf. »Ab jetzt sind wir für diese Leute zuständig. Ich bin verpflichtet, meinem Captain Meldung zu erstatten und von nun an offiziell in dieser Sache zu ermitteln. Die finanziellen Daten und die falschen Dokumente reichen aus, um diese Schweinehunde zu begraben.«

»Du vergisst, dass es hier auch um einen Mordfall geht«, erinnerte ihn Eve.

»In dem wir auch ermitteln werden.«

»Ich lasse nicht zu, dass ihr mir meinen Fall abnehmt. Keener gehört mir!«

»Der Mordfall Keener steht in direktem Zusammenhang mit einer Reihe Korruptions- und anderer Dienstvergehen, in die fast ein gesamtes Dezernat und noch andere verwickelt sind.«

»Wovon die Dienstaufsicht nur etwas weiß, weil du von

mir in diese Sache einbezogen worden bist. Wie kommt das, Webster? Weshalb wusste keiner von euch Schnüfflern etwas von Renee und ihrem Trupp?«

»Keine Ahnung. Aber jetzt wissen wir ja, dass mit den Leuten etwas nicht in Ordnung ist.«

»Und wenn sie jemanden bei der Dienstaufsicht sitzen hat, der ihr berichtet, dass etwas im Anzug ist? Dann taucht sie stilvoll ab. Über die Mittel dazu verfügt sie ja. Oder sie findet einen Weg, es so zu drehen, dass jemand anderes der Dumme ist. Denn wenn sie dämlich wäre, hätte sie es nie so weit gebracht.«

»Inzwischen haben wir die nächste Leiche, Dallas. Vielleicht war dieser Mann korrupt, aber jetzt ist er tot, und sie trägt die Verantwortung dafür. Deshalb muss man ihr das Handwerk legen, ehe sie beschließt, dass sie noch jemanden eliminieren muss.«

»Er hat recht«, mischte sich Whitney ein. »Aber das haben Sie auch, Dallas. Deshalb erwarte ich Sie beide und Ihren Captain, Webster, heute früh um elf in meinem Büro. Ich werde ihm genau erklären, worum es bei der Sache geht, und wir werden, verdammt noch mal, genau besprechen, wie am besten weiter vorzugehen ist. Ich lasse nicht zu, dass sich die Dienstaufsicht diese beiden Mordfälle, die unseres Wissens nach ganz sicher mit den Korruptionsfällen zusammenhängen, einfach so unter den Nagel reißt. Und es wäre äußerst unklug, sich deswegen mit mir anzulegen, Lieutenant Webster.«

Der Gescholtene schüttelte den Kopf, und Whitney nickte knapp.

»Ich habe Chief Tibble umfänglich über die Sache informiert und werde ihn fragen, ob er ebenfalls um elf erscheinen kann. Lieutenant Dallas, Sie kommen bitte schon eine Stunde früher. Denn Commander Oberman hat mich um ein Gespräch gebeten und gefragt, ob ich Sie zu diesem Gespräch hinzuziehen kann.«

»Das heißt, Renee hat ihren Vater gebeten, ihr zu helfen. Aber Sie …«

»Was Garnet kaum noch helfen wird«, fiel Whitney Eve ins Wort. »Und falls Marcus Oberman mich bittet, Einfluss auf Ihre Ermittlungen zu nehmen oder Ihnen zu befehlen, seine Tochter hinsichtlich des Mordfalls Keener aus dem Spiel zu lassen, gehe ich bestimmt nicht darauf ein.«

Damit stand er auf. »Zehn Uhr, Lieutenant.«

Eve nickte, und er sah noch einmal auf den Wandbildschirm. »Sie alle haben Ihre Sache bisher ganz hervorragend gemacht. Obwohl dies eine wirklich hässliche Geschichte ist.«

Jetzt stand auch Mira auf. »Könnten Sie mich vielleicht mitnehmen?«

»Natürlich.«

Offenbar war sie in Sorge um den Mann, erkannte Eve. Und damit stand sie nicht allein.

»Das Briefing ist beendet«, meinte Eve, und Webster schüttelte erbost den Kopf.

»Moment mal. Bildest du dir etwa ein, du kannst mich einfach außen vor lassen? Mich loswerden, bevor du dir von deinen elektronischen Ermittlern und deiner Partnerin Bericht erstatten lässt?«

»Sie haben nichts zu berichten. Stimmt's?«

»Nicht die kleinste Kleinigkeit«, erklärte Feeney gut gelaunt.

Und Peabody fügte hinzu: »Außer, dass es momentan bei Naturale herabgesetzte Kaschmirpullis gibt. Die ich mir aber trotzdem noch nicht leisten kann.« Sie blickte Webster an. »Aber das haben Sie wahrscheinlich nicht gemeint.«

Eve bedachte ihn mit einem kalten Blick. »Sieht aus, als ob wir fertig wären.«

Er schüttelte erneut den Kopf und verschränkte starrsinnig die Arme vor der Brust.

»Bitte entschuldigt uns einen Moment. Ich brauche ein paar Minuten mit Lieutenant Webster allein.«

Die anderen schlurften in den Flur, Roarke jedoch lehnte weiter lässig an der Wand.

Erst als Eve ihn mit einem Blick bedachte, der gleichzeitig flehend und verärgert war, stieß er sich ab.

»Pass auf deine Hände auf, Junge«, raunte er Webster im Vorbeigehen zu. »Sonst lasse ich dieses Mal Eve selber auf dich los. Und sie kann viel gemeiner sein als ich.«

Stirnrunzelnd stand Webster auf. Während er gleichzeitig die Hände in die Hosentaschen schob.

»Du drängst mich nicht aus dieser Sache raus, Dallas.«

»Ich dich? Du hast doch eben hier gestanden und versucht, mir meinen Fall wegzunehmen.«

»Weil nun mal die Dienstaufsicht für korrupte Cops zuständig ist.«

»Komm mir nicht mit diesem bürokratischen Scheiß. Wenn ich nicht erwarten und verstehen würde, dass ihr Schnüffler euch in diese Sache mischen müsst, hätte ich dich kaum gefragt, ob du mir hilfst. Dann hättest du noch immer keinen blassen Schimmer davon, dass mit diesen Leuten was nicht stimmt.«

»Bisher habe ich brav mitgespielt und nicht mal meinen Captain informiert. Aber ich bin es einfach leid, dass ihr immer so tut, als wären wir keine echten Cops.«

»Ich habe nicht gesagt, dass du kein Cop bist. Aber bei den Mordermittlern hast du nun mal aufgehört. Was deine eigene Entscheidung war. Du musst deine Arbeit machen. Akzeptiert. Aber das muss ich auch, und du schnappst dir nicht einfach meinen Fall.«

»Brauchst du die Lorbeeren? Kein Problem. Ich werde dafür sorgen, dass du sie bekommst.«

»Für die Bemerkung sollte ich dir in den Hintern treten.« Doch sie ballte nur die Fäuste und fuhr wütend fort. »Fahr zur Hölle, falls du denkst, dass es mir bei dem Fall um irgendwelche Lorbeeren geht. Falls du denkst ...«

»Das tue ich ganz sicher nicht«, erklärte er und fuhr sich mit der Hand über das Genick. »Das war ein Schlag unter die Gürtellinie. Tut mir leid.«

Fluchend wandte sie sich ab und stapfte durch den Raum. »Ich hätte diese Sache auch allein durchziehen können. Ohne dich.«

»Für mich fühlt es sich an, als würdest du genau das tun. Als wäre die Bereitschaft, mit uns Schnüfflern zu kooperieren, im Grunde nur gespielt.«

Sie fuhr wieder zu ihm herum. »Wie bitte?«

»Warum höre ich erst heute früh, dass Garnet dir vor deiner eigenen Haustür aufgelauert hat? Und warum höre ich erst jetzt, dass du vorher bei einem von Renees Leuten warst?«

»Lilah Strong ist keiner ihrer Leute.«

»Trotzdem ist sie in Obermans Dezernat«, rief ihr Webster in Erinnerung. »Du hättest mir berichten müssen, dass du bei ihr warst. Dass man dich auf dem Weg zu ihr beschattet hat. Und dass Garnet nicht mehr lebt.«

»Ich habe den Commander informiert.«

»Wer versucht jetzt, wem etwas vorzumachen?«, fragte er.

»Ich mach dir ganz sicher nichts vor. Als Erstes musste Whitney wissen, was geschehen war. Und dich habe ich nicht sofort über jeden meiner Schritte informiert, weil du mit Darcia ... beschäftigt warst.«

»Ist das mit mir und Darcia etwa ein Problem für dich?«

»Meine Güte, nein.« Sie raufte sich frustriert die Haare. »Ich habe dich nicht außen vor gelassen, sondern einfach nicht gleich angerufen, weil ich das nicht nötig fand und weil ich dachte, dass es dir so lieber ist. Ich habe nicht mal meiner eigenen Partnerin Bescheid gegeben, weil das meiner Meinung nach nicht nötig war. Und dadurch, dass ich dich nicht sofort angerufen habe, konntest du in Ruhe ... ins Theater gehen.«

Er starrte sie mit großen Augen an – und atmete tief durch. »Ich nehme an, da wolltest du mir helfen. Danke. Das war wirklich rücksichtsvoll von dir. Aber ich bin ein Cop, genau wie Darcia. Du weißt so gut wie ich, dass es in unserm Job nun mal dazugehört, dass man ... beim Genuss eines Theaterstücks mitunter unterbrochen wird.«

»Und was hättest du gemacht, wenn du von mir unterbrochen worden wärst?«

»Im Grunde nichts. Aber zumindest hätte ich Gelegenheit gehabt, in Ruhe über alles nachzudenken, und vor allem hätte das, was ich eben erfahren habe, mich nicht derart überrascht.«

»Also gut. Wenn noch mal etwas ist, gebe ich dir umgehend Bescheid. Wenn in Zukunft mitten in einem … Akt dein Handy klingelt, ist es deine eigene Schuld.«

Er musste einfach lachen. »Ich konnte dich schon immer echt gut leiden.«

»Oh, um …«

»Keine Panik, nicht auf diese Art.« Vorsichtshalber trat er einen Schritt zurück. »Schlag mich also bitte nicht, und hetz mir auch nicht deine Hunde auf den Hals. Ich habe schon des Öfteren mit dir zusammengearbeitet und mag die Art, wie du an einen Fall herangehst. Auch wenn ich nicht immer deiner Meinung bin. Ich weiß, dass du dich so lange in einen Fall verbeißen kannst, bis du auch noch das allerletzte Detail rausgefunden hast. Du bist ein fürchterlicher Sturschädel, aber auch deshalb mag ich dich. Obwohl du zu der Zeit, als wir dieselben Fälle hatten, noch kein echter Teamplayer gewesen bist.«

Vielleicht nicht, sagte sie sich. Oder eher ganz sicher nicht. »Damals war ich auch noch nicht der Chef. Als Chef muss man die Dinge anders angehen, weil die Leute unter einem darauf bauen, dass man sie richtig führt. Ich war damals aus vielen Gründen … vieles nicht.«

Sie erinnerte sich an ihren Spaziergang durch den sommerlichen Garten. »Ich bin nicht mehr dieselbe, die ich damals war.«

»Nein, wahrscheinlich nicht. Auch ich habe mich ganz bestimmt verändert.«

Er sah sie fragend an. »Frieden?«

»Kommt drauf an.« Trotzdem nahm sie die ihr angebotene Hand. »Wenn du versuchst, mir meinen Mordfall abspenstig zu machen, nehme ich deine Hand noch mal. Und breche sie.«

Fröhlich grinsend meinte er: »Na dann. Auf gute Zusammenarbeit.«

»Ich werde dir vertrauen, denn das habe ich auch früher schon getan. Wenn du für den Rest des Briefings bleiben willst, nimm einfach Platz. Ich bin sofort wieder da.«

»Das ist nett, aber nein danke. Denn ich habe vor unserem Termin bei Whitney noch zu tun.«

»Dann sehen wir uns dort.«

Sie ging zu Roarkes Büro, öffnete die Tür und machte sie hinter sich zu. »Danke, dass du uns allein gelassen hast.«

»Gern geschehen. Und?«

»Wir haben alles geklärt. Es ging vor allem um parallele, nicht ganz übereinstimmende Ziele und darum, dass die Beweggründe des jeweils anderen uns nicht ganz klar gewesen sind.« Sie trat vor den AutoChef, um sich einen Kaffee zu holen, schloss die Augen und massierte die Stelle zwischen ihren Brauen.

»Setz dich kurz«, schlug Roarke ihr vor.

»Besser nicht. Erst muss ich das Briefing noch zu Ende bringen, und dann brauche ich ein bisschen Zeit zum Nachdenken. Danach muss ich mich auf dieses Treffen vorbereiten. Himmel – der heilige Oberman, der Chief und die Dienstaufsicht.« Sie schlug die Augen wieder auf. »Das wird bestimmt ein harter Vormittag.«

»Und vorher hattest du schon eine harte Nacht.« Er trat vor sie und massierte seinerseits die Stelle zwischen ihren Brauen.

»Sein Hals war fast durchtrennt. Er war schon tot, bevor er auf den Boden traf. Es war ein wirklich schneller Tod, dabei hätte er aus meiner Sicht verdient, dass es möglichst langsam und vor allem schmerzhaft für ihn ist. Trotzdem war es nicht an Oberman, zu entscheiden, ob er weiterleben oder wie und wann er sterben soll. Solche Entscheidungen stehen ihr einfach nicht zu.«

Da sie eine andere als früher war, legte sie den wehen Kopf an seiner Schulter ab. »Er hätte es wahrscheinlich ebenso gemacht – bei Renee, bei mir, bei wem auch immer. Sicher ist er in das Haus gegangen und hat sich darauf gefreut, dass er mir den Hals aufschlitzen kann. Er war für unseren Trupp so etwas wie ein offenes, eitriges Geschwür.«

Sie richtete sich wieder auf.

»Und Keener? Vielleicht war der Mann im Grunde harmlos, vielleicht hat er der Bedienung in der Pizzeria ein großzügiges Trinkgeld überlassen, wenn er flüssig war. Aber er hat seinen Lebensunterhalt mit dem Verkauf von Dreck verdient, und ich glaube nicht, dass er sich je gefragt hat, ob es richtig war, an kleine Kinder zu verkaufen. Hauptsache, die Kohle hat gestimmt. Er war ein Schwein und hat immer den Weg gewählt, der ihm am einfachsten erschien.«

Sie trank einen Schluck von ihrem Kaffee, stellte dann den Becher fort. »Aber auch das spielt keine Rolle. Denn egal, ob einer von den beiden ein eitriges Geschwür und der andere ein Schwein gewesen ist, steht es Oberman einfach nicht zu, darüber zu entscheiden, ob sie weiterleben dürfen oder nicht.«

Roarke umfasste zärtlich ihr Gesicht und sah sie reglos an. »Wenn er gekonnt hätte, hätte er dich getötet und wahrscheinlich noch jede Menge Spaß daran gehabt. Deswegen gehört auch Garnet dir, obwohl ein anderer Cop jetzt seinen Mörder jagt.«

»So laufen diese Dinge nun einmal.«

»Für dich. Und genau aus diesem Grund wird Renee Oberman dich nie verstehen.«

»Aber ich verstehe sie.«

»Ja, ich weiß, dass du das tust.« Er gab ihr einen sanften Kuss. »Und jetzt bringen wir die Sache hinter uns.«

Nickend trat sie an die Tür zu ihrem eigenen Büro.

17

Eve versuchte zu verstehen, was die elektronischen Ermittler in der ihnen eigenen Sprache über die Idee zum Abhören von Renees Telefongesprächen sagten.

Hörte zu, bis ihre Ohren schmerzten, und winkte erst dann entschlossen ab. »Zusammenfassend geht es also darum, wie man die Gespräche, die Renee auf ihrem Prepaid-Handy führt, abhören kann.«

»Das stimmt«, erklärte Feeney ihr. »Wobei vor Ian bisher niemand drauf gekommen ist, wie so was funktionieren könnte. Seine Idee ist rundherum genial.«

»Das ist natürlich toll. Aber wenn ihr diesen super Plan tatsächlich in die Tat umsetzen könnt, braucht ihr natürlich die Erlaubnis eines Richters, um ihre Gespräche abzuhören.«

Feeney blies die Backen auf. »Das ist ein kleiner Haken an der Sache. Trotzdem haben wir schon jede Menge gegen diese Leute in der Hand. Peabodys Aussage, dein Treffen mit Renee, die versteckten Gelder, dass man dich beschattet hat und den toten Garnet. Du brauchst also nur zu sagen, ob wir es versuchen sollen. Denn die Dienstaufsicht würde sicher die Erlaubnis kriegen, diese Tante abzuhören.«

Als Chefin müsste sie entscheiden, welcher Weg zu nehmen war. »Ich werde die Erlaubnis einholen und die Dienstaufsicht informieren, sobald euch die Umsetzung von eurem tollen Plan gelungen ist. Am besten spreche ich mit Reo«, weil sie dieser Staatsanwältin blind vertraute, »und zwar ehe ich zu Whitney muss. Am besten irgendwo, wo niemand was von unserer Unterhaltung mitbekommt. Peabody ...«

»Oh Mann, ich soll noch mal bei Crack anrufen.«

»Ja, genau, und danach telefonieren Sie mit Reo und sagen ihr, dass sie mich dort in einer halben Stunde treffen soll. Sagen Sie ihr, dass es dringend und vertraulich ist. Das kriegen Sie schon hin.«

Peabody seufzte abgrundtief.

»Roarke, Peabody wird einen Wagen brauchen.«

»Ach ja? Heißt das, Sie wollen allein ins *Down and Dirty* fahren? Ich muss aber dabei sein, wenn Sie mit Reo sprechen, außerdem will ich mit zu dem Gespräch bei Whitney, damit die Dienstaufsicht es nicht doch auf irgendeine Weise schafft, Sie über den Tisch zu ziehen.«

»Nein. Es reicht, wenn Reo Ihre Aussage bekommt. Und Gespräche beim Commander sind ein Teil von meinem Job. Sie müssen in der Zeit weiter in Ihrem Fall ermitteln. Müssen für Detective Devin einstehen. Müssen dafür sorgen, dass die junge Frau Gerechtigkeit erfährt, und genau das werden Sie auch tun. Ich weiß genau, dass Ihnen das gelingen wird.«

»Ich bin mir nicht mal sicher, ob die Spuren, die ich verfolge, richtig sind.«

»Das merken Sie schon früh genug.«

Eve wandte sich erneut an Roarke, und nickend meinte der: »Der Wagen steht in zehn Minuten vor der Tür. Feeney, warum treffen Sie, McNab und ich uns nicht danach in meinem hiesigen Labor? Gehen Sie einfach schon mal vor.«

McNab drückte der Freundin aufmunternd die Schulter und trat hinter seinem Captain in den Flur hinaus.

»Gib ihr bloß nichts allzu Schickes«, rief Eve ihrem Gatten hinterher.

»Aber es braucht doch bestimmt auch keine alte Rostlaube zu sein«, erklärte Peabody in hoffnungsvollem Ton, und augenzwinkernd stapfte Roarke an ihr vorbei.

Eve wies auf einen Stuhl, trat vor das Buffet und schenkte Kaffee ein.

»Seit wann holen Sie mir Kaffee?«, fragte Peabody erstaunt.

»Gewöhnen Sie sich lieber nicht daran.«

»Normalerweise ist das Kaffeeholen doch meine Aufgabe.«

»Weil ich der Lieutenant bin«, erklärte Eve. »Ich habe Sie als Assistentin ausgesucht, weil ich auf den ersten Blick gesehen habe, dass Sie eine gute Polizistin sind. Vielleicht noch ein bisschen unerfahren, aber grundsolide. Ich hatte gehofft, ich könnte Ihnen helfen, ein noch besserer Cop zu werden. Was Sie auch geworden sind.«

Peabody starrte in ihren Kaffee, denn vor lauter Rührung fiel ihr keine Antwort ein.

»Und jetzt müssen Sie für Devin Ihre Arbeit machen. Die ich Ihnen übertragen habe, nun, weil ich der Lieutenant bin. Und weil ich den Stil, die Stärken und die Schwächen meiner Leute kennen und darauf vertrauen muss, dass sie ihre Arbeit tun. Wenn ich das nicht kann, habe ich selber meine Arbeit nicht gut gemacht.«

Eve hob ihren Becher an den Mund und wog ihre nächsten Worte ab. »Treffen wie die, zu denen ich gleich gehen muss, sind auch Teil von meinem Job. Es geht dabei um Politik, Deals und das Wettpinkeln, das offenbar dazugehört. Und wer sich damit auseinandersetzen muss, bin nun mal ich.«

»Weil Sie der Lieutenant sind.«

»Genau. Nachdem ich Renee Oberman begegnet bin, habe ich viel darüber nachgedacht, was es bedeutet, Chef zu sein. Nicht nur Polizist, sondern der Boss zu sein. Über die Verantwortung, den Einfluss, die Verpflichtung gegenüber unserer Dienstmarke, den Bürgern, die wir schützen sollen, und unseren Untergebenen. Ich wollte diesen Job und habe hart dafür gearbeitet. Ich musste einfach Polizistin werden. Weil ich ganz einfach nichts anderes kann. Ich war früher selbst ein Opfer, deshalb war mir klar, ich könnte als gebrochener Mensch durchs Leben gehen oder mich dagegen wehren. Könnte lernen und trainieren und so lange an mir arbeiten, bis ich es schaffen würde, selbst für andere Opfer einzustehen. Wir alle haben unsere Gründe dafür, dass wir Cops geworden sind.«

»Ich wollte unbedingt zur Polizei. Weil ich als Polizistin Menschen helfen kann, die meine Hilfe brauchen, was mir furchtbar wichtig ist. Dass ich die Prüfung zum Detective bestanden habe, hat mir gezeigt, dass ich anscheinend eine gute Polizistin bin und sogar noch besser werden kann. Sie haben mich so weit gebracht.«

»Ich habe Ihnen nur dabei geholfen«, korrigierte Eve. »Mir ging es, als ich Lieutenant wurde, niemals um den

Rang und nie darum, dass man mir dann ein höheres Gehalt bezahlt.«

»Sie haben eins der schäbigsten Büros auf dem Revier. Und deshalb sind wir alle furchtbar stolz auf Sie.«

»Ach ja?« Eve schüttelte verständnislos den Kopf, verspürte jedoch eine, wenn auch lächerliche Freude über diesen Kommentar.

»Sie legen keinen Wert auf schicke Räumlichkeiten. Ihnen geht es einzig um den Job. Und um Ihre Leute. Das ist allgemein bekannt.«

Eves Freude steigerte sich zu einem warmen Glücksgefühl.

»Wie dem auch sei«, fuhr Eve mit rauer Stimme fort. »Ich wollte diesen Job, weil ich wusste, dass ich darin gut sein kann. Und jedes Mal, wenn ich in unsere Abteilung komme, weiß ich, dass ich mich auf jeden einzelnen der Leute dort verlassen kann. Doch genauso wichtig oder vielleicht noch wichtiger ist, dass jeder dieser Leute weiß, dass er sich andersrum auf mich verlassen kann. Dass ich für ihn eintrete und mich, wenn nötig, vor ihn stelle. Wenn die Leute das nicht wüssten, wenn sie mir nicht blind vertrauen würden, hätte ich versagt.«

Peabody fing leise an zu schniefen. »Oh, Sie haben ganz sicher nicht versagt. Wir sind, verdammt noch mal, das beste Dezernat auf dem Revier.«

»Das sehe ich genauso. Und das liegt zum Teil an mir. Weil ich eine wirklich gute Chefin bin, und weil eine Chefin festlegt, welche Atmosphäre in ihrer Abteilung herrscht. Das hat auch Renee getan, und ein paar Polizisten, die sonst vielleicht ihren Job gemacht und ihre Dienstmarken mit dem gebotenen Respekt behandelt hätten, haben sich dafür entschieden, sie stattdessen zu missbrauchen, weil ihr Boss meinte, dass das in Ordnung ist. Die Frau, die die Verantwortung für diese Polizisten trägt, hat deren Schwächen schändlich ausgenutzt.«

»So habe ich es bisher nie gesehen.«

»Andere, anständige Cops wie Devin sind gestorben, weil sie der Person, die die Verantwortung auch für ihr Wohlergehen hatte und der sie vor allem hätten blind vertrauen können müssen, offenbar ein Dorn im Auge waren. Dafür werden Sie sie drankriegen.«

Blinzelnd löste Peabody den Blick von ihrem Kaffeebecher und sah Eve mit großen Augen an.

»Ich bin der Lieutenant, und ich sage Ihnen, dass Sie für Detective Devin einstehen und ihr Gerechtigkeit verschaffen werden.«

»Ja, Ma'am.«

»Jetzt bereiten Sie mein Treffen mit der Staatsanwältin vor.«

»Kann ich vorher noch kurz über ein paar Spuren sprechen, denen ich inzwischen nachgegangen bin? Weil Sie schließlich der Lieutenant sind?«

»Aber fassen Sie sich kurz. Weil ich schließlich gleich mit ein paar Leuten um die Wette pinkeln muss.«

»Sie haben mir geraten, erst einmal die Akten durchzugehen. Man hat sich damals gar nicht eingehend mit dem Fall befasst, weil Devin nach Aussage von zwei Kollegen, von Renees Leuten natürlich, während einer Razzia plötzlich aus der Deckung rannte, angegriffen wurde und dadurch zu Tode kam. Vorher aber konnte sie angeblich selbst noch ein paar Schüsse abgeben und hat dadurch zwei Dealer unschädlich gemacht.«

»Und?«

»Das klingt für mich, als hätten die Kollegen Devin decken wollen. Als hätte Devin es vermasselt und als hätten die Kollegen es nach einem ehrenvollen Tod aussehen lassen wollen. So, als hätten sie nach ihrem Tod nicht mehr in Devins Akte schreiben wollen, dass ihr ein schwerer Fehler unterlaufen war. Sie wissen, was ich meine?«

»Ja.«

»Ich konnte die Zeugen nicht noch mal befragen, ohne sie oder Renee argwöhnisch zu machen. Deshalb habe ich einfach das Opfer selbst befragt.«

Eve lächelte innerlich. »Okay.«

»Ihre Lehrer an der Polizeiakademie, Kollegen aus der Zeit in Uniform und nach ihrem Aufstieg zum Detective. Ihre Familie, ihre Freunde, DS Allo. Alle diese Leute habe ich inzwischen abgeklappert und abgesehen von Allo allen weisgemacht, ich säße momentan an einem Fall, der in Zusammenhang mit dieser Razzia steht.«

»Gut.«

»Sie war keine schlechte Polizistin und nach dem, was Mira heute früh gesagt hat, kann ich mir inzwischen sehr gut vorstellen, wie sie es gedreht haben, damit es wirkt, als hätte Devin ihren Job nicht richtig gemacht.«

»Wie wollen Sie jetzt weitermachen?«

»Ich wollte mit ihrer Mutter sprechen, aber die hat sofort wieder aufgelegt. Sie fürchtet sich vor der Erinnerung und vor allem hat sie seit dem Tod der Tochter einen Hass auf alle Cops. Sie hatte damals einen Zusammenbruch, und nach allem, was ich weiß, hat sie sich nie völlig davon erholt. Die beiden standen sich sehr nahe. Vielleicht ist ihr gar nicht klar, dass sie möglicherweise irgendetwas weiß.

Irgendwas, was die Tochter ihr erzählt oder was sie getan hat, was mich vielleicht weiterbringt. Ich bin mir unsicher, wie sehr ich sie bedrängen soll.«

»Wenn Sie das Gefühl haben, dass sie was weiß, finden Sie ganz sicher einen Weg, um sie dazu zu bringen, dass sie es erzählt. Sie können schließlich gut mit Menschen umgehen, bauen mühelos Beziehungen zu ihnen auf, entwickeln das rechte Maß an Mitgefühl, versetzen sich sehr gut in sie hinein. Ihre beiden Augenzeugen haben eindeutig gelogen, also suchen Sie nach Leuten, die die Wahrheit sagen, weil es für sie keinen Grund zum Lügen gibt. Das ist eine gute Strategie.«

»Ich fahre gleich noch mal zu ihr. Aber … sicher wäre es auch möglich, etwas Druck auf die beiden Kollegen, die mit bei der Razzia waren, auszuüben, wenn sie die alten Aussagen zurückziehen, kriegen wir Renee vielleicht auf diese Art für Devin dran.«

»Möglich. Aber, was tun wir, wenn das nicht klappt? Hören Sie zu, Sie lösen diesen Fall vielleicht nicht ganz, aber trotzdem verfolgen Sie am besten erst mal weiter Ihre Strategie, denn Sie wollen schließlich alles, was in Ihrer Macht steht, für Devin tun. Das hat sie verdient, das erwarte ich von Ihnen und vor allem können Sie sich selber sagen, dass Sie alles unternommen haben, wenn die Sache – wie auch immer – abgeschlossen ist. Und jetzt organisieren Sie mein verdammtes Treffen, ja?«

Peabody sprang eilig auf. »Bin schon dabei. Übrigens waren Sie schon immer meine Heldin.«

»Meine Güte.«

»Schon auf der Polizeischule und anschließend in Uniform habe ich Sie und Ihre Fälle so genau studiert, als wä-

ren Sie eine mystische Gestalt, die ich um jeden Preis entdecken muss. Weil Sie mein großes Vorbild waren. Als Sie
mich als Assistentin wollten, war ich einerseits unglaublich
glücklich und habe mir andererseits vor lauter Angst beinah ins Hemd gemacht.«

Bei der Erinnerung stieß Peabody ein halbes Lachen aus.

»Das waren noch Zeiten«, meinte Eve und entlockte ihrer Partnerin dadurch ein Lachen, das von Herzen kam.

»Ich habe nicht lange gebraucht, um festzustellen, dass
Sie weder eine mystische Figur noch eine Heldin sind, von
der die Stunnerstrahlen einfach abprallen. Sie bluten so wie
wir, aber trotzdem kneifen Sie niemals. Was Sie und uns,
die es genauso machen, zu echt guten Polizisten macht. Inzwischen ist mir klar, dass ich lieber ein wirklich guter Cop
als eine Heldin bin. Und ich habe gelernt, dass ich gar nicht
so sein möchte wie Sie. Sie haben mich gelehrt, so sein zu
wollen, wie ich bin. Sie haben mir gezeigt, was ein wirklich guter Cop ist, und mich dazu gebracht, ein guter Cop
zu sein, weil Sie mein Lieutenant sind.«

Damit griff Peabody nach ihrem Link und rief im *Down
and Dirty* an.

Kurz darauf stand Eve vor ihrer Haustür und betrachtete
den schicken, kleinen, saphirblauen Kombi, der dort stand.

»Ich habe doch gesagt, es soll nichts allzu Schickes sein«,
sagte sie zu Roarke, während Peabody begeistert »Wahnsinn!« rief.

»Für dich ist alles schick, was nicht grottenhässlich ist.
Dieses Gefährt ist praktisch, fährt sich gut und hat ein paar
kleine Elektronik-Extras, die sie vielleicht brauchen kann.«

»Wahnsinn«, juchzte Peabody erneut. »Ich bin hin und

weg! Und werde sehr respektvoll mit dem Wagen umgehen, weil er schließlich nicht nur schick, sondern vor allem wirklich praktisch ist.«

»Warten Sie noch zehn Minuten, wenn ich losgefahren bin«, bat Eve. »Denn wenn sie mich beschatten wollen, können sie mir hinterherfahren, dann haben Sie kein Problem mit Verfolgern.«

»Denken Sie, ich würde es nicht schaffen, selbst ein paar Verfolger abzuschütteln?«

»Wie oft haben Sie das schon gemacht?«

»In Ordnung, aber schließlich gibt's für alles, was man macht, ein erstes Mal. Auch wenn dies wahrscheinlich nicht der rechte Zeitpunkt ist«, schränkte Peabody selber ein. »Denn schließlich steht bei den Ermittlungen viel auf dem Spiel.«

»Genau. Rufen Sie an, falls es was zu berichten gibt. Danke für die Leihgabe für meine Partnerin«, wandte sich Eve an ihren Mann. »Und ich bitte jetzt schon um Verzeihung, wenn nachher die Polster vollgesabbert sind.«

»Nun fahr schon los, und sprich mit Reo«, bat er sie und gab ihr einen Kuss. »Weil ich endlich mit meinen Freunden spielen gehen will.«

»Da wünsche ich viel Spaß.« Kopfschüttelnd stieg sie in ihren Wagen, während Peabody bis über beide Ohren grinsend sanft über den leuchtend blauen Kotflügel von ihrem Wagen strich.

»Meiner gefällt mir besser«, raunte sie und fuhr in ihrem hässlichen, doch technisch hochgerüsteten Gefährt davon.

Als sie durch die Tür des Sexclubs trat, sah Crack sie böse an. Während Reo wie ein in dem Schummerlicht und Schmuddel verlorener Sonnenstrahl auf einem Hocker an der Theke thronte und sich fröhlich mit ihm unterhielt.

»Tut mir leid.« Eve stellte den Karton mit Resten des Buffets aus ihrem Arbeitszimmer auf dem Tresen ab. »Ich habe Kuchen und vor allem echten Kaffee mitgebracht.«

Crack hob vorsichtig den Deckel hoch und stellte fest: »Die Bezahlung ist nicht übel, weißes Mädchen. Und zu deinem Glück finde ich Blondie wirklich nett. So, jetzt lasse ich euch allein.« Er stellte eine zweite Wasserflasche auf den Tresen und trug seinen Lohn davon.

»Und ich kriege keinen Kuchen?«, fragte Reo.

»Vielleicht gibt er Ihnen ja was ab. Tut mir leid, dass ich etwas zu spät gekommen bin. Ich wurde aufgehalten.«

»Ich kann nur für Sie hoffen, dass es wirklich wichtig ist. Denn ich habe einen wichtigen Termin um neun verlegt. Also, was ist denn so dringend und vertraulich, dass man nicht am Link darüber sprechen kann?«

Eve machte ihre Wasserflasche auf. Die Staatsanwältin war eine zwar kleine, aber üppige Blondine, der man auch nach Jahren in New York noch anhörte, dass sie ursprünglich aus dem Süden kam. Sie wirkte also optisch und akustisch wie ein Leichtgewicht, und immer wieder waren Angeklagte, Strafverteidiger und gegnerische Zeugen überrascht, wenn sie bereits nach ein paar Sätzen vor Gericht die Oberhand gewann.

»Wenn Sie mir nicht versprechen können, dass die Sache weiterhin vertraulich bleibt, kann ich Ihnen das nicht sagen.«

»Wie soll ich das bitte machen, wenn ich gar nicht weiß, worum es geht?«

»Genau das ist das Problem, nicht wahr? Sagen Sie mir eins. Vertrauen Sie Ihrem Vorgesetzten blind?«

»Ja. Er ist ein anständiger Mensch und auch oder vor allem ein wirklich guter Staatsanwalt. Bin ich immer seiner Meinung? Nein. Aber selbst wenn ich das wäre, würde das nicht viel über uns aussagen, nicht wahr?«

»Das ist eine gute Antwort«, meinte Eve, eine bessere gab es sicher nicht. »Könnten Sie versprechen, mit den Dingen, derentwegen ich Sie treffen wollte, nur zu ihm zu gehen?«

»Ja. Auch wenn ich nicht versprechen kann, dass ich überhaupt etwas für Sie tue oder ihm empfehlen werde, was für Sie zu tun.«

»Das werden Sie auf jeden Fall.« Eve nahm einen großen Schluck von ihrem Wasser und erklärte Reo ganz genau, worum es ging.

Was ziemlich mühsam war. Denn wie jeder Rechtsverdreher stellte Reo unzählige Zwischenfragen, wies sie auf bestehende Gesetze hin, machte sich Notizen und verlangte mehrfach, dass sie Einzelheiten wiederholte, die bereits besprochen worden waren.

Genau deshalb war sie die richtige Person.

»Das wird ein Massaker«, murmelte die Staatsanwältin. »Wahrscheinlich bleibt kaum jemand von den Blutspritzern verschont. Alles, womit diese Frau oder ihr Dezernat je in Berührung kam, wird damit befleckt. Und die Verhaftungen, Geständnisse, die Deals und Urteile, zu denen es infolge der Ermittlungsarbeit ihrer Leute kam … müssen selbstverständlich aufgehoben werden, weil nicht sicher ist, ob es auf rechtem Weg dazu gekommen ist.«

»Ich weiß.«

»Oh, sie wird dafür bezahlen. Wir werden dafür sorgen,

dass die Frau dafür bezahlt. Ich hatte sie gelegentlich im Zeugenstand. Sie, Garnet, Bix und einige der anderen. Aufgrund von ihren Aussagen habe ich Leute weggesperrt, die es auf jeden Fall verdient hatten, und ihretwegen kommen diese Leute jetzt wahrscheinlich wieder frei. Sie wird dafür bezahlen«, wiederholte Reo und sah Eve aus kalten, blauen Augen an. »Was denken Sie, wie viele Cops die Frau auf dem Gewissen hat?«

»Wenn Sie Garnet mitzählen ...«

Reo funkelte sie zornig an.

»Also gut, dann bisher zwei, von denen ich es mit Bestimmtheit weiß. Ich habe Ihnen alles, was wir bisher haben, mitgebracht.« Eve schob ihr eine Diskette hin. »Denn Sie sind nicht nur hier, weil die Elektonikfuzzis etwas Neues ausprobieren wollen und das ohne die Erlaubnis eines Richters schwerlich geht. Sie sind hier, damit Sie vorbereitet sind, wenn es zum Showdown mit der Truppe kommt.«

»Das werde ich ganz sicher sein.«

»Reo, ich versuche nicht, Ihnen zu sagen, wie Sie Ihre Arbeit machen sollen, aber eins muss sicher sein. Sie müssen mit Bestimmtheit wissen, dass der Richter, den Sie um diese Erlaubnis bitten, sauber ist. Weil nicht auszuschließen ist, dass dieses Weibsbild sogar einen Richter, einen Vorzimmerbeamten oder jemanden bei Ihnen in der Tasche hat.«

»Gott, Ihr Verdacht regt mich auf. Doch mindestens genauso regt mich furchtbar auf, dass ich befürchte, dass er vielleicht zutrifft. Ich gehe mit der Angelegenheit zu meinem Boss, wir werden uns zusammen etwas überlegen. Das muss ich als Erstes tun, deswegen wird es sicher etwas dauern, bis diese Erlaubnis kommt.«

»Die Elektronikfuzzis sind wahrscheinlich sowieso noch nicht so weit.«

»Ich werde mich bei Ihnen melden.«

Damit wandte Reo sich zum Gehen, und Eve blieb kurz alleine an der Theke sitzen und drehte versonnen ihre Wasserflasche zwischen den Händen hin und her.

Als Crack bemerkte, dass die andere Frau gegangen war, kam er zu ihr zurück und sah sie forschend an.

»Sie ham anscheinend immer noch die harten Fälle.«

»Ja. Deshalb wäre ich gerne angepisst und richtig sauer, meistens schaffe ich das auch. Aber ab und zu verliere ich den Biss, und mir ist nur noch schlecht.«

»Vielleicht sollte ich was sagen, das Sie anpisst, dann kriegen Sie den alten Biss zurück.«

Sie schüttelte den Kopf und blickte ihn mit einem müden Lächeln an. »Nein. Ich schulde dir auch so bereits genug.«

»Freunde führen über so etwas nicht Buch. Nicht, wenn es wirklich wichtig ist.« Er legte seine Pranke sanft auf ihre Hand. »Wollen Sie ein Stück Kuchen?«

Sie stieß ein leises Lachen aus. »Nein, danke. Denn ich wende mich jetzt wieder meiner harten Arbeit zu.«

*

Furchtsam näherte sich Peabody dem Häuschen in der Bronx. Sie hatte keine Angst davor, nachher mit leeren Händen dazustehen, was durchaus möglich war. Sie hatte Angst, dass sie vielleicht die falschen Knöpfe drücken und dadurch die Frau vollends zerbrechen würde, die aus ihrer Sicht bereits gebrochen war.

Sie fragte sich, wie es für ihre eigene Mutter wäre zu erfahren, dass die Tochter umgekommen war. Umgekommen, weil sie Cop geworden war. Umgekommen, weil sie den Befehl befolgt hatte, ein Wagnis einzugehen.

Ihre Mom war eine starke Frau, aber trotzdem würde sie die Nachricht niemals unbeschadet überstehen.

Mit diesem Gedanken klingelte sie an dem Häuschen in der Bronx.

Die Frau, die an die Tür kam, war erschreckend dünn mit streng zurückgebundenem, grauem Haar. Sie trug eine abgeschnittene Jogginghose und ein ausgewaschenes T-Shirt und sah Peabody aus trüben Augen an.

»Mrs Devin …«

»Ich habe doch gestern, als Sie angerufen haben, schon gesagt, dass ich nicht mit Ihnen reden will. Seit meine Tochter tot ist, rede ich mit keinem Polizisten mehr.«

»Mrs Devin, hören Sie mir bitte zu. Sie brauchen nichts zu sagen. Hören Sie einfach zu. Wenn es nicht wirklich wichtig wäre, würde ich Sie ganz bestimmt nicht stören.«

»Wichtig? Und für wen? Für Sie? Es interessiert mich nicht, was Ihnen wichtig ist. Sie wollen Ihre Akten schließen. Denn für Sie ist meine Tochter doch nichts anderes als eine Akte. Oder ein Name, der in einer Akte steht.«

»Nein, Ma'am, das ist nicht wahr. Nein, Ma'am«, widersprach Peaobdy ihr, und ihr war deutlich anzuhören, dass sie die Wahrheit sagte. »Ich kann gar nicht ausdrücken, wie leid es mir tut, falls Sie am Telefon den Eindruck hatten, dass es mir allein um irgendeine Akte geht. Ich habe Ihre Tochter ein bisschen kennengelernt. Ich weiß, dass sie sehr gern gesungen hat und eine hübsche Altstimme besaß, dass ihr Vater ihr gezeigt hat, wie man angelt, und dass sie am Wochenende öfter mit ihm angeln war, obwohl sie es im Grunde gar nicht mochte, weil sie das Zusammensein mit ihm genossen hat. Ich weiß, dass Sie beide eine starke, innige Beziehung zueinander hatten und sogar nach ihrem Umzug nach Manhattan weiter zweimal in der Woche irgendwo gemeinsam beim Mittag- oder Abendessen, beim Frisör, zum Shoppen, im Theater oder Kino waren. Wo Sie sich trafen, war Ihnen eigentlich egal, denn vor allem ging es Ihnen ums Zusammensein.«

Obwohl ihr Magen sich zusammenzog, als ein erster Tränenstrom über die Wangen ihres Gegenübers floss, fuhr Peabody entschlossen fort. »Sie hat immer gesagt, Sie wären ihre beste Freundin. Und obwohl Sie eigentlich nicht wollten, dass sie Cop wird, haben Sie sich ihr nicht in den Weg gestellt und waren sogar stolz, als sie die Abschlussprüfung mit Auszeichnung bestanden hat. Als sie Detective wurde, haben Sie ein Fest für sie gegeben. Sie hat also ganz genau gewusst, wie stolz Sie auf sie waren. Ich bin mir sicher, dass ihr das sehr viel bedeutet hat.«

»Warum erzählen Sie mir all das?«

Inzwischen brannten auch in Peabodys Augen Tränen, und obwohl sie ihnen keinen freien Lauf ließ, schämte sie sich nicht dafür, dass man sie sah. Weil sie hier schließlich der Mutter einer toten Polizistin gegenüberstand.

»Weil ich selber eine Mutter habe, Mrs Devin, die nicht wirklich wollte, dass ich Polizistin werde, aber trotzdem stolz auf das ist, was ich tue. Was mir furchtbar wichtig ist. Denn ich liebe meine Mutter, und weil sie drüben im Westen lebt, vermisse ich sie manchmal so, dass ich fast nicht mehr atmen kann.«

»Warum haben Sie es dann getan? Warum haben Sie sie dann verlassen, um hier in New York als Cop Ihr Leben zu riskieren?«

»Weil ich einfach mit Leib und Seele Polizistin bin. Das ist für mich nicht nur ein Job. Und genauso ging es Gail. Sie war Ihre Tochter und hat Sie geliebt. Aber gleichzeitig war sie ein Cop und hat versucht, dafür zu sorgen, dass es anderen Menschen besser geht.«

»Am Schluss hat sie das umgebracht.«

»Ich weiß.« Jetzt mischte sich ein Hauch von Ärger in Peabodys Mitgefühl. »Ich habe auf dem Weg hierher an meine Mom gedacht und mich gefragt, was es wohl mit ihr machen würde, wenn sie mich verlöre. Ihretwegen wünschte ich, ich könnte etwas anderes sein. Aber das kann ich einfach nicht. Sie waren stolz auf Gail. Und mich hätte es stolz gemacht, wenn ich sie gekannt hätte, als sie Polizistin war.«

»Was wollen Sie von mir?«

»Dürfte ich wohl bitte reinkommen?«

»Ach, was soll's.«

Die Frau wandte sich ab, und Peabody trat durch die offene Tür.

Auf einem Tisch lagen verschiedene Gegenstände, die normalerweise offenbar in den Regalen standen, es roch nach Putzmittel und Politur.

»Es tut mir leid, dass ich Sie gestern aufgeregt habe. Sie haben letzte Nacht anscheinend schlecht geschlafen. Und jetzt reagieren Sie sich mit einem Hausputz ab.« Sie sah die Frau mit einem leisen Lächeln an. »Genauso macht es meine Mutter auch.«

Tatsächlich lenkte sich ihr Vater so von Sorgen ab, aber sie hielt es für das Beste, spräche sie auch weiter über ihre Mom.

»Stellen Sie Ihre Fragen, und dann hauen Sie wieder ab. Damit ich mit meiner Arbeit weitermachen kann.«

Wahrscheinlich hätte sie nicht lange Zeit, sagte sich Peabody und kam deswegen sofort auf den Punkt. »Gail hatte ausgezeichnete Bewertungen durch ihre Vorgesetzten. Nur beim Drogendezernat hat sie laut Lieutenant Renee Oberman ein paar Schwierigkeiten gehabt.«

»Na und?«, verteidigte die Frau ihr Kind. »Schließlich war das auch ein schwerer Job, und sie hat viel zu hart gearbeitet. In den letzten Wochen hatte sie kaum noch für irgendetwas anderes Zeit.«

»Haben Sie sie während dieser Zeit gesehen?«

»Ja, natürlich.«

»Hat sie Ihnen gegenüber angedeutet, was sie so gestresst hat oder was an ihrem Job so schwierig war?«

»Nein. Wir haben über ihre Arbeit nicht geredet. Denn sie wusste, dass ich das nicht will. Dass ich stolz auf meine Tochter war, heißt schließlich nicht, dass ich daran hätte erinnert werden wollen, wie gefährlich ihre Arbeit war. Aber sie war angespannt, nervös und hatte sichtlich abgenommen.«

»Sie haben sich deshalb doch sicherlich Gedanken über sie gemacht.«

»Ich habe sie gebeten, ein paar Tage freizunehmen und mit mir ans Meer zu fahren. Sie hat gesagt, das würde sie sehr gern und vor allem könnte sie das wirklich brauchen. Aber vorher müsste sie noch was erledigen. Eine Angelegenheit, die wirklich wichtig wäre, danach könnte sie Urlaub machen und mit mir ans Meer fahren. Sonst hat sie nichts gesagt, aber ich bin mir sicher, dass es um die Arbeit ging. Denn wäre es um einen Mann oder sonst etwas gegangen, hätte sie mir das auf jeden Fall erzählt.«

»Hat sie vielleicht sonst mit jemandem über die Arbeit gesprochen?«

»Wenn, dann nur mit einem anderen Cop. Weil ihr mit Außenstehenden ja nicht über den Job sprecht.«

Nickend fragte Peabody, bevor die Frau ihr abermals entglitt: »Hat sie vielleicht Tagebuch geführt oder irgendwelche Aufzeichnungen hier zu Hause aufbewahrt?«

Gails Mutter schüttelte den Kopf.

»Sind Sie sicher?«

»Ja, natürlich bin ich sicher.« Neben Trauer verriet ihre Stimme neuerlichen Zorn. »Selbst wenn es so etwas hier gäbe, ließe ich Sie das bestimmt nicht sehen. Denn das ginge schließlich keinen Menschen etwas an. Aber sie hat kein Tagebuch geführt. Ich habe alle ihre Sachen, ein Tagebuch ist nicht dabei.«

»Sie haben ihre Sachen?«, fragte Peabody sie aufgeregt und hoffnungsvoll. »Dürfte ich die wohl mal sehen?«

»Warum sollte ich wohl ...«

»Bitte, Mrs Devin. Ich kann Ihnen nicht genau erklären, worum es geht, aber ich kann Ihnen versprechen, dass ich dafür sorgen will, dass Gail Gerechtigkeit widerfährt. Ich schwöre Ihnen, dass ich nur aus diesem Grund hierhergekommen bin.«

»Sie sind wie ein Hund mit einem Knochen.« Mrs Devin kehrte ihr den Rücken zu und stapfte durch den Wohn- und Essbereich zu einem Raum neben der Küche, in dem es nach Zitronenscheuermittel roch.

Es wirkte wie ein kleiner Schlafraum ohne Bett. Eine Reihe Kleidungsstücke hingen ordentlich im Schrank, genauso sorgsam wurden sicher in der winzigen Kommode irgendwelche Wäschestücke aufbewahrt. In einem Regal waren ein paar Schachteln, Schals und eine leuchtend pinkfarbene Vase aufgereiht, und an den Wänden hingen gerahmte Poster, Fotos, ein Pokal der Kinder-Baseball-Liga sowie eine Angelrute. In einer schmalen Schachtel hatte Gail Disketten aufbewahrt. Mit Musik und Videos. Sorgsam nach dem Alphabet sortiert.

In Peabodys Nacken fing es an zu kribbeln.

»Das ist aber eine tolle Sammlung.«

»Damit hat sie sich immer entspannt.«

Inzwischen wusste Peabody genau, wer Gail gewesen war. Eine kluge, entschlossene junge Frau und gute Polizistin. Wo würde eine entschlossene junge Frau und gute Polizistin Aufzeichnungen aufbewahren, um sie griffbereit zu haben, während sie zugleich vor fremdem Zugriff sicher waren?

»Mrs Devin, dürfte ich mir die Musiksammlung von Ihrer Tochter vielleicht ausleihen?«

Eine heiße Zornesröte überzog die tränennassen Wangen von Gails Mutter, und sie schnauzte: »Bilden Sie sich ernsthaft ein, ich würde etwas, das ihr derart wichtig war, so einfach einer Fremden überlassen?«

»Auch wenn ich eine Fremde für Sie bin, ist Ihre Tochter für mich zwischenzeitlich ganz sicher nicht mehr fremd.« Peabody blickte Mrs Devin an und wiederholte ruhig: »Ich will, dass Gail Gerechtigkeit widerfährt. Und wenn sie jetzt vor meiner Mutter stünde, weiß ich, sie würde für mich genau dasselbe tun.«

Auf der Rückfahrt nach Manhattan lenkte Peabody den schicken, blauen Kombi an den Straßenrand und legte ihren Kopf kurz auf dem Lenkrad ab.

»Bitte, lieber Gott. Lass mich was finden. Denn sonst hätte ich die arme Frau völlig umsonst derart gequält.«

18

Auf dem Weg zu Whitney nahm sich Eve die Zeit, um kurz in ihrem Dezernat hereinzuschauen. Sie blickte sich um und winkte Trueheart zu.

»Kommen Sie mit in mein Büro.«

Sie trat durch die Tür, schnappte sich einen Becher Kaffee und leerte ihn mit einem Schluck zur Hälfte aus.

»Wo ist Baxter?«, fragte sie, als der junge Cop den Raum betrat.

»Er arbeitet im Pausenraum mit einem Zeugen, Ma'am. Und ich gehe gerade am Link ein paar Informationen nach. Wir ...«

»Gibt es einen Grund, aus dem ich wissen muss, woran Sie gerade arbeiten?«, erkundigte sie sich. »Probleme oder Fragen?«

»Nein, Ma'am. Augenblicklich nicht.«

»Gut. Geht gerade irgendetwas ab, wovon ich etwas wissen muss? Sie sind immer sehr aufmerksam«, erklärte sie, als sie ihn zögern sah.

»Sie wissen, was da draußen läuft. Ich habe keine Zeit, um mich in die Arbeit meiner Leute einzumischen, wenn's nicht nötig ist.«

»Hm, nein, Ma'am. Ich glaube nicht, dass augenblicklich jemand Ihre Hilfe braucht.«

»Sagen Sie bitte auch den anderen, dass ich beschäftigt bin. Falls mich irgendjemand braucht, soll er mir ein Memo schicken, oder anrufen, wenn's wirklich dringend ist.«

»Ja, Ma'am.«

Sie nahm auf der Kante ihres Schreibtischs Platz, um das

Treffen aufzulockern, und sah Trueheart fragend an. »Und, wie ist die Stimmung draußen?«

In seiner blanken Uniform sah er wie immer richtiggehend proper aus. »Ma'am?«

»Meine Güte, Truehart. Ich weiß ganz genau, dass Sie nicht mehr so feucht hinter den Ohren sind wie damals, als Sie zu uns kamen, und wie ich bereits sagte, achten Sie immer genau auf alles, was um Sie herum passiert. Sie wissen also, was die Leute reden. Und, was reden sie?«

»Tja nun. Wir alle wissen, dass etwas im Busch ist und dass es bei Ihren augenblicklichen Ermittlungen nicht nur um einen toten Junkie geht. Außerdem haben wir gehört, dass einer von Obermans Detectives tot am Fundort Ihrer Leiche aufgefunden worden ist.«

»Wie alle anständigen Cops stellen Sie sicher schon Spekulationen dazu an. Und schließen Wetten auf verschiedene Szenarien ab.« Er errötete ein wenig und gab widerstrebend zu: »Möglich, Ma'am.«

»Lassen Sie die anderen wissen, dass Spekulationen meiner Meinung nach dazugehören, es mich allerdings schockieren und entsetzen würde zu erfahren, dass in meinem Dezernat gewettet wird.«

Er nickte ernst, kämpfte jedoch zugleich vergeblich gegen ein verstohlenes Grinsen an. »Ja, Ma'am.«

»In den nächsten beiden Stunden bin ich nur erreichbar, wenn es wirklich wichtig ist. Verstanden?«

»Ja, Ma'am.«

»Dann können Sie jetzt wieder gehen.«

Nachdem der junge Mann verschwunden war, blieb sie allein vor ihrem Schreibtisch stehen, trank den Kaffee aus, betrachtete die Tafel an der Wand und ging an ihr Link, als auf dem Display der Name ihrer Partnerin erschien.

»Dallas.«

»Könnte sein, dass ich was habe.«

Eve schaltete ihr Link auf leise und setzte die Unterhaltung auf dem Weg zu Whitney fort.

Er machte ihr persönlich auf. Sein Gesicht wies eine Reihe neuer Falten auf, und sein Haar war merklich grauer, als es zu Beginn der Woche noch gewesen war.

Manchmal war es wirklich hart, der Chef zu sein.

»Lieutenant.«

»Sir.«

Er bat sie in sein Büro, aus dem man eine wunderbare Aussicht auf die Stadt genoss, zu deren Schutz er angetreten war.

Vor einem der Panoramafenster stand Commander Marcus Oberman – ein großer, muskulöser Mann in einem seriösen, grauen Anzug und mit einem dunkelblauen Schlips. Seine weißen Haare trug er militärisch kurz, und obwohl die Last des Amtes auch bei ihm gewisse Spuren hinterlassen hatte, war er mit seinen 68 Jahren immer noch ein attraktiver Mann.

»Commander Oberman, Lieutenant Dallas«, stellte Whitney sie einander vor.

»Lieutenant.« Oberman gab ihr die Hand. »Danke, dass Sie sich bereit erklären, mich zu treffen. Mir ist klar, dass Ihre Zeit sehr wertvoll ist.«

»Es ist mir eine Ehre, Sir.«

»Mir auch. Denn Sie haben einen phänomenalen Ruf, und Ihr Commander äußert sich nur lobend über Sie.«

»Danke, Sir.«

»Könnten wir uns vielleicht setzen?« Oberman sah Whitney fragend an.

»Bitte.« Der Commander bot den beiden Gästen Stühle an, und Oberman nahm Platz.

»Sie kamen gerade frisch von der Akademie, als ich in Pension gegangen bin«, setzte er an. »Aber ich habe Ihre Arbeit in den Medien verfolgt und überall, wo ich die anderen alten Kämpen treffe, stets nur Gutes über Sie gehört.«

Die leuchtend blauen Augen, die auch seine Tochter hatte, lächelten sie freundlich an. Trotzdem spürte Eve, dass er sie musterte.

Was sie nicht störte, weil auch sie ihn einer eingehenden Prüfung unterzog.

»Nadine Furst hat Ihre Arbeit im Fall Icove eingehend in ihrem Buch dokumentiert. Das war wirklich gute Werbung für die Polizei. Die Art, wie in dem Fall ermittelt wurde und dass diese Männer ausgeschaltet worden sind.«

»Auf jeden Fall«, stimmte ihm Whitney zu.

»Nach allem, was ich weiß, Lieutenant, hat es zwischen Ihnen und diversen Kollegen im Verlauf verschiedener Ermittlungen bereits des Öfteren gerumst.«

»Das stimmt, Commander«, gab sie unumwunden zu.

»Wenn dem nicht so wäre, würden Sie aus meiner Warte Ihren Job nicht richtig machen«, stellte er mit einem breiten Lächeln fest und lehnte sich bequem auf seinem Stuhl zurück.

Um dem Treffen seine Förmlichkeit zu nehmen, dachte Eve, dieselbe Taktik, die sie selbst vorhin in ihrem eigenen Büro angewandt hatte.

»Man braucht Selbstbewusstsein, ein gewisses Maß an

Starrsinn, die richtige Ausbildung, Talent und Engagement, wenn man in unserem Job durchhalten und vielleicht sogar Karriere machen will. Mir ist bewusst, dass es im Augenblick zwischen Ihnen und meiner Tochter rumst.«

»Ich bedauere, falls Lieutenant Oberman den Eindruck hat.«

Er nickte, sah sie aber gleichzeitig durchdringend an. Er hatte immer noch die Augen eines Cops, erkannte Eve. Sein Blick war derart bohrend, dass ihm sicher keine ihrer Regungen verborgen blieb.

»Ihr Commander wird Ihnen bestätigen, dass ich nicht die Angewohnheit habe, mich in seine Arbeit einzumischen. Denn ich bin inzwischen pensioniert und hege ehrlichen Respekt vor ihm als meinem Nachfolger in diesem Amt.«

»Das tue ich auch.«

»Aber trotzdem bin ich nun mal auch ein Vater, Lieutenant, und als Vater geht man niemals in Pension. Ich kann durchaus verstehen, wenn Ihr beider Verhältnis nicht ganz einfach ist, weil Sie zwei grundverschiedene Typen sind und auch Ihre Arbeitsweisen grundverschieden sind. Aber trotzdem sind Sie beide Lieutenants der New Yorker Polizei.«

»Das ist mir bewusst, Commander.«

»Ich hatte nicht die Absicht, mich auf irgendeine Weise in die Sache einzumischen.« Er hob seine Hände hoch und spreizte die Finger. »Selbst als ich noch Commander war, war ich der Überzeugung, dass die Leute Differenzen selber beilegen sollen.«

Dann weigert Daddy sich also, fürs Schätzchen einzutreten, dachte Eve. Da biss sich Renee vor lauter Wut doch sicher in den Arsch. »Das sehe ich genauso, Sir.«

»Ich habe erst entschieden, doch hierherzukommen, als

ich heute früh erfuhr, dass einer der Männer meiner Tochter umgekommen ist. Und zwar der Beamte, der der Grund für Ihre Reibereien war.«

»Es ist in höchstem Maße zu bedauern, dass Detective Garnet nicht mehr lebt.«

»Wenn einer unserer Leute umkommt, trifft das immer alle, doch am meisten den, unter dessen Kommando er gestanden hat. Auch Sie haben schon Leute verloren, Lieutenant.«

»Ja, Sir.« Sie hätte ihm die Namen aus dem Stegreif nennen können, denn sie hatten sich ihr wie auch die Gesichter dieser Leute ins Gehirn gebrannt.

»Ich hoffe, Lieutenant, aufgrund dieser neuen, tragischen Geschehnisse sind Sie bereit, die von Ihnen ausgesprochene Suspendierung des gefallenen Beamten noch einmal zurückzuziehen. Er hatte sie verdient«, fügte Oberman hinzu. »Aber trotzdem bitte ich Sie, Lieutenant Oberman und ihrem Mann diesen Gefallen zu tun.«

»Nein, Sir. Es tut mir leid, dass ich Ihnen nicht entgegenkommen kann.«

Er war ehrlich überrascht. »Ist es Ihnen derart wichtig, Lieutenant, dass die Rüge, die Sie ihm erteilt haben, in seiner Akte bleibt? Obwohl er nicht mehr lebt?«

»Ob tot oder lebendig, hat er sie eindeutig verdient. Ich bitte Sie als Vater um Verzeihung, doch ich hoffe, als Commander, der länger seinen ehrenvollen Dienst verrichtet hat, als ich am Leben bin, werden Sie mir glauben, wenn ich sage, dass Detective Garnets Lieutenant, der bei diesem Zwischenfall zugegen war, die Situation eindeutig nicht unter Kontrolle hatte und nicht eingegriffen hat.«

»Gilt Ihre Rüge Garnet oder seinem Lieutenant?«

»Eine Disziplinierung seines Lieutenants steht mir nicht zu. Bei allem Respekt, Sir, nehme ich die Suspendierung des Detectives aber nicht zurück. Und habe darüber hinaus inzwischen ein Verfahren eingeleitet, um seinen posthumen Ausschluss aus dem Polizeidienst zu erwirken.«

»Das ist ziemlich harsch.«

»Das ist es, Sir. Vielleicht ist Ihnen nicht bekannt, Commander, dass Detective Garnet mir gestern am späten Abend aufgelauert hat. Dass er mich vor meiner eigenen Haustür angegriffen hat und mit einer Waffe auf mich losgegangen ist.«

»Nein.« Obermans Gesicht wurde zu Stein. »Das war mir nicht bekannt. Davon hat mich niemand unterrichtet.«

»Ich habe diesen Zwischenfall gefilmt und umgehend gemeldet, Sir. Soweit ich weiß, wurde Lieutenant Oberman ebenfalls umgehend informiert.«

Sie wartete einen Moment, bis die Bedeutung ihrer Worte gänzlich zu ihm durchgedrungen war.

»Es ist bedauerlich, dass der Detective nicht mehr lebt, Commander, aber meiner Meinung nach hatte er seinen Rang und seine Dienstmarke beim besten Willen nicht verdient. Deshalb werde ich auch weiter alles tun, damit man sie ihm nachträglich entzieht. Denn durch seinen Tod wird er kein besserer Cop.«

»Da haben Sie recht. Ich ziehe meine Anfrage zurück, Lieutenant. Und bitte um Verzeihung, dass ich überhaupt mit diesem Wunsch an Sie herangetreten bin.«

»Das ist nicht nötig, Sir.«

Sie standen beide auf.

»Ich werde Sie jetzt wieder Ihrer Arbeit überlassen. Vielen Dank, Commander Whitney, dass Sie mir die Zeit gegeben haben. Und auch Ihnen vielen Dank«, wandte er sich abermals an Eve.

»Wie gesagt, es war mir eine Ehre, Sir.«

Whitney brachte Oberman zur Tür, doch ehe der den Raum verließ, drehte er sich noch mal um und fragte Eve: »Glauben Sie, dass Garnets Tod die Folge des Mordes an diesem Keener ist?«

»Ich ermittele nicht im Mordfall Garnet, arbeite aber mit den Kollegen, die in diesem Fall ermitteln, eng zusammen, Sir.«

»Verstehe.« Ohne noch ein Wort zu sagen, wandte sich der Mann zum Gehen.

»Er ist verlegen«, meinte Whitney, nachdem Oberman verschwunden war. »Wütend und verlegen, weil ihm die Situation, in die er sich gebracht hat, furchtbar peinlich war. Vor allem muss er sich jetzt fragen, welche Rolle seine Tochter bei der ganzen Sache spielt.«

»Ja, Sir«, stimmte Eve ihm zu. »Wobei es für ihn bald noch deutlich schlimmer kommen wird.«

Als Whitney durch ein Fenster auf New York hinuntersah, wurde Eve bewusst, dass auch er selber wütend und verlegen war.

»All die Jahre, die er diesem Job und dieser Stadt gewidmet hat. All die Jahre, die er das Kommando hatte. All die Arbeit, die er investiert hat, um die Truppe nach den Innerstädtischen Revolten wiederaufzubauen und zu reformieren. In Zukunft wird sein Name stets mit dieser Sache in Verbindung stehen.«

»Nicht *seiner,* sondern der Sache seiner Tochter«, korrigierte Eve, doch Whitney schüttelte den Kopf.

»Sie haben keine Kinder, Dallas. Es wird stets sein Name und auch seine Schande sein.«

Sie wartete, bis der Commander sich in seinen Schreibtischsessel sinken ließ.

»Ich bitte um Erlaubnis, frei zu sprechen, Sir.«

»Schießen Sie los.«

»Ich kann und werde nicht behaupten, dass von dieser ganzen Sache nichts auf Sie zurückfallen wird. Weil Sie schließlich der Commander sind. Aber ich kann und werde überall erklären, dass Sie für diese Dinge nicht verantwortlich sind.«

»Meine Position macht mich dafür verantwortlich.«

»Nein, Sir. Die Verantwortung zu übernehmen, ist manchmal etwas anderes, als verantwortlich zu sein. Sie werden die Verantwortung für die Geschichte übernehmen, weil Sie der sind, der Sie sind. Trotzdem ist Renee verantwortlich und, auch wenn das nicht gerecht ist, auf gewisse Weise auch ihr Vater. Weil sein Name und sein Ruf, die Ehrfurcht, die wir alle immer noch vor ihm empfinden, seiner Tochter erst den Raum gegeben haben, so zu handeln, weil aufgrund ihres Namens ein paar Leute offenbar nicht sehen wollten, was sie treibt, und weil dieser Name ein paar Leute vielleicht erst dazu gebracht hat, ihr Spiel mitzuspielen.«

»Mich auch?«

»Das kann ich nicht sagen. Aber als ich Sie auf die Sache angesprochen habe, haben Sie sich weder taub gestellt noch ihr die Möglichkeit gegeben, um sich aus dieser Geschichte herauszumanövrieren. Sie haben als Commander darauf reagiert, wie Sie das immer tun. Und das, obwohl Sie sicher wussten, welche Last damit auf Ihren Schultern liegt. Sie hätten auch anders reagieren können.«

Er lehnte sich gespannt auf seinem Stuhl zurück. »Und wie?«

»Sie hätten sich bemühen können, Renee möglichst unauffällig aus der Schusslinie zu bringen. Oder sie auf irgendeine Weise unter Druck zu setzen, damit sie das Handtuch wirft, und im Anschluss möglichst unauffällig die Leute aus ihrem Dezernat, die mit ihr unter einer Decke stecken, ebenfalls aus dem Verkehr zu ziehen. Sie hätten diese Angelegenheit vertuschen können, Sir. Hätten darauf bestehen können, dass mein toter Mann einfach ein Junkie war. Sicher, wir haben ein paar tote Polizisten, aber die werden dadurch nicht wieder lebendig, dass wir aufdecken, weshalb sie umgekommen sind.«

Sie legte eine kurze Pause ein und sah ihm ins Gesicht. »Wahrscheinlich haben Sie sogar kurz darüber nachgedacht. Wenn Sie gewollt hätten, hätte es sicher funktioniert. Aber so etwas hätten Sie niemals getan. Denn Sie sind der Boss. Und Sie sind ein Cop und werden niemals etwas anderes sein.«

Er presste seine Handflächen gegeneinander und klopfte mit seinen Zeigefingern sacht gegen sein Kinn. »Sie nehmen an, dass Sie mich kennen, Lieutenant.«

»Oh, ich kenne Sie«, erklärte sie wie vorher ihre Partnerin, als es um sie selbst gegangen war. »Ich habe einen Teil von Ihrer Arbeit als Detective und auch später, als Sie Lieutenant und dann Captain waren, eingehend studiert. Habe, seit ich unter Ihnen diene, Ihre Vorgehensweise und auch Ihr Verhalten ganz genau verfolgt. Und empfinde sehr großen Respekt davor, wie Sie mit Ihrer Position umgehen.«

»Haben Sie schon mal darüber nachgedacht, wie Sie selber sich auf diesem Posten machen würden?«

»Ein erschreckender Gedanke.«

Lachend stand er auf, trat vor den AutoChef. Und seufzte abgrundtief. »Ich wünschte mir, ich hätte so guten Kaffee wie Sie.«

»Ich kann Ihnen welchen schicken, wenn Sie wollen.«

Er schüttelte den Kopf, begnügte sich mit dem, was zur Verfügung stand, und bot ihr eine Tasse an. Wieder dachte sie an ihr Gespräch mit Peabody.

»Setzen Sie sich, Dallas. Tibble und der Captain der Dienstaufsicht kommen sicher jeden Augenblick. Wir werden dabei bleiben, dass Sie weiter für den Mordfall Keener und auch für den Korruptionsfall Oberman zuständig sind. Falls Tibble – was ich mir nicht vorstellen kann – etwas dagegen einzuwenden hat, werden wir ihn überzeugen, dass das eindeutig die beste Vorgehensweise ist.«

»Auf alle Fälle, Sir. Commander ... warum kontaktieren Sie nicht Nadine Furst?«

Schweigend zog er beide Brauen hoch.

»Wenn wir ihr genau erklären, wann sie womit auf Sendung gehen darf, hält sie garantiert so lange dicht, bis sie von uns grünes Licht bekommt.«

»Ich soll sie benutzen, um mich selber aus der Schusslinie zu ziehen?«

»Nicht wirklich, nein. Nadine liebt eine gute Story so wie jeder andere Journalist. Nur geht sie im Gegensatz zu vielen anderen der Wahrheit auf den Grund – weil es ihr nicht nur um Einschaltquoten geht. Weswegen sie aus meiner Sicht die höchsten hat. Ihr geht es nicht nur um die Schlagzeilen, sondern darum herauszufinden, was wirklich geschehen ist. Ich weiß, wir haben unsere eigenen Sprecher und PR-Leute, doch meiner Meinung nach kommen die nicht gegen sie an.«

Er nickte nachdenklich. »Fahren Sie fort.«

»Sir. Renee Obermans Aktionen werden bei Bekanntwerden den Ruf der Polizei wahrscheinlich nachhaltig beschädigen. Außerdem wird durch Bekanntwerden von ihren Taten auch die öffentliche Ordnung Schaden nehmen, weil man eine ganze Reihe Straftäter entlassen müssen wird. Deshalb sollten Sie aus meiner Sicht sämtliche Möglichkeiten nutzen, um den Schaden zu begrenzen. Wobei eine dieser Möglichkeiten wäre, möglichst offen mit der Sache umzugehen. Es gibt in unseren Reihen Korruption. Aber wir haben sie aufgedeckt und rücksichtslos und systematisch ausgemerzt.«

»Ich werde es mir überlegen.«

»Sir ...«

»Sie können immer noch frei sprechen, Dallas«, munterte sie Whitney auf.

»Vielleicht sollten wir in ihre Sendung gehen. Sie, der Chief, soweit er damit einverstanden ist, ich und meine Partnerin. Vor allem Peabody. Denn die Situation, in der sie war, und die Maßnahmen, die sie danach ergriffen hat, würfen ein sehr gutes Licht auf uns.« Eve war selber überrascht davon, mit welcher Vehemenz sie dieses Anliegen vertrat. »Ein anständiger Cop – ein junger, weiblicher Detective – musste um sein Leben fürchten und hat dieses Trauma nicht nur überwunden, sondern Korruption, Mord und Verrat in unseren Reihen mutig aufgedeckt.« Eve sah nachdenklich aus dem Fenster.

»Wir sind die Guten, Sir, das wird man auf dem Bildschirm sehen. Aber Peabody wird das Gesicht des Guten sein, das menschliche Element. Sie wird symbolisch für das Gute stehen und ist der Gegenpart zu Renee Oberman.«

Er rieb sich das Kinn und verzog den Mund zu einem leisen Lächeln. »Sie kommen auf derart fantastische Ideen und trotzdem macht die Vorstellung, vielleicht einmal auf meinem Stuhl zu landen, Ihnen Angst?«

Sie öffnete den Mund, aber er winkte ab. »Ich hätte selber darauf kommen sollen. Ich rufe Furst noch heute an.«

Sie atmete erleichtert auf. »Ich danke Ihnen, Sir.«

»Danken Sie mir nicht. Ich frage mich, warum Sie nicht in unserer PR-Abteilung sind.«

»Weil ich, wie ich hoffe, nichts verbrochen habe, für das man mich so bestrafen muss.«

Sie beide standen auf, als Whitneys Sekretärin Meldung machte, dass der Chief im Anmarsch war.

Tibble war ein großer, schlanker, dunkler Mann, dem ein Anzug ausgezeichnet stand. Er machte sich auf Pressekonferenzen und im Fernsehen wirklich gut, doch Eve wusste genau, dass sich hinter der glänzenden Fassade ein hart arbeitender, kluger und integrer Mann verbarg.

Er betrachtete sie kurz und sprach sie direkt an. »Und diese Lawine hat ein toter Junkie ausgelöst?«

»Nein, Sir, die Lawine wurde dadurch ausgelöst, dass Renee Oberman seit Jahren ihren Namen, ihre Dienstmarke und ihre Position missbraucht.«

»Das haben Sie sehr gut formuliert. Aber ich sprach nicht von dieser gottverdammten Scheiße, die im Augenblick den Berg herunterrollt, sondern davon, wer sie losgetreten hat.«

»Das war der tote Junkie, Sir, zumindest offiziell.«

»Und mithilfe dieses toten Junkies werden wir jetzt dafür sorgen, dass die Frau in all der Scheiße, die sie selbst verursacht hat, begraben wird. Und dann werden wir als Sieger auf dem Haufen Scheiße stehen. Oder, Jack?«

»Der Lieutenant hatte eben eine ausgezeichnete Idee, wie uns das gelingen kann.«

»Darüber werden wir reden, wenn wir mit dem Captain der Dienstaufsicht fertig sind. Wir werden darüber reden, einen Plan entwickeln und dann einen endgültigen Schlussstrich unter diese Sache ziehen, denn ich lasse nicht zu, dass die Polizei als Ganzes ihretwegen Schaden nimmt. Sie werden ihr das Handwerk legen«, sagte er zu Eve in einem Ton, der deutlich machte, dass er gerne höchstpersönlich Renee Oberman aus dem Verkehr gezogen hätte, weil sie allem, was er selbst vertrat, entgegenstand.

»Werden ihr das Handwerk legen, und zwar ein für alle Mal. Sie soll sich nicht mehr rühren und es nicht auf irgendeine Art so drehen können, dass die Polizei durch diese Angelegenheit noch mehr beschädigt wird.«

»Genau das ist meine Absicht, Chief.«

»Machen Sie es sich zur Lebensaufgabe«, fuhr er sie an und wandte sich dann wieder Whitney zu. »Und wir beide bemühen uns, den Schaden zu begrenzen. Meine Güte, Jack, wie konnte es passieren, dass ein solches Weibsbild einen solchen Rang, eine solche Macht und dadurch einen Freifahrtschein bekommen hat?«

Ehe Whitney etwas sagen konnte, winkte Tibble ab, stapfte an eins der Fenster, verschränkte die Hände hinter seinem Rücken und starrte hinaus.

»Ich sollte es wissen. Weil sie schließlich schon in meinem eigenen Büro gesessen hat. Weil die Frau mit ihren Eltern sogar ab und zu bei mir zuhause eingeladen war. In meinem eigenen Haus«, fuhr er ein wenig ruhiger fort. »Wahrscheinlich habe ich selbst ihr sogar diesen Freifahrtschein erteilt. Verdammt. Lieutenant Dallas, hat die Frau befohlen, Polizeibeamte zu ermorden?«

»Ich glaube ja, Sir.«

Wütend drehte er sich wieder zu ihr um. »Was Sie glauben, interessiert mich nicht. Ich will, dass Sie es eindeutig beweisen, damit es bei der Gerichtsverhandlung keinen Zweifel daran gibt. Was Sie glauben, interessiert die Richter und Geschworenen nicht, und ...«

»Chief Tibble.« Whitney baute sich entschlossen zwischen seinem Lieutenant und dem Polizeichef auf. »Renee Oberman ist eine meiner Untergebenen, deshalb bin ich verantwortlich für das, was sie verbrochen hat.«

»Ich werde Ihnen sagen, wenn Sie deshalb Harakiri machen sollen. Weil die Polizei es sich nicht leisten kann, Sie zu verlieren, und weil ich verdammt sein will, wenn wegen Renee Oberman noch mehr Blut fließt. Trotzdem ist mir klar, dass erst eine Mordermittlerin und ein toter Junkie kommen mussten, ehe Sie und ich, die Dienstaufsicht und der liebe Gott persönlich mitbekommen haben, was da läuft. Was wirklich ätzend ist.«

»Chief Tibble«, begann Eve. »Tatsächlich war es meine Partnerin, die das Gespräch mit angehört hat, bei dem ...«

»Unterbrechen Sie mich nicht, wenn ich dabei bin, Sie zu loben, Lieutenant, und vor allem, während ich dabei bin, meinem Herzen Luft zu machen, ehe die Dienstaufsicht auf der Bildfläche erscheint.«

»Sir.«

Er presste sich die Finger vor die Augen. »Ihre Partnerin hat ihre Sache wirklich gut gemacht. Genau wie Sie und wie auch der Commander. Wir werden dafür sorgen, dass das mehr zählt als eine korrupte Polizistin und ihr unsauberes Dezernat.«

Er brach ab, denn Whitneys Sekretärin meldete über die Gegensprechanlage die Männer von der Dienstaufsicht an.

»Am besten halten wir uns an die Hackordnung, und ich eröffne das Gespräch«, schlug Tibble vor. »Setzen Sie sich, Lieutenant«, meinte er, blieb aber selber stehen.

Er wirkte kühl und durch und durch gefasst, als Webster hinter seinem Captain das Büro betrat.

»Captain, Lieutenant. Nehmen Sie doch Platz. Ich werde Ihnen sagen, wie in dieser Angelegenheit aus meiner Sicht am besten vorzugehen ist.« Sein klarer, ruhiger Ton verriet, dass es für ihn bereits beschlossene Sache war. Eve bewunderte den kühlen, souveränen Stil des Chiefs, der wenige Minuten vorher noch vollkommen außer sich gewesen war.

Er bestimmte, dass die Ermittlungen im Mordfall Keener weiterhin von ihr geleitet würden, aber die Dienstaufsicht über alle Schritte informiert und ihr im Gegenzug berichten würde, wenn es Fortschritte bei den Ermittlungen gegen Renee und ihre Leute gab.

Es gab eine kurze Diskussion und ein paar Widerworte, aber Tibble behielt mühelos die Oberhand. Denn als guter General betrachtete er das gesamte Schlachtfeld und entschied im Anschluss, wo und wie zu kämpfen war.

»Die internen Ermittlungen gegen die Frau und ihre Handlanger sind natürlich unerlässlich, und ich selbst, Commander Whitney, Lieutenant Dallas sowie ihre Leute werden selbstverständlich alles tun, um sie zu unterstützen. Auch wenn die Ermordung einer Reihe Polizeibeamter und Zivilpersonen schwerer wiegt.«

»Wir gehen den Morden an den Polizeibeamten auch nach«, warf Webster ein.

»Genau deswegen ist es unerlässlich, dass Ihr Vorgehen mit dem Lieutenant abgesprochen wird. Meinen Sie nicht auch, Commander?«

»Das steht außer Frage.«

»Lieutenant Dallas?«, fragte Tibble.

»Absolut. Denn ich und meine Leute haben bei den Ermittlungen zu diesen Todesfällen bereits große Fortschritte erzielt. Gerade erst hat meine Partnerin mich informiert, dass sie etwas herausgefunden hat, wovon ich den Commander und auch die Dienstaufsicht bisher noch nicht unterrichten konnte. Deshalb würde ich das jetzt gern tun, falls wir uns einig sind, wie weiter in der Sache fortzufahren ist. Wenn nicht, dürfte ich nur meinen Commander ins Vertrauen ziehen, anschließend müsste er entscheiden, welche dieser Infos seiner Meinung nach für die Dienstaufsicht von Bedeutung sind.«

Webster sah sie warnend an. »Fang ja nicht mit irgendwelchen Spielchen an.«

»Und du sei bitte nicht so gierig«, gab sie ungerührt zurück.

Ehe er sie anfahren konnte, sah sein eigener Chef ihn warnend an. »Auch wenn wir vielleicht nicht immer einer Meinung sind, sollten wir in dieser Angelegenheit an einem Strang ziehen, weil wir schließlich alle der Frau das Handwerk legen wollen. Die Dienstaufsicht wird kooperieren, vorausgesetzt, dass sie sofort erfährt, falls auch noch andere Beamte in die Angelegenheit verwickelt sind. Und vorausgesetzt, dass ohne unser Wissen niemand überwacht und abgehört wird oder es zu irgendwelchen Treffen im

Zusammenhang mit den Ermittlungen zu diesen Fällen kommt.«

Mit ausdrucksloser Miene wandte Tibble sich an Whitney. »Nun, Commander?«

»Einverstanden. Lieutenant Dallas, Sie berichten uns jetzt bitte, was es Neues gibt.«

»Detective Peaboy hat heute früh die Mutter von Gail Devin aufgesucht. Mrs Devin hat sich bisher rundheraus geweigert, mit der Polizei zu sprechen, nachdem ihre Tochter in Ausübung ihres Dienstes umgekommen ist. Aber Peabody kann gut mit Menschen umgehen und hat sie dazu überredet, dass sie ihr die Sammlung mit Musik-CDs, die ihre Tochter besaß, überlassen hat. Der Besitz der jungen Frau wird nämlich jetzt von ihrer Mutter aufbewahrt. Aussagen anderer Personen zufolge, die wir Lieutenant Webster bereits übermittelt haben, wissen wir, dass Devin die Vermutung hatte, dass in ihrem Dezernat nicht alles sauber läuft. Peabodys Einschätzung zufolge war sie eine gute Polizistin, die ermordet wurde, weil ihr scharfer Blick und ihr Sinn für Einzelheiten Lieutenant Renee Oberman gefährlich waren. Peabody glaubt wie ich, dass Devin ihre Aufzeichnungen irgendwo notiert hat und dass sie die Aufzeichnungen gut versteckt hat, weil sie offenbar erst Anzeige erstatten wollte, wenn die Beweise gegen Oberman aus ihrer Sicht wasserdicht wären.«

»Musikdisketten?« Es war Webster deutlich anzusehen, dass er ins Grübeln kam.

»Am Vormittag nach Keeners Tod hat Lieutenant Oberman die Wohnung des Ermordeten durchsuchen lassen, nachdem sie erfahren hatte, dass der Fall an mich gegangen war und ich die Absicht hatte, ihm auch nachzugehen. Und wenn ihre Angst vor Devin groß genug war, um sie umbringen zu lassen, hat sie ganz bestimmt auch einen Weg gefunden, ihre Wohnung zu durchsuchen und sich den gesamten Inhalt des Computers der toten Beamtin anzusehen.«

»Wobei sie deren Aufzeichnungen ja vielleicht gefunden und zerstört oder zumindest mitgenommen hat«, stellte Websters Vorgesetzter fest.

»Das ist nicht auszuschließen. Aber Peabody geht davon aus, dass Devin clever genug war, nichts auf ihrem Link oder Computer abzuspeichern, wo es einfach zu entdecken war. Eine ordentliche Sammlung von Musikdisketten, die für jeden sichtbar im Regal stand, hätte wahrscheinlich keinen Menschen interessiert. Vielleicht hätte man sich die eine oder andere Diskette angesehen, die Suche dann aber woanders fortgesetzt. Wir führen die Ermittlungen zu diesem Fall von meinem heimischen Büro aus durch, deshalb hat Peabody die Sammlung erst einmal dorthin gebracht, um sie sich genauer anzuschauen.«

»Selbst wenn Devin das, was sie vermutet hat, klammheimlich aufgezeichnet hätte, wären es doch weiter nur Vermutungen«, warf Webster ein.

»Aber trotzdem würden sie ins Muster passen und geben uns vielleicht einen Hinweis darauf, weshalb sie ermordet worden ist. Überlasst die Mordermittlungen am besten einfach weiter mir. Denn damit kenne ich mich aus. Wir können und wir werden diese Frau für Devin, Strumb, Keener und sogar für Garnet drankriegen.«

Damit wandte sie sich wieder Whitney zu. »Commander, meiner Meinung nach hat sie bei ihren Unternehmungen bisher nicht den geringsten Gegenwind gehabt. Sie hatte jede Menge Glück und abgesehen von der Macht, die der Name ihres Vaters ausübt, hat sie durchaus auch Talent. Aber dann hat sie es übertrieben und sich irgendwann mit Garnet überworfen, weil sie es gewohnt war, dass der Mann nach ihrer Pfeife tanzt. Was nicht besonders clever war. Das heißt, bisher hatte die Frau vor allem Glück. Und sie ist, so oft es ging, im Fahrwasser von ihrem alten Herrn gesegelt, obwohl ihr das stets zuwider war. Sie tut es, und sie hasst es, deshalb muss sie immer mehr erreichen, um sich selber zu beweisen, dass es einen Grund für ihr Verhalten gibt. Sie haben den Bericht von Mira. So ist diese Frau einfach gestrickt.« Eve straffte die Schultern.

»Garnet hat sich am Schluss nicht nur gegen die Autorität der Frau gewehrt, sondern sich gegen sie gewendet, sie durch sein Verhalten in Verlegenheit gebracht und dafür gesorgt, dass eine Runde an mich gegangen ist. Weshalb sie ihn vor allem aus verletztem Stolz und Rache töten lassen hat.«

»Und wo ist dabei der Bezug zu Devin?«, wollte Webster wissen, und sie starrte ihn mit großen Augen an.

»Himmel, Webster, so lange ist es doch nun auch wieder nicht her, dass du selber bei den Mordermittlern warst.«

Sie verlieh ihrer Theorie zusätzlichen Nachdruck, indem sie ungeduldig weitersprach.

»Aus den gleichen Gründen wie Garnet hat sie sich auch Devin vom Hals geschafft, außerdem kam dabei noch etwas Persönliches ins Spiel. Und zwar war Devin eine Frau und hat ihre Autorität als Vorgesetzte hinterfragt. Hat ihr hinterhergeschnüffelt, und das hat Renee bestimmt nicht in den Kram gepasst. Devins Mentor war ein Veteran, ein zwischenzeitlich pensionierter Cop, der schon in der Abteilung war, als Renee dort angefangen hat. Er konnte Renee von Anfang an nicht leiden und hat zugesehen, dass er auf eine andere Wache kam.«

»Detective Sergeant Samuel Allo«, meinte Webster.

»Ja, genau. Sie muss gewusst haben, dass Devin mit dem Mann gesprochen hat. Devin hat von Anfang an nur Scherereien gemacht, die Regeln nicht befolgt und sich nicht mal versetzen lassen, als Renee sie grundlos schlecht bewertet hat. Vielleicht findet Peabody ja noch etwas raus, das sprichwörtliche Haar, das dem Kamel den Rücken bricht.«

»Die Nadel im Heuhaufen«, korrigierte Webster lächelnd.

»Was in aller Welt macht ein Kamel mit einer Nadel? Aber wie auch immer. Renee musste Devin loswerden und hat sie deshalb töten lassen. So macht sie es immer. Auch bei Strumb. Und selbst bei einem Typen wie Keener. Sicher hätte es genügt, ihn einfach einzuschüchtern, aber das hat Renee nicht gereicht. Weil er, wenn er tot ist, sicher nicht mehr reden und auch ihr System und ihre Pläne nicht mehr durcheinanderbringen kann. Wenn die Leute tot sind, sind sie aus der Gleichung raus.«

Eve stand auf. »Commander, mit Ihrer Erlaubnis würde ich mich langsam wieder an die Arbeit machen, während Sie mit der Dienstaufsicht klären, wie die Kooperation genau aussehen soll. Commander Oberman hat in der Zwischenzeit bestimmt genügend Zeit gehabt, um seine Tochter anzurufen.«

»Der Commander …«, begann Webster.

»Einen Augenblick, Lieutenant, ich werde Ihnen sofort sagen, wie unser Gespräch mit ihm verlaufen ist. Sie können gehen, Dallas.«

»Danke, Sir. Chief, Captain, Lieutenant.« Sie marschierte Richtung Tür.

»Darf ich fragen, wo du hinwillst?«, rief Webster ihr hinterher.

»Ich werde Renee Oberman noch mehr mit Dreck bewerfen. Das ist eins der schönen Dinge meines Jobs.«

In freudiger Erwartung trat sie in das Vorzimmer hinaus und zog die Tür hinter sich zu.

19

Sie trugen schwarze Armbinden beim Drogendezernat. Abgesehen davon war die Atmosphäre wie üblich. Aber schließlich war die Stimmung dort auch im Normalfall eher düster, dachte Eve.

Ebenfalls wie im Normalfall waren die Jalousien hinter Renees Fenstern und ihrer geschlossenen Glastür heruntergelassen.

Eve tauschte einen kurzen Blick mit Lilah Strong und marschierte schnurstracks auf das Zimmer der Chefin zu.

»Der Boss ist gerade nicht zu sprechen.«

Eve hatte gehofft, dass Bix ihr eine Vorlage für einen Rüffel böte, aber dass er es ihr derart einfach machen würde, hätte sie beim besten Willen nicht gedacht. »Haben Sie mit mir gesprochen?«, fragte sie in barschem Ton.

»Der Lieutenant ist jetzt gerade nicht zu sprechen«, wiederholte er.

»Der Lieutenant ist jetzt gerade nicht zu sprechen, *Ma'am*. So viel Zeit muss sein.«

»Ma'am.« Er blieb sitzen und bedachte sie mit einem kalten Blick. »Lieutenant Oberman hat Anweisung gegeben, sie nicht zu stören. Schließlich haben wir gestern Abend einen Mann verloren.«

»Das ist mir bewusst, Detective – Bix, nicht wahr?«

»Das stimmt.«

»Das stimmt, *Ma'am*.«

»Ma'am.«

»Waren Sie nicht der Partner von Detective Garnet?«

»Wenn mein Lieutenant uns zusammen eingeteilt hat ...«

»Und genau wie er haben Sie offensichtlich ein Problem damit, mit ranghöheren Beamten so respektvoll umzugehen, wie es sich gehört. Oder hält man das hier bei der Drogenfahndung immer so? Vielleicht, weil auch der Lieutenant Vorgesetzten gegenüber den gebührenden Respekt vermissen lässt?«

»Sie hat denselben Rang wie Sie.«

In dem Wissen, dass inzwischen sämtliche Beamte ihre Auseinandersetzung mitverfolgten, baute Eve sich dicht vor seinem Schreibtisch auf. »Wollen Sie mit mir um die Wette pinkeln, Bix? Dann stehen Sie auf.«

»Aufstehen, Detective«, schnauzte sie, denn Bix rührte sich nicht vom Fleck.

Wie in Zeitlupe erhob er sich von seinem Platz und starrte sie aus kalten Augen an. Sie fragte sich, wie sie ihn dazu bringen könnte, auf sie loszugehen. Ein Versuch würde genügen, und sie könnte ihn genau wie Garnet suspendieren lassen, Renee dadurch vollends bloßstellen und sich die Hände reiben, während die Abteilung dieser Frau im Chaos unterging.

Noch während sie dies dachte, riss Renee die Tür in ihrem Rücken auf und verriet ihr dadurch einen der Umstände, die sie herausfinden wollte. Nämlich, dass sie wirklich hinter ihrem Schreibtisch saß und heimlich beobachtete, was hier draußen vor sich ging.

»Dallas. Es gefällt mir nicht, dass Sie hier einfach reinmarschieren und meine Leute schikanieren.«

»Tue ich das denn?« Eve starrte den Detective weiter an. »Ist es aus Ihrer Sicht Schikane, wenn ein Untergebener mir den mir gebührenden Respekt erweisen soll? Es ist einfach eine Schande, wie sich Ihre Leute aufführen.«

»Kommen Sie mit in mein Büro!«

Eve wandte sich ihr zu und sprach in einem Ton, der das gesamte Dezernat gefrieren ließ. »Ich lasse mir von Ihnen nichts befehlen, Oberman. Wenn Sie sich nicht vorsehen, werde ich mich offiziell zum einen über Sie und zum anderen über den Detective hier beschweren und beantragen, dass man sich eingehend mit Ihrem Führungsstil befasst.«

Renee wurde rot vor Zorn. »Ich würde es vorziehen, wenn Sie mir unter vier Augen sagen, welchen Grund es dieses Mal für Ihren *Unmut* gibt.«

»Gerne«, meinte Eve und schlenderte gemächlich durch die Tür des Büros.

Als die Tür krachend hinter Renee zufiel, musste Eve ein Lächeln unterdrücken, denn obwohl die andere Frau wie immer hohe Stöckelschuhe trug, überragte Eve sie mindestens um einen halben Kopf. Einfach zum Vergnügen blickte sie im Stil von Summerset auf Oberman herab.

»Was zum Teufel bilden Sie sich ein? Meinen Sie, Sie könnten einfach in *meinem* Dezernat erscheinen, *meine* Leute rüffeln und *mir* selber drohen? Sie blöde Tussi, meinen Sie, nur weil Sie Whitneys Liebling sind, könnten Sie hier durch die Tür spazieren und mir Scherereien machen, weil einer meiner Männer Ihnen gegenüber Ihrer Meinung nach respektlos war? Wo bleibt eigentlich Ihr eigener Respekt? Schließlich ist es keine 24 Stunden her, dass einer meiner Männer umgekommen ist.«

»Sind Sie fertig?«, fragte Eve. »Oder kommt vielleicht noch mehr?«

»Ich kann Sie nicht leiden.«

»Aua.«

»Ich kann es nicht leiden, dass Sie sich anscheinend für die Größte halten, sich in alles einmischen und mir ständig an den Karren fahren. Am besten reiche ich selbst eine Beschwerde ein.«

»Meinetwegen. Nachdem Ihr Dad nicht mehr Commander ist, wissen wir beide, dass Ihnen die sicher nicht viel nützen wird. Apropos Ihr Dad ...« Eve warf einen Blick auf das Porträt, das gegenüber Renees Schreibtisch hing. »Die Unterhaltung, die wir beide gerade hatten, war sehr nett.«

»Ach, lecken Sie mich doch am Arsch.«

Jetzt lachte Eve aus vollem Hals. »Aber hallo! Das hat wirklich wehgetan! Wollen Sie weiter Gift und Galle spucken oder vielleicht doch langsam zum Thema kommen?«

»Ich habe keine Lust, noch mehr von meiner Zeit mit Ihnen zu vergeuden.«

»Das kann ich verstehen. Weil's mir mit Ihnen ganz genauso geht. Trotzdem führe ich grundsätzlich jeden Job zu Ende, selbst wenn er mich nervt. Und heute bin ich Garnets wegen hier. Wie ich sehe, haben Sie bereits vor Dienstbeginn von seinem Tod erfahren, denn normalerweise tragen Sie ja eher Pastelltöne statt Schwarz. Obwohl auch dieses Outfit Ihnen ausgezeichnet steht.«

Renee funkelte sie zornig an. »Ich werde schriftlich festhalten, mit was für einem elenden Sarkasmus und vor allem wie respektlos Sie von einem Polizeibeamten sprechen, der im Dienst gefallen ist.«

»Schreiben Sie, so viel Sie wollen. Denn bisher steht noch nicht fest, ob er im Dienst gefallen ist. Im Gegenteil deutet bisher nicht das Geringste darauf hin. Vor allem, weil der Mann zum Zeitpunkt seines Todes suspendiert war. Und wenn man ihn nicht vorher ermordet hätte, hätte man ihn vollends aus dem Dienst entfernt und obendrein gerichtlich für diverse Straftaten belangt.«

»Wovon zum Teufel reden Sie?«

»Sie wollen mir doch wohl nicht weismachen, Sie wüssten nicht, was gestern Abend vorgefallen ist?« Eve zog eine Diskette aus der Tasche und ließ sie auf Renees Schreibtisch fallen. »Dies ist eine Aufnahme der Kamera vor meinem Haus, die zeigt, wie Garnet mit gezückter Waffe auf mich losgeht.« Eve streckte den Rücken durch.

»Er hatte jede Menge Dreck am Stecken und war völlig außer Rand und Band. Weswegen Sie, Renee, sogar extra bei Ihrem Vater waren. Kein Wunder, dass Sie derart sauer sind.«

»Weswegen ich zu meinem Vater fahre, geht Sie einen feuchten Kehricht an.«

»Meiner Meinung nach geht mich das sogar eine ganze Menge an. Denn Sie haben sich bei Ihrem Dad über den bösen Lieutenant Dallas ausgeheult. Nur ging dieser Schuss leider nach hinten los. Statt Ihren Detective für sein schändliches Verhalten dranzukriegen, haben Sie versucht, die Sache zu vertuschen. In dem Bewusstsein, dass Sie ihm den Rücken decken würden, ist dieser Detective letztendlich so weit gegangen, mit einer geladenen, nicht registrierten Waffe auf eine Kollegin loszugehen. Wobei er wie wahrscheinlich auch zum Zeitpunkt seines Todes unter Drogeneinfluss stand.«

»Ich ...«, fing Renee an, doch Eve erklärte: »Ich bin noch nicht fertig« und fuhr fort.

»Wenn Sie nicht auf der Stelle einen Drogentest für alle Leute Ihres Dezernats empfehlen, werde ich das für Sie tun.«

»Sie haben doch keine Ahnung von der Arbeit unseres Dezernats. Garnet stand während der letzten Wochen furchtbar unter Druck. Er ist einer Spur im Fall Geraldi nachgegangen, die am Schluss im Sand verlief. Und gerade, als er einer neuen Spur nachgehen wollte, sind Sie plötzlich aufgetaucht und haben uns jede Menge Scherereien gemacht.«

»Ich verstehe nicht, weswegen die Ermittlungen zum Mord an einem Ihrer Spitzel Garnet dazu bringen sollte, verbotene Rauschmittel zu nehmen, mir zu drohen und irgendetwas zu tun, weswegen er ermordet worden ist.«

»Er war einfach mit den Nerven fertig. Mir war klar, dass er Probleme hatte, und ich wollte, dass er Urlaub nimmt und obendrein zum Psychologen geht – aber er hat mich um ein bisschen Zeit gebeten, um der neuen Spur im Fall Geraldi weiter nachzugehen. Diese Zeit habe ich ihm gegeben, und aus meiner Sicht kam er mit seiner Arbeit gut voran und hatte auch seine persönlichen Probleme im Griff, bis Sie darauf bestanden haben, ihn zu suspendieren.«

»Erstaunlich«, meinte Eve im Tonfall ehrlicher Verwunderung. »Sie schaffen es problemlos, das empörende und sträfliche Verhalten dieses Mannes zu rechtfertigen und meine Reaktion darauf als unfair und sogar als auslösenden Faktor für dieses Verhalten darzustellen. Ihr Detective hat totalen Mist gebaut. Obendrein war er gefährlich, und jetzt ist er tot. Die Verantwortung dafür liegt unter anderem bei Ihnen, Sie müssen selber wissen, wie Sie damit umgehen.« Eve holte tief Luft.

»Ich selbst weiß nur, dass innerhalb von kurzer Zeit erst einer Ihrer Spitzel und dann einer Ihrer Männer draufgegangen ist. Da ich schon seit Jahren bei den Mordermittlern bin, weiß ich mit Bestimmtheit, dass das kein Zufall ist.«

»Offenbar war Keener auch ein Informant von Bill«, klärte Renee sie mit müder Stimme auf. »Bill wollte mir beweisen, dass die Sorgen, die ich seinetwegen hatte, unbegründet waren. Vielleicht wurde Keener ja wegen der Informationen, die er ihm gegeben hat, umgebracht. Dann ist Bill der Sache nachgegangen, hat sich erst in seiner Wohnung umgesehen, ein Treffen dort, wo Keener umkam, arrangiert. Und wurde bei diesem Treffen selbst getötet.«

»Das klingt sehr hübsch und ordentlich. Abgesehen davon, dass dann einer von Ihren Leuten Spuren nachgegangen wäre und routinemäßig Untersuchungen angestellt hätte, wovon in seinen Akten, denen seines Partners und in Ihren eigenen Unterlagen kein Wort steht.«

»Sie haben selbst schon festgestellt, dass er nicht sauber war.«

Natürlich ist es leicht, ihn vor den Zug zu werfen, dachte Eve, denn schließlich ist er bereits tot.

Aber es gab einen anderen Mann, der noch am Leben war. »Dann frage ich am besten Bix, ob er was weiß.«

»Verdammt, Sie haben doch eben selbst gesagt, dass nichts in seinen Akten steht. Garnet hat die Sache ganz alleine durchgezogen. Bix hat Keener nie gesehen.«

»Woher wollen Sie das wissen?«, fragte Eve verächtlich.

»Wenn einer Ihrer Männer eigenmächtig Spuren nachgegangen ist, ist das ein anderer vielleicht auch.« Sie sah auf ihre Uhr. »Ich hätte gerade Zeit für ein Gespräch.«

»Ich erlaube nicht, dass Sie …«

»Sie haben mir in dieser Sache gar nichts zu erlauben«, fiel Eve Renee abermals ins Wort. »Denn ich leite die Ermittlungen in Mordfall Keener und fungiere als Beraterin bei den Ermittlungen zu einem zweiten Todesfall, in den ein Polizist verwickelt ist. Ich werde mit Bix sprechen, wobei er natürlich einen Rechtsanwalt zu dem Gespräch hinzuziehen kann.«

Entschlossen klappte sie ihr Handy auf und rief in ihrer eigenen Abteilung an. »Hier Dallas. Ich bräuchte jetzt gleich einen Vernehmungsraum.«

»Sie können ihn auch hier vernehmen«, widersprach Renee. »Es besteht keine Notwendigkeit, derart förmlich vorzugehen.«

»Je ätzender Sie werden, umso ätzender werde ich selbst«, gab Eve zurück, bestätigte telefonisch »Verhörraum B« und klappte gut gelaunt ihr Handy wieder zu. »Sagen Sie dem Mann, dass er sich dort in einer Viertelstunde melden soll.«

»Ich werde ihn begleiten.«

»Von mir aus sehen Sie bei dem Verhör ruhig zu.« Sie wandte sich zum Gehen, blieb dann aber noch einmal stehen. »Wissen Sie, was seltsam ist? Ich habe angenommen, Sie, Bix und jeder andere aus der Abteilung wären wild darauf, bei den Ermittlungen zu helfen, damit Garnets Mörder schnellstmöglich verhaftet werden kann.«

»Aber …«, meinte sie mit einem gleichmütigen Achselzucken, »… vielleicht sieht man diese Dinge hier ja anders.«

Sie schlenderte so lässig aus dem Dezernat, wie sie zuvor hereingekommen war. Und freute sich über ihr Glück, als ihr Detective Janburry mit seiner Partnerin entgegenkam.

»Detectives.«

»Lieutenant.«

»Ich war selbst gerade bei Lieutenant Oberman. Sie wird Ihnen wahrscheinlich auch erzählen, was sie gegen den Drogenmissbrauch einer ihrer Männer, seine heimlichen Ermittlungen und dagegen unternommen hat, dass er anscheinend in Kontakt mit ihrem eigenen Spitzel Keener stand. Ich werde Ihnen eine Kopie meines Berichts zu unserer Unterhaltung schicken, falls der Lieutenant während des Gesprächs mit Ihnen ein paar Details vergisst.«

»Das wäre nett, Lieutenant.« Delfino zog so leicht die Brauen hoch, dass man es fast nicht wahrnehmen konnte. »Lieutenant Oberman hat ausgesagt, dass der Detective Drogen nahm?«

»Sie hat mir auch erzählt, was sie dagegen unternommen oder eher, was sie diesbezüglich unterlassen hat. Ich werde jetzt Detective Bix aus dem Drogendezernat vernehmen, weil er häufig Garnets Partner war und mir vielleicht etwas erzählen kann, was uns bei der Arbeit weiterbringt. Wenn Sie möchten, sehen Sie doch einfach zu.«

»Das ist wirklich nett von Ihnen«, meinte Janburry.

»Das liegt daran, dass ich momentan in kooperativer Stimmung bin. Also sagen wir in einer Viertelstunde in Verhörraum B?«

»Wir haben vielleicht auch etwas für Sie«, gab Janburry zurück. »Die toxikologische Untersuchung hat bestätigt, dass der Mann vor seinem Tod verbotene Rauschmittel und Alkohol genossen hat. Ein Detective Freeman von den Drogenfahndern hat den Alkoholkonsum bestätigt, denn nach seiner Aussage waren die beiden gestern Abend zwischen zehn und Mitternacht zusammen in der Five-O Bar. Einzelheiten stehen in dem Bericht, den wir für Sie kopieren werden. Freeman sagt, dass Garnet bei dem Treffen aufgeregt und fahrig war und eine ganze Reihe wenig schmeichelhafter Dinge über Sie geäußert hat.«

»Ohje.«

Janburry fing an zu grinsen. »Außerdem behauptet er, dass Garnet gegen Mitternacht auf seinem Handy angerufen worden, herausgegangen, noch mal kurz zurückgekommen und, nachdem er sein Glas geleert hat, abgehauen ist, um irgendeiner Spur in einem seiner aktuellen Fälle nachzugehen.«

»Doch obwohl er ziemlich angetrunken, aufgeregt und fahrig war, hat er dem guten Freeman sicher keine Einzelheiten dieser angeblichen Spur erzählt.«

»Er hat sich diesbezüglich jeden Kommentars enthalten.«

»Hat sich jeden Kommentars enthalten.« Eve fing an zu grinsen. »Das muss ich mir merken. Das klingt wirklich gut.«

»Er liest sehr viel«, erklärte seine Partnerin. »Wenn wir davon ausgehen, dass Garnet aufgeregt war und es plötzlich eine neue Spur gab, ist es ziemlich seltsam, dass er nicht zumindest den Beamten informiert hat, der bei den Ermittlungen zu diesem Fall sein Partner war. Vielleicht war er ganz einfach egoistisch oder fand, sein Partner wäre ein Idiot.«

»Vielleicht. Wir werden sehen, was Bix dazu zu sagen hat.«

»Darauf freue ich mich schon. Doch vorher gehen wir noch behände unserer Arbeit nach«, erklärte Janburry.

Delfino rollte mit den Augen »Wie gesagt, er liest sehr viel.«

Mit einem erneuten Grinsen stapfte Eve davon, um ihrer eigenen Arbeit nachzugehen.

In ihrem Büro packte sie eilig ein paar Unterlagen ein, informierte Webster und ihren Commander über die Vernehmung und bat Mira, als Beobachterin daran teilzunehmen, falls sie nicht anderweitig beschäftigt war.

Dann rief sie bei Feeney an.

»Und, habt ihr es geschafft?«

»Nun drängel doch nicht so.«

»He, ihr sitzt jetzt schon seit Stunden an der Sache dran.«

»Für elektronische Ermittler gehen die Uhren anders. Aber wir stehen kurz vor einem Durchbruch.« Wieder einmal schob er sich eine der gebrannten Mandeln, die er so liebte, in den Mund. »Obwohl das etwas völlig anderes ist, als wenn man einfach kurz eine Platine austauscht oder so.«

»Meinetwegen. Vielleicht interessiert dich ja, dass ich gerade von einem neuerlichen Wettpinkeln mit Renee komme. Offenbar steht sie inzwischen ziemlich unter Druck. Denn sie meinte, dass sie mich nicht leiden kann.«

»Das hat dich doch bestimmt verletzt.«

»Und wie. Aber dafür habe ich dem alten Oberman gepetzt, dass Garnet gestern Abend erneut ausgerastet ist, und wenn er daraufhin nicht sofort bei ihr war, um ihr den Hintern zu versohlen, lauf ich die ganze nächste Woche in Klamotten wie McNab herum. Sie hat mir ins Gesicht gesagt, dass ich eine blöde Tussi bin.«

»Es schockiert mich, dass sie solche Worte in den Mund nimmt.«

»Ich konnte kaum vor ihr verbergen, wie verlegen und schockiert ich deshalb bin. Doch nachdem die Frau so dumm war zu behaupten, Garnet hätte unter Umständen Kontakt zu meinem ersten Mordopfer gehabt, habe ich die Gelegenheit genutzt und Bix als seinen Partner zur Vernehmung einbestellt.«

»Dafür würde sie dir doch bestimmt gerne den Hals umdrehen.«

»Glaubst du? Wie laufen die Dinge übrigens bei meiner eigenen Partnerin?«

»Sie sitzt drüben in deinem Arbeitszimmer. Aber das ist auch schon alles, was ich weiß.«

»Und Roarke?«

»Bin ich vielleicht ein Überwachungsmonitor?« Er sah sie traurig an. »Er macht das Zeug, das wichtige und reiche Typen tun. Und schaut immer wieder mal bei uns herein.«

»In Ordnung. Gib Bescheid, wenn es was Neues bei euch gibt. Aber nur schriftlich, ja?«

»Ich melde mich, sobald wir fertig sind. Und bis dahin geh mir nicht mehr auf die Nerven, ja?«

Er legte grußlos auf, und mit einem leisen »Himmel, was für eine Diva« wandte Eve sich kopfschüttelnd zum Gehen.

Auf dem Weg in Richtung des Verhörraums sah sie Baxter vor dem Süßigkeitenautomaten stehen.

»Na, sind Sie mit Ihrem Zeugen fertig?«

»Das ist bestimmt eine rhetorische Frage.« Er zog einen Kokos-Sahne-Riegel aus dem Schlitz und hielt ihn seiner Chefin hin. »Hier, wollen Sie?«

Sie schüttelte den Kopf. »So etwas würde ich noch nicht mal essen, wenn ich schon seit Tagen irgendwo unter den

Trümmern eines eingestürzten Hauses läge und es dort nichts anderes gäbe.«

»Ich finde die Dinger lecker.« Um es zu beweisen, riss er einen Teil der Folie auf und biss ein Stück des Riegels ab. »Unser Zeuge sitzt noch im Vernehmungsraum. Ich dachte, dass ich ihn am besten kurz alleine lasse, damit er in Ruhe schmollen und sich überlegen kann, ob sein Verhalten vielleicht doch nicht ganz korrekt gewesen ist. Ich war ein bisschen überrascht, als eben ein Detective von den Drogenfahndern in den anderen Verhörraum ging.«

»Sie kennen Bix?«

»Nein, das Vergnügen hatte ich bisher noch nicht. Deshalb fragen Sie sich sicher, woher ich dann weiß, wer er ist.«

»Vielleicht.«

»Ich nenne es die Neugierde des Cops.« Er biss erneut in seinen Riegel, kaute und fuhr fort. »Nachdem mein eigener Lieutenant Streit mit einem anderen Lieutenant hatte, wollte ich natürlich wissen, wer der andere Lieutenant ist und wer dessen Leute sind. Infolgedessen habe ich den Mann erkannt.«

»Infolgedessen«, meinte Eve. »Sie lesen sicher ziemlich viel.«

»Das eine oder andere Buch habe ich tatsächlich schon geschafft. Doch jetzt drängt meine Neugierde als Cop mich dazu, zu ergründen, weshalb Bix in einem unserer Vernehmungszimmer sitzt.«

»Ich nehme an, dass er dort wie Ihr eigener Zeuge sitzt und schmollt.« Eve schob einen Daumen in die Tasche ihrer Jeans. »Aber das ist auch schon alles, was ich Ihnen sagen kann.«

»Nun ...« Er kaute nachdenklich auf einem Stückchen Kokosnuss herum. »Ich würde gerne mit in diesem Fall ermitteln, falls sich die Gelegenheit dazu ergäbe.«

»Und warum?«

»Ist diese Frage auch rhetorisch?«

Lachend schüttelte sie abermals den Kopf. »Nein. Es braut sich wirklich ziemlich was zusammen.«

»Als geübtem neugierigen Cop war mir das bereits klar. Und falls Sie Hilfe brauchen, geben Sie mir einfach kurz Bescheid.«

»Okay.«

»Auch wenn Sie das vielleicht nicht interessiert, gehen auf der Wache momentan verschiedene Gerüchte um. Und zwar, dass Sie Oberman nicht leiden können, weil sie vielleicht schneller Captain wird als Sie, weil sie größere Titten hat oder vielleicht, weil Sie was von ihr wollten, sie Sie aber kalt abblitzen lassen hat.«

»Das Letzte haben Sie sich ausgedacht.«

»Oh nein. Auch wenn die Stimmen, die so was behaupten, deutlich leiser sind als die, die meinen, dass Garnet ein Arschloch war und Oberman ihn nicht zurückgepfiffen hat. Oder dass Sie sie Ihrerseits abblitzen lassen haben. Wobei diese Stimmen wahrscheinlich vor allem deshalb lauter sind, weil die Leute eindeutig mehr Angst vor Ihnen haben als vor Oberman.«

»Das ist gut. Weil einen Angst bei den Ermittlungen oft weiterbringt.«

»Kommt drauf an, wer sich vor wem vor lauter Muffe in die Hosen macht.«

Sie ließ ihn vor dem Automaten stehen, damit er sich in Ruhe überlegen konnte, womit er die Reste seines Kokosriegels herunterspülen sollte, und marschierte in das Zimmer, in dem Obermans Detective saß.

»Rekorder an. Vernehmung von Carl Bix, Detective bei der Drogenfahndung, durch Lieutenant Eve Dallas. Detective, da dieses Gespräch die Arbeit von Kollegen eines anderen Dezernats berühren wird, die versuchen herauszufinden, wie ein Polizeibeamter umgekommen ist, gehen wir am besten wie bei einer förmlichen Vernehmung vor. Sind Sie damit einverstanden?«

»Ja.«

»Am besten kläre ich Sie also erst einmal über Ihre Rechte auf und halte mich auch sonst genauestens an die Vorschriften, okay?« Nach der Rechtsbelehrung sah sie den Detective fragend an. »Haben Sie verstanden, welche Rechte und auch Pflichten Sie in dieser Sache haben?«

Seine Kiefermuskeln fingen an zu zucken. »Ich bin selber Polizist. Ich kenne mich mit diesen Dingen aus.«

»Hervorragend. Also, Detective, als Ihre direkte Vorgesetzte bei der Drogenfahndung fungiert Lieutenant Renee Oberman, korrekt?«

»Korrekt.«

»Und Lieutenant Oberman hat Sie und Detective William Garnet aus demselben Dezernat des Öfteren als Partner eingeteilt.«

»Ja.«

»In den letzten Wochen haben Sie und Garnet hauptsächlich Ermittlungen im Fall Geraldi durchgeführt. Meinen Informationen nach glaubte Detective Garnet, dass die Arbeit kurz vor ihrem Abschluss stand.«

»Wir sind diversen Spuren nachgegangen.«

Eve schlug einen Ordner auf und überflog das erste Blatt.

»Sind Sie dabei auch Informationen nachgegangen, die von einem Spitzel Ihres Lieutenants stammten? Einem Rickie Keener, der inzwischen nicht mehr lebt?«

»Nicht, dass ich wüsste.«

Sie zog überrascht die Brauen hoch. »Sie haben diese Quelle also nicht zum Fall Geraldi angezapft?«

»Nein.«

»Und Garnet?«

»Wenn er Kontakt zu ihm hatte, hat er mir nichts davon erzählt.«

»Garnet wurde an genau demselben Ort wie Keener umgebracht. Deshalb ist die Wahrscheinlichkeit sehr hoch, dass es eine Verbindung zwischen diesen beiden Morden gibt. Weil es in beiden Fällen derselbe Mörder war, weil sie aus demselben Grund ermordet worden sind oder weil derselbe Mensch sie aus demselben Grund ermordet hat.«

»Ich glaube nicht, dass Keener überhaupt ermordet worden ist. Ich glaube, dass es Tod durch Überdosis war, so was kommt in dem Milieu schließlich nicht gerade selten vor.«

»Es ist nicht Ihre Aufgabe, Detective, festzulegen, wie der Mann gestorben ist. Das ist Aufgabe des Pathologen sowie der ermittelnden Beamten, und wir alle kommen zu dem Schluss, dass er ermordet worden ist.«

Sie klappte ihren Ordner wieder zu, schlug einen anderen auf, zog die Tatortaufnahmen daraus hervor, schob Bix eins der Bilder hin und reihte die anderen vor sich auf.

»Wäre schon ein Riesenzufall, wenn Detective Garnet an genau demselben Ort ermordet worden wäre und es trotzdem keinerlei Verbindung zwischen diesem Mord und Keeners Tod gäbe. Außerdem sind Sie und Garnet nach

dem Tod des Mannes unbefugt in dessen Wohnung eingedrungen, um sie widerrechtlich zu durchsuchen.«

»Wir dachten, dass er dort Informationen hätte, die wir
dringend brauchten, und vor allem wussten wir zu dem
Zeitpunkt noch nicht, dass er nicht mehr am Leben ist.«

»Informationen in Zusammenhang mit den Ermittlungen im Fall Geraldi?«

»Ja, genau.«

»Aber Sie haben doch gesagt, Sie hätten diese Quelle im
Zusammenhang mit dem Fall nicht angezapft.«

»Ich nicht. Ob Garnet ihn gesprochen hat, kann ich nicht
sagen. Er hat nur gesagt, er hätte einen Tipp gekriegt, und
deshalb müssten wir zu Keener gehen.«

»Was für einen Tipp? Und was hätten Sie bei Keener machen sollen?«

»Keine Ahnung.«

Sie lehnte sich nachdenklich auf ihrem Stuhl zurück. »Sie
und Garnet haben also in einem großen Fall ermittelt, der
aus Ihrer Sicht kurz vor dem Abschluss stand. Und Garnet
hatte einen Tipp bekommen, aufgrund dessen Sie zusammen in die Wohnung eines Informanten Ihres Lieutenants
eingebrochen sind. Aber Sie haben ihn nicht gefragt, was
Sie dort vorhaben, was er bei der rechtswidrigen Durchsuchung zu finden hofft und woher Keener irgendetwas über
den Fall Geraldi hätte wissen sollen.«

Achselzuckend lehnte sich auch Bix auf seinem Stuhl zurück. »Garnet hat gesagt, dass Keener etwas weiß. Also bin
ich mit ihm hingefahren.«

»Ihre Neugierde als Cop ist nicht besonders ausgeprägt,
nicht wahr?«

»Ich mache einfach meinen Job.«

»Sie befolgen die Befehle, die man Ihnen gibt. Haben Sie Garnet eher als Partner oder als dienstälteren Detective angesehen?«

»Er war beides. Und jetzt ist er keins von beidem mehr.«

»Kamen Sie gut mit ihm zurecht?«

»Ich hatte kein Problem mit ihm.«

»Waren Sie befreundet?«

»Wie gesagt, ich hatte kein Problem mit ihm.«

»Es hat Sie also nicht gekümmert, dass Ihr Partner Drogen nahm? Und zwar genau dasselbe Zeug wie das, das Sie von der Straße holen sollen?«

»Davon weiß ich nichts.«

»Das ist doch sicher nicht Ihr Ernst. Denn wenn Sie das behaupten, sind Sie entweder ein Lügner oder grottendämlich. Und da niemand, der so dämlich wäre, nicht zu merken, wenn sein Partner high ist, je Detective bei der Drogenfahndung würde, gehe ich mal davon aus, dass Sie ein Lügner sind.«

»Denken Sie doch, was Sie wollen.«

»Oh danke, das mache ich auf jeden Fall. Und ich denke, Garnet hat in letzter Zeit furchtbaren Mist gebaut. Ich denke, er hat Druck auf Keener ausgeübt.« Sie schob Bix auch noch die anderen Fotos hin. »Weil der Mann bestimmt nicht ohne Grund aus seiner Bude ausgezogen und auf Tauchstation gegangen ist. Und weil ihn jemand ganz bestimmt nicht ohne Grund gesucht und ausgeschaltet hat. Wobei es eindeutig ein Fehler war, auf diese Weise einen Spitzel des eigenen Lieutenants kaltzustellen. Und es war auch ein Fehler, dass er anschließend in Keeners Wohnung eingedrungen ist, um sie mit Ihrer Hilfe auf den Kopf zu stellen. Als er deshalb einen Rüffel kriegt, geht er auf eine ranghöhere Polizeibeamtin los, bringt sich und seine Chefin dadurch in Verlegenheit und fängt sich eine Suspendierung ein. Aber das reicht ihm offenbar immer noch nicht. Denn er zieht sich was rein und geht am selben Tag noch mal mit einer Waffe auf dieselbe Polizeibeamtin los.« Eve klopfte mit den Fingern auf den Tisch.

»Er weiß, dadurch hat er den Bogen vollends überspannt. Also sucht er einen Saufkumpan – einen anderen Mann aus seinem Dezernat –, kehrt dann an meinen Tatort zurück, bricht mein Siegel auf, betritt das Haus und kurz darauf wird ihm die Kehle aufgeschlitzt.«

Bix sah sie schweigend an.

»Ich denke, wenn ein Mann in derart kurzer Zeit derart viel Mist baut, kriegt sein Partner doch ganz sicher etwas davon mit. Und ich denke, wenn der Partner eines Polizisten Drogen nimmt, muss dieser Polizist – vor allem, wenn er Drogenfahnder ist – das sehen.« Sie sah Bix in die Augen.

»Was wusste er über den Mord an Keener, Bix?«

»Schade, dass Sie ihn das nicht mehr selber fragen können, weil er nicht mehr am Leben ist«, stellte Bix mit einem leisen Grinsen fest.

»Wirklich praktisch, finden Sie nicht auch? Sie waren beim Militär, nicht wahr, Bix?«, fragte sie und schlug den nächsten Ordner auf.

»Ich habe meinen Dienst fürs Vaterland geleistet.«

»Als Einzelkämpfer haben Sie auf jeden Fall gelernt, mit einem Messer umzugehen. Weil es mitunter wichtig ist, schnell und lautlos töten zu können.« Sie blickte auf. »Auch Ihre Eltern waren beim Militär, und Ihr älterer Bruder ist immer noch dort. Sie haben diesen Job im Blut und wissen, dass man Befehle Vorgesetzter immer brav befolgt.

Befolgen Sie auch die Befehle, die Ihr Lieutenant Ihnen gibt, Detective?«

»Ja.«

»Ausnahmslos? Und ohne sie jemals zu hinterfragen?«

»Ja.«

»Respektieren Sie Ihren Lieutenant?«

»Ja.«

»Und sind Sie ihr gegenüber stets loyal?«

»Ja.«

»Garnets Verhalten, sein Mangel an Disziplin und sein fehlender Respekt haben den Lieutenant in ein schlechtes Licht gerückt.«

»Garnet war selbst für sich verantwortlich.«

»Sie wissen ganz genau, wie es in Hierarchien läuft. Denn Sie haben Ihr gesamtes Leben darin zugebracht. Wenn Garnet ein Versager war, wird Lieutenant Oberman dadurch selbst zur Versagerin.«

Plötzlich sprühten seine Augen Funken. »Sie können ihr niemals das Wasser reichen.«

»Ich bewundere Loyalität, selbst wenn sie fehlgeleitet ist. Nur hat Garnet Ihren Lieutenant durch sein dämliches Verhalten richtiggehend vorgeführt. Sie hatte nicht die Kraft, einen ihrer Untergebenen zu kontrollieren oder zu bestrafen, und stand deswegen wie eine unfähige Närrin da. Ihr eigener Vater ist zutiefst enttäuscht, weil sie die Führungsstärke, die ein Mensch auf ihrem Posten braucht, schmerzlich vermissen lässt.«

»Die Zeiten von Commander Oberman sind längst vorbei. Und Lieutenant Oberman führt unser Dezernat mit straffer, effizienter Hand.«

»Garnet ist bereits der dritte tote Cop aus der Abteilung,

seit sie dort die Leitung übernommen hat. Das ist aus meiner Sicht nicht wirklich effizient.«

»Ihr Mordermittler kommt doch immer erst, wenn es zu spät ist. Doch wir Drogenfahnder ziehen täglich in den Kampf.«

»Oberman sitzt hinter einem Schreibtisch«, korrigierte Eve ihn achselzuckend. »Hat sich Garnet je damit gebrüstet, dass er sie gevögelt hat?«

Sein Gesicht blieb kalt und ausdruckslos, doch gleichzeitig ballte er seine Fäuste auf dem Tisch. »Sie haben noch viel mehr als die paar Ohrfeigen verdient, die er Ihnen verpasst hat.«

»Wollen Sie Ihr Glück auch mal versuchen? Er hat Ihren Lieutenant in Verlegenheit gebracht, herabgewürdigt, ihre Direktiven immer wieder ignoriert und ihre Autorität auf diesem Weg unterminiert. Er hat Ihre Abteilung in Gefahr gebracht. Und was tun Sie, wenn die Einheit in Gefahr gerät? Was tun Sie, wenn Ihr Lieutenant unter feindlichen Beschuss gerät? Was tun Sie dann?«

»Was ich tun muss.«

»Wo waren Sie heute Nacht um eins, als Garnet ermordet worden ist?«

»Zuhause.«

»Wo waren Sie in der Nacht, als Keener ermordet worden ist?«

»Zuhause.«

»Und was sagen Sie, wenn Sie von Ihrem Lieutenant angewiesen werden, eine mögliche Gefahrenquelle auszuschalten?«

»Zu Befehl, Ma'am«, schnarrte er. »Was soll ich tun?«

»Und wenn Oberman Sie anweist, einen Menschen zu

ermorden? Zögern Sie dann oder hinterfragen Sie den Befehl?«

»Auf keinen Fall.«

»Weshalb musste Keener ausgeschaltet werden? Was hat dieser Mann gehabt oder gewusst, was so gefährlich für sie war?«

Bix öffnete den Mund, klappte ihn wieder zu und richtete sich kerzengerade auf. »Ich habe Ihnen nichts mehr zu sagen. Falls Sie die Vernehmung trotzdem fortführen wollen, bestehe ich darauf, dass man mich erst mit einem Anwalt sprechen lässt.«

»Das ist Ihr gutes Recht. Fürs Protokoll: Während der Vernehmung hat Detective Bix mich nie mit meinem Rang oder wenigstens als Ma'am angesprochen. Was als Zeichen mangelnden Respekts in seine Akte eingetragen wird. Das ist ein kleines Sahnehäubchen auf dem Kuchen, den ich gerade backe. Die Vernehmung ist beendet«, fügte sie hinzu und stand entschlossen auf.

20

Kaum, dass Oberman und Bix verschwunden waren, nutzte Lilah ihre Chance. Vier andere Leute aus der Abteilung waren draußen unterwegs, Brinker machte gerade einen seiner ausgedehnten Ausflüge zum Süßigkeitenautomaten oder zur Toilette, Sloan und Asserton schrieben Berichte und Marcell und Freeman hatten sich mal wieder in den Pausenraum verdrückt.

Lilah schnappte sich einen Bericht von ihrem Schreibtisch, lief mit schnellen Schritten durch den Raum, schob ihren Generalschlüssel ins Schloss von Renees Tür, öffnete, trat ein, schloss schnell wieder von innen ab und stopfte den Bericht in eine Tasche ihrer Jeans.

Sie hatte höchstens fünf Minuten Zeit. Denn dann kämen Freeman und Marcell wahrscheinlich aus dem Pausenraum zurück.

Als Erstes hockte sie sich vor den Schreibtisch und war froh, dass ihr verlorener Bruder ihr gezeigt hatte, wie man ein simples Schloss aufbrach.

Es hätte sie nicht überraschen sollen, dass sie in der Lade die privaten Gegenstände, die die Untergebenen des Lieutenants nicht mit auf die Wache bringen durften, fand. Kosmetik, die es nur in exklusiven Drogerien gab, ein hochmodernes Virtual-Reality-Gerät und eine Sammlung von Programmen zur Entspannung sowie eine Reihe Filme pornografischer Natur.

Aber schließlich hatte sie Renee auch vorher schon als oberflächlich und entsetzlich eitel eingeschätzt.

Sie glitt mit ihren Fingern unterhalb, links und rechts der Schublade entlang und fand dort etwas Bargeld. Wobei die Summe eher bescheiden war.

Sie schob die Lade wieder zu, schloss sie ab und wühlte möglichst sachte, um die Ordnung nicht zu stören, in den anderen Schubladen herum. Sah sich die Disketten mit Berichten, das Notizbuch und den elektronischen Terminkalender an und wandte sich danach den anderen Möbelstücken zu.

Sie wusste ganz genau, dass Renee irgendwas in diesem Raum versteckte. Und zwar nicht nur teuren Lippenstift, Lidschatten sowie französisches Parfüm, für das sie sicher mehr gezahlt hatte als einen Monatslohn.

Sie spürte instinktiv, dass sie verschwinden musste – denn ihr brach der kalte Angstschweiß aus.

Noch einen Augenblick, sagte sie sich und nahm das Seebild ab, um sich den Rahmen und die Wand dahinter anzusehen.

Kaum hatte sie es wieder aufgehängt und sorgfältig zurechtgerückt, damit es völlig gerade hing, schlug sie sich gegen die Stirn.

»Du Idiotin«, schalt sie sich. »Du hast die ganzen Psychokurse vollkommen umsonst belegt.«

Sie sah auf das Porträt von Marcus Oberman in Galauniform.

Eigentlich war es zu schwer, um es alleine von der Wand zu nehmen. Doch nicht, wenn der verdammte Tisch direkt darunter stand.

Sie schaffte es, die Hand hinter das Bild zu schieben, es ein wenig anzuheben – und verfluchte sich, weil sie vergessen hatte, eine Taschenlampe einzustecken, und deshalb kaum etwas sah.

Sie stützte das Porträt mit der Linken ab und glitt mit der Rechten an der Wand entlang. Hob das Bild noch etwas weiter an und betete, dass es am Haken hängen blieb.

Plötzlich stieß sie mit der Hand gegen ein Hindernis und riss vor Überraschung an dem Bild. Worauf es lautlos aufklappte und sie den Safe dahinter sah.

Sie zog ihr Handy aus der Tasche, machte ein paar Bilder und schob das Porträt von Renees Vater wieder in die ursprüngliche Position. Denn selbst wenn sie hätte riskieren wollen, noch länger in dem Raum zu bleiben, reichten ihre Fähigkeiten in puncto Einbruch bestimmt nicht aus, um einen komplizierten Safe zu knacken.

Sie trat einen Schritt nach hinten, prüfte, ob das Bild vollkommen gerade hing, wischte sich die feuchten Hände an der Hose ab und lugte vorsichtig durch einen schmalen Spalt zwischen den Jalousien.

Asserton und Sloan saßen noch immer über den Berichten, Brinker war noch dort, wo Brinker mehrmals täglich war, und Freeman und Marcell lungerten weiter im Pausenraum herum. Die Luft war also rein.

Los, wies sie sich an. Kehr schnell an deinen Platz zurück.

Sie zog den Bericht aus ihrer Tasche, öffnete die Tür, drückte sie schnell wieder ins Schloss und sperrte sie mit ihrem Schlüssel ab.

Auf halbem Weg zum Schreibtisch hörte sie die Tür des Pausenraums. Nahm eilig Platz, lenkte den Blick auf ihren Monitor. Und ging gedanklich ihre Möglichkeiten durch.

Du musst so tun, als wäre nichts passiert, rief sie sich in Erinnerung. Bleib einfach hinter dem Schreibtisch sitzen und geh weiter deiner Arbeit nach. Nach Ende der Schicht suchst du ein öffentliches Telefon und rufst bei Dallas an.

Eve trat durch die Tür ihres Büros und sah, dass Mira vor dem kleinen Fenster stand.

»Oh gut. Ich wusste nicht, ob Sie es schaffen würden, die Vernehmung zu verfolgen. Glauben Sie …«

»Was glauben Sie, was Sie da machen?«, fiel die Psychologin ihr ins Wort.

Eve bemerkte, was ihr in der Euphorie nach dem Verhör nicht sofort aufgefallen war. Nämlich, dass die Ärztin spinnewütend war.

»Was heißt, was glauben Sie, was Sie da machen?«

»Warum ködern Sie absichtlich einen Mann, der Ihrer

Meinung nach in den vergangenen beiden Tagen zwei Menschen ermordet hat? Einen Mann, der diese Taten nicht im Mindesten bereut. Einen Mann, der allen Grund hat, Sie als Hindernis und als Bedrohung nicht nur für sich selbst, sondern auch oder vor allem für die Frau, der er völlig ergeben ist, zu sehen, obwohl Sie genau wissen, dass die Frau zahlreiche Gründe und bestimmt nicht die geringsten Skrupel hätte, ihm den Auftrag zu erteilen, auch Sie aus dem Verkehr zu ziehen.«

»Das gehört nun mal zu meinem Job.«

»Kommen Sie mir bloß nicht so. Ich kenne Sie. Es gibt auch andere Möglichkeiten, diesen Fall erfolgreich abzuschließen, und ich weiß, Sie gehen auch diesen Möglichkeiten nach. Es hat Ihnen ganz einfach Spaß gemacht, den Mann herauszufordern. Denn Sie *wollen,* dass er – auf Geheiß von Renee Oberman – auch Sie angeht.«

»Okay.« Eve trat kurzerhand vor ihren AutoChef und programmierte ihn auf eine Tasse Kräutertee. »Ich nehme an, der tut Ihnen jetzt gut.«

»Wagen Sie es nicht, mich einfach abblitzen zu lassen.«

»Keine Angst.« Eve reichte ihr den Tee und holte für sich selbst einen Kaffee. »Das habe ich nicht vor. Natürlich haben Sie recht. Schließlich haben Sie fast immer recht. Es hat mir wirklich Spaß gemacht. Verdammt, es hat mir sogar einen Riesenspaß gemacht. Und ich will tatsächlich, dass er auch bei mir sein Glück versucht. Aber trotzdem habe auch ich selber recht. Denn das ist tatsächlich Teil von meinem Job. In Ordnung, vielleicht nicht, dass ich mich freue, wenn er sauer wird, aber schließlich braucht man bei der Arbeit ab und zu ein bisschen Spaß.«

»Das ist nicht lustig, Eve.«

»Da haben Sie vollkommen recht. Aber dieser Mann ist Polizist, und ein Polizist verpfeift seine Kollegen nicht. Bix wird diese Frau ganz sicher nicht verraten, nur weil ich ihn freundlich darum bitte oder weil der Staatsanwalt ihm einen Deal in Aussicht stellt. Sie ist seine direkte Vorgesetzte und hat ihn zu ihrer rechten Hand gemacht, was ihn mit großem Stolz erfüllt. Weil sie ihm das Gefühl gibt, dass sie beide über allen anderen stehen. Dass sie die Elite sind. So was wie die Spezialeinheit, zu der er immer gehören wollte, nur dass man ihn nicht genommen hat. Er tut, was nötig ist, und sie als sein Boss entscheidet, was das ist. Das Befolgen von Befehlen gehört zu seinem Ehrenkodex, und sein Ehrenkodex ist sein Gott.«

»Sie wollen doch wohl nicht ernsthaft sagen, dass man diese zwei nur dadurch stoppen kann, dass man sie dazu ermutigt, auch noch Sie aus dem Verkehr zu ziehen.«

»Natürlich gibt es auch noch andere Wege, doch die führen nicht unbedingt zur völligen Vernichtung dieses Trupps. Die führen nicht unbedingt dazu, dass jeder Einzelne von ihnen den gesetzlich vorgesehenen höchsten Preis für diese Schweinereien bezahlt. Aber ich werde dafür sorgen, dass von diesem Haufen elender Verbrecher nichts mehr übrig bleibt.«

Ehe Mira etwas sagen konnte, hob Eve abwehrend die Hand. »Auch ich befolge nur Befehle. Und zwar hat Chief Tibble mir befohlen, Renee Oberman und jeden Cop in ihrem Netzwerk aus dem Verkehr zu ziehen. Und ich nehme es genauso ernst wie Bix, wenn mir mein Vorgesetzter was befiehlt. Deshalb werde ich der Frau und ihren Handlangern das Handwerk legen und gleichzeitig alles tun, was in meiner Macht steht, damit die Polizei als Ganzes möglichst wenig Schaden durch die Taten dieser Leute nimmt.«

Eve griff nach dem Tee, der auf dem Schreibtisch stand, und hielt ihn Mira nochmals hin. Denn sie sah nicht nur spinnewütend, sondern auch oder vor allem abgrundtief erschöpft und … traurig aus.

»Hier. Am besten setzen Sie sich erst mal hin.«

Die Psychologin nahm Platz und hob den Becher an den Mund. »Wissen Sie, dass ich unglaublich sauer auf Sie bin?«

»Das ist mir bereits aufgefallen. Aber zurück zu Oberman. Ich glaube, dass die Frau fast überall jemanden sitzen hat. Weil sie jemanden am Gericht, auf dem Revier, im Labor und vielleicht selbst im Leichenschauhaus braucht. Und da ihre Leute dafür sorgen können, dass Beweismittel verschwinden, die Ergebnisse labortechnischer Untersuchungen verändert, Anträge falsch abgeheftet oder Zeugen eingeschüchtert werden, muss ich dafür sorgen, dass meine Beweise gegen Oberman und all die anderen besser als ihre Beziehungen in den verschiedenen Bereichen sind.«

»Die ganzen Ermittlungen kamen doch nur in Gang, weil eine Zeugin, die bestimmt nicht umfällt, eine eindeutige Unterhaltung mitbekommen hat.«

Eve atmete tief durch – denn schließlich sagte sie der Psychologin auch nicht, wie sie ihre Arbeit machen sollte – und zählte die Knackpunkte der Aussage von ihrer Partnerin an ihren Fingern ab.

»Sie hat das Weibsbild während dieser Unterhaltung nie gesehen. Der Name Bix fiel während des Gesprächs kein einziges Mal. Garnet ist nicht mehr am Leben. Und ich will mir gar nicht ausmalen, was mit ihr passieren könnte, falls bekannt würde, was sie gesehen und gehört hat, ehe diese

Truppe von uns hochgenommen worden ist.« Eve schüttelte den Kopf. »Ich bin ihr Boss und ihre Partnerin, und Sie glauben doch bestimmt nicht ernsthaft, dass ich tatenlos mit ansehen würde, wie sie ins Visier genommen wird.«

»Nein.« Mira trank den nächsten vorsichtigen Schluck von ihrem Tee. »Das würden Sie nie tun.«

»Und Bix würde sich eher selbst erschießen, als sich gegen Oberman zu wenden. Oder nicht?«

»Wahrscheinlich ja. Ich glaube auch, dass er sich opfern würde und es sogar noch als Ehre sähe, dass er seinen Lieutenant schützen darf. Wenn er also versucht, Sie umzubringen – und Sie diesen Anschlag überleben –, haben Sie immer noch nur ihn.«

»Trotzdem würde Obermans Mauer dadurch einen breiten Riss bekommen. Denn sie wäre endgültig blamiert, und ihre Karriere könnte sie sich dann auf alle Fälle vollends in die Haare schmieren. Und ich habe noch ein Ass im Ärmel. Unsere Elektronikfuzzis, die das ganze Geld gefunden haben. Obermans, das von Garnet, das von Bix und das der anderen. Sie müsste uns erklären, woher die ganze Kohle stammt. Außerdem glaube ich, dass Bix sie unfreiwillig ziemlich stark belasten wird.«

Etwas ruhiger nippte Mira abermals an ihrem Tee. »Seine eigenen Worte und auch sein Verhalten haben ihn als Soldaten ausgewiesen, der Befehlen folgt, ohne sie je zu hinterfragen, und der seiner Vorgesetzten treu ergeben ist. Er ist kein Mann, der je die Hierarchie missachten und etwas unternehmen würde, ohne dass es ihm befohlen worden ist.«

»Und ich habe eine Psychologin, die mit tollen Worten vor Gericht erklären würde, dass der Mann eindeutig auf

Befehl gehandelt haben muss. Auch die Ermittler im Fall Garnet sind dem Kerl inzwischen auf den Fersen. Falls er also tatsächlich versucht, mir etwas anzutun, wird er unsanft auf dem Boden landen und kriegt einen Stiefel ins Genick. Ich hoffe, dass der Stiefel mir gehören wird, bin aber auch zufrieden, falls es der von einem anderen Polizisten ist.«

»Oberman hat die Vernehmung ebenfalls verfolgt. Was Ihre Absicht war, denn so hat sie erfahren, dass es langsam brenzlig für sie wird. Das haben Sie sie wissen lassen, weil Sie hoffen, dass sie wütend wird und Bix tatsächlich auf Sie ansetzt. Aber gleichzeitig haben Sie auch ganz persönlich etwas gegen diese Frau.«

»Und ob ich was persönlich gegen dieses Weibsbild habe.« Überrascht erkannte Eve, wie gut es tat, laut auszusprechen, wie verhasst die Gegenspielerin ihr war. »Sie hat alles in den Staub getreten, was ich bin und was mir wichtig ist. Meine Kindheit war ein Albtraum, wie sie ihn sich niemals auch nur vorstellen kann, und alles, was mir anschließend aus eigener Kraft gelungen ist, hat sie in Misskredit gebracht.«

»Ja«, murmelte Mira. »Das hat sie getan.«

»Wenn ich ihr das Handwerk lege, tue ich das für mich selbst, für meine Dienstmarke und für den Menschen, der mich ausgebildet und zu jemandem gemacht hat, der es tatsächlich verdient, ein Cop zu sein. Ich tu es auch für Sie, verdammt ...«

»Eve«, begann die Psychologin.

»Seien Sie still«, fuhr Eve sie an, und obwohl sie selbst von ihrer Vehemenz erschüttert war, fuhr sie entschlossen fort. Sie musste hier und jetzt über die ganze Sache sprechen, denn sie hielt das eklige Gebräu von Emotionen, das in ihrem Innern brodelte, ganz einfach nicht mehr aus.

»Ich tue es für Whitney und für Peabody und jeden anderen meiner Untergebenen. Ich tue es für jeden Cop, den sie auf dem Gewissen hat, und für einen toten Junkie. Tue es für jeden Cop, der es verdient, ein Cop zu sein. Und obwohl ich alles tun werde, um sie und ihre ganze Saubande aus dem Verkehr zu ziehen, tue ich es auch für all die Cops, die erst durch sie korrupt geworden sind.«

Sie brach ab und atmete erneut tief durch. »Wenn Sie mich auch nur ansatzweise kennen, wissen Sie, dass es so ist.«

»Das tue ich. Ich kenne Sie inzwischen nämlich wirklich gut. Und ich nehme diese Sache ebenfalls persönlich. Weil Ihr Wohlergehen mir sehr am Herzen liegt.«

»Dann sind wir uns jetzt also wieder einig?«, fragte Eve sie rau.

»Natürlich wünschte ich, Sie hätten Ihre Sache bisher nicht so gut gemacht, denn dann könnte ich noch immer sauer auf Sie sein.« Langsam erhob Mira sich von ihrem Platz. »Ich werde mir die Mühe sparen, Sie zu bitten, vorsichtig zu sein. Und ich brauche Ihnen sicher nicht zu sagen, dass Sie möglichst clever gegen diese Leute vorgehen sollen. Haben Sie noch irgendwelche Fragen?«

»Eine. Zwar nehme ich an, dass ich die Antwort bereits kenne, aber trotzdem interessiert mich, ob Sie meiner Meinung sind. Weiß sie, dass ich hoffe, dass sie ihren Killer auf mich ansetzt?«

»Sie weiß, dass Sie sie ins Visier genommen haben, aber da sie selbst ihr Leben niemals freiwillig riskieren würde, kann sie sich wahrscheinlich auch nicht vorstellen, dass

Sie so etwas tun. Vor allem nicht, wenn es um etwas so Belangloses wie Recht und Ehre geht. Ich schätze, dass sie nicht mehr lange fackeln wird, aber wenn sie ihren Killer auf Sie ansetzt, wird sie denken, dass sie selbst auf die Idee gekommen ist.«

»Okay.«

»Haben Sie Alpträume und Flashbacks, Eve?«

»Nein. Nicht wirklich. Und zwar schon seit Längerem nicht mehr. Ich habe das Gefühl, als ob ich fast mit der Geschichte abgeschlossen hätte. Sicher wird es mir niemals gelingen, einen vollkommenen Schlussstrich unter die Vergangenheit zu ziehen.« Weil tief in ihrem Innern immer noch ein Teil der alten Angst verborgen war. »Aber so, wie es jetzt ist, komme ich gut damit zurecht.«

»In Ordnung.« Mira drückte ihr die Hand. »Danke für den Tee.«

Nachdem die Psychologin sie verlassen hatte, wählte Eve die Nummer ihrer Partnerin, doch gleichzeitig sah Janburry bei ihr herein.

»Verzeihung, Lieutenant, aber hätten Sie vielleicht kurz Zeit für uns?«

»Ja, natürlich. Tut mir leid, falls ich Sie habe warten lassen.«

»Kein Problem. Wir hätten höchstens dann ein winziges Problem gehabt, wenn Bix bei dem Verhör durch Sie bereits gestanden hätte, dass er Garnets Mörder ist.«

»So leicht macht der Mann es uns sicher nicht. Ich habe nur die Vorarbeit geleistet, jetzt sind Sie an der Reihe. Könnten Sie vielleicht die Tür zumachen?«, fragte sie Janburrys Partnerin.

Delfino kam der Bitte nach und lehnte sich dann lässig an die Wand. »Renee Oberman«, erklärte sie. »Das kleine Mädchen von Commander Oberman.«

»Lesen Sie das aus dieser Geschichte heraus?«

»Der Leser von uns beiden ist er.« Sie wies auf Janburry. »Ich habe eher einen guten Riecher, und ich finde, dass man Blut und Scheiße auch in diesem Fall extrem gut riechen kann.«

»Sie drückt sich gerne bildlich aus«, bemerkte Janburry. »Ich frage mich, ob wir uns vielleicht Ihre Hausaufgaben leihen dürften, denn wir haben in den letzten beiden Tagen jede Menge Unterricht verpasst.«

»Ich bin noch nicht befugt, Sie umfänglich ins Bild zu setzen, kann aber zumindest sagen, dass wir in dieselbe Richtung sehen. Und ich könnte Ihnen das hier geben«, bot sie an und wies auf die Diskette, die auf ihrem Schreibtisch lag. »Dadurch könnten Sie sich einen Teil der Arbeit sparen. Aber ehe ich das tue, machen wir am besten einen Deal.«

»Wir sind ganz Ohr.«

»Sie kriegen Bix, sobald er aus der Scheiße und dem Blut gezogen werden kann, aber Renee gehört mir. Es geht mir dabei nicht um ihren Namen oder Rang, sondern um eine eher private Angelegenheit. Die anderen teilen wir hälftig zwischen unseren Dezernaten auf, wenn Sie wollen.«

»Wie viele andere gibt es denn noch?«

»Das wissen wir noch nicht genau. Dann machen wir also einen Deal?«

Die beiden anderen Polizisten sahen einander an. »Haben Sie dafür einen geheimen Handschlag vorgesehen?«, erkundigte sich Janburry.

»Ein ganz normaler Händedruck genügt aus meiner Sicht.«

Damit hielt sie dem Detective die Diskette hin. »Sie werden darauf eine Reihe Aliasnamen, mehrere geheime Konten und wertvolle Immobilien finden, die wir bis zu Renee, Garnet, Bix und ein paar anderen Leuten aus dem Dezernat zurückverfolgen konnten. Auch wenn wir bisher nicht sicher wissen, wie genau sie an das Zeug gekommen sind.«

Delfino sah sie fragend an. »Inwieweit haben die internen Schnüffler mit der Angelegenheit zu tun?«

»Sie gehen der Sache nach. Lieutenant Webster ist in diesem Fall der Mann unseres Vertrauens, aber auch sein Captain wurde wie Commander Whitney und Chief Tibble über alles informiert. Von diesen Leuten abgesehen sollte niemand etwas davon erfahren, bis die ganze Bande hochgenommen worden ist.«

»Blut und Scheiße«, stellte Detective Delfino nochmals fest. »Das ist der Geruch korrupter Cops. Polizisten, die Kollegen töten, haben einen eigenen, ekligen Geruch.«

»Er wird versuchen, Sie aus dem Verkehr zu ziehen«, sagte Janburry zu Eve. »Aber das ist Ihnen klar.«

»Ich verlasse mich sogar darauf.«

»Wollen Sie Rückendeckung?«

»Die bekomme ich bereits, aber trotzdem vielen Dank. Falls Sie mir doch noch helfen müssen, gebe ich Bescheid. Und egal, wer diesen Typen schnappt, gehört er Ihnen. Denn so ist es schließlich abgemacht.«

Als sie abermals allein war, sperrte sie vorsorglich ab. Denn bevor sie sich gleich wieder an die Arbeit machte, hatte sie eine Belohnung für die Anstrengungen ihres bisherigen Arbeitstags verdient.

Sie nahm ein Werkzeug aus der Schublade des Schreibtischs, hockte sich vor den Recycler und schraubte erwartungsfroh den Deckel ab.

Die Plastiktüte voller Schokolade allerdings war nicht mehr da.

»Verdammt und zugenäht! Das ist ja wohl der Gipfel! Eine solche Unverschämtheit habe ich noch nie erlebt.«

Traurig und beleidigt blickte sie auf das vermeintlich sichere Versteck. Wie konnte sie so blöd sein, den gesamten Schokoladenvorrat während ihres Urlaubs dort zurückzulassen? Dadurch hatte sie dem widerlichen Schokoladendieb eindeutig zu viel Zeit gelassen, sich in aller Ruhe bei ihr umzusehen.

Und jetzt war's nicht nur Essig mit ihrer Belohnung, sondern obendrein müsste sie gucken, wo sich ein noch besseres Versteck für ihre Süßigkeiten fand.

Sie schraubte den Recycler wieder zu, warf das Werkzeug in die Lade zurück, schmollte noch ein paar Sekunden und wählte die Nummer ihrer Partnerin.

»Wie sieht es aus?«

»Ich habe mir die Hälfte der Disketten angesehen. Devins Sammlung ist einfach der Hit. Auch wenn sie mir vielleicht nicht weiterhilft. Falls sie irgendwelche Aufzeichnungen zwischen all dem anderen Zeug versteckt hatte, hat sicher einer von Obermans Leuten sie entdeckt und eingesteckt.«

»Machen Sie trotzdem weiter, ja? Denn wenn die Typen nichts gefunden haben, hat sie ihre Aufzeichnungen sehr gut versteckt.« Eve warf einen bösen Blick auf den Recycler. »Ich habe hier noch kurz zu tun, aber danach komme ich heim. Wie läuft es bei den elektronischen Ermittlern? Haben Sie – Moment«, bat sie, denn aus Richtung ihrer Tür drang ein leises Klicken an ihr Ohr.

Lautlos stand sie auf und zückte ihre Waffe.

Als die Tür geöffnet wurde und ihr eigener Mann über die Schwelle trat. »Aber hallo, die Begrüßung hatte ich mir etwas anders vorgestellt.«

Sie atmete erleichtert auf und steckte ihre Waffe wieder ein. »Machen Sie weiter, Peabody. Und rufen Sie mich an, falls Sie was finden, ehe ich nach Hause kommen kann. Sonst sehen wir uns nachher dort.« Sie brach die Übertragung ab und wandte sich an Roarke. »Die Tür war abgeschlossen.«

Lächelnd trat er auf sie zu und gab ihr einen Kuss. »Na und? Ich habe nicht geklopft, weil ich die Hoffnung hatte, dass du vielleicht gerade eins deiner berühmten Nickerchen auf dem Fußboden machst.«

»Vielleicht brauche ich ein anderes Schloss. Und vielleicht schließe ich in Zukunft besser ab.« Sie ließ sich in ihren Schreibtischsessel fallen. »Auch wenn sich der verdammte Schoko-Dieb davon wahrscheinlich nicht abschrecken lässt. Mein Vorrat ist mal wieder weg.«

»Hättest du den Kerl etwa erschießen wollen?«

»Eines Tages tue ich das vielleicht wirklich. Aber nein, ich dachte, Renee wäre vielleicht vollends durchgedreht und hätte Bix geschickt, damit er mich aus meinem eigenen Fenster schmeißt. Eigentlich wollte ich mich dafür belohnen, dass ich ihr bei der Vernehmung dieses Typen allen Grund dazu gegeben habe. Mit einem der Schokoriegel, die extra für solche Fälle vorgesehen sind.«

»Ich habe nichts dabei. Hol dir doch einfach einen Riegel aus dem Automaten.«

»Ich will aber einen *meiner* Riegel.«

Mit einem unterdrückten Lachen meinte er: »Jetzt klingst du wie ein quengeliges, kleines Kind.«

»Ach leck mich doch am Arsch«, bat sie und wandte sich dann einem anderen Thema zu. »Warum bist du überhaupt hier? Warum sind heute ständig irgendwelche Leute hier?«

»Ich bin hier, weil ich meinen verdienten Lohn abholen will. Auch wenn die Ehre nicht nur mir, sondern auch Feeney und McNab gebührt.«

»Ihr habt's geschafft.«

»Oh ja. Den größten Teil der Arbeit haben die beiden anderen geleistet, doch ein paar Ideen waren von mir.«

»Dann müssen wir jetzt die Dienstaufsicht informieren, dass es losgehen kann.«

»Das macht Feeney. Weil es schließlich sein oder das Werk von einem seiner Jungen ist. McNab war heute geradezu brillant. Und was hast du getrieben, Lieutenant?«

»Ich hatte so viele Meetings, dass ich kaum noch reden kann. Wenn das jeden Tag so wäre, würde ich verrückt. Weil man die ganze Zeit mit irgendwelchen Leuten reden muss.«

»Das ist bei Meetings meistens so«, stimmte er ihr grinsend zu.

Sie fasste kurz zusammen, was bei den Gesprächen herausgekommen war, unterbrach sich aber kurz, als sie zu Bix' Vernehmung kam – und Roarke wie vorher schon die Psychologin an ihr Fenster trat.

»Ich bin bereits mit Mira meine Strategie, mein Ziel und meine Gründe durchgegangen. Nachdem sie anfangs alles andere als begeistert war, konnte sie mich letztendlich verstehen. Muss ich dir jetzt auch genau erklären, warum ich so vorgegangen bin?«

»Nein. Denn ich verstehe deine Strategie, dein Ziel und deine Gründe. Das hat Mira sicher ebenfalls getan. Nur ist es alles andere als leicht, sich dazu durchzuringen, sie zu akzeptieren.«

»Roarke, ich bin so gut geschützt, als wäre ich von Kopf bis Fuß in einen schusssicheren Umhang eingehüllt.«

»Ich weiß.« Er wandte sich ihr wieder zu. »Trotzdem fällt es mir nicht leicht, zu akzeptieren, dass du ein solches Risiko eingehst. Aber auch wenn du wirklich schlank bist, Schätzchen, kann ich mir nicht vorstellen, dass man dich durch dieses kleine Fenster werfen kann.«

Sie lächelte, und da sie wusste, dass er diese Geste brauchte, schmiegte sie sich kurz an seine Brust, als er mit einer Hand durch ihre Haare fuhr.

»Da du nun einmal *mein* schlankes Schätzchen bist, halte ich mich bis auf Weiteres möglichst in deiner Nähe auf. Ich suche mir einfach ein Plätzchen, wo ich die paar Sachen, die sich nicht verschieben lassen, erledigen kann.«

»Ich muss noch ein paar Berichte schreiben, und die Akte und die Tafel aktualisieren. Wenn du willst, setz dich einfach in die Besucherecke.«

Er beäugte argwöhnisch den wackeligen Stuhl, der vor dem Schreibtisch stand. »Nennst du dieses Ding tatsächlich so?«

»Nein«, räumte sie ein.

»Ich finde sicher einen Platz.«

Lilah blieb gesenkten Hauptes hinter ihrem Schreibtisch sitzen, als Renee mit Bix zurückkam, zornig durch den Raum marschierte und mit dem Detective in ihrem Büro verschwand.

Gleich wäre die Schicht vorbei. Nicht mehr lange, dachte sie und überlegte, ob sie ihren Lieutenant fragen sollte, ob sie vielleicht etwas früher Feierabend machen dürfte. Aber solche Dinge hörte Oberman nicht gern, und in ihrer momentanen Stimmung würde sie vielleicht Theater machen, wenn einer von ihren Leuten mit einer derartigen Lappalie zu ihr kam.

Am besten hielt sie einfach bis zum Ende durch.

Sie nahm es schweigend hin, als Tulis wiederkam und seinen Ordner im Vorbeigehen auf ihren Schreibtisch fallen ließ.

Damit sie die Berichte schrieb und zu den Akten legte. Weil nach Ansicht ihres Lieutenants die Leute im Außendienst zu wichtig waren, um sich mit dem lästigen Papierkram abzumühen.

Sie machte sich ans Werk und sagte sich, auf diese Art würde sie davon abgelenkt, im Zwei-Sekunden-Takt auf ihre Uhr zu sehen. Als plötzlich Renees Tür geöffnet wurde und die Frau vor ihren Schreibtisch trat.

Lilahs Herzschlag setzte aus, doch sie sah möglichst freundlich auf. »Ja, Ma'am?«

»Sie gehen mit Bix«, erklärte Renee brüsk.

»Mit Bix, Lieutenant?«

»Genau das habe ich gesagt. Vielleicht haben Sie vergessen, dass einer von unseren Leuten umgekommen ist, aber seither fehlt uns ein Mann. Haben Sie ein Problem mit Außendienst, Detective? Bisher hatte ich immer den Eindruck, dass Sie ganz versessen darauf wären.«

»Ja natürlich, Ma'am!« Lilah hoffte, dass sie ausreichend begeistert klang. »Danke, Lieutenant.«

»Bix wird Ihnen unterwegs erklären, worum es geht. Überstunden sind genehmigt, falls sie nötig sind.«

Jetzt erschien auch Bix und sah sie reglos an. »Auf geht's.«

Das ist Schwachsinn, absoluter Schwachsinn, dachte Lilah, zwang sich aber trotzdem aufzustehen. Entweder sie hatte irgendwas in dem Büro zurückgelassen, einer von den anderen hatte mitbekommen, wie sie in den Raum gegangen oder wieder rausgekommen war und umgehend Alarm geschlagen oder ...

Doch im Grunde war es vollkommen egal. Weil sie auf jeden Fall erledigt war.

»Wo fahren wir denn hin?«

»Zu einer Drogenküche in Avenue D. Wir schnappen uns den Koch, setzen ihn ein bisschen unter Druck und hören uns an, was er zu sagen hat.«

Schwachsinn, Schwachsinn, dachte sie erneut.

»Geht's dabei um einen Fall, dem bisher Sie und Garnet nachgegangen sind? Hören Sie, das mit Garnet tut mir leid. Ich weiß, Sie haben ziemlich eng zusammengearbeitet.«

»Er wusste eben besser als die meisten anderen, worum es geht.« Bix betrat den Lift, und da sich dort jede Menge anderer Polizisten drängten, folgte Lilah ihm.

Sie wollte verdammt sein, wenn sie sich wie das berühmte Lamm einfach zur Schlachtbank führen ließe. Doch sie wusste instinktiv, dass genau das das Ziel des Mannes war.

Eilig ging sie in Gedanken jeden Augenblick im Büro des Lieutenants durch. Sie hatte alles so zurückgelassen, wie es von ihr vorgefunden worden war. Selbst wenn sie irgendetwas übersehen hätte, könnte Renee ganz unmöglich wissen ...

Außer, wenn sie die Abteilung selbst dann überwachte, wenn sie nicht an ihrem Schreibtisch saß. Vielleicht hatte sie ja sogar in ihrem eigenen Büro eine Kamera versteckt. Von der Lilah aufgezeichnet worden war.

Wie dumm, wie dumm, wie dumm sie doch gewesen war.

»Hatten Sie mit diesem Koch schon mal zu tun?« Während sie die Frage stellte, zupfte sie am Kragen ihres Oberteils, als würde sie ersticken. Weil die aufsteigende Panik ihr den Atem stocken ließ.

»Ja. Deswegen rede ich mit ihm. Sie sind einfach als Verstärkung dabei.« Als sie anfing zu hyperventilieren, blickte er auf sie herab. »Was ist mit Ihnen los?«

»Tut mir leid. Die Enge hier. Ich …«

Die Tür glitt auf, eilig schob sie die Kollegen zur Seite und sprang aus dem Lift. Sie wollte ihre Beine in die Hand nehmen und rennen, aber Bix war bereits neben ihr. Weshalb sie ihren Kopf zwischen die Knie sinken ließ. »Ich kriege in den Dingern einfach keine Luft.«

»Wie in aller Welt sind Sie zur Polizei gekommen?«

Es kümmerte sie nicht, dass er anscheinend von ihr angewidert war. Umso besser, wenn er sie für schwach und nutzlos hielt. »Hören Sie, ich bin ein guter Cop. Ich habe einfach ein Problem mit engen Räumen. Deshalb fahre ich jetzt besser mit dem Gleitband runter, und wir treffen uns in der Garage, ja?«

»Ich lasse Sie in Ihrem Zustand ganz sicher nicht allein.« Er legte eine Hand um ihren Arm und zog sie auf das Gleitband.

Flüchte dich auf die Toilette, dachte sie, und ruf von dort aus Dallas an. Nur, dass du in der Falle sitzt, wenn dir der Kerl auch dorthin folgt.

Hektisch zerrte sie an ihrem Arm, doch er verstärkte seinen Griff.

»Nehmen Sie die Pfoten weg. Ich kann alleine stehen.«

»Wahrscheinlich fallen Sie in Ohnmacht, wenn Sie irgendwo auch nur den allerkleinsten Blutfleck sehen.«

»Kommt drauf an, von wem das Blut stammt.« Lilah bahnte sich mit ihren Ellenbogen einen Weg aufs Band und versuchte, Abstand zu dem Typen zu gewinnen. Der wie eine Klette an ihr hing.

Da kein Gleitband bis in die Garage führte, nähmen sie gleich entweder den nächsten Lift oder den Weg durchs Treppenhaus.

Wo wollte er sie um die Ecke bringen? Ganz bestimmt nicht hier auf dem Revier. Doch sobald sie draußen wären ...

Also würde sie nicht zulassen, dass er das Haus mit ihr verließ.

»He.« Sie wirbelte zu ihm herum. »Nehmen Sie die Hand von meinem Hinterteil.«

»Ich habe ...«

»Du verdammtes Arschloch!« Lilah schlug ihm kraftvoll ins Gesicht und sprang an ihren feixenden Kollegen vorbei vom Band.

Er wollte sie zurückreißen, aber zwei Cops – darunter eine Frau, die sicher mühelos selbst einen Maxibus aufhalten könnte – traten ihm entschlossen in den Weg.

Als sie lautstarkes Gebrüll und Flüche hörte, drehte sie sich um und sah, dass er inzwischen ebenfalls vom Band gesprungen war.

Der Abstand zwischen ihnen wurde immer kleiner.

Instinktiv rannte sie los.

Sprang auf das nächste Band und schlängelte sich an den anderen Fahrgästen vorbei.

Häng ihn ab, such ein Versteck und ruf um Hilfe. Nimm die Beine in die Hand und lauf.

Sie war schon immer schnell gewesen, doch ein neuerlicher Blick nach hinten zeigte, dass auch er nicht langsam war, eilig zwängte sie sich durch die Menge, sprang erneut vom Band und sah sich suchend nach dem besten Fluchtweg um.

Im selben Augenblick vernahm sie ein lautes Brüllen, und als Bix sich auf sie warf, riss sie die Hand nach oben, um sich abzustützen, aber er riss ihr einfach die Beine weg.

Während eines atemlosen Augenblicks konnte sie sehen, wie der matte Stahl des Gleitbands auf sie zugeschossen kam. Riss instinktiv die Arme hoch, um ihr Gesicht zu schützen, und prallte mit ihrer Schulter auf dem Boden auf. Die Welt stand auf dem Kopf und explodierte, als ihr Schädel auf das harte Stahlgeländer knallte.

Wie eine Lumpenpuppe trudelte sie durch die Luft und schlug krachend in der unteren Etage auf.

Eve hatte ihre Arbeit auf der Wache fast erledigt, als das Handy schrillte und sie den Ärger unterdrücken musste, weil statt ihrer Partnerin der Mann von der Dienstaufsicht in der Leitung war.

»Dallas.«

»Detective Strong ist gerade kopfüber von einem Gleitband aus dem vierten in den dritten Stock gestürzt.«

Eve sprang entgeistert auf. »Wie konnte das passieren?«

»Bisher weiß ich nur, dass Bix sie offensichtlich angegriffen hat.«

»Er hat sie mitten auf der Wache attackiert?«

»Das wissen wir noch nicht. Weil die Aussagen der Zeugen nicht eindeutig sind.«

»Lebt sie noch?«

»Sie ist bewusstlos und wird gerade schwer verletzt ins

Angel Hospital gebracht. Wir haben uns Bix geschnappt, wogegen Renee bereits lautstark protestiert. Trotzdem lassen wir ihn erst einmal nicht laufen, sondern gucken, was auf den Disketten der verschiedenen Überwachungskameras zu sehen ist.«

»Wird Strong bewacht?«

»Sie lag bereits im Krankenwagen, als ich von der Sache hörte.«

»Dann fahre ich jetzt selber los und sorge dafür, dass ihr nicht noch mehr passiert.« Eve rannte los und winkte Baxter zu. »Fahren Sie und Trueheart auf direktem Weg ins Angel Hospital. Als Bewacher von Detective Lilah Strong, die mit schweren Sturzverletzungen dort eingeliefert wird. Hüten Sie die Frau wie Ihre eigenen Augäpfel. Andere Cops dürfen nicht mal in ihre Nähe, und wenn irgendwelche Ärzte oder Schwestern nach ihr sehen wollen, gehen Sie mit ins Zimmer. Dies ist ein ausdrücklicher Befehl, selbst wenn Gott persönlich darauf kommt, ihn wieder aufzuheben, werden Sie ihn bis auf meinen persönlichen Widerruf befolgen. Klar?«

»Verstanden, Ma'am.«

»Und jetzt fahren Sie los. Ich komme gleich nach.«

Sie lief zurück in das Büro, weil dort noch ihre Jacke hing, und kontaktierte Roarke. »Triff mich in der Garage. Und beeil dich, ja?«

Sie legte wieder auf und rief bei einer Freundin an.

»Dallas. Das ist aber ...«, fing Dr. Louise Dimatto an.

Eve zog ihre Jacke an und nahm das Handy in die andere Hand. »Kommen Sie so schnell es geht ins Angel Hospital. Dort wird gerade eine Patientin eingeliefert. Ein Detective Lilah Strong von unserem Revier. Sie ist gestürzt.«

»Wie ...«

»Ich kann Ihnen nicht sagen, wie ihr Zustand ist. Auf alle Fälle steht ihr Leben auf dem Spiel. Sie müssen sich um sie kümmern und vor allem darauf achten, dass niemand in ihre Nähe kommt, dem Sie nicht blind vertrauen. Kein anderer Arzt, kein Pfleger, keine Schwester und nicht einmal eine Bettpfanne, die vorher nicht genau durchleuchtet worden ist. Baxter und Trueheart sind schon auf dem Weg ins Krankenhaus. Ohne meine ausdrückliche Erlaubnis darf kein anderer Polizist ins Zimmer dieser Frau. Wer es auch immer ist.«

»Ich bin schon unterwegs. Aus dem Auto rufe ich im Krankenhaus an, damit schon einmal alles vorbereitet wird.«

»Danke.«

Eilig sprang sie auf ein Gleitband, von dem Gleitband in den Lift und rannte quer durch die Garage zu ihrem Mann, der schon neben dem Wagen stand.

»Wie lange brauchen wir von hier zum Angel Hospital?«

»Nicht lange. Schnall dich an.«

21

Er schoss aus der Garage, ging mit heulenden Sirenen in die Vertikale, landete dann wieder auf der Straße, pflügte durch die Autoschlangen, schoss in Schräglage um eine Ecke, zwängte sich um Haaresbreite zwischen einem Taxi und einer gediegenen Limousine durch, ging wieder in die Vertikale und flog dicht über die Köpfe einer Schar von Fußgängern, die vor ihm über die Straße flüchteten.

»Es hat Lilah Strong erwischt«, erklärte Eve. »Ich weiß nicht, wie es um sie steht.«

Nickend zog er eine gerade Linie durch die Häuserschluchten und bremste mit laut quietschenden Reifen direkt vor der Tür der Ambulanz. »Lauf schon mal vor.«

Sie befreite sich bereits von ihrem Gurt, öffnete die Tür, sprang aus dem Wagen, stürzte los und entdeckte einen Trupp von Sanitätern, der die Bahre, die ihre Kollegen wie zwei Wachhunde flankierten, um die Ecke schob.

»Wie sieht's aus? Wie geht es ihr?«

Lilahs Kleider waren mit dem Blut aus zahlreichen Gesichts- und Kopfverletzungen getränkt. Ihr rechter Arm sowie ihr rechtes Bein waren geschient, und sie trug eine Krause um den Hals.

Die Sanitäter riefen einem Mann in einem grünen Kittel, der kaum alt genug war, um ein Bier in einer Kneipe zu bestellen, irgendwelche Fachbegriffe zu. Worauf er selber eine Reihe unverständlicher Befehle rief, während die Bahre durch die nächste Tür verschwand.

»Sie müssen hier bleiben«, wandte der Kittelträger sich an Eve.

»Ihre Ärztin ist schon unterwegs. Louise Dimatto. Die Patientin gehört ihr.«

»Erst einmal gehört sie mir.« Er zählte laut bis drei, und sie hoben Lilahs blutenden, zerstörten Leib auf einen Tisch.

Bei der Bewegung stöhnte sie und schlug flackernd ihre Augen auf. Der Arzt hob eins von ihren Lidern an, um sich die Pupille anzusehen, während ein Kollege ihre Hose aufschnitt, unter der ein widerlicher, offener Bruch zutage trat.

Unauffällig schob sich Eve neben den Tisch und packte Lilahs Hand. »Erstatten Sie Bericht, Detective. Ich muss wissen, was geschehen ist.«

Blind vor Schock und Schmerz schlug Lilah ihre Augen mühsam auf. »Was?«

»Detective Strong!«

Lilah öffnete die Augen ein wenig weiter.

»Ich muss wissen, was passiert ist.«

»Sie ... haben mich um...gebracht.«

»Oh nein, das haben sie ganz sicher nicht. Warum haben sie es versucht?«

»Ober...man. Hin...ter O...berman.« Sie bewegte unmerklich die Finger, die Eve weiter fest umklammert hielt. »Meine Mutter. Tic.«

»Ich werde Ihre Mutter holen. Und ich hole Tic.«

»Angst.«

Eine neuerliche Schmerzwelle durchzuckte ihren Körper, während Eve ihr weiter direkt in die Augen sah. »Ich lasse Sie bewachen. Jetzt sind Sie in Sicherheit, Detective.«

»O...berman.« Eve konnte spüren, dass die Frau um Worte rang. »Safe. Bix. Ich habe es ... ver...masselt.«

»Nein, das haben Sie nicht. Sie haben Ihre Sache gut gemacht.«

»Mom. Tic.«

»Ich gehe los und hole sie.«

Lilahs Augen fielen wieder zu, ein paar Geräte fingen an zu piepsen, und der junge Arzt erklärte Eve, dass er den Wachdienst rufen würde, wenn sie nicht aus freien Stücken von der Bildfläche verschwand.

»Sie werden überleben. Das ist ein Befehl«, wies Eve die junge Polizistin an, während hinter ihr die ruhige, souveräne Stimme von Louise erklang. Endlich trat sie einen Schritt zurück, während ihre Freundin schon die Arme in die Ärmel eines Kittels schob.

»Trueheart, Sie bleiben hier. Baxter, Sie kommen mit.«

Eve stapfte in den Flur hinaus. »Hat sie irgendwas gesagt, bevor ich hier war?«, fragte sie.

»Sie waren direkt hinter uns. Sie kam für ein paar Sekunden zu sich, als sie aus dem Krankenwagen ausgeladen wurde, aber was sie gesagt hat, war nicht zu verstehen.«

»Sie und Trueheart lassen sie nicht aus den Augen. Niemand darf sich Lilah auch nur nähern. Vor allem darf niemand sie berühren, außer wenn Louise die Anweisung dazu gegeben hat.«

»Hat jemand nachgeholfen, als sie von dem Gleitband fiel?«

»Das ist noch nicht bewiesen, aber wir gehen davon aus. Und falls es dafür einen Grund gab, werden sie es sicher noch einmal versuchen.«

»Wir lassen niemanden an uns vorbei.« Er blickte Richtung Tür und dann wieder auf Eve. »Gehört sie zu Oberman?«

»Sie ist aus ihrem Dezernat, gehört aber zu uns.«

Während Eve nervös den Flur hinunterstapfte, trat die Ärztin durch die Tür.

»Wir bringen sie nach oben und bereiten alles für den Eingriff vor. Ich habe einen Orthopäden, einen plastischen und einen Hirnchirurgen einbestellt.« Als Eve etwas erwidern wollte, fuhr Louise mit ruhiger Stimme fort: »Sie haben gute Leute hier, und ich kenne die Kollegen, die ich angerufen habe, persönlich. Sie hat auch innere Verletzungen, die versorge ich. Falls sie den Eingriff übersteht, stehen ihre Chancen mit dem Team hier ziemlich gut. Aber trotzdem müssen wir sie später sicher noch einmal operieren. Es wird ein wirklich harter Weg für sie.«

»Sie wird es schaffen. Auch, weil meine Männer sie jetzt nicht mehr aus den Augen lassen werden, und zwar nicht einmal im OP. Sie müssen jeden Arzt und jede Ärztin, jeden Pfleger, jede Schwester, die in ihre Nähe kommt, persönlich auswählen und Baxter ihre Namen nennen, damit er sie überprüfen kann.«

»Operationssaal fünf«, sagte Louise. »Ich muss mich langsam fertig machen. Sie können mir später erzählen, worum es genau geht.«

»Louise ...« Eve lief neben ihr zum Lift. »Was heißt, die Chancen stehen ziemlich gut?«

»Das kommt drauf an, wie zäh sie ist.«

»Ich glaube, ziemlich zäh.«

»Was ihr bestimmt helfen wird. Alles andere übernehmen wir.«

Eve blieb keine andere Wahl, als tatenlos mit anzusehen, wie man Lilah in den Fahrstuhl schob. Doch zumindest wurde sie auf diesem Weg von zwei vertrauenswürdigen Cops flankiert.

»Wir werden auf sie aufpassen«, versicherte ihr Trueheart, der eine Hand auf Lilahs Bahre gelegt hatte, und Eve nickte, während sich die Tür des Fahrstuhls schloss.

»Wie geht es ihr?«, erkundigte sich Roarke.

Eve schloss ihre Augen und erinnerte sich an das Chaos, als die Bahre mit der jungen Frau den Gang hinabgefahren worden war.

»Sie hat einen gebrochenen Arm und einen zertrümmerten Ellenbogen, einen komplizierten Bein- und einen Schädelbruch, Risse in der Milz und einer Niere und diverse Schnitte im Gesicht. Wobei das nur die Highlights sind.«

Sie blickte auf die blutverschmierte Hand, die die von Lilah festgehalten hatte, und erklärte rau: »Am besten wasche ich mir erst einmal die Finger. Ja, am besten wasche ich mir erst einmal die Finger, und dann nehme ich das Weibsbild auseinander, derentwegen Lilah hier gelandet ist.«

Sie musste ihren Ärger unterdrücken. Denn für Ärger war jetzt keine Zeit.

Während Roarke sie in gemessenerem Tempo wieder auf die Wache fuhr, rief sie bei Feeney an. »Kannst du dein neues Spielzeug auch von einem Konferenzraum auf der Wache aus bedienen?«

»Sicher, warum nicht?«

»Wobei niemand etwas davon mitbekommen darf. Da wir ihren Jungen wieder in Gewahrsam haben, muss sie sich jetzt überlegen, wie sie weitermachen soll. Außerdem könntest du noch etwas anderes für mich tun.«

»Hoffentlich nicht wieder was, wofür man zaubern können muss.«

»Keine Ahnung«, gab sie ungerührt zurück. »Sie hat anscheinend Kameras und Mikros in ihrer Abteilung und in ihrem eigenen Büro versteckt. Weil sie dort immer alles mitbekommt. Wahrscheinlich hat sie eine Art Alarmsystem, das sie darüber informiert, was dort geschieht, wenn sie nicht in der Nähe ist. Kannst du dich da reinhacken, damit wir sehen, was sie gesehen hat?«

»Um Himmels willen. Ohne das System zu kennen oder wenigstens zu wissen, wo es sitzt, wie sie darauf zugreift und wie es sie alarmiert?« Er sah sie traurig an. »Aber, verdammt, warum eigentlich nicht? Auf ein Wunder mehr oder weniger kommt's jetzt schließlich nicht mehr an.«

»Könntest du das möglichst schnell hinkriegen?«

»Nicht so schnell wie ich dir in den Hintern treten würde, wenn du in der Nähe wärst.«

»Ich bringe meinen eigenen Elektronikfuzzi mit, damit der dir hilft.«

»Schick ihn einfach, aber halt dich selbst möglichst fern.«

Er legte einfach auf, und stirnrunzelnd wandte sich Eve an Roarke. »Wie schnell bekämst *du* so was hin?«

»Wie schnell ich mich in ein mir völlig unbekanntes und bisher nur theoretisch existentes Überwachungssystem mit mir unbekannten Zugangscodes und Sicherungen hacken kann? Für diese Frage hast du wirklich einen Tritt in deinen Allerwertesten verdient. Weil dir klar sein müsste, dass jemand wie ich so etwas spielend in ein paar Minuten hinbekommt«, erklärte er, bevor sie etwas sagen konnte. »Aber nur, wenn du ihr Dezernat vorübergehend räumst, damit ich das System lokalisieren, identifizieren und dann wieder verschwinden kann.«

»Wie soll ich das anstellen?«

»Das, Lieutenant, ist dein Problem. Ich brauche fünf Minuten.«

»Wenn du eine Viertelstunde hättest, könntest du doch sicher auch noch etwas anderes für mich tun.«

»Und das wäre?«

»Wann hast du zum letzten Mal etwas geklaut?«

Er fing an zu strahlen. »Das klingt gut.«

»Ich gebe nur kurz Peabody Bescheid, dann erkläre ich dir alles ganz genau.«

Noch ehe sie die Nummer wählen konnte, klingelte ihr

Handy, und auf dem Display erschien das leuchtende Gesicht der Partnerin.

»Ich hab's!«, jubelte sie. »Ich hab's! Sie hat sich ein Vierteljahr lang Zeiten, Orte sowie Bruchstücke von Unterhaltungen und sogar Namen aufgeschrieben. Sie hat ziemlich tief gegraben und die Namen all der Leute aufgelistet, von denen sie dachte, dass sie Mitglieder in Renees Netzwerk sind. Das alles hat sie akribisch dokumentiert.«

»Bringen Sie die Diskette mit auf das Revier.«

»Dann kommen Sie also nicht her?«

»Meine Pläne haben sich geändert. Machen Sie eine Kopie, und bringen Sie dann die Diskette aufs Revier.«

»In Ordnung. Meine Güte, Dallas, um ein Haar hätte ich die Notizen übersehen. Sie hat sie unter einer dicken Schicht Musik versteckt. Die Analyse der Diskette hat mir nur ein leichtes Blinken angezeigt – genauso sieht es aus, wenn jemand alte Songs mit neuen überspielt – aber dann habe ich doch ...«

»Erzählen Sie mir das alles später. Vorher bringen wir den Fall zum Abschluss. Da wären Sie doch sicher gern dabei.«

»Auf jeden Fall. Ich fahre sofort los!«

»Gute Arbeit«, lobte Roarke. »Wenn es so ausgesehen hat, als hätte Devin einfach ein Musikstück überspielt, haben beide Frauen ihre Sache wirklich gut gemacht.«

»Dafür werde ich ihr nachher auf die Schulter klopfen.« Sie warf einen Blick auf die Uhr und überschlug die Zeit. »Also jetzt zu dem Gefallen, den du mir tun sollst, wenn du kurz allein in der Drogenabteilung bist.«

»Ich gehe davon aus, dass du inzwischen weißt, wie du die Räumlichkeiten leer bekommen willst.«

»Einer ihrer Leute liegt im Leichenschauhaus, einer im

OP und ein dritter wird gerade von der Dienstaufsicht weichgekocht. Das macht ein Viertel der Abteilung aus. Ich würde also sagen, dass man diese Frau und ihren Trupp mit Fug und Recht zu den Geschehnissen befragen kann.«

Auf den letzten Kilometern zum Revier bereitete sie bereits alles vor.

»Gute Idee, Mira und Whitney einzuschalten«, meinte Roarke. »Das demonstriert geballte Macht. Strenge, Missfallen, Besorgnis und dazu ein Hauch von Gruppentherapie.«

»Der sie sich unter den gegebenen Umständen wohl kaum entziehen kann. Ich gebe dir Bescheid, sobald ich weiß, dass sie alle im Besprechungszimmer sind. Falls es Probleme gibt oder die Zeit nicht reicht, meldest du dich auf der Stelle, ja?«

»Für diesen Satz hättest du den nächsten Tritt verdient.«

Sie fuhren mit dem Fahrstuhl bis ins Erdgeschoss und wechselten dann auf ein Gleitband, wie sie es immer tat. Im dritten Stock jedoch lief Eve zu der Stelle, an der Lilah nach dem Sturz aufgekommen war.

Das Gleitband, das von oben kam, war abgesperrt und würde erst wieder geöffnet, wenn man wüsste, was genau geschehen war. Webster würde diese Untersuchung möglichst in die Länge ziehen, selbst wenn auf den Bildern aus der Überwachungskamera nichts zu entdecken wäre, was bewiese, dass die junge Frau von Bix gestoßen worden war.

»Sie hat Strong die ganze Zeit an ihrem Schreibtisch angekettet, aber ausgerechnet heute schickt sie sie zum Außendienst. Und dann auch noch mit Bix. Das heißt, dass sie ihn angewiesen hat, Strong aus dem Verkehr zu ziehen. Wenn es ihm gelungen wäre, sie hier herauszuschaffen, läge sie jetzt nicht auf dem OP-Tisch, sondern wäre tot. Strong hatte den Verdacht, dass Oberman die Abteilung überwacht, trotzdem hat sie sich in ihr Büro gewagt.«

»Sie ist ein Wagnis eingegangen. Was ihr alle täglich macht.«

»Mir war klar, dass Renee die Abteilung überwacht. Und mir war klar, dass Brinker einer ihrer Leute ist. Trotzdem habe ich Lilah nichts davon gesagt. Oder auf jeden Fall nicht rechtzeitig. Ich habe nur die Möglichkeit gesehen, jemanden aus ihrem Dezernat auf diese Sache anzusetzen. Wodurch Lilah erst in die Geschichte reingezogen worden ist.«

»Anscheinend hat sie ebenfalls die Möglichkeit gesehen, etwas gegen dieses Weib zu unternehmen, und die Möglichkeit genutzt. Wobei ihr klar war, dass damit ein Risiko verbunden war.«

»Louise wird sie wieder zusammenflicken. Gottverdammt, sie wird die Frau wieder zusammenflicken, denn das Weib bringt keinen Cop mehr um.« Sie lief weiter, schwang sich auf das nächste Gleitband, hörte, dass ihr Handy piepste, und warf einen Blick auf das Display. »Whitney hat die Leute einbestellt.«

»Dann schlendere ich langsam los, damit ich, wenn sie herauskommen, schon einmal in der Nähe der Abteilung bin.«

»Dein Gesicht ist auf der Wache allgemein bekannt. Pass also auf, dass sie dich dort nicht sehen.«

»Du legst es offensichtlich darauf an, dass ich dir in den Hintern trete.« Kopfschüttelnd stapfte er los.

Eve bog ab, um wie besprochen den Mann von der Dienstaufsicht zu treffen, aber als sie sein Büro betrat, erklärte er: »Ich habe nur ein paar Minuten Zeit. Wir lassen Bix erst einmal schmoren. Mein Captain hatte gerade eine hitzige Debatte mit Renee. Die sie abbrechen musste, weil sie sich jetzt auch noch beim Commander melden soll.« Webster tippte sich zum Zeichen seiner Anerkennung an die Schläfe. »Wirklich gutes Timing, Dallas.«

»Was ist auf den Disketten zu sehen?«

»Er hat sie anscheinend nicht gestoßen, sie aber auf jeden Fall verfolgt. Sie haben beide jede Menge Leute umgerempelt und -gerannt. Als zwischen ihnen beiden jemand umfiel, gab es eine Kettenreaktion. Wir haben Glück, dass nicht noch mehr Leute so schwer gestürzt sind wie die junge Frau. Sie hat die Balance verloren, rannte trotzdem weiter und konnte einfach nicht mehr bremsen, als sie an den Rand des Gleitbands kam.«

»Was hat er dazu gesagt? Weswegen hat er sie verfolgt?«

»Er sagt, sie hätte plötzlich angefangen rumzuschreien, ihm eine Ohrfeige verpasst, wäre dann in Richtung Gleitband losgestürzt und hätte dadurch andere Leute in Gefahr gebracht. Er wäre instinktiv hinter ihr hergerannt, vor allem, weil er die Befürchtung hatte, dass sie entweder sich selbst oder andere verletzen würde, weil sie wie von Sinnen war. Ohne die Aussage von Strong dürfte es recht schwierig für uns werden, diesem Typen zu beweisen, dass es anders war. Denn auf den Bildern aus den Überwachungskameras sieht es ebenfalls so aus, als wäre sie urplötzlich grundlos durchgedreht.«

»Ich möchte trotzdem sehen, wie sie vor ihm davongelaufen ist.«

»Das hatte ich mir schon gedacht.« Er hielt ihr die Diskette hin. »Wollte man ihm deshalb an den Karren fahren, könnte man es so interpretieren, als hätte er genau berechnet, wann er sie in welche Richtung treiben muss, damit sie stürzt. Aber das alleine würde niemals reichen. Oberman kehrt die empörte Vorgesetzte raus, aber dieses Verhalten sind wir hier gewohnt. Sie fragt, wie wir es wagen können, den Detective zu vernehmen, obwohl Lilahs Sturz doch offenbar nichts anderes als ein grauenhafter Unfall war, den die Beamtin selbst dadurch verursacht hat, dass sie plötzlich grundlos ausgerastet ist. Natürlich kann man den Bewertungen der jungen Frau durch Oberman entnehmen, dass sie auch schon vorher nicht allzu stabil gewesen ist.«

»Dann muss sie auf jeden Fall erklären, warum sie eine Polizistin, die aus ihrer Sicht nicht ganz stabil war, Außendienst verrichten lassen wollte.«

»Das lag einfach daran, dass sie nicht genügend Leute hatte. Weil sie schließlich letzte Nacht einen Mann verloren hat. Sie hat Antworten auf jede unserer Fragen, obwohl wir wissen, was wir wissen, und ich ihre Antworten nicht immer schlüssig finde, hat sie bisher durchaus passend reagiert.«

»Es wird nicht mehr lange dauern, bis die Antworten ihr ausgehen«, meinte Eve und steckte die Diskette ein. »Lass ihn ja nicht gehen, Webster. Oder wenn, dann frühestens in einer halben Stunde, ja? Ich gebe Janburry und seiner Partnerin Bescheid, dass er hier sitzt. Vielleicht wollen sie auch noch eine Runde mit ihm drehen.«

»Oh, bis dahin können wir den Kerl auf jeden Fall beschäftigen. Wie geht es Strong?«

»Sie wird es überstehen.« Eve sah auf ihre Uhr. »Ich muss langsam los. Weil ich noch ein paar Dinge vorbereiten muss.«

Als sie den Besprechungsraum erreichte, fragte Feeney sie mit vorwurfsvoller Stimme: »Weißt du, wie viel einfacher es wäre, wenn wir jetzt in unserer Abteilung säßen. Und selbst dort wäre es noch alles andere als leicht.«

»Euch elektronische Ermittler trifft man immer überall, aber wenn ich persönlich zu häufig bei euch auf der Matte stehen würde, würde sich früher oder später irgendjemand fragen, was ich dauernd von euch will. Wir treiben dieses Weibsbild langsam, aber sicher in die Enge, Feeney. Ich will um jeden Preis verhindern, dass sie uns jetzt noch mal durch die Lappen geht. Roarke hatte inzwischen über fünf Minuten Zeit in ihrem Dezernat. Wenn er Glück hatte, erleichtert das den Rest der Arbeit sicher ungemein.«

Sie schob die Aufnahmen der Überwachungskameras in den Computer und verfolgte reglos, wie die junge Frau erst stürzte und dann auf den Boden traf.

»Ihr war klar, dass sie in Schwierigkeiten war. Sie war eindeutig auf der Flucht. Er blieb die ganze Zeit dicht neben ihr, hielt sie sogar am Arm gepackt. Trotzdem hat sie ihre Sache bis zum Ende wirklich gut gemacht. Beinahe hätte sie es auch geschafft.«

»Er hat sie gestoßen. Auch wenn er sie nicht berührt hat«, murmelte McNab, »ist er für ihren Sturz verantwortlich. Sehen Sie sich den Kerl doch einmal an. Er schwitzt noch nicht einmal. Pflügt durch das Gedränge, wirft die Leute reihenweise um und lässt sie nicht einmal aus den Augen. Wie ein gottverdammter Hund, der Jagd auf ein Kaninchen macht.«

»Sie haben recht. Er hatte den Befehl, sie umzubringen. Wenn er sie nach dem Sturz hätte erreichen können, hätte er seinen Auftrag erledigt. Wenn er eine Möglichkeit gefunden hätte, sich ihr dort zu nähern, hätte er sie mitten auf der Wache kaltgemacht.«

Sie wandte sich vom Bildschirm ab, um sich einen Kaffee zu holen, als die Tür geöffnet wurde und ihr Mann den Raum betrat.

»Bist du etwa nicht reingekommen?«

»Langsam bin ich die Beleidigungen wirklich leid.« Roarke warf eine kleine Reisetasche auf den Tisch. »Die habe ich mir von euch ausgeliehen. Ich hoffe, dafür nehmt ihr mich nicht fest.«

»Du warst drin und schon nach zehn Minuten nicht nur wieder draußen, sondern stehst bereits hier?«

»Nun, ich musste auf dem Weg noch kurz die Tasche holen. Und ihre Alarmanlange scannen.« Er drückte McNab eine Diskette in die Hand. »Damit müsste es erheblich schneller gehen.«

»Auf jeden Fall!«

»Willst du nicht sehen, was in der Tasche ist?«, wandte sich Roarke wieder an Eve. »Was in dem Safe hinter dem guten Oberman versteckt war?«

Eve zog den Reißverschluss der Tasche auf. »Ihr Fluchtpaket – Pass, Kreditkarten und wie viel Bargeld?«

»Ungefähr 250 000 Dollar sowie 100 000 Euro.«

»Ein sauberes Handy, eine saubere Waffe, mehrere Disketten und ein Handcomputer.«

»Auf dem sie ihre Bücher abgespeichert hat. In denen neben den Gehältern ihrer Leute auch die Einnahmen und Ausgaben genauestens aufgelistet sind. Ich hatte etwas Zeit und habe mir die Sachen schon einmal kurz angesehen.«

»Halleluja!«, hauchte Eve.

»Meinetwegen. Selbstverständlich habe ich mir noch

nicht alles angesehen. Gerade genug, um zu wissen, was es ist. Natürlich ist der Text verschlüsselt, doch der Code ist ziemlich simpel, denn wahrscheinlich ging sie davon aus, dass niemand diese Aufzeichnungen jemals zu Gesicht bekommt. Ihre Überwachungsanlage ist wesentlich komplexer. Falls sie vorhin angestellt war, ist sie sicher angesprungen, sobald Strong den Raum betreten hat. Dann hätte Renee, als sie wiederkam, gesehen, dass sie dort herumgeschnüffelt hat, und die Anlage dann ausgestellt.«

»Aber den Safe hat sie nicht ausgeräumt. Denn dafür blieb ihr nicht genügend Zeit. Erst musste sie Strong eliminieren. Denn wenn die Gelegenheit bekommen hätte, zu erzählen, was sie gesehen hat, hätte sie das furchtbar in Verlegenheit gebracht. Doch Strong hat überlebt, deshalb hätte Oberman den Safe umgehend räumen müssen, um etwas anderes reinzulegen, was sie nicht belasten kann.«

»Strong war offensichtlich hoffnungslos verwirrt, bevor sie von dem Gleitband fiel.« Roarke nickte zustimmend. »Bestimmt hat Renee sich also darauf verlassen, dass ihr niemand glaubt, falls sie erzählt, was sie herausgefunden hat. Aber es wäre deutlich ordentlicher und vor allem sicherer gewesen, hätte Strong den Sturz nicht überlebt.«

»Sie liebt ordentliche Arbeit und weiß nicht, dass zwei meiner Männer Strong in der Klinik bewachen. Weil sie das nicht wissen kann. Himmel, der Commander.« Plötzlich fiel ihr Whitney ein, und eilig schickte sie ihm eine kurze Nachricht, dass ihr Gatte in der Zwischenzeit zurückgekommen war.

»Könnten Sie wohl kurz McNab zur Hand gehen?«, wandte Feeney sich an Roarke und bedeutete Eve mit einem Nicken, ihm zu folgen, als er bis ans andere Zimmerende lief.

»Sie sitzt in der berühmten Falle. Aus der es nach allem, was wir über sie herausgefunden haben, dank der wasserdichten Aussage, die Peabody machen wird, und nach dem Coup, der Roarke eben gelungen ist, keinen Ausweg gibt.«

»Wobei wir hoffen müssen, dass sie auf diesen Disketten sämtliche Geschäfte und auch die Befehle, Keener, eine Reihe Cops und vielleicht noch andere Personen zu ermorden, schriftlich festgehalten hat.«

»Sie wird uns auf jeden Fall erklären müssen, wie sie an den falschen Pass und all das Geld gekommen ist.«

»Bestechung, Korruption und das Fälschen irgendwelcher Dokumente sind etwas anderes als Mord.«

»Wir beide wissen, selbst wenn Bix die Klappe hält, reißen andere sie mit der Zeit auf. Und wenn der Erste redet, tritt er dadurch die Lawine los. Du brauchst also nur einen Deal mit einem ihrer Handlanger zu machen und die Lawine wird sie überrollen.«

»Wäre das aus deiner Sicht der beste Weg?«

»Ich sage nur, dass du sie jetzt schon verhaften kannst.«

Sie wandte ihm den Rücken zu und machte ein paar Schritte, weil sie Angst hatte, dass sonst ihr heißer Zorn die Oberhand gewann. Dann aber beschloss sie, dass er das ruhig dürfte, und sah Feeney wieder an.

»Ich soll einem korrupten Polizisten einen Deal vorschlagen, damit ich sie hinter Gitter bringen kann? Nie im Leben. Nie im Leben, Feeney. Ich mache ganz sicher keinen Deal. Und wenn ich dem Staatsanwalt so lange auf die Füße treten muss, bis der nach seiner Mami weint. Ich will ganz einfach keinen Deal. Ich schnappe mir die Frau auf meine

Art. Ich werde die gesamte Klaviatur der Möglichkeiten nutzen, die mir dabei zur Verfügung stehen.«

Er fing an zu grinsen, stellte aber schließlich schnaubend fest: »Klaviatur? Du hast doch keinen blassen Schimmer von Musik und Klavier hast du noch nie gespielt.«

»Na und? Ich kann auf jeden Fall mit einem Vorschlaghammer darauf eindreschen, bis es in tausend Stücke fliegt.«

»Okay, das klingt schon eher nach dir. Ich wollte nur ganz sichergehen, dass du weißt, wie du es machen musst.«

Sie blies die Backen auf und spürte, wie ihr Zorn verflog. »Du würdest also auch den Vorschlaghammer nehmen?«

»Vielleicht eher eine Kettensäge. Weil ich schließlich an meinen Rücken denken muss.«

Sie blickte zu ihrem Mann und dem jungen elektronischen Ermittler. »Ihr besorgt die Infos, und ich kümmere mich um den Hammer und die Säge.«

Während die drei Männer ihre Arbeit machten, lief sie ungeduldig auf und ab. Sie fragte sich, warum die Dinge nie so schnell gingen, wie sie es wollte – außer, wenn sie nicht so schnell gehen sollten, denn dann verging die Zeit immer wie im Flug.

Was wirklich ätzend war.

Noch während sie dies dachte, betrat Peabody den Raum.

»Bringen Sie die Sachen auf den Bildschirm«, befahl Eve. »Damit ich sie mir ansehen kann.«

»Ja, Ma'am.«

»Gute Arbeit, Peabody. Sie haben Ihre Sache wirklich gut gemacht.«

»Was mir auch ein Bedürfnis war.« Sie legte die Diskette

ein. »Denn ich will ihrer Mom erklären können, dass uns ihre Tochter bei der Lösung dieses Falls geholfen hat. Könnten Sie nicht vielleicht dafür sorgen, dass sie posthum noch belobigt wird? Möglichst von ganz oben? Könnten Sie nicht den Commander bitten, dass er das für ihre Mutter tut?«

»Das kann und werde ich. Wobei ich denke, dass er auch von selbst auf den Gedanken kommen wird.«

Eve blieb stehen und blickte auf den Monitor. »Himmel, sie war wirklich gründlich. Sie hat genau festgehalten, wer an welchem Tag um welche Zeit wie lange in Renees Büro gewesen ist. Diese Treffen hat sie mit den Einsätzen verglichen und geguckt, wann irgendwelche Razzien schiefgelaufen sind oder wann die Mengen beschlagnahmter Waren wesentlich geringer als erwartet waren. Sie hat sogar notiert, wann irgendwelche Quittungen geändert worden sind. Und festgestellt, dass Oberman sich regelmäßig einmal in der Woche mit einem gewissen Dennis Dyson aus der Buchhaltung getroffen hat. Und alle 14 Tage sowie immer, wenn größere Mengen Stoff beschlagnahmt worden sind, mit dem Typen aus der Asservatenkammer, der mir selber bereits aufgefallen ist. Außerdem weist sie auf Widersprüche in verschiedenen Akten und Berichten hin. Sie hat ihre Hausaufgaben wirklich ordentlich gemacht.«

»Die Beweise, die sie im Verlauf der Zeit gesammelt hat, sind wirklich gut. Sie hat selbst Kontakt zur Szene aufgenommen, aus den Unterlagen der Gerichte Zeugen rausgesucht und sie noch mal befragt, Dealer im Knast besucht und nicht lockergelassen, bis …«

»Renee von ihren Nachforschungen Wind bekommen hat.« Eve rief auch Renees Diskette auf dem Bildschirm auf und glich den Inhalt mit den anderen Daten ab.

»Eine ganze Reihe Namen stimmen überein. Viele ihrer Namen stimmen mit den Namen überein, die auf der Gehaltsliste des Weibsbilds stehen.«

»Sie haben Renees Gehaltsliste?«

»Ich werde Ihnen gleich erzählen, woher die stammt. Feeney! Der verdammte Hammer wird allmählich ganz schön schwer!«

»Dann leg ihn erst noch mal weg.«

Peabody starrte mit großen Augen auf die offene Reisetasche. »Das ist jede Menge Geld. Und … ein Pass. Sie haben ihr Versteck entdeckt? Haben ihr Versteck ohne mich gefunden?«

»Sie hatten schließlich eine andere Aufgabe, die mindestens genauso wichtig war.«

»Jetzt kannst du noch mal halleluja sagen«, sagte Roarke zu Eve. »Denn wir sind drin.«

»Sie ist noch nicht in ihr Büro zurückgekehrt.« Eve blickte mit zusammengekniffenen Augen auf den Monitor. »Wahrscheinlich ist sie erst noch zur Dienstaufsicht gegangen, weil sie ihren Jungen rausholen will. Okay.« Sie ließ die Schultern kreisen und sah ihre Leute grinsend an. »Dann läuten wir jetzt mal die letzte Runde ein.«

22

In ihrem Büro berief Renee umgehend ihre Truppen ein.

»Wir werden heute Abend ein für alle Mal Ordnung in das Chaos bringen.«

Sie stand hinter dem Schreibtisch und sah ihre Untergebenen, wie sie es von ihrem alten Herrn übernommen hatte, nacheinander reglos an. Genau wie er schlug sie bei ihrer Rede einen knappen, selbstbewussten Tonfall an.

»Wir werden einen endgültigen Schlussstrich unter diese Sache ziehen. Fehler werden jetzt nicht mehr gemacht. Freeman, Sie fahren ins Krankenhaus. Falls Strong den Eingriff überlebt, müssen Sie sich um sie kümmern. Aber unternehmen Sie nichts, bis ich Sie kontaktiere, und tun Sie bis dahin das, was Sie am besten können, und fallen nach Möglichkeit nicht im Geringsten auf.«

»Verstanden, Lieutenant.«

»Also fahren Sie los. Und, Freeman? Falls Sie etwas unternehmen müssen, hinterlassen Sie ja keine Spuren.«

»Sie kennen mich, Lieutenant. Wenn nötig, bin ich unsichtbar.«

»Marcell«, fuhr Renee fort, nachdem die Tür hinter dem anderen Mann ins Schloss gefallen war. »Sie und Palmer kümmern sich um Dallas. Denn wir ziehen dieses Weibsbild jetzt ein für alle Mal aus dem Verkehr.«

»Was sollen wir tun?«

»Am besten stellen Sie einen Bezug zu Keener her.« Wodurch der Kreis geschlossen würde. Ein für alle Mal. »Sie ist derart in diesen kleinen Schweinehund verliebt, dass das einfach passt. Schnappen Sie sich die Frau in der Garage, wenn sie nachher Feierabend macht. Armand, Sie müssen dafür sorgen, dass die Überwachungskamera dort zu dem Zeitpunkt nicht funktioniert.«

»Das ist kein Problem.«

»Es muss alles schnell und völlig reibungslos vonstattengehen. Warten Sie, bis sie bei ihrem Wagen ist. Damit sie keinen Raum zur Gegenwehr bekommt. Betäuben Sie sie mit dem Stunner, packen Sie sie in den Kofferraum ihres Gefährts, und fahren Sie sie zu Keeners Unterschlupf. Dort können Sie mit ihr machen, was Sie wollen, Hauptsache, sie ist am Ende tot. Nehmen Sie ihr alles ab, was auch ein Junkie mitgehen lassen würde, weil es sich zu Kohle machen lässt. Einen Teil der Sachen schieben wir dann irgendeinem Typen unter, damit die Abteilung, die in ihrem Fall ermittelt, einen Sündenbock bekommt. Wenn Sie fertig sind, rufen Sie Manford an, der holt Sie dann ab.«

Palmer sah sie fragend an. »Was ist, wenn sie nicht allein in die Garage kommt?«

»Falls sie einen ihrer Männer oder ihre Partnerin dabeihat, ziehen Sie die ebenfalls aus dem Verkehr. Tulis wird sie nicht mehr aus den Augen lassen und Armand anrufen, wenn sie runterfährt.«

Sie wandte sich an Tulis, und der nickte knapp.

»Armand kümmert sich um die Lifte und die Kameras. Er wird Ihnen das erforderliche Zeitfenster verschaffen, und Sie werden darauf achten, es auf keinen Fall zu überziehen. Bis dahin halten Sie sich möglichst von ihr fern. Damit es keinerlei Verbindung zwischen Ihnen gibt.«

»Okay.«

»Wenn Sie fertig sind, fahren Sie zu Samuels ins Five-O. Er gibt Ihnen ein Alibi. Er hat den Laden extra dichtgemacht, damit unsere Abteilung Garnets Totenwache dort abhalten kann.« Sie sah auf ihre Uhr. »Mein Informant hat mir berichtet, dass Dallas kaum jemals sofort nach Ende ihrer Schicht das Haus verlässt. Es müsste also ziemlich einfach werden, sie alleine zu erwischen. Um ganz sicherzugehen, werfe ich der Frau noch einen Knochen hin, an dem sie nagen kann, damit sie garantiert ein bisschen länger bleibt.«

»Was ist mit Bix?«, fragte Marcell.

»Armand wird ein paar Daten in Dallas' Computer einspeisen, die zeigen, dass das Weib auf irgendeinem lächerlichen Rachefeldzug gegen ihn und auch mich selber war.«

Durch die Zerstörung ihres tadellosen Rufs und ihres Lebens würde wenigstens ein Teil des Ärgers, den die Frau verursacht hatte, wieder wettgemacht.

»Da Bix im Augenblick bei der Dienstaufsicht sitzt, hat er ein wasserdichtes Alibi für die Zeiten, in denen Dallas und Strong über den Jordan gehen. Wenn wir die beiden los sind, gehen die Dinge wieder ihren ganz normalen Gang. Wir werden kurz um unsere gefallenen Kameraden trauern, und in einer Woche schließen wir den Fall Geraldi ab und zahlen uns einen hübschen Bonus aus.«

Sie legte eine kurze Pause ein und fuhr dann lächelnd fort. »Jetzt werde ich dafür sorgen, dass das Weib zum letzten Mal den Superbullen spielen kann, besuche noch mal die Dienstaufsicht, um meiner Empörung über die Verdächtigungen gegenüber einem meiner Männer Ausdruck zu verleihen, und fahre dann ins Krankenhaus, um nachzufragen, wie die arme Strong den Eingriff überstanden hat. Wenn jeder seinen Job macht, ist die Sache heute Abend ausgestanden, und wir können allesamt wieder nach vorne schauen.«

Sie gingen ein paar letzte Einzelheiten sowie das genaue Timing durch, dann entließ sie die Leute und nahm hinter dem Schreibtisch Platz. Reglos starrte sie das Bildnis ihres Vaters an, bis ihr die Augen tränten, und griff feixend nach dem Link, das vor ihr stand.

»Dad.« Sie presste ihre Lippen aufeinander, bis sie bebten, und setzte zu ihrer kurzen Rede an. »Ich weiß, du bist enttäuscht von mir.«

»Renee …«

»Nein, ich weiß, ich habe dich enttäuscht. Dich und auch mich selbst. Ich hätte es Garnet niemals durchgehen lassen dürfen, dass er derart die Kontrolle über sich verloren hat. Hätte stark sein müssen. Das werde ich von heute an auch sein. Ich muss mit dir reden, Dad. Ich brauche deinen Rat. Jetzt gleich muss ich ins Krankenhaus und dort nach einem meiner Leute sehen, der einen schlimmen Unfall hatte. Aber könnte ich danach vielleicht kurz zu dir kommen?«

»Selbstverständlich.«

»Danke, Dad. Ich weiß, ich habe zugelassen, dass meine persönlichen Gefühle Auswirkung auf meine Arbeit und auf die Verantwortung, die ich auf meinem Posten habe, hatten. Die Gefühle, die ich gegenüber Garnet und auch Dallas hatte. Das ist mir jetzt klar. Sie ist viel eher die Art von Tochter, die du immer haben wolltest. Weshalb ich furchtbar eifersüchtig auf sie war.«

»Sie ist aber nicht meine Tochter. Das bist du, Renee.«

»Ich weiß. Ich weiß, Dad. Bis gleich.«

Sie legte wieder auf und starrte kalt auf das Porträt. »Ich bin deine Tochter? Das ist schade, denn du wolltest schließlich immer einen Sohn, nicht wahr? Genauso schade ist, dass ich deinen hohen Ansprüchen niemals gerecht geworden bin. Wärst du Arschloch vielleicht stolz auf mich, wenn du wüsstest, wie erfolgreich ich in Wahrheit bin?«

»Ich wusste schon die ganze Zeit, dass diese Tussi ein Problem mit ihrem Vater hat«, bemerkte Eve, die vor dem Monitor im Konferenzraum saß.

»Diese Frau ist einfach krank und obendrein eiskalt.« Feeney schüttelte verständnislos den Kopf. »Ein Cop, der anderen Cops erklärt, wie sie ihre eigenen Kollegen um die Ecke bringen sollen.«

»Allmählich hatte ich schon Angst, dass sie ihr Glück bei mir doch nicht versuchen will. Ich hätte es gehasst, keine Gelegenheit zu haben, mich bei diesem Weib dafür zu revanchieren.«

»Sie will Sie eliminieren, weil Sie eine Bedrohung für sie sind«, stellte Mira, die inzwischen ebenfalls in den Besprechungsraum gekommen war, mit ruhiger Stimme fest. »Aber sie hat auch noch einen anderen Grund. Weil das, was sie am Link gesagt hat, ihrer Meinung nach die Wahrheit ist. Er hätte als Tochter lieber jemanden wie Sie gehabt. Auch deshalb will die Frau Ihnen ans Leder gehen.«

»Über die Motive dieses Ungeheuers können wir uns später noch Gedanken machen. Erst mal müssen unsere Elektronikleute dafür sorgen, dass die Kerle denken, die Kameras in der Garage wären wirklich ausgeschaltet. Peabody, Sie rufen in der Klinik an und fragen, wie es Lilah geht. Außerdem muss ich Louise sprechen, sobald sie den OP verlässt. Weil weder sie noch einer von den anderen Ärzten über die Patientin sprechen darf. Und zwar nicht einmal mit Strongs Mutter oder Freund.«

»Okay.«

»Was machst du da?«, erkundigte sich Roarke, als Eve ihr Handy aus der Tasche zog.

»Ich organisiere den Gegenschlag. Ich spreche kurz mit Jacobson, und danach muss ich dafür sorgen, dass ihr Mann mich sieht. Denn schließlich soll sie denken, dass ihr Plan funktioniert.«

»Du baust also die Falle für die Frau noch aus«, erklärte Feeney stolz.

»Und ob. Aber obwohl die Falle riesig ist, wird es am Ende sicher ziemlich eng darin. Oh. Ich glaube, ich bekomme gerade einen anonymen Tipp von einem Prepaid-Handy.«

Gehen Sie noch einmal Strongs und Garnets Akten und Berichte durch. Die beiden haben Keener umgelegt.

»Sie hängt den beiden im Ernst den Mord an ihrem Informanten an«, stellte Feeney missbilligend fest. »Schließlich können Tote sich auch nicht mehr wehren.«

»Wegen Garnet kann man ihr natürlich an den Karren fahren, aber Strong hatte sie vorher schon so schlecht bewertet, dass sie selber aus dem Schneider ist. Nicht schlecht dafür, dass sie spontan entscheiden musste, wie sie diese Sache drehen soll«, bemerkte Eve. »Und vor allem sorgt sie auf diese Art dafür, dass ich noch eine Zeitlang hier beschäftigt bin. Könnt ihr diese Nachricht so umleiten, dass es wirkt, als säße ich nicht hier, sondern in meinem eigenen Büro?«

»Wir können auch so tun, als würdest du vor deiner Kiste sitzen und die Akten und Berichte durchgehen«, bot Roarke ihr an.

»Echt?« Sie lächelte. »Das wäre toll. Denn dann hätte ich Zeit, um Janburry und seine Partnerin zu kontaktieren, bevor sie Bix noch einmal in die Zange nehmen. Weil das Timing dabei von Bedeutung ist.«

»Er wird sie nicht verraten«, warf die Psychologin ein.

»Das muss er auch gar nicht. Weil sie ihn ihrerseits verraten wird. Trotzdem wird auf diese Art dafür gesorgt, dass die Kollegen ihren Fall zum Abschluss bringen und dass

Garnet mehr Gerechtigkeit widerfährt, als er verdient. Aber jetzt muss ich erst einmal zusehen, dass Tulis mich bei der Arbeit sieht. Wir bleiben über unsere Handys in Kontakt. Peabody, Sie warten zwei Minuten, dann kehren Sie zurück in unsere Abteilung und nehmen bis Schichtende an Ihrem Schreibtisch Platz.«

»Im Grunde lohnt sich das doch gar nicht mehr.«

»Zwei Minuten«, wiederholte Eve, doch als sie sich zum Gehen wandte, legte Roarke die Hand auf ihren Arm.

»Ich muss jetzt wirklich los.«

»Sie brauchen mich hier nicht, und ich wäre lieber mit in der Garage.«

»Sie brauchen dich hier sogar unbedingt, weil du die Dinge einfach deutlich schneller hinbekommst.« Sie berührte zärtlich seine Hand. »Ich bin in der Garage nicht allein. Und ich kann jedem einzelnen von meinen Leuten blind vertrauen.«

»Deine Leute gegen ihre. Das ist eine zusätzliche Ebene, auf der du dich mit diesem Weibsbild misst.«

»Kann sein. Auf alle Fälle wird die Auseinandersetzung zwischen uns und unseren Dezernaten polizeiintern und in den Medien ziemlich hohe Wellen schlagen. Denn es geht dabei um Politik und um Moral, was beides durchaus wichtig ist. Doch genauso wichtig ist, eindeutig zu beweisen, dass die Leute den gesetzeswidrigen Befehlen, die Renee erteilt hat, ohne Skrupel nachgekommen sind.«

»Du bist erstaunlich cool für jemanden, der heute noch ermordet werden soll.«

»Weil meine Leute ihrem Trupp in jeder Hinsicht überlegen sind. Wenn du mir traust, solltest du auch meinen Leuten trauen.«

Er berührte ihre Wange. »Wenn alles vorbei ist, gebe ich euch dafür allen einen aus.«

»Dann geht bei diesem Einsatz garantiert nichts schief. Wir bleiben in Verbindung.«

Damit trat sie in den Flur hinaus und stapfte los. Denn schließlich hatte sie es eilig. Hatte jede Menge Akten durchzugehen.

Kaum war sie in der eigenen Abteilung angekommen, winkte Jacobson ihr zu.

»He, Lieutenant, hätten Sie vielleicht kurz Zeit für mich?«

»Sehe ich so aus?«, fuhr sie ihn an, bedeutete ihm aber durch ein knappes Nicken, ihr zu folgen, und marschierte weiter in ihr eigenes Büro.

»Okay, ich störe Sie. Und warum sollte ich Sie stören, wenn Sie das im Grunde gar nicht wollen?«

»Das ist eine längere Geschichte, auf die ich jetzt nicht näher eingehen kann«, erklärte Eve und rief die Aufnahmen von Palmer und Marcell auf ihrem Bildschirm auf. »Im Moment müssen Sie nur wissen, dass die beiden Männer hier mich nachher in der Garage überfallen wollen. Sie haben den Befehl, mich zu betäuben, mich in meinem eigenen Wagen an den Ort zu fahren, an dem mein toter Junkie lag, und mich dort kaltzumachen.«

Jacobson betrachtete die Bilder und meinte mit kalter Stimme: »Ach.«

»Genau.«

»Das werden sie bereuen.«

»Auf jedem Fall. Lieutenant Renee Oberman hat ihnen den Befehl dazu gegeben und hat diesen Mann hier – Tulis – angewiesen, mich im Auge zu behalten, während sich ein weiterer Kollege in meinen Computer hacken und danach die Überwachungskamera in der Garage kurzfristig lahmlegen soll.«

Jacobson sah auf das Foto von Armand und dann wieder auf sie. Wobei in seinem Blick neben dem kalten Zorn mit einem Mal auch eine Art von Trauer lag. »Mit wie vielen Leuten haben wir es hier zu tun?«

»Einer wäre schon zu viel, aber es sind deutlich mehr als einer. Konzentrieren Sie sich aber nur auf Palmer und Marcell und achten drauf, dass Tulis nichts davon bemerkt. Auf Armand habe ich unsere Elektronikfuzzis angesetzt, die anderen knöpfen wir uns einfach später vor.«

»Was soll ich tun?«

Er klang genauso wie Marcell, erkannte sie. Nur, dass die Bedeutung seiner Worte eine völlig andere war.

Sie erklärte ihren Plan, und als er wieder ging, rief sie erst Peabody und dann die elektronischen Ermittler an.

Kaum war das Gespräch beendet, klingelte ihr Link, und eilig ging sie an den Apparat.

»Lebt sie noch?«

»Sie lebt«, bestätigte Louise und blickte sie aus müden, braunen Augen an. »Ihre Chancen stehen gut. Der Orthopäde ist inzwischen fertig, jetzt wird sie in den Aufwachraum und danach auf die Intensivstation verlegt. Wie schnell sie sich erholt, hängt davon ab, wie stark sie ist. Weil die Physiotherapie sehr anstrengend und schmerzhaft wird.«

»Doch jetzt verraten Sie mir bitte, warum Peabody gesagt hat, dass ich nicht einmal ihrer Mutter sagen darf, wie es ihr geht.«

»Das erfahren Sie gleich. Ich möchte, dass Sie jemand anderen über Strongs Zustand informieren, wobei Sie ihm etwas anderes erzählen müssen als mir. Ihretwegen ist sie noch am Leben, und mit Ihrer Hilfe kann ich dafür sorgen, dass sie weiterhin am Leben bleibt.«

Im Verlauf der nächsten Stunde merkte Eve, dass ihr die Leitung eines Einsatzes über das Link zuwider war. Sie zog es vor, wenn sie den Leuten dabei in die Augen schauen konnte und in den Gesichtern neben eiserner Entschlossenheit Humor und die Bereitschaft, sich mit aller Kraft für eine Sache einzusetzen, sah.

Als die Schicht vorbei war, sah sie auf die Uhr.

Akt eins, sagte sie sich. Auftritt Louise.

Mit erschöpfter, sorgenvoller Miene eilte Renee in die Chirurgie des Angel Hospitals. »Ich bin Lieutenant Oberman«, erklärte sie der diensthabenden Schwester. »Ich bin hier, weil ich nach einem meiner Leute sehen will. Detective Lilah Strong.«

»Lieutenant?« Immer noch in ihrem Kittel trat Louise Dimatto auf sie zu. »Ich bin Dr. Dimatto, ich habe die Patientin operiert. Kommen Sie doch bitte mit.«

»Dann ist die OP also beendet?«

»Ja.« Louise marschierte weiter. »Warum gehen wir nicht hier rein und setzen uns?«

»Oh Gott. Sie hat den Eingriff doch wohl überstanden? Man hat mir gesagt, sie wäre schwer verletzt, aber trotzdem hoffe ich ...«

»Sie hat ihn sogar überraschend gut verkraftet.« Louise betrat ein winziges Büro und machte sorgfältig die Tür hinter sich zu. »Das Alter und der körperliche Zustand sind auf ihrer Seite. Es gibt keinen Grund, warum sie sich nicht vollständig von den Verletzungen erholen sollte.«

»Gott sei Dank.« Renee nahm Platz und klappte kurz die Augen zu. »Ich kann Ihnen gar nicht sagen, wie besorgt wir alle um sie sind. Ich hatte gehofft, ich könnte früher kommen, aber … ach egal. Darf ich sie sehen?«

»Tut mir leid. Bisher darf nicht einmal die Familie sie besuchen. Sie liegt vorläufig in Quarantäne, denn das Risiko, dass sie sich eine Infektion zuzieht, ist einfach noch zu groß. Vor allem könnte sowieso noch niemand mit ihr sprechen, weil sie im künstlichen Koma liegt. Ihre Kopfverletzungen sind gravierend, und wir wollen ihrem Körper Zeit geben, um sich von diesem Trauma zu erholen. Wir haben sie in den achten Stock des Ostflügels gelegt, wo sie völlig ruhig und abseits von den anderen Patienten liegt. Denn, wie gesagt, im Augenblick ist eine Infektion ihr größter Feind.«

»Verstehe. Aber trotzdem ist doch sicher jemand bei ihr? Falls sie aufwacht und …«

»Wir hoffen, dass wir sie schon morgen aus dem Koma holen können. Bis dahin sieht halbstündlich eine Intensivschwester nach ihr. Ruhe und völlige Stille sind im Augenblick die Dinge, die sie dringender als alles andere braucht, aber ich gehe davon aus, dass sie morgen um dieselbe Zeit bereits Besuch empfangen kann.«

»Wie ist ihre Zimmernummer? Schließlich würden die Kollegen sicher gerne wissen, wohin sie ihr Blumen schicken können, falls sie welche haben darf.«

»Natürlich darf sie das. Sie liegt in Raum 8-C. Ich kann Sie gerne anrufen, wenn sie Besuch bekommen kann.«

»Das wäre wirklich nett.« Renee stand wieder auf. »Ich

danke Ihnen sehr für alles, was Sie für Detective Strong getan haben und noch tun. Es war mir wirklich wichtig zu erfahren, wie ihre Chancen stehen.«

»Verstehe. Wenn Sie möchten, bringe ich Sie noch zum Lift.«

Louise geleitete den Lieutenant bis zum Fahrstuhl und klappte ihr Handy auf, nachdem er losgefahren war.

»In Ordnung«, sagte sie zu Eve. »Ich habe diesem Lieutenant den gewünschten Mix aus Wahrheit und Lüge aufgetischt. Jetzt würde ich gern noch mal nach der Patientin sehen.«

»Vielen Dank, Louise.«

Eve legte auf, brachte ihre Mitarbeiter auf den neuesten Stand und sagte sich: Akt zwei. Freeman wird von seinem Lieutenant instruiert.

Mit einem zufriedenen Lächeln stieg Renee in ihren Wagen und fuhr los.

Kaum einen Block vom Krankenhaus entfernt rief sie über ihr Prepaid-Handy Freeman an. »Sie liegt im Ostflügel in Raum 8-C. Sie liegt dort ganz allein, jede halbe Stunde guckt kurz eine Intensivschwester bei ihr herein. Ihr Zustand ist kritisch, und sie liegt im Koma, aber trotzdem sind die Ärzte optimistisch.«

»Was sich sicherlich bald ändern wird.«

»Beenden Sie, was Bix begonnen hat, und gehen Sie dabei schnell und möglichst unauffällig vor. Ich möchte, dass es wirkt, als wären Komplikationen nach dem Eingriff schuld.«

»Ich habe etwas Entsprechendes dabei. Ich tue so, als wäre ich ein Arzt, und spritze dieses Zeug in ihren Tropf.

Dann schläft sie einfach ein. Nicht anders als ein kranker Hund, den man zum Tierarzt bringt.«

»Bringen Sie es hinter sich und fahren dann ins Five-O. Ich will, dass für den Fall der Fälle jeder meiner Leute über ein astreines Alibi verfügt.«

»Ich sorge kurz für Ablenkung, schleiche mich dann in ihr Zimmer, und mit etwas Glück bin ich wahrscheinlich schnell genug zurück, um auch bei Dallas mit von der Partie zu sein.«

»Nein, Sie tun, was ich gesagt habe. Nicht mehr, nicht weniger. Auf Dallas habe ich Marcell und Palmer angesetzt. Die beiden gehen bestimmt gleich los. Geben Sie Bescheid, sobald Sie fertig sind. Aber nur schriftlich, ja? Ich habe nämlich keine Lust, ans Telefon zu gehen, wenn ich bei meinem Vater bin.«

»Wie Sie wollen, Boss.«

Damit hatte Renee eine weitere Verabredung zum Mord getroffen, dachte Eve.

»Hast du das gehört?«, erkundigte sich Feeney durch den Knopf in ihrem Ohr.

»Jedes Wort. Jetzt fahre ich langsam den Computer runter und läute die nächste Phase ein.«

»Pass auf dich auf«, drang jetzt die Stimme ihres Mannes durch den Knopf. »Damit ich dir nicht doch noch in den Hintern treten muss.«

»Okay.«

Sie ließ die Schultern kreisen und stand auf.

Akt drei, sagte sie sich und raunte in ihr Mikro: »Jetzt geht's los.«

Sie durchquerte ihre eigene Abteilung und nickte Carmichael und den beiden Jungs in Uniform zum Abschied zu.

»Schönen Feierabend, Lieutenant.«

»Schönen Feierabend«, wünschte Eve den dreien und bestieg ein Gleitband, weil sie dadurch Zeit bekamen, ihre Positionen einzunehmen, während ihr Beschatter Meldung machte, dass sie aufgebrochen war.

Für den letzten Teil des Wegs nahm sie den Lift und hörte Feeneys Ausführungen zu.

»Sie haben die anderen Fahrstühle manipuliert, deswegen halten sie schon zwei Etagen weiter oben an. Falls also jemand bis zu deinem Parkdeck will, muss er entweder die Treppe nehmen oder warten, bis der eine Fahrstuhl wieder oben ist. Wir wissen, wo die Störung ihren Ursprung hat, und Roarke lenkt sie jetzt gerade um. Die Kameras haben wir so geschaltet, dass Armand nichts darauf sehen kann. Denn schließlich bildet er sich ein, er hätte sie vorübergehend lahmgelegt. Aber wir haben dich weiter auf dem Schirm.«

Als die Tür des Fahrstuhls aufging, nickte sie und stieg entschlossen aus.

Sie müssten mit dem Angriff warten, bis sie neben ihrem Wagen stünde und die Türen aufgeschlossen hätte. Dann gingen sie bestimmt von hinten auf sie los.

Wenn die zwei anders vorgingen, würde sie etwas abbekommen.

Ach, verdammt, das würde sie wahrscheinlich sowieso.

Ihre Schritte hallten laut auf dem Beton, als sie in Richtung ihres Wagens lief.

Von hinten, dachte sie erneut, als ein kaum wahrnehmbares Geräusch an ihre Ohren drang. Von einem Fenster, das an einem Wagen schräg rechts hinter ihr geöffnet wurde.

Ehe es ganz schnell, vollkommen lautlos und genau, wie sie gehofft hatte, über die Bühne ging.

Ihre eigenen Leute strömten mit gezückten Waffen aus verschiedenen Richtungen herbei, schnelle Schritte und diverse laute Stimmen hallten durch den Raum.

Sie bekam tatsächlich einen Treffer ab und spürte durch die Schutzweste, die sie unter der Jacke trug, den leichten, aber ärgerlichen Stich und das Gefühl der Hitze, das durch ihren Körper zog.

Sie drehte sich geschmeidig um die eigne Achse und zog ihre Waffe, ließ sie aber wieder sinken, weil Marcell bereits von Jacobson aus dem Verkehr gezogen worden war.

Er presste ihm den Lauf von seinem Stunner in das rechte Ohr und schrie: »Lass die verdammte Waffe fallen, du verdammtes Arschloch, wenn ich dir nicht das verdammte Hirn rauspusten soll! Hände hoch! So hoch, dass ich sie sehen kann, du verdammter Wichser. Ein verdammter falscher Atemzug oder ein verdammtes falsches Blinzeln reicht, und ich mache dich verdammten Wichser platt!«

Während Palmer von Eves Partnerin und Reineke verarztet wurde, trat sie einen Schritt zurück und nickte anerkennend mit dem Kopf.

»So oft habe ich das Wort *verdammt* noch nie in einem Satz gehört, Detective.«

»Auf den Boden, du verdammter Feigling«, fuhr der Angesprochene mit lauter Stimme fort. »Auf den Boden. Wolltest meinem Lieutenant in seinen verdammten Rücken schießen? Dafür wirst du in der Hölle schmoren, verdammt noch mal.«

Eve hörte ein Knacken und dann einen lauten Schrei.

»Tut mir leid, Lieutenant«, entschuldigte sich Jacobson bei ihr. »Ich hab kurz das Gleichgewicht verloren und den verdammten Finger von dem Arschloch nicht gesehen. Kann sein, dass er gebrochen ist.«

»So was kann passierten.« Während Jacobson dem Mann die Hände auf den Rücken drehte, um ihm Fesseln anzulegen, hockte sie sich neben ihn. »Ich kann mich den Worten von Detective Jacobson nur anschließen. Was soll man schon anderes zu einem Bullen sagen, der der Mörder seines eigenen Partners ist?«

»Ich verlange einen Deal.« Marcell fing an zu schwitzen, als ihm Eve die Dienstmarke, das offizielle Handy und ein Prepaid-Handy aus der Tasche zog.

»Das kann ich mir vorstellen.« *Nie im Leben,* dachte sie. »Sie wollen mir Renee ans Messer liefern? Wollen für mich Männchen machen wie ein braver Hund? Schafft mir diese beiden Typen aus den Augen, sperrt sie in getrennte Zellen, klärt sie über ihre Rechte auf und ruft nach einem Sanitäter, damit der den Finger dieses Arschlochs schient.« Damit stand sie wieder auf, atmete so tief wie möglich durch und blickte ihre Leute nacheinander an.

»Danke. Das war wirklich gute Arbeit.« Während ihre Männer Palmer und Marcell aus der Garage schleiften, lehnte sie sich kurz an ihren Wagen.

»Sind Sie okay?«, erkundigte sich Peabody in sorgenvollem Ton. »Ich habe gehört, ein Stunnerschuss täte manchmal trotz Weste ziemlich weh.«

»Er hatte ihn aufs Maximum gestellt – was der Richter ganz bestimmt nicht gerne hören wird. Feeney, vielleicht sagst du deinen Leuten, dass sie jetzt Armand einsammeln sollen. Weil wir hier unten fertig sind.«

»Sie sind schon unterwegs.«

»Sehr gut. Vielleicht kann Marcell ja seiner Chefin jetzt berichten, dass sie mit mir losgefahren sind.«

»Das machen wir von hier aus«, meinte Roarke.

»Dann kommen wir jetzt wieder rauf und führen den Rest des Stückes auf.

Akt vier, sagte sie sich. Freeman im Krankenhaus.

Freeman hüllte sich in den aus einem Spind geklauten Kittel und schlich durch das Treppenhaus bis in den achten Stock. Er war stolz auf seine Fähigkeit, stets unentdeckt zu bleiben, und betrachtete sich selbst als menschliches Chamäleon.

Vorsichtig schob er die Tür des Treppenhauses auf, sah sich nach allen Seiten um, glitt in den Flur und öffnete die Tür des ersten Raums.

Leise piepsende und summende Maschinen überwachten die Funktionen der Organe des Patienten, der dort lag. Er schob sich an der Wand entlang, bis er den Störsender aus seiner Tasche ziehen konnte, ohne dass die Kamera, die in der Ecke hing, es sah.

Noch während der Alarm ertönte, schlich sich Freeman in die nächsten beiden Räume und legte auch dort die lebenswichtigen Geräte der Patienten lahm.

Grinsend sah er auf die Schwestern, die wie aufgeschreckte Hühner durch die Gegend liefen, und stahl sich in Raum 8-C.

Bis sie die Geräte wieder in Betrieb genommen hätten, um die armen Schweine in den jeweiligen Betten weiterhin am Leben zu erhalten, wäre er längst nicht mehr da.

Passend zu der Ruhe, die sie brauchte, war das Licht in

ihrem Raum gedämpft. Nun, er würde dafür sorgen, dass sie noch mehr Ruhe bekäme und nicht einmal mehr gedämpfte Lichter bräuchte, dachte er und trat entschlossen an ihr Bett.

Er zog ein kleines Fläschchen aus der Tasche, doch noch während er von Lilah wissen wollte: »Warum hast du deine Nase nicht aus unseren Angelegenheiten rausgehalten, dumme Kuh?«, trat Baxter aus dem Halbschatten des Raums und presste ihm den Lauf von seinem Stunner an den Kopf.

»Wer ist jetzt der Dumme?«, fragte er, während sein Partner sich entschlossen zwischen Strong und Freeman schob. »Wer ist jetzt der Dumme? Wer?«

»Sie haben Freeman erwischt«, erklärte Eve.

»Tulis, Runch, den Buchhalter und Addams haben sie inzwischen ebenfalls festgesetzt«, berichtete Peabody ihr gut gelaunt. »Sie fangen ihre Leute wie die Fliegen ein.«

»Zeit fürs Finale, finden Sie nicht auch?«

Renee saß im Arbeitszimmer ihres Vaters, sie liebte den Mann mit jedem Atemzug, den sie machte. Während sie ihm gleichzeitig mit jedem Ausatmen blanken Hass entgegenblies.

»Du weißt nicht, wie es heutzutage bei den Drogenfahndern zugeht«, erklärte sie, wobei ihr Ton respektvoll blieb. »Ich kann es mir nicht leisten, einen meiner Männer den internen Schnüfflern auszuliefern, nur, weil ihm in seinem Job ein kleiner Fehler unterlaufen ist. Anfangs dachte ich, mehr wäre Garnet nicht passiert.«

»Renee, wenn einer deiner Leute das Zeug nimmt, das

eure Truppe von der Straße holen soll, musst du etwas unternehmen. Weil du schließlich die Verantwortung für die Moral von deinen Leuten hast.«

Jedes Mal dieselbe alte Leier, ging es Renee durch den Kopf. *Inzwischen hast du mir bestimmt tausend Mal erklärt, was für hohe Ansprüche du hast.*

»Das ist mir völlig klar. Aber genauso muss dir selbst klar sein, dass man den eigenen Leuten gegenüber auch loyal sein muss. Ich habe mir Garnet wegen der Geschichte vorgeknöpft, und obwohl ich zunächst von einer offiziellen Rüge abgesehen habe, habe ich ihn angewiesen, freiwillig in Therapie zu gehen. Erst vor ein paar Tagen kam mir der Verdacht, dass er und einer meiner anderen Detectives ... Dad, ich habe Grund zu der Befürchtung, dass zwei meiner eigenen Leute Kunden meines Informanten waren. Und dass sie ihn getötet haben, damit er mir nichts davon erzählen kann.«

»Du sprichst von Bix.«

»Oh nein. Bix wurde von Garnet nur zu Tarnzwecken missbraucht. Er wollte ihn zum Sündenbock für seine eigenen Fehler machen, was ihm aber nicht gelungen ist. Ich meine Lilah Strong.« Sie stand auf und lief im Zimmer auf und ab. »Offenbar hat sie bemerkt, dass ich ihr auf den Fersen war. Wahrscheinlich hat sie deswegen versucht, vorhin vor einem ihrer eigenen Kollegen abzuhauen. Zwei von meinen eigenen Leuten haben ihr Dezernat, ihre Kollegen, mich und ihre Dienstmarken verraten, Dad.«

In ihren Augen blitzten Tränen auf. »Das ist alles meine Schuld.«

»Verantwortung und Schuld sind nicht dasselbe. Aber, Renee, wenn du den Verdacht hattest oder vielleicht sogar hättest beweisen können, dass die beiden in den Tod von diesem Mann verwickelt sind, warum hast du dann nicht Lieutenant Dallas informiert?«

»Das habe ich.« Sie wirbelte zu ihm herum. »Das heißt, ich habe es auf jeden Fall versucht. Aber sie hat mir nicht mal richtig zugehört. Wahrscheinlich, weil sie sich in ihrer furchtbar selbstgerechten Art auf Bix und auf mich selber eingeschossen hat.«

»Sie ist ein guter Cop, Renee.«

Ein inzwischen toter Cop, ging es ihr durch den Kopf. »Besser als ich, nehme ich an.«

»So war das nicht gemeint. Aber du musst mit dieser Sache zum Commander gehen. Das hättest du längst machen sollen. Du musst ihn kontaktieren, um ein Treffen bitten, zu dem Dallas ebenfalls erscheinen sollte, und den beiden alles geben, was du hast.«

»Ich wollte mir ganz sicher sein, bevor ich … Erst einmal bin ich der Sache selber nachgegangen. Schließlich trage ich auch die Verantwortung für alles, was in meinem Dezernat geschieht«, rief sie ihm einen seiner Lieblingssätze in Erinnerung.

»Ich glaube, dass die Sache noch viel weiter als nur bis zu Keener reicht«, fuhr sie mit eindringlicher Stimme fort. »Er war nur ein kleiner Informant. Ich glaube, sie haben sich auch noch mit irgendwelchen großen Fischen aus der Szene eingelassen, und das hat Bill Garnet schließlich umgebracht. Ich habe Hinweise darauf, dass es so war, und wollte den Spuren erst selbst nachgehen. Natürlich, es ist Dallas' Fall, aber um Himmels willen, Dad – Garnet, Strong und sogar Keener haben zu mir gehört, deshalb wollte ich die Dinge selber klären.«

»Was ich durchaus verstehen kann. Auf einem Posten wie deinem kann es manchmal furchtbar hart und einsam sein, Renee. Aber trotzdem bist du Teil des Ganzen, trotzdem bist du Teil eines Systems. Aus dem du nicht einfach ausbrechen kannst, selbst wenn du denkst, dass du das musst. Du bist es deinen Leuten schuldig, sie auch weiter gut zu führen. Zwei von ihnen waren korrupt, jetzt musst du den anderen zeigen, dass so etwas unter deiner Leitung nicht nur nicht geduldet, sondern streng geahndet wird.«

»Du hast recht. Natürlich hast du recht. Ich werde den Commander kontaktieren und um ein Treffen bitten.«

»Willst du, dass ich dich dorthin begleite?«

»Nein.« Sie schüttelte den Kopf. »Da muss ich alleine durch. Ich hätte dich in die Geschichte gar nicht erst reinziehen sollen. Am besten fahre ich jetzt heim und denke gründlich über alles nach. Vielen Dank fürs Zuhören, Dad. Ich werde diese Angelegenheit auf jeden Fall ins Reine bringen.«

»Davon bin ich überzeugt.«

Wütend zog sie ihre Wagentür hinter sich zu. Es war einfach typisch, dass er ihr wieder einen Vortrag halten und ihr deutlich zu verstehen geben musste, wie enttäuscht er von ihr war.

Obwohl er gar nicht wusste, wie weit sie inzwischen von dem geraden Weg, den er ihr vorgegeben hatte, abgewichen war.

Und dass sie ihn längst nur noch als Werkzeug sah.

Wenn sie Dallas' Leiche fänden, Lilah Strong ihren Verletzungen erläge und sie dem Commander das erzählen würde, was er glauben sollte, würde er bezeugen, dass Eve

Dallas sie zurückgewiesen hatte, als sie wegen Strong bei ihr gewesen war.

Damit fielen noch die letzten Puzzleteile an den ihnen zugedachten Platz.

Sie zog das Prepaid-Handy aus der Tasche, freute sie, weil Freeman sich gemeldet hatte, lenkte dann aber abrupt den Wagen an den Straßenrand, da sie nicht glauben konnte, was sie las.

Kann sie nicht erreichen. Komme nicht einmal in ihre Nähe. Überall um sie herum sind Ärzte. Heute Abend wollen sie sie aus dem Koma holen. Warte auf neue Anweisung.

»So blöd kann man doch gar nicht sein. Himmel, muss ich alles selber machen?« Wütend trommelte sie mit den Fäusten auf das Lenkrad, bis sie wieder einen halbwegs klaren Kopf bekam, und schrieb zurück.

Geben Sie auf.

Im Grunde war es egal, wenn Lilah überlebte. Denn bis sie sich zu der Sache äußern könnte, hätte sie sie längst in Misskredit gebracht. Strong war nur ein kleines Rädchen im Getriebe, und aufgrund der Zweifel, die sie säen würde, würde niemand ihr auch nur ein Sterbenswörtchen glauben, wenn sie urplötzlich gegen ihren eigenen Lieutenant aussagte.

Sie würden sich natürlich ihren Safe ansehen wollen, wenn das verräterische Miststück ihn erwähnte. Schlecht gelaunt fuhr Renee wieder an. Müssten überprüfen, ob das neugierige Weib womöglich doch die Wahrheit sagte.

Also würde sie die Dinge, die sie dort normalerweise aufbewahrte, kurzfristig woanders hinterlegen und stattdessen die gesammelten »Beweise« gegen Garnet, Strong und Keener in dem Schließfach deponieren.

Sie würde diese Angelegenheit allein zu Ende bringen und dann erst einmal Urlaub machen. Denn den hätte sie sich dann mehr als nur verdient.

23

Fest entschlossen, einen endgültigen Schlussstrich unter diese Angelegenheit zu ziehen, erschien Renee auf dem Revier. Sie sehnte sich nach einem ausgedehnten heißen Bad – mit einem von den teuren Ölen, die sie während ihrer letzten Reise nach Italien erstanden hatte – und nach einer Flasche Rotwein von dem Weinberg, dessen Besitzerin sie war.

Sie könnte sich im warmen Wasser aalen, während sie gemütlich mit sich selbst auf Strongs Blamage und wahrscheinlich Inhaftierung, vor allem aber auf Lieutenant Dallas' Ableben anstieß.

Das sentimentale Weib trug tatsächlich einen Ehering, fiel ihr ein. Ein interessantes, durchaus hübsches Unikat. Der perfekte Gegenstand, um ihn dem Kerl unterzuschieben, der von ihr als Sündenbock für die Ermordung der Kollegin auserkoren worden war – ein extrem gewalttätiger Junkie, der das Schmuckstück so schnell es ging verhökern würde, weil er immer knapp bei Kasse war.

Wahrscheinlich wäre es das reinste Kinderspiel, so zu tun,

als hätte dieser Fiesling Dallas und zuvor schon Garnet umgebracht.

Damit wären ihre Probleme endgültig gelöst.

Fröhlich stieg sie aus dem Lift. Mit etwas Glück fände sie sicher einen Weg, um die Ermittler auf ihn zu stoßen. Vielleicht käme sie dadurch ihrer Beförderung zum Captain etwas näher und würde vor allem den Makel, den ihr Dallas Strongs und Garnets wegen angeheftet hatte, wieder los.

Wahnsinn. Dass die Dinge sich für sie derart zum Guten wenden würden, hätte sie beim besten Willen nicht gedacht.

Sie marschierte durch ihr menschenleeres Dezernat, schloss ihre Bürotür auf, betätigte den Lichtschalter und trat direkt vor das Porträt von ihrem alten Herrn.

»Zur Hölle mit dir und allem, wofür du stehst.«

Sie hob den Rahmen an und wirbelte herum, als sie in ihrem Rücken ein Geräusch vernahm.

Eve schwang mit dem Schreibtischsessel zu ihr herum und sah sie lächelnd an. »So sollte man aber nicht mit seinem Vater reden. Gott, Sie sind so bleich, als würden Sie Gespenster sehen.«

»Wie sind Sie hier hereingekommen? Meine Tür war abgesperrt. Sie haben nicht das Recht ...«

»Ihr Reaktionsvermögen ist echt gut. Besser als das von den beiden Kerlen, die mir eben aufgelauert haben.«

»Ich weiß nicht, wovon Sie reden.«

»Also bitte, sie haben sofort ausgepackt. Marcell hat schon nach einem Deal geschrien, noch ehe er in Handschellen lag, und Palmer hat sofort in sein Lamento eingestimmt. Doch selbst wenn die zwei den Mund gehalten hätten ...« Eve berührte kurz das Aufnahmegerät, das sie am Aufschlag ihrer Jacke trug, und sofort hallte Renees Stimme durch den Raum.

Die den Polizisten Anweisung erteilte, Eve und Lilah Strong aus dem Verkehr zu ziehen.

»Übrigens geht es Detective Strong schon wieder ziemlich gut. Im Gegensatz zu Freeman. Der in einer Zelle sitzt und überlegt, wie es jetzt weitergehen soll. Genau wie die beiden jämmerlichen Typen, die mich hätten töten sollen, und wie Armand, Bix, Manford und noch eine ganze Reihe anderer Mitglieder der Saubande, die Sie befehligt haben. Das heißt, Sie sind total am Arsch.«

»Sie bluffen, denn sonst wären Sie schließlich nicht alleine hier. Deshalb rufe ich am besten einfach …«

Eve zog ihre Waffe und zielte entschlossen auf den Knopf in Bauchhöhe der schicken Jacke, die die andere trug. »Ziehen Sie das Ding schön langsam aus der Tasche, legen Sie es auf den Tisch und treten einen Schritt zurück. Ich weiß, Sie haben bisher noch niemals jemanden selbst umgebracht. Und bisher – zumindest offiziell – überhaupt noch nie Gebrauch von einer Schusswaffe gemacht. Im Gegensatz zu mir. Sie können mir glauben, wenn ich sage, dass ich keine Skrupel hätte, das auch jetzt zu tun.«

Wütend schleuderte Renee den Stunner auf den Tisch. »Bilden Sie sich ernsthaft ein, dass Sie gewonnen haben? Dass ich diese Sache nicht noch einmal geradebiegen kann?«

»Ich bilde mir tatsächlich ein, dass ich gewonnen habe. Und dass sich die Sache nicht noch einmal geradebiegen lässt.«

»Sie haben nicht gewonnen, und ich werde die Situation in den Griff kriegen. Danach wird nicht mein Kopf, sondern Ihrer rollen.«

Sie war nicht panisch, sondern spinnewütend, merkte Eve. In der Hoffnung, dass sich diese Wut noch steigern ließe, setzte sie ein neuerliches breites Lächeln auf.

»Ach ja? Sie haben auf Detective Strong erst Bix und danach Freeman angesetzt. Die beiden haben elendig versagt, genau wie Palmer und Marcell, als sie eben auf mich losgegangen sind. Und jetzt bilden Sie sich allen Ernstes ein, Sie wären besser als Ihre Mitarbeiter?«

»Strong hatte ganz einfach Glück. Denn eigentlich führt Bix meine Befehle immer aus ...«

»Er hat Keener umgebracht, wobei Keener nur ein jämmerlicher Junkie war. Und Garnet. Aber Garnet war sein Partner und hat ihm vertraut. Ich würde also sagen, Bix hat in den beiden Fällen einfach Glück gehabt. Apropos Vertrauen. Sie genießen das Vertrauen aller dieser Männer, stimmt's, Renee? Soweit solche Typen zu etwas wie Vertrauen überhaupt in der Lage sind. Aber sind Sie sicher, dass zum Beispiel Bix auch weiter tut, was Sie befehlen, wenn er erst mal hinter Gittern sitzt?«

»Er wird auch weiter tun, was ich befehle, und er wird genau die Dinge sagen, die er sagen soll. Weil ich schließlich seine Vorgesetzte bin.«

»Als Vorgesetzte brauchten Sie wahrscheinlich jede Menge Mumm, um einem Ihrer Leute zu befehlen, seinem eigenen Partner hinterrücks die Kehle durchzuschneiden oder einem Junkie eine Spritze in den Arm zu rammen, damit er verreckt.«

»Man braucht Köpfchen, Weitblick und eine Vision, um jemanden wie Bix dazu zu bringen, dass er tut, was man ihm sagt. Keiner Ihrer Leute würde je für Sie die Dinge tun, die Bix für mich getan hat und auch weiter tut.«

»Da haben Sie recht.«

»Das zeigt, wie schwach Sie sind. Genau wie der Umstand, dass Sie jetzt mit einer Waffe auf mich zielen.«

»Ach ja?«

»Sie haben einfach keinen Mumm.« Renee glitt aus ihren hochhackigen Schuhen. »Lassen Sie uns doch mal gucken, wer von uns die Überlegene ist.«

»Ist das Ihr Ernst?«

Mit einem solchen Vorschlag hätte Eve niemals gerechnet. Aber jetzt stieg ein Gefühl von heißer Freude in ihr auf. »Sie wollen ein Tänzchen mit mir wagen?«

»Sie sind schwach und feige.«

»Aua, das tut weh. Aber was soll's? Auf geht's.«

Eve legte ihre Waffe fort, zog die Jacke aus, umrundete den Schreibtisch, und Renee nahm eine kämpferische Pose ein.

»He.« Eve legte ihren Kopf ein wenig schräg. »Sie üben doch wohl keinen Kampfsport aus?«

»Seit meinem fünften Lebensjahr. Sie werden bluten.«

»Wäre nicht das erste Mal.«

Auch sie nahm eine kämpferische Haltung ein und wehrte Renees ersten Tritt und eine Rückhand ab.

Renee würde sich sicher nicht so schnell geschlagen geben. Weil sie stark und sehr gut ausgebildet war.

Umso besser, dachte Eve und trat entschlossen gegen Renees Faust. Ihre Führhand aber prallte ab, gleichzeitig kassierte sie den ersten Treffer mitten in den Bauch und einen an der Schulter, der den Schmerz bis in die Fingerspitzen ziehen ließ. Doch sie nutzte diesen Schmerz, der ihren Kampfgeist anspornte, drehte sich geschmeidig um sich selbst und rammte Renee derart kraftvoll einen Stie-

fel gegen die Brust, dass diese rücklings auf den Schreibtischsessel fiel.

Eve sprang mit geballten Fäusten auf sie zu, doch Renee kam behände wieder auf die Füße und trat mit einer
solchen Wucht gegen ihr Knie, dass sie hintüber fiel. Der
Blutgeschmack im Mund rief jedoch zusätzliche Kräfte in
ihr wach, und als Renee mit einem Tritt ihr schon lädier-
tes Knie zerstören wollte, streckte sie das Bein nach vorne
aus, und Renee stürzte auf den Tisch, der krachend unter
ihr zusammenbrach.

Beide Frauen sprangen auf und gingen sofort wieder aufeinander los.

Statt Schmerz durchzuckte lauter Jubel Eve, als ihre Faust
auf Renees Nase traf, das Rauschen ihres Bluts kam einem lauten Trommelwirbel gleich, als der Widersacherin
ein lauter Wut- und Schmerzensschrei entfuhr.

Dann kassierte auch sie selber einen Treffer ins Gesicht,
und als vor ihren Augen Sterne explodierten, drehte sie sich
mit ungeheurer Wucht, stieß Renee ihren Ellenbogen in den
Bauch, riss den Arm wieder zurück und schlug ihr mit der
Faust unter das Kinn.

»Sie bluten«, klärte sie Renee auf, fing ihren Fuß und
stieß ihn fort.

Renee ließ sich fallen, rollte auf den Rücken, riss die Beine hoch, trat Eve gegen die Hüfte und sprang eilig wieder
auf.

Eve selbst war wie im Rausch. Der heiße, unverfälsch-
te Zorn, der in ihrem Inneren schwelte, war die Kehrseite
des Glücksgefühls, das sie bei dieser Auseinandersetzung
überkam. Sie umkreiste ihre Gegnerin, drehte sich einmal
um sich selbst, landete den nächsten Treffer und kassierte

selbst einen Schlag. Der Schweiß brannte in ihren Augen, lief in Strömen über den Rücken und verflüssigte das Blut, das über Renees Stirn und Wangen rann.

Jetzt waren sie am selben Ort – an einem Ort, an dem es nur ums Siegen ging und der Geschmack von süßem Blut auf den Zungen lag. Einem Ort, an dem das Blut, das sie bisher gekostet hatten, nicht genügen würde.

Wenn sie sich nicht auf der Stelle eines Besseren besann.

»Sie sind fertig«, sagte sie zu ihrer Widersacherin. »Die Sache ist erledigt.«

»Ich bestimme, wann wir fertig sind!« Mit einem lauten Schrei stürzte Renee noch einmal auf sie zu, doch Eve wehrte den Angriff ab und wie eine Kanonenkugel flogen sie gegen die Tür und purzelten in inniger Umarmung in den Nebenraum.

Dort wälzten sie sich auf dem Boden, trommelten mit ihren Fäusten aufeinander ein und krachten gegen einen Tisch.

Als Renee ihr den ausgestreckten Finger in das linke Auge stechen wollte, packte Eve ihr Handgelenk und drehte es herum. Mit einem lauten Schmerzensschrei vergrub Renee die Hand in ihrem Haar und riss mit ihren Fingernägeln ihre Kopfhaut auf.

In einem Feld so rot wie Blut explodierten neuerliche Sterne.

»Leck mich doch am Arsch! Du ziehst mich an den Haaren? Jetzt habe ich die Nase voll!« Wieder riss sie Renees Handgelenk zurück und freute sich, als sie sie kreischen hörte, während sie die Frau auf den Rücken warf. »Mädchen!« Wütend ballte sie die Faust, rammte sie der anderen zweimal ins Gesicht und holte gerade noch einmal aus, als sie bemerkte, dass der Griff um ihre Haare nachgelassen hatte und Renees Augen plötzlich seltsam glasig waren.

»*Ich* bestimme, wann wir fertig sind.« Eve wischte sich das Blut vom Mund. »So, jetzt sind wir fertig. Womit diese Sache ein für alle Mal erledigt ist.« Sie rollte von Renee herunter, und da ihre Lungen brannten, holte sie so vorsichtig wie möglich Luft und rief nach ihrer Partnerin.

»Ma'am!« Peabody überholte die Kollegen und den Zivilisten, die mit ihr hereingekommen waren.

Jetzt wischte sich Eve das Blut von der Nase, tastete daran herum und atmete erleichtert auf, weil sie anscheinend nicht gebrochen war. »Sie gehört Ihnen.«

»Was?«

»Um Himmels willen, klingeln Ihnen gerade etwa die Ohren genauso wie mir? Diese Tussi gehört Ihnen, habe ich gesagt. Also nehmen Sie sie mit.«

»Aber, Dallas, Sie ...«

Obwohl ihr praktisch alles wehtat, rappelte sich Eve vom Boden auf und fragte sich, ob ihr verletztes Knie wohl wirklich auf die Größe eines Medizinballs angeschwollen war.

»Ich habe Ihnen gerade eine Anweisung gegeben und erwarte, dass Sie sie befolgen. Überführen Sie diese Gestalt in eine Zelle. Denn sie ist eine Schande für die Truppe, ihre Eltern und das weibliche Geschlecht. Es ist ja wohl das Letzte, wenn man andere an den Haaren zieht«, erklärte sie erbost und strich sich sachte mit den Fingern über den verletzten Skalp.

»Zu Befehl, Ma'am.«

»Einen Augenblick noch.« Unter Schmerzen hockte Eve sich auf den Boden, beugte sich über Renee und sprach so leise, dass sonst niemand sie verstand: »Siehst du diesen Cop, Renee? Den, der dich gleich in eine Zelle bringen wird? Sie ist der Grund, warum du jetzt hier liegst und niemals wieder richtig auf die Füße kommen wirst. Denn sie ist eine bessere Polizistin, eine bessere Frau, ein besserer Mensch, als du es jemals warst. Und sie ist meine Partnerin.«

Sie richtete sich mühsam wieder auf und wandte sich an besagte Partnerin: »Jetzt schaffen Sie mir dieses Miststück aus den Augen, ja?«

»Mit Vergnügen, Lieutenant. Renee Oberman, Sie sind verhaftet«, meinte sie und legte dem verfluchten Weibsbild die verdienten Handschellen an.

Dann zog sie sie auf die Füße, zählte die Vergehen auf, derer sie beschuldigt wurde, McNab ergriff den zweiten Arm der Frau und gemeinsam führten sie sie aus dem Raum.

»Lieutenant.«

Trotz der Schmerzen, die sie hate, nahm Eve eine kerzengerade Haltung ein. »Ja, Commander? Sir?«

»Sie hatten die Verdächtige von Anfang an unter Kontrolle. Deshalb war es unnötig, die Waffe fortzulegen und sich eine Schlägerei mit ihr zu liefern, als sie auf Sie losgegangen ist.«

»Ja, Sir.«

»Trotzdem kann ich Sie verstehen«, gab Whitney unumwunden zu. »Ich denke, dass die körperliche Auseinandersetzung für Sie selbst nicht weniger befriedigend als für uns Zuschauer gewesen ist. Trotzdem gehen Sie besser erst einmal in den San-Bereich, damit man dort nach Ihnen sieht. Ich selbst komme der traurigen Verpflichtung nach, Commander Oberman darüber aufzuklären, dass seine Tochter festgenommen worden ist.«

»Sir, als Ermittlungsleiterin und Partnerin der Frau, die die Verhaftung vorgenommen hat, sollte ich das tun.«

»Ihnen ist bewusst, dass das nicht stimmt. Das ist meine Aufgabe. Sie haben Ihre Sache gut gemacht.« Er wandte sich den anderen Beamten zu. »Sie alle haben Ihre Sache gut gemacht.«

Er schulterte die Last seiner Verantwortung, und während er den Raum verließ, trat Roarke auf seine Gattin zu und hielt ihr die Waffe und ein Handtuch hin. Sie hatte keine Ahnung, wo zum Teufel er das Handtuch aufgetrieben hatte, doch zumindest sah es sauber aus, und sie wischte sich damit das Blut aus dem Gesicht.

»Ich würde dir ja in den Hintern treten, weil du deine Waffe einfach aus der Hand gegeben hast«, murmelte er. »Aber ich weiß, du würdest es trotzdem wieder tun. Und vor allem stimme ich deinem Commander, wenn auch widerstrebend, zu. Außerdem ...«, er nahm das Handtuch und betupfte damit ihr Gesicht, »... hat mir dein Vorgehen 50 Dollar eingebracht.«

»Wieso denn das?«

»Ich wollte mit deinen Leuten wetten, dass du sie so lange ködern würdest, bis sie auf dich losgeht, damit du sie ordentlich verdreschen kannst. Nur leider war es so, dass außer eurem Neuen niemand auf die Wette eingegangen ist.« Er beugte sich zu ihr herab und presst seine Lippen sanft auf ihren merklich angeschwollenen Mund. »Aber schließlich kennt er dich auch noch nicht wirklich gut.«

Sie hätte gern gelächelt, doch das hätte allzu weh getan. »Nun, er ist noch neu im Team. Ich muss ...« Mit einem Mal wurde ihr klar, dass immer noch fast das gesamte Dezernat im Raum versammelt war. Am liebsten hätte sie die

Stirn gerunzelt, weil sie vor den Augen all dieser Leute einen Kuss bekommen hatte, doch auch das hätte im Augenblick zu weh getan.

»Warum sind Sie alle überhaupt noch hier? Haben Sie kein Zuhause? Los, machen Sie Feierabend.«

Zu ihrem Entsetzen legte Baxter ehrerbietig eine Hand an seine Stirn, und die anderen machten es ihm nach.

Sie vergaß die Schmerzen, Prellungen und Schnitte. Denn der Stolz, den sie mit einem Mal empfand, ließ einfach keinen Raum für Unbehagen oder Selbstmitleid.

Kurzerhand erwiderte sie den Salut. »Sie alle haben Ihre Sache mehr als gut gemacht. Und jetzt hauen Sie ab.«

Während sie den Raum verließen, baute sich ihr alter Mentor Feeney vor ihr auf, legte eine Hand auf ihre Schulter und nickte zufrieden mit dem Kopf. »Nicht übel. Das war echt nicht schlecht.«

Er machte auf dem Absatz kehrt, stolzierte hoch erhobenen Hauptes in den Flur hinaus, und Eve atmete auf.

»Ich müsste mich kurz setzen.« Vollkommen erschöpft sank sie auf einen Stuhl und legte ihren Kopf zwischen den Händen ab. »Oh Gott, oh Gott, oh Gott.«

Als er ihre raue Stimme hörte, kniete Roarke sich eilig neben sie. »Du hast Schmerzen, Baby. Komm, ich schaffe dich ins Krankenhaus.«

»Das ist es nicht. Oder vielleicht ein bisschen. Doch vor allem …« Sie ließ ihren Kopf an seine Schulter sinken und verschmierte sein hervorragend geschnittenes Jackett mit Blut. »… ist es das, was sie getan haben. Sie alle. Wie sie für mich eingetreten sind. Und zwar jeder Einzelne. Das Wissen, was ich an den Leuten habe. Ich kann … ich weiß nicht, wie ich das in Worte fassen soll.«

»Das ist gar nicht nötig. Denn ich kann mir vorstellen, wie es dir gerade geht.«

»Sie sind alles, was sie nicht ist. Alles, was sie jahrelang missbraucht, ausgenutzt, getötet hat. Sie sind nicht der Grund, aus dem ich diese Arbeit mache, sondern der, aus dem ich diese Arbeit machen kann.« Sie hob den Kopf und wischte sich die Tränen und das Blut aus dem Gesicht. »Gibst du uns jetzt allen einen aus?«

»Das tue ich auf jeden Fall. Meine geliebt Eve.« Er gab ihr einen vorsichtigen Wangenkuss. »Mein Cop.«

»Roarke.« Sie ließ den neuerlichen Tränen einfach freien Lauf. Weil sie sie laufen lassen konnte, wenn sie ganz allein mit ihm zusammen war. Dann packte sie den Kragen seiner Jacke und ließ eine Reihe frischer Blutflecken darauf zurück, als sie ihm in die Augen sah.

»Ich würde gern nach Hause fahren. Möchte einfach nur nach Hause fahren. Du kannst mich dort behandeln. So schlimm ist es nämlich nicht. Du kannst mich nach Hause bringen und mich dort behandeln. Denn im Grunde machst vor allem du selber mich gesund und nicht irgendwelche Salben oder Pillen oder so.«

»Eve.« Er presste seinen Mund auf ihre Braue und nickte unmerklich mit dem Kopf. »Also gut. Dann bringe ich dich jetzt nach Hause und behandele dich dort.«

»Danke.« Als er ihr beim Aufstehen half, lehnte sie sich an ihn. »Du bist ebenfalls ein Grund, aus dem ich diese Arbeit machen kann.«

»Dann werde ich dich jetzt zusammenflicken, damit du sie weitermachen kannst.«

Als sie sich zum Gehen wandten, zischte sie: »Verdammt! Es ist doch ganz schön schlimm. Nicht so schlimm, dass ich nicht nach Hause fahren und mich dort von dir behandeln lassen könnte, aber, meine Güte, sie war wirklich eine starke Gegnerin. Bis sie mit dem Haareziehen angefangen hat.«

»Wobei du dich die ganze Zeit etwas zurückgehalten hast.«

Sie runzelte die Stirn. »Sagt wer?«

»Der Mensch, der dich am besten kennt.«

Seufzend lehnte sie sich wieder an ihn an. »Vielleicht ein bisschen, bis …«

»… sie mit dem Haareziehen angefangen hat.«

»Das war beleidigend und hat den schönen Augenblick herabgewürdigt.«

Lachend zog er ihren Arm auf seine Schulter, und sie hinkte Richtung Lift, damit er sie nach Hause bringen und verarzten konnte.

Denn am nächsten Tag müsste sie schließlich wieder für ihre Arbeit fit sein.

Ein Copycat-Killer stellt die Morde einer erfolgreichen Autorin nach, doch deren Thrillerreihe ist lang ...

544 Seiten. ISBN 978-3-7341-1173-0

Eine junge Frau wird in einem Kino erstochen, ihr Mörder verschwindet spurlos in der Dunkelheit. Die Tat war offenbar genau geplant, aber sie erscheint merkwürdig unpersönlich. Eve Dallas findet schon bald heraus, warum: Der Mord wurde von der erfolgreichen Thrillerreihe der Autorin Blaine DeLano inspiriert – und der Killer schlägt gnadenlos ein weiteres Mal zu. Könnte Blaines eifersüchtiger Ehemann die Finger im Spiel haben? Ein gescheiterter Autor? Oder gibt es vielleicht ein ganz anderes Motiv für die Mordserie? Die Zeit drängt, schließlich hat DeLanos Reihe noch sechs weitere Bände zu bieten ...

Lesen Sie mehr unter: **www.blanvalet.de**